UNE ROSE EN HIVER

KATHLEEN E. WOODIWISS

UNE ROSE EN HIVER

Traduit de l'américain
par Jean-Pierre PUGI

FRANCE LOISIRS
123, boulevard de Grenelle, Paris

Ce roman a paru sous le titre original :

A ROSE IN WINTER

Édition du club France Loisirs, Paris
avec l'autorisation des éditions J'ai Lu

ISBN : 2-7242-3835-4

Dédié à ces lecteurs qui m'ont adressé
des lettres d'encouragement.
Merci à eux.
Avec toute ma reconnaissance.

K. E. W.

UNE ROSE EN HIVER

Une fleur écarlate dans la neige hivernale,
Née hors la saison, comme un chagrin de femme,
Éclose en ce temps rude où souffle un vent glacial.

Elle fut découverte en un lieu protégé,
Incarnat merveilleux non encore effleuré,
Rouge comme le sang venant du cœur blessé

De celle qui attend et pleure son chevalier
A l'armure d'argent, parti suivre sa quête,
Et qui s'attarde au loin à jouter, guerroyer.

Ne crains rien, douce enfant, arrête tes sanglots.
Une rose de l'hiver est née pour t'annoncer
Que l'amour de jadis va renaître bientôt.

1

23 octobre 1792
Nord de l'Angleterre

« Mariage ! »

Erienne Fleming s'écarta de l'âtre après avoir remis en place le tisonnier d'un geste brusque, exprimant ainsi une colère qui n'avait cessé de croître depuis l'aube. Au-dehors, le vent qui projetait avec insouciance pluie et grésil contre les vitres plombées semblait se moquer du sentiment d'oppression qui accablait son esprit. Le chaos mouvant des nuages sombres, si bas qu'ils frôlaient presque le toit de tuiles de la maison du maire, était bien à l'image des pensées de cette jeune femme brune dont les yeux luisaient d'un feu couleur d'améthyste.

« Mariage ! »

Le mot explosa de nouveau dans son esprit. Autrefois symbole d'un rêve d'adolescente, il était à présent synonyme de bouffonnerie. Erienne ne s'opposait pas à cette institution, loin de là ! Sous la direction attentive de sa mère, elle s'était préparée à devenir une épouse irréprochable. Malheureusement, son père, le maire de Mawbry, s'était depuis peu mis en tête de lui faire épouser une bourse bien garnie, et il ne lui importait guère que son possesseur fût un vieillard, un monstre ou quelque squelette ambulant. Toutes les autres qualités souhaitables, y compris les bonnes manières, lui paraissaient sans importance ; indignes même d'être prises en considération. Dès l'instant où un homme était riche et disposé à se marier, il devenait, à ses yeux, un prétendant valable. Tous ceux qu'il lui avait jusqu'ici présentés étaient lamentables ; cependant (les sourcils légèrement incurvés d'Erienne se froncèrent en une soudaine expression de doute), peut-être s'agissait-il là de ce que son père avait pu trouver de mieux, faute d'une dot convenable pour sa fille.

— Mariage ! Pouah ! prononça sèchement Erienne, de nouveau écœurée.

Elle avait rapidement perdu les illusions heureuses de la jeunesse et commençait à voir dans les liens du mariage des chaînes odieuses. Qu'une jeune femme ait détesté un prétendant imposé n'avait rien d'exceptionnel, mais, après avoir eu un aperçu du choix qui lui était proposé, Erienne n'espérait plus guère que son père, dogmatique et têtu comme il l'était, pût lui présenter beaucoup mieux dans l'avenir.

D'un pas nerveux, Erienne marcha vers la fenêtre et, à travers une vitre en losange, observa pensivement la route pavée qui serpentait dans le village. Les arbres, à la lisière du hameau, n'étaient plus que silhouettes sombres et décharnées sous la pluie battante. Elle suivit du regard le chemin désert, et à la pensée que moins d'une heure la séparait d'une nouvelle rencontre avec quelque insupportable prétendant, elle ressentit une crispation douloureuse dans la poitrine. Elle n'éprouvait pas la moindre envie d'arborer un sourire gracieux pour plaire à un nouveau bouffon, et elle espéra de tout son cœur qu'aucun voyageur n'apparaîtrait sur la route. D'ailleurs, si le pont miné par les pluies torrentielles s'effondrait sous son passage et que l'homme disparût avec carriole et cheval dans les eaux écumeuses, cela ne l'attristerait guère. L'homme attendu était pour elle un étranger, un être sans visage dont elle ne connaissait le nom que depuis peu. Silas Chambers ! Quel genre d'individu pouvait-il bien être ?

Erienne parcourut du regard le salon d'apparence modeste. Elle se demanda ce qu'il penserait de la demeure, et s'il laisserait paraître son mépris. Bien que le cottage n'eût rien à envier aux autres maisons du hameau, les meubles bon marché révélaient immédiatement un manque de moyens. Si ce logement n'avait pas été fourni avec le poste de maire, son père eût éprouvé bien des difficultés à leur offrir une telle habitation.

Elle lissa le velours élimé de sa robe couleur prune en espérant que l'étranger ne remarquerait pas son style démodé. Sa fierté avait déjà été trop souvent mise à rude épreuve par l'arrogance de bellâtres qui s'estimaient bien supérieurs à elle et n'éprouvaient pas le besoin de dissimuler leurs sentiments. Si l'absence de dot n'importait guère, face à leur bourse bien garnie, elle brûlait du désir de prouver à ces lourdauds qu'elle possédait une éducation au moins égale à la leur et bien plus de savoir-vivre, mais semblable attitude lui eût attiré de sévères réprimandes de la part de son père.

Avery Fleming jugeait inutile et même imprudent qu'une personne du beau sexe reçût une éducation dépassant l'apprentissage des devoirs féminins élémentaires, pour ne pas parler du calcul et de l'art de l'écriture. S'il n'y avait eu l'héritage de sa mère et son insistance opiniâtre, sa fille n'aurait jamais reçu cette éducation qu'il jugeait superflue. Mais Angela Fleming avait pris soin de mettre de côté une partie de sa fortune personnelle, afin qu'Erienne puisse poursuivre ses études. Avery n'avait pu protester, étant donné qu'il s'était lui-même approprié, depuis leur mariage, la majeure partie de son argent, afin de satisfaire des faiblesses aussi nombreuses que variées. Des sommes d'égale importance avaient été généreusement allouées à l'éducation de Farrell, mais après avoir passé moins d'un an dans un pensionnat le jeune garçon avait avoué son profond dégoût pour « les sermons pompeux et la discipline absurde imposée par un ramassis de vieux gâteux » et renoncé à ses études de lettres pour rentrer à la maison et « reprendre les activités de son père », bien que ces dernières fussent encore à définir.

Erienne se souvint des longs mois écoulés depuis la mort de sa mère. Elle se rappelait ses heures de solitude, pendant que son père et son frère jouaient aux cartes et buvaient avec des villageois, ou se rendaient à Wirkinton pour y rencontrer les marins et autres aventuriers qui traînaient sur le port. A présent que la sage et prudente Angela n'était plus là pour veiller au grain, le petit pécule familial s'était mis à fondre comme neige au soleil et cette dilapidation avait entraîné un resserrement permanent des cordons de la bourse, accompagné lui-même d'une pression croissante de la part de son père pour qu'elle prenne un époux. La tension avait atteint son point culminant lorsque son frère s'était battu en duel : un affrontement dont il était revenu avec le bras droit inerte, un coude tordu selon un angle étrange, et une main pour ainsi dire inutile. Depuis ce jour, son père vivait dans la fièvre de lui trouver un riche mari.

Une brusque colère vint aiguillonner les souvenirs d'Erienne.

— En voilà un que j'aimerais rencontrer, fit-elle, les dents serrées. Christopher Seton ! Yankee ! Vaurien ! Joueur ! Débauché ! Menteur !

Toutes les épithètes qui lui venaient à l'esprit semblaient convenir à ce personnage. Il lui vint même aux lèvres quelques termes rudes concernant sa lignée et elle savoura la saveur de chacune de ces injures.

— Oui, je voudrais avoir cet individu en face de moi !

Elle s'imaginait des yeux rapprochés et un nez crochu, des cheveux raides, d'étroites lèvres déformées par un rictus qui révélait de petites dents jaunies. Une verrue à la pointe du menton compléta ce portrait.

Oh, si seulement elle pouvait rencontrer cet homme !

Une faible femme ne pouvait vaincre un homme avec ses poings, mais elle était capable de mettre son amour-propre à rude épreuve. Ses joues seraient cuisantes pendant plus de deux semaines des paroles cinglantes qu'elle lui adresserait et peut-être alors réfléchirait-il à deux fois avant de s'attaquer à un jeune garçon imprudent et de porter tort à son père.

— Si j'étais un homme ! dit-elle en prenant une position d'escrime et en brandissant devant elle une rapière aussi tranchante qu'imaginaire. Voilà comment je réglerais la question avec ce misérable !

Elle lui infligea un, deux, trois coups de pointe, puis trancha la gorge de son adversaire avant d'essuyer la lame et de la glisser dans un fourreau lui aussi invisible. Elle se redressa et regarda pensivement par la fenêtre.

« Oui, si j'étais un homme, je ferais en sorte que ce fanfaron prenne conscience de l'erreur qu'il a commise et aille chercher fortune à l'autre bout de la Terre. »

Elle surprit son reflet sur la vitre et croisa les bras en une pose modeste.

« Hélas, je ne suis pas un garçon, mais une simple femme. (Elle fit pivoter sa tête d'un côté à l'autre afin d'admirer son épaisse chevelure noire, puis adressa un sourire plein de sagesse à son image.) Je n'ai pour armes que ma langue et mon esprit. »

Elle fronça un bref instant ses sourcils à la courbure élégante ; dans ses yeux s'alluma une colère à glacer le cœur du plus farouche adversaire. Malheur à celui sur lequel elle passerait sa fureur !

Un appel lui parvint du dehors et interrompit le fil de ses pensées.

— Eriennie !

Elle reconnut la voix de son frère et se hâta de gagner le vestibule. Des reproches véhéments au bord des lèvres, elle ouvrit la porte et découvrit Farrell Fleming appuyé pesamment au chambranle. Ses vêtements étaient froissés et tachés, de son tricorne s'échappaient des mèches de cheveux brun-roux. Un seul regard suffisait pour être sûr qu'il avait bu tout au long de la nuit et, étant donné qu'il était près de 11 heures, pendant la majeure partie de la matinée.

— Eriennie, ma petite sœur ! lança-t-il d'une voix avinée.

Il perdit l'équilibre et recula d'un pas, parvint à se redresser et s'avança dans le vestibule en titubant. Son manteau dégouttait de pluie et il aspergeait tout sur son passage.

Erienne jeta un regard inquiet dans la rue, anxieuse de voir s'il y avait des témoins à la scène. Elle fut soulagée de constater que le mauvais temps avait incité les gens à rester chez eux, à l'exception d'un cavalier solitaire qui se trouvait assez loin de là. Le temps qu'il franchisse le pont et arrive à hauteur de la maison, tout serait rentré dans l'ordre.

Erienne referma la porte et s'y adossa, le regard lourd de reproches. Son frère avait agrippé la rampe de sa main valide et tentait de s'y retenir, tout en tirant maladroitement sur les attaches de son vêtement.

— Erienne, aide ton petit Farrell à enlever ce manteau... ce manteau rebelle. Il refuse de m'obéir.

Il lui adressa un sourire penaud et leva son bras sans force en un geste d'imploration impuissante.

— Tu choisis bien ton moment pour rentrer à la maison ! gronda-t-elle tout en l'aidant à se débarrasser du manteau. N'as-tu donc aucune fierté ?

— Aucune ! confirma-t-il en tentant de s'incliner, galamment.

Cela eut pour résultat de lui faire perdre l'équilibre et il recula en titubant.

Erienne saisit le manteau et glissa son épaule sous le bras de son frère, afin de le soutenir. Puis elle plissa le nez de dégoût : une odieuse odeur de whisky et de tabac agressait ses narines.

— Tu aurais au moins pu rentrer alors qu'il faisait encore nuit, répliqua-t-elle sèchement. Tu passes tes nuits à boire et à jouer, et tu dors tout le jour. Ne pourrais-tu donc pas te trouver d'autres passe-temps ?

— Si je ne peux pas travailler et gagner honnêtement ma vie, c'est à ce maudit Seton que tu dois le reprocher. C'est lui, le seul responsable.

— Je sais parfaitement ce qu'il a fait ! Mais cela n'excuse pas pour autant ta conduite !

— Cesse de répéter toujours la même chose, jeune fille, dit-il d'une voix incertaine. Tu me fais de plus en plus penser à une vieille fille. Heureusement que père va te marier le plus rapidement possible.

Erienne serra les dents de colère et affermit sa prise sur le bras de son frère. Elle tenta de le guider vers le salon.

— Soyez maudits, tous les deux ! fit-elle. Vous ne valez pas mieux l'un que l'autre ! Vous espérez me marier au premier homme riche venu afin de pouvoir passer votre vie en beuveries. Vous êtes vraiment faits l'un pour l'autre !

— Effectivement.

D'un mouvement brusque, Farrell libéra son bras et effectua un petit ballet de plusieurs pas dans le salon. Lorsqu'il se retrouva assis sur le plancher, il amorça un mouvement de balancier, comme pour lutter contre le vertige.

— Tu ne peux accepter que je me sois sacrifié pour protéger ton honneur. (Il tenta de river sur elle un regard accusateur, mais cette tâche dépassait ses capacités et il renonça.) Comme père, je voudrais simplement te voir heureuse et à l'abri des aventuriers.

— Mon honneur ? s'écria Erienne, les poings sur les hanches. (Elle considéra son frère avec une expression à la fois indulgente et apitoyée.) Si tu veux prendre la peine de te remémorer les faits, Farrell Fleming, c'est l'honneur de père que tu as voulu défendre, et non le mien.

— Oh ! fit-il sur un ton d'excuse, comme un enfant surpris en train de chaparder des sucreries. C'est vrai. C'était l'honneur de père.

Il baissa les yeux vers son bras impotent, dans l'espoir d'éveiller la compassion d'Erienne.

— Mais, dans une certaine mesure, sans doute as-tu également fait cela pour moi, puisque je suis, moi aussi, une Fleming. (Erienne pensait à haute voix.) Et les propos diffamatoires de ce Christopher Seton ne peuvent être oubliés.

Elle adressa une fois de plus un regard pensif au paysage au-delà des vitres ruisselantes, sans plus prêter attention à son frère. Farrell s'avançait avec prudence en direction d'une carafe de whisky qu'il venait d'apercevoir sur une petite table. Erienne fut déçue de constater que le pont tenait toujours bon comme en témoignait le passage du cavalier solitaire. L'homme ne semblait pas particulièrement pressé et poursuivait calmement son chemin, sans paraître gêné par la bruine. Il donnait l'impression d'avoir l'éternité devant lui, et Erienne regretta qu'il n'en fût pas de même pour elle. Elle soupira puis se tourna vers Farrell, et tout aussitôt tapa du pied. Son frère avait pris un verre et tentait d'ôter le bouchon de la carafe à l'aide de sa main valide.

— Farrell ! N'as-tu pas assez bu ?

— Ouais, c'était l'honneur de père que j'essayais de défendre, marmonna-t-il sans interrompre ses efforts.

Il se versa maladroitement à boire et fit couler autant d'alcool sur la table que dans son verre. Le souvenir du duel le hantait. Il entendait encore le grondement assourdissant de son propre pistolet et revoyait l'indignation envahir le visage du juge, qui tenait toujours le mouchoir dans sa main levée. La scène resterait à jamais gravée dans sa mémoire, et il se souvenait de cet étrange mélange d'horreur et de joie qu'il avait ressenti en voyant son adversaire reculer en titubant et porter sa main à son épaule. Du sang venait d'apparaître entre les doigts de Seton, et Farrell attendait avec une impatience croissante de voir son adversaire s'effondrer. Mais l'homme sembla recouvrer l'équilibre. Le soulagement qui avait envahi Farrell avait brusquement fait place à des sueurs froides. L'arme de Seton qui se relevait lentement et la gueule du pistolet qui s'immobilisait face à sa poitrine lui avaient fait prendre conscience de sa folie : il avait tiré avant le signal.

— Tu as défié un homme dont l'expérience dépassait dangereusement la tienne, et tout cela pour une partie de cartes !

Le bourdonnement qui grondait dans le crâne de Farrell le rendait sourd aux paroles de sa sœur. Hanté par la scène, il ne voyait que la gueule de l'arme qui l'avait menacé, il n'entendait que les battements assourdissants de son propre cœur, il ne ressentait que la terreur qui tordait ses entrailles. Lors de cette aube glaciale, la sueur lui brûlait les yeux, mais la peur l'empêchait de ciller, la peur que le moindre mouvement pût provoquer un tir mortel. La panique avait saturé son être, déchiré ses nerfs, jusqu'au moment où, avec un hurlement de frustration, il avait levé le bras et lancé son arme déchargée sur son adversaire, sans prendre conscience que celui-ci visait maintenant un point situé au-dessus de sa tête.

Une seconde explosion avait brisé le silence et transformé le cri de rage de Farrell en hurlement de douleur. Il lui sembla que son bras se déchirait. Avant que la fumée fût dissipée, il s'effondra sur la pelouse couverte de rosée glaciale et se mit à gémir, en proie à une souffrance tant physique que morale. Une grande silhouette s'était approchée et avait rejoint la forme agenouillée du médecin qui s'occupait de son bras. A travers la brume de sa douleur, il reconnut son tortionnaire. Le calme de Christopher Seton augmentait encore sa honte, car l'homme tentait posément, à l'aide d'un linge, de maîtriser l'écoulement de son propre sang.

Malgré la douleur, Farrell savait qu'en tirant avant le signal il venait de perdre bien plus qu'un duel. C'était un coup fatal porté à sa réputation. Nul n'accepterait désormais le défi d'un couard, et plus jamais il ne trouverait grâce à ses propres yeux.

Les paroles de Seton retentirent en lui et firent jaillir un gémissement de ses lèvres. L'homme avait déclaré avec dédain :

— La stupidité de ce garçon est seule responsable de sa blessure. S'il n'avait pas lancé son pistolet, je n'aurais pas pressé la détente.

— Il a tiré avant que je donne le signal, avait précisé le juge d'une voix tout aussi méprisante. Si vous l'aviez tué, monsieur Seton, nul ne vous aurait adressé le moindre reproche.

— Je ne suis pas un assassin d'enfants, monsieur, avait grommelé Seton.

— Je puis vous assurer que votre conduite a été irréprochable, monsieur. Il serait toutefois préférable que vous quittiez les lieux avant l'arrivée du père de ce jeune homme.

Farrell avait trouvé le juge un peu trop indulgent, et le besoin de faire comprendre qu'il ne partageait pas cette magnanimité l'avait poussé à proférer un chapelet de malédictions. Il s'était laissé aller à sa rage impuissante au lieu d'affronter la vérité et de reconnaître sa couardise. Il avait été profondément dépité de constater que ses insultes ne provoquaient qu'un sourire de mépris sur les lèvres de son adversaire. L'homme s'était éloigné sans plus lui accorder le moindre intérêt, comme s'il était un enfant dont il est préférable d'ignorer la colère.

La vision s'estompa pour laisser la place à la dure réalité. Farrell avait devant lui un verre plein, mais ses genoux tremblants se dérobaient et il n'osait renoncer à l'appui de son bras valide le temps de porter le whisky à ses lèvres. Les paroles d'Erienne attirèrent finalement son attention :

— Tu es là à t'attendrir sur toi-même et tu es prêt à considérer ta vie comme achevée alors que tu n'as que dix-huit ans. Tu aurais mieux fait de laisser cc Yankee tranquille, au lieu de jouer les jeunes coqs outragés.

— Cet homme a menti, et je lui en ai demandé raison, déclara Farrell qui venait de remarquer avec soulagement la présence proche d'un fauteuil. C'est l'honneur de notre père et de notre nom que j'ai voulu défendre.

— Défendre, bah ! Te voilà invalide et Mr Seton n'a pas retiré un seul mot de ses accusations.

— Il le fera ! s'emporta Farrell. Il le fera, ou je... je...

— Tu quoi ? Tu perdras l'usage de ton autre bras ? Tu te feras tuer en te croyant de taille à affronter un homme possédant l'expérience de Christopher Seton ? demanda Erienne avec colère. Cet homme a presque deux fois ton âge, et je suis parfois tentée de croire qu'il est deux fois plus intelligent. Tu as été stupide de lui chercher querelle, Farrell.

— Que le diable t'emporte ! Tu sembles croire que le soleil se lève et se couche pour les beaux yeux de ton cher Mr Seton.

— Que dis-tu ? s'exclama Erienne, horrifiée par cette accusation. Je n'ai jamais vu cet homme ! Tout ce que je sais sur son compte, c'est par les ragots qui sont venus jusqu'à moi. Et je ne peux me fier à eux pour me faire de cet homme une image exacte.

— Oh, je les ai entendus, moi aussi ! Chaque fois que des femmes se retrouvent, c'est pour parler du Yankee et de son argent. Et leurs yeux brillent ! Mais sans sa fortune cet homme ne serait rien de plus que les autres. De l'expérience ? Bah, j'en ai probablement autant que lui !

— Tu ne vas pas te vanter des deux filles que tu as à

ton actif, rétorqua-t-elle avec irritation. Il ne fait aucun doute qu'elles ont eu plus de peur que de mal et, en fin de compte, elles étaient sans doute aussi stupides que toi.

— Je serais donc stupide ? (Il tenta de se redresser afin de manifester son indignation, mais une éructation bruyante vint réduire ses efforts à néant et il se contenta de marmonner :) Laisse-moi tranquille ! Tu profites de ma faiblesse et de mon épuisement pour me harceler.

— Tu devrais dire de ton ivresse !

Farrell tituba jusqu'au fauteuil, où il se laissa choir. Il ferma les paupières et sa tête roula sur le dossier capitonné.

— Tu prends le parti de ce filou contre ton propre frère, gémit-il. Si père pouvait t'entendre !

Les yeux d'Erienne étincelèrent d'indignation. En deux pas elle fut près de son frère et le saisit par les revers de la veste. Bravant le souffle fétide qui lui soulevait le cœur, elle se pencha vers lui et le secoua sans pitié.

— Tu oses m'accuser ? Je vais te faire un simple exposé des faits, Farrell ! Un étranger a abordé nos rivages nordiques, et ceux qui ont vu la taille de son navire n'en ont pas cru leurs yeux. Le troisième jour après son arrivée, l'homme a accusé notre père de tricher aux cartes. Que cette accusation fût justifiée ou non, il n'avait nul besoin de la hurler aux oreilles de tous, provoquant une telle panique parmi les négociants de Mawbry et de Wirkinton que père redoute encore qu'ils le fassent jeter en prison pour dettes à cause des factures qu'il ne peut régler. Oui, c'est pour se tirer de ce mauvais pas qu'il cherche à me marier à tout prix. Peu importent au riche Mr Seton les bouleversements qu'il a provoqués dans cette famille. Oui, je le tiens effectivement pour responsable de la situation. Mais cela ne change rien au fait que toi, mon cher frère, tu es stupide. Et tes dénégations véhémentes et ton cuisant échec n'ont fait qu'apporter de l'eau à son moulin. Avec de tels hommes, il est toujours préférable de régler les problèmes par le sang-froid, et non par des bravades de jeune écervelé.

Farrell regarda sa sœur, sidéré par cette attaque contre sa personne, et Erienne se rendit compte qu'il n'avait rien compris à ses paroles.

« Oh ! à quoi bon ! »

Elle le repoussa avec dégoût et se détourna. Rien sans doute ne parviendrait à lui faire prendre conscience de ses erreurs.

Farrell regarda le verre et s'humecta les lèvres, sans demander à sa sœur de lui apporter du whisky.

— Tu as peut-être deux ans de plus que moi, Erienne, fit-il d'une voix si pâteuse que parler lui était un effort. Mais ce n'est pas une raison pour t'emporter contre moi comme si j'étais un enfant. (Il rentra le menton et marmonna :) C'est ainsi qu'il m'a appelé... un enfant.

Erienne vint se placer devant la cheminée. Elle cherchait quel argument serait susceptible de convaincre son frère, lorsqu'un léger bruit brisa le cours de ses pensées. Elle se retourna et vit la tête de Farrell retomber mollement sur sa poitrine. Ses premiers ronflements s'amplifièrent rapidement, et Erienne comprit quelle erreur elle avait commise en ne le guidant pas immédiatement vers sa chambre. Silas Chambers allait arriver d'un instant à l'autre, et sa moue dédaigneuse mettrait à rude épreuve l'amour-propre d'Erienne. Elle se prit à espérer un retour rapide de son père, mais cela aussi pouvait être à double tranchant.

Puis, pendant la seconde d'hésitation qui suivit, il lui vint à l'esprit que le clip-clop paresseux des sabots, qui résonnait sur la route depuis quelques instants, venait de s'éteindre devant la porte. Le corps tendu, Erienne attendit, se demandant quelles étaient les intentions du cavalier. Elle tressaillit en entendant le raclement d'un talon sur les marches puis un coup frappé à la porte.

« Silas Chambers ! »

Son esprit frémit en même temps que ses nerfs. Elle regarda autour d'elle et se tordit les doigts de détresse. Pourquoi arrivait-il à un si mauvais moment ?

En proie à une hâte frénétique, elle essaya de réveiller Farrell. Mais, en dépit de tous ses efforts, elle ne parvint même pas à interrompre ses ronflements sonores. Elle le prit sous les aisselles et essaya de le soulever. Hélas, autant s'efforcer de hisser un sac empli de pierres ! Il s'affaissa en avant et glissa sur le sol, où il s'étala de tout son long tandis que des coups insistants résonnaient de nouveau dans la pièce.

Erienne ne pouvait qu'accepter l'inévitable. Silas Chambers ne méritait pas qu'elle se fît tant de soucis, et elle aurait peut-être à se féliciter de la présence de son frère. Elle éprouvait cependant une certaine répugnance à exposer au ridicule sa famille ainsi qu'elle-même. Dans l'espoir de dissimuler tant soit peu son frère, elle tira devant lui un fauteuil et jeta un châle sur son visage, afin d'étouffer quelque peu ses ronflements. Puis, avec calme et décision, elle lissa sa chevelure et sa robe, et tenta de faire taire son angoisse. D'une manière ou d'une autre, elle s'en sortirait. Il le fallait !

Elle atteignit la porte d'entrée et l'appel insistant lui parvint de nouveau. Elle posa sa main sur le loquet et s'efforça d'afficher le plus grand calme. Elle ouvrit la porte et, pendant un moment, le seuil fut empli par une immense silhouette enveloppée de tissu humide et sombre. Erienne releva lentement les yeux et découvrit des bottes de cuir, noires et coûteuses, puis une redingote. Son regard rencontra ensuite un visage surmonté par le bord ruisselant d'un chapeau de castor et elle retint son souffle. Cet homme était de loin le plus séduisant qu'elle eût jamais vu. Lorsqu'un léger mouvement de sourcils plissa le front de l'inconnu, son expression se durcit. La ligne vigoureuse de sa mâchoire, ses joues à méplats, son profil aquilin accentuaient cette impression. Cependant, sa bonne humeur revint rapidement et de petites rides d'amusement apparurent aux coins de ses yeux. Des yeux gris-vert et pétillants, qui semblaient curieux et avides de tous les plaisirs de la vie. Le regard qu'il avait posé sur elle exprimait ouvertement et sans la moindre gêne son admiration. S'y ajouta bientôt un sourire charmeur qui mit un comble à l'émotion d'Erienne.

Elle prenait conscience qu'il ne s'agissait ni d'un vieillard ni d'un bellâtre prétentieux, mais d'un homme débordant de vie et de vigueur. Qu'il dépassât toutes ses espérances était très au-dessous de la vérité. Elle se demanda un instant pourquoi un tel homme en était réduit à chercher une femme par de tels moyens.

L'étranger ôta galamment son chapeau, découvrant des cheveux châtain-roux épais et coupés court. Sa voix profonde se révéla aussi agréable que son apparence.

— Miss Fleming, je suppose ?

— Heu, oui. Erienne, Erienne Fleming.

Elle avait peine à parler et craignait de trahir son trouble. Son esprit était en proie aux pensées les plus contradictoires. Cet homme était d'une séduction ! Elle ne lui découvrait aucun défaut ! Malgré tout, une question se posait. S'il souhaitait se marier, comment avait-il pu atteindre la maturité sans tomber dans les rets d'une douzaine de femmes ?

Il doit avoir quelque tare cachée ! lui soufflait son bon sens. Connaissant son père comme elle le connaissait, il ne pouvait en être autrement.

Malgré le tourbillon de ses pensées, elle réussit à dire calmement :

— Entrez, sir. Mon père m'a avertie de votre venue.

Il parut accueillir ces mots avec une certaine surprise et ses lèvres esquissèrent un sourire amusé.

— Vraiment ? Sauriez-vous donc qui je suis ?

— Naturellement, rit-elle. Nous vous attendions. Entrez, je vous en prie.

Il franchit le seuil et fronça légèrement les sourcils. Après une brève hésitation, il lui tendit son chapeau, sa cravache et ses gants, qu'elle déposa sur un guéridon.

— Vous me surprenez, miss Fleming, déclara-t-il. Je m'attendais à un accueil moins amical, voire hostile.

Erienne fut effrayée par ce qu'impliquaient ces mots. Elle n'avait pas envisagé que son père pourrait manquer de tact au point de révéler son peu d'empressement à choisir un époux. Comment avait-il pu supposer qu'elle accueillerait mal un prétendant aussi séduisant, et auquel aucun des hommes qui avaient demandé sa main n'aurait pu être comparé ?

Elle eut un petit rire et décida de dissiper le malentendu.

— Mon père a dû vous parler de mon manque d'enthousiasme à faire votre connaissance.

L'homme lui adressa un sourire ambigu.

— Vous deviez voir en moi un monstre horrible !

— J'avoue que je suis soulagée de constater qu'il n'en est rien, répliqua-t-elle, regrettant aussitôt le ton enthousiaste de sa voix.

Elle serra les lèvres et souhaita qu'il ne la prenne pas pour une effrontée. Mais ce qu'elle venait de dire était en fait un euphémisme.

Elle se détourna pour refermer la porte, espérant lui dissimuler sa rougeur. Une douce fragrance d'eau de Cologne, mêlée à une plaisante odeur de cuir et de cheval, lui parvint et la laissa presque étourdie.

Il défit les boutons de sa redingote et Erienne remarqua que ses doigts fuselés étaient adroits et rapides. Elle tendit le bras pour prendre le vêtement et, en dépit d'un examen attentif, elle ne lui découvrit aucune imperfection : larges épaules, taille fine, membres allongés. Quant à sa culotte ajustée, elle révélait hardiment la preuve de sa virilité. Le trouble ne fit que croître.

— Laissez-moi vous débarrasser, proposa-t-elle d'une voix tremblante qu'elle tentait vainement de contrôler.

Ses vêtements étaient d'une coupe irréprochable. Cependant, ils auraient sans doute perdu une bonne part de leur élégance sur un homme d'une stature moins élancée. Sous une veste vert sombre, le gilet était court comme le voulait la mode et d'une nuance chamois assortie à la culotte. Les bottes de cuir, façonnées pour mouler ses mollets musclés, étaient soulignées d'un revers couleur ocre. Mais, bien que ces vêtements fussent luxueux et de prix, il les portait avec une désinvolture dépourvue de toute affectation.

Erienne se détourna pour suspendre la redingote au portemanteau placé près de l'entrée. Elle prit le temps de la secouer un instant pour faire tomber les gouttes de pluie qui roulaient sur le tissu, puis lui fit face :

— Votre voyage a dû être pénible, par un tel temps.

Les yeux verts la caressèrent et trouvèrent les siens. L'homme les retint par un sourire chaleureux.

— Pénible, sans doute, mais largement récompensé par la vision de beauté qui m'attendait au bout du chemin.

Peut-être aurait-elle dû lui dire de ne pas rester si près d'elle. Elle sentait sa rougeur augmenter. Elle tenta de se raisonner mais ses pensées revenaient sans cesse au fait que cet homme était séduisant et, pour une fois, en tout point conforme à ses désirs. Mais il avait certainement un défaut caché. Il ne pouvait en être autrement.

— Mon père devrait rentrer d'un moment à l'autre, dit-elle. Souhaitez-vous l'attendre dans le salon ?

— Si cela ne vous importune pas, répliqua-t-il. La raison de ma visite est d'une extrême importance.

Erienne pivota sur elle-même afin de lui montrer le chemin, puis se figea sur le seuil de la pièce. Une des chaussures de Farrell dépassait du fauteuil qu'elle avait traîné devant lui. Elle se maudit de sa stupidité, mais comprit qu'il était trop tard pour empêcher l'inconnu d'entrer. Dans l'espoir de détourner son attention, elle lui adressa son plus beau sourire et se dirigea vers le canapé.

— Je vous ai vu arriver et franchir la rivière. (Elle s'assit et lui désigna un siège.) Vivez-vous près d'ici ?

— J'ai une maison à Londres, répondit-il.

Il repoussa les pans de sa veste vert sombre, révélant sa

doublure chamois, et prit place dans le fauteuil qui dissimulait partiellement Farrell.

Erienne se rendit compte à quel point elle serait ridicule s'il découvrait le corps affalé non loin de lui.

— Je… ah… j'étais sur le point de préparer du thé, dit-elle. En souhaitez-vous une tasse ?

— Après un voyage aussi glacial et humide, elle serait la bienvenue, dit-il d'une voix aussi douce que du velours. Mais, je vous en prie, ne prenez pas cette peine pour moi.

— Oh, c'est un plaisir, sir ! affirma-t-elle précipitamment. Nous recevons bien peu d'hôtes de marque, ici.

— Mais qu'en est-il de celui-ci ? (Au grand désarroi d'Erienne, il désigna de la main le corps de Farrell.) Un prétendant éconduit, peut-être ?

— Oh non, sir ! C'est seulement… je veux dire… c'est mon frère.

Elle haussa les épaules, résignée. Décidément, son esprit manquait de promptitude et d'imagination. De plus, à présent que le secret était révélé au grand jour, sans doute était-il préférable d'être totalement sincère.

— Il… hum… il a un peu bu la nuit dernière, et j'essayais de le porter hors d'ici lorsque vous avez frappé.

Une expression malicieuse envahit le visage de l'inconnu. Il se leva et alla s'agenouiller auprès du frère d'Erienne. Il écarta le châle et remonta du doigt une paupière flasque. Les ronflements continuaient imperturbablement, et lorsque le visiteur leva le regard vers elle son amusement paraissait encore plus vif.

— Pourrais-je vous aider ?

— Oh, certainement, sir ! Je vous serais très reconnaissante si vous acceptiez de m'aider.

Il se releva avec autant de grâce que de rapidité. Il se dégagea de sa veste d'un mouvement d'épaules, confirmant que leur largeur ne devait rien à quelque rembourrage, puis il replia le vêtement sur le dos d'une chaise. Son gilet, très ajusté, moulait parfaitement son torse. Sa taille était fine et souple. Lorsqu'il souleva Farrell, le tissu de sa chemise se tendit et révéla des muscles puissants. Il jeta avec aisance le corps sur son épaule puis se tourna vers elle :

— Si vous voulez me montrer le chemin, miss Fleming ?

— Erienne, je vous en prie, fit-elle en se glissant devant lui.

La proximité de son corps et le parfum léger qui en émanait la troublèrent de nouveau ; elle se hâta de gagner le vestibule.

Ils gravissaient l'escalier et Erienne sentait presque le poids de son regard qui, elle en était sûre, ne la quittait pas. Cependant, elle n'osait pas regarder derrière elle, de peur de trouver la confirmation de son intuition.

Elle pénétra la première dans la chambre de Farrell, afin de tendre la literie. L'homme la suivit et déposa son fardeau sur le lit. Erienne se pencha sur son frère pour desserrer sa cravate et ouvrir sa chemise, et lorsqu'elle se redressa son cœur se mit à battre follement car l'inconnu était à peine à deux pas d'elle.

— Je crois que votre frère serait plus à l'aise sans sa chemise et ses bottes. (Il lui sourit de nouveau en proposant :) Voulez-vous que je les lui ôte ?

— Volontiers, répondit-elle, réconfortée par sa gentillesse. Cependant, attention à son bras. Il en a perdu l'usage.

L'homme s'immobilisa, surpris.

— Je suis désolé. Je ne savais pas.

— Vous n'y êtes pour rien, sir. Il est le seul responsable de son malheur, je le crains.

L'homme haussa les sourcils, visiblement déconcerté.

— Je vous trouve très compréhensive, miss Fleming.

Erienne rit, afin de dissimuler sa confusion.

— Mon frère est d'un avis différent.

— C'est souvent le cas, entre frères et sœurs.

Le sourire réapparut comme elle relevait la tête, et les

yeux de l'homme examinèrent ses traits délicats, s'arrêtant longuement sur ses lèvres colorées.

Le trouble d'Erienne était intense. Elle remarqua cependant que les yeux de l'homme étaient vert clair, mouchetés de gris. La chaleur de son regard fit battre plus vite le cœur d'Erienne. Se reprochant son manque de sang-froid, elle s'écarta et s'affaira dans la chambre, pendant qu'il s'occupait de son frère. Elle préférait se tenir à distance. Le silence s'éternisant, elle s'efforça en vain de trouver quelque pensée spirituelle à exprimer.

— La journée a été plutôt maussade, jusqu'à présent, finit-elle par dire, en désespoir de cause.

— Oui, reconnut-il avec autant d'originalité. Une journée maussade.

L'homme retira la culotte de Farrell puis s'écarta du lit en tenant les vêtements et les bottes à la main. Erienne vint à lui pour le débarrasser et elle sentit les doigts du visiteur s'attarder sous les siens. Une onde de chaleur monta en elle, brûlante et irrépressible. Jamais encore elle n'avait connu semblable sensation.

— Il va falloir attendre le printemps pour que le temps s'améliore, je le crains, s'empressa-t-elle d'ajouter nerveusement. Ici, dans le Nord, il est normal d'avoir de la pluie en cette période de l'année.

— Le printemps sera le bienvenu, commenta-t-il en hochant légèrement la tête.

Leur conversation était bien loin de refléter toutes les pensées qui s'agitaient en eux. Erienne prenait de plus en plus conscience que cet homme pourrait bientôt devenir son mari et elle chercha ce qui pouvait l'inciter à demander sa main. Compte tenu des prétendants qui lui avaient été jusqu'alors présentés, elle se serait déjà estimée heureuse si ce Silas Chambers n'avait pas été trop laid. Mais il était bien mieux que cela et elle n'osait croire que ses espoirs seraient ainsi dépassés.

Afin de maintenir une certaine distance entre cet homme

et elle, elle traversa la pièce et s'adressa à lui tout en rangeant les vêtements de son frère.

— Si vous venez de Londres, vous ne devez pas être habitué à ce rude climat. Nous avons été sensibles au changement, lorsque nous sommes venus nous installer à Mawbry voilà trois ans.

— Aviez-vous déménagé pour des raisons climatiques ?

Une lueur d'amusement apparut dans ses yeux vert clair.

— Lorsqu'on s'est accoutumé à l'humidité, dit Erienne en riant, la vie est assez agréable ici. A condition d'ignorer les rumeurs effrayantes concernant les bandits de grand chemin et les bandes de pillards écossais, naturellement. Vous en entendrez parler, si vous demeurez à Mawbry quelque temps. Lord Talbot se plaignait des incursions dont se rendaient coupables des bandes d'Écossais dans les hameaux proches de la frontière, et mon père a été nommé maire. Puis un shérif fut chargé d'assurer la sécurité de ses terres. (Elle écarta les bras, afin d'exprimer ses doutes.) J'ai souvent entendu des récits dramatiques ayant trait à des bandits qui assassinent ou détroussent les voyageurs, mais l'unique exploit de mon père et du shérif fut l'arrestation d'un braconnier sur les terres de lord Talbot. Et encore n'était-il même pas écossais !

— Je prendrai garde de ne pas parler de mes ancêtres écossais, de crainte d'être pris pour un détrousseur de grand chemin !

Elle le regarda, brusquement soucieuse.

— Sans doute devriez-vous, en effet, vous abstenir d'en parler à mon père. Il s'emporte facilement, lorsqu'il est question des clans d'Écosse ou d'Irlande...

Son compagnon inclina imperceptiblement la tête, afin d'indiquer qu'il tiendrait compte du conseil.

— Je ferai mon possible pour ne pas l'irriter inutilement.

Elle le guida hors de la chambre et s'adressa à lui pardessus son épaule.

— Sachez cependant que toute la famille ne partage pas

ses opinions. Je n'ai aucune raison de ne pas aimer les Écossais.

— Voilà qui me rassure.

Émue par cette voix chaleureuse, elle fut un instant distraite et son pied manqua la première marche. Elle trébucha et demeura en équilibre précaire. L'escalier était dangereusement abrupt. Elle retint son souffle mais, avant qu'elle pût réagir, un bras entoura sa taille et l'entraîna en arrière. Plaquée contre la poitrine musclée de l'homme, elle haletait de soulagement. Elle leva la tête vers le visage qui la dominait. Les yeux de l'homme plongèrent dans les siens, intenses et avides.

— Miss Fleming...

— Erienne, je vous en prie.

Son murmure était à peine audible.

Ils n'entendirent pas la porte d'entrée qui s'ouvrait et les voix masculines qui s'élevaient du rez-de-chaussée. Captifs d'eux-mêmes, ils auraient pu rester ainsi isolés du monde pendant encore un long moment si un grondement coléreux ne les avait brusquement ramenés vers la réalité.

— Hé ! Qu'est-ce que ça signifie ?

Encore sous le charme, Erienne s'écarta et pencha la tête. Son père et un inconnu la regardaient, visiblement aussi surpris qu'elle. Le visage d'Avery Fleming s'empourpra et son expression suffit à faire perdre contenance à sa fille, mais ce qui mit un comble au désarroi d'Erienne fut de découvrir l'affreux visage de l'étranger osseux qui se tenait près de son père. Il correspondait en tout point à l'image qu'elle s'était faite de Christopher Seton. Il ne lui manquait qu'une grosse verrue sur le menton pour correspondre parfaitement au portrait de son ennemi.

L'explosion de colère d'Avery Fleming secoua la maison.

— Je t'ai demandé ce que ça signifie ! répéta-t-il. (Puis d'ajouter, sans lui laisser le temps de répondre :) Il suffit que je te laisse seule quelques instants, pour qu'à mon retour je te trouve en train de séduire un homme dans ma propre... *Vous!* (Avery jeta son chapeau sur le sol, et ses cheveux parurent se hérisser.) Soyez maudits ! Trahi dans ma propre demeure ! Par ma propre fille !

Surmontant sa gêne, Erienne se hâta de descendre l'escalier tout en essayant d'apaiser son père.

— Je t'en prie, laisse-moi t'expliquer...

— C'est inutile ! J'ai des yeux pour voir ! Trahi, oui ! Par la chair de ma chair ! gronda-t-il avant de désigner avec mépris l'homme qui descendait les marches derrière elle. Et avec cette crapule !

— Père ! protesta Erienne, outrée par cette épithète. Il s'agit pourtant de l'homme que tu m'as toi-même choisi : Silas Chambers.

L'étranger au visage ingrat s'avança d'un pas, secouant la tête de droite et de gauche. Il se mit à bredouiller :

— Je... je... s-suis... Je... je veux dire, il... il n'est p-pas... oh !

Avery s'était avancé, les bras écartés en signe d'indignation. L'homme fluet fut rejeté sur le côté tandis que le père d'Erienne laissait libre cours à sa déconvenue.

— Petite écervelée ! Aurais-tu perdu l'esprit ? Ce n'est pas Silas Chambers ! Le voilà ! Il m'accompagne. (Pardessus son épaule, il désigna le petit homme maigre, puis tendit un index vengeur vers l'homme de l'escalier.) Ce salaud ! Ce bâtard lubrique...

Erienne s'adossa au mur et ferma les yeux. Elle savait déjà ce qu'allait dire son père.

— ... C'est l'ordure qui a estropié ton frère !... C'est ton Mr Seton ! Christopher Seton !

— Christopher Seton ?

Si les lèvres d'Erienne venaient bien de former ces mots, aucun son cependant ne les avait franchies. Elle rouvrit les yeux et dévisagea son père, semblant chercher sur son visage un démenti à ce qu'elle venait d'entendre. Son regard se porta sur l'étranger qui restait bouche bée et la vérité ne lui fut que trop claire. Il n'était pas différent des autres prétendants que son père lui avait déjà présentés.

— Pauvre idiote ! continua Avery. *Voilà* Silas Chambers ! Pas ce vaurien plein de morgue qui te serrait contre lui.

Folle d'indignation, Erienne se tourna vers Christopher qui lui adressa un sourire contrit.

— Je vous présente mes excuses, Erienne, mais je croyais que vous saviez qui j'étais. Souvenez-vous, je vous ai interrogée à ce sujet.

A l'indignation succéda la colère. Erienne avait été trompée et sa fierté exigeait réparation. Se défendant comme un jeune fauve, elle infligea à la joue hâlée de l'homme une gifle cuisante.

— De la part de miss Fleming !

Christopher Seton se massa la joue et rit doucement, sans baisser les yeux. Erienne ne put soutenir son regard et lui tourna le dos. L'homme admira un bref instant cette silhouette souple et virevoltante, avant de reporter son attention sur Avery Fleming.

— J'étais venu me renseigner au sujet d'une dette que vous m'aviez promis d'honorer, sir. Je me demandais quand vous tiendriez parole.

Avery rentra la tête dans les épaules, tandis que son visage s'empourprait. Évitant le regard inquisiteur de Silas, il marmonna qu'il réglerait sa dette au plus tôt.

Christopher regagna le salon pour prendre sa veste. Il revint tout en s'habillant.

— J'espérais obtenir de vous une réponse plus précise, monsieur le maire. Je n'aimerais pas vous importuner trop souvent, et vous m'aviez promis de vous acquitter sous un mois. Comme vous avez dû vous en rendre compte, le délai en question est écoulé.

Avery serra les poings, tout en gardant les bras le long du corps, craignant que le moindre mouvement pût être interprété comme un geste de défi.

— Je vous conseille de ne pas remettre les pieds ici, monsieur Seton. Vous voir courtiser ma fille ne me plaît guère. Elle va se marier sous peu et je ne vous laisserai pas compromettre nos projets de mariage.

— Ah oui, j'ai en effet entendu des rumeurs à ce sujet, répliqua Christopher avec un sourire sarcastique. Mais après avoir fait sa connaissance, je suis surpris que vous n'ayez pas eu plus de succès. Il me semble cependant injuste de lui faire payer sa vie durant une dette que vous avez contractée.

— Vous n'avez pas à vous mêler des affaires de ma fille !

Silas Chambers sursautait à chaque réplique d'Avery, mais Christopher continuait de sourire. Sans paraître impressionné le moins du monde, il répliqua :

— Je n'apprécie guère l'idée qu'elle doive se marier pour que vous puissiez me rendre ce que vous me devez.

Avery le regarda, bouche bée de surprise.

— Vraiment ? Vous n'envisageriez tout de même pas de tirer un trait sur cette dette ?

Le rire de Christopher démentit cette hypothèse.

— Certes pas ! Mais je possède des yeux et j'ai conscience que votre fille serait une compagne charmante. Je pourrais attendre un peu pour mettre cette dette en recouvrement, si vous me permettiez de la courtiser. (Il haussa les épaules avec indifférence.) Qui sait ce qui pourrait en résulter ?

Avery faillit s'étrangler.

— Chantage et débauche ! Je préférerais la voir morte, plutôt qu'auprès de vous !

Christopher étudia Silas, qui écrasait nerveusement son tricorne contre sa poitrine. Il se tourna vers le maire.

— Oui, je l'imagine aisément, fit-il avec une ironie subtile mais directe.

Avery ne put se contenir. S'il était conscient que Silas n'était guère agréable à regarder, il savait que l'homme possédait un honorable pécule. De plus, il estimait préférable que sa fille n'épousât pas un homme trop séduisant qui lui ferait peut-être une ribambelle de marmots insupportables. Silas suffisait amplement. Mais, après l'avoir vue dans les bras de ce Seton, peut-être avait-il des doutes quant à sa virginité et hésiterait-il à l'épouser.

— Il existe un grand nombre de prétendants décidés à y mettre le prix, ajouta Avery. Des hommes qui apprécieront ce qu'Erienne leur apportera et qui auront du respect pour son père.

Christopher adressa un petit sourire à Erienne.

— Je suppose que ma présence ne sera plus la bienvenue en cette demeure ?

— Sortez ! Et que votre ombre même n'effleure pas notre seuil ! (Elle retenait des larmes d'humiliation et elle lui adressa un regard foudroyant.) Si quelque nabot bossu et balafré était le seul autre homme de la Terre, je le préférerais encore à vous !

Christopher laissa son regard caresser ce corps frémissant.

— Quant à moi, Erienne, si je vous voyais à terre, je refuserais de vous enjamber pour aller retrouver la plus belle fille du monde ! dit-il en souriant. Je serais fou de me sacrifier pour préserver ma fierté.

— *Dehors !*

Le mot avait jailli de ses lèvres avec colère, et du bras elle désigna la porte.

Christopher s'inclina légèrement puis se dirigea vers le portemanteau où était suspendue sa redingote, pendant qu'Avery saisissait le bras de sa fille et l'entraînait sans ménagement vers le salon.

— Alors, qu'est-ce que ça signifie ? lui demanda-t-il coléreusement. En dépit de ma santé délicate je brave la tourmente pour aller chercher ton fiancé et, à mon retour, je te découvre pendue au cou d'un autre homme !

— Silas Chambers n'est pas mon fiancé ! le reprit

Erienne, en un murmure ! Ce n'est qu'un de ces innombrables prétendants que tu amènes à la maison comme si j'étais une jument pour laquelle tu cherches preneur ! Et je ne me suis pendue au cou de personne ! J'ai seulement trébuché, et Silas... Mr Seton m'a retenue.

— J'ai bien vu ce qu'il voulait ! Il avait posé ses mains sur ton corps !

— Je t'en prie, père, baisse la voix. Ce n'est pas ce que tu crois !

La discussion animée se poursuivait et la voix d'Avery montait. Silas Chambers tordait son tricorne, en proie à l'indécision. Visiblement anxieux, il lançait des regards répétés vers le salon.

— Je pense qu'ils n'en auront pas fini de sitôt, dit Christopher en inclinant la tête en direction du salon. Un bon rhum vous ferait le plus grand bien et peut-être accepteriez vous de vous joindre à moi pour manger un morceau à l'auberge ? Vous pourrez revenir plus tard, si vous le souhaitez.

— Heu... je crois que... (Silas s'interrompit en entendant les hurlements qui parvenaient du salon, puis il dit précipitamment :) Je crois que je vais accepter, sir. Merci.

Il remit son tricorne d'un geste brusque, paraissant heureux d'avoir une excuse pour quitter cette maison.

Christopher dissimula un sourire amusé et ouvrit la porte. Il laissa l'homme le précéder. Comme le vent glacial et la pluie mordante les assaillaient, Silas frissonna et remonta rapidement le col de son manteau. Il enfila une paire de gants élimés et glissa une écharpe effilochée dans son col, ce qui fit hausser les sourcils à Christopher. Si cet homme était riche, rien en lui ne le laissait paraître. Il évoquait plutôt quelque comptable besogneux aux appointements misérables. Christopher pensa qu'il serait très intéressant de découvrir jusqu'à quel point il accepterait de puiser dans sa bourse si la jolie main d'Erienne Fleming donnait lieu à une compétition.

2

La porte d'entrée avait été refermée sans brutalité, mais le bruit en parvint néanmoins jusqu'au salon. Avery interrompit sa tirade et se précipita dans le vestibule où il resta bouche bée : Dieu merci, Christopher Seton était parti, mais Silas Chambers l'avait imité ! Le maire de Mawbry poussa un soupir de désespoir et se tourna vers sa fille.

— Tu vois ce que tu as fait ? Ta sottise nous a fait perdre un autre prétendant ! Malédiction, ma fille ! Je te conseille de me dire pour quelle raison tu as laissé ce misérable entrer, si tu ne veux pas goûter au fouet !

Erienne massait son bras, là où son père l'avait serré avec force. Elle aperçut le portemanteau vide à côté de la porte et éprouva une vive satisfaction d'être délivrée de la présence de cet arrogant cavalier. Elle fut non moins soulagée de constater que Silas avait jugé préférable de partir avec lui. Cependant, elle ressentit aussi une sorte de frustration, de regret, comme si une chose à peine entrevue et très précieuse avait à jamais disparu de sa vie. Elle tenta de bien choisir ses mots pour convaincre son père :

— Je n'avais jamais vu ce Christopher Seton, père. En outre, je ne pouvais me fier à la description que Farrell et toi m'avez fournie de cet homme. Tu m'avais annoncé la venue de Silas Chambers et, lorsqu'on a frappé à la porte, j'ai naturellement supposé qu'il s'agissait de lui.

Elle se détourna, furieuse en son for intérieur, et contre elle-même et contre Seton. C'était vraiment un odieux individu de l'avoir dupée ainsi !

Avery s'adresssa à elle presque gémissant :

— Ma fille monte avec mon pire ennemi dans une

chambre de ma propre demeure. Dieu seul sait ce qui s'est passé, et la voici qui prétend que c'était une erreur. Une simple erreur !

— C'était à cause de Farrell, père ! Il est arrivé ici en titubant et s'est effondré sur le sol, inconscient. Exactement là où tu te trouves ! Et Mr Cham... je veux dire, Mr Seton, a eu l'amabilité de le porter jusqu'à son lit.

— Tu as laissé son bourreau poser de nouveau les mains sur lui ? rugit Avery.

— Il ne lui a fait aucun mal, protesta Erienne. C'est moi qu'il a offensée.

Sa réponse n'apaisa pas la fureur de son père.

— Seigneur ! À t'entendre, on croirait que Seton est un petit saint ! Il ne lui a fait aucun mal, répéta-t-il en imitant sa fille. Tu oublies que c'est ce démon, cette brute qui a blessé le pauvre Farrell. Cet homme contre lequel tu te serrais lascivement.

— Je me serrais lascivement ! Père, nous venions d'étendre Farrell sur son lit et j'allais redescendre, lorsque j'ai trébuché. Il m'a rattrapée, m'empêchant de tomber ! C'est tout ce qui s'est passé, père !

— Et c'est amplement suffisant ! déclara Avery qui commença de faire les cent pas devant la cheminée. Amplement suffisant pour que l'aimable Mr Chambers puisse voir sa fiancée dans les bras d'un autre homme. Et, à l'heure qu'il est, il a probablement déjà parcouru une bonne partie de la route d'York.

Erienne soupira, agacée.

— Père, Silas Chambers n'a jamais été mon fiancé. Simplement l'un de ces nombreux partis auxquels tu donnes la chasse.

Avery secoua tristement la tête.

— Des partis qui deviennent de moins en moins nombreux chaque jour. Faute de dot à leur offrir, il est presque impossible de les convaincre de voir en toi une excellente épouse ! Sans parler de tes grandes idées sur le mariage et le reste. Tu prétends que tu veux pouvoir respecter et aimer celui que tu épouseras. Bah ! Ce sont de simples excuses pour les rejeter tous. Je t'ai présenté ce qu'on peut trouver de mieux, et aucun ne te convient.

— Ce qu'on peut trouver de mieux ? répliqua Erienne. Tu oses prétendre que tu m'as présenté ce qu'on peut trouver de mieux ? Tu m'as amené un obèse asthmatique ; un vieillard à moitié aveugle ; un ladre squelettique aux joues hérissées de verrues poilues. Et tu oses me dire que tu m'as présenté ce qu'on peut trouver de mieux ?

— Il s'agissait de célibataires issus de familles honorables, possédant une excellente réputation et une bourse bien garnie.

— Père, fit Erienne sur un ton implorant, amène-moi un gentilhomme jeune, beau et riche, et je m'engage à l'aimer et subvenir à tous tes besoins jusqu'à la fin de tes jours.

Il lui adressa un regard lourd de reproches.

— Écoute-moi bien, ma fille. Je vais essayer de mettre un peu de plomb dans ta cervelle de moineau ! Chez un homme, certaines choses comptent plus qu'un physique agréable ou de larges épaules. Prends ton cher Mr Seton, par exemple.

Erienne tressaillit en entendant prononcer ce nom, et elle serra les dents. L'insolent ! Il l'avait délibérément trompée !

— Il t'a fallu un certain temps pour découvrir que cet homme est un fourbe qui cherche à prendre avantage sur les autres par n'importe quelle rouerie.

Erienne faillit acquiescer, avant de se reprendre. Cet homme s'était amusé à ses dépens, et son amour-propre en souffrait encore.

— C'est un riche dandy, et je suppose que les catins du port seraient fières de s'exhiber à son bras, mais aucune femme honnête ne voudrait d'un homme de cet espèce. Il te ferait un enfant sans même te promettre le mariage. Et même si tu parvenais à le convaincre de t'épouser, ce dont je doute, il t'abandonnerait dès qu'il en aurait assez de toi. C'est toujours ainsi qu'agissent ces mâles séducteurs. Ils sont aussi fiers de ce qu'ils ont dans leur culotte que de leurs beaux habits.

Rougissant jusqu'à la racine des cheveux, Erienne se rappela sur quoi son regard s'était brièvement attardé.

— Il est exact que ce Seton est séduisant, dès l'instant où l'on apprécie les mâchoires brutales et les pommettes osseuses, fit Avery en massant son double menton. Mais, pour quiconque possède un minimum d'expérience, il saute aux yeux que c'est un être froid et insensible. Cela se lit sur son visage.

Erienne se souvint de la chaleur des yeux clairs de Seton et douta du bien-fondé de la remarque de son père. Oui, ses yeux verts vibraient de vie et d'intensité.

— Et vraiment, ajouta Avery, je plains sincèrement la malheureuse qui l'épousera.

Malgré sa colère contre Seton, Erienne ne parvint pas à partager ce point de vue. Elle pensait que la femme qui l'épouserait ferait plus envie que pitié.

— Inutile de tant me mettre en garde, père, dit-elle en souriant à contrecœur. Je ne serai plus jamais victime des ruses de Mr Seton.

Erienne se retira et gravit l'escalier. Arrivée devant la porte de la chambre de Farrell, elle fit une brève pause. Il ronflait toujours. Sans doute dormirait-il tout le jour, se levant à la tombée de la nuit et courant vers quelque autre beuverie.

Elle fronça légèrement les sourcils et regarda autour d'elle. Un léger parfum d'eau de Cologne flottait encore dans le vestibule et, fugacement, elle revit les yeux verts si éloquents, si troublants. Elle secoua la tête pour chasser cette vision, et la dernière marche retint son regard. Elle se souvint comment il l'avait ramenée en arrière et serrée contre lui. Il lui sembla sentir encore le contact ferme de sa poitrine contre ses seins.

Frissonnant, elle courut se réfugier dans sa chambre. Elle se laissa tomber en travers du lit où elle demeura allongée, les yeux fixés sur la fenêtre qu'éclaboussaient les gouttes de pluie. Elle entendit de nouveau la voix moqueuse et chaude.

En bas, dans le salon, Avery faisait toujours les cent pas. Trouver un riche mari pour sa fille se révélait bien être la tâche la plus difficile qu'il eût jamais affrontée. Comble d'ironie, à l'instant même où Silas Chambers se frottait les mains à la perspective de prendre pour épouse une femme jeune et jolie, ce monstre de Seton était apparu pour ruiner toute l'affaire. Lui qui avait déjà fait tant de mal à la famille Fleming.

— Malédiction !

Avery frappa sa paume de son poing, puis alla se servir un verre d'alcool afin de se réconforter quelque peu. Tandis qu'il se remettait à arpenter la pièce, des souvenirs lui revinrent...

Il occupait déjà un rang assez élevé dans les armées de Sa Majesté lorsque le hasard lui avait permis de sauver un certain baron Rothsman des mains de rebelles irlandais. Le baron, débordant de gratitude, avait pressé le capitaine de quitter l'armée pour se joindre à lui et le suivre à la cour de Londres. Grâce à sa protection et à son influence, la position d'Avery s'était rapidement affermie dans les cercles politiques.

Son regard se fit lointain et il se servit un autre verre.

Il ne gardait de cette époque que d'heureux souvenirs, un tourbillon sans fin de nobles discours, de réunions et de bals. C'était lors d'une réception qu'il avait fait la connaissance d'une belle veuve blonde d'une éducation fort distinguée. Sans se départir de sa mélancolie, elle n'avait pas repoussé les hommages de cet ex-capitaine déjà grisonnant. Avery Fleming devait apprendre que son premier époux était un rebelle irlandais, mort peu après leur mariage sur une des péniches-prisons de Sa Majesté. Pour

Avery, profondément épris, peu importait qu'elle eût aimé un ennemi abhorré, et il l'avait pressée de lui accorder sa main.

Une enfant était née, une fille aux boucles aussi brunes que les cheveux de sa mère étaient blonds. Deux ans plus tard, ils avaient eu un fils aussi rougeaud et brun que son père. Un an après la naissance de Farrell, la position d'Avery s'était encore élevée. Si ses nouvelles fonctions comportaient des responsabilités dépassant de beaucoup ses compétences, elles faisaient de lui un membre de l'élite londonienne et lui ouvraient les portes des clubs privés entre les murs capitonnés desquels on misait de fortes sommes à des jeux de hasard. Fleming, enivré de tout ce qui s'offrait désormais à lui, s'était laissé aller à toutes les imprudences. En dépit des mises en garde inquiètes de son épouse, il jouait des sommes de plus en plus considérables. Il avait même fait l'acquisition d'un cheval qui semblait condamné à n'avoir jamais devant lui que les croupes des autres concurrents.

Sa prodigalité au jeu et son inaptitude au travail avaient fini par gêner le baron Rothsman, qui refusa dès lors de le recevoir. Angela Fleming souffrait de cette situation. Voyant sa fortune personnelle fondre comme neige au soleil, elle avait finalement décidé de laisser à sa fille l'unique dot qu'Avery ne pourrait dilapider : une éducation parfaite qui ferait d'elle à la fois une femme cultivée et une maîtresse de maison capable de tenir son rang.

— Quelle stupidité ! grommela Avery. Avec l'argent que cette femme a gaspillé par pur caprice... Eh bien, j'aurais pu rester à Londres.

Discrédité, il avait dû quitter la capitale et s'était réfugié dans le nord de l'Angleterre. Il avait réussi à se faire nommer maire de Mawbry, un poste où ses tâches étaient simples et limitées. En quittant Londres, il laissait derrière lui des dettes impayées mais, s'exilant en cette lointaine province, il espérait bien se faire oublier. Et repartir de zéro.

Puis Angela était morte et il avait connu une brève période de chagrin. Seules les cartes semblaient capables de lui faire oublier sa peine, et il avait pris l'habitude de se rendre avec Farrell à Wirkinton, chaque samedi et dimanche, et en semaine c'était à l'auberge de Mawbry qu'il s'adonnait à sa passion du jeu. Il allait souvent jusqu'au port, où il savait trouver de nouveaux visages et de nouvelles bourses bien garnies. Et si quelques marins se doutaient que sa chance était due à la dextérité de ses doigts plus qu'aux effets du hasard, ils n'osaient cependant mettre en doute la respectabilité d'un notable. De plus, Avery ne déployait ses talents particuliers que lorsque les mises étaient très élevées, ou qu'il avait un besoin pressant d'argent. Et il n'omettait jamais de faire profiter son entourage de ses gains, offrant une ou deux tournées de bière ou de rhum. Les marins, cependant, n'étaient pas toujours bons perdants, surtout lorsqu'ils appartenaient à la race querelleuse et sournoise des Yankees, et il en suspectait plus d'un de s'être plaint à son capitaine. Il se maudissait encore de son manque de prudence lorsque Christopher Seton lui avait demandé s'il voulait faire une partie avec lui. Il faut dire cependant que Seton n'avait rien des dehors brusques et rugueux de la plupart des capitaines. Avery avait vu en lui un riche oisif, un dandy. Il s'exprimait avec le raffinement d'un lord, et ses façons étaient irréprochables. Difficile de deviner qu'il était le propriétaire d'un navire ancré dans le port, ainsi que d'une flottille considérable.

Abasourdi par le contenu de la bourse du Yankee, Avery avait décidé de miser gros. Battre ce riche gentilhomme l'enfiévrait d'excitation. Quel que fût le résultat de la partie, elle s'annonçait passionnante, même pour les simples spectateurs. Durant un moment, Avery avait joué sans tricher, laissant au destin le soin d'accorder à sa guise ses faveurs inconstantes. Puis, comme les enjeux devenaient importants, il avait décidé de forcer la chance et de garder par-devers lui les cartes dont il pourrait avoir besoin. De l'autre côté de la table, les yeux voilés de Seton n'avaient pas cillé une seule fois, et son sourire n'avait pas quitté son visage bronzé. Et c'est pourquoi, lorsque Seton s'était penché au-dessus de la table pour ouvrir la veste d'Avery et faire tomber les cartes soigneusement mises de côté, le maire de Mawbry avait été totalement pris à l'improviste. Cherchant à réfuter l'accusation, il avait bredouillé des mots sans suite. Ses dénégations maladroites n'avaient convaincu personne et, bien qu'il eût cherché de tous côtés un allié, nul n'était venu à son secours. C'est à ce moment que Farrell avait fait son entrée pour défendre l'honneur de son père. Le jeune homme, qui n'avait jamais brillé par son bon sens, avait défié avec imprudence l'étranger.

L'expression d'Avery se fit grave. Cette imprudence de Farrell était la cause même de sa blessure, mais comment Avery eût-il pu le reconnaître devant quiconque ? Il avait espéré que son fils tuerait l'étranger, une mort qui eût effacé sa dette de jeu. Deux mille livres ! Pourquoi les choses s'étaient-elles passées ainsi ? Pourquoi Farrell ne l'avait-il pas tué ? Même si Seton possédait toute une flotte de navires, personne en Angleterre n'eût pleuré sa perte. C'était un étranger. Un misérable Yankee !

Avery gronda de fureur. Il revoyait les marins du navire yankee, le *Cristina,* éclater de rire après la partie et assener des tapes dans le dos de l'homme qu'ils appelaient Mr Seton. Oui, ils s'étaient tant réjouis de sa victoire qu'Avery était sûr qu'ils auraient déclenché une rixe pour le défendre. Tout s'était bien passé pour le Yankee, et les Fleming n'avaient pas lieu d'être fiers. La rumeur s'était répandue plus vite que la lèpre : on disait qu'Avery avait été traité de tricheur et, presque aussitôt, ses créanciers lui avaient coupé tout crédit.

Ses épaules s'affaissèrent de lassitude.

— Et que puis-je faire, moi, pauvre père harcelé par ses créanciers, alors que mon fils a perdu l'usage d'un bras et que ma fille est aussi insupportable que hautaine ? Comment allons-nous joindre les deux bouts ?

Son esprit étudiait son futur plan d'action. Après avoir entendu Avery vanter la beauté et les nombreux talents d'Erienne, un riche négociant des environs de Wirkinton avait semblé impatient de faire sa connaissance. Bien que fort âgé, Smedley Goodfield appréciait encore les jeunes femmes. L'unique défaut qu'Avery lui trouvait était un attachement trop vif à son argent, qu'il n'acceptait de débourser que contraint et forcé. Cependant, avec une belle jeune femme pour réchauffer tant son lit que son cœur, Smedley deviendrait peut-être plus généreux. En outre, son grand âge laissait présager une mort pas trop lointaine. Avery s'imagina Erienne sous les traits d'une riche veuve. Si tout se passait ainsi, il pourrait de nouveau jouir de l'existence.

Avery tirailla un poil de son menton et un sourire éclaira son visage. Il parviendrait à ses fins ! Il se rendrait à Wirkinton et ferait au vieux négociant une proposition qu'il accepterait certainement. Puis il annoncerait la bonne nouvelle à sa fille, et ils iraient tous deux voir Smedley Goodfield. Avery devinait qu'Erienne ne serait guère heureuse de ce choix, mais il lui faudrait surmonter sa déception.

Réconforté par cette perspective, Avery vida un autre verre puis se leva et plaça d'un geste décidé son chapeau sur sa large tête. Beaucoup de ses amis pariaient sur les animaux qu'on amenait au marché de Mawbry : le premier serait un mouton, non, une oie, non, une chèvre... A présent que Smedley Goodfield allait entrer dans la famille, Avery pouvait se permettre de miser sur son favori.

*
**

Lieu de rencontre pour les voyageurs de passage à Mawbry et les villageois, la salle commune de *L'Auberge du Sanglier* était rarement déserte. De gros piliers de bois grossièrement taillé soutenaient les étages et offraient un semblant d'isolement à ceux qui s'installaient au rez-de-chaussée. L'odeur âcre de la bière et les fumets de la viande mise à rôtir envahissaient jusqu'au recoin le plus obscur. Des barils de rhum et de bière occupaient tout un pan de mur, en face de l'aubergiste toujours affairé à nettoyer le comptoir usé avec un torchon humide. Il jetait par instants un regard en direction d'un pochard assoupi à l'extrémité du comptoir, pendant qu'une serveuse glissait plats et chopes de bière devant deux hommes penchés l'un vers l'autre au-dessus d'une table située près de l'âtre.

Assis à côté de la fenêtre, Christopher fit tomber quelques pièces sur la table, afin de régler le repas qu'il avait pris en compagnie de Silas Chambers, puis il se redressa sur son siège dans l'intention de terminer tranquillement sa bière. Dans la rue, les aboiements des chiens ponctuaient le départ hâtif de Mr Chambers et de sa voiture. Christopher regarda par la fenêtre et eut un sourire amusé. Chambers, profondément troublé par la dispute des Fleming, n'avait guère tardé à lui avouer qu'il hésitait un peu à prendre cette jeune fille pour épouse. Tout laissait supposer que le maire lui avait assuré qu'Erienne était aussi docile que belle et, si sa beauté était indéniable, Mr Chambers estimait quant à lui que la docilité était une qualité encore plus importante. Erienne avait révélé un tempérament trop ardent pour qu'il pût espérer le maîtriser. Silas Chambers était un homme paisible et prudent, et ancré dans ses habitudes. Jouir d'une telle beauté et la considérer comme son bien lui eût sans nul doute procuré une joie incommensurable, mais tant d'éclat l'avait effrayé.

Christopher n'était pas mécontent que Silas Chambers

eût décidé de rentrer chez lui. Il se sentait à présent plus détendu. Il n'avait pas eu besoin de lui adresser la moindre mise en garde pour le dissuader de regagner la demeure des Fleming. Quelques hochements de tête et quelques regards compatissants de sa part avaient suffi à convaincre Chambers qu'il devait envisager ce mariage avec une extrême prudence. L'homme avait d'ailleurs paru presque heureux de recevoir ces sages conseils. Après tout, avait-il dit, il se devait de protéger son petit pécule, et l'on n'est jamais trop circonspect lorsqu'il faut se choisir une épouse.

Christopher sentit une présence à son côté, et il releva le regard pour découvrir le petit pochard aux cheveux en bataille qui fixait avec envie la chope à moitié pleine que Silas avait laissée sur la table.

— Z'êtes pas du coin, pas vrai, patron? demanda l'inconnu.

S'il n'était guère difficile de deviner ce que voulait l'ivrogne, la curiosité que Christopher éprouvait pour Mawbry et son maire l'incita cependant à encourager la conversation. Il secoua négativement la tête et l'homme arbora un large sourire, puis reporta son regard sur la chope.

— L'vieux Ben peut vous t'nir compagnie, patron?

Christopher désigna la chaise que Silas avait occupée. Dès que l'homme se fut laissé choir sur le siège, il saisit la chope et en vida le contenu d'un trait.

Christopher fit signe à la serveuse.

— Apportez une autre bière à mon ami, lui commanda-t-il. Ainsi qu'un peu de viande pour accompagner la boisson.

— Z'êtes un saint homme, patron! gloussa Ben.

Ses lourdes bajoues se mirent à trembler et son nez rouge frémit. Des veines violettes striaient son visage et son œil gauche était recouvert d'une fine pellicule blanchâtre. Il regardait autour de lui avec nervosité, attendant son festin avec impatience. La femme posa devant lui la bière et un plat de bois couvert de tranches de viande, puis se pencha pour ramasser les pièces. Elle sourit à Christopher, l'invitant à admirer ses seins plantureux dans l'échancrure de son corsage. D'un mouvement aussi vif qu'inattendu, Ben abattit sa main noueuse sur celle de la serveuse.

— Prends seulement ce qu'on t' doit, Molly, gronda-t-il. Ça fait dix pence pour chaque bière et seulement deux pence pour la viande, alors compte bien. J' suis pas disposé à te laisser rafler du supplément. T'as jamais été généreuse avec le vieux Ben, alors j' vois pas pourquoi j' te laisserais rouler ce gentleman qui est l'ami du vieux Ben.

Pendant que Christopher toussait pour dissimuler son amusement, Molly compta méticuleusement les pièces et laissa celles qui se trouvaient en trop. Satisfait, Ben reporta son attention sur le plat de viande et la chope de bière.

— C'est gentil à vous de penser au vieux Ben, patron, marmonna-t-il finalement, avant d'essuyer sa bouche avec sa manche et de boire une longue gorgée de bière. Dans ce foutu pays, on trouverait pas grand monde qui accepterait de m' donner l'heure, pour pas parler d'un pareil festin. Le vieux Ben est à votre service.

— Chercheriez-vous un emploi ? s'enquit Christopher.

— Y a pas une seule personne qui confierait au vieux Ben une pincée de sel, alors inutile de parler d'un travail à faire, dit l'homme, haussant ses épaules décharnées. C'était pas comme ça, avant. Le vieux Ben, il a servi sur les rafiots de Sa Majesté pendant plus d' vingt ans. (Il se frotta pensivement le menton, puis examina son interlocuteur.) J'ai noté à vot' démarche que vous aviez déjà dû monter à bord une ou deux fois.

— Une ou deux fois, sans doute. Mais je compte à présent rester à terre. Pendant un certain temps, tout au moins.

— Ici, dans cette auberge ? (Le hochement de tête de Christopher l'incita à poser une autre question.) Vous cherchez un coin où vous installer ?

— Auriez-vous des suggestions à me faire, si c'était le cas ?
— Pour un gentleman comme vous, faudrait une jolie maison avec un jardin. C'est dommage : lord Talbot s'approprie presque tout ce qu'on peut trouver dans l' coin. Peu probable qu'il vous laisse une seule chance, sauf si vous vous entichez de sa fille et que vous l'épousez. Naturellement, ce ne serait pas aussi simple. Sa Seigneurie voudrait lui trouver un mari de son rang. Oh, notez bien que Claudia demanderait certainement pas mieux ! (Il gloussa.) Un type dans votre genre devrait lui plaire. Elle crache pas sur les hommes.

Christopher déclina cette offre en riant.

— Je n'envisage pas de me marier pour l'instant.

— Enfin, si vous changez d'avis et comme vous êtes un vrai ami, allez donc faire un saut chez le maire pour j'ter un coup d'œil à sa fille. C'est bien la seule de Mawbry qu'ait pitié du pauv' vieux Ben et qui ouvre la porte de derrière pour lui donner à manger quand y passe dans le coin. (Il dissimula son rire derrière sa main.) Sûr qu' le maire aurait une attaque, s'il le savait !

— Si je m'intéresse un jour au mariage, je tiendrai compte de votre suggestion.

Christopher but une gorgée de bière et ses yeux verts scintillèrent.

— Mais attention, vous aurez pas de dot, reprit l'ivrogne. Le maire, il n'en a pas les moyens. Et faudra pas espérer obtenir des terres, comme ce serait le cas si vous aviez des vues sur la fille de Talbot. Sûr, vous avez peut-être pas besoin d'argent. Mais même si vous avez les moyens, vous trouverez pas un seul terrain dans l' coin. (Il fit une pause, puis leva un doigt noueux comme pour apporter une rectification à ses paroles.) Y aurait quand même cette vieille bâtisse qui a brûlé voilà quelques années. Ça s'appelle Saxton Hall, patron, mais c'est plus qu'un amas de ruines, à présent, et pas une crique où s'abriter de la tempête.

— Tiens, que s'est-il passé ?

— Tous les Saxton ont été assassinés ou ont pris la fuite. Certains accusent les Écossais, d'autres ont une version différente. Y a plus de vingt ans, le vieux lord a été tiré dehors en plein milieu de la nuit et tué d'un coup de claymore (1). Sa femme et ses fils sont parvenus à s'enfuir, et personne n'a plus entendu parler d'eux depuis... Jusqu'à y a trois ou quatre ans, quand un de ses fils est revenu revendiquer son héritage. Oh, c'était un fier, celui-là ! Aussi grand que vous, avec des yeux qui semblaient vous transpercer quand il était en colère. Il venait à peine de s'installer que le manoir a pris feu et que le jeunot a péri dans les flammes. Certains disent que c'était encore un coup des Écossais, quelques-uns sont d'un autre avis.

Ben secoua lentement la tête.

La curiosité de Christopher était piquée au vif.

— Voudriez-vous dire que les coupables ne sont peut-être pas les Écossais ?

— Y a ceux qui savent et les autres, patron. Ceux qui ignorent tout sont plus tranquilles.

— Mais vous faites partie de ceux qui savent, insista Christopher. Vous avez l'esprit bien trop éveillé pour ignorer ce qui s'est passé.

Ben lorgna son compagnon.

— Ouais, on peut dire que vous êtes un malin, patron. Je suis pas bête, c'est vrai, et autrefois l' vieux Ben n'avait peur de personne ! Maintenant, la plupart des gens pensent que Ben est un vieux gâteux. Mais je vous le dis, patron, le vieux Ben a toujours un œil perçant et une ouïe fine pour voir et entendre ce qui s' passe. (Il se pencha vers Christopher et murmura :) Je pourrais vous révéler sur certaines personnes des trucs à faire dresser les cheveux sur la tête. Ouais, ça les a fait rire de voir un homme brûler vif,

(1) Grand sabre écossais, à deux tranchants. *(N.d.T.)*

croyez-moi. (Il secoua la tête, comme brusquement troublé.) Mais je ferais mieux de me taire. C'est pas sain de parler de ces choses.

Christopher fit un signe à Molly et sortit une autre pièce qu'elle prit en échange d'une nouvelle chope pour Ben. Si elle était tout sourire pour Christopher, il suffisait que son regard se porte sur le vieux marin pour s'assombrir de haine. En secouant la tête, elle s'éloigna afin de servir des hommes assis près de la cheminée.

Ben but une longue gorgée de bière, puis s'installa plus confortablement sur son siège.

— Vous êtes un vrai ami, patron. Ça, je pourrais le jurer sur la tombe de ma mère.

Un gaillard corpulent, dont l'abondante toison de cheveux roux était nouée en queue de cheval sous un tricorne, entra dans l'auberge. Il battit des pieds pour faire tomber la boue de ses bottes et la pluie de son manteau. Juste derrière lui, presque sur ses talons, se trouvait un jeune homme dont le visage était agité de spasmes nerveux.

Ben voûta les épaules, comme s'il espérait échapper aux regards des nouveaux venus. Puis il s'empressa de vider sa chope et de quitter son siège.

— Va falloir que j' m'en aille, patron.

Les inconnus traversèrent la salle pour gagner le comptoir, pendant que Ben sortait subrepticement et disparaissait à l'angle de la rue.

— Timmy Sears ! s'exclama l'aubergiste en riant. Ça fait un sacré bout de temps qu'on ne t'a pas vu, et je me demandais si la terre ne s'était pas ouverte pour t'engloutir !

— Elle l'a fait, Jaimie ! rugit l'homme roux. Mais le diable m'a trouvé trop coriace pour lui !

— Ah, Timmy, c'est que tu es un vrai démon !

L'aubergiste prit deux chopes qu'il emplit au baril de bière. Puis il les posa sur la surface lisse du comptoir et, d'une main experte, il fit glisser la première vers les deux hommes. Le petit brun l'arrêta au passage et, tout en se léchant joyeusement les lèvres, il la ramena vers lui avant que son compagnon n'intervienne brutalement.

— Un instant, Haggie ! Depuis que tu es tombé de cheval et que tu t'es cogné la tête, t'as jamais retrouvé tes bonnes manières. Tu n'avais encore jamais pris ce qui m'était destiné. Maintenant que tu vas travailler dans le coin, tu as intérêt à te rappeler que tu me dois le respect, t'entends ?

L'homme se hâta de hocher la tête et, avec un plaisir évident, Timmy Sears plongea ses lèvres dans la mousse. Haggie l'observa, lèvres serrées, jusqu'au moment où l'autre chope glissa vers lui. Il la saisit avec impatience.

— Qu'est-ce que vous faites ici, par un temps pareil ? demanda l'aubergiste.

Sears éclata de rire et vida sa chope, avant de frapper le comptoir du plat de la main.

— C'est bien le seul endroit où je puisse échapper aux sempiternels sermons de ma femme.

Molly s'approcha de l'homme. Elle lui caressa l'épaule et lui sourit.

— J'espérais que tu étais venu me voir, Timmy.

Sears serra la serveuse contre lui et la souleva avec fougue. Puis il la remit sur le sol, fouilla un instant dans la poche de son manteau, et en sortit lentement une pièce qu'il fit sauter d'une pichenette devant les yeux luisants de la fille. Elle rit, de joie et d'excitation, puis fourra rapidement la pièce dans son corsage. Après quoi, elle s'éloigna en se déhanchant. Son regard avait été assez explicite pour rendre toute parole inutile et, lorsqu'elle s'engagea dans l'escalier, Sears se hâta de la suivre. Haggard Bentworth lâcha brusquement sa chope et lui emboîta le pas, se heurtant presque aussitôt à son compagnon qui s'était arrêté au bas des marches. Sears faillit être projeté en avant par la violence du choc, mais il parvint à recouvrer son équilibre. Il pivota sur lui-même, les yeux embrasés de colère.

— Monte pas, Haggie ! aboya-t-il. Tu n'as pas à me suivre là-haut. Prends plutôt une autre bière.

Il repoussa son compagnon et se dépêcha d'aller rejoindre la fille.

Christopher dissimula un petit rire silencieux derrière sa chope, puis nota la présence d'une ombre à ses côtés. Il leva les yeux. L'homme qui avait occupé la table à tréteaux se dressait face à lui, une main posée sur le dossier de la chaise. Il avait l'allure d'un militaire, bien que son costume fût celui d'un civil. Sur un corps musclé et trapu, il portait un justaucorps de cuir sans manches, une chemise en gros tissu et une culotte rentrée dans de hautes bottes noires.

— Puis-je vous parler un instant, sir ?

Sans attendre une réponse, il fit pivoter la chaise et s'assit. Il déboutonna son justaucorps et modifia la position des deux pistolets passés dans sa ceinture. Penché en avant, il croisa les bras sur le dossier du siège.

— Le vieux Ben est parvenu à se faire payer une ou deux chopes, pas vrai ?

Christopher étudia l'homme sans faire le moindre commentaire, se demandant pour quelle raison il l'avait abordé. Son mutisme aurait dû irriter l'intrus, mais contre toute attente ce dernier lui adressa un sourire amical.

— Pardonnez-moi, sir, fit-il en tendant la main. Je me nomme Allan Parker et je suis le shérif que lord Talbot a engagé pour veiller à la sécurité de la région.

Christopher serra la main tendue et se présenta à son tour. Puis il observa le shérif et attendit. Il avait lieu de croire que le récit de son duel avec Farrell était parvenu à ses oreilles.

— J'estime qu'il relève de mes fonctions de mettre les étrangers en garde, au sujet de Ben. A partir d'une certaine quantité d'alcool, il a l'esprit hanté par des spectres, des démons et autres créatures infernales. Il ne faudrait pas prendre ses propos trop au sérieux.

— Naturellement, répliqua Christopher en souriant.

Le shérif l'étudia.

— Je ne me souviens pas de vous avoir déjà vu à Mawbry. Êtes-vous des environs ?

— Je possède une demeure à Londres, mais un de mes navires est ancré au port de Wirkinton. C'est la raison de ma présence ici, expliqua Christopher sans la moindre hésitation. Je compte demeurer à Mawbry le temps de régler quelques affaires.

— Quel genre d'affaires, si vous me pardonnez ma curiosité ?

— Je suis venu recouvrer une créance et, étant donné que mon débiteur ne semble pas disposer de la somme en question, je devrai peut-être séjourner à Mawbry le temps que ma présence l'incite à trouver les fonds nécessaires. En fait, tout me porte à croire que je devrai m'établir temporairement dans cette petite ville.

Le shérif pencha la tête en arrière et éclata de rire.

— Sans doute auriez-vous intérêt à opter pour autre chose qu'un remboursement en argent.

Un sourire ironique tendit les lèvres de Christopher.

— Ce serait mon plus vif désir, mais je crains que mon débiteur ne s'oppose avec obstination à ce genre de règlement.

— Eh bien, si vous envisagez sérieusement de rester ici, je dois vous dire qu'il n'existe que cette auberge où vous pourriez vous installer.

— Ben m'a parlé d'un manoir qui fut incendié voilà quelques années. Selon lui, son propriétaire serait mort et aucun parent ne serait venu revendiquer ce bien.

Avec nervosité, son interlocuteur fit courir sa main dans son épaisse chevelure noire.

— Je me suis personnellement rendu sur les lieux, peu après mon arrivée à Mawbry. J'avais moi aussi entendu dire qu'un homme était mort, brûlé vif, mais je n'ai découvert aucune trace de corps. Quant à la demeure, il en subsiste encore la majeure partie. Seule la nouvelle aile, qui était en bois, a été entièrement détruite. Le vieux manoir en pierre a résisté aux flammes. Depuis l'incendie, la demeure est déserte... si l'on excepte les deux spectres qui, selon les villageois, hanteraient les lieux. Le fantôme de l'ancien lord, avec une claymore plantée dans le sternum, et celui d'un homme horriblement brûlé et mutilé. (Il se renfrogna et secoua la tête, comme embarrassé.) Cependant, les métayers effectuent toujours leurs tâches, comme s'ils s'attendaient vraiment à ce qu'un des Saxton revienne. Et lorsque lord Talbot s'est renseigné au sujet de ces terres, il a appris que la famille ne s'était pas dessaisie de ses titres de propriété et que les taxes foncières étaient ponctuellement réglées.

— Qui encaisse les fermages ?

Allan le regarda pensivement pendant un long moment.

— D'où m'avez-vous dit que vous veniez, déjà ?

— Quel est le rapport avec ma question ? s'enquit Christopher qui adoucit sa demande par un sourire.

— Simple curiosité.

— Je suis originaire de Boston, et je cherche des points d'escale pour mes navires.

Il leva les sourcils, dans l'expectative. Allan haussa les épaules.

— Pour l'instant, je crois que lord Talbot encaisse les fermages. C'est en quelque sorte un service qu'il rend à la famille Saxton, tant que rien n'est décidé au sujet de la propriété de ces terres.

— Ce n'est donc pas lui qui règle les taxes foncières ?

— Alors qu'il souhaite acquérir cette propriété, il serait stupide de faire une chose pareille.

— En ce cas, il est possible que lord Saxton ne soit pas mort, fit remarquer Christopher.

Il se leva et revêtit son long manteau.

— Je suis le shérif de Mawbry depuis trois ans, et rien ne m'a jamais permis de supposer qu'il vive encore, répliqua Allan qui se tourna vers la fenêtre pour voir passer une voiture. (Il se leva à son tour.) Voici le carrosse de lord Talbot. Il sait plus de choses sur Saxton Hall que quiconque. Venez, je vais vous présenter. Si vous avez de la chance, sa fille Claudia sera avec lui.

Christopher mit son chapeau et emboîta le pas au shérif. Il traversa la rue à ses côtés. Une voiture luxueuse venait de s'arrêter non loin de là, et le cocher en descendit pour aller rapidement installer un petit tabouret devant la portière ornée d'armoiries somptueuses. Les éléments décoratifs occupaient la majeure partie du motif et l'écu lui-même en était surchargé, ce qui rendait les trois ours du blason presque invisibles. Les ornements de la voiture pouvaient soutenir la comparaison avec ceux d'un carrosse royal et, lorsque lord Talbot en sortit, son aspect parut à Christopher tout aussi majestueux. Son habit de brocart était agrémenté de flots de dentelle ancienne. Cet homme entre deux âges, mais fort bien conservé, pivota sur lui-même et tendit les mains à la jeune femme brune et élancée qui apparaissait à la portière. La tenue vestimentaire de sa fille était plus discrète et, à cette distance, elle présentait une certaine ressemblance avec Erienne Fleming. Christopher dut attendre d'être arrivé près d'elle pour constater que sa beauté ne pouvait soutenir la comparaison avec celle d'Erienne. Ses yeux noirs étaient petits et enfoncés et la ligne de ses sourcils manquait d'élégance. Bien que ses traits fussent délicats, ils l'étaient moins que ceux de la fille du maire, et son teint était dépourvu d'éclat.

Claudia Talbot s'immobilisa à côté de son père et ramena avec soin la capuche de velours de son manteau sur sa tête, afin de protéger sa coiffure de la pluie. Puis elle prit la main gantée que lui offrait son père et son regard parcourut Christopher avec une lenteur et une attention qui en disaient long sur sa curiosité.

— Oh, Allan ! ronronna-t-elle lorsqu'elle fut proche d'eux. Je n'aurais pas cru que vous braveriez la tourmente pour me présenter un autre homme. La jalousie serait-elle un sentiment inconnu de vous ?

Le shérif sourit et répondit sur le même ton de joute galante.

— Claudia, je sais que vous me resteriez fidèle même si vous receviez les hommages de tout un régiment. (De la main, il désigna son compagnon.) Puis-je vous présenter Christopher Seton, de Boston ? Un gentilhomme, si j'en juge par la coupe de ses vêtements, et la prochaine victime de votre charme s'il manque de prudence.

— Très honoré, miss Talbot, déclara Christopher en s'inclinant sur sa main gantée.

— Seigneur, que vous êtes grand ! fit-elle remarquer avec une timidité feinte.

Christopher, qui connaissait bien les manières des femmes, sut interpréter aussitôt la signification de son regard effronté. S'il souhaitait une compagnie féminine, il lui suffirait de le faire savoir.

— Et voici lord Nigel Talbot, ajouta Allan qui achevait les présentations.

— Seton... Seton..., répéta pensivement lord Talbot. J'ai déjà entendu prononcer ce nom.

— Sans doute vous référez-vous au malentendu qui m'a opposé à votre maire voilà quelques semaines, avança Christopher.

Lord Talbot l'examina avec curiosité.

— Voici donc celui qui s'est battu en duel avec Farrell ? Eh bien, je ne puis vous en tenir rigueur. Ce petit morveux sème le désordre partout où il se rend.

— Mr Seton est à Mawbry pour affaires, déclara Allan. Il serait intéressé par l'achat d'une propriété.

Lord Talbot se mit à rire.

— En ce cas, je vous souhaite bonne chance, sir. Trouver de bonnes terres et de bons métayers n'est pas chose facile, mais si l'on y parvient, cela apporte, en fin de compte, quelques satisfactions non négligeables. Cependant, il faut être riche pour mener l'entreprise à bien.

Christopher soutint le regard de son interlocuteur.

— Je m'intéresse à Saxton Hall.

— Il est peu probable qu'un étranger parvienne à acquérir les terres ou la demeure, fit lord Talbot tout en soumettant le Yankee à un examen approfondi. Êtes-vous un homme d'affaires ou un oisif fortuné ?

— En vérité, je suis un peu les deux, répondit Christopher dont le bref sourire révéla les dents blanches. Si je possède plusieurs navires qui vont de port en port dans le monde entier, je peux également vivre de mes rentes.

Les yeux sombres de Claudia prirent un nouvel éclat.

— Vous devez être très riche.

Christopher haussa les épaules, comme si cela n'avait aucune importance.

— Disons que je n'ai pas de soucis d'argent.

— Saxton Hall constitue une belle propriété, avec toutes ses terres. Mais je crains qu'elle ne soit pas à vendre. Si c'était le cas, croyez bien que je l'aurais acquise il y a longtemps.

— Tu te rendrais propriétaire de toute l'Angleterre si le Roi te laissait faire, répliqua Claudia, moqueuse.

Son père lui adressa un sourire mélancolique.

— Je dois bien accroître mes revenus, pour réussir à t'offrir toutes les toilettes que tu me réclames.

Claudia gloussa.

— Cela me rappelle une chose, père. J'ai promis au tailleur que j'irais choisir le tissu de ma nouvelle robe. Étant donné que tu as certaines questions à régler avec le maire, il va falloir que je me trouve un cavalier. (Elle sourit malicieusement tandis qu'elle plongeait son regard dans celui de Christopher.) Puis-je vous demander de m'accompagner, monsieur Seton ?

— Claudia ! s'exclama son père, scandalisé. Tu viens seulement de faire la connaissance de Mr Seton.

— Père, tu terrorises tous les jeunes gens des environs, protesta Claudia sur un ton laissant entendre qu'il s'agissait d'un vieux sujet de discussion. Si je ne prends pas les devants, je mourrai vieille fille.

Lord Talbot paraissait indigné par l'effronterie de sa fille.

— Avec votre permission, sir ? demanda Seton.

Lord Talbot hocha la tête, visiblement à contrecœur, et Allan eut un petit rire en voyant Christopher présenter avec dignité le bras à Claudia. Elle inclina la tête et s'éloigna au bras de son cavalier, triomphante. Avec cet homme pour compagnon, elle susciterait une fois de plus l'envie de toutes les femmes de Mawbry. Et lorsqu'elle vit qu'une silhouette féminine les épiait derrière une fenêtre de la maison du maire, elle put à peine contenir sa joie. Claudia était exaspérée par les comparaisons que l'on établissait sans cesse entre elles et qui étaient toujours à son désavantage, du moins au chapitre de la beauté. En fait, Claudia jubilait chaque fois qu'elle entendait parler des prétendants lamentables que le maire proposait à sa fille. Elle souhaitait au plus profond d'elle-même voir Erienne épouser quelque horrible brute.

— Claudia semble avoir trouvé de quoi s'occuper pendant quelque temps, fit remarquer Allan avec humour.

Lord Talbot gémit, en feignant le désespoir.

— Elle me fait parfois regretter que sa mère n'ait pas vécu quelques années de plus. Et lorsque vous saurez que cette mégère ne me laissait pas un instant de répit, vous comprendrez mon désarroi.

Le shérif éclata de rire et désigna la maison du maire.

— Claudia vient de dire que vous deviez rencontrer Avery. Désirez-vous que je vous accompagne ?

— Non, il s'agit d'une affaire strictement personnelle, répondit lord Talbot. (Il regarda le couple qui s'éloignait.)

En revanche, vous me rendriez grand service en surveillant cette imprudente. Je n'aimerais guère avoir un Yankee pour gendre.

Allan sourit.

— Je ferai de mon mieux, milord.

— En ce cas, ne les laissez pas filer.

Lord Talbot gagna d'un pas résolu la maison du maire et utilisa le pommeau d'argent de sa canne pour frapper à la porte. On ne répondit pas immédiatement à son appel et il commençait à désespérer lorsque le battant s'entrouvrit. Erienne regarda par l'interstice et sans doute eût-elle été soulagée de constater qu'il ne s'agissait pas de Silas Chambers si lord Talbot avait été un peu plus à son goût. Ce qui n'était pas le cas.

Le gentilhomme repoussa la porte avec sa canne, contraignant Erienne à reculer d'un pas.

— Ne m'épiez pas à la dérobée, Erienne, lui dit-il en souriant. J'aime voir les personnes auxquelles je m'adresse. Votre père est-il là ?

Confuse et brusquement nerveuse, Erienne fit une brève révérence et se hâta de répondre :

— Non, sir. Il se trouve dans le village. Je n'en suis pas sûre, mais je pense qu'il va rentrer d'un instant à l'autre.

— En ce cas, et si vous le permettez, je vais l'attendre auprès du feu. Ce temps n'incite pas à rester au-dehors.

Lord Talbot passa devant elle et fit une pause, le temps d'ôter son manteau et son tricorne. Il les tendit à Erienne puis gagna le salon, laissant à la fille du maire le soin de refermer la porte et de suspendre ses vêtements trempés au portemanteau. Lorsqu'elle pénétra à son tour dans le salon, elle découvrit que le visiteur s'était installé près de l'âtre dans un fauteuil à haut dossier. Il avait croisé les jambes — qu'il avait encore belles — et ses bas de soie grise révélaient des mollets musclés. Son regard se fit plus chaleureux lorsque Erienne s'avança dans la pièce et il lui adressa un sourire qu'il espérait paternel.

— Ma chère Erienne, vous avez accompli des miracles en vous occupant de cette maison depuis la mort de votre mère. Je suppose que vous êtes heureuse ici. Votre père semble prendre à cœur ses devoirs. Ne serait-ce que l'autre jour...

Il poursuivit son bavardage sans quitter du regard la jeune fille qui se déplaçait dans la pièce. S'il parlait ainsi sans désemparer, cela ne signifiait pas qu'il fût mal à l'aise ; il cherchait plutôt à dissiper la tension d'Erienne, qui semblait légèrement troublée par sa présence. Il s'agissait après tout d'une fille très désirable, et il s'étonna, une fois de plus, qu'un homme tel qu'Avery Fleming pût être son père.

Erienne l'écoutait d'une oreille distraite. Elle connaissait la réputation de Nigel Talbot, dont les frasques n'étaient un secret pour personne à Mawbry. Elle prenait soin de passer fréquemment devant les fenêtres, afin que tout observateur (et elle savait qu'il y en avait plusieurs) pût la voir et témoigner de son innocence.

— Je vais préparer du thé en attendant, dit-elle d'une voix hésitante.

Elle attisa le feu, plaça dans l'âtre une nouvelle motte de tourbe, puis suspendit une bouilloire au-dessus des flammes.

Nigel Talbot regardait Erienne avec une fièvre croissante. Plusieurs semaines s'étaient écoulées depuis qu'il s'était rendu à Londres où il fréquentait nombre de galantes adresses. Qu'il eût négligé un si beau fruit dans son propre verger était pour le moins surprenant, mais en raison de l'attitude réservée d'Erienne, on pouvait comprendre pourquoi il avait jusqu'alors omis de la remarquer. Il est vrai que si les filles hardies attiraient aussitôt l'attention, elles ne manquaient pas d'être parfois décevantes. Erienne Fleming possédait bien plus de classe et était sans nul doute encore intacte.

Il l'imagina en jupons et corset, avec une taille si fine

qu'elle eût tenu dans des mains d'homme. Il se représenta ses cheveux noirs tombant librement sur ses épaules laiteuses et il frémit en prenant conscience des possibilités qui s'offraient à lui. Il s'agissait naturellement d'une question délicate qu'il devrait aborder avec tact et prudence. Il n'avait certes pas l'intention de proposer le mariage, mais Avery ne serait pas stupide au point de refuser une somme substantielle en échange de sa fille.

Lord Talbot se leva et prit sa pose la plus héroïque : la main gauche appuyée sur sa canne, la droite fermée sur le revers de sa veste de brocart afin de mettre en valeur son élégante silhouette. Une fille plus délurée qu'Erienne eût assurément admiré ce qui lui était proposé au lieu de s'affairer à des tâches insignifiantes.

— Chère, très chère Erienne...

La passion qui s'éveillait en lui donna à sa voix plus de puissance qu'il ne l'eût souhaité. Cet éclat fit sursauter Erienne. La tasse et la soucoupe qu'elle tenait tremblèrent entre ses doigts et faillirent choir sur le sol. Avec nervosité, elle les posa sur le buffet et lui fit face.

Nigel Talbot était un homme pondéré qui savait se maîtriser. Il reprit sur un ton plus feutré :

— Je vous présente mes excuses, Erienne. Mon intention n'était pas de vous effrayer. Mais je venais de prendre brusquement conscience que je ne vous avais jamais encore véritablement regardée. (Tout en parlant, il avançait vers elle.) Je n'avais jamais encore pris vraiment conscience de votre beauté.

Il posa une longue main aux doigts fuselés sur l'avant-bras d'Erienne, dont la retraite était coupée par le buffet qui se dressait derrière elle.

— Mais, vous tremblez, ma chère. (Il sourit avec douceur et plongea son regard dans celui de la jeune fille.) Pauvre Erienne ! N'ayez pas peur de moi, je ne vous ferais du mal pour rien au monde. En fait, mon plus vif désir serait que nous fassions connaissance... de façon plus... plus approfondie.

Ses doigts serrèrent le bras d'Erienne en un geste qui se voulait rassurant.

Il fut interrompu par un juron proféré au premier étage, et bientôt suivi par le martèlement de pas irréguliers dans l'escalier. Lord Talbot s'écarta d'Erienne et Farrell entra en titubant dans la pièce. Il faillit tomber mais parvint à recouvrer son équilibre. Ses yeux parurent découvrir ce qui l'entourait et il se redressa. S'il était parvenu à enfiler une chemise, il avait omis de la boutonner. Chose plus gênante, il en était de même pour sa culotte. Lorsqu'il parvint à arrêter son regard sur les deux personnes qui se trouvaient au salon, sa bouche s'ouvrit de surprise.

— Lord... lord Talbot !

Il frotta sa tempe de sa main valide, comme pour en chasser une douleur, puis fit courir ses doigts dans sa chevelure emmêlée.

— Votre Seigneurie..., dit-il en accentuant ces mots, j'ignorais que vous étiez...

Lord Talbot fit un louable effort pour se cantonner dans le rôle du visiteur compréhensif. Seul un léger spasme à la lèvre trahit sa gêne.

— Je présume que vous allez bien, Farrell.

— J'étais simplement descendu boire quelque chose..., fit-il avant de se racler la gorge en rencontrant le regard furieux de sa sœur. De l'eau... ou peut-être du thé.

Il avait ajouté ces mots en découvrant la bouilloire dans la cheminée.

Il recouvra un certain contrôle et tenta de jouer les hôtes courtois.

— Erienne, voudrais-tu nous servir du thé ? Je suis certain que lord Talbot meurt de soif. (Il essaya de s'éclaircir la voix mais ne parvint qu'à tousser.) Il n'y a rien de tel qu'une boisson bien chaude, par une matinée aussi fraîche.

Pour une fois, Erienne se sentit heureuse de la présence de son frère.

— Farrell, dit-elle en lui souriant, il est plus de midi.

La présence de Farrell irritait au plus haut point Nigel Talbot, mais le gentilhomme ne pouvait décemment ordonner au jeune homme de quitter la pièce. Il était clair que Farrell avait l'intention de s'installer là. Connaissant les limites de sa patience, lord Talbot estima qu'un départ rapide serait le plus sage. Après tout, il lui fallait étudier la situation avant de se lancer dans cette aventure.

— Je ne peux rester pour le thé, dit-il d'une voix sèche et nerveuse. Ma fille va s'impatienter. Étant donné que je dois me rendre à Londres demain matin, je reviendrai voir votre père à mon retour. Je suis certain que notre affaire peut attendre.

3

Au cours des mois d'hiver le fourrage ne serait guère abondant, aussi des troupeaux de moutons, de porcs et d'oies commençaient-ils à arriver dans les villages où ils étaient vendus sur les marchés et lors des foires. Les conducteurs de troupeaux utilisaient leurs bâtons pour faire avancer les bêtes au sein des nuages de poussière que soulevait leur passage. Bien qu'à une échelle réduite, cette scène était aussi familière à Mawbry qu'à York ou à Londres. A l'approche de la froidure, seuls les sots auraient négligé la nécessité de faire des provisions.

Erienne avait décidé de regarnir le garde-manger familial grâce à l'achat d'un petit porc, un choix dicté par le maigre budget dont elle disposait. Sachant qu'elle ne pourrait trouver le courage de le saigner elle-même, elle consacra quelques shillings à la rémunération d'un égorgeur de porcs itinérant. Le soir précédant la venue de cet homme, Avery déclara en bougonnant que la préparation de la nourriture était une tâche qui incombait aux femmes et, redoutant sans doute de prendre part au travail, il ajouta qu'il se rendrait avec Farrell à Wirkinton afin d'y établir certains « contacts ».

L'égorgeur arriva à l'aube et Erienne se réfugia dans la maison, en attendant qu'il ait achevé sa sinistre besogne. Elle avait déjà fait cuire les éléments nécessaires à la préparation du boudin, ce qui fut pour elle une tâche pénible. Elle ne tarda guère à découvrir que le nettoyage des boyaux pour la fabrication des saucisses n'était pas moins éprouvant. Au fur et à mesure qu'elle dégraissait la chair, de longues tranches de viande et de gros morceaux de graisse s'amoncelaient dans le saloir. Après avoir tassé la viande à l'aide d'une lourde pierre, elle remplit le récipient avec la saumure.

Erienne fit un feu sous un petit hangar situé derrière la maison. Elle suspendit une marmite au-dessus des flammes et entreprit de préparer le saindoux. Les quelques bouts de viande qui adhéraient encore aux morceaux de graisse flottaient à la surface, et elle devait les écumer car ils auraient gâté le saindoux. Mais, une fois refroidis et séchés sur un linge, ces fritons devenaient de croustillantes gourmandises.

Le chien de la maison voisine la surveillait avec un air mélancolique et attendait qu'elle ait tourné le dos pour se rapprocher. Il levait sa truffe humide pour humer les arômes qui lui parvenaient, puis reposait sa tête massive entre ses pattes. Ses babines frémissaient, tandis que ses yeux suivaient le moindre mouvement d'Erienne. Chaque fois que c'était possible, il s'avançait et happait l'un ou l'autre déchet avant de s'enfuir quand Erienne le menaçait en brandissant son balai. Mais ces menaces ne semblaient pas intimider longtemps l'animal, qui regagnait bientôt son point stratégique.

L'air était vif. Cependant, Erienne sentait à peine sa morsure tant elle s'affairait. Elle avait même remonté les manches de sa robe élimée et sous laquelle elle ne portait qu'une légère chemise, et elle trouvait agréable la fraîcheur de la brise qui agitait par instants les mèches bouclées qui dépassaient de son foulard. Elle avait hâte d'achever son travail avant la tombée de la nuit. Absorbée par l'ouvrage, et sans cesse contrainte de surveiller la graisse qui grésillait et le chien qui rôdait, elle ne remarqua pas la présence d'un homme qui, dans l'ombre, observait chacun de ses gestes.

Les yeux de Christopher Seton parcouraient avec admiration le corps gracieux de la jeune femme. La légère brise faisait danser ses boucles noires et elle s'interrompait de temps à autre afin de repousser les mèches sous le foulard. Elle se détourna et durant un instant sa robe se plaqua contre son dos, confirmant au Yankee que la finesse de sa taille était naturelle et ne devait rien au carcan d'un corset. Au long de ses nombreux voyages, il avait connu bien des femmes et posé sur elles un regard critique. Son expérience était vaste et il avait conscience que la beauté de la fille qu'il observait dépassait de beaucoup celle de toutes les femmes d'Angleterre ou d'Amérique dont il pouvait se souvenir.

Au cours des trois dernières années, il avait conduit ses quatre navires vers les rivages de l'Extrême-Orient, en quête de nouveaux ports et de nouvelles denrées dont faire le commerce. Il était devenu un véritable loup de mer et s'était maintes fois trouvé seul durant de longues traversées. Depuis son arrivée en Angleterre, il avait eu bien d'autres soucis que les femmes et avait décidé d'éviter toute liaison tant qu'il n'aurait pas rencontré une compagne répondant à ses exigences. Il ne pouvait rester indifférent face à ce qu'il voyait. Erienne Fleming possédait une candeur gracieuse qui l'intriguait, et il estimait que lui apprendre les jeux de l'amour serait une délicieuse entreprise.

Erienne se pencha afin de placer du bois dans le feu et vit le chien qui se glissait furtivement vers la table proche. Elle gronda et se redressa, la bûche à la main. Le chien se précipita vers le trou ouvert dans la clôture, et elle pivota sur elle-même, tenant toujours le bout de bois à la main. Ce faisant, elle aperçut l'homme et la stupeur lui coupa le souffle. Elle le regarda, éperdue, prenant conscience qu'il la surprenait au travail, dans une robe souillée, alors qu'il était magnifiquement vêtu. Tandis qu'elle essayait de reprendre son sang-froid, l'homme franchit la clôture d'un bond et se précipita vers elle en longues enjambées, Erienne s'affola, craignant un assaut brutal. Et cependant ses jambes étaient de plomb et elle resta figée.

Il se trouva brusquement auprès d'elle mais, au lieu de se jeter sur elle, il se pencha pour saisir l'ourlet de sa robe qui avait glissé dans le foyer. À l'aide de son chapeau il étouffa les flammèches, puis il saisit le tissu qui se consumait et le frotta jusqu'à ce que l'extinction de la fumée fût totale. Il se redressa alors et lui présenta l'ourlet calciné, afin qu'elle pût l'examiner.

— Ma chère Erienne, fit-il avec une sollicitude quelque peu ironique, il me semble que vous avez un fâcheux penchant pour l'autodestruction... à moins que vous n'ayez voulu me mettre à l'épreuve... ou jauger ma capacité à vous protéger. J'estime que ce problème mériterait d'être étudié de façon plus approfondie.

Erienne baissa les yeux et elle eut l'impression qu'il s'intéressait un peu trop à la cheville que révélait la robe ainsi relevée. Elle lui arracha le vêtement et lui adressa un regard menaçant, avant de reculer d'un pas. Puis son expression se fit interrogative, car l'homme posait son chapeau et ôtait sa veste, qu'il plaçait en travers d'une planche. Le foyer répandait sans doute une vive chaleur, mais pour un homme qui avait été chassé de cette demeure, il semblait prendre bien des libertés.

— J'imagine que je vous dois des remerciements, dit-elle à contrecœur. Mais si vous ne vous étiez pas dissimulé dans l'ombre, rien ne se serait produit !

— Je vous présente mes plus plates excuses, répliqua-t-il en souriant. Je n'avais pas l'intention de vous faire peur.

— Pourquoi étiez-vous en train de m'épier ?

Elle s'assit sur le banc, afin d'examiner les dégâts subis par sa robe.

— Regarder les femmes qui flânaient au marché manquait d'attrait, et j'ai décidé de venir jusqu'ici dans l'espoir que le spectacle serait plus agréable. (Une lueur de malice dans les yeux, il ajouta :) Je dois dire que mon espoir n'a pas été déçu !

Erienne se leva, brusquement irritée.

— N'avez-vous rien d'autre à faire qu'à vous promener en regardant les femmes ?

— Je pourrais assurément trouver d'autres occupations, mais je doute qu'elles seraient aussi agréables. Hormis, naturellement, s'il s'agissait de profiter d'une compagnie féminine.

— Non content d'être un gredin lorsque vous vous trouvez à une table de jeu, vous vous révélez être un coureur de jupons invétéré !

Christopher sourit, sans cesser de l'examiner attentivement.

— Je suis certes resté longtemps en mer. Mais en ce qui vous concerne, je ne crois pas que ma réaction serait différente quand bien même je viendrais de quitter la cour de Londres.

Les yeux d'Erienne scintillèrent de colère. Quel fat insupportable ! Avait-il l'impudence de croire qu'il trouverait en elle une fille consentante ?

— Je jurerais que Claudia Talbot serait charmée de vous tenir compagnie, sir. Pourquoi ne pas aller la voir ? J'ai appris que son père était parti pour Londres, ce matin.

— Je préférerais rester ici et vous faire ma cour.

— Pour quelle raison ? Afin de contrarier les projets de mon père ?

Le regard amusé de l'homme retint le sien et le garda prisonnier jusqu'au moment où Erienne se sentit rougir.

— Parce que vous êtes la fille la plus jolie qu'il m'ait été donné de voir, et que j'aimerais vous connaître mieux, répondit Christopher avec une lenteur délibérée. Et, naturellement, nous devrions aussi étudier les raisons de cette succession d'incidents.

— A combien de femmes avez-vous déjà dit cela, monsieur Seton ?

Un sourire, un peu contraint cette fois, accompagna sa réponse.

— A un certain nombre, sans doute, et je dois préciser que j'étais toujours sincère. Chacune d'elles a été la plus belle, en son temps, mais à ce jour vous les surpassez toutes.

Il se pencha pour prendre une poignée de fritons, et se mit à les mâchonner avec désinvolture.

— Butor prétentieux et borné ! répliqua Erienne d'une voix glaciale. Auriez-vous l'espoir d'ajouter mon nom à votre longue liste de conquêtes ?

Christopher se leva et s'approcha d'elle avec nonchalance. Il tendit un doigt pour replacer une mèche qui venait de s'échapper du foulard.

— Conquêtes ? répéta-t-il d'une voix à la fois douce et profonde. Vous faites erreur, Erienne. Dans la hâte d'un instant de désir, il peut exister des faveurs faciles, mais elles sont pour la plupart vite oubliées. Les moments dont le souvenir est précieux ne sont ni donnés ni reçus, mais partagés. Ils deviennent les souvenirs les plus heureux de toute existence. (Il prit sa veste et s'en couvrit les épaules.) Je ne vous demande pas de me céder et je ne souhaite pas vous conquérir. Je voudrais seulement que vous m'accordiez quelques instants, afin de vous présenter ma défense, pour que nous puissions, un jour peut-être, partager un moment de tendresse.

L'expression d'Erienne restait dure mais, même ainsi, sa beauté comblait Christopher et faisait naître au plus profond de son être une douleur exquise et une passion ardente que seule Erienne pourrait apaiser.

— Le mal que vous nous avez fait nous sépare, déclara-t-elle d'une voix où perçait l'amertume. Et je suis aux côtés de ceux qui souffrent par votre faute.

Il l'étudia un moment, puis remit son chapeau.

— Je pourrais vous apporter à tous apaisement et réconfort, répliqua-t-il. (Il fit une pause sans la quitter du regard.) Serait-ce un bienfait ou une calamité ?

— Un bienfait ou une calamité ? reprit Erienne avec sarcasme. Vous êtes trop subtil pour moi, sir. Je sais seulement que mon père ne vit plus à cause de vos accusations, et que mon frère ne peut se coucher sans gémir de douleur à cause de votre brutalité. Chaque jour, mon sort est plus pénible, et vous en êtes responsable.

Christopher commença de boutonner sa veste.

— Vous avez prononcé votre verdict avant même que je présente ma défense. Mais, au reste, quel argument pourrait fléchir un esprit aussi borné que buté ?

— Disparaissez ! ordonna-t-elle sèchement. Allez ailleurs débiter vos sornettes. Je refuse pour ma part d'écouter plus longtemps vos tentatives de justification et vos déclarations vaniteuses. Je n'accepterai rien de vous ! Jamais !

Il la contempla, souriant vaguement.

— Soyez prudente, Erienne. Souvenez-vous que, comme les colombes, les paroles qui s'envolent le matin regagnent souvent leur perchoir lorsque tombe la nuit.

Erienne chercha autour d'elle un bâton et, n'en trouvant pas, elle saisit un balai.

— Espèce de coq bavard ! Seriez-vous malappris au point que je doive vous chasser avec ce balai ? Partez d'ici !

Les yeux verts de l'homme eurent un éclat amusé jusqu'au moment où Erienne brandit son arme improvisée. Il l'évita avec souplesse et sourit. Puis, avant qu'elle ne renouvelle son geste, il battit rapidement en retraite et franchit d'un bond la clôture. Une fois hors d'atteinte, il pivota sur lui-même pour soutenir son regard.

— Bonsoir, miss Fleming.

Christopher se découvrit et plaça son chapeau sur sa poitrine en un salut respectueux. Puis il remit son couvre-chef.

— Je vous conjure d'être à l'avenir plus prudente, ma douce amie. Je ne serai peut-être pas à proximité, la prochaine fois.

Le balai vola dans les airs, mais l'homme l'esquiva sans peine et s'éloigna d'un pas nonchalant après lui avoir adressé un ultime regard. Un long moment s'écoula avant qu'Erienne puisse reprendre son sang-froid.

De fort mauvaise humeur, elle revint vers le foyer. Tout proche, un objet de cuir tombé sur le sol attira son regard. Elle se baissa pour le ramasser. C'était une petite bourse rebondie. Elle la tourna entre ses doigts, découvrant les initiales CS gravées dans le cuir, et elle faillit céder au désir de jeter l'objet au loin. Cependant, la prudence prévalut. Si la bourse contenait une importante somme d'argent, ainsi qu'elle le supposait, son propriétaire reviendrait la chercher. Et si elle ne pouvait la lui rendre, il l'accuserait de vol. Cette bourse n'était peut-être pas tombée accidentellement. Il avait peut-être voulu la mettre dans une situation embarrassante. Après tout, n'était-elle pas l'unique membre de la famille Fleming auquel il n'avait pas encore porté tort ?

Erienne regarda autour d'elle, se demandant où elle pourrait dissimuler cette bourse jusqu'à son retour. Elle ne voulait pas que son père trouve cet objet marqué aux initiales de son propriétaire. Elle s'imaginait facilement les accusations qu'il formulerait contre elle. Il prétendrait qu'Erienne avait reçu cet argent pour prix de la trahison suprême. Et la pensée que Mr Seton, désireux de reprendre son bien, pourrait surgir à un moment inopportun acheva de la troubler. S'il était préférable de rendre cette bourse à Mr Seton, elle devait la cacher jusqu'au moment où elle pourrait la lui remettre sans risque.

Elle avisa l'appentis qui abritait Socrate, le hongre malingre de son frère. Elle sourit. Oui, c'était là une bonne cachette, bien digne de cet âne !

⁂

Erienne pénétra dans l'auberge par la porte de service et s'engagea dans l'étroit escalier qui menait au premier étage. Elle tenait la bourse de Christopher Seton dissimulée sous son châle. Il n'était pas revenu chercher son bien, et plutôt que de lui offrir l'occasion de l'accuser de vol, elle avait décidé de lui rapporter spontanément sa bourse.

Le jour se levait à peine. Erienne, vêtue d'une très simple robe bleue, avait quitté la maison paternelle uniquement protégée de la froidure matinale par son châle. Les semelles usées de ses chaussures glissaient silencieusement sur le plancher du couloir. Elle comptait découvrir la chambre de ce Seton, frapper à la porte, et lui remettre la bourse avant que quiconque dans l'auberge pût l'apercevoir.

Elle avait entendu dire que les chambres les plus confortables se trouvaient dans la partie est de la demeure, et elle pensait qu'un être aussi arrogant n'avait pu que choisir la meilleure. Elle s'arrêta devant les portes des deux premières chambres situées à l'est, frappa, et se mordit la lèvre avec inquiétude tout en attendant une réponse. Comme nul ne se manifestait, elle marcha jusqu'à la troisième porte, colla un instant l'oreille au battant, puis frappa timidement.

Presque aussitôt, la porte s'ouvrit brusquement et Erienne recula avec un petit cri d'effroi. Christopher se dressait devant elle, avec pour tout vêtement une serviette nouée autour des reins.

— Je vous ai dit..., commença sèchement Christopher, avant de prendre conscience de son erreur et de se taire brusquement.

La surprise passée, un grand sourire éclaira son visage. Il semblait se soucier fort peu d'être à moitié nu.

— Erienne... Je ne vous attendais pas.

Manifestement !

Le visage d'Erienne s'empourpra. La vision de ces épaules carrées, de ce torse puissant augmentait son embarras. Elle prit hâtivement la bourse et ouvrit la bouche pour s'expliquer, lorsqu'un bruit de pas dans l'escalier la fit sursauter. La panique l'envahit. Etre vue en compagnie d'un homme à moitié nu eût signifié la ruine de sa réputation.

Erienne tourna la tête de droite et de gauche. Elle devait fuir, et l'unique issue qui s'offrait à elle était l'escalier principal qui aboutissait à la salle commune. Elle esquissa un pas lorsqu'elle se sentit saisir par le bras. Et, avant qu'elle pût résister, Christopher l'attira dans la chambre. Elle faillit tomber, cependant que le battant claquait et que le verrou se trouvait mis. Sa bouche s'ouvrit pour crier, mais la main vint écraser ses lèvres. Il secoua la tête pour la mettre en garde. De l'autre bras, il la prit par la taille et l'attira contre lui. Erienne fut entraînée dans la pièce.

Ils se trouvaient près du lit lorsque le bruit de pas s'interrompit devant la porte. On gratta doucement.

Christopher grogna, feignant de se réveiller, puis il demanda :

— Qui est là ?

— C'est moi, monsieur Seton, répondit une voix féminine, Molly Harper. L'homme de peine a pris un mauvais rhume, ce matin, et c'est moi qui suis allée chercher l'eau pour votre toilette. Je l'ai montée. Laissez-moi entrer.

Sans cesser de fixer Erienne, Christopher fronça les sourcils. Silencieusement, elle tenta de lui faire comprendre son désarroi.

— Un instant, je vous prie, répondit-il.

Allait-il l'humilier, ainsi qu'il avait humilié son père ? Elle commençait à se débattre, quand il lui murmura à l'oreille :

— Ne bougez pas, Erienne, la serviette s'est dénouée et, si vous le faites, ce sera à vos risques et périls.

— Allons, monsieur Seton, venez ouvrir. Ces seaux sont très lourds.

— Un instant, Molly.

Christopher fit une pause, le temps de renouer la serviette. Puis il saisit Erienne à bras-le-corps et la jeta sur le lit. Oubliant toute prudence, elle se redressa, prête à hurler, mais il rabattit le couvre-lit sur sa tête.

— Ne bougez pas !

Le ton sur lequel il venait de murmurer ces mots était si autoritaire qu'il eût incité à l'obéissance immédiate l'interlocuteur le plus récalcitrant. Erienne se figea et, avec un sourire, Christopher se pencha pour dégager les draps de l'autre côté du lit et donner ainsi l'impression qu'il venait de le quitter.

Christopher rit doucement en voyant Erienne se pelotonner sous le couvre-lit. Il enfila sa culotte, la boutonna, et alla ouvrir la porte.

Molly connaissait bien son métier et le village de Mawbry lui convenait à merveille en raison de l'absence totale de concurrence. Dès que Christopher eut ouvert, elle entra toute souriante et fit glisser de son épaule la palanche qui soutenait les seaux. Puis elle se blottit contre l'homme et fit courir ses doigts dans la toison de sa poitrine.

— Oh, chéri ! Quelle femme pourrait vous résister ?

— Molly, je vous ai déjà dit que je n'ai nul besoin de vos

services, déclara sèchement Christopher. Seulement d'un peu d'eau.

— Allons, chéri. Je sais que vous êtes resté longtemps en mer et que les filles ont dû vous manquer. Vous savez, pour un homme comme vous, j'accepterais volontiers sans rien demander en échange.

Christopher tendit la main en direction du lit.

— J'ai déjà tout ce que je puis désirer, merci. Maintenant, laissez-moi.

Les yeux sombres de Molly s'écarquillèrent de surprise tandis qu'elle découvrait le lit. Il était impossible de se méprendre sur les courbes dessinées par la couverture et elle regarda Seton avec indignation. Puis, dans un tourbillon de jupes, elle quitta la chambre en faisant claquer la porte derrière elle. Erienne attendait, n'osant bouger. Finalement, Christopher vint lui donner une légère tape sur l'épaule.

— Il n'y a plus de danger. Vous pouvez sortir.

— Vous êtes-vous habillé ? demanda-t-elle d'une voix étouffée par la couverture.

Christopher rit.

— Je porte une culotte, je vous le certifie. Et je suis sur le point de mettre ma chemise.

Il tendit la main pour prendre le vêtement, qu'il enfila pendant qu'Erienne se dégageait du couvre-lit avec méfiance.

Elle pointa la tête avec autant de prudence qu'un lièvre au seuil de son terrier, et elle vit l'expression malicieuse de Christopher. D'un mouvement irrité, elle repoussa les couvertures et se leva, en rabattant sa jupe.

— Bouffon ! fit-elle sèchement en lui jetant sa bourse. C'est délibérément que vous avez fait tout cela !

L'objet atteignit la poitrine de Christopher, qui le rattrapa avec adresse et rit.

— Et qu'ai-je donc fait ?

Elle tira coléreusement sur sa jupe et remit en place les

mèches rebelles qui s'étaient échappées du nœud chargé de les retenir sur sa nuque.

— Je suis venue vous rendre votre bourse, et j'estime que c'était faire preuve de beaucoup de courtoisie, compte tenu de tout ce que ma famille a subi par votre faute. Et vous m'entraînez dans votre chambre, me mettant dans la plus embarrassante des situations !

— J'ai cru que vous ne teniez pas à être vue et, sur l'instant, il ne m'est pas venu à l'esprit que cela pourrait vous gêner. Je voulais simplement vous aider.

Il continuait de sourire.

— Vraiment ! dit-elle, comme elle se dirigeait vers la porte, puis se tournait pour lui faire face. Je n'apprécie guère qu'on se divertisse à mes dépens, monsieur Seton, et vous semblez visiblement prendre un malin plaisir à le faire. J'espère seulement que vous rencontrerez un jour un homme aussi expert au maniement des armes que vous paraissez l'être. J'avoue que j'aimerais pouvoir assister à cette rencontre. Bonne journée, sir !

Elle claqua la porte derrière elle, heureuse de provoquer ce bruit assourdissant. Il traduisait sa colère et elle espérait avoir fait une impression durable sur ce misérable.

*
**

Le mépris d'une femme a provoqué la perte de bien des hommes et été à l'origine de maints conflits. Pour Timmy Sears, l'engouement de Molly Harper pour Christopher Seton représentait une pierre d'achoppement considérable. Si Molly n'était pas ce qu'on pouvait appeler la « femme d'un seul homme », Timmy n'y accordait guère d'importance. Après tout, il fallait bien qu'une fille gagnât sa vie d'une manière ou d'une autre. Mais il avait pris l'habitude de s'estimer, en quelque sorte, un « client privilégié » chaque fois qu'il se rendait à *L'Auberge du Sanglier.* S'il s'agissait d'un privilège modeste, il avait cependant fini par le considérer comme un droit — pour la bonne raison qu'il était le plus grand « cogneur » de la région.

Timmy était un bravache à l'abondante toison rousse toujours en bataille. Son caractère était emporté et manquait quelque peu de profondeur, mais dès l'instant où il disposait d'une fille pour occuper une de ses mains et d'une chope de bière pour occuper l'autre, il se montrait généralement tolérant et d'une franche jovialité. Corpulent, carré, mais athlétique, il avait un fort penchant à saisir le moindre prétexte pour se battre, penchant encore plus marqué lorsque ses adversaires en puissance étaient moins robustes que lui. Il avait parfaitement conscience que s'il n'avait pas participé à la moindre rixe depuis un certain temps déjà, la raison en était simple : la plupart des hommes un tant soit peu prudents n'avaient guère envie de se faire briser la tête ou les membres, et prenaient grand soin de ne pas relever ses provocations.

Cependant, dans l'univers de Timmy était entré depuis peu un homme qui le mettait tout simplement à cran. Il appartenait à une espèce qu'il supportait mal. D'abord, cet homme était plus grand que lui et possédait des épaules plus larges que les siennes, bien que sa taille fût sans doute plus fine. Comme si cela ne suffisait pas, il était toujours tiré à quatre épingles et devait certainement prendre un bain deux ou trois fois par mois. Pour couronner le tout, cet homme jouissait d'une réputation enviable au pistolet et se déplaçait avec une sorte de désinvolture élégante qui incitait à y réfléchir à deux fois avant de le provoquer.

Et c'était le dilemme de Timmy : Molly avait commencé de se comporter comme s'il n'existait plus, alors qu'elle faisait les yeux doux à ce Seton, lequel s'était installé dans son lieu de beuverie favori, à lui Timmy. Lorsqu'elle avait à le servir, Molly glissait rapidement un plateau de viande et une chope devant lui, tant elle avait hâte de retourner se mettre à la disposition du Yankee. Si un cadeau parvenait à rendre un peu d'éclat à ses yeux et qu'elle s'empressât de fournir les services attendus en échange, bien qu'il n'eût rien à reprocher à ces plaisirs éphémères, Timmy Sears n'en redescendait pas moins du premier étage rongé par le soupçon que la fille lui faisait chèrement payer ce qu'elle eût volontiers offert gratis à son rival.

Le plus exaspérant, c'était que Mr Seton ignorait délibérément les doux regards de Molly, refusant ainsi à Timmy le moindre prétexte de le provoquer. Il le surveillait avec des yeux d'aigle, mais il n'avait jamais vu l'étranger s'abaisser à pincer les jolies fesses qu'elle s'ingéniait à balancer autour de lui, ou tendre la main pour caresser la poitrine qu'elle offrait à son regard chaque fois qu'elle le servait. Elle arborait désormais des décolletés si profonds que Timmy gémissait de désir, alors que le Yankee ne semblait pas même les voir. Cela portait pour lui l'insulte à son comble. Repousser les avances de la fille qui suscitait sa jalousie était comme un coup de grâce qui l'atteignait en plein cœur.

Timmy était profondément vexé et le manque total d'égards dont témoignait l'étranger pour sa réputation de terreur du village ne faisait qu'accroître sa colère. Alors que les hommes de la région, en âge de se battre, se hâtaient de laisser le passage à Timmy Sears, le Yankee attendait calmement que le rouquin s'écartât de son chemin. C'était assez pour nouer les entrailles de Timmy et le pousser à imaginer les moyens grâce auxquels il pourrait briser l'arrogance du Yankee. Sears ne s'estimerait satisfait que lorsqu'une bonne bagarre lui ferait recouvrer l'estime qu'il avait pour lui-même.

*
**

Lorsque les marchés saisonniers de Mawbry étaient ouverts, beaucoup de gaieté se mêlait aux affaires sérieuses des achats et des ventes. Des musiciens jouaient du luth et de la cornemuse, les danseurs battaient des mains au rythme de la musique, incitant les spectateurs à faire une démonstration de leurs talents. Erienne les regardait avec beaucoup d'attention. Elle eût aimé se joindre à eux, mais ne pouvait convaincre Farrell de lui servir de partenaire. Il avait accepté de l'accompagner au marché et ne s'était pas opposé à une halte, le temps d'admirer la danse ; et plus particulièrement Molly Harper qui se pavanait d'une figure à l'autre en faisant virevolter sa jupe avec une insouciance provocante. Toutefois, il refusait de courir le risque de se rendre ridicule en entrant dans la danse. Après tout, il n'était plus un homme comme les autres.

Erienne comprenait ses raisons et elle n'insista pas. Il s'agissait cependant d'un jour de fête, et les rires étaient contagieux. Ses pieds marquaient la cadence et ses yeux brillaient. Elle se mit à battre des mains, puis s'interrompit brusquement en voyant la grande silhouette d'un homme adossé au tronc d'un arbre proche. Elle le reconnut aussitôt et vit qu'il l'observait avec un sourire amusé. Le regard de ses yeux gris-vert était d'une intensité peu commune, et le lent et minutieux examen que ce regard lui faisait subir la fit rougir de colère. Il voulait délibérément la défier, elle en était certaine ! Nul gentleman n'eût osé regarder ainsi une femme.

Relevant la tête d'un air hautain, elle lui tourna le dos et fut surprise de découvrir que Farrell n'était plus à ses côtés. Il s'éloignait vers l'auberge, en compagnie de Molly. Au cours des trois dernières heures, la fille avait vainement tenté de capter le regard du Yankee, et elle cherchait maintenant à éveiller sa jalousie. Elle ne s'était jamais donné tant de mal pour séduire un homme et l'attirer dans son lit, et, surtout, il ne lui était jamais arrivé d'échouer aussi totalement. L'indifférence du Yankee à son égard avait de quoi briser toute la confiance qu'elle pouvait avoir en ses charmes.

Comme Erienne serrait les dents d'irritation, une main se posa sur son bras. Elle sursauta et se demanda comment

Christopher Seton avait pu franchir si rapidement la distance qui les séparait. Elle fut soulagée de découvrir près d'elle Allan Parker.

Le shérif plaça sa main sur sa poitrine en s'inclinant galamment devant elle.

— Je constate que votre frère vous a abandonnée, miss Fleming. Il n'est guère prudent de rester ainsi seule, alors que ces maudites bandes d'Écossais risquent à tout instant de surgir et d'enlever nos plus belles jeunes filles. C'est pourquoi je me permets de vous offrir ma protection.

Erienne rit gaiement. Elle espérait que cet odieux Yankee était témoin de la scène et des manières délicates du shérif. Dans ce village, il y avait du moins un homme qui savait se conduire en véritable gentleman.

— Souhaitez-vous vous joindre à la danse ?

Erienne sourit, jeta son châle sur un buisson, puis plaça sa main dans celle qu'on lui tendait. Pendant que le shérif la guidait vers le cercle de danseurs, elle jeta un bref regard en direction de l'arbre contre lequel s'appuyait le Yankee. Christopher souriait avec impertinence et l'idée qu'il s'amusait de la scène vint un instant gâcher son plaisir.

Mais le rigodon endiablé lui fit bientôt oublier l'importun, et elle donna toute son attention à la danse. Christopher était venu se placer au premier rang des spectateurs, bras croisés sur la poitrine, ses longues jambes légèrement écartées. Dépassant la foule de la tête et des épaules, il donnait l'impression d'être un roi du temps jadis venu avec son épée magique délivrer les habitants de Mawbry d'un cruel oppresseur. Cet homme sortait de l'ordinaire et toutes les femmes le sentaient, qu'elles fussent jeunes ou moins jeunes. De tous côtés, lui étaient adressés des sourires enjôleurs et des regards gourmands, mais il ne semblait voir que la svelte jeune fille aux cheveux noirs vêtue d'une robe prune. Il observait ses pieds qui semblaient voler au rythme de la musique, et la vision de ses chevilles fines paraissait l'enchanter. En fait, presque toutes les personnes présentes remarquèrent que son regard ne quittait pas Erienne Fleming, ce qui navra profondément bien des cœurs.

Un somptueux carrosse, qui n'était autre que celui des Talbot, s'arrêta non loin et Christopher saisit ce prétexte pour aller aborder le shérif. Il s'avança vers lui tout en évitant les danseurs et lui tapa doucement sur l'épaule.

— Excusez-moi, Allan, mais j'ai pensé que vous devriez être mis au courant de l'arrivée de miss Talbot.

Le shérif se renfrogna légèrement en voyant le carrosse. A contrecœur, il présenta ses excuses à sa partenaire puis s'éloigna rapidement. Erienne adressa un regard glacial à Seton qui demeurait campé devant elle tandis que les spectateurs échangeaient des sourires entendus.

— Poursuivons-nous cette danse, miss Fleming? demanda Christopher avec un sourire tranquille.

— Certainement pas! rétorqua-t-elle sèchement.

Elle traversa la foule des badauds médusés, la tête haute. Elle se fraya un chemin entre les tentes et les baraques, feignant d'ignorer le Yankee qui la suivait. Il avançait à grandes enjambées et, dans l'incapacité de le distancer, elle lui lança par-dessus son épaule :

— Laissez-moi! Vous m'importunez!

— Voyons, Erienne! Je désirais simplement vous rendre votre châle.

Elle se souvint brusquement qu'elle s'en était débarrassée au début de la danse et s'arrêta. Elle se tourna vers lui et soutint son regard. Avec colère, elle se pencha pour lui arracher le châle des doigts, mais il le tenait fermement. Comme elle allait protester, une voix féminine retentit jusqu'à eux.

— Hé-ho, Christopher!

Claudia venait rapidement vers eux, suivie par Allan. Erienne ressentit un vif agacement à la voir. Claudia portait une robe de soie couleur corail et un chapeau assorti, tout enrubanné. L'ensemble paraissait déplacé sur un marché de village, mais une arrivée plus discrète eût été surprenante de la part d'une jeune femme si soucieuse d'attirer l'attention.

Claudia adressa à Erienne un sourire méprisant, puis elle se tourna vers Christopher.

— Je suis si heureuse de constater que vous vous trouvez toujours à Mawbry, Christopher ! Je craignais de ne pas avoir l'occasion de vous revoir.

— Les affaires qui me retiennent ne sont pas encore réglées. Et au train où vont les choses, je risque d'ailleurs de séjourner ici encore longtemps.

Il s'attira un rapide regard de défi d'Erienne, ce qui le fit sourire.

Claudia le remarqua et la colère grandit en elle à l'idée qu'Erienne et le Yankee partageaient un secret. Cherchant un moyen de les séparer, elle désigna l'auberge d'un geste de la main.

— Pendant la foire, l'aubergiste se surpasse et prépare des festins de roi. Je me demandais si vous aimeriez dîner avec moi... (Sans attendre la réponse, elle se tourna vers le shérif auquel elle lança un sourire timide.) Vous nous accompagnerez, naturellement, Allan.

— J'en serai ravi, fit le shérif qui se tourna galamment vers Erienne, afin de l'inviter. Voudriez-vous vous joindre à nous ?

Claudia dut réprimer son envie de lui envoyer un coup de pied dans les tibias. Elle prit soin d'éviter de le regarder et se contenta de fixer Erienne. Sous le chapeau à larges bords, les yeux de Claudia se firent menaçants et, finalement, sa rivale ne put ignorer le message qu'ils lui adressaient.

— Je... je ne peux pas.

Erienne vit apparaître un sourire de satisfaction sur les lèvres de la jeune femme et elle regretta de ne pouvoir l'effacer en faisant une réponse différente, mais elle n'avait pas d'argent.

— Je dois absolument rentrer. Ma famille m'attend.

— Mais votre frère se trouve précisément à l'auberge, fit remarquer Allan. Rien ne vous empêche de vous joindre à nous.

— Non... non, je ne peux vraiment pas. (Et comme ils semblaient attendre une excuse plausible, Erienne admit avec quelque embarras :) Je crains de ne pas avoir pris d'argent.

Christopher régla aussitôt le problème.

— Croyez que je serai ravi de régler la dépense, miss Fleming. (Comme elle lui jetait un regard furibond, il ajouta :) Je vous en prie.

Claudia comprit qu'elle n'avait rien à gagner en protestant. Cependant, elle tenta d'intimider de nouveau Erienne du regard. En vain.

— Je vous remercie, murmura Erienne, se décidant brusquement. C'est avec plaisir que je me joindrai à vous.

Les deux hommes s'avancèrent pour lui offrir le bras, ce qui changea la surprise de Claudia en indignation. Elle se redressa, furieuse, mais se calma vite en voyant qu'Erienne ignorait délibérément le bras de Christopher et prenait celui d'Allan.

Erienne, craignant que Farrell pût la voir en compagnie de Christopher Seton, fut soulagée de découvrir qu'il ne se trouvait pas dans la grande salle. Elle se souvint de Molly pénétrant dans la chambre du Yankee. Elle se mordit la lèvre avec nervosité, songeant que Farrell avait pu suivre cette créature provocante.

Puis elle prit conscience que Christopher l'observait. Elle s'attendait à une expression ironique, mais découvrit un sourire empreint de compassion. Cependant, l'idée qu'il pût éprouver quelque pitié pour elle la rendit enragée. Réussissant à contenir sa colère, elle s'assit sur la chaise qu'Allan lui avançait.

Christopher invita Claudia à se placer de l'autre côté et Erienne fut irritée de le voir s'installer sur le siège voisin du sien. Se retrouver si près de cet homme lui était insupportable.

Comme un homme accoutumé à prendre les décisions, Christopher commanda les plats et un vin léger pour les dames. Il régla aussitôt le repas et Allan parut heureux de lui laisser cet honneur. Lorsque les plats leur furent présentés, Claudia condescendit à ôter son chapeau, et réordonna soigneusement sa coiffure avant de goûter au repas.

La porte de l'auberge s'ouvrit et Erienne blêmit en voyant son père y pénétrer. Elle tournait le dos à l'entrée et elle n'osa pas bouger tandis qu'Avery traversait la salle en se pavanant. Il jeta une pièce sur le comptoir puis, après avoir reçu une chope en échange, il s'accouda pour boire et parcourut la salle du regard. Un hoquet le saisit lorsque ses yeux se posèrent sur Erienne et Christopher, assis à la même table. D'une démarche mal assurée, il traversa la salle, attirant sur lui tous les regards. Erienne l'entendit approcher et son cœur bondit dans sa poitrine. Avery avait dépassé le stade de la prudence, il ne voyait qu'une chose : sa fille acceptait la compagnie de son pire ennemi. Il attrapa brutalement le bras d'Erienne et l'obligea à se lever. Claudia souriait derrière son verre de vin.

— Espèce de petite dévergondée ! hurla-t-il. T'as encore profité que j'aie le dos tourné pour aller avec ce salaud de Yankee ! Je te jure bien que c'est la dernière fois !

Le maire dirigea son poing vers la mâchoire de sa fille avec assez de force pour la briser, et Erienne, figée de terreur, attendit le choc. Mais, une fois de plus, son fidèle protecteur était là. Dans un élan de colère, Christopher bondit et arrêta le poignet d'Avery.

— Bas les pattes ! gronda le maire.

Il tentait de libérer son poignet, mais la main puissante du Yankee l'immobilisait comme un étau.

— Je vous demande de réfléchir à ce que vous faites, monsieur le maire, fit Christopher d'une voix calme et implacable. Votre fille est venue ici en compagnie du shérif et de miss Talbot. Allez-vous les offenser, eux aussi, par votre conduite ?

Avery sembla émerger d'un épais brouillard et prit conscience de la présence des deux autres personnes assises à la table. Le visage empourpré, il se hâta de bredouiller des excuses. Christopher le lâcha, sur quoi Avery saisit de nouveau le bras de sa fille, qu'il tenta d'entraîner vers la porte.

— Maintenant, file à la maison et prépare le repas. Je rentrerai dès que j'aurai bu mon content de bière.

La porte claqua derrière elle. Son père se détourna et, adressant un regard menaçant à ceux qui l'observaient encore, marcha vers le comptoir.

Des larmes de honte roulaient sur les joues d'Erienne tandis qu'elle regagnait la maison d'un pas rapide. Elle regrettait à présent d'avoir relevé le défi de Claudia. L'humiliation qu'elle venait de subir l'empêcherait désormais de garder la tête haute devant cette femme.

Et ce n'était pas tout. Claudia éprouvait le besoin de régner sans rivale sur toute la région, et pour ce faire elle n'hésitait pas à calomnier, tromper et détruire les êtres sans le moindre égard pour la vérité. Erienne savait que miss Talbot mettrait à profit son absence pour salir sa réputation et la dépeindre sous un jour entièrement faux à Christopher.

— Mais que m'importe, après tout ? marmonna-t-elle tristement. Claudia et Mr Seton sont vraiment faits l'un pour l'autre.

4

A l'est, le soleil perçait à travers les nuages pommelés et nimbait les façades blanches de Mawbry de rose et de jaune. La lumière du matin traversa les vitres de la chambre d'Erienne et interrompit son sommeil agité. Elle gémit et enfouit sa tête sous l'oreiller, fort réticente à l'idée de se rendre à Wirkinton pour y faire la connaissance d'un nouveau prétendant. Elle savait cependant que son père ne se laisserait pas détourner de son projet, surtout depuis qu'il l'avait surprise à l'auberge, et que tenter de repousser l'échéance eût été inutile.

Elle se leva, morose, et descendit dans la cuisine. Frissonnant dans sa robe élimée, elle tisonna le feu puis plaça une grosse bouilloire emplie d'eau sur les flammes ravivées. Elle alla ensuite chercher dans un angle de la pièce un tub de cuivre et mit la main sur le dernier morceau de savon que lui avait donné Farrell. Par le passé, son frère se montrait prévenant envers elle et lui rapportait de petits présents de Wirkinton, mais tout cela était bien fini. Chaque jour, il ressemblait un peu plus à son père.

Qu'elle fût autorisée à quitter Mawbry était extrêmement rare, et bien que la raison qui justifiait ce voyage lui fût pénible, Erienne se vêtit avec soin et mit ses plus beaux atours.

Comme tout bourgeois qui se respecte, Avery laissa sa fille attendre la diligence devant l'auberge et pénétra dans la salle commune. Une bière devant lui, il engagea la conversation avec l'aubergiste sans prendre la peine de baisser la voix et lui révéla ses projets pour sa fille . En plus du jeu et de la boisson, parler à tort et à travers était la grande passion d'Avery. Tout à son bavardage, il ne remarqua pas une haute silhouette qui s'éloignait de l'ombre d'un pilier. La porte d'entrée s'ouvrit et se referma, mais le maire n'y prêta pas attention.

Un vent vif jouait avec les cheveux bouclés d'Erienne et faisait danser les volants de sa jupe. Elle était des plus plaisantes à regarder et les hommes qui passaient devant elle s'arrêtaient puis repartaient non sans se retourner encore une ou deux fois. Celui-là même dont elle fuyait la compagnie sortit de l'auberge et s'immobilisa un instant sur le seuil, admiratif. Qu'elle fût pour lui un fruit défendu ne faisait qu'ajouter du piment à la situation.

Christopher s'avança et vint se glisser juste derrière la jeune fille. Erienne perçut cette présence et pensa qu'il devait s'agir de son père. Elle ne réagit pas immédiatement, mais lorsqu'elle se retourna, elle le découvrit.

Christopher effleura du doigt le rebord de son chapeau puis, sans cesser de sourire, il joignit ses mains derrière son dos et se mit à scruter le ciel où roulaient des nuages capricieux, portés par la brise de l'ouest.

— Un bien agréable temps pour voyager, commenta-t-il. Mais je crains qu'une averse ne se produise en fin de journée.

Erienne serra les dents et tenta de contenir son irritation.

— Vous êtes sorti lorgner les femmes, monsieur Seton ?

— En fait, ce n'était pas mon intention première, mais j'aurais été sot de laisser passer l'occasion que vous m'offrez.

— Quelle était donc votre intention première ?

— Vous pouvez constater que j'attends la diligence de Wirkinton.

Erienne se mordit les lèvres pour retenir une réplique cinglante. Elle était navrée de cette coïncidence, mais, après tout, cet homme était libre de circuler à sa guise et toute remarque eût été déplacée. Son regard se porta au-delà de Seton et elle aperçut son cheval bai attaché à un poteau. Elle comprit aussitôt qu'il venait à l'instant d'opter pour un autre mode de transport et, sachant qu'il était sorti de l'auberge où se trouvait son père, elle en déduisit que Christopher avait surpris une conversation qui lui faisait choisir la diligence. De la main, elle désigna l'animal.

— Vous avez une monture. Pourquoi ne l'utilisez-vous pas ?

Le sourire de Christopher se fit malicieux.

— Je ne méprise pas le confort d'une voiture, lorsque je dois effectuer un long déplacement.

— Vous avez sans doute entendu mon père dire que nous allions à Wirkinton, fit-elle. Et vous avez l'intention de nous importuner tout au long du chemin.

— Chère miss Fleming, je vous assure qu'une affaire de la plus haute importance m'appelle à Wirkinton. (Il ne prit pas la peine de préciser laquelle.) Mais une solution très simple s'offre à vous. Si ma compagnie vous est intolérable, rien ne vous empêche de remettre ce voyage. Vous êtes libre de décider.

— Nous avons nous aussi des affaires à régler à Wirkinton, déclara-t-elle en relevant le menton.

— Un nouveau prétendant ? s'enquit-il aimablement.

— Vous... Oh ! (Elle rougit et, comme le vent ne pouvait en être tenu pour responsable, Christopher reçut la réponse à sa question.) Pourquoi ne pouvez-vous donc pas nous laisser tranquilles ?

— Vous oubliez que j'ai des intérêts dans votre famille. Je cherche à rentrer en possession de ce qui m'appartient, ou tout au moins à obtenir une compensation si cette dette doit rester impayée.

— Ah oui, la dette ! fit-elle en ricanant. L'argent que vous avez extorqué à mon père.

— Mon amour, croyez bien que je n'ai pas besoin d'escroquer qui que ce soit.

Erienne trépigna de colère.

— Monsieur Seton, je ne suis pas votre « amour » !

— Vous êtes pourtant la personne que j'aime le plus.

Son regard glissa sur ses seins et sa taille fine et ne

s'arrêta que sur les petites chaussures noires qui pointaient sous le volant de sa jupe. Erienne regretta aussitôt de ne pas avoir mis le manteau de laine qui était posé en travers de son bagage. Il l'eût protégée de cet insupportable examen. Lorsque le Yankee releva la tête, son regard était plus intense que jamais.

— Oui, fit-il en souriant. Vous êtes vraiment une personne digne d'être aimée.

— Déshabillez-vous toujours ainsi les femmes du regard ?

— Seulement celles qui suscitent mon désir.

Avec irritation, Erienne se détourna et tenta de l'ignorer, pour découvrir aussitôt que c'était impossible. Il existait cependant un moyen de mettre son corps à l'abri. Elle prit son manteau qu'elle jeta sur ses épaules, et d'un regard menaçant le dissuada de l'aider.

Christopher haussa les épaules. Erienne, occupée à nouer les cordons du manteau sur sa gorge, ne prit conscience qu'il s'était approché qu'en l'entendant murmurer à son oreille :

— Votre parfum est aussi doux que celui du jasmin par une nuit d'été.

Elle ramena brusquement la capuche sur sa tête. Sans oublier un seul instant sa présence, elle garda un silence prudent jusqu'au moment où la diligence s'arrêta devant l'auberge. Le cocher descendit et passa sa langue sur ses lèvres sèches, avant d'annoncer aux passagers qu'il y avait un bref arrêt. Puis il se dirigea vers l'entrée de l'établissement. Un homme corpulent, flanqué d'un compagnon fluet, descendit et s'avança droit sur Seton et Erienne qui durent s'écarter.

Lorsque Erienne voulut prendre sa sacoche, Seton s'en était déjà saisi. Elle fronça les sourcils mais Christopher resta impassible. L'ignorant délibérément, elle leva sa jupe afin de monter dans la voiture et sentit aussitôt la main du Yankee soutenir son coude. Il plaça le bagage d'Erienne dans le coffre pendant qu'elle s'installait à l'intérieur, puis il s'éloigna. Après un instant, il revint, tenant son cheval par la bride. Après avoir attaché les rênes de l'animal à l'arrière, il monta et s'installa en face d'Erienne.

Les autres passagers, qui venaient d'étancher leur soif, revinrent vers la voiture. Avery, le dernier à sortir de l'auberge, était manifestement d'humeur joyeuse. Il arriva d'un pas alerte à la portière. Mais lorsqu'il vit leur indésirable compagnon de voyage, il changea de visage. Il gronda et trépigna puis, comprenant qu'il n'avait d'autre choix, il les rejoignit. Avant de prendre place à côté de sa fille, il lui adressa un regard de mépris. Il la soupçonnait d'avoir invité Seton à se joindre à eux.

La voiture s'ébranla et traversa une grande flaque en soulevant des gerbes de boue et Erienne se carra sur la banquette, prévoyant les cahots du parcours. Le paysage ne parvenait pas à retenir son attention. Le regard de Seton était caressant et il souriait. Même en face d'Avery, il était parfaitement détendu et ne paraissait pas accorder la moindre importance au fait que le noble père se renfrognait de plus en plus à le voir ainsi contempler sa fille.

Les autres voyageurs semblaient ravis de la compagnie de Christopher, car il parlait et riait librement avec eux. Il racontait quelques-unes de ses traversées et des histoires qu'il avait glanées au cours de ses voyages. L'homme corpulent se tenait les côtes tant il riait, mais la colère d'Avery croissait à chaque mile.

Erienne, qui l'observait, reconnut à contrecœur qu'il avait du charme, de l'intelligence, et qu'il savait comment se comporter en toute compagnie. Ses façons étaient celles d'un homme né riche et puissant. Il se montrait d'une courtoisie exemplaire. Cependant, Erienne était certaine qu'il devait se sentir tout aussi à l'aise avec un équipage de vieux loups de mer. Il semblait vraiment apprécier toutes les situations de l'existence.

Le voyage se poursuivait et Erienne commençait à se

détendre. A présent, elle n'était pas loin d'apprécier les plaisanteries de Mr Seton. Ce voyage, dont elle avait craint qu'il fût tendu et guindé, devenait une promenade agréable et elle éprouva même un vague regret lorsqu'ils arrivèrent à destination.

Une petite enseigne, précisant que l'auberge s'appelait *La Patte du Lion,* se balançait sur ses gonds au-dessus de la porte, grinçant et claquant dans le vent. De la main, Avery empêcha sa fille de se lever tandis que Christopher et les autres passagers descendaient. Puis, après les avoir imités, il lui fit signe de le rejoindre, d'un geste impatient.

— Ne traîne pas, Erienne ! ordonna-t-il sèchement.

Il inclina son tricorne afin de se protéger du vent et regarda autour de lui. Il découvrit Christopher qui détachait son cheval de la voiture. Se souvenant de l'incident qui s'était produit à l'auberge de Mawbry, il baissa la voix pour ajouter :

— La voiture de Mr Goodfield nous attend, mais je dois d'abord retenir des chambres à l'auberge. Allons, dépêche-toi !

La mauvaise volonté évidente d'Erienne l'irritait profondément et, dès qu'elle eut mis pied à terre, il saisit brutalement son bras et la poussa vers un landau arrêté à proximité. Il feignit de ne pas l'entendre lorsqu'elle lui demanda de lui laisser le temps de faire un brin de toilette ; il redoutait ce que pourrait faire ce maudit Yankee s'ils s'attardaient. Et Avery avait peut-être des raisons de s'inquiéter, car Christopher étudiait attentivement la scène tout en réunissant lentement les rênes sur le cou de son étalon. Il nota le peu d'enthousiasme manifesté par la jeune fille pour monter à bord du landau.

Le cocher gagna l'arrière de la diligence et tira la toile qui protégeait les bagages. D'un geste et d'une question, Seton attira l'attention de l'homme sur le landau.

— Ben, cette voiture appartient à Mr Goodfield. Le plus vieux et le plus riche des négociants du coin. Suffit de suivre cette rue et de prendre en direction du nord à l'intersection. Vous pouvez pas vous tromper. C'est la plus grosse maison que j'aie jamais vue.

En témoignage de sa gratitude, Christopher lança une pièce dans la main du cocher et lui dit d'aller boire une bière à sa santé. En gloussant, l'homme le remercia et se dépêcha de gagner l'auberge.

Sur le marchepied du landau, Erienne hésita et se retourna, découvrant les yeux gris-vert de Christopher fixés sur elle. Il lui adressa un sourire et la salua en portant la main à son chapeau. Avery surprit ce geste et la colère l'envahit. Il poussa Erienne dans la voiture, puis se hâta vers la diligence afin de récupérer leurs bagages. Il voulait aussi remettre le Yankee à sa place.

— Cessez de lorgner ma fille, monsieur. J'ai des amis ici, et je n'aurais qu'à dire un mot pour qu'ils s'occupent de vous. Croyez-moi, les femmes ne vous trouveront plus aucun attrait, lorsqu'ils en auront fini avec vous.

Seton répondit à ses menaces par un sourire paisible.

— Vous ne comprenez pas très vite, n'est-ce pas, monsieur le maire ? D'abord vous m'envoyez votre fils, et à présent vous espérez m'intimider avec vos amis ? Peut-être avez-vous oublié que j'ai dans ce port un navire dont l'équipage s'est aiguisé les dents en combattant les pirates et les corsaires. Souhaitez-vous l'affronter ?

— Laissez ma fille tranquille ! rugit Avery.

— Pourquoi ? fit Christopher qui riait doucement. Pour que vous puissiez lui faire épouser une bourse bien garnie ? J'en ai une. Combien voulez-vous, pour elle ?

— Je vous l'ai dit ! gronda Avery. Elle n'est pas pour vous, et peu m'importe votre argent !

— En ce cas, vous auriez intérêt à rembourser votre dette, monsieur le maire. Sachez que je ne m'estimerai satisfait qu'une fois cette question réglée.

Christopher pivota sur sa selle et s'éloigna au petit galop.

*
**

Un accablement navré s'abattit sur Erienne dès qu'elle vit Smedley Goodfield. Par sa taille et son aspect, le vieillard évoquait un gnome ratatiné. Son dos voûté et ses épaules tordues lui rappelaient douloureusement les paroles sarcastiques qu'elle avait adressées à Christopher. Mais en dépit des propos qu'elle lui avait alors tenus, elle savait désormais que Smedley Goodfield était vraiment le *tout* dernier homme qu'elle prendrait pour mari.

Peu après leur arrivée, Avery fut prié d'aller admirer le jardin, sans qu'on lui laissât le loisir de protester. Erienne fut conviée d'un geste à venir s'asseoir sur le canapé, à côté de Smedley. Elle déclina cette offre et alla prendre place sur une banquette située près de l'âtre, mais elle découvrit rapidement que le vieux négociant n'y voyait qu'une invitation à venir la rejoindre. Dès l'instant où il fut assis à côté d'elle, Erienne dut lutter contre la hardiesse de ses mains. Dans son impatience, il déchira son corsage. Avec un grondement d'indignation, elle repoussa les mains du vieil homme et se leva en saisissant son manteau.

— Je pars, monsieur Goodfield ! fit-elle en s'efforçant de ne pas crier. Passez une bonne journée !

Son père se trouvait dans le vestibule, lorsqu'elle s'y précipita, et une brève dispute s'éleva. Il tentait de lui faire regagner le salon.

— Je ne tolérerai plus ta maudite impertinence ! C'est *moi* qui déciderai de notre départ ! grogna-t-il. Et nous ne partirons que lorsque les détails de ton mariage auront été réglés.

Le visage d'Erienne était comme un masque de pierre et elle tentait de réprimer la colère qui montait en elle. Lentement, mais en martelant les mots, elle répliqua :

— La question est déjà réglée ! L'unique moyen qui te permettrait de me faire rester ici serait de m'y garder pieds et poings liés, et tu devrais également me réduire au silence d'une façon ou d'une autre, car je hurlerais suffisamment d'insultes à ce vieillard lubrique pour qu'il nous mette à la porte tous les deux. Je n'ai déjà que trop enduré ses tripotages. (Elle ouvrit son manteau pour lui montrer sa robe en lambeaux.) Vois ce qu'il a fait ! Ma plus belle robe, et il l'a déchirée.

— Il t'en achètera dix ! cria Avery.

Il ne pouvait lui permettre de partir. Qu'importait une robe, alors que cet homme était disposé à l'épouser ? Cette petite écervelée était ridiculement exigeante.

— Si tu quittes cette maison, je t'avertis que tu devras faire le chemin à pied. Mr Goodfield a eu la gentillesse de mettre sa voiture à notre disposition et nous n'avons aucun autre moyen pour rentrer à l'auberge.

Erienne garda la tête haute en se dirigeant vers la porte.

— Peut-être n'es-tu pas disposé à partir, mais ce n'est pas mon cas.

— Où vas-tu ?

— Comme je te l'ai déjà dit, je pars, lui lança-t-elle par-dessus l'épaule.

Avery ne savait quoi faire. Il ne lui était pas venu à l'esprit qu'elle pourrait s'enfuir ainsi, alors qu'elle se trouvait dans une ville qu'elle ne connaissait pas. Il crut soudain qu'elle voulait le mettre à l'épreuve et n'avait pas l'intention de s'éloigner seule. Il ricana. Il lui montrerait qu'il n'était pas homme à revenir sur sa parole.

— En ce cas, tu devras rentrer à l'auberge sans moi, ma fille. Je compte rester avec Mr Goodfield...

La porte lui claqua au visage. Il allait s'élancer derrière elle, afin de la ramener de force, lorsque la canne de Smedley Goodfield frappa impérieusement le sol du salon pour attirer son attention. A contrecœur, Avery se retourna, tout en cherchant une explication pour justifier la conduite de sa fille et apporter un peu de baume à l'amour-propre outragé du négociant. C'était bien la première fois de sa vie qu'Avery devait faire travailler aussi vite sa cervelle.

⁂

Erienne s'éloignait à grands pas de la propriété du négociant, le corps tendu de colère. Il était pénible de devoir subir les attentions d'un défilé apparemment sans fin de partis venus des quatre coins de l'Angleterre. Il était pénible qu'Avery ne retînt pour critère que la fortune des candidats. Il était pénible que son père se servît d'elle pour faire patienter les créditeurs inquiets pour leur argent. Mais à présent qu'il lui ordonnait de se laisser peloter par un vieillard... C'était trop !

Elle s'arrêta, serrant les poings. Elle ne savait que trop ce qui l'attendait si elle regagnait l'auberge de *La Patte du Lion.* Accompagné par Smedley Goodfield, son père ne tarderait pas à arriver en vociférant et la presserait de parvenir à un arrangement acceptable. Smedley en profiterait naturellement pour s'asseoir à ses côtés et saisirait la moindre occasion de se coller contre son corps ou de se pencher vers elle pour lui conter quelque anecdote grivoise.

Un spasme de dégoût noua son estomac. Elle savait que son père redoutait la prison pour dettes, et c'était bien le dernier lieu où elle aurait voulu le voir. Mais elle prenait également conscience qu'elle ne pouvait accepter de s'avilir davantage.

Une stèle de pierre sur laquelle était gravée une flèche indiquant le nord et le village de Mawbry retint son regard, et une idée lui vint à l'esprit. Wirkinton et *La Patte du Lion* ne se trouvaient qu'à quelques miles au sud. Rentrer à Mawbry signifiait une plus longue marche, un voyage qui lui prendrait le reste du jour et une partie de la nuit. Le vent soufflait avec force et devenait de plus en plus froid, mais elle portait un épais manteau et rien de ce qu'elle avait laissé à l'auberge ne pouvait mieux la protéger. En fait, les affaires qu'elle eût pu y prendre auraient représenté un fardeau inutile et, si elle y retournait, elle risquait de se retrouver face à Smedley Goodfield.

Erienne décida de regagner Mawbry. Ses chaussures découpées n'étaient pas faites pour marcher sur une route pierreuse, et elle devait faire de fréquentes haltes pour ôter les cailloux qui s'y glissaient. Elle maintint cependant une allure rapide pendant une heure, heureuse de sa décision. Ce fut seulement lorsque les nuages commencèrent à s'assombrir et à rouler bas qu'elle fut assaillie par le doute. Une première goutte de pluie atteignit son visage et, sous les assauts d'un vent de plus en plus violent, son manteau se plaqua contre ses jambes, semblant prendre un malin plaisir à entraver sa progression.

Erienne gravit une autre colline mais dut faire une pause au sommet. Devant elle, la route se divisait, formant deux voies qui s'éloignaient à perte de vue dans des directions opposées. Les lieux ne lui étaient pas familiers et la peur de se tromper l'envahit. Les nuages bas masquaient désormais le soleil, la privant ainsi de son unique point de repère.

Le vent fouettait et le froid toujours plus mordant la fit frissonner, mais le souffle glacial de la tourmente lui fit penser qu'elle devait venir du nord. Serrant les dents avec détermination, elle choisit la route qu'elle espérait être la bonne.

— Mariage ! ricana-t-elle à mi-voix.

Erienne, décidément, haïssait ce mot.

Elle se pencha afin d'ôter un caillou de sa chaussure, mais lorsque son regard se porta derrière elle, Erienne interrompit son mouvement et se redressa lentement. Immobile au sommet de la colline qu'elle venait de franchir, se découpant sur les turbulences sombres et mouvantes, se dressait la silhouette d'un cavalier. Le vent faisait virevolter son manteau, lui donnant l'allure de quelque grand oiseau de cauchemar. En le voyant, Erienne se sentit glacée de terreur. Elle avait entendu d'innombrables récits de meurtres et de viols perpétrés le long des routes du nord de l'Angleterre, ou de bandits qui dépouillaient leurs victimes de leurs biens et de leur vertu.

Le cavalier fit avancer sa monture. Luttant contre le mors, l'animal caracola pendant un instant, ce qui permit à Erienne de mieux les voir. Elle retint son souffle et l'inquiétude le céda à la colère quand elle reconnut cet étalon magnifique à la robe luisante et l'homme qui le chevauchait.

Christopher Seton !

Elle décida de quitter la route, ce qui incita le Yankee à éperonner sa monture. Le cheval réduisit rapidement la distance qui les séparait, soulevant des mottes de terre tandis qu'il la suivait à travers le pré qui bordait la route. Erienne esquiva son poursuivant en s'élançant brusquement dans la direction opposée. Mais Christopher ne renonça pas et sauta à bas de sa monture. En deux enjambées, il fut sur elle et la souleva entre ses bras.

— Lâchez-moi, mufle ! Lâchez-moi !

— Cessez de vous débattre, petite sotte, et écoutez-moi ! lui ordonna-t-il d'une voix dure et irritée. Ignorez-vous ce qui risque de vous arriver sur cette route ? Les bandes de voleurs qui écument la contrée vous trouveraient sans doute fort à leur goût et vous pourriez leur servir de jouet pendant une nuit ou deux... à condition de survivre. Y avez-vous pensé ?

Erienne refusa d'admettre le bien-fondé de ses paroles et détourna le visage.

— Je vous demande de me lâcher, sir.

— Seulement lorsque vous aurez entendu raison.

Elle releva vers lui un regard menaçant.

— Comment avez-vous su où je me trouvais ?

Les yeux verts scintillèrent d'amusement.

— Votre père est revenu à l'auberge, en compagnie de ce semblant d'homme. Je dois d'ailleurs signaler qu'il s'est mis dans une colère noire en découvrant que vous n'étiez pas là. (Christopher eut un petit rire.) Après avoir vu ce Smedley, il ne m'a pas été difficile de comprendre que vous aviez préféré prendre la fuite. Mais vous étiez si pressée de fuir que vous avez laissé des traces bien visibles.

— Si vous croyez, sir, que votre protection ou votre compagnie est la bienvenue, vous vous trompez lourdement.

— Le formalisme est inutile, Erienne. Vous pouvez m'appeler Christopher, mon chéri, mon amour, ou choisir tout autre mot tendre, selon vos désirs.

— Mon seul désir, c'est d'être lâchée immédiatement, fit-elle sèchement.

— Vos désirs sont des ordres, milady.

Christopher laissa Erienne glisser contre lui jusqu'au moment où les pieds de la jeune fille atteignirent le sol. En percevant son corps dur et musclé contre le sien, Erienne sentit monter en elle un frisson brûlant. Presque aussitôt, la vision d'un homme nu se dressant dans la clarté vague de l'aube s'imposa à elle.

— Lâchez-moi ! commanda-t-elle. Je suis parfaitement capable de me tenir debout seule !

Les mains de Christopher se refermèrent autour de la taille d'Erienne et la soulevèrent pour l'asseoir sur une roche plate qui bordait la route.

— Attendez sagement que je revienne avec mon cheval, lui ordonna-t-il.

— Je ne suis plus une enfant à qui l'on peut donner des ordres, protesta-t-elle. Je suis une femme !

Christopher l'examina longuement.

— C'est bien la première vérité que j'entends sortir de votre bouche.

— Ne vous a-t-on jamais dit à quel point vous êtes détestable ?

— Si, tous les membres de votre famille, ma chère.

— En ce cas, pourquoi ne pas nous laisser en paix ?

Il s'éloigna pour aller chercher sa monture. Tout en rassemblant les rênes, il déclara par-dessus son épaule :

— Au train où vont les choses, Erienne, je commence à croire que votre père ne parviendra jamais à vous marier. (Il ramena le cheval vers elle.) J'aimerais simplement être sûr que je ne perdrai pas tout dans cette affaire.

— Croyez-vous vraiment avoir des droits sur ma personne ? Celui de m'importuner, par exemple ?

Il haussa les épaules.

— Tout autant que vos autres prétendants. Peut-être plus, en fait, car votre père me doit deux mille livres. Je me demande lequel de vos fiancés acceptera de débourser une telle somme. (Erienne se sentait insultée, humiliée.) Il serait plus pratique de tous les réunir et de vous mettre aux enchères. Cela ferait gagner du temps à votre père et lui épargnerait bien des efforts.

Sans lui laisser le temps de répondre, il se saisit d'elle, la souleva et la mit en selle. Puis il sauta derrière elle et Erienne n'eut d'autre choix que d'accepter.

— Vous m'outragez, monsieur Seton ! Faites-moi descendre immédiatement !

— Si vous n'en avez pas conscience, ma douce amie, nous sommes sur le point de nous faire tremper, déclara-t-il alors même que des gouttes de pluie commençaient à tomber. Et comme je ne puis vous laisser seule en ce lieu, vous allez être contrainte de venir avec moi.

— Il n'en est pas question !

— Écoutez, je n'ai pas la moindre intention de rester ici pour débattre de ce passionnant sujet.

Des talons, il fit partir sa monture qui s'élança au galop. Elle fut rejetée contre la poitrine musclée de l'homme, et par prudence dut accepter qu'il passât un bras autour de sa taille. Bien qu'elle eût catégoriquement refusé de l'admettre, elle était heureuse de la sécurité qu'il lui offrait.

Rabattue par le vent, la pluie traversait son manteau et glissait en ruisselets glacés par l'échancrure de son corsage déchiré. Erienne leva les yeux vers le ciel déchaîné, mais les gouttes de pluie cinglantes la contraignirent à détourner le visage et à chercher abri contre la poitrine de Christopher. Il abaissa le regard sur elle et l'enveloppa de son propre manteau. Presque aussitôt un déluge se déversa sur eux. La pluie glaciale les fouettait et pénétrait leurs vêtements, les rendant si lourds qu'ils entravaient leurs mouvements. La tourmente se déchaînait.

A travers le rideau opaque de la pluie, la forme indistincte d'une bâtisse apparut dans le lointain. Christopher fit quitter la route au cheval et se dirigea vers le bâtiment. Ils passaient entre des arbres dont les branches dénudées, agitées par la bourrasque, les griffaient au passage, s'accrochant à leurs vêtements.

Ils se rapprochaient du bâtiment et découvrirent qu'il s'agissait d'une écurie abandonnée. Une maison en ruine se dressait encore à son côté, dont le toit s'était effondré. Les portes de l'écurie étaient grandes ouvertes, et l'une d'elles pendait de guingois à un gond rouillé. Une poutre rongée reposait sur le sol, en travers de l'entrée. En dépit de son délabrement, l'écurie offrait cependant un abri relatif.

Christopher mit pied à terre devant l'entrée et tendit les bras vers Erienne, afin de l'aider à descendre. Saisie de frissons qu'elle ne pouvait maîtriser, elle permit à Christopher de la porter à l'intérieur de la bâtisse. Il la posa finalement sur ses pieds, puis scruta les ténèbres.

— Ce lieu n'est certainement pas aussi confortable que *La Patte du Lion,* mais au moins y serons-nous à l'abri de la tourmente, déclara-t-il. Vous me faites penser à un chaton qu'on aurait essayé de noyer.

Elle redressa la tête et le foudroya du regard, mais un violent tremblement l'empêcha de répondre avec autant de mordant qu'elle l'eût souhaité.

— Sans doute pensez-vous que Claudia aurait meilleure allure que moi, dans de telles circonstances.

Christopher ne put s'empêcher de rire. Il imaginait miss

Talbot s'efforçant de paraître élégante sous un chapeau aux larges bords ruisselants de pluie, tous rubans défaits.

— Vous n'avez pas à être jalouse de Claudia, répondit-il sur un ton railleur. C'est vous que j'ai suivie à Wirkinton.

— Ah ! Vous l'admettez !

— Naturellement.

Erienne le fixa, interdite.

Christopher eut un petit rire et sortit pour ramener son cheval dans l'abri. Erienne se recroquevilla dans son manteau détrempé, pendant que Christopher détachait de la selle un rouleau de vêtements. Il en sortit sa redingote et la lança à la jeune fille, avant de lui tourner le dos pour délivrer l'animal de sa selle.

— Vous devriez la mettre, avant de prendre froid, dit-il.

Elle serra son manteau et détourna le visage. Elle refusait de s'humilier en révélant sa robe déchirée.

— Mettez-la vous-même, monsieur Seton. Je n'en ai nul besoin.

Christopher la regarda par-dessus son épaule.

— Tenez-vous à me convaincre de votre stupidité ?

— Stupidité ou non, je ne mettrai pas votre redingote.

— Vous la mettrez, rétorqua-t-il si catégoriquement qu'elle crut discerner une menace dans sa voix.

Il se débarrassa de sa veste trempée ainsi que de son gilet, et plaça les vêtements sur la cloison d'une stalle.

— Je vais tenter d'allumer un feu, afin que nous puissions nous sécher un peu.

Il fit le tour de l'écurie et observa les trous larges et nombreux qui s'ouvraient dans le toit. Il disposait là de cheminées et découvrit aussi une bonne réserve de bois. Encore faudrait-il réussir à lui faire prendre feu. Mais le briquet à amadou dont il ne se séparait jamais lui permettrait sans doute de parvenir à ses fins.

Les jambes tremblantes d'Erienne la trahirent et elle tomba à genoux. Elle avait conscience des allées et venues de Christopher qui ramassait des morceaux de bois et les rompait, mais la perspective d'un feu lui paraissait lointaine. Elle s'assit, en proie à une détresse totale. Ses cheveux ruisselaient. De froid, elle ne sentait plus ni ses joues ni ses mains.

Lorsqu'elle vit les premières petites flammes luire au sein de l'obscurité à présent plus dense, elle sc rendit compte qu'elle était trop glacée et trop raide pour faire un mouvement. Christopher s'approcha d'elle. Erienne garda les yeux baissés, trop lasse pour l'affronter de nouveau.

— Souhaitez-vous rapprocher du feu ? demanda-t-il doucement.

Erienne se recroquevilla sur elle-même et se contenta de secouer négativement la tête. Elle était si transie qu'elle ne pouvait répondre. Et puis elle avait sa fierté et préférait donner d'elle l'image d'une femme entêtée plutôt que faible. Elle avait oublié que Christopher Seton était un homme habitué à prendre en main toutes les situations. Il se pencha vers elle puis la souleva dans ses bras et la déposa près du feu. Là, il entreprit aussitôt de défaire les attaches de son manteau. Saisie de panique, Erienne tenta de le repousser.

— Laissez-moi !

— Si vous ne le faites pas vous-même, Erienne, il faut bien que quelqu'un le fasse.

Il fit glisser de ses épaules le manteau qui tomba lourdement sur le sol.

Une expression de surprise apparut sur le visage de Christopher tandis qu'il découvrait ses seins laiteux à la naissance de son décolleté déchiré. Erienne referma nerveusement son corsage, refusant de soutenir son regard inquisiteur.

— Je puis comprendre que Smedley n'ait pu maîtriser son impatience, fit-il sur un ton à la fois sec et ironique, mais vous a-t-il blessée ?

— Si c'était le cas, cela vous concernerait-il ?

— Peut-être, répondit-il d'une voix dure. De plus, j'ai pris l'habitude de vous porter secours et, comme vous semblez avoir grand besoin de mes services, j'aurais quelque scrupule à vous en priver.

Sans s'excuser ou fournir la moindre explication, il la fit pivoter sur elle-même et entreprit de déboutonner sa robe.

Christopher était décidé... et bien plus fort qu'elle. La robe, le corset et les jupons se retrouvèrent bientôt aux pieds d'Erienne. Et ce ne fut qu'ensuite qu'elle recouvra sa liberté.

— Laissez-moi, maintenant ! dit-elle, haletante.

Elle s'éloigna du feu en chancelant et tenta de dissimuler sa nudité en croisant ses bras, car sa fine chemise trempée moulait indiscrètement ses formes.

Christopher vint la rejoindre et couvrit son corps tremblant de sa redingote.

— Si vous pouviez voir un peu plus loin que le bout de votre joli nez, vous comprendriez que je veux seulement vous aider, fit-il avant de la soulever dans ses bras. Si votre protestation est brûlante, vous me semblez en revanche aussi livide qu'un glaçon. Et, ainsi que j'ai déjà eu l'occasion de vous le préciser, je dois veiller sur le gage de ma créance.

— Espèce de brute ! Voyou !

— Vos mots tendres m'enchantent, ma douce amie.

Il la fit asseoir à côté du feu et s'agenouilla pour lui ôter ses chaussures. Puis ses mains remontèrent paisiblement le long de sa chemise afin d'enlever les jarretières qui enserraient ses genoux. En dépit des efforts désespérés d'Erienne, il fit glisser ses bas qu'il posa sur une pierre, non loin des flammes.

— Mon désir d'ôter aussi votre chemise est très vif, assura-t-il avec un sourire malicieux. Estimez-vous heureuse que j'épargne en partie votre pudeur.

— N'allez surtout pas vous imaginer que vous valez mieux que Mr Goodfield, déclara-t-elle avec emportement.

Elle commençait à se sentir réchauffée et elle pouvait s'exprimer plus distinctement et fermement.

— Vous m'avez imposé votre présence en ce lieu perdu, avant de me contraindre par la force à vous obéir. Croyez-moi, sir, mon père sera mis au courant !

— Vous êtes libre d'agir comme bon vous semble, Erienne, mais je dois vous rappeler certaines choses. Je n'ai pas cédé aux menaces de votre famille, et j'agis uniquement pour votre propre bien. Si vous voulez être victime de votre orgueil et de votre entêtement, c'est vous qui en serez responsable, et pas moi.

— Lorsque vous avez blessé Farrell, je suppose que c'était également pour le bien de tous ?

— Votre frère sait parfaitement ce qui s'est passé. Demandez-lui de vous parler du duel. Ou interrogez les témoins. Je n'ai pas à me justifier de mes actes.

— Et, naturellement, vous êtes la pauvre victime. (Elle eut un petit rire moqueur.) Heureusement pour moi, monsieur Seton, il m'est impossible de croire une chose pareille.

— Si je n'ai jamais prétendu être une victime, ma douce amie, je ne suis pas non plus votre méchant persécuteur.

— Il est peu probable que vous l'admettiez, en effet.

— Je suis un homme assez honnête. (Le sourire réapparut tandis qu'elle lui adressait un regard sceptique.) Mais il y a des moments où il est préférable de taire la vérité.

— Êtes-vous en train de me dire que vous n'hésitez pas à mentir, lorsque cela vous convient ?

— Certainement pas.

— En ce cas, expliquez-moi le fond de votre pensée.

— Pour quelle raison le ferais-je ? Vous refuseriez de me croire, quoi que je dise.

— Vous avez raison. Je n'accorde aucun crédit à vos propos.

— Alors, vous feriez mieux de dormir, si vous pouvez trouver le sommeil. Nous allons passer la nuit ici et je ne vois aucune raison de vous importuner plus longtemps avec mes mensonges éhontés.

— Je ne resterai pas ici ! Pas avec vous ! fit-elle en secouant vigoureusement la tête. Jamais !

Christopher la regarda, sceptique à son tour.

— Désireriez-vous retrouver la tourmente ?

Erienne se détourna et refusa de lui répondre. Si elle ne se sentait pas encore assez forte pour reprendre la route, elle ne pouvait cependant faire confiance à cet homme. Il suffisait de le regarder ! Il ne lui manquait qu'un anneau à l'oreille pour avoir l'apparence d'un pirate. Avec sa chemise blanche, ouverte jusqu'à la taille sur une poitrine bronzée, il ressemblait à un de ces coureurs des mers dont rêvent les adolescentes, et, avec son sourire malicieux et ses cheveux sombres qui descendaient en longues mèches bouclées sur ses épaules, il eût fait un boucanier dangereusement séduisant.

— Si j'interprète correctement votre silence, le bon sens vous conseille de rester ici. Parfait ! (Elle le foudroya du regard et son amusement crût encore.) Si la pluie cesse de tomber dans la nuit, je ferai en sorte que vous soyez rentrée avant le lever du soleil. Étant donné que votre père se trouve toujours à *La Patte du Lion* et que votre frère doit cuver sa bière à Mawbry, dit-il en s'abstenant de faire la moindre allusion à Molly, nul ne saura que vous avez passé la nuit en ma compagnie.

— Comment osez-vous attaquer Farrell ! fit-elle avec indignation. Comment osez-vous !

— Inutile de vous sentir insultée, ma chérie. Je ne vous juge pas en fonction de votre frère.

— Oh, espèce de goujat ! Mufle ! Il ne se conduirait pas ainsi si vous ne l'aviez pas estropié !

— Vraiment ? A en croire la rumeur, votre frère s'était déjà découvert un penchant pour la boisson bien avant que je fasse sa connaissance.

Il ramassa les vêtements et les étala devant le feu. La

réplique d'Erienne lui demeura dans la gorge, tant elle était surprise de constater avec quelle adresse il maniait les effets féminins. Embarrassée, elle se détourna, avant de remonter le col de la redingote en un geste qui, espérait-elle, mettrait un point final à la discussion. Son irritation fut longue à s'apaiser. Épuisée, elle demeura immobile et observa le feu jusqu'au moment où le sommeil eut raison d'elle.

⁂

Erienne s'éveilla en sursaut avec l'impression odieuse d'être observée. Elle ouvrit les yeux et durant un instant se demanda où elle était, puis elle se souvint et, se redressant, regarda autour d'elle. Il était là, assis à deux pas d'elle, adossé à un pilier, et son bras reposait sur le genou qu'il avait ramené vers lui. Il cessa de contempler son visage et du regard parcourut le corps à demi allongé près de lui. La redingote, qui lui tenait lieu de couverture, avait glissé et, sous la fine chemise, deux seins ronds apparaissaient, dorés dans la clarté du feu. Indignée, Erienne remonta le vêtement jusqu'à son menton.

— Depuis combien de temps me regardez-vous dormir ? demanda-t-elle.

Un léger sourire se dessina sur les lèvres de Christopher.

— Assez longtemps.

— Assez longtemps pour quoi ?

— Assez longtemps pour me persuader définitivement que vous m'importez plus que quelque dette qui soit.

— Monsieur Seton, je doute que vous me considériez comme une compensation... Et si c'était le cas, cela prouverait simplement que vous manquez de bon sens.

— Si votre père mène à bien ses projets, c'est exactement ce que vous serez. Vous serez vendue et achetée pour une bouchée de pain.

— Je ne qualifierais pas deux mille livres de bouchée de

pain, se moqua-t-elle. En outre, je tiens à préciser que, sans vous, je ne serais pas contrainte de me marier. Tout au moins, pas pour des raisons d'argent.

Christopher haussa les épaules.

— Il est inutile que votre père prenne la peine de vous trouver un riche mari. J'estime qu'obtenir votre amitié en échange de deux mille livres représenterait une affaire correcte.

— Mon amitié ! dit-elle avec ironie. Vous voulez dire mes faveurs, n'est-ce pas ?

— Seulement si vous le souhaitez, ma douce amie. Je n'ai encore jamais pris une seule femme de force.

— Et il ne fait aucun doute que vous en avez connu un grand nombre.

— Il s'agit là d'un sujet dont un gentleman s'abstient de parler.

— En vous qualifiant de gentleman, vous vous placez dans une catégorie qui n'est pas la vôtre, croyez-moi !

— Ma mère a fait de son mieux pour assurer mon éducation, mais je possède un caractère indépendant. (Son sourire s'élargit.) Je suis toujours parvenu à m'adapter aux circonstances.

— Vous voulez dire que vous êtes devenu un mufle par vous-même !

— C'est possible, Erienne, mais en ma compagnie au moins ne vous ennuierez-vous jamais. C'est une chose que je puis vous promettre.

L'inflexion trop caressante de sa voix fit rougir les joues d'Erienne. Comme si elle faisait la leçon à un élève peu doué, elle articula soigneusement :

— Monsieur Seton, je préférerais de beaucoup que vous m'appeliez miss Fleming.

Il eut un petit rire de gorge.

— Il me semble qu'après avoir partagé le même lit et passé une nuit ensemble, nous pourrions oublier ces règles d'étiquette. A tout le moins pendant que nous sommes seuls. Maintenant, chérie, j'aimerais que vous preniez conscience des avantages que vous trouveriez à me laisser vous faire la cour. J'ai trente-trois ans et je ne suis donc pas aussi vieux que mes prédécesseurs. Je suis d'une constitution robuste et très soigneux de ma personne. Je n'ai jamais abusé d'une femme. (Il ignora le rire moqueur d'Erienne.) Et j'ai de quoi vous permettre d'être vêtue ainsi que l'exige votre beauté. Quant à mon aspect... vous pouvez en juger par vous-même.

Il avait accompagné ses dernières paroles d'une sorte de salut à lui-même.

— J'ai la nette impression que vous me faites des propositions, monsieur Seton, dit-elle d'une voix crispée.

— J'essaye seulement de vous faire découvrir mes mérites, mon amour.

— C'est inutile. Vous perdez votre temps. Je vous haïrai jusqu'à la fin de mes jours.

— Vraiment, ma chère ? fit-il en haussant interrogativement les sourcils. Me haïriez-vous plus que Silas Chambers ou que Smedley Goodfield ?

Elle détourna le visage, n'osant répondre.

— Je ne le pense pas, poursuivit-il. Je crois que vous préféreriez avoir un homme véritable pour réchauffer votre lit, plutôt qu'un de ces gâteux que votre père voudrait vous voir épouser. Leur jeunesse appartient à un lointain passé, et je doute qu'ils puissent accomplir de façon bien convaincante leur devoir conjugal.

— Comment osez-vous m'obséder avec vos propositions stupides, comme si vous étiez le plus inestimable des cadeaux que puisse recevoir une femme ? Ainsi que je vous l'ai déjà dit, monsieur Seton, je préférerais épouser un monstre plutôt que de coucher avec un homme de votre espèce !

— Me faudra-t-il vous démontrer à quel point vos insultes manquent de circonspection ?

Bien que prononcés à voix basse, ces mots parurent à

Erienne lourds de menaces. Elle se releva en hâte et serra désespérément la redingote sur son corps. Elle était seule avec cet homme et éprouva une brusque terreur à la pensée de ce qu'il pourrait faire. Elle choisit cependant de lui refuser la satisfaction de voir que sa menace l'effrayait.

— Vous êtes décidément bien arrogant, si vous croyez que je vais me pâmer et tomber à vos pieds.

Christopher se leva à son tour. Son sourire moqueur et sa large poitrine dénudée firent prendre conscience à Erienne de sa stupidité. Elle n'aurait jamais dû défier cet homme. Il venait de reconnaître qu'il n'était pas un gentleman et qu'il agissait toujours à sa guise. Peut-être allait-il la prendre de force.

Christopher avançait sur elle d'une démarche lente et résolue, un sourire obstiné, diabolique aux lèvres. Une fois arrivé près d'elle, il posa le pied sur le bas de la redingote, arrêtant Erienne dans son mouvement de recul. Erienne tenta de dégager le vêtement, mais il s'approcha encore et elle abandonna la redingote, s'enfuyant vers l'autre côté de l'écurie. Elle chercha autour d'elle un objet qui pourrait lui servir de moyen de défense.

— N'approchez pas !

Il se garda, bien sûr, de lui obéir et fut bientôt à un pas d'elle. Avec colère, elle essaya de le repousser, mais sa tentative n'eut d'autre résultat que de déchirer sa fine chemise et les longs doigts de l'homme se refermèrent sur son poignet.

— Orgueil et sottise ! gronda-t-il.

Ses yeux plongèrent dans les siens. Erienne tenta de libérer sa main mais, de son autre bras, Christopher enlaça sa taille et l'attira contre son corps. L'instant suivant, ses lèvres se collaient aux siennes et elle se sentit brûlée jusqu'au plus profond de son être par ce baiser passionné et exigeant. La bouche avide se déplaçait sur la sienne, la contraignant à s'entrouvrir. Sa langue courut sur ses lèvres puis s'insinua entre elles, afin de goûter à loisir à la douceur de sa bouche. Elle tenta de détourner le visage, craignant de perdre toute force de résistance. Elle était prisonnière, sa taille retenue par son bras et ses seins écrasés contre sa poitrine. La main de l'homme se déplaça et s'immobilisa sur ses fesses, appliquant son corps contre le sien, et elle ne put ignorer l'intensité de son désir.

Sa bouche glissa vers la gorge d'Erienne. Il lui semblait qu'elle ne pouvait plus ni respirer, ni se soustraire à ce déferlement de baisers sensuels. Elle secoua la tête en un geste de refus qui manquait de conviction. Puis la bouche de Christopher atteignit son sein. En un ultime sursaut de pudeur, elle chercha à le repousser, certaine de s'évanouir s'il ne s'interrompait pas.

— Christopher... non!

Il eut un petit rire et la lâcha. Il recula d'un pas et Erienne, en proie au vertige, s'appuya au mur, cherchant à recouvrer son souffle.

— Contentez-vous de vos prétendants décrépits, s'ils peuvent vous suffire. Ou admettez le bien-fondé de mes affirmations, Erienne Fleming.

Hébétée, elle vit Christopher se détourner et marcher vers l'étalon qui renâclait avec nervosité. Après l'avoir quelque peu apaisé, il sortit de l'écurie. Il s'immobilisa un long moment, tournant la tête de tous côtés, aux aguets. Un son étouffé lui parvint de très loin. On eût dit les bruits d'une lente cavalcade, mais si sourds et feutrés que...

Il regagna rapidement l'écurie et se mit à ramasser en hâte les vêtements dispersés.

— Habillez-vous. Il faut partir. Des cavaliers arrivent, peut-être une vingtaine ou plus, et ils ont enveloppé les sabots de leurs chevaux afin d'assourdir le bruit. (Il lui lança ses vêtements.) Je doute que des hommes aux intentions avouables se déplacent au cœur de la nuit en prenant de telles précautions.

Erienne se hâta d'obéir. Elle tirait sur les lacets de son

corset lorsqu'il vint vers elle et écarta ses mains, pour achever rapidement la tâche à sa place.

— C'est le moins que je puisse faire, ma chérie, lui murmura-t-il à l'oreille.

— Êtes-vous certain d'avoir entendu quelque chose ?

Christopher la couvrit de sa redingote, sans lui laisser le temps de boutonner sa jupe, puis il l'entraîna vers le cheval.

— Si vous en doutez, vous n'avez qu'à rester ici ! Vous serez rapidement au fait.

Erienne accepta sa réponse et recula d'un pas afin de lui permettre de saisir le seau de bois qui avait servi à abreuver son cheval. Il retourna en courant vers le feu qu'il noya, puis il étouffa les braises avec de la terre. Lorsque l'obscurité régna de nouveau dans l'écurie, il saisit les rênes de sa monture et jeta leurs effets en travers de la selle, puis guida le cheval hors des ruines en direction d'un bosquet situé à quelque distance de la route. Ils attendirent dans l'ombre pendant que le son étouffé des sabots approchait. Une voix s'éleva dans la nuit et la bande fit halte sur la route. Trois cavaliers s'avancèrent bientôt, en direction de l'écurie.

— J' vous dis que j'ai senti une odeur de fumée, affirmait un des hommes à voix basse. Et j'ai fait assez souvent cette route pour savoir que c'est le seul endroit d'où elle pouvait provenir.

— Ton homme a décampé, mon gars. C'était bien la peine de fureter partout. Il t'a filé entre les doigts.

Le cavalier de tête mit pied à terre et entra dans l'écurie. Il s'arrêta sur le seuil pour regarder autour de lui, puis revint et se remit en selle.

— S'il y avait des occupants, ils sont partis.

— A présent, tu peux être tranquille, Timmy, rit l'un des cavaliers. Personne ne va jaillir hors de l'obscurité pour te sauter dessus.

— Ferme ta grande gueule, crétin ! Si je suis encore en vie, c'est à ma prudence que je le dois.

— Allons rejoindre les autres, fit le premier. On a encore un long chemin à faire.

Lorsque les hommes eurent regagné la route, Erienne soupira de soulagement. Tandis qu'ils attendaient que les cavaliers se soient suffisamment éloignés, il lui vint à l'esprit qu'elle se serait effectivement retrouvée à la merci de ces hommes si Christopher n'était pas parti à sa recherche.

Le long de la route de Mawbry, une brume grisâtre s'accrochait à la lande et aux pentes rocailleuses. Elle s'enroulait autour des troncs noueux des vieux chênes et flottait sur la route, tel un linceul de fantômes.

Gênée par la présence de l'homme en selle derrière elle, Erienne tentait de demeurer bien droite, mais le voyage était long et elle se sentait lasse. La redingote de Christopher lui tenait chaud et, en dépit de sa volonté, elle se retrouvait, à intervalles réguliers, appuyée contre son corps. Une fois encore, elle se redressa.

— Détendez-vous, Erienne, murmura-t-il. Vous serez bientôt débarrassée de ma présence.

Ses paroles firent renaître le sentiment de déchirement, de vide qu'elle avait éprouvé quand Christopher avait quitté la maison familiale, lors de leur première rencontre. Le souvenir de son baiser rendait ce sentiment encore plus aigu. Elle craignait de ne pouvoir jamais oublier son étreinte ardente.

Lorsqu'ils atteignirent Mawbry, l'aube commençait à poindre. Christopher contourna le petit hameau pour gagner la maison du maire. Il arrêta leur monture devant la porte de derrière et se pencha pour ouvrir le portillon. Aucun ronflement sonore ne parvenait de la fenêtre ouverte de la chambre de Farrell ; apparemment, son frère n'était pas encore rentré. Soutenue par Christopher, elle se laissa glisser à terre puis ôta la redingote, qu'elle

lui lança. Elle voulait rapidement prendre congé de lui.
— N'allez-vous pas m'inviter à entrer ?
Erienne sursauta de colère tandis que le sourire moqueur de Christopher la défiait.
— Certainement pas !
Christopher soupira, feignant la déception.
— Voilà bien l'ingratitude d'une fille inconstante !
— Inconstante ! Vous me traitez d'inconstante ? Vous qui... vous...
Il éperonna son cheval et franchit la clôture en un bond gracieux, tout en continuant à rire. Erienne trépigna et suivit du regard le cavalier qui disparaissait, tout en marmonnant d'épouvantables menaces. Elle n'avait jamais rencontré un homme qui éprouvait tant de plaisir à l'agacer, et elle était profondément vexée de constater qu'il y réussissait à merveille.

*
**

Le retour d'Avery eut lieu en milieu d'après-midi et, lorsqu'elle le vit descendre la rue en longues enjambées coléreuses, Erienne frissonna d'inquiétude. Il entra en trombe et fit claquer la porte derrière lui. L'apercevant du seuil du salon, il la foudroya du regard tout en se débarrassant de son manteau.
— Tu es donc rentrée à la maison, pas vrai ? Et moi qui me suis rongé les sangs tout au long du chemin, tant je craignais qu'un bandit ne t'ait enlevée !
Erienne n'osa pas lui révéler que cela avait bien failli se produire.
— Sur mon âge, ma fille, j'ignore ce qui t'est passé par la tête. Tu as pris la fuite en tenant des propos sans suite au sujet des caresses de Smedley Goodfield. Tu savais pourtant qu'il pourrait te caresser à sa guise, après t'avoir épousée.
Son estomac se noua de répulsion.

— Et c'est bien pourquoi je suis partie. Je ne pouvais supporter cette pensée.

— Aaah ! (Il la fixa, les yeux mi-clos.) Tu as déjà fait ton choix, pas vrai ? Tu n'as rien dit, quand ce vaurien de Seton t'a pelotée. Mais il suffit qu'un brave homme qui pense au mariage t'effleure pour que tu joues les prudes offensées. Il me semble qu'avec tes grands principes tu ne devrais pas oublier que ce Mr Seton n'a aucune intention de t'épouser. (Il rit, comme amusé.) Oh, il serait certainement tout disposé à prendre son plaisir avec toi ! Et tu resterais avec un petit bébé dans le ventre, un bébé sans père !

Les joues d'Erienne s'empourprèrent. Elle se détourna pour répondre à voix basse :

— Inutile de t'inquiéter à ce propos. Mr Seton est bien le dernier homme que je choisirais.

La fréquence avec laquelle elle formulait cette déclaration commençait à lui enlever, à ses propres yeux, une bonne part de sa crédibilité.

— Ah ! se moqua Avery, sceptique. Le premier, peut-être, mais certainement pas le dernier ! Je parie que le vieux Smedley vient en deuxième ou troisième position, derrière le beau Mr Seton.

5

S'il avait existé des albinos gris, le prétendant suivant à la main d'Erienne eût trouvé sa place dans cette catégorie. Avec des cheveux argentés, un visage au teint de cendre et des yeux d'un gris délavé, Harford Newton évoquait irrésistiblement cette espèce imaginaire. Ses mains pâles étaient constamment moites et il portait sans cesse un mouchoir à sa bouche lippue et humide. En dépit de sa forte corpulence, il semblait souffrir du climat hivernal plus que tout autre ; bien que le froid fût modéré, il avait frileusement relevé son col pour protéger son cou pourtant emmitouflé déjà dans une écharpe.

A la pensée des caresses de ces mains moites, de cet homme se trémoussant de désir dans un lit, Erienne fut saisie par la panique. Les paroles de Christopher lui revinrent à l'esprit. Il lui avait semblé faire preuve d'une arrogance insupportable en affirmant qu'elle pourrait le préférer à tout autre prétendant, et elle était à présent fort vexée de constater qu'il n'avait fait qu'exprimer la vérité.

Par un violent effort de volonté. Erienne parvint à rester courtoise envers Harford Newton. Elle repoussait patiemment ses avances et espérait, contre tout espoir, qu'il comprendrait finalement la signification de son attitude. Il effleura d'abord sa poitrine, puis sa main se fit plus hardie, comme s'il avait déjà des droits sur elle. Erienne craignait la colère de son père, mais sa répugnance fut la plus forte et elle s'enfuit dans sa chambre. En dépit des menaces d'Avery, elle refusa de regagner le salon tant qu'elle n'aurait pas la certitude que Harford Newton avait quitté la demeure.

Lorsqu'elle vit la voiture de l'homme s'éloigner sur la route, elle poussa un long soupir de satisfaction. Cependant, la perspective d'affronter son père estompa vite cet accès d'euphorie. Elle s'aventura dans le salon, où Avery se versait généreusement à boire. Il se tourna vers elle, le regard furieux.

— Pour un peu, je devais lui mettre un anneau dans le nez et le traîner de force jusqu'ici, ma fille, mais je jure que ses yeux se sont mis à luire lorsqu'il t'a vue. J'étais certain de t'avoir enfin trouvé le mari idéal, mais voilà ! (De la main, il fit un geste de mépris.) Toi et tes exigences ! Tu n'accepteras jamais aucun de ces hommes que je t'amène !

Erienne secoua la tête et eut un petit rire gêné.

— Eh bien, il reste toujours l'offre de Mr Seton.

Avery abattit son poing sur la table.

— Je préférerais vous voir tous deux brûler en enfer plutôt que de laisser les mains de ce misérable se poser sur ton corps !

— Vraiment, père ! Ta sollicitude me touche et je suis surprise de la valeur que tu m'accordes, en livres et couronnes, tout au moins.

Il la fixa durement, pendant un long moment.

— Et que crois-tu que je vais accepter pour te permettre de préserver ta pureté et tes rêves de Prince Charmant, ma fille ? La prison pour dettes jusqu'à ma mort ? (Il ricana.) Oh, j'ai certes prélevé ma part pour me distraire de temps en temps, mais sache que j'ai dépensé autant d'argent pour toi et ton frère. Il serait normal que tu me dédommages maintenant et que tu te trouves un homme dont la bourse est assez bien garnie pour compenser ce qui manque dans la mienne. Ce n'est tout de même pas trop demander, car enfin tu es en âge de te marier. Mais non, tu préfères me laisser envoyer à la prison de Newgate plutôt que de renoncer à ta foutue virginité !

Erienne se détourna, car elle avait les larmes aux yeux.

— C'est à moi de décider si je vais la donner ou la refuser aux vieillards libidineux que tu me présentes. Mais que t'importe ? Tu ris bêtement et tu laisses à ta propre fille le soin de se défendre de ces monstres.

— Ces monstres, vraiment ? (Il vida son verre en rejetant sa tête en arrière.) Le bel exemple, en vérité : une fille unique devient si prétentieuse qu'elle ne respecte même plus la volonté de son père. (Il saisit son bras et la fit brusquement pivoter vers lui.) Crois-tu donc qu'il existe une autre solution ? La peur me noue les entrailles, chaque fois que je pense au cachot humide où je finirai mes jours. Je suis une barque en perdition poussée vers les récifs, ma fille, et rien ne peut me permettre de regagner le large. Je te le dis : je ne cesserai pas ma chasse aux prétendants tant que tu n'en auras pas trouvé un toi-même et qui nous agrée à tous deux.

— Tu le sais parfaitement. Je ne veux pas que tu sois jeté en prison, rétorqua Erienne. Mais je possède malgré tout ma fierté. Pour dire les choses crûment, tu voudrais me vendre pour deux mille livres. Une femme ne vaut donc pas plus cher que cela, père ?

— Deux mille livres ! fit Avery qui partit d'un grand rire et rejeta sa tête en arrière. Tu peux doubler cette somme, ma fille. Je dois effectivement cela à ce coq arrogant, et autant aux négociants rapaces de Wirkinton.

— Quatre… quatre mille livres ? fit-elle en regardant son père, accablée. Tu veux dire que tu as misé deux mille livres contre Christopher Seton alors que tu devais déjà une telle somme par ailleurs ?

Avery ne soutint pas son regard et préféra examiner ses doigts boudinés.

— Eh bien, le jeu en valait la chandelle, et si ce misérable Yankee n'avait pas eu des yeux aussi perçants, j'aurais pu régler toutes mes dettes.

Un frisson parcourut Erienne.

— Veux-tu dire que… tu as triché ?

— La mise était trop importante. Tu comprends ? Je devais absolument forcer la chance !

La découverte l'écrasa. Christopher Seton ne mentait pas. Son père était effectivement un tricheur ! Et Farrell ? Il avait voulu défendre l'honneur de leur père, un honneur imaginaire.

Écœurée, Erienne se détourna. Elle ne pouvait regarder son père. Il avait laissé Farrell provoquer Christopher Seton tout en sachant que l'un d'eux risquait de se faire tuer. Naturellement, il espérait que ce serait le Yankee. Mais Farrell avait payé le prix et c'était à présent au tour d'Erienne de se sacrifier pour lui.

Sa voix était rauque et nerveuse lorsqu'elle lui répondit avec une ironie qu'elle ne prit pas la peine de dissimuler :

— Pourquoi ne pas me mettre aux enchères, et en

finir une bonne fois pour toutes ? Vends-moi comme esclave pour une dizaine d'années. Je n'aurai que la trentaine, lorsque je recouvrerai ma liberté. Dès l'instant où tes dettes seront réglées, que t'importe si je suis une femme mariée ou simplement une esclave ?

Erienne se tut, sûre que son père allait s'élever contre une telle proposition. Mais, le silence s'alourdissant, elle se retourna et le regarda avec horreur.

— Aux enchères, as-tu dit ? fit-il tout en se frottant les mains de joie. Aux enchères ? Sais-tu que tu viens d'avoir une excellente idée, ma fille ?

— Père !

Elle était atterrée par ce qu'elle avait fait. Sans réfléchir, elle venait de répéter les propos sarcastiques de Christopher, et cela s'était retourné contre elle. Erienne tenta de s'expliquer.

— Je plaisantais, père. Tu ne vas pas prendre cela au sérieux.

Avery ne sembla pas l'entendre.

— Voilà qui devrait attirer beaucoup d'hommes. Celui qui fait la plus haute enchère... remporte une femme intelligente et jolie.

— Une femme ? répéta-t-elle.

— Une femme qui sait compter et écrire devrait rapporter une somme rondelette, peut-être plus de deux mille livres. Et ensuite elle ne pourrait s'opposer aux caresses de son acquéreur.

Erienne ferma les yeux et tenta de se ressaisir. Qu'avait-elle dit ? Qu'avait-elle fait ?

— Naturellement, il faut trouver le moyen d'empêcher ce salaud de Seton de l'avoir. Elle l'excite, ça se voit. J'ai bien noté sa façon de la regarder, dans la diligence. Il donnait l'impression de vouloir la posséder sur place, sans attendre. Oui, il doit exister un moyen.

— Père, je t'en supplie ! l'implora Erienne. Je t'en conjure, ne fais pas une chose pareille !

Avery, qui ne prêtait pas la moindre attention à sa fille, eut brusquement un petit rire.

— Il suffira de placarder un avis précisant les conditions de la vente. Je le ferai écrire par Farrell. (Il leva un doigt, pour citer les termes adéquats :) Seul Christopher Seton ne sera pas autorisé à prendre part aux enchères.

Il gloussa comme un gnome malicieux et s'assit sur le bord d'un siège. Secoué par le rire, il abattit le plat de sa main sur son genou. Ses yeux luisaient de plaisir en songeant à la revanche qu'il allait prendre sur son ennemi et il remarqua à peine que sa fille quittait la pièce en courant.

***

Les affiches furent placardées en milieu de matinée, le lendemain. Elles annonçaient qu'un événement exceptionnel se produirait dix jours plus tard. Une jeune fille, Erienne Fleming, serait vendue comme épouse au plus offrant. Les enchères auraient lieu devant l'auberge ou, si le temps l'interdisait, à l'intérieur de l'établissement. Tous les célibataires intéressés étaient invités à évaluer le contenu de leur bourse, car une mise à prix minimale serait exigée pour cette jeune fille aux nombreux talents et à la grande beauté. Au bas du texte manuscrit, en caractères plus gras, se trouvait un avertissement adressé à un certain Christopher Seton. Il l'informait qu'il ne serait pas autorisé à prendre part aux enchères.

Ben sortait en titubant de l'auberge lorsqu'il vit le grand Yankee arrêté sur son cheval devant le panneau d'affichage. Il arbora un sourire édenté et tapota de la main sur la feuille manuscrite.

— J'ai entendu dire que vous étiez exclu des enchères, patron. La rumeur s'est répandue plus vite que la peste. Vu que vous aviez dit au vieux Ben que vous n'étiez pas disposé à vous marier, il s'est demandé pourquoi le maire avait fait ça. Peut-être qu'il veut vous tenir éloigné de sa fille à cause de cette histoire avec Farrell ?

— C'est l'unique raison, pour l'instant, répondit sèchement Christopher.

Le vieillard gloussa de joie.

— Ça m'a tout l'air d'une menace, patron.

Christopher acquiesça d'un bref hochement de tête, puis il fit pivoter son cheval et s'éloigna au trot. Ben le suivit un moment du regard et se hâta de plonger de côté en entendant galoper derrière lui. Il évita de peu les sabots de la monture de Timmy Sears qui passait sans ralentir. Le rouquin n'accorda pas la moindre attention à l'ivrogne qui se relevait pour brandir un poing menaçant dans son dos. Tout à sa colère, le vieux Ben ne remarqua pas l'autre cavalier qui arrivait rapidement derrière lui.

Haggard vit l'homme et tira frénétiquement sur les rênes pour arrêter sa monture aux longs poils rudes. Mais l'animal, hongré à un âge un peu tardif, avait gardé le caractère indépendant et rétif d'un étalon. Le cheval ignora l'ordre de son maître et n'en saisit la raison qu'au tout dernier instant. Il s'immobilisa brusquement, jambes tendues, et Haggard effectua deux bonds sur la selle, avant de se rasseoir en gémissant, le visage tordu par une grimace. Ben se hâta de s'écarter en titubant, pour dégager le passage et permettre au cavalier de poursuivre son chemin. Le style équestre de Haggard manqua ensuite de souplesse, car il garda le corps droit et les jambes fermement serrées sur les flancs de son cheval. C'était pour lui l'unique moyen de suivre son compagnon dans les rues tortueuses de Mawbry sans être à la torture.

*
**

Christopher Seton salua le marin et quitta le bateau pour gravir l'échelle d'accès au quai. Il s'épousseta, enfonça son chapeau pour se protéger des rafales de vent, puis il se dirigea d'un pas nonchalant vers *La Biche Cramoisie,* une taverne du front de mer célèbre pour sa bière qu'on mettait à rafraîchir dans les profondeurs de la cave.

Le capitaine Daniels avait ramené de Londres, chargé de diverses marchandises, le navire dont Christopher avait fait l'acquisition. Aux premières lueurs de l'aube, il lèverait de nouveau l'ancre et mettrait le cap vers un lieu que Christopher avait choisi sur les cartes. Une fois arrivé à destination, le capitaine descendrait le fret à terre puis reviendrait à Wirkinton, où il demeurerait un certain temps avant de regagner Londres puis de pratiquer le cabotage le long des côtes. Jusqu'au départ, un système de rotation des effectifs permettrait aux membres de l'équipage de descendre à terre tour à tour et de passer quelques heures dans les pubs, pendant que les autres assureraient la sécurité du navire.

Par cette fin d'après-midi *La Biche Cramoisie* était déserte, et le tenancier maussade sembla heureux de voir survenir un client. Il envoya un jeune garçon chercher un pichet dans la cave et se répandit en propos sur la pluie et le beau temps jusqu'au moment où Christopher entra en possession d'une chope de bière bien fraîche et mousseuse. Le Yankee emporta sa consommation vers la vaste cheminée qui réchauffait la salle commune, se choisit un siège confortable, et posa les pieds sur un petit tabouret. Il fixait les flammes mouvantes mais ses pensées vagabondaient au loin, prises dans un tourbillon de cheveux noirs. Sous cette abondante toison, des yeux bleu-violet luisaient avec éclat, et dans leurs profondeurs les couleurs étaient changeantes, comme celles d'une pierre précieuse. L'irritation passa dans les yeux de la fille et son regard se fit dur. Christopher explora alors ses souvenirs et jeta son dévolu sur un instant où ce regard avait été rieur, une vision qu'il s'efforça de garder à l'esprit.

Le portrait s'enrichit d'un nez fin et droit, légèrement effronté. Il ne manquait presque rien pour atteindre la perfection. La forme du visage aux traits délicats n'était ni trop étroite ni trop large mais doucement ovale, avec des pommettes peu accentuées et légèrement colorées.

Des lèvres prirent forme dans son imagination. Non point boudeuses comme celles des femmes de la cour, mais dessinées avec grâce et vivacité. Une fossette se creusa à leurs commissures comme Erienne fronçait de nouveau les sourcils, et il dut chercher dans sa mémoire un instant où ses lèvres avaient esquissé un sourire. Puis son esprit s'embrasa au souvenir de leur incroyable douceur sous sa bouche.

Tout le reste lui revint en un flot d'images. Les longs membres élancés et le corps à la grâce souple d'un félin ; une silhouette d'une vigueur discrète et d'une élégance presque naïve. Elle ne paraissait pas consciente de sa beauté. Elle était simplement Erienne, différente et supérieure à toutes les autres femmes dont il pouvait se souvenir.

Oui, elle promettait d'être une femme qui ne resterait pas en retrait mais qui ne chercherait pas non plus à dominer ; une femme qui marcherait au côté de l'homme de son choix. Il était navré qu'on ne lui eût pas permis de jouir de sa compagnie, et il estima que le sort d'Erienne serait plus enviable une fois qu'elle serait soustraite aux « soins » de son père et à « l'influence bénéfique » de son frère. Il lui vint à l'esprit que la vente aux enchères aurait au moins ce résultat.

Les pensées de Christopher furent interrompues par les vociférations d'un groupe d'hommes qui pénétraient dans l'auberge. Ils étaient une douzaine et tout semblait indiquer qu'ils avaient déjà visité un grand nombre d'autres tavernes. Une voix forte et rauque couvrait les autres, et Christopher découvrit au centre de la bande Timmy Sears qui se comportait visiblement en chef.

— Voilà, les gars, hurla-t-il avec une bonne humeur rare. Buvez une bière sur le compte de Timmy.

Un chœur de vivats indiqua l'empressement des autres à accepter les largesses de Mr Sears, qui posait une bourse bien garnie sur le comptoir. Le serveur, tout réjoui par cet afflux de clients, se hâta de sortir ses plus grandes chopes et de les emplir de bière. Les plaisanteries graveleuses et les reparties grossières se turent le temps que les hommes assoiffés ingurgitent leur boisson. Même l'ombre de Sears, Haggard Bentworth, enfouit son nez dans la mousse et avala goulûment la bière. Une fois la soif apaisée, les conversations reprirent.

Timmy se racla bruyamment la gorge.

— Ah ! Même une bonne bière perd sa saveur quand elle est trop fraîche. C'est seulement lorsqu'elle est bien tiède qu'on peut la savourer pleinement.

Ses compagnons ne manquèrent pas d'approuver la sagesse de ses propos, à grand renfort de hochements de tête et de murmures complaisants.

— Hé, Timmy, fit la voix rauque d'un homme dont la main frappait le comptoir, à côté de la bourse. Tu as là un joli magot. T'as l'intention de participer aux enchères organisées par Avery ?

— Tout juste ! répondit Sears qui s'appuya au comptoir et bomba le torse. Et j'ai décidé de monter jusqu'à... oh... peut-être cent livres.

— Ouh ! s'exclama un autre membre de la bande en feignant la stupeur. Cent livres pour une fille ?

Timmy adressa au rieur un regard menaçant.

— Pas pour une fille ! Pour une femme !

— Mais t'en as déjà une, rétorqua l'homme.

Timmy se redressa et étudia pensivement le plafond.

— Si je parviens à avoir celle-là, j'organiserai peut-être une vente aux enchères pour la vieille.

— Haw ! aboya Haggard. Ta femme vaut pas dix shillings. Faudrait pas espérer rentrer dans ton argent.

Les yeux de Timmy se fermèrent à demi pour fixer

l'importun, et il tenta de faire monter par avance ces enchères hypothétiques.

— Eh, il lui reste encore pas mal de belles nuits à passer.

— Si c'est le cas, pourquoi en vouloir une autre ? fit remarquer un homme.

— Parce que la fille du maire m'excite, voilà.

Timmy avait ponctué sa réponse d'un large sourire.

— Ça c'est sûr, dit un autre homme du groupe. Surtout depuis que Molly t'a envoyé sur les... Oh !

Un coup de coude dans les côtes lui rappela la prudence, mais il en avait déjà trop dit.

Timmy regarda autour de lui, l'expression menaçante.

— Quoi ? Qu'est-ce que j'ai entendu ? Qui a osé dire que Molly m'avait laissé tomber ?

— Allons, fit l'homme, dans l'espoir de calmer Timmy, nous savons tous qu'elle s'est entichée de ce Yankee.

Timmy baissa la tête et la fit pivoter, comme un taureau sur le point de charger. Il tenta d'identifier au sein du groupe l'impudent qui se moquait de lui.

— Le Yankee ? gronda-t-il entre ses dents serrées. Molly ? Me laisser tomber, tu dis ?

— Ah, Timmy, dit l'homme, c'est pas ta fau...

Le mot fut interrompu par le son mat d'un poing qui s'écrasait sur sa mâchoire. Il recula en titubant et battit des bras, cherchant à recouvrer son équilibre. Sans s'en rendre compte, il se trouvait à deux pas de celui qui avait justement donné matière à leur altercation.

Christopher vit arriver l'homme. Il prit sa chope, se leva, et s'écarta rapidement de sa trajectoire. Le compagnon de Sears roula sur le sol où il se tordit en gémissant. Christopher étudia la scène, puis enjamba calmement le corps et sortit de l'ombre qui avait jusqu'alors assuré son anonymat.

Sears faillit s'étrangler en le reconnaissant.

Bombant le torse devant ses camarades, il tenta de

découvrir un passage dégagé entre les tables, pour rejoindre son ennemi.

— C'est lui, les gars... le Yankee dont on parlait. N'avez qu'à regarder ses vêtements. Une sorte de dandy qui peut pas s'habiller comme tout l' monde.

Christopher profita du silence qui s'était abattu sur la salle pour s'adresser au rouquin d'une voix calme et décidée.

— Monsieur Sears, au cours de ces quelques instants j'ai entendu assez de vos divagations pour en avoir mon content jusqu'à la fin de mes jours.

Lorsque le groupe d'hommes éméchés avait fait son entrée dans l'auberge, Christopher était déjà d'une humeur peu amène. Sa patience venait d'être mise à rude épreuve durant ces derniers jours, et il n'était pas disposé à tolérer d'autres inepties de la part de cet homme.

Timmy ne manquait pas totalement de bon sens. Compte tenu de l'attitude du Yankee, il estima préférable de faire appel aux renforts qu'il avait à sa disposition. Il lui serait possible d'intervenir personnellement lorsque les autres auraient quelque peu réduit les capacités combatives de son adversaire.

— Vous voyez, les gars, voilà cet aventurier qui est venu chez nous, à Mawbry, et autour duquel toutes nos femmes tournent en battant des cils. A la façon dont elles prononcent son nom, je parie qu'il a déjà dû passer d'un lit à l'autre. Même Molly est folle de lui, et il est facile de deviner qu'il n'est pas près de la payer.

Timmy était à tel point absorbé par sa harangue qu'il ne nota pas l'entrée d'autres hommes qui vinrent se placer derrière ses compagnons. Seul Haggard s'inquiétait du fait que le soleil s'était couché, que les équipages des navires descendaient à terre, et que les nouveaux venus portaient des tenues qui ressemblaient peu à celles des marins anglais. Avec nervosité, il tira sur la manche de Timmy dans l'espoir d'attirer son attention.

— Pas maintenant, Haggie, fit le rouquin qui le repoussa sans lui accorder un seul regard. (Il ajouta dans le désir de faire monter la tension :) Ouais, nous avons devant nous Mr Yankee Seton, l'homme qui a peloté une fois de trop la fille du maire et qui s'est fait exclure des enchères. Il se croit trop bien pour cette bonne vieille Molly, et elle est pourtant aussi valable en tant que fille que catin. Elle prend un bain tous les samedis, les gars, et c'est réglé comme du papier à musique. Peu importe le nombre de fois où elle peut nous apporter un petit réconfort. Mais le Yankee ne lui adresse que des regards méprisants.

Un tel affront à la douce Molly, que tous avaient eu l'occasion d'apprécier, provoqua un murmure de colère de la part de ses compagnons. Christopher achevait calmement sa bière comme la porte s'ouvrait et que de nouveaux marins faisaient leur entrée. L'un d'eux, un grand bonhomme aux cheveux grisonnants, était vêtu d'un long manteau bleu du genre qu'aimaient tout particulièrement les capitaines. Il resta en retrait avec les autres, tout en observant la scène.

Haggard s'avança vers Timmy et tenta une nouvelle fois de capter son attention. Il le tira par la manche, sans cesser de regarder autour de lui avec nervosité.

Sears le repoussa brutalement.

— Laisse-moi ! fit-il avant de reprendre ses provocations. Regardez-le faire des manières pour boire sa bière, les gars. Il a peur de nous dire ce qu'il pense des hommes de Mawbry.

— Si vous souhaitez vraiment connaître le fond de ma pensée, monsieur Sears, sachez que *vous* êtes à mes yeux un imbécile, répondit Christopher d'une voix calme mais assez forte pour dominer les grondements de colère des amis de Sears. Le maire ne pourrait se contenter de vos cent misérables livres, alors qu'il me doit vingt fois cette somme. De plus, je doute que sa fille vous accorde ses faveurs. A ce que j'ai entendu dire, elle n'apprécie que le porc qui sort du saloir.

— Le porc ? répéta Timmy, un instant décontenancé avant de comprendre la signification de ces paroles. Un *porc* ! Vous avez entendu, les gars ? Il m'a traité de porc ! (Il s'avança et fit signe à ses compagnons de l'imiter.) Vous allez voir, ce type sera bientôt moins fier ! Donnons-lui une leçon, les gars !

Après avoir fait un pas en avant, ses compagnons s'immobilisèrent. De puissantes mains venaient de s'abattre sur leurs épaules. Puis ils se retournèrent, découvrant comme un mur d'hommes debout derrière eux. Ils renoncèrent aussitôt à prêter main-forte à Timmy.

Pris de panique, Haggard saisit le bras du rouquin.

— Ils... ils... ils sont... !

Se rendant compte qu'il ne parviendrait pas à s'exprimer clairement, il tendit le doigt vers les marins. Timmy condescendit à regarder dans cette direction et sa mâchoire s'affaissa lentement, tandis qu'il découvrait la vingtaine d'hommes qui formaient plusieurs rangées silencieuses derrière ses compagnons. Haggard désigna Christopher du pouce et parvint à préciser :

— Ses hommes à lui !

L'homme au long manteau bleu s'avança au premier rang.

— Des problèmes, monsieur Seton ?

— Non, capitaine Daniels, répondit Christopher. Pas de problèmes. Tout au moins, aucun que je ne puisse régler.

Ces mots frappèrent Timmy comme un direct à l'estomac. Pour qui se prenait ce maudit étranger ? Il fit de nouveau face à son adversaire.

Christopher arborait un sourire nonchalant.

— De simples excuses suffiront, monsieur Sears.

— Des excuses !

Le sourire du Yankee ne s'effaçait pas.

— Je n'ai aucune propension à abuser des ivrognes.

— Parlez comme tout le monde, étranger ! fit Timmy en secouant la tête.

Christopher but une gorgée de bière puis posa sa chope.

— Vous semblez cependant avoir compris la signification du mot « ivrogne ».

Timmy lança un long regard prudent par-dessus son épaule.

— Seulement entre vous et moi, monsieur Seton ?

— Entre vous et moi, monsieur Sears.

Christopher accompagna sa réponse d'un bref hochement de tête et ôta son manteau.

Sears cracha dans ses mains qu'il frotta l'une contre l'autre. Une lueur apparut dans ses yeux et il exulta en étudiant l'homme moins puissant que lui qu'il allait affronter. Finalement, il baissa la tête et chargea en poussant un rugissement de joie.

Timmy traversa toute la salle avant de prendre conscience que ses mains ne serraient toujours rien. Il fut arrêté par le mur et pivota sur lui-même pour voir où était passé ce maudit Yankee. L'homme se tenait au centre de la pièce, et il souriait toujours. Timmy chargea une deuxième fois sa cible. Christopher s'écarta prestement mais, à présent, son poing percuta le ventre du rouquin et lui coupa le souffle. Comme Sears se tournait vers lui, un violent coup croisé du droit le projeta dans la direction opposée.

Sears percuta encore le mur et, cette fois, plus de temps lui fut nécessaire pour faire volte-face. Il secoua la tête afin de chasser les toiles d'araignée qui encombraient son esprit, puis il attendit que les images doubles redeviennent simples et qu'il puisse de nouveau voir nettement son adversaire. Sears écarta alors les bras et, avec un hurlement de rage, il s'élança au milieu de la salle pour continuer sur sa trajectoire au-delà de son ennemi, vu que celui-ci, d'un coup de botte bien placé, lui avait imprimé un élan supplémentaire.

Lorsque la brume rougeâtre se dissipa, Timmy vit qu'il

n'avait détruit que deux tables et trois ou quatre chaises. Comme il s'extirpait de l'enchevêtrement de meubles brisés, il regarda autour de lui en quête de ce démon, et le découvrit à quelques pas de lui, toujours indemne. Sears se releva et chargea encore, en silence cette fois. Mais Christopher demeura sur place et fit pénétrer son poing dans l'estomac de Timmy, avant de lui décocher un uppercut qui lui atteignit la mâchoire. Il répéta plusieurs fois la manœuvre. La tête rousse de Timmy oscillait mais il ne reculait pas.

Du plat de la main, Christopher releva et repoussa son menton. Timmy, surpris de découvrir qu'il pivotait lentement sur lui-même, dut reculer jusqu'à ce qu'il sente le rebord du comptoir lui entrer dans les reins. Ce ne fut qu'à l'instant où il croyait que sa colonne vertébrale allait se briser que Christopher le lâcha. Le Yankee recula d'un pas et ses mains se refermèrent sur son cou, pour le soulever et le projeter au loin. Timmy traversa la salle en chancelant, puis s'étala sur le sol. Il recouvra sa respiration et ne se releva que très lentement. Lorsqu'il fut de nouveau debout, il fixa Christopher puis se laissa lentement choir sur un siège proche. Ce maudit Seton avait le don d'enlever aux bagarres tout leur attrait, et Timmy venait de perdre le goût de la violence.

Le patron avait répandu le contenu de la bourse de Timmy sur le comptoir et, à chaque élément de mobilier détruit, il s'était empressé de prélever une somme correspondante. Il adressa un sourire à Timmy tout en laissant tomber une poignée de pièces dans la caisse.

— Vous pourriez faire participer ce type ! aboya le rouquin en désignant Christopher du pouce.

Le tenancier haussa les épaules :

— Il n'a rien cassé, pas même sa chope.

Timmy traversa la salle en titubant. Il récupéra sa bourse à présent presque vide, alors que Christopher posait sa chope intacte sur le comptoir. Le Yankee attrapa son manteau et se tourna vers le capitaine.

— Que diriez-vous d'aller prendre l'air, John ? Je ressens un certain besoin de fraîcheur.

Le capitaine sourit et tira sur la pipe qu'il venait d'allumer. Puis les deux hommes quittèrent la taverne. Haggard soutint Timmy et tenta de panser son amour-propre sérieusement blessé.

— Ne fais pas attention à lui, vieux. T'as été si rapide qu'il n'a presque jamais pu te toucher.

⁂

Les paroles de son père hantaient Erienne. Qu'il eût pris au sérieux ce qui n'était qu'une suggestion ironique avait détruit à jamais son image dans l'esprit de sa fille. Ses pensées remontèrent le fil des événements qui aboutissaient à l'impasse présente. Elle voulait déterminer quand la situation avait achevé de se dégrader. La veille seulement, elle aurait fait porter à Christopher Seton la responsabilité de tous ses ennuis, mais ce qu'elle venait d'entendre de la bouche de son père changeait bien des choses. Désormais, elle le jugeait avec lucidité, et ce qu'elle découvrait l'emplissait de honte.

Une pensée grandissait en elle : cette maison où elle vivait avec son père et son frère avait cessé d'être son foyer. Il s'agissait d'une vérité dont elle prenait de plus en plus nettement conscience. Cependant, elle ne savait où aller. Elle n'avait aucun parent proche, nul lieu où se réfugier. Si elle partait, il lui faudrait assumer seule son destin.

A la tombée du jour, elle alla s'enfermer dans sa chambre. Au-delà des murs, le vent hurlait et les nuages bas enténébraient le ciel. Elle plaça un morceau de tourbe dans le feu et se laissa tomber dans un fauteuil, devant l'âtre. De la fumée s'éleva puis le feu prit. Mais si la danse des flammes retenait son regard, son esprit errait très loin de là.

Il y avait cette proposition de Christopher... Erienne se laissa aller contre le dossier du fauteuil et s'imagina au bras de Christopher, somptueusement vêtue et parée de bijoux scintillants. Cet homme pourrait lui faire découvrir le monde, et aussi les secrets de l'amour. Il ferait tout pour satisfaire le moindre de ses désirs, jusqu'au jour où... où il l'abandonnerait...

Erienne secoua la tête, écartant ses images odieuses. La proposition de Christopher Seton était inacceptable. Si elle se donnait à lui, elle vivrait dans la peur de n'être qu'une de ces maîtresses que l'on adore un soir et qu'on oublie le lendemain.

Son père et son frère montèrent se coucher et la maison devint silencieuse. Farrell semblait quelque peu honteux du rôle qu'il avait joué dans les préparatifs des enchères : conformément aux ordres de son père, il avait écrit et placé les avis sur les panneaux d'affichage de Mawbry mais, cette mission accomplie, il était devenu maussade et taciturne. A table, il avait fait preuve d'une politesse inhabituelle envers elle et s'était même abstenu de s'enivrer. Cependant, Erienne ne pouvait espérer son aide : jamais Farrell ne se dresserait contre son père, à qui il vouait un véritable culte.

Les flammes s'élevèrent une dernière fois puis moururent. La tourbe rougeoya et crépita, avant de se consumer lentement. Le carillon sonna à deux reprises. Étonnée, Erienne regarda autour d'elle et frotta ses mains brusquement glacées. Un froid vif régnait dans la pièce et, sur la table de chevet, la flamme de la chandelle grésillait faiblement dans une flaque de cire fondue. Elle tressaillit au contact du sol glacial et alla rapidement retrouver la chaleur douillette des lourdes couvertures de son lit. Comme elle se pelotonnait, une décision inébranlable s'imposa à elle. Au matin, elle fuirait. Quelque part, quelqu'un trouverait une utilité à son écriture nette, ou à sa capacité de manier les chiffres, et il lui serait possible d'obtenir un salaire. Quelque douairière de Londres cherchait peut-être une dame de compagnie. Réconfortée par cette assurance, Erienne se détendit et sombra dans le sommeil.

*
**

La neige fondue tombait en bruine et déposait une pellicule de glace sur les routes. Avery s'arrêta à *L'Auberge du Sanglier* où il commanda un amer.

— C'est une boisson médicinale, déclara-t-il, prenant de vitesse toute question du tenancier. Elle dégage les bronches. Oui, c'est un breuvage indispensable, lorsqu'on arrive à un certain âge.

Jaimie fit glisser le verre devant lui et risqua un commentaire :

— J'aurais jamais pensé que vous mettriez le nez dehors par un matin pareil, m'sieur le maire.

— Par un jour pareil plus que par tout autre, fit Avery. Rajoutez un doigt de brandy, Jaimie. Un homme a besoin d'un rien d'alcool dans les entrailles pour le revigorer par une matinée glaciale.

Lorsque l'aubergiste eut satisfait sa demande, Avery but une généreuse gorgée du mélange.

Il reposa le verre et frappa sa poitrine de son poing serré.

— Ah ! éructa-t-il. Voilà qui ramène un homme à la vie. Sûr, il n'y a rien de tel pour s'éclaircir les idées. (Il s'accouda au comptoir et se lança dans une de ses tirades favorites.) Vous savez, Jaimie, celui qui se trouve dans une position aussi délicate que la mienne a grand besoin de garder l'esprit vif. Rares sont les nuits où on peut dormir tranquille quand on est sans cesse menacé par les machinations de ces maudits Écossais. Oui, nous devons toujours rester vigilants, Jaimie. Et je m'y emploie.

L'aubergiste acquiesça puis se mit à nettoyer des chopes

d'étain. Avery continuait de pérorer, loin de se douter que les ennuis qu'il évoquait étaient tout proches.

*
**

Le plan d'Erienne se limitait pour l'instant à la fuite. En tout cas, elle avait décidé de la direction qu'elle prendrait. Londres ne lui était pas un lieu totalement étranger, et c'était l'endroit idéal où trouver un emploi.

Elle se vêtit chaudement pour le voyage. Les ronflements de Farrell continuaient de se faire entendre alors qu'elle descendait l'escalier. La sacoche qu'elle emportait contenait tous ses biens. Ce n'était pas grand-chose, mais cela devrait suffire.

Elle ramena la capuche sur sa tête et traversa en hâte la cour jusqu'à l'appentis qui abritait le cheval. Puisque Farrell ne prenait plus la peine de le soigner et qu'elle se chargeait des soins de l'écurie, elle s'estimait en droit de revendiquer l'animal.

La selle d'amazone lui appartenait. Il s'agissait d'un présent de sa mère, dont la faible valeur expliquait sans doute qu'elle l'eût toujours en sa possession. Son père l'eût confisquée depuis fort longtemps s'il avait pensé pouvoir en tirer quelque argent.

Le cheval était haut sur jambes et, même avec l'aide d'un tabouret, elle dut sauter pour se mettre en selle.

— Avance en silence, si tu ne veux pas ma perte, Socrate, lui dit-elle tout en caressant son cou. J'ai besoin de discrétion, ce matin, et je ne tiens pas à éveiller tout le village.

Le cheval piaffa et secoua la tête, manifestant son désir de partir.

Elle le fit sortir de l'appentis puis retint sa respiration et baissa la tête sous la rafale cinglante de neige fondue. Erienne n'était pas sans appréhender cette longue chevauchée mais rien n'aurait pu la faire renoncer à son projet.

*
**

A l'auberge, le tenancier se dirigea vers une table installée près de la fenêtre. Il en avait assez des ronflements sonores de Ben.

— Hé ! toi ! va chercher un autre endroit où dormir. Ça fait des heures que tu traînes ici. (Il se tut, le temps de regarder au-dehors, et sursauta.) En voilà une qui ne manque pas d'estomac, fit-il en indiquant du doigt une cavalière. Elle va être gelée jusqu'aux os avant longtemps. Je me demande qui... (Il fixa plus attentivement la silhouette.) Tudieu ! V'nez un peu ici, monsieur l' maire. Ce s'rait pas votre fille ?

Avery haussa les épaules.

— Elle va sans doute au marché, fit-il avant de désigner du pouce l'avis placardé sur le mur opposé. Nous avons eu quelques mots à ce sujet. Elle ne m'a plus adressé la parole depuis que Farrell les a affichés. Elle fait toujours sa pimbêche, quand les choses ne se passent pas comme elle le voudrait. Qu'elle soit sortie par un temps pareil, alors qu'il fait bien chaud à la maison, prouve bien que c'est une sotte. Eh !... (Il commença à manifester un peu d'inquiétude et se dirigea vers la fenêtre.) Mais c'est qu'elle risque d'attraper froid, avec ce temps. Voilà qui ne fera pas monter les enchères, si elle a le nez rouge et n'arrête pas de renifler.

— Elle va au marché, hein ? se moqua Jaimie. Alors pourquoi a-t-elle pris le cheval et ce gros sac ? (il retint un rire en notant le froncement de sourcils d'Avery et sa rougeur subite.) Je crois qu'elle n'assistera pas aux enchères, monsieur l' maire. Il me semble... qu'elle vous quitte.

Avery bondit vers la porte et l'ouvrit à l'instant même où sa fille passait devant l'auberge. Il hurla son nom mais, pour toute réponse, Erienne cravacha les flancs de Socrate et l'animal partit au galop.

— Erienne ! cria de nouveau Avery. Erienne, reviens, espèce d'idiote ! Tu ne trouveras aucun endroit entre Mawbry et Londres où tu pourras m'échapper ! Reviens ! Reviens, j'ai dit !

Un sentiment de panique s'empara d'Erienne. Son père ne la menaçait sans doute pas en l'air. Il irait réveiller Farrell et ils ne tarderaient pas à la prendre en chasse. Et même si elle réussissait à atteindre Londres, son père mobiliserait tous ses amis pour la retrouver.

Une idée lui traversa l'esprit. Si elle quittait la route qu'elle suivait et se dirigeait vers la vieille voie côtière qui remontait au nord, il lui serait encore possible de leur échapper. Elle sourit en pensant à son astuce et à son père qui descendrait vers le sud à bride abattue ; il la chercherait en vain.

Bientôt, Erienne ralentit sa monture et ce fut au pas qu'elle commença à chercher un terrain rocailleux au travers duquel elle pourrait s'écarter sans laisser de traces. Elle quitta finalement la route et effectua un parcours sinueux au sein d'un petit bois, puis elle guida Socrate au flanc d'une pente et traversa un petit torrent peu profond.

Après avoir contourné Mawbry à bonne distance, elle laissa Socrate choisir lui-même son allure. L'animal n'était pas en état d'effectuer des galops prolongés et se fatiguait rapidement.

Au fur et à mesure qu'elle progressait vers le nord, le terrain devenait de plus en plus accidenté. Vers midi, elle fit une pause, le temps de se nourrir et de se reposer à l'abri des arbres. Recroquevillée dans son manteau, elle mangea une tranche de viande froide et un bout de pain, puis donna un peu de son eau à Socrate qui s'était mis à paître à proximité.

Elle remonta en selle et concentra toute son attention sur les dangers du parcours. Les ravines et les fondrières qui lui barraient par instants le passage rendaient sa progression difficile. Le sol était glissant de mousses humides et hérissé de racines tordues, à demi cachées sous les feuilles mortes.

En fin d'après-midi, une grande lassitude s'abattit sur Erienne et l'incita à trouver quelque refuge. Elle atteignit l'orée d'un bois et s'arrêta, le temps d'examiner les lieux. D'un point situé quelque part en avant d'elle lui parvinrent, étouffés par la brume, des aboiements.

Elle entendit une pierre rouler derrière elle et sursauta. Le cœur battant, elle se retourna et scruta la pénombre qui commençait de tomber. Rien ne bougeait, mais elle ne parvint pas à chasser son anxiété. Elle avait l'impression d'être guettée. Elle fit repartir Socrate au petit galop et gravit une côte. Elle fit pivoter sa monture et jeta un regard sur la piste qui s'étendait derrière elle. Elle se souvenait des mises en garde de Christopher sur les périls qui guettaient les voyageurs solitaires.

Un bruit de sabots et de pierres interrompit le fil de ses pensées. Elle fit tourner Socrate et partit au galop droit devant elle sur l'étroite piste. Brusquement le chemin plongea, obliqua ; Erienne et sa monture se retrouvèrent au milieu d'une meute de chiens qui s'écartèrent en aboyant et en glapissant. Socrate, effrayé, se cabra. Les rênes échappèrent aux mains d'Erienne, qui s'agrippa désespérément à la crinière de Socrate afin de se maintenir en selle. Un chien, plus hardi que les autres, mordit le cheval au jarret. Tandis que, affolé, il repartait au galop, la meute se jeta à sa poursuite.

Le chemin piquait droit vers un torrent tumultueux. Le cheval se cabra et obliqua, suivant la rive rocailleuse et soulevant des gerbes d'écume. Il n'écoutait plus Erienne et fonçait en aveugle vers un éboulement d'énormes pierres. Il tomba, battit l'air de ses sabots et bascula sur le flanc.

Projetée sur la berge, Erienne alla heurter de la tête une pierre moussue et un éclair de douleur l'aveugla. Une chape d'ombre s'abattit ensuite sur elle. Au prix d'un immense effort, elle tenta de se relever. La clairière se mit à tourner autour d'elle puis bascula. Erienne se retint aux herbes de la berge, luttant contre le courant, les jambes engourdies par les flots glacés.

Brusquement, elle entendit un cri suivi du claquement d'un fouet. Puis ce fut le bruit d'un galop et, au sein d'un geyser d'écume, un cheval noir pénétra dans le champ de vision d'Erienne. Son cavalier abattait sans relâche un long fouet, faisant reculer les chiens qui finirent par s'enfuir.

Instinctivement, Erienne se détendit, et sa tête roula entre ses bras. L'homme mit pied à terre d'un bond et son manteau déployé autour de lui le fit ressembler à un grand oiseau fondant sur sa proie. Erienne ferma les yeux et sentit un bras se saisir d'elle. Une voix rauque murmura des paroles qu'elle ne comprit pas. Elle se retrouva debout, chancelante, et laissa tomber sa tête sur la poitrine de l'inconnu. Même la peur d'être capturée par un terrible rapace ne put la faire émerger de sa torpeur.

6

Un étrange soleil avait pénétré dans les ténèbres d'Erienne, une clarté rayonnant d'une chaleur qui l'enveloppait et lui donnait le sentiment de revivre. Peu à peu elle prit conscience que ce soleil était un feu ardent qui s'élevait dans une cheminée de pierre. Ses paupières étaient lourdes et sa vision confuse. Une douleur sourde torturait sa nuque, une immense faiblesse l'écrasait. Son corps contusionné, dépouillé de ses vêtements trempés, reposait au milieu de fourrures. Les tentures de velours du baldaquin étaient fermées sur trois côtés ; seule la quatrième, face à la cheminée, n'était pas rabattue, pour permettre à la chaleur de passer.

Elle enfouit la tête dans la douceur d'un oreiller et ses

narines perçurent une vague odeur d'homme et de cuir qui émanait des fourrures. Cette odeur éveilla en elle le souvenir des bras puissants qui l'enserraient, d'une large poitrine contre laquelle elle avait posé la tête. Et encore... mais était-il vrai que des lèvres avaient effleuré les siennes ?

Avec une sorte de détachement, elle perçut la respiration profonde et régulière d'une autre personne ; c'était un son qu'elle entendait depuis son réveil mais auquel elle n'avait jusqu'alors pas prêté attention. Elle tendit l'oreille : le bruit provenait de l'ombre qui enveloppait les abords de la cheminée. Un grand fauteuil faisait face au lit et une silhouette se découpait sur la clarté du feu. Un homme étrangement voûté était là, le visage et le torse dissimulés par l'obscurité. La lumière vacillante venait danser sur ses jambes, et l'une d'elles sembla à Erienne tordue et difforme ; sans doute poussa-t-elle un petit cri de surprise, car l'homme tressaillit et se leva. Il s'approcha du lit, son vaste manteau tournoyant autour de lui. Son visage demeurait dans l'ombre et seules ses mains apparurent à Erienne — si maigres et menaçantes qu'elle sombra dans une sorte de délire.

Elle se redressa sur son lit, murmurant des mots sans suite, puis retomba en arrière, haletante d'effroi : une créature ailée, surgie de la nuit, était venue se percher au pied du lit et inclinait la tête d'un côté puis de l'autre, examinant Erienne avec des yeux aux reflets rougeâtres. La chose se rapprocha et elle laissa échapper un gémissement de terreur.

Sans force ni volonté, elle se livra à ces mains qui passaient des linges humides sur son front brûlant, qui remontaient sur elle les fourrures. Un bras vigoureux la redressa et une tasse fut glissée de force entre ses lèvres desséchées. Puis il lui fut ordonné de boire. A la fin l'homme s'éloigna du lit pour retourner dans l'ombre, près de la cheminée. Erienne avait cependant l'impression qu'il ne la quittait pas du regard. Que lui demanderait-il un jour en échange pour lui avoir sauvé la vie ?

***

Erienne ouvrit les yeux. Une douce lumière matinale avait envahi la pièce et les rideaux du lit avaient été écartés, laissant les rayons du soleil venir jusqu'à elle. La réalité s'imposait à elle, mais de manière incertaine et floue. Et d'abord où se trouvait-elle ? Il lui semblait que des siècles s'étaient écoulés depuis son départ de la maison, mais entre le moment où l'inconnu l'avait sauvée des chiens et l'instant présent, ses souvenirs n'étaient faits que de fragments de cauchemars.

Le velours vert sombre du baldaquin tendu au-dessus d'elle retint son attention, et elle examina les armoiries brodées dans le riche tissu. Deux cerfs se dressaient sur leurs pattes postérieures au-dessus de l'écu où figurait un andouiller brisé, serré dans un gantelet. Ce lit, sans doute, était celui de quelque aristocrate.

Il émanait de la chambre l'odeur de moisi des pièces inhabitées. Il semblait qu'on l'eût hâtivement remise en ordre et rafraîchie mais, çà et là, des toiles d'araignée demeuraient ainsi que des traînées de poussière sur les meubles.

Erienne se releva lentement sur un coude et attendit que son vertige se dissipe pour redresser les oreillers dans son dos. Elle caressa doucement les poils soyeux de la fourrure qui la recouvrait puis prit conscience de sa nudité. Surgirent alors dans son esprit des images fugaces et confuses, celle en particulier d'une grande silhouette sombre se découpant contre un soleil rouge...

Elle entendit un bruit derrière la porte et remonta le couvre-lit sous son menton, tandis qu'une femme guillerette et grisonnante pénétrait dans la chambre avec un plateau. L'inconnue s'immobilisa de surprise.

— Oh, vous vous êtes réveillée ! fit-elle d'une voix chaleureuse. Le maître pensait que vous n'auriez plus de fièvre et que vous iriez mieux, ce matin. Je suis heureuse de constater qu'il ne s'est pas trompé, mademoiselle.

— Le maître ?

— Oui, mademoiselle. Lord Saxton, précisa la femme en posant le plateau sur lequel étaient déposés une tasse de thé et un bol de bouillon. Maintenant que vous allez mieux, vous préféreriez sans doute quelque chose de plus consistant. (Elle eut un petit rire.) Je vais aller voir si le cuisinier peut trouver autre chose que de la poussière dans les cuisines.

Mais la curiosité d'Erienne était plus forte que sa faim.

— Où suis-je ?

— Mais... à Saxton Hall, mademoiselle. (La femme lui adressa un regard surpris.) Vous ne saviez donc pas où vous étiez ?

— J'ai fait une chute et ma tête a heurté une pierre. J'ignorais où l'on m'avait conduite.

— Voulez-vous dire que c'est le maître qui vous a amenée ici, mademoiselle ?

— Je le pense, tout au moins. Je suis tombée de cheval et c'est tout ce dont je me souviens. N'étiez-vous pas présente à mon arrivée ?

— Oh non, mademoiselle ! Après l'incendie de l'aile est, voilà quelques années, nous... je veux dire, le personnel... nous sommes entrés au service du marquis de Leicester, un ami de l'ancien lord. C'est seulement cette semaine que le maître a décidé notre retour. Nous ne sommes arrivés de Londres que ce matin. Vous étiez alors seule avec lui.

Erienne se sentit rougir. Lord Saxton n'avait pas eu le moindre souci de sa pudeur.

— Est-ce la chambre du maître ? demanda-t-elle. Le lit de lord Saxton ?

— Oui, mademoiselle, fit la femme en avançant vers elle la tasse de thé. Mais il ne vit ici que depuis une ou deux semaines.

— Est-il allé chasser, hier ?

La femme fronça les sourcils.

— Non, mademoiselle. Il nous a dit qu'il était demeuré ici, près de vous.

Gênée, Erienne saisit la tasse d'une main tremblante et demanda presque timidement :

— Vous a-t-il précisé depuis combien de temps je me trouve ici ?

— C'est le quatrième jour, mademoiselle.

Quatre jours ! Elle était restée seule avec lord Saxton pendant quatre journées ! Son malaise s'accrut encore.

— Le maître nous a dit que vous étiez dans un état alarmant, mademoiselle.

— Oui, sans doute, murmura Erienne. Je ne me souviens de rien.

— Vous avez eu beaucoup de fièvre, et je comprends que vous vous sentiez un peu désorientée. (Elle plaça une cuiller à côté du bol de bouillon.) Mais pourquoi m'avez-vous posé cette question ? Le maître chassait-il quand il s'est porté à votre secours ?

— Je venais d'être attaquée par une meute de chiens. Je pensais qu'ils lui appartenaient.

Le souvenir de ces bêtes aux crocs redoutables la fit tressaillir.

— Ils appartenaient plutôt à l'un des misérables qui braconnent sur les terres de Sa Seigneurie ! Ils sont nombreux dans la région. Et nous avions déjà à nous plaindre d'eux, bien avant l'incendie du manoir. Il y a surtout ce vaurien de Timmy Sears ! Je crois me souvenir qu'il avait une meute, et que ses chiens s'attaquaient plus souvent aux gens qu'au gibier !

— Je crains qu'ils ne m'aient effectivement prise pour quelque gibier, murmura Erienne avant de boire une gorgée de thé et d'esquisser un sourire. Merci pour le thé... madame...

— Mrs Kendall, mademoiselle. Aggie Kendall. Je suis l'intendante de Saxton Hall et la plupart des membres de ma famille travaillent ici. Je veux affirmer sans mentir que nous sommes de bons serviteurs. Ma sœur et ses filles, ainsi que mon mari et son frère. Quant au palefrenier et ses fils, ils ne sont pas ici à demeure. Ils viennent des terres du maître.

— Et où se trouve lord Saxton, à présent ?

— Oh, il ne rentrera pas tout de suite, mademoiselle. Il est parti juste après notre arrivée et nous a ordonné de veiller sur vous jusqu'à ce que vous soyez complètement remise, puis de mettre la voiture à votre disposition pour vous ramener chez votre père.

Erienne reposa brusquement la tasse.

— Je préférerais ne pas rentrer à Mawbry. Si cela ne causait pas trop de problèmes, je... j'aimerais que l'on me conduise ailleurs. Peu m'importe l'endroit.

— Oh non, mademoiselle ! Le maître a été catégorique. Nous devons vous ramener à votre père. Lorsque vous serez tout à fait rétablie, nous vous conduirons à Mawbry en voiture.

Erienne fixa la femme. Elle se demandait si l'intendante et son maître savaient vers quel destin ils la renverraient.

— Êtes-vous certaine que lord Saxton souhaite que je retourne auprès de mon père ? Vous n'auriez pas pu vous tromper sur ses intentions ?

— Désolée, mademoiselle. Milord a été très clair, en nous donnant ses instructions.

L'amertume et le désespoir s'emparèrent d'Erienne, qui se laissa aller contre les oreillers. Il était vraiment désolant qu'après avoir réussi à échapper à son père elle lui fût ramenée par la simple volonté d'un inconnu.

Voyant que la jeune fille se renfermait dans un mutisme chagrin, Aggie Kendall quitta silencieusement la chambre. Erienne remarqua à peine son départ. Épuisée, abattue, elle passa le reste de la matinée à pleurer et à dormir.

A midi, un plateau lui fut apporté et Erienne se contraignit à manger. La nourriture ranima son courage défaillant et elle demanda à Aggie s'il lui était possible de faire monter un broc d'eau pour sa toilette.

— C'est bien volontiers que je m'en chargerai personnellement, mademoiselle, répondit l'intendante.

Désireuse de la satisfaire, elle ouvrit les portes de l'armoire et en sortit la robe de chambre élimée qu'Erienne avait emportée. La jeune fille fut surprise de découvrir que tous ses vêtements se trouvaient là, rangés et suspendus. Aggie se rendit compte de son étonnement.

— Le maître a enlevé ses effets, mademoiselle.

— Il a changé de chambre pour moi ?

— La question ne se posait pas véritablement, mademoiselle. Étant donné que le maître venait d'arriver, il n'avait encore fixé son choix sur aucune chambre, encore que celle-ci soit depuis toujours celle du seigneur. Comme vous avez pu le constater, il y a longtemps que nul ne l'a occupée. (Aggie parcourut la pièce du regard, avant de soupirer.) J'étais déjà ici, lorsque le maître est né, et à l'époque l'ancien lord et son épouse occupaient la chambre. Il s'est produit bien des choses, et il est triste de voir ce que les ans et la négligence ont fait de ce manoir. (Pendant un instant, elle porta un regard mélancolique sur les hautes fenêtres. Puis elle se ressaisit et sourit à Erienne.) Cette fois, nous sommes bien décidés à rester. Le maître l'a dit. Nous allons nettoyer, récurer et faire briller ce manoir pour le rendre encore plus beau qu'auparavant. Non, nous ne nous laisserons pas chasser de nouveau.

Comme gênée d'avoir été si bavarde, Aggie se détourna et se hâta de quitter la chambre. Erienne se sentit troublée. Lorsque sa famille était venue s'installer à Mawbry, maintes histoires sur le manoir et sur les Saxton circulaient dans le village. Elle n'avait guère prêté attention à tout cela et il lui était à présent impossible de se souvenir des détails de l'affaire. Elle savait seulement qu'on avait tenu les bandes de pillards écossais pour responsables de l'incendie.

On lui apporta de l'eau, des serviettes et du savon. Aggie s'empressa de tout installer à deux pas du lit, bien qu'Erienne lui eût assuré avoir repris des forces. Mais l'intendante voulait respecter à la lettre les ordres du maître, et elle lui rappela qu'il avait demandé aux serviteurs de veiller tout particulièrement sur son invitée.

La pudeur empêchait Erienne de sortir de son refuge de fourrure et de révéler sa nudité, aussi attendit-elle le départ de l'intendante pour tenter de faire sa toilette sans aide. Elle s'assit sur le bord du lit et se leva avec prudence. Ses jambes tremblaient de faiblesse. Elle dut patienter un long moment avant que la chambre ait cessé de chavirer autour d'elle et elle comprit qu'elle avait surestimé ses forces. Mais elle était fermement décidée à se vêtir seule et, si lord Saxton était de retour, à aller à sa rencontre pour lui exposer son déchirement.

Erienne avait longuement étudié la situation et son unique espoir, c'était de pouvoir plaider auprès de lui la cause de sa liberté. Lord Saxton ignorait ce que son père lui réservait, et sans doute croyait-il agir pour le mieux. Si elle lui exposait les faits, il la prendrait peut-être en pitié et l'autoriserait à poursuivre son voyage.

L'eau fraîche la revigora, mais comme elle passait la serviette sur son corps une étrange impression s'imposa à elle : des mains noueuses, semblables à des serres, avaient déjà, sur elle, fait le même geste. Un frisson la parcourut, mais cette pensée lui parut tellement incongrue qu'elle la chassa. Elle fit glisser sa chemise sur elle.

Elle trouva sa brosse et son peigne dans l'armoire et, en dépit de la fatigue qui la gagnait, elle lissa ses cheveux, qu'elle noua en chignon sur sa nuque. Elle mit ensuite sa robe bleue, sa plus gracieuse parure, puis traversa la pièce d'un pas incertain.

***

Au-delà de la chambre, tout indiquait que de nombreux mois, ou de nombreuses années, s'étaient écoulés sans que la demeure fût entretenue par les serviteurs. Des toiles d'araignée tapissaient le plafond voûté des salles, et les meubles devant lesquels elle passait étaient protégés par des housses, elles-mêmes recouvertes d'une épaisse couche de poussière. Erienne pressa le pas et se retrouva au sommet d'un escalier dont les larges marches se déployaient autour d'un pilastre creusé de niches arrondies. En descendant ainsi, elle atteignit ce qui semblait être l'intérieur d'une large tour ronde. Sur sa gauche, une lourde porte de bois qui était l'entrée du manoir. De l'autre côté, un court passage arqué donnait dans une vaste pièce, la salle commune. Une jeune servante s'y affairait à récurer le sol. Elle se leva en voyant Erienne approcher d'elle et, à sa demande, lui indiqua comment atteindre l'arrière de la demeure.

Bientôt Erienne poussait une porte massive et découvrait l'intendante et trois autres femmes occupées à rendre à la vieille cuisine son aspect normal. Un jeune garçon agenouillé à côté de la cheminée grattait des couches de cendres depuis longtemps éteintes, tandis qu'un homme plus âgé se consacrait au nettoyage vigoureux d'une bouilloire de cuivre. Le cuisinier préparait de la venaison et des légumes pour le repas du soir.

— Bon après-midi, mademoiselle, dit Aggie en s'essuyant les mains sur son tablier. Je suis heureuse de constater que vous avez pu vous lever. Vous sentez-vous un peu ragaillardie ?

— Oui, je me sens mieux, merci.

Erienne regarda autour d'elle. Elle ne s'attendait certes

pas à voir le maître de céans dans les cuisines, mais elle espérait glaner quelque information.

— Lord Saxton est-il rentré ?

— Oh non, mademoiselle ! Le maître nous a avertis qu'il resterait absent plusieurs jours.

— Oh !

Sa déception était vive. Il lui serait donc impossible de plaider sa cause auprès de lord Saxton avant que les serviteurs ne la ramènent à son père.

— Mademoiselle ?

— Oui ?

— Vous n'avez besoin de rien ?

Erienne laissa échapper un petit soupir.

— Non, rien pour l'instant. Si cela ne vous ennuie pas, je voudrais me promener et visiter le manoir.

— Oh, certainement, mademoiselle ! Et si vous avez besoin de quoi que ce soit, faites-le-moi savoir. Je vais sans doute devoir rester dans la cuisine un bon moment.

Erienne hocha distraitement la tête puis regagna la grande salle. Si la servante et le seau avaient disparu, le balai indiquait que la fille ne tarderait guère à revenir. En raison de l'état du manoir, il était facile de deviner que les serviteurs resteraient un long moment occupés à leurs tâches. En fait, et cette pensée frappa soudain Erienne, ils avaient tant de travail qu'ils ne remarqueraient peut-être pas son départ, si elle faisait preuve de discrétion.

C'était un projet né du désespoir, mais Erienne ne tint pas compte de sa faiblesse et de l'avertissement de ses muscles endoloris. Elle savait que si elle ne s'enfuyait pas immédiatement, elle risquait de devenir l'épouse de Harford Newton, l'affreux rat gris, ou de Smedley Goodfied, le vieux gnome. Elle ouvrit la grande porte dont les gonds crissèrent plus qu'elle ne l'aurait souhaité. Le cœur battant, elle attendit d'être certaine que nul n'avait été alerté par le bruit puis, regardant au-dehors, elle aperçut l'écurie juste au-delà de l'extrémité est du bâtiment. L'arrière d'une voiture dépassait de ses portes ouvertes. Était-ce là qu'elle avait une chance de retrouver Socrate ?

Elle allait s'aventurer hors du manoir lorsqu'un jeune homme sortit des écuries avec un seau et une brosse au long manche. Il se mit à récurer l'arrière du carrosse. Erienne regarda dans l'autre direction mais comprit qu'il était trop tard pour modifier ses projets, car la jeune servante venait d'apparaître à l'angle de la demeure avec son seau plein à ras bord. La fille marchait rapidement dans sa direction et Erienne recula, puis repoussa rapidement le battant. D'un pas chancelant, elle gravit les marches et parvint à atteindre le premier étage avant que ne s'ouvre la porte d'entrée.

En quête d'une autre voic d'évasion, elle suivit les couloirs, ouvrant toutes les portes de l'étage. Ce n'étaient que pièces sans issue. Les forces commençaient de lui manquer quand elle se retrouva dans une grande galerie. Ici, comme dans les autres pièces, le nettoyage s'imposait mais son attention fut retenue par des marques de pas laissées dans la poussière. Elles conduisaient à l'autre extrémité de la salle, où une porte massive avait été condamnée par des planches.

Erienne se demanda si elle allait essayer d'ouvrir cette porte. Quel secret dissimulait-elle ? Elle avait entendu dire que Saxton Hall était un lieu hanté et, bien qu'elle n'eût jamais prêté beaucoup de crédit aux histoires de fantômes, elle ne souhaitait pas courir de risques alors qu'elle était trop faible pour s'enfuir promptement.

Mais Smedley et Harford lui revinrent à l'esprit et elle marcha jusqu'à la porte. Ses doigts frôlèrent les planches et elle fut surprise de découvrir qu'elles semblaient à peine fixées et qu'il serait facile de les déplacer. Elle se voulut cependant prudente. Elle frappa légèrement à la porte et y colla l'oreille, avant de demander doucement :

— Y a-t-il quelqu'un ?

Aucun gémissement lugubre, aucun hurlement diabolique ne lui répondit, mais elle ne se sentit qu'en partie rassurée. Elle frappa une deuxième fois, avec plus d'énergie. Toujours sans obtenir de réponse. Faisant appel à tout son courage, elle déplaça les planches.

La porte elle-même semblait presque neuve. Une grosse clé se trouvait dans la serrure et, lorsqu'elle la tourna, elle entendit un cliquetis laborieux. Elle ouvrit. A sa grande surprise, la lumière du soleil pénétra dans la galerie et elle s'aperçut qu'elle se trouvait face à un balcon noirci qui semblait avoir été léché par les flammes. Erienne s'avança : au-dessous d'elle s'étendaient les ruines calcinées d'une aile du manoir.

Soudain, Erienne sentit des pierres céder sous elle et les entendit se détacher avec des craquements sinistres. Des éléments de la rambarde de pierre tombèrent et Erienne fut prise de panique. Elle recula et regagna la sécurité de la galerie, tandis que d'autres pierres du balcon continuaient de tomber. Le souffle coupé, tremblante, elle referma la porte et fit tourner la clé dans la serrure. Elle était près de s'évanouir et s'adossa au mur. Erienne comprenait maintenant pourquoi cette porte avait été condamnée.

De nombreuses questions tourbillonnaient dans son esprit tandis qu'elle regagnait la chambre. Épuisée, elle se laissa choir sur le lit et, sans même se dévêtir, elle ramena la fourrure sur elle. Erienne gardait l'espoir qu'il lui serait possible, dans la nuit, de se glisser jusqu'aux écuries et de s'enfuir sur Socrate. Mais, pour l'instant, il lui fallait se reposer et recouvrer quelque force.

Le soir venu, on lui monta le dîner sur un plateau et, quand Aggie revint plus tard pour l'aider à se coucher, elle apportait un grog bien chaud.

— Il apaisera vos douleurs et vous rendra des forces. Demain matin, vous vous sentirez en pleine forme, mademoiselle.

Erienne goûta au breuvage épicé et elle trouva sa chaude saveur agréable.

— Je suppose qu'il n'est pas possible de me conduire

ailleurs qu'à Mawbry, dit-elle d'une voix hésitante. Voyez-vous, mon père et moi avons eu en quelque sorte un différend, et je préférerais ne pas être ramenée chez lui.

— Je regrette, mademoiselle, mais les instructions que nous a données lord Saxton sont très précises.

— Je comprends, dit Erienne en soupirant. Vous devez faire ce que votre maître vous ordonne.

— Oui, mademoiselle. Je n'ai pas le choix. Je regrette.

Erienne but de nouveau, avant de demander :

— Pourriez-vous me parler de l'aile qui a brûlé ?

Aggie, le visage soudain figé, répondit :

— C'est à lord Saxton qu'il faudrait le demander, mademoiselle. J'ai pour instructions de n'en pas parler.

La jeune fille hocha lentement la tête.

— Et, naturellement, vous ne pouvez lui désobéir ?

— Non, mademoiselle.

— Vous lui êtes infiniment dévouée, dit Erienne avec ironie.

— Oui, c'est vrai.

Elle avait répondu d'une voix douce mais convaincue, et Erienne jugea inutile d'insister. Elle leva la tasse afin de boire le grog jusqu'à la dernière goutte, puis elle la reposa et bâilla derrière sa main.

Aggie eut un petit rire et rabattit le couvre-lit de fourrure.

— Vous allez faire un bon somme, mademoiselle, grâce à ce grog. Il n'y a rien de meilleur pour vaincre l'insomnie et rendre des forces à un corps épuisé.

Erienne se pelotonna et constata avec surprise que ses muscles douloureux se détendaient. Elle se laissa aller au sommeil.

*
**

Le vent froid chassait les nuages dans le ciel matinal moutonné et Erienne attendait, maussade, que le cocher fût prêt. Il était indéniable qu'elle regagnerait Mawbry avec panache. Le carrosse noir était ancien, mais ne manquait ni de confort ni de luxe. Du velours vert sombre le capitonnait et lui conférait une opulence discrète, tandis qu'à l'extérieur les portières étaient ornées des armoiries qu'elle avait vues au-dessus du lit seigneurial. Tout cela témoignait que son hôte appartenait à une très ancienne famille.

Les propos chaleureux de l'intendante, qui se réjouissait visiblement de lui voir meilleure mine, confirmèrent à Erienne qu'Aggie Kendall n'avait voulu que bien faire en l'incitant à boire le grog. Cette femme ne semblait pas capable d'une perfidie et Erienne n'eut pas le cœur de manifester son mécontentement. Quant à savoir si elle aurait pu mener à bien sa fuite, cela resterait une question sans réponse.

— Adieu, mademoiselle ! cria Aggie, plantée sur le seuil de la tour. Faites un bon voyage !

Erienne se pencha pour agiter la main, en guise d'adieu.

— Merci pour votre gentillesse, Mrs Kendall. Je regrette de vous avoir donné cette peine supplémentaire.

— Vous ne m'avez pas dérangée, mademoiselle. Absolument pas. Servir une charmante jeune fille telle que vous a été un vrai plaisir. Votre présence a égayé la maison.

Erienne hocha la tête et parcourut du regard la façade du manoir. Il s'agissait d'un bâtiment du début du XVIIe siècle, austère et solide. De son siège, Erienne distinguait à peine l'aile détruite par l'incendie. D'épais bosquets couvraient le flanc de la colline sur le côté et l'arrière du manoir, descendant jusqu'à l'allée qui s'achevait devant la demeure.

La voiture s'affaissa sous le poids du cocher et Erienne se laissa aller dans les coussins de velours en soupirant. Si son manteau la protégeait de la froidure, il ne pouvait atténuer l'étreinte glaciale qui enserrait son cœur.

*
**

L'arrivée du carrosse derrière lequel on avait attaché Socrate fit courir les habitants de Mawbry. Si cet élégant véhicule aux armoiries magnifiques ne leur était pas inconnu, personne, en revanche, n'avait eu l'occasion de le voir depuis plusieurs années.

Lorsque le carrosse s'arrêta devant la maison du maire, un attroupement se formait déjà et Avery, qui revenait en courant de l'auberge, dut se frayer un chemin parmi les villageois. Farrell sortit de la demeure juste à temps pour recevoir les rênes de Socrate, et il parut intimidé en voyant le valet de pied ouvrir la porte pour permettre à sa sœur de descendre. En apercevant sa fille, Avery Fleming se campa poings sur les hanches, et s'adressa à elle sans prendre la peine de cacher sa colère.

— Alors, espèce de petite sotte ! Tu reviens à la maison. Et je suppose que tu vas me raconter une belle histoire pour m'expliquer où tu as passé je ne sais combien de jours !

Que son père l'insultât ainsi devant les villageois indignait Erienne, mais elle resta calme. Sa réponse fut sèche et concise :

— J'ai emmené Socrate faire une promenade.

— Une très longue promenade ! Tu es restée absente cinq jours, et tu oses me parler de promenade ? Dis plutôt que tu as fait une fugue ! (Il l'examina avec suspicion.) Ce que je me demande, c'est pourquoi tu es revenue. Je ne pensais pas te revoir, et voilà que tu arrives dans un grand carrosse, comme une princesse venue rendre visite à ses sujets.

La colère d'Erienne était perceptible dans sa voix lorsqu'elle répondit :

— Je ne serais jamais revenue si on m'avait laissé le choix. Lord Saxton... (Le mouvement de surprise de la foule l'incita à faire une pause, et elle regarda autour d'elle.) Lord Saxton a pris seul la décision de me faire reconduire à Mawbry par ses serviteurs, fit-elle tout en soutenant le regard de son père. C'est sans doute un de tes amis, père ?

— Il n'y a plus de lord Saxton depuis que le dernier a péri dans les flammes.

— Tu fais erreur, père, répliqua-t-elle en parvenant à esquisser un sourire. Lord Saxton n'est pas mort, il est bien vivant.

— Des témoins l'ont aperçu derrière les fenêtres du manoir, cerné par les flammes. Il est mort !

— Il est vivant ! Il vit à Saxton Hall avec ses serviteurs...

— Alors, ce doit être son spectre ! Ou quelqu'un qui a voulu te jouer un tour ! Décris-le !

— Je ne l'ai jamais vu véritablement. Son visage était dissimulé par les ombres... ou couvert par quelque masque. (Un souvenir fugace l'incita à ajouter :) Il semblait malade ou estropié... (Un murmure s'éleva des rangs des villageois, dont certains se signèrent.) Je ne puis avoir de certitude. Je suis tombée et ma tête a heurté une pierre. Il faisait très sombre et j'ai pu m'imaginer ces choses...

— Tu prétends que tu n'as pu voir cet homme, alors que tu es restée avec lui près d'une semaine ? fit Avery qui partit d'un rire moqueur. Tu me prends pour un idiot, ma fille, si tu espères me faire avaler de pareilles absurdités.

— Je n'ai aucune raison de mentir.

Le valet de pied posa la sacoche et la selle d'Erienne sur le seuil de la maison, puis il alla refermer la portière de la voiture.

Avery tendit le doigt vers lui, tout en clignant de l'œil à l'intention des villageois.

— Hé ! toi ! cria-t-il. Peux-tu nous dire à quoi ressemble... ton maître ?

— Je ne peux avoir aucune certitude, sir.

— Quoi ? fit Avery, sidéré par cette réponse.

— Je ne l'ai pas vu depuis trois ans.

— Allons, comment est-ce possible ? Tu travailles pour lui, non ?

— Je n'ai pas eu l'occasion de voir lord Saxton depuis mon retour au manoir.

— En ce cas, comment sais-tu que c'est bien cet homme qui t'emploie ?

— Mrs Kendall le dit, sir, et elle l'a vu.

— Mrs Kendall ?

Avery se renfrogna, visiblement perplexe, et Erienne décida d'intervenir :

— L'intendante de Saxton Hall.

Avery rougit de colère. Il ne trouvait aucun sens à ce qu'il entendait et il suspectait ses interlocuteurs de vouloir le ridiculiser. D'un geste brusque de la main, il intima à sa fille de rentrer dans la maison. Comme elle s'éloignait, il s'adressa de nouveau au valet.

— Je ne connais pas ton maître et j'ignore ses raisons, mais tu pourras le remercier de m'avoir renvoyé ma fille. Il sera le bienvenu dans ma demeure, lorsqu'il viendra à Mawbry.

La voiture fit demi-tour pour repartir vers le nord et les villageois se dispersèrent rapidement. Ils avaient à présent une histoire à colporter et à enjoliver.

Le maire foudroya son fils du regard. Farrell tenait toujours les rênes de Socrate.

— Mène cet animal en un lieu où ta sœur ne pourra pas te le prendre, si tu ne veux pas que je le donne en pâture aux chiens.

Avery pénétra dans la demeure à grands pas. Il fit claquer la porte derrière lui et se tourna vers Erienne, qui attendait auprès de l'escalier.

— Maintenant, ma charmante fille, tu vas me fournir quelques explications.

Erienne se détourna légèrement pour lui répondre.

— J'avais pris la décision de ne plus me plier à tes exigences. Je comptais trouver un emploi quelque part et me débrouiller seule désormais. Je ne serais jamais revenue à Mawbry si lord Saxton n'avait donné l'ordre de m'y ramener.

Les yeux d'Avery se firent plus perçants.

— Eh bien, ma fille, étant donné que tu as choisi de désobéir à ton père, je me vois contraint de te retirer ma confiance. Je me suis fait bien du souci à cause de ces enchères qui doivent avoir lieu dans deux jours seulement, et tous les hommes du village se demandaient si je ne leur racontais pas des histoires.

— Tes soucis étaient vraiment très graves, père, répondit-elle avec insolence. Mais, contrairement aux miens, tu te les étais toi-même créés. Oui, je ne dois les épreuves que j'endure qu'à celui qui me les a imposées.

— Imposées ! Vraiment ! gronda Avery. Je me suis occupé de toi depuis la mort de ta mère. Je t'ai donné tout ce que je pouvais t'offrir : de la nourriture pour te rassasier et un toit pour te protéger, et parfois même une nouvelle robe, pour te faire plaisir. (Il ignora son petit rire moqueur et ajouta :) Et j'ai fait de mon mieux pour te trouver le mari idéal.

— Le mari idéal ? Est-ce ainsi que tu appelles ce sac d'os ou cet obèse ? Ce rat couleur de muraille ou ce vieillard tremblant ? Le mari idéal ? (Elle eut un rire de mépris.) Tu ferais mieux de dire une bourse bien garnie pour renflouer un père aux abois.

— C'est possible, fit Avery entre ses dents serrées. Mais jusqu'au jour où tu quitteras cette maison, la porte de ta chambre restera fermée à clé la nuit. De plus, tu ne sortiras de cette demeure qu'en compagnie de Farrell ou avec moi... et lors des enchères, nous verrons jusqu'à quel prix tu parviendras à monter.

— Je me retire immédiatement dans ma chambre, déclara Erienne d'une voix neutre. J'y resterai, que tu verrouilles la porte ou non, et je serai présente lors des enchères. Mais je te conseille de bien prendre tes dispositions. Le mariage devra avoir lieu le lendemain des enchères car, après avoir été vendue au plus offrant, je ne resterai ici qu'une seule et dernière nuit. Et, dès que j'aurai franchi le seuil de cette maison, sache que je ne te reconnaîtrai plus la moindre autorité sur ma personne !

7

Une demi-heure avant le début de la vente aux enchères, Farrell alla se poster devant l'auberge afin de racoler les passants.

— Oyez ! Oyez ! Les enchères pour la fille du maire, Erienne Fleming, vont bientôt commencer. Oyez ! Oyez ! Approchez ! Approchez tous ! C'est pour obtenir sa main et l'épouser que l'on va enchérir !

Les appels de son frère lui parvinrent par la fenêtre ouverte de sa chambre et elle frissonna. Dans quelques instants elle se trouverait à son côté sur l'estrade, et elle n'aurait d'autre choix que de subir les regards des hommes. Devant l'auberge l'attroupement grossissait, et il était évident que la plupart des personnes présentes n'avaient pas la moindre intention de participer aux enchères et s'étaient déplacées par pure curiosité. Dorénavant la population de Mawbry pourrait difficilement oublier les Fleming, même si Avery n'avait accompli jusqu'ici aucun exploit qui pût lui valoir la célébrité.

Erienne alla fermer la fenêtre. D'un geste distrait, elle arrangea une mèche rebelle. Pour défier son père, qui lui avait dit de laisser tomber librement ses cheveux sur ses épaules, Erienne s'était coiffée d'une manière stricte, un chignon bas sur la nuque. Elle eût aimé ressembler à une vieille fille, mais elle était loin du compte. Ses cheveux noirs, tirés en arrière, ne mettaient que mieux en valeur ses traits délicats et l'ovale de son visage.

Erienne parcourut du regard la chambre et elle la découvrit avec des yeux neufs. Le plafond bas, le plancher nu, les petites fenêtres qui ne laissaient entrer que bien peu de clarté... tout cela lui semblait désormais différent. Dès demain, tout cela s'effacerait de son esprit. Elle aurait un nouveau foyer, et elle espérait qu'il serait plus heureux que celui-ci. Elle deviendrait une femme, peut-être même une mère. La vie, avec ses réalités, lui ferait oublier ses rêves et ses espoirs d'adolescente. Elle sortit de sa chambre et descendit l'escalier au bas duquel son père l'attendait.

— Te voilà, gronda-t-il. Je commençais à croire que je devrais monter te chercher.

— Tu n'avais pas à t'inquiéter, père, répondit-elle calmement. Je t'ai promis de me rendre aux enchères.

Avery l'étudia minutieusement, surpris par son calme apparent. Il s'était attendu à la voir révoltée. Son calme et sa soumission firent naître en lui une sorte de malaise. Il se souvint de la mère d'Erienne : jamais elle n'aurait toléré qu'il traitât ainsi leur fille.

Il parvint cependant sans trop de peine à chasser ses scrupules de conscience et sortit sa montre de gousset.

— Allons-y, ordonna-t-il sur un ton bourru. Ces messieurs auront juste le temps souhaitable pour t'admirer, avant le début de la vente. Et cela devrait faire monter plus rapidement les enchères. Ce n'est pas tous les jours qu'a lieu un événement comme celui-ci, avec une fille aussi belle à remporter.

— Non, il est en effet très rare qu'un père vende sa fille, acquiesça Erienne avec ironie.

Avery eut un petit rire.

— Je dois te remercier, ma fille, car c'est à toi que je dois cette idée.

D'un geste décidé, Erienne passa son manteau de laine

et en rabattit la capuche sur sa tête, autant pour ne pas voir les regards des curieux que pour dissimuler la pâleur de son visage. En dépit de sa fierté, elle avait peur.

Le carrosse de lord Talbot était arrêté sur le côté de la route, et lorsque Avery tendit le cou pour regarder à l'intérieur, Claudia apparut à la fenêtre. Elle toisa Erienne de haut en bas et lui adressa un sourire condescendant.

— Ma chère Erienne, je vous souhaite sincèrement de trouver un mari dans ce ramassis de pauvres diables. Vous semblez avoir suscité l'intérêt de tous les laissés-pour-compte de notre petite communauté. Je suis heureuse de ne pas être à votre place.

Erienne poursuivit son chemin sans répondre, et le rire moqueur de Claudia renforça encore sa résolution de subir l'épreuve avec toute la dignité dont elle serait capable. Quel autre choix avait-elle, d'ailleurs ?

Si l'attroupement était pour l'essentiel constitué par les badauds du village, elle remarqua cependant la présence de plusieurs étrangers. Les hommes la soumettaient à un examen hardi, et leurs sourires égrillards ne laissaient à Erienne aucun doute sur le cours de leurs pensées.

La foule s'ouvrit pour lui permettre de gagner la petite estrade que Farrell avait dressée devant l'auberge.

Elle gravit les marches presque comme en un rêve, et une main qui se tendait pour l'aider apparut dans son étroit champ de vision. Elle était puissante et fine, soignée, et l'étoffe immaculée de la manche accentuait son hâle. Le cœur d'Erienne battit plus vite et elle sut, avant même de relever les yeux, que Christopher Seton était là, à son côté. Elle ne s'était pas trompée.

Avery vint s'interposer entre eux avec rudesse.

— Si vous avez lu l'avis, monsieur Seton, vous devez savoir que vous n'êtes pas autorisé à prendre part aux enchères.

Un sourire moqueur éclaira le visage du Yankee qui acquiesça d'un léger mouvement de la tête.

— Vous avez su le préciser de façon très explicite, sir.

— En ce cas, que faitez-vous ici ?

Christopher se mit à rire, comme s'il trouvait la question amusante.

— Auriez-vous oublié que la défense de mon capital m'oblige à m'intéresser à cette vente ? Si vous vous en souvenez, il reste entre nous une certaine dette de jeu que vous m'avez promis d'honorer.

— Je vous ai déjà dit que vous auriez votre argent.

Christopher plongea la main dans son manteau et en sortit une liasse de feuilles attachées avec soin.

— Si votre mémoire n'est pas défaillante, monsieur le maire, vous devriez également reconnaître ici certaines factures que vous avez omis de régler avant de quitter Londres.

Avery le fixa, hébété de surprise.

Avec désinvolture, Christopher déplia les parchemins et attira l'attention du maire sur le nom soigneusement écrit au bas de chacun d'eux.

— Votre signature, il me semble ?

Avery adressa un bref regard aux documents et son visage s'empourpra de colère.

— Et après ? En quoi cela vous regarde-t-il ?

— Vos dettes me concernent, croyez-le ! répondit aimablement Christopher. J'ai acquitté vos factures auprès des négociants londoniens, ce qui augmente l'importance de votre endettement envers moi.

Avery était médusé.

— Mais pourquoi avez-vous fait une chose pareille ?

— Oh, j'ai parfaitement conscience que vous ne pourrez me rembourser pour l'instant, mais je suis disposé à me montrer généreux. Habituellement, je ne suis pas homme à prendre des décisions hâtives, mais vous m'avez en quelque sorte forcé la main. Me voici prêt à vous remettre une attestation de règlement de toutes ces dettes en échange de la main de votre fille.

— Jamais !

Le hurlement de Farrell avait couvert le cri de surprise d'Erienne. Son frère était venu se placer au bord de l'estrade, au sommet des marches, et il agitait à présent son poing en direction de Christopher.

— Je ne laisserai jamais ma sœur épouser un homme tel que vous !

Christopher releva les yeux pour considérer le jeune homme avec une ironie qu'il ne prit pas la peine de dissimuler.

— Pourquoi ne lui demandez-vous pas ce qu'elle en pense ?

— Je vous tuerai avant quc vous puissiez l'épouser ! rugit Farrell. Vous voilà averti, monsieur Seton !

Christopher eut un rire moqueur.

— Vous devriez réfléchir à deux fois avant de proférer des menaces. Je ne crois pas que vous souhaitiez perdre votre autre bras.

— Vous avez eu de la chance, mais ce ne sera pas toujours le cas, gronda Farrell.

— Si j'en juge par votre conduite passée, je n'ai guère de sérieuses raisons de m'inquiéter.

Christopher pivota vers Avery, sans plus faire cas de Farrell.

— Réfléchissez bien à ma proposition, monsieur le maire. Si vous refusez de me donner votre fille en échange de la remise de toutes vos dettes, vous devrez obtenir une somme très élevée de ces enchères.

Erienne se souvint des nuits pendant lesquelles elle était restée au chevet de Farrell, qui gémissait et se tordait de douleur. Elle avait rêvé de venger son frère, et à présent le responsable de ce drame exigeait soit sa main, soit le remboursement d'une dette, comme s'il lui était égal d'obtenir l'un ou l'autre. Comment cet homme pouvait-il avoir l'arrogance de croire qu'elle allait se jeter à ses pieds pour lui manifester sa gratitude ?

— Pourriez-vous prendre pour épouse une femme qui vous hait ? fit-elle d'une voix mal assurée.

Christopher l'étudia un instant, avant de lui demander à son tour :

— Pourriez-vous prendre pour époux un des hommes que je vois autour de nous ?

Erienne baissa les yeux. Il venait de la toucher au plus profond de son désarroi.

— Elle courra sa chance sur l'estrade, tonna Avery. Parmi ces gens, il en est qui sont prêts à payer gros pour une fille aussi jolie. En outre, je m'attirerais des ennuis de la part de ces hommes si je la donnais à un autre avant même qu'ils aient pu faire une offre. D'autant plus que certains d'entre eux sont mes amis. Non, je ne peux pas leur faire cela.

Christopher glissa les documents à l'intérieur de son manteau.

— Vous êtes libre d'agir à votre guise, et nous verrons si vous avez eu raison de prendre cette décision. Sachez que je ne considérerai cette affaire comme réglée qu'après avoir reçu en retour mon argent. (Il porta la main à son chapeau.) A plus tard, donc.

Avery poussa sa fille vers le haut des marches. Ce fut un instant difficile pour Erienne. Elle tenta de faire face à la foule avec un air de défi, mais une profonde angoisse l'habitait. Les yeux pleins de larmes, elle trébucha sur l'ourlet de sa robe. De nouveau, une main vint à son aide. Des doigts énergiques saisirent son coude et la soutinrent. Irritée d'avoir révélé sa faiblesse, Erienne releva le menton et soutint le regard de Christopher ; il la considérait avec une tristesse proche de la pitié. Elle découvrit que cela lui était intolérable.

— Je vous en prie... Ne... ne me touchez pas, murmura-t-elle.

Il la lâcha avec un petit rire méprisant.

— Lorsque vous direz cela à votre mari, ma douce,

tâchez d'y mettre plus de conviction. Sans quoi, je crains que ce ne soit guère efficace.

Il s'éloigna et Erienne vit à travers ses larmes le carrosse des Talbot s'arrêter à sa hauteur. Le visage de Claudia apparut à la fenêtre.

— Christopher ! Que faites-vous ici ? Et ne me répondez pas que vous voulez acheter une femme ! Un homme qui possède votre fortune et votre prestance peut sans peine trouver mieux que cette Erienne Fleming.

— Je suis venu veiller sur mes intérêts.

Le soulagement fit rire Claudia.

— Eh bien, voilà au moins qui est clair. Je m'inquiétais pour d'autres raisons. Je craignais que vous n'ayez perdu l'esprit.

Un sourire narquois passa sur les lèvres de Christopher.

— Pas tout à fait.

— Allons, messieurs ! criait Avery. Approchez et offrez à vos yeux le plaisir de contempler cette beauté incomparable ! Vous n'aurez plus l'occasion d'admirer cette jolie fille, lorsqu'elle aura trouvé preneur. Approchez et regardez. Les enchères vont débuter dans quelques instants.

Avery arracha le manteau d'Erienne, qui tentait en vain de le retenir. Un rugissement d'approbation s'éleva de l'assistance. Encouragé, Avery saisit brutalement le chignon de sa fille. La chevelure se dénoua et tomba sur les épaules d'Erienne.

— Constatez-le par vous-mêmes, messieurs. Ne vaut-elle pas une fortune ?

Erienne serra les dents et lutta contre la panique, puis elle releva la tête. Elle découvrit les yeux de Christopher rivés sur elle. Brusquement, elle regretta d'avoir été trop fière pour accepter son offre. Un sentiment de répulsion noua son estomac lorsqu'elle regarda les hommes de l'assistance.

Claudia ne perdit rien de la scène et toussota. Quand Christopher se tourna vers elle, elle lui adressa un sourire enjôleur.

— J'avais l'intention de vous proposer une promenade champêtre en ma compagnie, Christopher, mais vous semblez éprouver beaucoup d'intérêt pour cette vente. Peut-être préférez-vous rester ici ?

— Pardonnez-moi, miss Talbot, dit-il avec un bref sourire, mais la dette en question est assez importante, et c'est sans doute mon unique chance de rentrer dans mes fonds.

Si ce refus l'irrita, elle parvint cependant à le lui dissimuler.

— Oui, je vois. Je vais vous laisser veiller sur vos intérêts, dit-elle. (Puis elle ajouta :) Vous verrai-je ensuite ?

— Je quitterai Mawbry ce soir même, après avoir réglé cette affaire, et je ne sais pas quand je reviendrai.

— Oh, mais il faudra absolument revenir ! s'exclama-t-elle. Sinon, quand pourrais-je vous revoir ?

— Je compte garder ma chambre à l'auberge, et mon retour ne se fera pas attendre, sans doute.

Claudia poussa un soupir heureux.

— Ne manquez surtout pas de m'informer de votre arrivée, Christopher. Nous allons donner un bal cet hiver, et je compte sur votre présence. je dois vous laisser, à présent. Si jamais vous décidiez de reporter votre départ, sachez que je serai seule toute la soirée. (Un vague sourire éclaira son visage.) Père est toujours à Londres et je m'attends à ce qu'il y demeure encore un certain temps.

— Je ne manquerai pas de m'en souvenir, répliqua Christopher tout en portant la main à son chapeau. Je vous souhaite de passer une excellente journée.

Claudia le salua d'un bref hochement de tête, irritée qu'il n'eût pas essayé de la retenir. Elle se consola en pensant que s'il s'intéressait à Erienne, c'était en pure perte. Après les enchères, elle deviendrait la femme d'un autre homme et lui serait alors inaccessible.

Le carrosse atteignit la route et Christopher s'adossa à un pilier, les yeux toujours fixés sur Erienne.

— Messieurs, vous êtes venus ici dans l'espoir de trouver une épouse, et ma fille deviendra effectivement l'épouse... de l'un de vous! (Avery désigna du doigt ceux qui gagnaient les premiers rangs pour mieux voir Erienne. Puis, prenant l'air grave, il referma ses mains sur les revers de son manteau.) A présent, je dois vous rappeler une chose. J'ai affirmé à ma fille que c'est bien au mariage que vous pensez, messieurs, et à rien d'autre. Je m'attends à ce que vous agissiez en conséquence. Je serai le témoin de ces noces, et je ne tolérerai pas de tergiversations. J'espère m'être bien fait comprendre ?

Un frisson de dégoût parcourut Erienne. Ses yeux venaient de découvrir au sein de la foule l'homme qu'elle avait surnommé le rat gris. Il s'était avancé jusqu'aux premiers rangs et, à voir sa mine assurée, elle se rendit compte qu'il serait un des enchérisseurs les plus sérieux. Si Erienne lui était adjugée, peut-être voudrait-il se venger du cuisant refus qu'il avait essuyé lors de sa visite et elle risquait alors de ne plus connaître une seule nuit de repos.

Erienne continua discrètement son enquête et fut soulagée de constater que Smedley Goodfield n'était pas présent.

Les hommes regroupés autour de l'estrade étaient pour la plupart des minables dont on ne pouvait espérer tirer grand-chose. Tous lui accordaient leur attention, à l'exception d'un homme aux cheveux blancs qui avait apporté un petit siège pliant sur lequel il demeurait assis, pour écrire dans un registre ouvert sur ses genoux. A en croire les apparences, son esprit était totalement absorbé par les chiffres qu'il inscrivait dans le cahier.

Avery écarta les bras afin de réclamer le silence et l'attention de la foule.

— Messieurs, comme vous l'avez sans nul doute déjà appris, je suis harcelé par mes créanciers. Et il va sans dire que c'est pour cette unique raison que j'ai envisagé une telle solution. Ils ne me laissent pas un seul instant de répit, et celui-ci... (il tendit le bras vers Christopher Seton)... et celui-ci est même venu jusque chez moi pour exiger son dû. Ayez pitié d'un homme et de sa jeune enfant, innocente et pure ! Au cours des années qui suivirent la mort de sa pauvre mère, elle fut une véritable bénédiciton tant pour Farrell que pour moi-même, mais la voici arrivée à un âge où elle doit prendre mari et cesser de s'occuper des siens. C'est pourquoi je vous exhorte, messieurs, à délier les cordons de vos bourses. Avancez, vous qui êtes venus avec des intentions sérieuses. Avancez. Laissez approcher les personnes intéressées.

Il tira de son gilet sa montre de gousset et la montra à l'assistance.

— Le moment est venu et les enchères peuvent commencer. Qu'ai-je entendu, messieurs ? Qu'est-ce que j'entends ? Est-ce bien mille livres ? Mille livres ?

Ce fut Silas Chambers qui réagit le premier. Il leva la main et déclara timidement :

— Oui... Oui, mille livres.

A l'arrière-plan, Christopher déplia la liasse de factures et sortit deux feuilles qu'il agita pour attirer l'attention d'Avery, tout en formant silencieusement les mots :

« Une bouchée de pain. »

Le maire rougit et repartit à l'attaque.

— Ah, messieurs, regardez bien l'enjeu de ces enchères ! Ma propre fille, belle comme une rose. Intelligente. Capable de lire et d'écrire. Habile à jongler avec les chiffres. Un sujet de fierté pour l'homme à qui elle appartiendra.

— Quinze cents, cria une voix vulgaire s'élevant de la foule. Quinze cents, pour la fille.

— Oui, c'est une fille pour l'instant, rétorqua Avery.

Mais avez-vous bien compris que cette vente ne sera scellée que par un mariage ? Et il y aura des noces, j'en fais le serment. N'espérez pas acquérir ma fille pour la faire entrer dans quelque harem. Il s'agit de mariage, et de mariage seulement. Il n'y aura pas de finasseries, j'y veillerai. Et maintenant, messieurs, desserrez les cordons de vos bourses, je vous en supplie. Vous voyez cet homme qui attend en se réjouissant de nos malheurs. Faites vos offres. Certainement plus de mille livres. Certainement plus de quinze cents.

L'homme assis sur le siège pliant leva sa plume d'oie et déclara d'une voix neutre :

— Deux mille.

L'enchère rendit courage à Avery.

— Deux mille ! Deux mille pour ce gentleman. Ai-je entendu deux mille cinq cents ? Oui, il me semble avoir entendu deux mille cinq cents !

— Deux mille cent livres, proposa prudemment Silas Chambers. Deux mille cent. Oui, à deux mille cent, je suis preneur.

— Deux mille cent, donc ! Deux mille cent ! Qui dit mieux ?

— Deux mille trois cents ! Deux mille trois cents !

Harford Newton, qui venait d'intervenir, se tapotait comme à l'accoutumée le nez de son mouchoir.

— Deux mille trois cents, donc ! Deux mille trois cents ! Allons, messieurs. La somme proposée est loin de couvrir le montant de mes dettes, et il serait normal qu'il nous reste quelques livres, à moi et à mon malheureux fils. Plongez la main dans vos bourses. Sortez jusqu'à vos dernières pièces. Nous en sommes à deux mille trois cents.

— Deux mille quatre cents ! renchérit la même voix vulgaire, aux derniers rangs de la foule. Deux mille quatre cents livres !

Les mots étaient légèrement confus, comme si l'homme avait un peu trop bu.

Frénétiquement, Silas Chambers s'empressa de reprendre la tête des enchérisseurs.

— Deux mille cinq cents ! Deux mille cinq cents livres !

Il avait presque le souffle coupé par l'importance de la somme. Il vivait dans l'aisance, certes, mais il ne pouvait pas pour autant se permettre des dépenses inconsidérées.

— Deux mille cinq cents ! répéta Avery. Deux mille cinq cents ! Ah, messieurs, je vous en conjure ! Montrez-vous généreux pour un vieil homme et son fils invalide. Vous avez devant vous une magnifique créature. Oui, je l'ai déjà dit et je ne le répéterai jamais assez, elle sera la fierté de son époux ; un havre de douceur tout au long de sa vie, et celle qui saura lui donner beaucoup d'enfants.

A ces mots, Erienne se détourna légèrement. Elle avait conscience de la présence de Christopher et, lorsqu'elle releva les yeux, elle remarqua qu'il avait sorti près de la moitié des factures de la liasse et qu'il les laissait pendre négligemment entre ses doigts. Une douleur sourde envahit la poitrine de la jeune fille. S'il l'avait intensément surprise en lui proposant le mariage, il semblait depuis avoir totalement oublié ses intentions premières et ne plus songer qu'au remboursement de son dû.

— Deux mille cinq cents ! Il me semble avoir entendu deux mille six cents ? criait Avery. Deux mille sept cents ? Allons, messieurs. Nous venons à peine de commencer les enchères, et cet homme est toujours là, prêt à me harceler. Je vous implore de vous montrer généreux. Ma fille ne peut être adjugée pour une somme aussi insignifiante, alors que cet individu attend de recevoir son dû. Deux mille huit cents ! Deux mille huit cents ! Ai-je entendu deux mille huit cents ?

— Trois mille ! surenchérit le rat gris.

Un murmure monta de l'assistance et les genoux d'Erienne se mirent à trembler. Silas Chambers saisit sa bourse et commença d'en compter le contenu. Des voix confuses s'élevèrent des derniers rangs : l'ivrogne discutait avec ses amis. Le sourire d'Avery disparut quand Christopher agita une nouvelle facture avant de la joindre aux autres.

— Trois mille ! cria Avery en levant la main. Qui dit mieux ? Trois mille cinq cents ? Trois mille cinq cents ? Qui vient de proposer trois mille cinq cents livres ?

Seul le silence lui répondit. Silas continuait de compter ses pièces et les autres discutaient entre eux.

— Trois mille cinq cents ? Avant qu'il ne soit trop tard, messieurs, je vous conjure de réfléchir à ce qui est en jeu.

L'homme installé sur le tabouret pliant referma le livre de comptes qu'il replaça dans sa sacoche et se leva.

— Cinq mille livres ! annonça-t-il brusquement, sur un ton détaché. J'ai dit cinq mille.

Un silence pesant tomba. Silas Chambers cessa de compter ses pièces, conscient de ne pouvoir suivre. Le rat gris parut se recroqueviller et même l'ivrogne des derniers rangs comprit que l'offre dépassait de beaucoup ses moyens.

— Cinq mille livres, donc ! déclara joyeusement Avery. Cinq mille, une fois ! C'est votre dernière chance, messieurs. Cinq mille, deux fois ! (Il fit courir son regard sur l'assistance, mais nulle voix ne s'éleva.) Cinq mille, trois fois ! Adjugé à ce gentleman. (D'un claquement des mains il marqua la fin des enchères, puis désigna l'homme.) Vous venez d'acquérir une perle rare, sir.

— Oh, je n'agis pas en mon nom ! s'empressa de préciser l'inconnu.

Avery haussa les sourcils, surpris.

— Vous avez participé aux enchères pour une autre personne ? (L'homme hocha la tête et Avery demanda :) Pour le compte de qui, sir ?

— Mais, de lord Saxton.

Erienne sursauta. A l'exception d'une vague silhouette cauchemardesque qui errait comme un spectre au sein de ses souvenirs, elle n'avait aucun visage à donner à l'homme qui avait veillé sur elle.

Avery ne semblait pas convaincu.

— Vous serait-il possible de prouver que vous avez effectivement agi en son nom ? J'ai entendu dire que lord Saxton était mort.

L'homme prit une lettre marquée d'un sceau de cire, qu'il tendit à Avery.

— Je me nomme Thornton Jagger, expliqua-t-il. Ainsi que l'atteste ce document, je suis le notaire de la famille Saxton depuis un certain nombre d'années. Et si vous avez des doutes, je suis certain qu'il se trouve dans l'assistance des personnes qui pourront attester de l'authenticité de ce sceau.

Un bourdonnement s'éleva de la foule et se transforma rapidement en un amalgame de ragots, de doutes et d'hypothèses fantaisistes. Erienne saisit les mots : « brûlé », « balafré », « hideux », et un sentiment d'horreur l'envahit. Elle s'efforça de garder son calme, pendant que l'homme de loi gravissait les marches de l'estrade. Il laissa tomber une bourse rebondie sur la petite table qui servait de bureau et apposa son nom au bas du feuillet des bans, en précisant sa qualité de mandataire de lord Saxton.

Christopher se fraya un chemin au sein de la foule. Il grimpa à son tour sur l'estrade et vint agiter la liasse de factures sous le nez d'Avery.

— Je vous demande la totalité de cette bourse, cinquante livres exceptées, en échange de ceci. Quatre mille neuf cent cinquante livres, tel est le prix que je réclame. Des objections ?

Bouche bée, Avery fixa l'homme qui se dressait devant lui. Il eût aimé conserver une part plus importante de cette petite fortune, mais il savait qu'entre les factures impayées à son départ de Londres et le règlement de sa dette de jeu à Christopher, la somme globale devait, hélas, largement dépasser cinq mille livres.

La proposition de Christopher représentait pour le moins une bonne affaire, et Avery hocha finalement la tête, donnant son assentiment.

Christopher prit la bourse, dont il préleva cinquante livres qu'il laissa tomber sur la table, puis il glissa le reste de l'argent dans son manteau et tapota du doigt la liasse de factures.

— Je n'aurais jamais cru que vous parviendriez à approcher la somme de si près, mais vous y êtes arrivé et je m'estime satisfait. Nous pouvons désormais considérer cette affaire comme réglée, monsieur le maire.

— Soyez maudit ! gronda Erienne.

La désinvolture avec laquelle il tirait un trait sur le passé la mettait plus en colère encore que la conduite de son père. Elle arracha la liasse de factures des mains d'Avery et s'empara de plusieurs pièces, avant de s'enfuir.

Avery allait pour la suivre, mais Christopher le retint.

— Écartez-vous de mon chemin ! cria Avery. Cette drôlesse vient de prendre mon argent !

Christopher condescendit finalement à s'écarter. Alors qu'Avery se lançait à la poursuite d'Erienne, Farrell se précipita :

— Vous l'avez fait de propos délibéré ! Je l'ai vu !

Christopher haussa les épaules.

— Votre sœur n'a prélevé qu'une infime partie de ce qui aurait dû lui revenir. J'ai seulement voulu qu'elle puisse prendre un peu d'avance.

Cet aveu laissa le jeune homme à court d'arguments. Il ramassa les pièces restantes, qu'il fit glisser dans une poche de son manteau, puis ricana en tenant son bras invalide :

— Au moins serons-nous débarrassés de vous.

Sur quoi Farrell repoussa le Yankee et s'éloigna en hâte pour rejoindre les siens.

Avery poursuivait Erienne en soufflant. Il était impatient de récupérer l'argent dont sa fille s'était emparée. Lorsqu'il atteignit sa demeure, il haletait. Il fit claquer la porte d'entrée et la vit devant la cheminée du salon. Elle regardait les flammes qui consumaient la liasse de factures.

— Sais-tu seulement ce que tu es en train de faire ? Ces documents sont très importants. Eux seuls peuvent me permettre de prouver que j'ai effectivement réglé ce misérable. Et qu'as-tu fait de mon argent ?

— Il m'appartient, désormais, déclara sèchement Erienne, il représente ma dot ! La part qui me revient ! Et c'est d'ailleurs une misère. Mais tu devrais aller faire le nécessaire pour que tout soit prêt demain, car cette nuit sera la dernière que je passerai sous ton toit. Comprends-tu, « père » ? (Elle accompagna le mot d'un sourire méprisant.) Je ne reviendrai jamais dans cette maison.

8

La famille Fleming loua une vieille voiture pour se faire conduire jusqu'à Carlisle, car c'était dans une église des environs de cette petite ville que devait avoir lieu la cérémonie. Dès l'aube, un vent glacial s'était levé et le passage des heures n'avait apporté aucune amélioration. Il était à présent plus de midi et il faisait toujours aussi froid.

La voiture bringuebalait sans trêve, ce qui n'était pas fait pour soulager la migraine de Farrell. La tête appuyée sur la main, il fermait les yeux, essayant de rattraper le manque de sommeil consécutif à une nuit de beuverie. Avery n'était guère mieux loti, car il avait lui aussi passé de longues heures à boire et à fêter l'entrée d'un lord dans leur famille, un événement pour le moins exceptionnel. Ses amis estimaient que lord Saxton devait être un homme généreux, à en juger par la somme considérable qu'il avait fait proposer pour la jeune fille, et il était sans doute souhaitable de le voir épouser Erienne. A la suite du séjour de celle-ci à Saxton Hall, rumeurs et médisances étaient allées bon train, et un certain nombre de personnes se demandaient si Sa Seigneurie ne s'était pas permis quelques privautés avec la fille du maire. Quoi qu'il en fût, lord Saxton ferait taire les ragots en l'épousant.

Tout au long du voyage, Erienne se garda bien de révéler ses pensées. Elle ne voulait surtout pas que son père pût croire qu'elle lui avait pardonné. Elle demeurait dans un angle de la voiture, emmitouflée dans son manteau. Elle s'était préparée pour la cérémonie et avait mis ce qui lui avait paru la plus présentable de ses toilettes. Elle ne possédait pas de robe de mariée et cela correspondait d'ailleurs parfaitement à son état d'esprit. Ce mariage était loin de lui sourire. Cependant elle s'était soigneusement lavée et avait longuement brossé ses cheveux. C'était le moins qu'elle pût faire.

Le véhicule roulait avec fracas dans les ruelles de Carlisle lorsque Avery se pencha à la portière pour guider le cocher. Il lui indiqua la direction qu'il faudrait bientôt prendre pour atteindre la petite église.

A leur arrivée, le carrosse de lord Saxton se trouvait déjà dans l'allée. Un cocher et un valet de pied, vêtus de bas blancs et de culottes et manteaux vert sombre, attendaient à côté des chevaux. La voiture elle-même était vide et, comme rien n'indiquait la présence de Sa Seigneurie dans la cour, le maire en déduisit que lord Saxton devait les attendre à l'intérieur.

Il pénétra d'un pas lourd dans l'église, et le bruit attira aussitôt l'attention de Thornton Jagger et du pasteur. Les deux hommes se tenaient devant une sorte de bureau haut et étroit, à l'autre extrémité des travées. A deux pas de la grande porte d'entrée, un personnage athlétique, tout vêtu de noir, avait adopté une attitude d'attente, pieds écartés et bras croisés sur la poitrine. Il n'y avait personne d'autre à l'intérieur de l'église, et bien que le costume de cet homme fût incontestablement plus austère que ceux qu'affectionnait lord Talbot, Avery se dit qu'on ne pouvait discuter des goûts et des couleurs de la noblesse. Il toussota.

— Heu... Votre Seigneurie..., commença-t-il.

L'homme haussa les soucils, visiblement surpris.

— Si c'est à moi que vous vous adressez, sir, mon nom est Bundy. Je suis le valet de lord Saxton.

Avery rougit de confusion et eut un petit rire, afin de dissimuler son embarras.

— Naturellement... ah... son valet, dit-il avant de parcourir l'église du regard. Et où se trouve Sa Seigneurie ?.

— Mon maître est dans le presbytère, sir. Il viendra vous rejoindre au moment opportun.

Avery se redressa et se demanda s'il devait se sentir offensé, car le ton catégorique employé par le serviteur semblait lui interdire d'aller rejoindre son futur gendre.

La porte s'ouvrit lentement et Farrell entra à son tour. Il marchait très droit, comme s'il craignait de perdre l'équilibre. Il alla s'asseoir sur l'un des bancs du fond et ferma les yeux. Il espérait vivement pouvoir prendre quelque repos.

Erienne se dirigea vers les premières travées, se tenant elle aussi très droite. Une période de sa vie s'achevait, et elle s'interrogea sur ce que lui réservaient les années à venir. Elle s'assit à l'extrémité d'un rang, enfermée dans ses pensées. Elle savait que son père ne manquerait pas de venir la chercher peu avant le début de la cérémonie.

Le révérend Miller ne semblait pas s'inquiéter de l'absence du futur époux. Il prépara les documents, les relut, puis apposa son sceau et sa signature au bas des bans. Thornton Jagger griffonna son nom et précisa sa qualité de témoin, puis le père d'Erienne écrivit soigneusement son nom sous celui du notaire. On fit signe à Erienne d'approcher et elle prit la plume d'oie qu'on lui tendait. Elle réussit à signer d'une main ferme, dominant son angoisse. Seule une veine de son cou, qui battait rapidement, trahissait sa nervosité.

Puis la cérémonie dut s'interrompre, car le futur époux

ne les avait toujours pas rejoints. Cette attente irritait profondément Avery qui demanda sèchement :

— Eh bien, Sa Seigneurie va-t-elle finalement sortir de son trou ? Ou a-t-elle l'intention de se faire de nouveau représenter par son notaire ?

Le révérend Miller s'empressa de dissiper ses craintes.

— Je sais que lord Saxton tient à être présent personnellement sir. Je vais envoyer son serviteur le chercher.

Le pasteur fit un geste à Bundy, et l'homme s'engagea dans la galerie obscure. Une éternité sembla s'écouler, avant que des pas retentissent de nouveau dans le couloir. Mais ils étaient étranges : un son mat suivi d'un crissement, comme le bruit d'un pas puis celui d'un objet traîné sur le sol. Erienne se souvint des paroles de la foule : « Invalide ! » « Défiguré ! »

Lord Saxton apparut enfin. Il ne fut tout d'abord qu'une vague forme noire dissimulée par un ample manteau ; la partie supérieure du corps restait cachée par l'obscurité. Mais lorsqu'il s'avança vers eux, là où la clarté était plus vive, Erienne sursauta. Elle découvrit pourquoi il se déplaçait de cette manière étrange. Sa botte droite s'achevait par une énorme semelle, apparemment destinée à redresser un pied-bot.

L'esprit d'Erienne se glaça et elle regarda l'homme, paralysée par l'horreur. Sa terreur était si forte qu'elle n'aurait pu faire un mouvement, même si une occasion de fuir s'était offerte à elle. Elle attendait, comme pétrifiée. Presque à son corps défendant, elle releva les yeux et elle crut s'évanouir lorsque la lueur des cierges éclaira entièrement lord Saxton.

Son visage et son crâne étaient entièrement recouverts par une cagoule de cuir noir. Deux fentes y avaient été aménagées pour les yeux, deux petits orifices se trouvaient à la hauteur des narines, et une ouverture dégageait la bouche. Il s'agissait d'un masque spécialement conçu et qui ne laissait rien deviner des traits qu'il dissimulait.

Le choc ressenti par Erienne fut si grand que ce fut dans une sorte d'hébétude qu'elle remarqua les autres détails. A l'exception d'une chemise blanche, l'homme était entièrement vêtu de noir, et des gants de cuir cachaient ses mains serrées sur une lourde canne au pommeau d'argent.

Il s'arrêta devant elle et s'inclina avec raideur.

— Miss Fleming.

Sa voix semblait caverneuse et lointaine, et sa respiration sifflante. Il pivota à demi vers le père d'Erienne, qu'il salua d'un bref hochement de tête.

— Monsieur le maire...

Avery parvint à se ressaisir et à répondre à ce salut :

— Lor... lord Saxton.

L'homme masqué reporta aussitôt son attention sur Erienne.

— Je dois implorer votre indulgence pour mon apparence. Si j'étais autrefois comme les autres, un homme vigoureux et ferme sur ses pieds, j'ai eu le malheur d'être défiguré par le feu. A présent, les chiens aboient sur mon passage et les enfants ont peur. Voilà pourquoi je porte ce masque. Quant au reste de mon corps, il est tel que vous pouvez le voir. Sans doute comprendrez-vous pourquoi j'ai préféré rester dans l'ombre et utiliser un intermédiaire pour participer aux enchères. Il s'agissait d'une occasion que je ne voulais pas laisser passer. Après vous avoir vue dans ma demeure, et la possibilité de faire de vous ma femme m'étant offerte, j'ai arrêté les dispositions nécessaires. A présent, c'est à vous qu'appartient la décision. (Il regarda attentivement Erienne.) Tiendrez-vous l'engagement pris par votre père ? M'accepterez-vous pour époux ?

Les paroles de lord Saxton rappelèrent à Erienne qu'elle avait fait à son père le serment de quitter définitivement sa maison. De plus, Avery verrait sans doute son retour d'un mauvais œil s'il devait s'accompagner du remboursement de la somme obtenue. Estimant qu'elle n'avait pas le choix, Erienne répondit d'une voix basse et tendue :

— Oui, milord. Je respecterai son engagement.

— Parfait, alors il est inutile d'attendre plus longtemps, dit Avery qui recouvrait son aplomb et voulait en finir avant que Sa Seigneurie pût changer d'avis. Nous avons déjà perdu un temps précieux.

L'impatience servile de son père détruisit pour Erienne le peu de respect qu'elle pouvait encore lui porter. Avec quelle désinvolture il la condamnait à une vie d'épouvante !

A l'avenir, Avery ne serait plus pour elle qu'un étranger.

Tout au long de la cérémonie, Erienne se tint au côté de lord Saxton, comme écrasée par sa présence. Et ce fut d'une voix faible et tremblante qu'elle répondit à la question posée par le révérend Miller. Puis la voix sépulcrale de lord Saxton résonna, un voile de ténèbres s'abattit sur Erienne et elle ferma les yeux. Soudain, des doigts gantés effleurèrent son bras et elle sursauta.

— L'alliance, Erienne ! Prends-la ! la pressait son père, derrière son dos.

Elle baissa les yeux vers les doigts gantés de cuir noir qui tenaient une lourde bague, richement ornée de joyaux. Avery haletait presque en fixant le bijou qui brillait maintenant au doigt de sa fille, mais Erienne n'avait conscience que d'une chose : la froideur reptilienne des mains qui touchaient la sienne.

Puis tout lui parut s'achever très vite. Elle était à présent l'épouse de l'effroyable lord Saxton et elle se demanda comment il lui serait possible de vivre ce cauchemar.

Dans un grand élan d'affection, Avery fit pivoter sa fille vers lui et déposa un baiser sur sa joue, avant de saisir sa main et d'examiner le somptueux bijou. La convoitise faisait luire ses yeux et un sourire diabolique passa sur ses lèvres. Une machination se formait dans son esprit : s'il parvenait à convaincre Erienne de revenir à la maison et trouvait une touchante histoire à raconter à Sa Seigneurie, pour lui expliquer le chagrin qu'elle éprouvait à être séparée des siens, lord Saxton inviterait probablement toute la famille Fleming à venir s'installer au manoir. Et, une fois dans la place, il se trouverait tout près des coffres de son gendre.

Avery s'efforça d'afficher une expression affable, puis s'avança vers lord Saxton.

— Ma fille voudrait nous raccompagner à Mawbry pour prendre le reste de ses affaires, milord.

— C'est inutile, rétorqua l'homme. Elle disposera de tout ce qu'elle peut désirer au manoir.

— Ma fille a laissé presque toutes ses robes chez nous, dit Avery en mentant effrontément.

— Elle trouvera des robes à Saxton Hall, et d'autres lui seront achetées si elle en manifeste le désir.

— Me refuseriez-vous de jouir pendant encore quelques heures de la compagnie de ma fille ? insista stupidement Avery. J'ai toujours été un bon père pour elle. Vous savez, je n'ai guère aimé ce que j'ai dû faire pour son propre bien, et je me suis engagé à lui faire épouser un homme attentif à veiller sur elle...

Le visage couvert de cuir se retourna vers Avery et, derrière les fentes, les yeux brillèrent d'un éclat glacial.

— Vous avez été généreusement payé pour votre fille, fit la voix. Il n'y aura plus de marchandages et vous n'obtiendrez plus rien de moi. Maintenant, disparaissez.

Avery ne perdit pas un instant. Il saisit son tricorne, l'enfonça sur sa tête, puis remonta rapidement l'allée centrale et éveilla d'une voix forte son fils. Il s'était assoupi au début de la cérémonie et, ignorant tout de ce qui venait de se passer, Farrell suivit son père en titubant. Avery sortit, sans un mot d'adieu à sa fille.

Le claquement de la lourde porte vibra longuement dans l'esprit d'Erienne. Il marquait la fin de l'existence qui avait été la sienne depuis la mort de sa mère, mais pour l'instant elle n'éprouvait ni déchirement ni chagrin : elle était tout à l'épouvantable terreur de ce que lui réservait l'avenir.

Elle revint à la réalité en voyant la grande silhouette

noire de son époux s'éloigner en boitant. Thornton Jagger était à ses côtés et effleura son bras.

— Lord Saxton souhaite que nous partions, madame. Êtes-vous prête ?

Erienne hocha la tête avec indifférence. Elle revêtit son manteau et permit au notaire de lui prendre le bras pour la soutenir. Ils atteignirent le carrosse et Erienne constata que lord Saxton s'était déjà installé. Elle fut soulagée de voir qu'il ne lui avait pas laissé de place à son côté. Il occupait le centre de la banquette, mains placées sur le pommeau de sa canne, genoux écartés, sa jambe au pied difforme tendue sur le côté.

Erienne accepta l'aide de Mr Jagger et monta. Elle s'assit en face de lui et feignit un instant de remettre de l'ordre dans sa toilette, afin de n'avoir pas à soutenir son regard.

Bundy se hissa sur le haut siège et s'installa à côté du cocher. Le carrosse s'ébranla et Erienne adressa un dernier regard à la petite église de pierre. Thornton Jagger était resté immobile et la vision de cette silhouette solitaire lui sembla comme une image de sa propre solitude.

Son désespoir devait être perceptible car lord Saxton estima nécessaire de rompre le silence.

— Reprenez courage, madame. Le révérend Miller a suffisamment d'expérience pour faire la différence entre les derniers sacrements et une cérémonie de mariage. Cette voiture ne vous conduit pas en enfer, ajouta-t-il avant de hausser imperceptiblement les épaules et de conclure : Pas plus qu'aux cieux, d'ailleurs.

Le masque donnait à sa voix un timbre presque surnaturel. Ses propos prouvaient qu'il était parfaitement conscient de son aspect, et peut-être même qu'il comprenait l'inquiétude d'Erienne, voire sa répulsion.

Le voyage se poursuivait dans un silence douloureux. Erienne n'osait parler, de peur de révéler ses sentiments. Elle était terrifiée par cet homme masqué qui était devenu son mari. Elle ne cessait de s'adresser des reproches.

Pourquoi n'avait-elle écouté que son orgueil et repoussé Christopher Seton, ou même les autres prétendants? L'arrogance du Yankee lui semblait détestable, et elle trouvait la laideur des autres repoussante, mais elle estimait à présent que n'importe lequel de ces hommes eût fait un époux plus acceptable que cet être difforme.

La voiture avançait en cahotant sur une portion défoncée de la route et, pendant un instant, Erienne chassa ses tristes pensées. Toute son attention lui était nécessaire pour ne pas tomber de la banquette, alors que lord Saxton s'accommodait des oscillations du véhicule et ne semblait pas gêné par les heurts. Un cahot plus rude fit glisser la capuche d'Erienne et ses cheveux se dénouèrent.

Comme les secousses cessaient enfin, elle alla pour remonter ses cheveux mais lord Saxton arrêta son geste d'un signe de la main. Lentement, Erienne laissa retomber son bras. Tendue, elle demeura ainsi pendant tout le reste du voyage, offerte au regard scrutateur de son mari.

A l'approche de Saxton Hall, la route suivait la crête d'une colline et Erienne regarda ces terres sur lesquelles elle vivrait bientôt. A l'ouest, un halo rougeâtre nimbait le ciel et annonçait le crépuscule, tandis que dans le lointain la silhouette sombre du manoir se découpait sur les nuages roses. En arrière-plan, luisait une étroite bande de mer.

La voiture fit halte devant l'entrée de la tour. Emplie d'appréhension, Erienne attendit que lord Saxton fût descendu. Si elle ne pouvait supporter l'idée d'être touchée par ses mains gantées, elle ne voyait pas cependant le moyen de refuser son aide lorsqu'elle descendrait du carrosse. Quand il se tourna vers elle, un frisson glacial parcourut Erienne. La main gantée se leva, mais pour appeler du geste un valet de pied. Le jeune homme se hâta et tendit la main à Erienne. Décontenancée par les égards de son mari, elle se demanda s'il savait vraiment à quel point elle détestait son contact, ou si son comportement était seulement l'indice d'un caractère froid et calculateur.

Elle mit pied à terre et s'arrêta à son côté, pendant que le valet de pied s'éloignait en courant pour leur ouvrir la porte. Erienne se garda bien de diriger son regard vers son mari, jusqu'à l'instant où il s'adressa à elle :

— Je crains d'avoir une démarche un peu lente, madame, et il serait préférable que je vous suive.

D'un signe de la main, il l'invita à le précéder.

Mrs Kendall attendait sur le seuil en compagnie de Paine, le majordome, et l'expression chaleureuse de l'intendante apaisa momentanément les craintes d'Erienne. Invitée à entrer d'un geste solennel, la jeune femme passa devant le valet de pied pendant que Paine allait à la rencontre de son maître. Une fois dans la grande salle, Erienne s'immobilisa de surprise. Les lourdes housses grises de poussière avaient disparu. La pièce avait été soumise à un nettoyage approfondi, des dalles aux hautes poutres de chêne soutenant le plafond. Un feu crépitait dans la cheminée de pierre et apportait à la vaste salle une chaude clarté. Un certain nombre de sièges se trouvaient près de l'âtre, alors que du côté de la cuisine des fauteuils massifs au dos droit, recouverts d'un velours vert sombre, s'alignaient autour d'une longue table. Dans les angles de la pièce de grosses chandelles brûlaient, fichées sur de lourds candélabres posés à même le sol.

— Nous avons fait de notre mieux afin que tout soit impeccable à votre arrivée, madame, déclara Aggie en regardant autour d'elle avec un sourire de satisfaction. Il devait être difficile à une étrangère d'imaginer que sous ces housses et cette poussière se cachait une salle aussi belle.

Une voix sépulcrale fit retentir le nom de l'intendante. Les deux femmes sursautèrent et se retournèrent. Aggie recouvra rapidement son calme et ne parut pas le moins du monde troublée lorsqu'elle fit face au maître de céans.

— Que puis-je pour vous, milord ?

— Vous pouvez montrer ses appartements à votre

maîtresse. Sans doute souhaite-t-elle faire un brin de toilette avant le dîner.

— Bien, milord, acquiesça l'intendante.

Elle fit une révérence, prit le petit bagage d'Erienne que lui tendait le valet, puis se tourna vers la jeune épouse de lord Saxton et lui dit en souriant :

— Venez, madame. Un bon feu vous attend.

Tout en s'éloignant, Erienne sentait le regard de son mari s'attarder sur son corps, ce qui fit croître son angoisse. Comment parviendrait-elle à supporter ce qui l'attendait ? Comment pourrait-elle demeurer entre ses bras, sans révéler sa répulsion chaque fois que sa main brûlée frôlerait sa peau ?

À l'étage supérieur, l'intendante la guida dans un couloir faiblement éclairé.

— Comme la première fois, vous aurez la suite seigneuriale, annonça Aggie. Nous l'avons préparée pour vous, et elle serait digne d'un roi... (Elle adressa un sourire à Erienne, tout en ajoutant :) Ou encore d'une reine.

— Le manoir a, en effet, changé d'aspect, commenta Erienne.

— Attendez de voir ce que le maître a acheté à votre intention, madame. Les plus jolies robes que vous ayez jamais vues. Vous savez, il a dû dépenser une fortune pour les faire faire en si peu de temps ! Il semble vraiment épris de vous, madame.

Elles s'arrêtèrent devant une large porte dont Erienne se souvenait et, après une brève révérence, Aggie ouvrit en grand le battant. Erienne entra et fut aussitôt assaillie par l'évocation des nuits passées en ce lieu. Ici aussi le savon et la cire avaient fait merveille, métamorphosant la pièce. Cependant, l'image d'une silhouette sombre affalée dans un fauteuil et cernée par les ombres s'imposa à l'esprit d'Erienne. Tenace et horrible, impossible à chasser.

Aggie se dirigea presque en courant vers l'armoire dont elle ouvrit les portes. Elle présenta à l'examen d'Erienne plusieurs robes magnifiques et souleva du doigt les dentelles délicates des chemises de jour et de nuit. Elle exhiba des mules d'intérieur aux hauts talons incurvés, ainsi que des chapeaux garnis de plumes ou de rubans qui tous auraient fait blêmir d'envie Claudia Talbot.

Erienne prit conscience que l'intendante attendait sa réaction avec espoir ; il y avait en cette femme beaucoup de douceur et de bonté.

— Tout cela est magnifique, Aggie, murmura-t-elle en souriant.

Rares étaient effectivement les femmes qui recevaient de tels présents le jour de leurs noces. Habituellement, c'était le mari qui entrait en possession de la dot apportée par son épouse. Erienne ne savait que trop que c'était précisément l'absence de dot qui avait marqué son destin.

— Le maître a pensé à tout, dit Aggie en écartant des tentures qui révélèrent une petite salle de bains. Il tenait à ce que vous ayez tout le confort.

Dans la pièce, à présent immaculée, se trouvait du linge de toilette orné de dentelles et un grand miroir se dressait dans un angle. Des bouteilles d'huiles aux essences rares et des fioles de parfum avaient été ajoutées au nécessaire de la coiffeuse, et il ne manquait rien à Erienne pour qu'elle pût satisfaire le moindre de ses caprices.

Tous ces présents cependant ne purent l'empêcher d'orienter la conversation vers leur donateur.

— Vous semblez connaître lord Saxton mieux que personne, Aggie. Quel genre d'homme est-ce ?

L'intendante étudia la jeune femme pendant un moment puis, émue par son visage angoissé, prit conscience des pensées qui la torturaient. Elle n'oubliait pas pour autant la loyauté qu'elle devait à lord Saxton. Dans l'espoir de faire mieux saisir à sa nouvelle maîtresse les malheurs qui s'étaient abattus sur la famille Saxton, Aggie s'exprima d'une façon qui ne lui était pas coutumière.

— Je connais suffisamment le maître pour concevoir ce

qui l'a fait agir, madame. Les Saxton ont beaucoup souffert, injustement et cruellement. L'ancien lord, attiré au-dehors en pleine nuit par une bande de coupe-jarrets, fut massacré sous les yeux des siens. Mary Saxton, craignant pour la vie de ses enfants, prit la fuite avec eux. Voilà environ trois ans, le fils aîné revint revendiquer son titre et ses terres. Vous avez pu voir les ruines calcinées de la nouvelle aile. Certains pensent qu'elle a été délibérément incendiée par les assassins qui déjà avaient tué le père et qui ont attendu que le fils se trouve à l'intérieur...

— Les brûlures dont il a parlé... S'est-il retrouvé prisonnier du brasier ?

Aggie se détourna pour fixer pensivement l'âtre.

— Le maître a énormément souffert, mais il m'a ordonné de ne pas vous en parler. J'espérais simplement pouvoir atténuer quelque peu la peur que vous aviez de lui.

Les épaules d'Erienne s'affaissèrent, elle se sentait écrasée, physiquement et moralement.

— J'aimerais rester seule quelques instants, Aggie.

La femme sembla comprendre.

— Désirez-vous que j'ouvre le lit, pour que vous puissiez prendre du repos, madame ? lui proposa-t-elle. Peut-être voulez-vous que je sorte quelques vêtements ?

Erienne secoua la tête.

— Pas maintenant. Plus tard.

Aggie gagna la porte et s'immobilisa sur le seuil, la main sur la poignée.

— Je sais que cela ne me regarde pas, madame, commença-t-elle d'une voix hésitante. Cependant, ayez confiance. Lord Saxton est... eh bien, vous savez qu'il m'a ordonné de ne rien révéler sur son compte, mais je dois malgré tout vous dire ceci. Lorsque le moment sera venu pour vous de le connaître, vous serez surprise au-delà de toute mesure par l'homme qui se cache sous ce masque. Et croyez-moi, madame, je ne pense pas que vous serez déçue.

Avant qu'Erienne ait pu la questionner, Aggie sortit et referma la porte derrière elle. Seule, pour la première fois depuis qu'elle avait quitté la maison de son père, Erienne demeura au centre de la pièce et examina tout ce qui l'entourait. Maîtresse de Saxton Hall, pensa-t-elle, d'un manoir qui changeait d'aspect sous ses yeux. Elle eut un sourire amer. Si seulement pareille métamorphose pouvait se produire pour son mari et transformer en époux acceptable cet être terrifiant à regarder !

Erienne écarta cette pensée et se reprocha d'avoir des idées aussi stupides. Il lui fallait affronter son mariage avec lord Saxton. Il était désormais trop tard pour reculer.

***

Plus d'une heure s'écoula avant qu'Erienne chassât ses idées noires et se décidât à explorer la penderie. Mais ni les velours soyeux ni les dentelles fines ne pouvaient lui faire oublier sa prison. Elle découvrait un luxe dont eût rêvé toute femme, mais elle aurait volontiers tout donné à celle qui eût accepté de prendre sa place auprès de lord Saxton. L'heure approchait où elle devrait se soumettre à ses volontés.

Faute d'envie véritable, elle prit presque au hasard une robe de satin rose brodée de petites perles vertes et l'étala sur le lit.

Elle appela Aggie, qui arriva en compagnie d'une jeune fille nommée Tessie — tout exprès venue de Londres pour se mettre au service personnel de la nouvelle maîtresse de Saxton Hall. La jeune épouse prit un bain mousseux, puis sa peau fut ointe d'une huile légère au parfum délicat. Les cordons du corset furent noués et une tournure vint s'ajouter à ses jupons. Puis Erienne demeura assise, pendant que Tessie relevait ses cheveux sombres pour lui faire une coiffure savante : elle glissa de fins rubans de satin rose et vert entre les mèches dont elle forma une longue tresse qu'elle fit pendre sur la gorge d'Erienne. Enfin Tessie l'aida à passer sa robe et Erienne commença à douter de la justesse de son choix.

Le corsage était parfaitement ajusté. Les manches, longues et étroites, s'achevaient en volants brodés de perles vertes. Le même motif ornait le décolleté, et c'était ce dernier qui tourmentait Erienne. Sa profondeur découvrait la naissance de sa poitrine au point de lui donner l'impression d'être indécente. Cependant, durant le temps qu'elle était restée inconsciente, lord Saxton avait pu voir bien plus de choses que n'en révélait cette robe et, à en juger par la coupe parfaite du vêtement, sa nudité n'avait pas dû le gêner pour prendre ses mensurations. Toutefois, elle craignait plus que tout d'avoir l'air provocante. En raison de l'assistance que lui avait prêtée Tessie, il lui était toutefois difficile de choisir soudain une autre robe... La fille avait pris tant de soin à mêler à ses cheveux des mètres et des mètres de ruban! Erienne se demandait comment aborder la question avec tact quand l'arrivée d'Aggie ajouta encore à son embarras.

— Oh, madame, vous êtes aussi resplendissante que le soleil levant! s'exclama-t-elle.

— Cette robe est très belle, réussit à répondre Erienne en souriant. J'ai cependant l'impression qu'il doit faire un peu frais en bas. Peut-être serait-il plus sage de choisir un autre vêtement.

— Inutile de vous inquiéter, madame. je vais vous trouver un châle. (Elle s'empressa de chercher dans l'armoire et trouva finalement un châle de dentelle noire, qu'elle apporta à Erienne tout en haussant les épaules.) Je crains qu'il n'y en ait pas d'autre, madame, et celui-ci est tellement fin qu'il vous protégera à peine.

— C'est toujours mieux que rien, je suppose.

Elle en couvrit ses épaules puis le ramena à dessein sur sa poitrine.

— Lord Sax... (Erienne s'interrompit pour formuler différemment sa question.) Où se trouve mon époux ?

— En bas, dans la salle commune, madame. Il vous attend.

La réponse, pourtant toute simple, d'Aggie suffit à lui glacer le sang. Elle respira lentement puis, faisant appel à tout son courage, elle quitta la chambre. Les hauts talons de ses mules claquèrent dans le couloir puis scandèrent sa descente de l'escalier circulaire.

Elle prit la dernière courbe de l'escalier et découvrit lord Saxton au bas des marches. Si les yeux d'Erienne ne pouvaient percer le masque, elle sentait néanmoins le regard de son mari s'attarder sur elle. Ses genoux tremblaient et descendre les dernières marches fut une épreuve presque insoutenable pour ses nerfs.

— Madame, je vous rends grâce pour votre beauté, fit-il tandis que ses mains se levaient pour ôter lentement le châle de ses épaules. Cependant, étant donné que sur vous les parures sont sans objet, je préfère cette robe dépouillée de tout ornement.

Il posa le châle de dentelle sur la rampe et Erienne vit ses yeux luire et s'abaisser vers ses seins. Son cœur battait à si grands coups qu'elle se demanda s'il pouvait voir sa gorge frissonner, et l'instant d'après elle en eut la certitude.

— Rapprochez-vous du feu, Erienne, lui ordonna-t-il avec douceur. Vous tremblez.

Il s'écarta, sans faire la moindre tentative pour la toucher, et Erienne le précéda dans la grande salle. Arrivée près de l'âtre, elle s'assit au bord d'un siège, raide et tendue comme un oiseau prêt à s'envoler au premier signe de danger. Tout en l'étudiant, lord Saxton versa du vin dans une coupe d'argent qu'il lui tendit.

— Voilà qui vous aidera.

Erienne avait effectivement besoin de reprendre quelques forces. Elle goûta au vin et essaya de concentrer toute son attention sur le feu. Bientôt cependant le silence qui régnait lui parut insoutenable. Avec nervosité, elle posa son verre, se leva et se mit à se déplacer dans la salle. Elle feignait d'étudier un tableau, une sculpture, ou encore une tapisserie tout en cherchant à échapper au regard de son mari.

Bien que la cagoule de cuir inexpressive et figée eût certainement terrorisé en tant que telle toute jeune épouse, Erienne tremblait surtout à la pensée de l'horrifiante réalité qu'elle dissimulait. Longtemps auparavant, il lui avait été donné d'entrevoir un vieux marin au visage à demi arraché par un boulet de canon. A présent, son imagination s'affolait tandis qu'elle songeait aux marques atroces qu'avait pu laisser l'incendie.

La simple présence de cet homme dans la pièce suffisait à ébranler le calme d'Erienne. L'esquisse du moindre mouvement de sa part la faisait sursauter. Faute de découvrir quelque recoin où elle eût échappé à son regard, elle revint vers l'âtre et se laissa choir dans le fauteuil.

— Trouvez-vous vos appartements à votre goût ? s'enquit lord Saxton d'une voix rauque, tout en emplissant de nouveau le verre de la jeune femme.

— Ils sont... très beaux. Merci.

— Aggie a réalisé un véritable exploit en remettant en état le manoir. Du temps lui sera encore nécessaire pour parachever son œuvre, mais au moins pouvons-nous profiter dès maintenant d'un confort honorable. Je dois vous présenter mes excuses pour l'aspect sous lequel vous l'avez d'abord découvert. Je demeurais seul en ce lieu lorsque vous avez été victime de cet accident.

— Je... je dois vous remercier pour les soins que vous m'avez prodigués, murmura-t-elle, les yeux baissés.

— J'ai aimé vous rendre ces soins, madame.

Dans sa voix âpre passa une chaleur sur le sens de laquelle Erienne ne put se méprendre. Elle n'avait nul besoin qu'il précise ses pensées, car le souvenir de sa nudité était resté si vif qu'il lui semblait devoir ne jamais oublier cet instant de honte. Un long moment s'écoula, puis elle réussit à vaincre son embarras et à répondre :

— Je ne me souviens pas très bien de ce qui s'est passé... ni comment vous m'avez trouvée...

Il prit place dans un fauteuil face au sien.

— Des aboiements m'ont fait comprendre que quelqu'un chassait sur mes terres. J'ai galopé dans leur direction et je vous ai découverte, puis ramenée ici. Je suis ensuite demeuré auprès de vous jusqu'à l'arrivée d'Aggie. La fièvre avait alors disparu et je savais que vous étiez sauvée.

— Et vous avez décidé de m'acheter ?

— Je vous assure, madame, que ce fut une tentation à laquelle je n'ai pu résister.

Paine entra et s'immobilisa à quelques mètres d'eux pour annoncer cérémonieusement que le dîner allait être servi. Lord Saxton se leva et vint se placer près du fauteuil d'Erienne. Comme il l'en invitait de la main, Erienne le précéda vers la table. Un seul couvert avait été mis, à l'extrémité la plus proche de la cheminée.

— Milord, je ne vois qu'un couvert, dit-elle avec surprise.

— Je prendrai mon dîner plus tard, madame, expliqua-t-il.

Il était facile de deviner ses raisons et Erienne, qui craignait de lui voir ôter son masque, accepta sa décision avec reconnaissance.

Elle releva la traîne de sa robe et s'approcha. Son mari dégagea sa chaise puis, après l'avoir avancée de nouveau, il demeura un long moment derrière elle. Erienne se sentait paralysée par sa présence proche et par le regard qu'il portait sur elle. Elle resta figée jusqu'au moment où il se détourna et gagna de son pas syncopé le siège placé à l'autre bout de la table. D'un bref regard, Erienne vérifia son décolleté et fut gênée de découvrir que la pointe de l'un de ses seins était visible. Rouge de confusion, elle ne put s'empêcher de demander :

— Désirez-vous que je m'exhibe ainsi devant tout un chacun, ou dois-je seulement incriminer ce modèle ?

Un rire siffla au travers du masque.

— Je préférerais vous voir choisir vos robes avec plus de prudence lorsque nous avons des hôtes, et réserver ce genre de tenue pour mon seul plaisir, madame. Je ne suis pas un homme très généreux, en ce domaine. En fait, je ne saurais tolérer qu'un autre homme cherche à s'approprier ce qui m'appartient. Étant donné que vous ne sembliez pas avoir jeté votre dévolu sur l'un ou l'autre de vos prétendants, j'ai voulu faire de mes désirs réalité. (Il marqua une pause, le temps de la dévisager.) Vous n'aviez aucune préférence, n'est-ce pas ?

Erienne esquiva son regard, car l'image de Christopher Seton lui venait à l'esprit. Elle parvint cependant à la chasser. Elle haïssait cet homme. En dépit de toutes ses belles paroles, il s'était contenté d'assister au succès d'un autre homme et de réclamer son argent.

— Non, milord, je n'avais aucune préférence.

— Parfait ! Voilà qui rend sans objet les scrupules que je pourrais éprouver. (Un rire sifflant se fit entendre.) C'était l'un d'eux ou moi, madame, et j'estime votre sort plus enviable auprès de moi. Prenez Harford Newton, par exemple.

— Le rat gris ?

— Un surnom bien mérité, ma chère.

— Que savez-vous de cet homme ?

— Votre père vous a-t-il informé que la femme de Newton, alors âgé d'une trentaine d'années, mourut en tombant d'un escalier ? Certains estiment que Harford Newton n'est peut-être pas étranger à cette chute. Si je n'avais pas donné pour instruction à Mr Jagger de surenchérir sur toutes les offres, vous seriez sa nouvelle épouse et dîneriez ce soir en sa compagnie.

— Vous semblez vous être bien renseigné sur le compte de mes prétendants. Pourquoi avoir pris cette peine ?

— Je souhaitais tout simplement connaître mes rivaux, ou tout au moins les hommes que votre père vous avait présentés. Ce qui m'a permis d'arriver à la conclusion que je représentais probablement le meilleur choix pour vous.

— Si vous n'aviez pas ordonné à vos serviteurs de me renvoyer à mon père, j'aurais pu trouver un emploi et mener une vie modeste mais paisible sous d'autres cieux.

— Madame, c'était pour le moins improbable. Je suis un gentleman et, en tant que tel, je me sentais responsable de vous. Je ne pouvais vous laisser partir seule, sans escorte, dans une contrée où les caprices du destin sont imprévisibles.

— Vous auriez pu me trouver un emploi, ou m'en proposer un. Je sais récurer, laver et faire la cuisine.

— C'est possible, mon amour, mais réfléchissez bien. Avec vous si proche, ma retenue n'aurait guère tardé à céder et auriez-vous accepté de devenir ma maîtresse ?

— Non, naturellement, mais...

— En ce cas, je ne vois aucune raison de discuter plus longuement de cela.

Le sujet fut brusquement clos par cette déclaration.

Le repas était l'œuvre d'un cuisinier exceptionnel, mais Erienne l'apprécia à peine. Elle s'appliquait seulement à manger lentement, sachant que, même lointaine, la fin du repas viendrait toujours trop tôt pour elle. Elle but moins parcimonieusement, mais le vin ne parvint pas à atténuer son appréhension.

— Certaines affaires me réclament et quelques instants me seront nécessaires pour les régler, dit lord Saxton, comme le repas s'achevait. Vous pouvez allez m'attendre dans votre chambre.

Cette phrase atteignit Erienne dans tout son être. D'un pas machinal, elle se dirigea vers la tour et gravit lentement l'escalier. Arrivée dans sa chambre, elle regarda le grand lit tendu de velours où bientôt elle perdrait sa virginité. Il s'agissait d'un lit seigneurial dont les lourdes tentures pouvaient sans nul doute offrir toute l'intimité souhaitée par un couple... ou étouffer les cris de terreur d'une femme retenue de force dans les bras d'un mari bestial...

Tessie vint l'aider à mettre ses vêtements de nuit et rabattit le couvre-lit, révélant des draps bordés de larges dentelles. Elle partit aussi discrètement et silencieusement qu'elle était venue. Restée seule avec sa douleur, Erienne fit les cent pas en priant désespérément le ciel de lui accorder la fermeté et la force d'âme nécessaires pour affronter l'épreuve qui l'attendait.

— Erienne...

Avec un petit cri de surprise, elle se retourna pour faire face à l'intrus qui venait de prononcer son nom. Sur le seuil de la pièce, elle découvrit son mari. Elle ne l'avait pas entendu arriver mais elle était trop émue pour que ce fait retienne son attention.

— Vous m'avez surprise, dit-elle d'une voix dont elle ne put contrôler le tremblement.

— Pardonnez-moi, madame. Vous sembliez absorbée par vos pensées.

Erienne se souvint de la finesse arachnéenne de sa tenue et resserra autour d'elle son déshabillé, puis elle se détourna tandis que son mari se dirigeait vers l'âtre. Elle entendit le fauteuil gémir sous le poids de l'homme et fut légèrement soulagée de constater qu'il n'exigeait pas immédiatement son dû.

— Je croyais que vous viendriez plus tard, milord, murmura-t-elle avec une sorte de naïveté. Je n'ai pas eu le temps d'achever de me préparer.

— Vous êtes magnifique telle que vous êtes, mon amour.

Elle s'approcha du siège qui faisait face à celui de lord Saxton.

— Vous devez deviner ce que je veux dire, milord.

(Constatant qu'il n'avait pas l'intention de répondre, elle osa ajouter :) J'ai entendu parler des maux qui se sont abattus sur votre famille, et j'avoue ne pas comprendre pourquoi vous m'avez prise pour épouse. Vous me parez de robes superbes et me parlez de beauté, alors que l'amertume a dû marquer toute votre vie.

— Madame, est-il si étrange que j'éprouve du plaisir à contempler votre beauté ? Me prendriez-vous pour un être pervers qui vous vêt des plus beaux atours dans le seul but de se tourmenter... ou de vous tourmenter ? Ce n'est pas mon dessein, croyez-moi. De même qu'un artiste sans talent est capable d'apprécier les chefs-d'œuvre d'un génie, la perfection de votre beauté me comble. Je suis défiguré, madame, mais pas aveugle. (Il se rassit dans son fauteuil et examina le pommeau de sa canne, avant d'ajouter :) Être le possesseur d'une pièce de prix procure en outre une certaine fierté.

Elle avait peur d'attiser la colère sans doute latente chez cet homme. Provoqué, il devait être d'une violence extrême. Elle ne parvint cependant pas à retenir une remarque sarcastique :

— Vous semblez pouvoir vous offrir tout ce que vous désirez, milord.

— J'ai de quoi subvenir à mes besoins.

— En raison de tout ce qu'a subi votre famille, il me semble que la vengeance serait pour vous le plus doux des nectars. Mais vos richesses peuvent-elles vous l'offrir ?

— Ne vous laissez pas induire en erreur, madame, fit-il d'une voix calme. Il y a la vengeance, et il y a la justice. Même s'il arrive parfois que les deux ne fassent qu'un.

La froide logique de sa déclaration la fit frissonner, et ce fut presque craintivement qu'elle demanda :

— Et votre vengeance... ou votre justice... est-elle dirigée contre moi... ou certains des miens ?

Il lui répondit par une autre question :

— M'avez-vous fait du mal ?

— Comment l'aurais-je pu ? Je ne vous avais jamais vu, avant ce jour.

Il étudia de nouveau le pommeau de sa canne.

— Les innocents n'ont rien à redouter de moi.

Erienne s'avança vers la cheminée, pour réchauffer ses doigts glacés.

— J'ai l'impression d'être un animal pris au piège, murmura-t-elle d'une voix tendue et pleine de détresse. Si vous n'avez rien à me reprocher, pourquoi avoir agi ainsi ? Pour quelle raison m'avez-vous achetée ?

La tête masquée se redressa et Erienne eut la certitude que, derrière les petites fentes, ses yeux étaient rivés sur elle.

— Parce que je voulais vous posséder.

Elle crut défaillir et réussit, en un effort désespéré, à atteindre le fauteuil. Elle y demeura un instant prostrée, puis elle sentit qu'elle devait réagir, attaquer même.

— Si vous m'avez renvoyée à mon père, c'était afin de pouvoir m'acheter ensuite. Oui, vous aviez cela à l'esprit depuis le début.

De sa main gantée, lord Saxton fit un geste désinvolte d'acquiescement.

— C'était à mes yeux la plus simple des solutions. J'ai donné mes instructions à mon homme de confiance. Il devait faire l'offre la plus élevée, quoi que cela pût coûter. Voyez-vous, mon amour, vous êtes pour moi sans prix.

Les jointures des doigts d'Erienne devinrent livides, tant elle serrait les accoudoirs sculptés du siège.

— Étiez-vous vraiment certain de vouloir m'acquérir ? dit-elle avec un petit rire. Vous ignorez tout de moi, et vous risquez de vous repentir de cet achat.

— Quels que soient vos défauts, cela ne change rien au fait que je vous désire. Voyez-vous, je suis l'esclave de ma passion. Vous êtes l'unique sujet de mes rêves, de mes pensées, de mes souvenirs.

— Mais pourquoi ? murmura-t-elle, déconcertée. Pourquoi m'avoir choisie ?

— Seriez-vous si blasée de votre beauté que vous n'auriez pas conscience de son pouvoir sur les hommes ?

— Il ne me semble pas qu'on puisse qualifier les enchères qui ont eu lieu de passionnées ou de frénétiques. Prenez Silas Chambers, par exemple. N'a-t-il pas estimé son argent plus précieux que ma personne ?

Le petit rire de lord Saxton résonna dans la pièce.

— Nous savons tous que certains hommes amassent des richesses et ne réussissent ainsi qu'à s'appauvrir. Ma chère, dites-moi à quoi l'or peut servir, si ce n'est à acquérir ce que l'on désire ?

— Une épouse, par exemple ? déclara-t-elle, blessée par sa franchise.

— Pas une simple épouse, ma chère Erienne, mais la femme de ma vie... vous ! (Il hocha lentement sa tête encapuchonnée de noir.) Oui, c'était pour moi l'unique moyen de parvenir à mes fins. Vous m'auriez repoussé aussi sûrement que vous aviez rejeté tous les autres. Me reprocheriez-vous d'utiliser mon intelligence et mon argent pour obtenir ce que je désire ?

Elle releva le menton, en une attitude de défi.

— Et qu'attendez-vous d'une femme achetée ?

Il haussa imperceptiblement les épaules.

— Que peut attendre un homme de son épouse ? Qu'elle soit pour lui refuge et réconfort ; qu'elle l'écoute et lui donne des conseils s'il l'y invite ; qu'elle porte ses enfants le moment venu.

Le regard d'Erienne trahit sa surprise.

— Douteriez-vous de ma virilité, ma chère ?

Erienne rougit et détourna le regard.

— Je... je... je ne pensais pas que vous vouliez avoir des enfants, c'est tout.

— Au contraire, Erienne. Mon cœur a grand besoin d'un baume de cette sorte, et je ne pourrais imaginer femme plus digne que vous de porter le fruit de mon étreinte.

— Vous exigez beaucoup de moi, milord, fit-elle d'une voix hésitante. Avant que je sois vendue aux enchères, je me demandais déjà s'il me serait possible de céder à un homme qui serait pour moi un étranger. Je sais que j'ai donné ma parole, mais tout cela me sera extrêmement difficile, car vous êtes plus qu'un simple étranger pour moi. (Elle leva les yeux vers lui et déclara d'une voix qui n'était plus qu'un murmure rauque :) Vous êtes tout ce que je redoute.

Il se leva et, dans la lumière changeante des flammes, il parut dominer tout ce qui l'entourait. Démesurée et menaçante, sa présence semblait emplir la pièce et Erienne le regardait, fascinée. Il s'approcha d'une table placée sous les fenêtres et prit une des carafes qui s'y trouvaient posées. Dans une coupe, il versa du vin presque à ras bord. Puis il revint vers elle de sa démarche claudicante.

— Buvez, ordonna-t-il avec lassitude. Ceci devrait apaiser quelque peu votre angoisse.

Au cours du dîner, le vin n'avait pu soulager sa détresse, mais Erienne prit avec obéissance la coupe qu'elle porta à ses lèvres. Elle comprit brusquement que la consommation du mariage était proche et, dans l'espoir futile de repousser cet instant, elle but avec lenteur. Lord Saxton attendit patiemment. Finalement, il prit la coupe des doigts tremblants d'Erienne, et se pencha pour l'aider à quitter son siège. Le vin n'avait pas été servi en pure perte, mais au lieu de calmer les nerfs de la jeune femme il lui donnait des forces et de l'énergie. Elle se leva du fauteuil en évitant la main tendue.

La main redescendit et Erienne se détendit légèrement. Elle avait peur de susciter sa colère et de provoquer une explosion de violence qui eût été fatale pour elle.

Elle releva les yeux pour lui adresser un appel muet et désespéré.

— Lord Saxton, laissez-moi le temps de mieux vous connaître et de dissiper mes craintes. Je vous en supplie, essayez de comprendre. J'ai la ferme intention de respecter la parole donnée. Il me faut seulement un peu de temps.

— Je sais que mon aspect n'est guère séduisant, madame, fit-il sur un ton délibérément sarcastique. Mais en dépit de ce que vous pouvez penser, je ne suis pas bestial au point de vous prendre de force.

» Je suis semblable aux autres hommes, et j'ai les mêmes désirs. De vous voir dans cette chambre et de savoir que vous êtes ma femme torture mon corps tout entier. Je voudrais exprimer la passion que vous éveillez en moi, mais j'ai conscience de la brutalité du choc que vous avez subi. Tant que je posséderai la force de dominer le désir que vous faites naître en moi, il vous suffira de me faire connaître vos volontés et je m'efforcerai de les respecter. Mais je dois vous adresser une mise en garde, et j'userai pour cela d'une image : bien que la jument que j'ai acquise ne puisse être encore montée, la simple vision de sa grâce et de sa beauté suffira à me combler jusqu'au jour où elle sera prête à reconnaître mes droits légitimes. (De sa main gantée de sombre il désigna la porte de la chambre et la serrure où luisait une clé de cuivre.) Je vous ordonne de ne jamais tourner cette clé ou de m'interdire d'aucune autre façon l'accès de cette chambre. De même que vous aurez la libre disposition de cette demeure et du parc, je veux, moi aussi, pouvoir aller et venir à mon gré. Est-ce bien entendu ?

— Oui, milord, murmura-t-elle.

Elle eût fait n'importe quelle concession pour hâter son départ.

Il s'avança de sa démarche claudicante et Erienne se sentit caressée par son regard. Inquiète, elle retint sa respiration. L'homme tendit sa main gantée et Erienne se raidit en sentant ses doigts défaire les attaches de son déshabillé. Il fit glisser de ses épaules le léger vêtement qui tomba sur le sol, ne lui laissant que le voile arachnéen de sa chemise. Dans la clarté du feu, la fine batiste flottait autour d'elle comme une vapeur translucide, révélant les courbes gracieuses de ses seins et de ses hanches.

— Inutile de trembler, fit-il de sa voix râpeuse. Je veux seulement contempler la femme que vous êtes, avant de vous laisser. Otez votre chemise et laissez-moi vous regarder.

Le temps cessa d'exister pour Erienne. Elle aurait voulu pouvoir refuser, mais elle savait qu'il eût été stupide de mettre sa patience à l'épreuve. Avec des doigts tremblants, Erienne se libéra du vêtement puis demeura silencieuse et immobile. L'homme étudia avec une lenteur délibérée tous les détails de son corps et s'attarda longuement sur ses seins pâles et sur la finesse de ses hanches. Elle fixa un point situé dans le lointain et s'efforça de maîtriser sa panique.

Le murmure de l'homme la fit tressaillir :

— Allez vous coucher, Erienne, avant de prendre froid.

Elle saisit la chemise tombée à ses pieds et se hâta vers le lit. Elle s'y glissa comme en un cocon protecteur. Lord Saxton n'avait pas bougé ; il semblait en proie à un terrible combat intérieur. Elle continua de l'observer jusqu'au moment où il se détourna et marcha vers la porte. Le battant se referma derrière lui et le silence emplit la pièce. Le bruit de ses pas décrut, disparut enfin. Tandis qu'un sentiment d'infinie délivrance l'envahissait tout entière, Erienne put enfin laisser couler ses larmes.

9

Aggie écarta les lourds rideaux et la lumière du jour emplit soudain la chambre. Erienne, éblouie, se détourna et remonta la couverture jusque par-dessus sa tête. Elle ne se sentait pas encore prête à affronter cette journée.

— Le maître va monter vous voir, madame, annonça l'intendante sur un ton à la fois doux et pressant. Et je suis sûre que vous voudrez paraître à votre avantage devant lui.

Erienne manifesta sa révolte par un gémissement et secoua vigoureusement la tête sous les couvertures. Pour l'instant, des dents gâtées et une grosse verrue au bout du nez eussent comblé ses désirs. Plaire à lord Saxton était, en effet, le dernier de ses souhaits.

— Allons, madame, fit Aggie sur un ton persuasif. Votre visage est bien trop joli pour que vous le cachiez, surtout au maître. Croyez-moi, madame, vous pourriez le regretter.

Erienne repousssa les couvertures et s'assit, subitement inquiète.

— Voulez-vous dire que lord Saxton est un homme violent ?

L'intendante ne put s'empêcher d'éclater de rire.

— Les Saxton ont toujours été très doux avec leurs épouses. Inutile de craindre quoi que ce soit de sa part, madame. Toutefois, si vous possédez quelque sagesse, vous le traiterez avec égards et veillerez à le satisfaire. C'est un homme riche, plus riche que la plupart de ses pairs... et...

— Pouah ! cracha Erienne en se laissant retomber sur le lit. Sa richesse ne m'intéresse pas. La seule chose que j'aie jamais désirée, c'est un mari intelligent et aimable, un homme auquel je puisse manifester mon affection. Pas un être dont la simple présence me terrorise.

Peu lui importait qu'Aggie risquât de répéter ses confidences. Compte tenu de la situation, ses sentiments devaient être évidents pour tous ceux qui l'entouraient et il n'aurait servi à rien de feindre.

— La peur finira par disparaître, madame, dit Aggie Kendall avec douceur. Mais, en attendant, il cst préférable que vous soyez toujours à votre avantage, en toutes circonstances. (Elle versa de l'eau dans la cuvette du lavabo, et y trempa un linge qu'elle tendit à Erienne.) Pour effacer le sommeil de vos yeux, madame.

Quelques instants plus tard, lorsque le maître de Saxton Hall entra dans la chambre de sa démarche lourde, il ne subsistait plus aucun signe de la nuit tourmentée d'Erienne. Les cheveux brossés et lustrés, vêtue d'une robe de chambre de velours rouge, les tempes et les poignets parfumés à l'essence de rose, elle ne pouvait que susciter l'admiration. Ce résultat était dû à l'insistance d'Aggie. L'intendante s'était, en effet, attardée aux côtés de Tessie pendant les soins de la toilette. Il fallait faire diligence afin que le maître n'ait pas à attendre. Satisfaite du résultat, Aggie adressa un ultime regard au couple avant de quitter la chambre en entraînant Tessie. Elles laissaient seuls lord Saxton et sa jeune épouse.

— Bonjour, madame, dit la voix aux étranges sonorités.

— Milord...

— Vous ne semblez pas avoir souffert de votre première nuit en tant que maîtresse de ce manoir.

Elle haussa légèrement les épaules.

— Tessie est experte, et Aggie... opiniâtre.

— Il faut lui pardonner, ma chérie. Aggie est d'une loyauté absolue envers ma famille, et elle voit en vous l'espérance d'un héritier... qu'elle attend avec impatience.

Erienne avait l'impression qu'il se moquait d'elle, sans qu'il lui fût possible de deviner les raisons de son amusement. Elle souhaitait plus que tout éviter ce sujet mais lord Saxton ne parut pas affecté du silence qu'elle garda.

— Je n'ai pour ma part aucune préférence. Je serais heureux d'avoir une fille, une fille aussi belle que sa mère.

Erienne marcha jusqu'à sa coiffeuse et feignit de ranger les flacons de cristal et les boîtes précieuses qui s'y trouvaient.

— Et si c'était un fils, milord...

— Inutile d'avoir peur, ma chérie. Les balafres d'un père ne se transmettent pas à son fils.

— C'est donc pour cela que vous m'avez achetée ? Pour assurer la continuité de votre lignée ?

— Ainsi que je vous l'ai déjà dit, madame, c'est le désir que j'ai de vous qui m'a fait agir. Tout le reste n'a qu'une importance secondaire. Les enfants que vous me donnerez seront aimés pour la simple raison qu'ils me viendront de vous. Belle Erienne, vous êtes celle qui hante mes pensées et mes rêves.

— Dois-je me considérer comme votre prisonnière ?

— Vous n'êtes rien de la sorte, madame, et vous pouvez me croire. Si vous désirez faire quelque promenade, il vous suffira de le dire et la voiture sera à votre disposition. Si vous avez envie de faire du cheval, vous trouverez dans les écuries une magnifique jument balzane au caractère docile. Keats sera heureux de la seller pour vous. Il est cependant une chose contre laquelle je dois vous mettre en garde. Sans escorte, il serait peu souhaitable que vous vous éloigniez du manoir. Évitez de vous promener au-delà du domaine proprement dit. Je me permets d'insister, madame, car il y va de votre sécurité.

— Si j'ai beaucoup entendu parler des bandits qui parcourent les contrées du Nord, je n'en ai pas encore vu un seul à ce jour.

— Je vous souhaite sincèrement de ne jamais rencontrer ceux qui opèrent dans cette région, madame.

— Auriez-vous eu maille à partir avec eux, milord ?

— Je puis vous garantir que ce ne sont pas des Écossais

qui ont mis le feu à Saxton Hall. Quoi qu'il en soit, j'ai appris à être prudent.

Baissant les yeux, elle murmura :

— J'aimerais savoir pourquoi le manoir a été incendié. S'est-il agi vraiment d'un acte criminel ?

— Madame, si je ne sais que peu de choses des coupables, j'ai lieu de croire cependant que leur instinct de survie est très développé. Ils sont prêts à massacrer quiconque les menace.

— Mettriez-vous leur existence en danger ?

— Mon existence même constitue pour eux un péril.

Elle fronça légèrement les sourcils.

— Alors, ils reviendront à l'attaque.

— Oui, mais ils ne pourront plus me prendre par surprise.

— Vous en semblez certain.

— Madame, vous devriez savoir mieux que quiconque que je laisse très peu de choses au hasard.

***

Les jours suivants s'écoulèrent lentement, et Erienne ne parvenait pas à vaincre la peur que lord Saxton suscitait en elle. Lorsqu'il traversait les salles obscures du manoir de sa démarche hésitante, elle se figeait, l'oreille tendue. Cependant, si inquiétant que fût ce pas, elle redoutait plus encore le silence, chargé d'inconnu. En dépit de son infirmité, lord Saxton semblait capable de se déplacer parfois sans faire le moindre bruit, tel un spectre ou une ombre au sein de la nuit. Et c'est alors, dans les ténèbres, qu'Erienne se réveillait et découvrait sa forme tapie dans quelque coin de sa chambre.

De crainte d'éveiller sa colère, de provoquer peut-être une terrible vengeance, elle restait fidèle à sa promesse de ne jamais s'enfermer dans ses appartements. Il entrait donc chez elle au gré de son caprice et quelle que fût la tenue dans laquelle elle se trouvait, il lui fallait subir sa présence et son regard.

Tant qu'il demeurait dans la pièce, Erienne tremblait d'inquiétude. Il ne s'était engagé à la respecter que dans les limites de sa maîtrise de soi. S'il venait à perdre son sang-froid, elle serait contrainte de satisfaire à toutes ses demandes. Lorsqu'elle imaginait cet instant, des images de cauchemar l'assaillaient — qui la conduisaient au bord de l'hystérie.

Quand elle découvrait enfin qu'il était parti, qu'il avait quitté son fauteuil ou son coin d'ombre familier, un immense soulagement la submergeait. Elle avait survécu une autre nuit, elle verrait un nouveau jour.

Une semaine ne s'était pas écoulée depuis son arrivée lorsque Aggie, un matin, lui transmit la requête de lord Saxton. Il souhaitait qu'elle vienne le retrouver dans la grande salle. Erienne acquiesça en un murmure à peine audible, persuadée qu'il allait s'agir d'une explication décisive. Nul doute que lord Saxton, à bout de patience, ferait valoir ses pleins droits d'époux.

Pendant que Tessie l'aidait à mettre une robe d'intérieur, Erienne essaya de dompter sa terreur. Lorsqu'elle fut enfin prête, elle se sentit soudain plus calme. Que pouvait-elle faire d'ailleurs, sinon obéir ?

Elle s'immobilisa un instant sur le seuil puis pénétra dans la grande salle. Lord Saxton se tenait devant la cheminée, un bras posé sur le dossier d'un siège. Il parut à Erienne plus grand encore que de coutume. Sans doute était-ce la peur qui déformait ainsi sa vision.

Bien que d'un velours épais et strictement boutonnée jusqu'au cou, sa robe ne sembla pas devoir la protéger de ses regards. Elle avait appris, il est vrai, au cours de ces quelques journées, qu'il ne perdait pas une occasion d'examiner ou d'admirer la femme qu'il avait acquise à si haut prix. Elle se laissa tomber dans le fauteuil qui faisait face au sien. Elle se mit à lisser sa robe, afin de ne pas avoir à le regarder, mais il était patient et, finalement, elle n'eut d'autre choix que de relever la tête vers lui.

— Il est nécessaire pour la maison d'aller faire certains achats à Wirkinton, madame, murmura-t-il de son étrange voix grave. J'ai pensé que cette sortie pourrait vous plaire et j'ai demandé à Aggie de vous accompagner.

— N'avez-vous pas l'intention d'y aller aussi, milord ?

Elle parvenait à peine à contenir sa joie.

— D'autres affaires m'appellent. Je ne pourrai m'y rendre avec vous.

— Et que suis-je censée faire là-bas ?

— Il me semble, madame, qu'une journée ne sera pas de trop pour effectuer tous les achats que vous souhaiterez faire, répondit-il, légèrement surpris, avant de déposer une petite bourse de cuir sur la table. Je crois que vous avez là de quoi satisfaire quelques-uns de vos désirs, mais si votre choix se porte sur un objet ou une parure dont la valeur dépasse cette somme, vous n'aurez qu'à en informer Tanner. Il retournera plus tard faire cet achat.

— Je suis certaine que ce sera amplement suffisant, milord, dit doucement Erienne en prenant la bourse.

— En ce cas, je ne veux pas vous retarder plus longtemps. Aggie est sans doute impatiente de partir. (Il prit un temps, avant d'ajouter :) Je veux croire que vous ne lui donnerez aucun souci...

— Milord ?

— Aggie se sentirait terriblement coupable si cette sortie s'achevait de manière fâcheuse.

Sous son regard moqueur, Erienne baissa les yeux et rougit. Oui, elle avait plusieurs fois songé à fuir et il l'avait deviné. Elle hocha imperceptiblement la tête, pour indiquer sa soumission.

— Elle n'aura aucune raison de s'inquiéter, milord. Je ne m'éloignerai pas.

— En ce cas, tout est parfait.

Il s'approcha de la cheminée et s'immobilisa pour fixer

les flammes. Il demeura ainsi un long moment, puis se retourna pour lui faire face de nouveau. Derrière les fentes du masque, ses yeux semblèrent luire, comme il ajoutait :

— J'attendrai votre retour, madame.

Elle se leva :

— Je suis donc libre de partir ?

Il inclina sa tête encapuchonnée.

— Naturellement, madame.

L'idée d'être libre durant une journée lui parut enivrante et elle se sentit frémir d'impatience. Ses pas la conduisirent rapidement vers la porte, laissant le maître de Saxton Hall la suivre silencieusement du regard.

***

Sa joie était presque enfantine et, une fois assise sur la banquette de la voiture, Erienne dissimula son sourire en remontant le col de son manteau de velours. Si la présence d'Aggie lui rappelait qu'elle n'était pas vraiment libre, les bavardages joyeux de l'intendante lui firent cependant paraître très court le voyage. Cette échappée hors du foyer conjugal, ne fût-ce que pour quelques heures, était pour elle comme un sursis. Lord Saxton, certes, ne l'avait pas maltraitée et il s'était conduit en gentleman. Cependant, elle avait eu à maintes reprises l'impression d'être une captive qui attend dans sa cellule qu'on vienne la chercher pour la soumettre à la torture. A présent, elle avait devant elle quelques heures au cours desquelles il lui serait possible de se détendre sans avoir à redouter l'atroce apparition.

La voiture ralentit dans les étroites ruelles de Wirkinton qui menaient à *L'Auberge de Farthingale,* devant laquelle le carrosse s'arrêta. Pendant que les dames prendraient une collation et feraient le tour des boutiques proches, Tanner demeurerait auprès du véhicule.

Après qu'un plat léger accompagné d'un thé bien chaud l'eut remise de la fatigue du voyage, Erienne étudia la liste des achats qui avait été préparée. Puis, en compagnie d'Aggie, elle se mit rapidement en quête. Avec l'assurance que lui donnait son statut de maîtresse d'une noble maison, elle allait d'une boutique à une autre, examinait les articles, et marchandait pour faire baisser les prix jusqu'au moment où les négociants demandaient grâce. Elle les écoutait vanter leurs marchandises. Insensible à leurs arguments, elle répliquait que s'ils ne pratiquaient pas des prix plus raisonnables elle irait faire ses achats ailleurs. L'intendante, qui se tenait en retrait, arborait un sourire satisfait en constatant que sa maîtresse avait un sens des affaires dont un mari pouvait tirer une légitime fierté.

Erienne n'avait plus à l'esprit la moindre pensée de fuite lorsqu'elle chargea Aggie d'aller acheter des fruits au marché tout proche, pendant qu'elle chercherait une boutique où elle pourrait faire l'emplette de quelques ustensiles de cuivre pour les cuisines. Aggie s'éloigna sans hésiter et Erienne rééquilibra les paquets qu'elle portait, avant de repartir.

Comme elle ne trouvait pas immédiatement la boutique qu'elle cherchait, elle envisagea de regagner la voiture afin de se débarrasser de ses fardeaux. Ce fut alors que plusieurs filles, dont les toilettes manquaient de goût autant que de pudeur, sortirent d'un magasin proche et envahirent la rue. Erienne tenta d'éviter les robes aux jupes démesurées et les baleines des ombrelles qui semblaient la menacer de toutes parts. Les femmes s'attardaient encore à bavarder lorsqu'un groupe de marins arriva à leur hauteur et Erienne sursauta en sentant qu'on saisissait sa taille par-derrière. Ses paquets tombèrent, les mains qui la tenaient la firent pivoter, et elle se retrouva brusquement en face d'un marin barbu dont la taille et la silhouette évoquaient irrésistiblement un morse.

— Ouh, petite ! T'es sacrément mignonne. C'est bien la première fois que j' vois une catin dans ton genre !

— Lâchez-moi ! cria Erienne.

Elle se débattit, se détournant pour éviter les lèvres épaisses qui s'approchaient des siennes avec avidité. L'haleine de l'homme était chargée de relents de bière et ses grosses mains palpaient sans douceur le dos d'Erienne, cherchant à l'attirer contre lui.

— Lâchez-moi ! hurla-t-elle.

Elle appuya son bras contre la gorge du marin, mais il éclata de rire et se dégagea sans peine. Son étreinte se resserrait au point d'empêcher Erienne de respirer. Elle fut parcourue d'un frisson de dégoût.

— Ton odeur est aussi douce que celle du péché, petite, gloussa-t-il.

Brusquement, une silhouette démesurée se dressa à leur côté et Erienne releva les yeux pour découvrir Christopher Seton. Elle poussa un petit cri de surprise et le marin pivota sur lui-même.

— Qu'est-ce que c'est qu' ça ? Un dandy qui trouve cette fille à son goût ? Va t'en chercher une autre, mon gars. Celle-là est déjà réservée.

Un sourire aimable passa sur les lèvres du Yankee, mais l'éclat de ses yeux verts était aussi froid que celui de l'acier.

— Si vous ne souhaitez pas que vos amis vous pleurent, mon brave, je vous conseille de lâcher rapidement cette dame, dit-il sur un ton de léger reproche. Le maître de Saxton Hall prendrait très mal la chose s'il savait que vous importunez son épouse.

La mâchoire du marin s'affaissa lentement, révélant son effarement. Il regardait l'inconnu et semblait se demander s'il devait, ou non, le prendre au sérieux.

— Le maître de Saxton Hall. N'auriez-vous jamais entendu parler de lui ? s'enquit Christopher.

— Jamais !

— Certains l'appellent le fantôme de Saxton Hall, expliqua Christopher avec une feinte obligeance. D'autres disent qu'il a été brûlé vif mais qu'il est toujours en vie. Étant donné que tout cela est de notoriété publique, j'en déduis que vous êtes un étranger. A votre place, je veillerais à traiter cette dame selon son rang, sans quoi vous pourriez le regretter amèrement.

Le marin se hâta de se confondre en excuses pour sa méprise.

— J' savais pas que la p'tite était mariée. Les gars et moi, on voulait seulement s'amuser un peu. (Il fit un pas en arrière et s'empressa de ramasser les paquets.) J'ai rien fait d' mal, vous savez.

— En ce cas, il est possible que lord Saxton fasse montre d'indulgence, déclara Christopher en se tournant d'un air interrogateur vers Erienne, qui se sentit rougir. Vous n'avez pourtant nullement l'air d'une débauchée, madame. Me permettez-vous de vous escorter et de veiller sur votre sécurité ?

Il lui présenta son bras, mais Erienne l'ignora et s'éloigna d'une démarche raide entre les marins et les filles qui s'écartaient sur son passage. Christopher la suivit en faisant claquer sa cravache contre sa jambe. Bientôt il se retrouva à sa hauteur et régla ses longues enjambées sur les petits pas nerveux de la jeune femme.

— Je vous trouve bien hardi, fit-elle sèchement, tout en lui adressant un bref coup d'œil indigné.

— En quoi donc, milady ?

— Vous répandez avec insouciance des histoires totalement fausses sur le compte de mon mari ! l'accusa-t-elle.

Puis elle s'arrêta, afin de rattraper un des paquets qui allait lui échapper.

— Puis-je vous aider ? s'enquit-il avec sollicitude.

— Certainement pas ! répondit-elle tout en s'apercevant avec irritation qu'un petit sachet lui glissait des doigts.

Avec adresse, Christopher saisit l'objet au vol et le porta à son nez pour en humer l'odeur.

— Du parfum pour la dame de mes pensées ?

Erienne lui arracha le sachet des mains.

— Des épices... pour la cuisine, si cela vous intéresse, monsieur Seton.

— Voilà qui me rassure. Je trouvais cette odeur plutôt agressive, très différente de votre douce fragrance habituelle.

— Nous parlions de mon mari, je me permets de vous le rappeler.

— En fait, il suffit de mentionner son nom pour que le cœur le plus vaillant frémisse de peur.

— Et vous faites tout pour qu'il en soit ainsi, avec ces ridicules histoires de spectres et de démons.

— Je tentais simplement de persuader ce marin de vous lâcher, afin d'éviter que le sang coule. Je me suis déjà attiré votre inimitié en me défendant de votre frère. Pour éviter d'aggraver mon cas, j'ai préféré faire cette mise en garde polie mais ferme. Ai-je mal agi ? Auriez-vous préféré que je donne à cet homme la leçon qu'il méritait et que je le tue ?

— Bien sûr que non !

Amusé par l'irritation d'Erienne, Christopher ajouta d'un ton taquin :

— Pardonnez-moi de ne pas avoir joué le chevalier amoureux en défendant votre honneur l'épée à la main. (Il regarda autour de lui, comme s'il cherchait quelqu'un.) J'aurais cru que votre mari serait là, quelque part dans vos jupes. Où est-il, à propos ?

— Il... il ne m'a pas accompagnée...

— Vraiment ?

— Ses affaires l'ont retenu.

— Oserais-je espérer que vous êtes venue ici sans escorte ?

— Aggie... je veux dire, notre intendante... m'a accompagnée.

Erienne regarda vers le bas de la rue, refusant de soutenir plus longtemps l'éclat trop chaleureux de ses yeux.

— Elle devrait être non loin d'ici.

— Me laissez-vous entendre que vous n'avez pas encore décidé de quitter Saxton Hall ?

De surprise, Erienne releva la tête. Christopher sourit.

— Je connais bien lord Saxton. Il ne correspond guère au genre d'homme qu'une belle jeune femme rêve d'épouser. En dépit de la haine que je vous inspire, Erienne, ne trouveriez-vous pas ma compagnie plus agréable que celle de cet être difforme ? Mon appartement londonien est certainement plus confortable qu'un vieux manoir vermoulu et glacial.

— Et que seraient mes rentes, voulez-vous me le dire ? s'enquit-elle avec une ironie glaciale.

— Cette question pourrait être réglée sans provoquer la moindre discussion. Bien que vos lèvres sachent à merveille former des mots, ma douce amie, discuter avec vous n'est pas le plus cher de mes désirs.

Erienne pivota sur elle-même et s'éloigna si brusquement que Christopher dut presser le pas pour la suivre. Lorsqu'il fut de nouveau à son côté, elle lui lança un regard chargé de toute la fureur qu'elle ressentait.

— Vous me suffoquez, sir ! Vous me laissez interdite ! Je ne suis pas mariée depuis une semaine, un temps à peine suffisant pour faire la connaissance de mon mari...

— Si vous l'avez faite, se moqua-t-il.

— Et vous vous permettez d'insulter cet homme... sans même le connaître, je parie, ajouta-t-elle sans tenir compte de son interruption. Permettez-moi de vous dire qu'il y a en lui plus de qualités qu'on n'en peut soupçonner. Il s'est montré extrêmement aimable et courtois envers moi. Il m'a offert tout le confort possible et ne s'est pas laissé aller un instant à me traiter avec grossièreté, contrairement à quelqu'un que je pourrais nommer. C'est un homme très délicat, un vrai gentleman.

— Dites-moi, ma douce amie, dit l'incorrigible insolent, que pourrait-il bien être d'autre ? Vous a-t-il prise dans ses bras et vous a-t-il fait une démonstration de sa virilité ?

Erienne lui fit face, n'en croyant pas ses oreilles.
— Mon amour, je puis vous garantir que je n'aurais pas, pour ma part, perdu de temps, murmura-t-il. A l'heure qu'il est, vous n'auriez plus aucun doute sur l'intensité de ma passion.
— Espèce... espèce de... goujat! balbutia-t-elle. Vous osez me parler de votre désir. Croyez-vous donc que j'aie si peu de considération pour les liens du mariage? Si oui, vous vous trompez! Je suis liée par ma parole, et si vous me respectez tant soit peu, épargnez-moi désormais votre compagnie.
— Je crains que ce ne soit impossible. Vous provoquez mon désir, et il est même à craindre que vous ayez conquis mon cœur!
— A craindre! Oh!
Erienne tenta de lui décocher un méchant coup de pied, mais Christopher esquiva le coup en riant.
— Quel caractère emporté!
— Laissez-moi! Éloignez-vous avant que votre seule présence ne me donne la nausée!
Christopher lui sourit et s'inclina profondément devant elle.
— Comme vous voudrez, milady. J'imagine qu'Aggie n'est autre que cette femme, là-bas, qui tend le cou dans toutes les directions. Je vais donc vous laisser et aller vaquer à mes occupations.
Erienne entrevit au bas de la rue l'intendante qui semblait tout inquiète de ne pas la retrouver. Elle serra les dents de colère et s'écarta de Christopher.
— Si vous changiez d'avis, sachez que mon navire sera ici ou à Londres. Le capitaine Daniels saura toujours où me joindre.
Erienne refusa de lui faire le plaisir d'une dernière repartie, mais elle dut prendre sur elle pour recouvrer son calme tandis que l'intendante la rejoignait.
— Madame, vous sentez-vous bien? s'enquit Aggie,

étonnée de voir les joues en feu de sa maîtresse. Je vous trouve un peu fiévreuse...

Il s'agissait en fait d'un aimable euphémisme.

— Naturellement, je vais très bien, répondit sèchement Erienne. Mais il y a dans ce quartier un peu trop d'impertinents pour qu'une honnête femme puisse y demeurer seule.

Christopher ayant disparu dans une rue voisine, elle se détendit légèrement. Elle était trop à bout de nerfs cependant pour accorder beaucoup d'intérêt aux achats qu'elle s'était proposé de faire.

— Dès que nous aurons acheté ces ustensiles de cuivre, j'aimerais que nous rentrions à la maison.

— Mais, madame, vous ne vous êtes encore rien offert.

— Lord Saxton s'est déjà montré très généreux. J'ai beau réfléchir, il ne me manque rien.

— Très bien, madame.

Lorsqu'elles sortirent de la boutique du chaudronnier, Erienne fut surprise de découvrir que la voiture les attendait non loin de là. De nombreux badauds s'étaient attroupés. Des femmes se penchaient pour se parler à l'oreille. Soudain, la portière du véhicule s'ouvrit et une silhouette enveloppée d'un ample manteau descendit à sa rencontre. Consciente du silence provoqué par cette apparition, Erienne se hâta d'aller rejoindre son mari. Bundy descendit pour prendre les paquets et les déposer dans le coffre. Erienne fit face à lord Saxton.

— Milord, dit-elle d'une voix qui tremblait un peu, je ne m'attendais pas à vous voir ici.

— J'avais quelques affaires à régler avec Mr Jagger, et comme il regagnait Londres j'ai profité de sa voiture. (Il l'étudia un instant, avant de demander :) Auriez-vous terminé vos achats, madame ?

— Oui, milord.

Il lui présenta le bras pour l'aider à monter. Erienne se figea.

— Prenez mon bras, madame, la pressa-t-il doucement. Voulez-vous donc me mettre dans l'embarras devant cette foule assemblée ?

Elle réprima un frisson et tendit la main. Elle fut surprise de découvrir sous le manteau un avant-bras ferme et musclé. Et pour la première fois, Erienne considéra lord Saxton comme un être de chair et de sang, et non comme une créature des régions infernales. L'autre main de l'homme se posa un bref instant sur sa taille et l'aida à grimper dans le carrosse.

Aggie grimpa sur le haut siège avant et s'assit à côté du cocher. Bundy vint la rejoindre.

Lord Saxton posa son pied-bot sur le marchepied, saisit les deux poignées de ses mains gantées, et se hissa à l'intérieur du véhicule. Il prit place en face d'Erienne et la voiture s'ébranla aussitôt. Lorsqu'ils commencèrent de rouler sur la route poussiéreuse, hors de la ville, lord Saxton eut un petit rire et Erienne le regarda, curieuse de savoir ce qui pouvait le divertir.

— Madame, fit-il de son étrange voix rauque, vous avez pu constater, je crois, que le contact de mon bras n'a rien de commun avec celui d'un serpent.

Brusquement gênée, Erienne détourna le regard. Il reprenait les mots mêmes qui lui étaient venus à l'esprit.

— Je suis un homme, Erienne, ajouta-t-il d'un ton plus grave, comme s'il lisait de nouveau ses pensées. Avec tous ses besoins et ses désirs. Et votre beauté me met à la torture.

Elle sentait les yeux dissimulés derrière le masque posés sur elle. Sa réponse fut à peine audible.

— Je lutte contre moi-même, milord. Je ne maîtrise pas mon imagination et je crois à présent que ce masque ne fait qu'accroître ma peur. Il se peut qu'en voyant votre visage…

— Non, vous seriez épouvantée. La découverte prématurée de mon visage nous séparerait à jamais. Je préfère attendre mon heure. Avant de me voir tel que je suis, je veux que vous découvriez ce qui peut se cacher de bon et de généreux sous les apparences les plus hideuses. Peut-être en serez-vous touchée...

Erienne garda le silence. Les paroles de lord Saxton la hantaient. Il la voulait, et un jour elle devrait se soumettre...

Ils se trouvaient encore à bonne distance de Mawbry lorsque des détonations les firent sursauter. Bundy ouvrit une petite trappe située derrière le siège avant :

— Des bandits de grand chemin, milord ! Une douzaine ! Et ils nous poursuivent !

Lord Saxton se pencha un instant à la portière mais il se rejeta promptement en arrière tandis qu'une balle atteignait la porte presque à la hauteur de sa tête. Il se tourna vers la petite trappe, pour lancer un ordre.

— Dites à Tanner de maintenir la distance. Je vais voir ce que je peux faire pour décourager ces bandits. Ah, encore une chose, Bundy... dites à Aggie de prendre garde.

— Bien, sir ! répondit l'homme, presque joyeusement.

Lord Saxton s'adressa à Erienne sur un ton d'excuse.

— Madame, je suis désolé de vous déranger, mais je dois vous demander de vous installer sur l'autre banquette.

Erienne se hâta d'obéir pendant que Tanner pressait les chevaux et que Bundy, du toit du véhicule, tirait quelques coups de feu. Dès qu'elle eut quitté sa place, lord Saxton saisit le coussin et le tira vers lui. Erienne fut surprise de découvrir sous le siège une sorte de coffre qui contenait plus d'une douzaine de mousquets et toute une réserve de sachets de poudre. Son mari prit un des fusils à pierre et se pencha pour repousser deux loquets qui maintenaient fermé un panneau à l'arrière du carrosse. Il arma le fusil et vérifia le bassinet. Il attendit un moment, puis épaula le fusil.

A peine venait-il de le lever qu'un nuage de fumée accompagné d'un grondement rauque emplit la voiture.

Erienne sursauta et, une seconde plus tard, elle vit un des bandits tomber à bas de sa monture. Lord Saxton posa le fusil déchargé et en saisit un autre. Un nouveau grondement retentit et un deuxième cavalier alla mordre la poussière.

Lord Saxton prit un autre mousquet se tourna vers Erienne :

— Venez vous placer derrière moi, madame, ordonna-t-il.

Par la trappe, la voix de Bundy leur parvint :

— Nous allons atteindre le pont, milord.

Lord Saxton réfléchit un instant avant de hocher la tête :

— Parfait ! Juste de l'autre côté, alors.

Bundy referma la trappe sans ajouter un mot. Lord Saxton prit deux mousquets sous son bras et posa une main sur la poignée de la portière.

— Tenez-vous bien, ma chère.

Par l'ouverture à l'arrière, Erienne s'aperçut qu'un cavalier plus audacieux que les autres avait éperonné son cheval, devançant ses compagnons d'une bonne longueur. Lorsque la voiture aborda le virage, Erienne, brusquement déportée sur le côté, le perdit un instant de vue. Mais à peine le carrosse se fut-il redressé qu'un fracas assourdissant ébranla le plancher du véhicule : ils roulaient à présent sur un étroit pont de bois dont elle voyait défiler rapidement les parapets.

Le grondement cessa une fois le pont franchi et bientôt le cocher manœuvrait le frein et tirait sur les rênes afin de ralentir l'attelage. Avant même l'arrêt du véhicule, lord Saxton ouvrit la portière et sauta, s'immobilisant au centre de la route. Il s'agenouilla et, posant un mousquet à côté de lui, vérifia avec désinvolture le bassinet de l'autre. Il arma, tandis que le martèlement des sabots ne cessait de s'amplifier.

Le cavalier de tête apparut dans le tournant et lord Saxton attendit que le cheval se fût engagé sur le pont pour épauler et faire feu. La balle atteignit l'animal en plein poitrail. Ses membres antérieurs se replièrent sous lui et il tomba la tête la première dans la poussière, projetant son cavalier hors de sa selle. L'homme roula sur le pont.

Il réussit cependant à se relever, mais déjà ses compagnons arrivaient au galop et allaient s'engager dans l'étroit passage du pont. Craignant d'être écrasé, l'homme bondit sur le parapet et, emporté par son élan, bascula dans les flots glacés.

Ses compagnons ne pensèrent pas à l'aider, car le cheval de tête trébucha sur l'animal mort et il en fut de même pour les autres. Seul le dernier cavalier parvint à éviter l'obstacle, mais sa monture prit le mors aux dents et bondit au galop dans un taillis de ronces. Le cheval hennit et rua, les membres lacérés par les épines. L'homme roula sur le sol en hurlant de souffrance.

Lord Saxton se releva et tira un coup de feu en l'air. Il n'en fallut pas davantage pour que les survivants s'enfuient sans demander leur reste.

Un rire sonore résonna sur le toit de la voiture.

— Vous avez réussi, milord ! lança Bundy. Y a personne qui sache se servir d'un fusil comme vous, milord !

— Est-ce que tout le monde va bien ? demanda lord Saxton.

Bundy eut un petit rire.

— Tout le monde, à l'exception d'Aggie, qui est plutôt de mauvais poil parce qu'on a écrasé son bonnet.

Lord Saxton revint vers la voiture en traînant son pied bot et fit glisser les mousquets sur le plancher, avant de s'adresser à sa jeune épouse :

— Et vous, madame, comment allez-vous ?

Erienne sourit.

— Je me porte très bien, milord, merci.

Lord Saxton se hissa à l'intérieur et referma la portière derrière lui. Une fois assis, il frappa de sa canne la petite trappe et le véhicule s'ébranla. Alors qu'Erienne l'observait, il rechargea les quatre mousquets et les remit en place dans le coffre, sur lequel il rabattit le couvercle capitonné. Il sentit le regard de sa femme sur lui.

— Vous intéresseriez-vous aux efforts laborieux d'un invalide, madame ?

L'ironie était nettement perceptible dans sa voix.

Erienne secoua la tête.

— Vous m'étonnez, milord. Vous semblez parfois mal à l'aise dans la vie quotidienne, et vous venez à bout d'exceptionnelles difficultés avec une aisance remarquable. J'ai l'impression qu'en dépit de la gêne que vous subissez vous êtes plus fort et plus adroit que la plupart des hommes.

— Je prends cela comme un compliment, mon amour.

— Vous maniez le fusil avec une dextérité extraordinaire.

— Je dois cela à un long entraînement, chère Erienne.

— Sans doute avez-vous entendu parler de Christopher Seton et de sa réputation de duelliste. Vous croyez-vous capable de l'emporter sur cet homme ?

— Une telle rencontre serait pour le moins fascinante, ma chère, mais je ne tiens pas à forcer le destin ni à envisager une si lointaine éventualité.

— Je ne voulais pas parler d'éventualité, milord. Je voulais simplement savoir ce que vous pensiez d'un homme doué d'une telle adresse.

— Je pense que j'aimerais m'en faire un allié, si c'était possible. Défier un tel homme relève de la stupidité.

— Mon père et mon frère seraient donc stupides, à vos yeux ?

— Votre père ? J'hésite à le juger. (Il rit et épousseta sa veste.) Avant d'obtenir votre soumission, il est probable que, moi aussi, je me conduirai stupidement à maintes reprises. (Il fit une pause et étudia sa femme.)

Votre frère ? Il a négligé d'étudier les diverses solutions qui s'offraient à lui et a choisi la plus mauvaise. L'impétuosité de la jeunesse, sans doute, mais à présent il souffre d'avoir agi ainsi.

— Vous êtes sincère et honnête, milord, dit Erienne. C'est une chose que je dois vous accorder.

— Si donc vous m'estimez un peu, mon amour, écoutez-moi encore un instant. Je n'apprécie guère le duel, mais je n'hésiterais pas pour autant à relever la moindre provocation. Et si je pouvais m'assurer votre amour grâce à cela, je défierais quiconque voudrait se dresser contre moi.

Erienne détourna le visage vers la fenêtre, sans rien trouver à répondre.

— Souhaitez-vous faire halte à Mawbry, afin de rendre visite à votre famille ? demanda-t-il après un long silence.

— Je n'aurais rien à leur dire, milord, murmura-t-elle. Je préférerais regagner immédiatement Saxton Hall.

Lord Saxton appuya les paumes de ses mains sur le pommeau de sa canne, tout en réfléchissant à la réponse qu'elle venait de lui faire. S'il était vrai qu'elle redoutait toujours ce qu'il pourrait exiger d'elle une fois qu'ils seraient de retour, elle ne souhaitait pas pour autant retarder cette échéance en rendant visite à son père et à son frère.

Le soleil commença à s'enfoncer derrière l'horizon et nimba son visage et sa gorge d'une douce clarté dorée. Elle se savait observée, elle sentait sur elle la chaleur de son regard, plus brûlante que celle du soleil. Un moment plus tard, elle fut soulagée de voir la lumière disparaître et l'obscurité envahir le carrosse. Cependant, même alors, dans la pénombre, elle eut le sentiment qu'elle ne pouvait échapper au regard de son mari — et que ce regard était plus qu'humain.

***

Lorsque Erienne s'éveilla, le lendemain matin, elle apprit que lord Saxton avait quitté le manoir ; il avait même précisé qu'il serait absent plusieurs jours. Si elle considéra son départ comme une sorte de délivrance, elle ne réussit pas cependant à se détendre pleinement. Elle chercha à s'occuper et décida de prouver qu'elle était une maîtresse de maison digne de ce nom. Elle donna des directives aux serviteurs et, pendant que certains recevaient l'ordre d'accorder tous leurs soins à la partie habitée de la demeure, d'autres furent chargés de nettoyer les pièces livrées à la poussière et à l'abandon.

Bien que certains fermiers eussent réglé leur loyer en denrées comestibles, il restait divers épices et condiments à acheter, et les réserves de la cuisine devaient être reconstituées. Erienne dressa une liste de produits qui nécessiteraient un nouveau voyage à Wirkinton. Paine s'y rendrait.

Curieuse de connaître les fermiers eux-mêmes, Erienne demanda à Tanner d'atteler la voiture. Emportant avec elle des plantes médicinales, du thé et des baumes, elle partit visiter les fermes en compagnie de Tessie. Elle voulait voir si elle ne pouvait apporter une aide ici ou là. Elle fut partout accueillie par des sourires, et les visages rayonnants disaient clairement que chacun était heureux du retour de lord Saxton. Elle fut stupéfaite de découvrir leur totale loyauté envers cette famille et ne manqua pas de noter que les lèvres se serraient lorsqu'on mentionnait le nom de lord Talbot.

Erienne revint de sa tournée avec un respect accru envers son mari, car au cours de ces brèves conversations elle avait appris qu'il s'était efforcé d'améliorer leur situation en réduisant les loyers et en assouplissant les règles édictées par lord Talbot. Il avait en outre fait venir d'Écosse deux taureaux et près d'une douzaine de béliers, ce qui permettrait aux métayers de constituer des troupeaux plus sains et résistants. En bien des domaines, elle commençait à comprendre pourquoi les fermiers étaient satisfaits du retour de son époux.

10

Un cri d'exaspération répondit enfin aux coups insistants que lord Saxton frappait à la porte de la maison du maire. Il entendit quelqu'un trébucher, puis la porte s'entrouvrit sur un Farrell passablement échevelé. Le jeune homme ne semblait pas au mieux de sa forme, avec son teint cendreux et ses yeux gonflés. Lorsqu'il découvrit la silhouette immense, vêtue de sombre, il ouvrit la bouche de surprise.

— Je dois m'entretenir d'une certaine affaire avec monsieur le maire, dit lord Saxton. Est-il chez lui ?

Farrell hocha la tête avec soumission et recula, pour ouvrir grande la porte et laisser entrer l'inquiétant visiteur. Il remarqua le landau arrêté non loin et essaya de se montrer aimable :

— Votre serviteur souhaiterait peut-être entrer et attendre dans la cuisine, à côté d'un bon feu. Il fait un bien sale temps pour rester dehors.

— Je ne devrais pas en avoir pour très longtemps, répondit lord Saxton. Et mon cocher aime le temps froid.

— Je vais aller chercher mon père. Il essaie de nous préparer quelque chose pour le repas.

— Et cela ne semble pas se passer parfaitement !

Lord Saxton avait fait cette remarque d'une voix sèche. Une odeur de graisse brûlée venait de parvenir à ses narines.

Farrell lança un regard attristé en direction de la cuisine.

— Il est rare que nous puissions faire un repas digne de ce nom. Je crois que père commence enfin à prendre conscience des vertus d'Erienne.

Un rire dur retentit.

— Un peu tard, il me semble.

Farrell serra les mâchoires et massa son bras tout en se détournant légèrement.

— Maintenant que vous l'avez, je suppose que nous ne la reverrons plus.

— Elle seule en décidera.

— Voulez-vous dire que vous nous permettriez de la revoir ?

— Aucune chaîne ne barre les portes de Saxton Hall.

— Il doit pourtant exister quelque raison pour qu'elle n'ait pas pris la fuite, répliqua Farrell avec insolence. Erienne n'a pas hésité à nous quitter, et vous n'êtes... (Il s'interrompit brusquement, prenant conscience du caractère injurieux de ce qu'il était sur le point de déclarer.) Je veux dire...

— Allez chercher votre père, ordonna lord Saxton.

Il pénétra dans le salon et alla s'installer dans le fauteuil placé près de la cheminée. Une main serrée sur le pommeau de sa canne, lord Saxton regarda autour de lui et put constater que la maison se trouvait livrée à la saleté et à l'abandon. Des vêtements étaient disséminés çà et là et de la vaisselle sale s'empilait sur la grande table. Il était évident que les deux occupants de cette maison étaient aussi dépourvus du sens de la propreté que de talents culinaires.

Tandis qu'il se dirigeait vers le salon, Avery se composa un visage dans l'espoir de dissimuler la peur que lui inspirait son gendre.

— Ah, milord ! s'exclama-t-il avec un enthousiasme feint en franchissant le seuil de la pièce. Je constate avec plaisir que vous avez fait comme chez vous.

— Voilà qui m'eût été difficile !

Le maire le fixa, désorienté. Il ne savait pas comment réagir.

— Je suppose que vous êtes venu vous plaindre de ma fille, fit-il en levant la main, comme pour protester aussitôt de son innocence. Quoi qu'elle ait pu faire, je ne peux en être tenu pour responsable. Seule sa mère est à blâmer. Elle lui a empli la tête de sottises. Tous ces livres, toutes ces leçons de calcul... il n'est pas bon pour une fille de savoir tant de choses.

La voix de lord Saxton était chargée de sarcasmes lorsqu'il répondit :

— Vous l'avez vendue trop bon marché, monsieur le maire. Ces cinq mille livres n'étaient qu'une bouchée de pain, comparées à la somme que j'étais disposé à verser. (Son petit rire sonna sèchement.) C'est dommage pour vous, mais l'affaire est faite et j'ai ce que je veux.

Avery se laissa choir dans un fauteuil proche.

— Vous voulez dire... que vous auriez... payé plus cher pour cette petite sotte ?

— J'aurais versé le double sans la moindre hésitation.

Le maire parcourut la pièce du regard, se sentant brusquement frustré et malheureux.

— Mais... voilà qui aurait fait de moi un homme riche.

— A votre place, je ne me complairais pas en vains regrets. Il est probable que cette somme n'aurait guère fait de profit.

Avery le regarda avec perplexité, ne sachant s'il devait se sentir insulté.

— Si vous n'avez pas l'intention de vous plaindre d'Erienne, puis-je vous demander la raison de votre visite ?

— Je tenais à vous informer que ma voiture a été attaquée. (Notant la surprise de son interlocuteur, lord Saxton lui fournit des explications complémentaires :) Je revenais de Wirkinton avec mon épouse, lorsque des bandits nous ont pris en chasse. J'avais heureusement prévu cette éventualité.

— Votre carrosse, milord ?

— Mon carrosse...

— Et vous dites que vous vous attendiez à cette agression ?

— Pas spécialement à ce moment-là, mais je savais que tôt ou tard cela se produirait.

— Apparemment, vous avez su vous défendre.

— Deux brigands sont morts, et les autres ont reçu une bonne leçon.

— Je n'avais pas entendu parler de cet incident.

— Pour un maire, je vous trouve plutôt mal informé.

Avery s'empourpra de confusion.

— C'est au shérif à m'informer de ces choses.

— En ce cas, j'aurais peut-être mieux fait d'aller voir cet homme, fit lord Saxton d'une voix toujours aussi sèche. Je croyais cependant que vous seriez peut-être intéressé d'apprendre qu'Erienne était saine et sauve.

— Euh... eh bien, elle semble toujours savoir s'en tirer. Je ne me suis jamais inquiété pour Erienne. C'est une fille décidée... et pleine de ressources.

— Les pères qui ont à ce point confiance en leur fille sont extrêmement rares, déclara lord Saxton non sans ironie. En fait, certains pourraient même se méprendre et penser qu'il s'agit d'une indifférence totale.

— Quoi ?

Avery resta un instant interdit.

— C'est d'ailleurs sans importance, fit lord Saxton en se levant. Je dois prendre congé, à présent, mes affaires m'appellent à York.

— Milord..., commença Avery en se raclant la gorge, je me demandais si... étant donné que vous êtes le mari de ma fille, vous pourriez peut-être nous laisser quelques livres. Nous n'avons pas eu de chance, mon fils et moi, et il nous reste à peine quelques sous. Nous avons dû vendre le vieux Socrate... et comme vous venez de déclarer que vous auriez payé plus cher...

— Je verse une rente mensuelle à votre fille. Si elle souhaite vous aider, elle est libre de le faire, mais je ne vous donnerai pas un penny sans son approbation.

— Laisseriez-vous une femme diriger vos affaires ? lâcha étourdiment Avery.

— Sa famille est *son* affaire.

— Depuis que j'ai dû la vendre, ma fille ne m'aime guère.

— Monsieur le maire, c'est là votre problème, non le mien.

⁂

Moins d'une heure après le départ de lord Saxton, Christopher Seton arriva à Mawbry. Il conduisit son cheval aussi fourbu que lui aux écuries situées derrière l'auberge, et ordonna au palefrenier de prendre tout particulièrement soin de l'animal, avant de lui lancer une pièce de monnaie.

Christopher venait à peine de sortir des écuries quand des doigts tiraillèrent sa manche. Il tourna la tête et aperçut le vieux Ben qui courait sur ses talons.

— Ça fait bien une semaine environ que je vous ai pas vu, patron, gloussa le marin. J'avais peur que vous soyez retourné voir le Créateur. Vous avez été retenu par vos affaires ?

— Je devais aller inspecter mon navire, à Wirkinton, répondit Christopher en ouvrant la porte de service de l'auberge. Ce sont toujours les meilleurs qui partent les premiers, Ben. Vous et moi, nous sommes donc bien placés pour assister encore à de nombreux couchers de soleil.

Ils traversèrent la petite pièce qui conduisait à la salle commune et gagnèrent leur table habituelle, près de la fenêtre. Les yeux de Molly retrouvèrent leur éclat dès qu'elle reconnut le Yankee. D'un mouvement souple, elle dégagea ses épaules de son corsage déjà généreusement décolleté et adressa un sourire faussement timide à Christopher qui lui commandait des bières d'un signe de la main. Un instant plus tard, elle était près de lui et posait deux chopes débordantes de mousse sur la table.

— Je croyais que vous aviez quitté Mawbry pour de bon,

fit-elle d'une voix chantante tout en se penchant en avant plus qu'il n'était nécessaire. J'aurais été sacrément triste si vous n'étiez jamais revenu.

Christopher leva les yeux et, découvrant la pose provocante de la fille, il se carra sur son siège et jeta quelques pièces sur la table.

— Seulement de la bière, Molly. Rien d'autre.

Vexée, elle s'éloigna rapidement.

Ben se pourléchait les lèvres d'impatience, tout en levant sa chope.

— Patron, vous êtes encore meilleur pour moi que ma propre mère. Dieu ait son âme ! (Il ingurgita une bonne partie de la bière puis lâcha un soupir de satisfaction.) Bon ! Vous vous êtes absenté et vous avez raté tout ce qui s'est passé dans le coin.

— Tout ce qui s'est passé ?

Christopher but nonchalamment une gorgée puis regarda son compagnon, dans l'attente d'une explication.

— Oui, patron, s'empressa de confirmer Ben, heureux de pouvoir être utile à son bienfaiteur. Ça concerne lord Saxton. C'est lui qui a acheté et épousé la fille du maire, et hier il s'est fait attaquer par des bandits.

— Y a-t-il eu des blessés ? demanda Christopher, inquiet.

— Sa dame était avec lui, mais faut pas vous inquiéter pour elle, patron. Lord Saxton a tué deux bandits et les autres ont filé sans demander leur reste. J'ai entendu dire qu'ils sont encore tous plus ou moins éclopés à l'heure qu'il est.

Un bruit de sabots résonna sur la chaussée. Ben se leva, alla regarder par la fenêtre, et revint aussitôt.

— Je... heu... à plus tard, patron.

Il vida sa chope en hâte, avant de disparaître dans l'ombre, au fond de la salle. Il s'assit sur une chaise proche du mur et feignit le plus profond sommeil.

Un instant plus tard, la porte s'ouvrait brutalement et

Timmy Sears entrait dans la salle d'une démarche lourde. Haggard était sur ses talons mais faillit tomber à la renverse en découvrant Christopher installé près de la fenêtre. Il saisit son compagnon à l'épaule et le secoua avec force. Timmy parcourut la salle du regard et comprit la situation.

— Je suis blessé, dit-il en rejetant son manteau pour exhiber un bras en écharpe.

— Je vois, répondit calmement Christopher.

Il continuait d'étudier, d'examiner l'individu. Son manteau de laine était étrangement court et déformé aux épaules ; ses vêtements étaient tire-bouchonnés, comme si l'on n'avait pas eu le loisir de les repasser après lavage ; ses bottes semblaient encore humides.

Poussée par la curiosité, Molly se hâta de venir le rejoindre.

— Alors, Timmy ? A te voir, on croirait que tu viens de te faire bousculer par un troupeau de porcs.

— C'est presque ça, Molly, fit-il en prenant la fille par les épaules de son bras valide. Un troupeau d'imbéciles, en tout cas. (Il se racla la gorge et haussa la voix, afin que tous puissent l'entendre.) Non ! C'est mon vieux canasson qui a glissé sur une plaque de glace et qui m'a désarçonné !

Haggard se dirigea vers le comptoir avec un petit rire nerveux.

— J'aurais bien aimé voir ça.

Timmy négligea l'interruption.

— Il n'est pas cassé, seulement un peu douloureux. Malheureusement, ma monture était perdue et j'ai dû gaspiller une autre balle.

Molly releva vers lui des yeux candides.

— Une autre balle ?

— Ce que je veux dire, c'est que mon cheval s'est brisé une jambe et que j'ai dû l'achever.

— Comment t'es venu jusqu'ici, alors ?

— Oh, j'ai trouvé un autre cheval, bien meilleur que cette vieille rosse.

Molly se mit à rire.

— C'était pas difficile ! Et à qui l'as-tu volé, cette fois ?

— Si tu crois que je m'abaisserais à voler... Mais, tiens... (il plongea deux doigts dans son gousset...) regarde ce que je t'ai apporté.

Il sortit une paire de boucles d'oreilles en or et les fit scintiller devant les yeux de la fille. Molly, fascinée par le bijou, se mit à roucouler :

— Oh, Timmy, tu es trop gentil ! Tu m'apportes toujours des petits cadeaux. (Elle prit une boucle et l'approcha de son oreille.) Tu veux monter pour... pour voir comment ça me va ?

Elle avait accompagné sa phrase d'un mouvement de tête vers l'escalier.

— Sais pas, fit Timmy avec indifférence. Où penses-tu les mettre ?

— Mais, dans ma chambre, bien sûr, fit Molly déconcertée. (Soudain, elle comprit l'allusion grossière et lui assena une tape qui le fit tressaillir de douleur.) Oh, Timmy, tu plaisantes toujours ! Viens.

Molly releva sa robe et se mit à gravir vivement les marches de l'escalier. Timmy n'eut pas besoin de se faire répéter l'invitation pour s'élancer derrière elle.

***

La nuit était noire et Timmy Sears nerveux. Sa vie n'avait guère été drôle, ces derniers temps. Il avait été rossé, blessé, et tourné en ridicule devant ses amis. Et, comme si cela ne suffisait pas, sa femme avait commencé à se montrer exigeante. Ce gaffeur de Haggard avait fait une allusion à une certaine somme de cent livres, à propos des enchères, et sa femme en avait déduit que Timmy, pour une fois, avait un peu d'argent devant lui. Cela avait déclenché une énumération véhémente et interminable de tous les ustensiles, meubles et accessoires dont ils avaient besoin. De nouvelles tuiles pour le toit et deux douzaines d'assiettes. Des chaises neuves pour remplacer le vieux banc vermoulu qu'ils partageaient depuis des années. Une coupe de drap, avec du fil et des aiguilles. Une bouilloire de cuivre, des épices, etc.

Timmy s'assit sur le lit et fit courir ses mains dans sa chevelure en bataille. Mais pour qui le prenait-elle donc ? Croyait-elle qu'il avait la fortune d'un... d'un *Christopher Seton !* Ce nom commença de l'obséder.

« Il rôde partout et sème la discorde dans les ménages, grogna-t-il en son for intérieur. Il accuse le maire de tricher, puis il s'empare sous son nez de l'argent qu'il a obtenu en échange de sa fille. Bon sang, Avery n'a même pas pu garder de quoi se payer une bonne cuite... A la façon dont il se pavane, on pourrait croire qu'il est aussi puissant que lord Talbot, ou que cet orgueilleux de Saxton... Oh, celui-là ! »

Il se massa le bras et frissonna au souvenir de son plongeon dans les eaux glaciales.

« D'une manière ou d'une autre, il me le paiera... »

Ses entrailles grondèrent. Décidément ce lourd ragoût du souper lui posait des problèmes. Il se leva lentement, afin de ne pas éveiller son épouse. Il ouvrit la porte de service et se dirigea vers sa cabane, tâchant de voir où il mettait ses pieds nus. Ses chiens avaient pris la fâcheuse habitude de joncher le chemin de détritus et d'os de toutes sortes, et il ne tenait pas à se blesser les orteils.

Il y parvint sans encombre et s'installa, sombrant un instant plus tard dans une étrange somnolence. Soudain, il entendit un bruit à l'extérieur. On eût dit qu'un cheval s'ébrouait, frappait le sol du sabot. Sears se redressa et, entrouvrant la porte, regarda au-dehors.

La nuit lui sembla d'abord on ne peut plus noire, mais le vent dégagea la lune des nuages qui la masquaient et un rai de clarté atteignit la cour. Sears essaya de respirer et un hurlement de terreur s'étouffa dans sa gorge. Devant lui passait un grand cheval noir aux yeux de feu sur le dos duquel se dressait une créature ténébreuse aux larges ailes déployées.

Timmy réussit à crier, ce qui le soulagea. Il se rejeta en arrière avec violence et défonça, sans le vouloir, la paroi de la cabane. Il prit la fuite vers les taillis proches.

Un éclat de rire terrifiant s'éleva derrière lui et il continua de courir, indifférent aux ronces qui lacéraient sa chemise et griffaient sa peau.

Plus tard, il jura avoir entendu le cheval fantôme galoper derrière lui. Sa femme sourit et hocha la tête sceptique. En tout cas, il avait couru si vite et loin qu'il n'avait pu rentrer à la maison avant 4 heures du matin. Ses amis de *L'Auberge du Sanglier*, qui savaient Timmy grand amateur de rixes, dissimulèrent leur sourire dans leurs chopes, avant de proclamer d'une voix catégorique que le chef avait fait preuve d'une bravoure peu commune face à la créature ailée.

*
**

L'absence de lord Saxton se prolongea quatre jours et, en dépit du temps qu'elle consacrait à ses devoirs de maîtresse de maison, Erienne sentit croître sa nervosité. Son mari lui avait dit qu'elle était libre d'aller chercher la jument dans les écuries si elle souhaitait faire une promenade, et elle décida de le prendre au mot. Elle revêtit sa tenue d'amazone et descendit pour donner des ordres à Keats.

Depuis son arrivée à Saxton Hall, elle ne s'était encore jamais aventurée dans les écuries, bien que l'idée de s'enfuir eût souvent traversé son esprit. Elle s'était même demandé jusqu'où elle pourrait se rendre sur l'un des chevaux. Mais la peur que son mari la prît en chasse, et d'avoir à affronter sa colère, avait dissipé ces pensées vagabondes. S'il existait un lieu où elle pouvait espérer être en sécurité, c'était auprès de Christopher Seton, mais sa fierté s'y refusait. S'il avait tenu à elle autant qu'il le prétendait, il se serait au moins élevé contre cette vente aux enchères. Lors de leur dernière rencontre, il avait presque paru soulagé de ne pas avoir eu à s'engager. Si elle allait à présent vers lui, prête à lui accorder tout ce qu'il exigeait d'elle, elle ne ferait qu'accroître son arrogance.

Entrant dans les écuries, Erienne aperçut un adolescent d'une quinzaine d'années occupé à nettoyer une stalle éloignée. Il entendit la porte grincer et se redressa, puis ses yeux s'écarquillèrent en la voyant. Il vint à sa rencontre et s'immobilisa devant elle, ôtant son chapeau d'un geste brusque. Il inclina la tête à plusieurs reprises et Erienne ne put s'empêcher de répondre à son sourire.

— Est-ce vous, Keats ? demanda-t-elle.

— Oui, madame, répondit-il, avant de lui faire un autre salut crispé.

— Je ne crois pas que nous nous soyons déjà rencontrés. Je suis...

— Oh, je sais qui vous êtes, madame. Je vous ai vue aller et venir, et... je vous demande pardon, madame, mais il aurait fallu que je sois aveugle pour ne pas remarquer une maîtresse aussi jolie que vous.

Erienne se mit à rire.

— Eh bien, merci du compliment, Keats.

Le visage du jeune garçon s'empourpra et, comme enivré par son audace, il désigna une jument balzane dans une stalle proche.

— Le maître a dit que vous viendriez peut-être chercher Morgana. Voulez-vous que je vous la selle, madame ?

— J'en serais ravie.

Le sourire de l'adolescent s'élargit encore et il s'éloigna en faisant claquer son chapeau sur sa hanche. Il sortit l'animal de sa stalle et le présenta à Erienne. Si la jument à la robe noire et lustrée qui frottait son museau contre le bras du lad semblait avoir un caractère docile et amical, elle possédait une classe face à laquelle Socrate fût rentré sous terre de honte.

Erienne caressa son encolure noire.

— Elle est très belle.

— Oui, madame. Et elle vous appartient. C'est le maître qui l'a dit.

Erienne était confuse. Jamais elle n'avait imaginé posséder un jour une monture aussi belle que Morgana. Ce présent la comblait et lui faisait prendre encore plus conscience de la générosité de son mari.

— Voulez-vous que je vous accompagne, madame ? demanda Keats lorsque la jument fut prête.

— Non, c'est inutile. Je n'ai pas l'intention de rester longtemps absente ni de m'éloigner du manoir.

Keats noua ses mains pour soutenir le pied botté de sa maîtresse, et il fut étonné par sa légèreté et sa souplesse lorsqu'elle se mit en selle. Il lui sembla qu'une plume venait d'effleurer ses mains. Tandis qu'elle s'éloignait, il demeura un moment sur le seuil des écuries et la suivit du regard. Puis il retourna à ses tâches, en sifflotant un air joyeux. Il savait déjà que le maître était aussi doué pour choisir une femme que lui pour sélectionner une jument. Toutes étaient vraiment merveilleuses à regarder, et celle-ci plus encore que les autres.

***

S'éloignant du manoir, Erienne évita les ruines de l'aile incendiée qui lui rappelaient trop les malheurs de son mari. L'air était frais sur son visage alors qu'elle galopait vers la lande, mais elle le trouvait vivifiant et le respirait avidement. La jument, rapide et agile, répondait à ses ordres. Erienne se sentait en parfaite harmonie avec elle et sa tension commença à se dissiper.

Une heure plus tard, elle se trouva dans une clairière cernée sur trois côtés par un bois. Elle se promenait au pas lorsqu'elle entendit dans le lointain les aboiements d'une meute.

Son cœur s'emballa au souvenir du drame qu'elle avait vécu. Un pressentiment funeste l'assaillit et, bien qu'elle pût encore voir le manoir sur la colline, derrière elle, elle comprit qu'elle s'était trop éloignée pour recevoir du secours en cas de besoin.

Elle maîtrisa sa panique et fit faire demi-tour à la jument. Sa peur s'apaisa comme elle arrivait en vue des taillis. Elle savait qu'elle retrouverait dans quelques instants la sécurité du manoir. Elle ignorait que des yeux l'observaient depuis le couvert des bois.

Timmy Sears eut un petit rire et massa son bras douloureux. Sa vengeance contre lord Saxton serait rendue plus agréable encore par le plaisir qu'il prendrait avec la fille, et, compte tenu de l'intérêt que lui portait le Yankee, il ferait d'une pierre deux coups et prendrait une double revanche.

Il éperonna son cheval qui bondit entre les arbres pour atteindre le chemin. Erienne poussa un léger cri de surprise et la jument fit un écart face au cavalier qui venait d'apparaître devant elle. La jeune femme réussit à garder le contrôle de l'animal mais la large main de Timmy se tendit vers les rênes. Exaspérée par cette audace, Erienne abattit sa cravache et la lanière de cuir tressé atteignit rudement le poignet de l'homme.

— Écartez-vous, espèce de brute !

Elle fit tourner bride à la jument pour mettre les rênes hors d'atteinte de Timmy.

— Les braconniers et leurs bâtards ne sont pas les bienvenus, sur ces terres. Disparaissez !

Timmy lécha sa main lacérée, et plongea son regard dans celui de la jeune femme.

— Votre mariage avec lord Saxton vous a rendue bien hautaine, pour une fille qui a été vendue aux enchères.

— Quel qu'ait été mon statut, Timmy Sears, il n'a

jamais été aussi misérable que le vôtre. Vous vous plaisez à réduire les autres à merci et vous n'avez pénétré que trop souvent sur les terres de mon époux.

— Cette fois, je vais avoir de quoi me distraire, milady.

La peur resurgit en Erienne. Elle avait suffisamment entendu parler de Timmy Sears pour savoir qu'il était dangereux. Poussée par l'instinct de survie, elle fit tourner bride à sa jument, mais Timmy l'avait prévu.

Il piqua des deux et se retrouva aussitôt à côté d'elle. Il saisit la bride, mais Erienne tenait toujours la cravache, et l'utilisa. Elle l'abattit sur le bras de l'homme et l'extrémité de la lanière lacéra son visage.

Timmy poussa un juron et réagit violemment. Son bras assena un coup brutal sur les épaules d'Erienne. Elle parvint cependant à demeurer en selle tandis que la jument faisait un écart. Timmy se pencha pour saisir la manche d'Erienne, qui se déchira à la hauteur de l'épaule. La colère de la jeune femme était à présent plus forte que sa peur, et elle abattit de nouveau le fouet, bien décidée à ne pas se laisser faire. Le cuir tressé atteignit la joue de Sears. Elle cravacha sa jument et la fit reculer. Timmy faillit vider les étriers, puis la bride lui échappa. Alors même qu'il lâchait prise, Erienne planta ses talons dans les flancs de la jument et la fit partir au galop.

— Catin ! rugit l'homme en se lançant à sa poursuite. Tu me le payeras !

Le grondement d'une détonation emplit brusquement l'air et Erienne crut que c'était Timmy qui tirait. Elle se coucha sur le cou de Morgana, puis, regardant de côté, elle vit un autre cavalier pénétrer au galop dans la clairière. Elle reconnut Bundy qui rechargeait son mousquet sans ralentir sa monture.

— Allez, bâtard ! criait-il. Approche, que je remplisse de plomb ta carcasse !

Timmy Sears vit l'homme retirer la baguette du canon et sut que le fusil était prêt à tirer de nouveau. Il prit la fuite, couché sur le cou de sa monture, frappant les flancs de son cheval avec son chapeau. Une autre détonation ébranla l'air et Timmy fut soulagé de pouvoir l'entendre. Il éclata de rire pendant que Bundy l'agonisait d'injures, mais comme il savait que l'homme rechargerait rapidement son arme il préféra ne pas perdre de temps à se moquer de sa maladresse. Il trouverait une autre occasion de satisfaire son désir pour la fille. Il n'était pas à un jour près.

Erienne fit tourner bride à sa monture pour suivre du regard la fuite de Timmy Sears. Il disparut enfin derrière la colline.

Bundy arrêta son cheval à côté du sien :

— Vous n'êtes pas blessée, madame ? Souffrez-vous ?

La réaction nerveuse la faisait trembler et elle ne put que le rassurer en secouant la tête.

— Ce Timmy Sears est un démon ! Ah, Sa Seigneurie ne l'aurait pas raté !

Il ponctua cette remarque d'un soupir de déception.

— Heureusement que le maître et moi sommes revenus, madame.

— Lord Saxton est de retour ? parvint-elle à dire, encore tremblante.

— Oui, et lorsqu'il a appris que vous étiez partie, il m'a envoyé à votre recherche. Il ne va pas apprécier le récit que je vais devoir lui faire. Non, sûrement pas !

11

La lune nimbait les nuages noirs d'un halo argenté et créait sur les collines un spectacle fantasque d'ombres et de blancheurs fugaces. Les ramures bruissaient sous le vent qui balayait la lande, et les quelques maisons tapies ici et là devenaient de simples silhouettes obscures dès que leurs occupants soufflaient les chandelles et fermaient les volets pour la nuit. Nul n'entendit le grondement des sabots de l'étalon noir et nul ne vit le cavalier enveloppé d'un ample manteau qui montait le destrier à bride abattue. Les sabots de l'animal semblaient de vif-argent et sa robe luisait sur ses muscles tendus par l'effort. Ses naseaux gonflés et ses yeux luisants lui donnaient l'apparence d'un dragon prêt à fondre sur sa proie, et l'aspect redoutable de son cavalier augmentait encore l'impression qu'au terme de cette chevauchée se trouverait la mort.

A quelque distance de là, une femme corpulente, que les ronflements de son mari empêchaient de dormir, se glissa hors de leur vieux lit défoncé. Elle alla jeter quelques mottes de tourbe dans le feu et se recula pour observer le réveil des flammes. Angoissée sans savoir pourquoi, elle frissonna et parcourut la pièce du regard. Il lui semblait qu'un horrible malheur allait bientôt s'abattre sur eux. Elle traversa la chambre poussiéreuse et alla se verser une bière. Puis elle revint près de la cheminée et posa sa chope sur une table de bois. Elle but longuement sans quitter du regard les flammes dorées.

La chope était à moitié vide lorsqu'elle inclina la tête pour tendre l'oreille, intriguée par un grondement grave et lointain. Était-ce le tonnerre ?

Elle leva la chope dans l'intention de boire une autre gorgée, mais n'acheva pas son geste. Le bruit persistait. Il devenait même de plus en plus fort, de plus en plus net... C'était bien le martèlement des sabots d'un cheval.

Elle reposa brusquement la chope et courut à la fenêtre. Elle ouvrit les volets. Un petit cri étranglé s'échappa de ses lèvres. Une grande ombre noire passait entre les arbres et fondait sur la maison. Elle resta bouche bée d'effroi en voyant le cavalier arrêter sa monture devant leur porte.

La femme émit une sorte de sanglot et recula. L'ample capuche du manteau dissimulait le visage du cavalier, mais elle sut, par une sorte d'intuition primitive, que c'était l'ange de la mort qui venait les chercher.

— Timmy ! Il est revenu ! Timmy, réveille-toi ! Tu sais, Timmy, je n'ai pas cru un instant que tu mentais !

Timmy Sears releva la tête de l'oreiller et, les yeux encore ensommeillés, chercha à comprendre. Le visage angoissé de son épouse le sortit aussitôt de sa torpeur. Il passa sa culotte, et courut à son tour vers la fenêtre pour voir ce qui l'avait effrayée à ce point. Son cœur ne fit qu'un bond lorsqu'il comprit.

— Timmy Sears ! fit une voix surnaturelle. Viens au-devant de ta mort ! L'enfer t'attend, assassin !

— C'est le cavalier que j'ai vu l'autre nuit ! s'exclama Timmy. Mais qui est-ce ?

— La mort ! répondit sa femme sur un ton convaincu. Elle est venue nous chercher !

— Ferme les volets ! Il ne faut pas la laisser entrer !

— Timmy Sears, reprit la voix. Sors et meurs !

— Non ! hurla Timmy qui fit claquer les volets.

Un rire atroce déchira la nuit.

— Timmy Sears ! Je suis venu faire justice ! Comme tu as tué plus d'une fois, l'équité exige que ta mort soit très lente.

Une épée, dont l'acier brilla d'un éclat de glace sous la clarté lunaire, sortit de son fourreau et fendit l'air. L'ange de la mort mit pied à terre.

— Que voulez-vous ? demanda Sears d'une voix croassante. (Il avait saisi une vieille hache restée sur la table.) Je ne vous ai pas causé le moindre tort !

— Tu as tué, Timmy, tu as dépossédé et pillé. Il te faut payer.

— Qui êtes-vous ? Mais qui êtes-vous ?

— Te souviens-tu d'avoir incendié un manoir, Timmy ? Te souviens-tu de celui que tu as vu brûler vif sous tes yeux ?

— Vous ne pouvez être cet homme ! Il est mort ! Il est

mort, je vous dis ! Je l'ai vu périr de mes propres yeux ! Il a brûlé ! Il est tombé dans les flammes en hurlant. Je ne suis pas le seul à l'avoir vu !

— Et qui sont-ils, Timmy, ceux qui peuvent se vanter de m'avoir vu périr ? Ne suis-je pas devant toi, pour t'accuser d'avoir commis cet acte criminel ?

— Seul le diable aurait pu échapper à ces flammes.

— Maintenant, tu sais que non, Timmy. Tu le sais.

— Seigneur, je vous reconnais ! Vous parlez comme lui !

— Je suis venu te prendre, Timmy, pour t'emmener en enfer.

— Vous n'avez pas le droit de me faire payer pour les autres. Je pourrais citer les noms de tous ceux qui étaient présents !

— Tu peux me les dire, pendant que j'affûte le fil de mon épée sur ta hache.

La lame le frôlait de toutes parts et touchait sa chair ici et là. Timmy se recroquevilla de peur, en sanglotant. Il lui était impossible de parer les coups avec sa lourde hache.

— Parle, Timmy, parle avant qu'il ne soit trop tard. Il ne te reste plus guère de temps en ce bas monde.

La mort était partout autour de lui et elle emplissait la nuit de son rire. Bien que l'air fût glacial, Timmy croyait déjà sentir les feux de l'enfer au sein desquels il grillerait bientôt. Il tomba à genoux et implora son bourreau de l'épargner, lui révélant tout ce dont il n'avait pas même osé se souvenir avant ce jour.

***

La vapeur s'élevait du bain parfumé et emplissait la chambre d'une fragrance de rose. L'eau était chaude et soulageait les muscles endoloris d'Erienne. Elle se détendit et laissa sa tête reposer sur le rebord de la baignoire. Elle se souvint de son retour au manoir où son mari l'attendait avec inquiétude, arpentant le grand salon. En l'entendant approcher, il s'était retourné, un mot de bienvenue aux lèvres, mais s'était figé en voyant son vêtement déchiré. Bundy, qui se tenait derrière elle, avait aussitôt expliqué ce qui s'était passé. Lord Saxton avait écouté en serrant les poings, puis avait marmonné une menace, jurant d'en finir bientôt avec Timmy Sears. Lorsqu'il s'était de nouveau tourné vers elle, Erienne s'attendait à subir toutes sortes de reproches mais, chose surprenante, il ne lui avait adressé aucune remontrance. Au lieu de cela, il s'était inquiété de sa fatigue, l'avait invitée à prendre place dans un fauteuil et lui avait versé un verre de cognac. Pendant qu'elle buvait une lente gorgée, il s'était rapproché d'elle et lui avait parlé à voix douce de sujets sans importance, cherchant à lui faire oublier l'épreuve qu'elle venait de subir. Plus tard, il s'était rendu dans sa chambre alors qu'elle s'apprêtait à se coucher, mais après un bref instant, il l'avait laissée à un sommeil réparateur.

La porte de la chambre s'ouvrit et Erienne frissonna, avant de reconnaître les pas rapides de Tessie. La tenture s'agita comme elle pénétrait dans la petite salle de bains. Elle tenait sous son bras une pile de serviettes propres et tièdes, qu'elle posa à côté de la baignoire avant de tirer de sa trousse une huile parfumée dont elle se proposait de masser sa maîtresse.

Erienne sortit du bain. La jeune fille entreprit immédiatement de la sécher, utilisant une à une les serviettes qu'elle jetait dès qu'elles commençaient à être humides. Tessie entreprit de masser légèrement son dos et Erienne dégagea d'un bras sa longue chevelure. Son corps d'ivoire, rendu rose par le massage, avait de doux reflets dans la clarté matinale. Et l'homme qui observait la scène ne manqua pas d'apprécier la perfection de ces membres élancés et de cette poitrine tout à la fois épanouie et ferme.

Brusquement, Tessie poussa un petit cri et Erienne, se retournant, découvrit la cause de cet émoi. La silhouette sombre de son mari occupait l'espace séparant les tentures de velours.

— Bonjour, mon amour.

Un vague amusement était perceptible dans son murmure rauque.

Erienne le salua d'un hochement de tête et chercha du regard de quoi se couvrir. Les serviettes formaient un petit tas sur le sol, à ses pieds, et elle avait laissé sa robe de chambre sur la banquette de la coiffeuse.

Avec désinvolture, lord Saxton se dirigea vers cette banquette où il s'assit, bloquant le vêtement sous sa cuisse. Erienne feignit de n'accorder aucune importance à l'incident, pendant que Tessie se concentrait sur sa tâche. Une nervosité grandissante gagna la jeune servante. La présence intimidante du maître, enveloppé de sa cape noire, en violent contraste avec la nudité de son épouse, était plus qu'elle n'en pouvait supporter. En murmurant une excuse confuse, elle se hâta de quitter la pièce. La porte se referma et un petit rire s'éleva du masque, puis le regard impitoyable se fixa sur elle. La pudeur d'Erienne était mise à rude épreuve et une onde écarlate descendit sur sa gorge. Elle tenta de couvrir sa nudité de ses bras, ce qui provoqua un nouveau petit rire.

— En fait, mon amour, je regardais seulement votre visage, avant que vous ne rougissiez... Mais n'allez pas croire pour autant que ce que vous cherchez à me dissimuler me laisse indifférent, fit-il d'une voix douce. En vérité, madame, il suffirait du moindre signe d'encouragement de votre part pour que je vous porte sur le lit et que, sous l'emprise d'un désir enfin libre de s'exprimer, j'accomplisse mes devoirs conjugaux.

— Milord, vous... vous vous moquez de moi, balbutia-t-elle.

— Souhaitez-vous être fixée sur ce point? s'enquit-il tout en se levant à demi de la banquette. Un simple oui suffira.

Il attendit et Erienne oublia finalement sa pudeur pour tendre les deux mains devant elle, comme pour le repousser.

— Milord, je...

Les mots ne purent franchir sa gorge.

— Je m'en doutais.

Il prit la robe de chambre sur la banquette et se rassit, avant de lui lancer le vêtement.

Erienne s'en saisit, soulagée et reconnaissante, puis elle lui adressa un regard un peu inquiet ; elle avait presque le sentiment de trahir un ami.

— Milord, murmura-t-elle doucement, je m'en remets à votre patience et votre compréhension.

— Madame, ne croyez-vous pas qu'il est toujours préférable d'affronter sans tarder ce que l'on redoute le plus ?

Elle hocha imperceptiblement la tête.

— Évidemment, milord, mais...

Il réfuta à l'avance ses arguments d'un geste de la main.

— Je sais ! Il vous est difficile de faire face à cet instant. (Il fit reposer son coude sur son genou et se pencha en avant.) Mais croyez-vous sincèrement que vous en serez un jour capable, madame ?

— Je... je parviendrai à...

— Pourriez-vous me citer le nom d'un homme que vous auriez aimé épouser, s'il vous avait été donné de choisir librement votre destin ? S'il existe, je pourrais peut-être...

— Il n'y a personne, milord, se hâta-t-elle de répondre, chassant de son esprit l'image de Christopher Seton.

— Très bien, madame. J'étais en fait venu vous voir pour une tout autre raison. Je dois me rendre à Londres pour rencontrer le marquis de Leicester, et j'ai pris les dispositions nécessaires pour que vous veniez avec moi.

— Le marquis de Leicester ?

— Un vieil ami de la famille. Je suis persuadé que vous serez ravie de faire sa connaissance, ainsi que celle de sa charmante épouse. Nous resterons auprès d'eux quelques jours et il faut que vous fassiez préparer un certain nombre de robes. Je vous conseille de prévoir plus particulièrement des toilettes de soirée.

— Et avez-vous des préférences, quant au vêtement que je dois porter aujourd'hui, milord ?

— Vous semblez parfaitement savoir ce qui vous convient, madame. Et je préfère vous laisser choisir librement, étant donné qu'en ce domaine je manque de discernement... Vous êtes magnifique telle que vous êtes, mais je crains que, aussi légèrement vêtue, vous n'attiriez un peu trop l'attention des messieurs.

Il se leva et se dirigea vers la chambre.

— Habillez-vous, madame. Il est préférable que j'aille vous attendre en bas.

Erienne se prêta sans plaisir aux préparatifs du voyage. Elle n'avait nulle envie de paraître à son avantage, mais Tessie œuvra avec diligence et veilla au moindre détail. Sa chevelure noire fut ramenée en une cascade de boucles sur sa nuque. Des jarretières maintinrent ses bas de soie qui arrivaient à mi-cuisse. Un corset enserra sa taille fine. Sa robe était d'un somptueux velours bleu paon. Les poignets et le col s'ornaient de dentelle rose. Dans le dos, une petite tournure donnait de l'ampleur à sa jupe et, pour couronner l'ensemble, un chapeau d'une gracieuse hardiesse, à la plume démesurée, fut posé sur sa chevelure. Là, Erienne ne put s'empêcher de protester. Bien que le chapeau fût d'un goût parfait, elle redouta qu'on pût croire qu'elle souhaitait rivaliser avec Claudia Talbot.

— Mais, madame, vous êtes désormais la femme d'un lord, protesta Aggie, qui avait suivi les préparatifs. Vous devez porter des toilettes dignes de votre rang. Vous ne voudriez pas, j'imagine, qu'on murmure que le maître n'est pas généreux avec vous, n'est-ce pas ? Constatez par vous-même comme vous êtes belle ainsi. Il serait dommage que vous refusiez d'être aussi élégante qu'il vous permet de l'être. Allons, regardez-vous. (Elle entraîna Erienne vers le grand miroir et laissa sa jeune maîtresse admirer son image.) Alors ? Ressemblez-vous à la fille d'un laitier ou à une grande dame ?

Erienne dut reconnaître que Tessie avait fait merveille. Elle ne manquait d'ailleurs pas d'élégance naturelle et elle comprenait, dans une certaine mesure, pourquoi lord Saxton la trouvait jolie. Elle possédait des traits délicats, un teint pur, un cou gracieux et une chevelure soyeuse.

Cependant cet examen finit par irriter Erienne. Elle songeait à la réaction de son époux en la voyant ainsi. Le voyage jusqu'à Londres serait long et elle ignorait quelles dispositions avaient été prises pour les étapes ; elle ne voulait pas risquer d'éveiller plus encore la convoitise de son époux.

Aggie lui pinça délicatement les joues, pour les rosir un peu plus.

— Vous êtes vraiment très belle, madame, et il est facile de comprendre pourquoi le maître s'est épris de vous. Vous êtes ravissante. Vraiment ravissante. Cependant un petit sourire ne gâterait rien.

Erienne esquissa une grimace assez pitoyable qui lui valut la réprobation d'Aggie.

— Madame, si je puis me permettre, j'ai vu des praires avoir l'air plus joyeux lorsqu'on les jetait dans l'eau bouillante.

Tessie étouffa un petit rire et les joues d'Erienne s'empourprèrent. Elle fit un autre essai, guère plus convaincant. Aggie soupira tout en se dirigeant vers la porte.

— Si c'est ce que vous pouvez faire de mieux, il me faudra bien m'en contenter.

Erienne se sentait harcelée, contrainte. Aggie, c'était clair, ne songeait qu'à la rendre plus désirable, qu'à la rapprocher de son maître.

Peu après, elle en obtint une preuve supplémentaire, s'il

en était besoin. Le carrosse avait été chargé des bagages et lord Saxton, debout près du véhicule, discutait de l'itinéraire avec Tanner. Lorsque Erienne sortit du manoir, il interrompit le dialogue pour la considérer longuement. Ce comportement cependant n'étonna pas la jeune femme. Ce qui la surprit vivement, en revanche, fut de voir Tessie se hisser sur le siège du conducteur. La jeune fille couvrit ses épaules d'une cape de laine et s'installa aux côtés de Bundy.

Erienne interrogea du regard son mari, persuadée que c'était lui qui avait ordonné à la jeune fille de s'installer à cette place.

Se méprenant, lord Saxton répliqua :

— Vous aurez besoin de l'aide de Tessie, pendant notre séjour chez les Leicester. (Un petit rire moqueur s'éleva.) A moins, bien sûr, que vous n'acceptiez mon assistance pour prendre votre bain.

Erienne insista :

— Milord, ne pensez-vous pas que Tessie pourrait partager le confort du carrosse avec nous ?

L'intéressée secoua la tête et serra son manteau, alors que son visage ingénu s'empourprait.

— Oh non, madame ! Aggie m'a promis que je pourrais rester près de Tanner.

Erienne monta la première et eut le choix des banquettes. Lorsqu'elle fut installée, son mari vint la rejoindre et s'assit à côté d'elle, s'adossant aux coussins. Il allongea sa jambe infirme sur le côté, tout en laissant l'autre toute proche de celle de la jeune femme.

La voiture s'ébranla. Dans l'espoir de se soustraire à ce contact, Erienne se cala dans un angle, mais chaque cahot la renvoyait contre l'homme qui ne faisait aucun effort pour s'écarter. Ils roulèrent ainsi pendant un certain temps.

— C'est stupide, vous savez, déclara finalement lord Saxton.

— Stupide, milord ?

Il n'avait même pas daigné la regarder.

— Oui, vos efforts incessants pour ne pas me toucher. C'est stupide.

La vérité de ce propos empêcha Erienne de protester. Elle était sa femme et, un jour, elle devrait porter son enfant. Lutter contre l'inévitable, c'était nager à contre-courant dans un torrent impétueux. Il faudrait tôt ou tard abandonner.

Il lui vint à l'esprit que, pour affronter l'épreuve qui l'attendait sans perdre la raison, il lui faudrait d'abord admettre que lord Saxton était un homme. Ce ne serait qu'ensuite qu'il lui serait possible de voir en lui son mari.

Erienne porta brièvement son regard sur sa silhouette. Il lui restait tout à apprendre sur cet homme et, pour y parvenir, elle n'avait d'autre recours que de l'interroger.

— Milord, je me suis souvent demandé comment vous aviez réussi à survivre au sein des flammes. Il ne subsiste de l'aile du manoir que quelques ruines calcinées, ce qui prouve la violence de l'incendie. J'ai en vain tenté de m'imaginer comment vous aviez pu vous échapper...

— Je ne suis pas un spectre, madame, déclara-t-il avec brusquerie.

— Je n'ai jamais cru en l'existence des fantômes, milord, rétorqua-t-elle doucement.

— Pas plus qu'en la mienne en tant qu'homme fait de chair et de sang. (Il s'ensuivit un long silence, qu'il brisa finalement :) Auriez-vous peur de découvrir un monstre dans votre lit, madame ?

La gêne brûla les joues d'Erienne qui abaissa le regard sur ses mains gantées qu'elle serrait sur ses cuisses.

— Je n'avais pas l'intention de provoquer votre colère, milord.

Il haussa les épaules.

— Toutes les jeunes femmes éprouvent de la curiosité au sujet de leur mari. Et les circonstances rendent la vôtre encore plus compréhensible.

— Je suis curieuse, effectivement, mais ce n'est pas par peur de coucher avec vous...

Prenant brusquement conscience de l'interprétation qu'il était possible de donner à ses paroles, elle se mordit la lèvre et se tut.

Ainsi qu'elle l'avait redouté, il releva son propos avec fougue.

— Alors, madame, peut-être m'accepterez-vous dans votre lit ce soir même ? C'est avec joie que je vous démontrerai que je suis un mari digne de vous. Nous n'aurons qu'à prendre une seule chambre à l'auberge et...

— Je... je préférerais que vous patientiez encore un peu, milord, murmura-t-elle d'une voix tendue.

Il inclina brièvement la tête.

— Comme vous voudrez, mon amour. J'attendrai votre bon plaisir.

Ils approchaient du pont de Mawbry et Erienne reporta son attention sur la foule qui s'y trouvait. Les gens se penchaient au-dessus du parapet. Quand la voiture arriva à leur hauteur, les villageois s'écartèrent, mais une petite charrette barrait l'autre extrémité du pont et interdisait encore le passage. Intriguée, Erienne se pencha et dévisagea les gens, cherchant des visages familiers. Puis son regard se porta au-delà des badauds, sur la rive opposée où s'agitaient plusieurs hommes. Ses yeux s'écarquillèrent lorsqu'elle découvrit la raison de leur présence. Un corps gisait sur la berge, la tête proche de l'eau et les bras écartés de façon grotesque. La poitrine était couverte de sang, de même que la tête dont les yeux regardaient fixement le ciel. Les lèvres semblaient être restées entrouvertes sur un hurlement de terreur. Erienne se rejeta en arrière et ferma les yeux. Elle appliqua une main tremblante sur ses lèvres. Lord Saxton se pencha à son tour pour voir ce qui la bouleversait à ce point. Après en avoir découvert la raison, il frappa immédiatement le toit de sa canne. La petite trappe s'ouvrit et le visage de Bundy apparut.

— Oui, milord ?
— Essayez d'apprendre ce qui s'est passé et qui est ce pauvre diable que l'on aperçoit là-bas, ordonna-t-il.
— Tout de suite, milord.
Après un bref échange de paroles avec quelques personnes sur le pont, Bundy appcla Ben qui lui fournit un complément d'information.
— C'est Timmy Sears. Quelqu'un l'a embroché puis lui a tranché la gorge pour l'achever. Sa veuve est à l'auberge et elle jure à qui veut l'entendre que, la dernière fois où elle a vu Timmy, il était à la maison et s'apprêtait à combattre un ange de la mort. Un cavalier vêtu de noir.
— Malédiction !
Le juron avait été proféré à mi-voix, mais Erienne l'entendit et se tourna vers son mari, surprise. Lord Saxton serrait le pommeau de sa canne avec tant de force que ses doigts saillaient comme des serres sous le cuir fin de ses gants. Elle se souvint de ce qu'il lui avait dit au sujet de Sears, et elle se demanda si ce n'était pas ainsi qu'il mettait hors d'état de nuire ceux qui le gênaient.
— Dites à ces gens d'aller chercher le shérif, commanda lord Saxton à Bundy. Et trouvez quelqu'un qui pousse cette charrette hors du chemin.
— Bien, milord.
Lord Saxton, s'adossa au siège. Bien que le masque fût inexpressif, Erienne perçut sa tension et décida d'attendre. Lorsque le carrosse eut repris la route, elle se risqua à l'interroger.
— Seriez-vous en colère parce que Timmy a été tué ?
— Hum !
Ce grognement n'était pas facile à interpréter et Erienne ne put décider s'il fallait lui attribuer un sens affirmatif ou négatif.
Il tourna la tête vers la fenêtre et elle n'eut d'autre choix que de l'imiter et d'observer le paysage en silence.
La nuit tombait, quand la voiture s'arrêta devant une

auberge. Lord Saxton présenta sa main à Erienne, pour l'aider à descendre. Cependant, la jeune femme ne put dissimuler son hésitation et les doigts de fer de l'homme se refermèrent avec douceur mais fermeté sur les siens. Elle descendit du véhicule et il ne lâcha pas sa main, gardant pendant un long moment son regard rivé sur elle.

Les rares clients présents dans la salle commune se turent brusquement en voyant lord Saxton entrer à la suite de son épouse. Un silence de mort plana jusqu'au moment où un bellâtre éméché, vêtu avec un luxe criard, frappa la table de sa chope vide, réclamant une autre bière. Comme nul ne venait le servir, il se leva et saisit sa veste, puis, après quelques pas zigzagants, il pivota sur lui-même juste à temps pour voir Erienne se diriger vers l'escalier. Il oublia aussitôt la bière qu'il réclamait et laissa courir son regard sur la jeune femme. Il plongea en une profonde révérence.

— Ma belle dame..., déclara-t-il galamment, avant de tenter de se redresser.

Mais ses muscles refusèrent de lui obéir et il oscilla dangereusement avant de s'effondrer sur un siège proche. Un instant plus tard, il relevait le regard pour découvrir non plus la frêle silhouette féminine mais celle, drapée d'un ample manteau, de lord Saxton qui s'engageait à son tour dans l'escalier. Sans doute déçu, il ferma les yeux et bientôt des ronflements sonores s'échappèrent de ses lèvres.

Le dîner fut monté dans la chambre d'Erienne. Lord Saxton vint lui tenir compagnie un moment, mais prit congé dès que Tessie vint découvrir le lit. Ses pas lourds résonnèrent dans le couloir désert et, quelques instants plus tard, elle entendit une porte s'ouvrir et se refermer. Longtemps après le départ de Tessie, Erienne resta assise devant la cheminée de sa chambre. Elle fixait les flammes et tentait de se convaincre qu'elle n'avait aucune raison de redouter son mari. Si elle parvenait, par un effort de volonté, à surmonter sa répulsion et à s'offrir à lui, leurs rapports deviendraient peut-être normaux. Cependant, la vision du cadavre ensanglanté de Timmy Sears se mêlait à présent à ses pensées, et elle savait qu'un certain temps lui serait nécessaire pour l'oublier.

Les clients se retiraient pour la nuit, et l'auberge devint silencieuse. Erienne se glissa sous l'édredon moelleux et laissa le sommeil la gagner.

12

Lorsque la voiture s'engagea dans l'allée qui traversait la vaste propriété des Leicester, Erienne comprit que son mari ne manquait pas de relations fortunées. Ici, le parc était parfaitement entretenu, très différent des prairies d'herbes folles qui entouraient Saxton Hall. La demeure se dressait dans toute sa splendeur imposante et Erienne fut heureuse d'avoir cédé à Tessie et d'avoir revêtu sa robe de velours rouge.

Tandis qu'ils approchaient de la maison, lord Saxton prit la parole.

— Bien que mon aspect vous horrifie, sachez que tout le monde ne réagit pas ainsi et que les Leicester sont toujours pour moi des hôtes charmants, des amis fidèles que j'apprécie énormément. Dans certaines affaires, ils m'ont donné des conseils judicieux et apporté une aide inestimable.

Un majordome en perruque blanche et veste rouge vint les accueillir sur le seuil et les débarrasser de leurs manteaux de voyage. Ils furent aussitôt conduits jusqu'à un salon où les attendaient le marquis et son épouse. Erienne fut quelque peu intimidée par le décor luxueux et, lorsque le marquis traversa la pièce en tendant la main à lord Saxton, elle reporta son attention sur son hôte et sur la petite femme élégante qui se tenait un peu en retrait, derrière lui. A en juger par le regard hésitant qu'elle posait sur le lord masqué, elle ne semblait guère pressée de s'approcher de lui.

Ses cheveux blancs et un corps légèrement voûté laissaient deviner que le marquis était d'un certain âge, mais son teint frais et ses yeux pétillants étaient ceux d'un jeune homme.

— C'est si gentil de venir nous voir juste après votre mariage, Stuart, dit-il avec chaleur. J'étais impatient de pouvoir rencontrer votre jeune épouse, et je comprends à présent pourquoi je vous ai vu si fiévreux, ces derniers temps.

Le marquis déposa galamment un baiser sur la main d'Erienne.

— J'imagine que Stuart a totalement négligé de vous parler de nous.

— Stuart ? (Elle adressa à son mari un regard interrogateur.) Il me semble qu'il existe, en effet, bien des choses dont il a omis de me parler.

Le marquis eut un petit rire.

— Il faut lui pardonner, mon enfant. S'il a beaucoup changé, son amour pour vous en est la cause. Je suis certain que sa mère en est tout aussi horrifiée que vous.

La surprise d'Erienne s'accentua encore. C'était la première fois qu'elle entendait mentionner l'existence de la famille de son mari.

— Votre mère ?

Son époux lui serra discrètement le bras.

— Vous ferez sa connaissance en temps voulu, mon amour.

— Son père et moi étions aussi proches que deux frères, précisa le marquis. Sa mort fut une chose atroce, tout simplement atroce. Sans oublier, naturellement, l'incendie du manoir… un acte ignoble ! Je n'aurai aucun repos tant que nous n'aurons pas trouvé les coupables. (Il secoua la tête, un instant attristé, puis il retrouva sa bonne humeur et tapota la main d'Erienne.) Vous êtes décidément très belle. Aussi belle qu'Anne, ma femme.

Anne eut un petit rire réprobateur et il lui tendit la main. Elle s'approcha et laissa reposer sa main fuselée sur son bras.

— Oh, Philip, vos yeux vous trompent ! Je n'ai jamais été aussi belle que cette jeune femme.

Elle prit la main d'Erienne dans la sienne.

— J'espère que nous deviendrons d'excellentes amies, ma chère.

Anne s'efforçait visiblement de ne pas poser les yeux sur lord Saxton, lequel ne manqua pas de le remarquer.

— Vous seriez-vous découvert un sentiment de haine à mon égard depuis que nous ne nous sommes vus, Anne ? demanda-t-il.

De la main, la marquise désigna le masque de Stuart :

— C'est cette maudite chose que je hais !

— Anne, croyez-moi si je vous dis que votre haine pour ce masque n'est rien, comparée à celle qu'éprouve mon épouse pour ce qu'il cache. (Il esquissa un salut vers les deux femmes.) Nous reviendrons auprès de vous dès que nos affaires nous le permettront. En attendant, chérie, je vous laisse aux bons soins de notre charmante hôtesse.

Il se redressa et suivit Philip hors de la pièce de sa démarche claudicante. Anne semblait serrer les dents à chaque fois que la chaussure à l'épaisse semelle raclait le sol. Lorsque la porte se fut refermée, elle continua de la fixer un moment, le regard sombre. Erienne crut l'entendre murmurer :

— Quel garnement obstiné !

— Vous me parliez, madame ? s'enquit Erienne, surprise.

— Aucune importance, ma chérie. Aucune, vraiment. Je me parlais à moi-même. Ce sont des choses qui arrivent avec l'âge, vous savez, fit-elle avant de prendre la jeune femme par la taille. Mais vous devez mourir de faim, après un si long voyage. Je vous propose une petite collation, puis nous irons faire un tour en ville avec la voiture. Le temps est magnifique et il serait vraiment dommage de passer cette journée à attendre nos maris. Londres nous accaparera sans peine tout l'après-midi.

Elle avait dit vrai et Erienne n'eut pas l'occasion de s'ennuyer un seul instant. Anne Leicester était aussi aimable que pleine d'esprit. Son insouciance était communicative et Erienne sentit sa tension disparaître.

La soirée s'écoula dans une atmosphère aimable. En présence de ce couple plus âgé, lord Saxton lui paraissait moins effrayant. Pendant le dîner, Erienne parvint à garder son calme alors qu'il ne la quittait pas du regard. Il s'abstint, comme à l'accoutumée, de manger et de boire, préférant remettre son repas à une heure plus tardive.

Il était tard lorsqu'ils se retirèrent, et Erienne se dirigea vers sa chambre. Le vin délicieux qu'elle avait bu lui apportait une légère euphorie. Elle entendait derrière elle le pas syncopé de son mari, sans effroi cette fois.

C'était lord Saxton qui souffrait tandis qu'il admirait le galbe de ses hanches, la gracieuse finesse de sa taille. Il sentit qu'il ne pourrait longtemps demeurer maître de lui-même et gagna sa chambre proche.

Pelotonnée dans son lit, Erienne entendit longtemps son mari marcher de long en large, puis elle finit par s'endormir d'un étrange sommeil, léger, troublé, où des frontières floues et changeantes séparaient rêve et réalité.

Une silhouette se matérialisa au sein de la brume qui l'enveloppait. L'homme se dressait au pied de son lit, grand, le torse nu. Sa chevelure sombre était ébouriffée et elle crut deviner dans l'ombre un regard vert posé sur elle. Avec un soupir, elle tourna la tête et le rêve continua. L'homme s'approchait d'elle et dénouait les rubans de sa fine chemise. Elle sentit la brûlure du désir l'envahir lorsqu'une bouche chaude frôla légèrement son sein. L'onde de chaleur l'envahit tout entière. Le visage grandit au-dessus d'elle et elle se redressa, reconnaissant brusquement l'homme.

— Christopher !

Erienne parcourut la chambre du regard, scruta l'ombre et les recoins obscurs. La pièce était déserte. Rien ne bougeait dans le calme de la nuit et, avec un soupir, elle se laissa retomber sur l'oreiller.

Son cœur battait à se rompre et elle posa la main sur sa poitrine, comme pour ralentir le rythme des battements assourdissants. Après une heure interminable, elle s'apaisa et sombra dans un sommeil sans rêves.

***

Une chaude clarté pénétrait dans la chambre par les portes de la terrasse. Erienne s'étira et remonta ses longs cheveux, les rejetant en lourdes vagues sur l'oreiller. Puis elle se souvint de son rêve et fronça les sourcils. Ainsi donc, même dans son sommeil, elle n'échappait pas à Christopher.

Elle passa une robe de chambre de velours et des mules, puis sortit sur la terrasse. Les senteurs fraîches d'un matin de givre montaient vers elle. Elle respira profondément puis, observant la condensation de son haleine dans l'air, elle s'amusa à souffler de longs rubans de vapeur blanche. Le vent traversait sa robe de chambre, mais Erienne était heureuse de ce froid mordant qui achevait de chasser les images de son rêve.

Des voix lointaines et étouffées lui parvinrent. Erienne s'immobilisa et regarda attentivement entre les arbres. Elle reconnut la sombre silhouette de son mari. Il déambulait dans le jardin en compagnie d'une femme vêtue d'un long manteau à capuche. Plus grande qu'Anne, elle marchait avec la grâce et l'aisance d'une personne assurée de son rang. Si Erienne ne pouvait entendre leurs propos, il lui semblait que la femme présentait une requête à lord

Saxton. Par instants, elle tendait la main en un geste de supplication, et lord Saxton répondait alors en secouant lentement la tête. Finalement, la femme s'arrêta pour faire face à la silhouette masquée et posa sa main sur son bras. Comme s'il se refusait à l'écouter, l'homme se détourna légèrement et attendit sans mot dire qu'elle eût fini. Puis il s'expliqua brièvement, et la femme sembla l'implorer de nouveau. Après avoir secoué encore une fois la tête et s'être incliné en signe d'adieu, il s'éloigna de sa compagne. La femme sembla sur le point de le rappeler, mais sans doute estima-t-elle préférable de s'en abstenir. Un instant plus tard, elle regagna lentement la demeure, la tête basse.

Désorientée par la scène, Erienne rentra dans la chambre. Les questions dont son mari s'entretenait avec cette personne ne la concernaient sans doute pas. Elle n'avait aucun droit de l'interroger. Cependant, ce qu'elle venait de voir éveillait sa curiosité. Cette femme ne semblait pas avoir peur de lord Saxton, car elle avait posé sa main sur son bras avec un naturel dont Erienne n'aurait pas été capable.

Peu après, Erienne alla rejoindre les Leicester pour le petit déjeuner, et d'apprendre par eux que lord Saxton s'était absenté acheva de la troubler. Étant donné qu'ils avaient des chambres proches, elle trouvait étrange qu'il ne soit pas venu l'informer personnellement de son départ.

— A-t-il précisé quand il rentrerait ? demanda-t-elle.

— Non, ma chérie, lui répondit Anne. Mais je vous assure que vous n'aurez pas le temps de vous morfondre en l'attendant. Nous sommes conviés à une soirée et vous vous amuserez tant, j'en suis sûre, que vous oublierez votre mari.

Erienne en doutait. Stuart Saxton n'était pas un personnage facile à oublier.

En fin d'après-midi, elle se préparait pour la soirée mondaine, lorsqu'un serviteur en livrée lui apporta un long écrin gainé de velours de la part de lord Saxton. Une carte signée de la seule initiale S accompagnait la boîte et la priait d'honorer la famille Saxton en portant ce présent lors de la réception. Erienne s'étonna qu'un valet ait été chargé de cette mission. Elle ne l'imaginait pas soudain timide et elle craignait qu'il n'y eût là un signe de son irritation envers elle.

Mais lorsqu'elle souleva le couvercle et vit les trois rangs de perles du collier reposant sur un coussin de soie bleu roi, ses craintes s'évanouirent. Un mari irrité contre sa femme ne lui eût pas offert un joyau de ce prix.

De petits diamants et un saphir ornaient le fermoir et des pierres précieuses semblables ornaient les pendants d'oreilles. Ses rêves de la nuit lui revinrent à l'esprit, et elle pensa qu'elle ne méritait pas un tel présent.

Désireuse de respecter les désirs de lord Saxton, Erienne fixa son dévolu sur une robe de satin bleu pâle assortie aux bijoux. Un fichu bordé de fine dentelle ménagea sa pudeur en couvrant ses épaules dénudées. Tessie ramena ses cheveux en arrière en une masse de boucles qui retombèrent du sommet de la tête au creux de la nuque. Elle mit ensuite le collier et les pendants d'oreilles, et l'image que lui renvoya le miroir fournit à Erienne la preuve qu'elle ne porterait aucun tort au nom des Saxton.

Elle ne savait rien des réunions mondaines, si ce n'est par les récits que sa mère lui en avait faits, et elle éprouvait une certaine nervosité dans cette attente. Lorsqu'ils arrivèrent, Anne la présenta à plusieurs gentilshommes et à leurs épouses comme la nouvelle maîtresse de Saxton Hall, ajoutant aussitôt à propos du domaine une multitude de détails aussi pittoresques que fantaisistes. Ce faisant, la marquise empêchait ses interlocuteurs de poser la moindre question sérieuse, et si quelqu'un se montrait malgré tout trop curieux, elle entraînait en riant Erienne vers un autre groupe d'invités.

Les Leicester semblaient connaître presque toutes les personnes présentes et le cercle de ceux et celles qui les entouraient s'élargissait sans cesse. Erienne se demanda s'il y aurait jamais une fin aux présentations. S'y ajoutaient d'ailleurs invariablement des commentaires sur les événements de France. On était épouvanté par les massacres politiques qui avaient lieu à Paris et l'on se plaisait à affirmer que de telles horreurs n'auraient pu se produire en Angleterre. Que le roi de France eût été arrêté suscitait l'indignation générale, pour ne pas parler de la rumeur selon laquelle il serait exécuté sous peu, un crime qui apparaissait comme absolument inadmissible. Plusieurs ladies, impatientes de converser avec Anne, se glissèrent devant Erienne qu'elles séparèrent ainsi du couple qui la chaperonnait. Plus ou moins livrée à elle-même, elle en profita pour regarder autour d'elle. Les salles somptueuses étaient bondées de monde et Erienne éprouva le besoin de respirer un peu d'air frais. Elle gagna les portes-fenêtres qui ouvraient sur d'étroits balcons. Elle avait presque atteint son but lorsqu'un gentilhomme retint son bras. Surprise, elle se retourna et découvrit devant elle lord Talbot.

— Mais c'est Erienne ! Cette charmante petite Erienne ! s'exclama-t-il, si surpris qu'il ne tenta même pas de dissimuler la lueur de désir qui brillait dans ses yeux. Ma chère, vous êtes tout simplement ravissante. Et quelle exquise toilette !

Erienne tenta de dégager son bras, mais Sa Seigneurie regardait de tous côtés et ne sembla pas le remarquer.

— Seriez-vous venue... seule ?

— Oh non, milord! se hâta-t-elle de répondre. Les Leicester m'accompagnent. Nous avons été séparés par la foule.

— Vous voulez parler de votre mari, n'est-ce pas ?

La question était lourde de sous-entendus.

— Non, balbutia Erienne, soudain consciente de sa situation. Je veux dire... que ses affaires l'ont retenu ailleurs.

— Tss tss ! fit lord Talbot. (Il tiraillait l'extrémité de sa fine moustache cirée et eut une moue dédaigneuse.) Quelle idée ! Laisser une si jolie femme toute seule. Enfin, si j'en crois la rumeur, je puis comprendre qu'il hésite à se montrer en public et qu'il ait choisi de porter ce masque. Le pauvre monstre !

Erienne se raidit et elle fut elle-même surprise de l'indignation qu'elle ressentait. Après tout, lord Talbot n'avait fait que dire tout haut ce qu'elle pensait tout bas.

— Rien ne me permet de supposer que lord Saxton n'est pas un être humain, milord.

Nigel Talbot repoussa un pan de sa veste et, plaçant une main sur sa hanche, il se rapprocha d'elle d'un air avantageux.

— Dites-moi, ma chère, murmura-t-il, à quoi ressemble-t-il vraiment, sous son masque ? Est-il l'infortuné, le défiguré que chacun imagine ?

Erienne se figea, atteinte par l'affront.

— S'il souhaitait que cela se sache, milord, je sais qu'il cesserait de porter ce masque.

Talbot se redressa et porta rapidement son regard à droite et à gauche, puis il appuya un mouchoir de dentelle parfumée contre ses lèvres, comme pour étouffer un petit rire.

— Serait-il possible que même sa femme ignore à quoi il ressemble ?

— Je ne l'ai vu que dans la pénombre, répliqua-t-elle, irritée par son arrogance.

Elle souhaita presque voir apparaître lord Saxton. Sa simple présence aurait certainement réduit au silence les propos perfides et fait pâlir ces joues fardées.

— Dans la pénombre, dites-vous ?

Son regard était appuyé, son expression lourde de sous-entendus.

Elle releva la tête d'un air dédaigneux et se détourna sans répondre.

Cette attitude ne découragea nullement Talbot.

— Le mariage met en valeur le charme d'une femme et il faudra que je félicite votre mari pour le choix qu'il a fait de son épouse. Cependant, je ne manquerai pas de lui adresser des reproches pour avoir osé négliger une si belle personne.

Il tourna la tête et parcourut la salle du regard.

— Je suis ici avec quelques amis, des personnages de haut rang. Ils venaient de trouver de la compagnie pour la nuit et s'apprêtaient à partir lorsque j'ai découvert votre présence. Je ne pouvais négliger mes devoirs et laisser la fille d'Avery seule parmi des étrangers. Ainsi donc, ma chère, vous allez devoir m'accompagner.

— Je vous assure que je suis parfaitement escortée. Inutile de vous inquiéter pour moi.

Il rejeta la réponse d'Erienne d'un mouvement de son mouchoir de dentelle.

— C'est absurde, mon enfant. Si quelqu'un veillait sur vous, je ne vous aurais pas trouvée seule. Il serait possible à quelque aventurier de vous enlever, et vous pourriez disparaître à jamais, sans qu'on sache ce que vous êtes devenue.

— Comme c'est exact ! se moqua Erienne.

Talbot fit brusquement un signe de la main à trois hommes somptueusement vêtus qui se trouvaient de l'autre côté de la salle, et Erienne nota que chacun d'eux avait une femme à son bras. Un de ces inconnus retourna son salut à Nigel et désigna la porte avec un sourire entendu. Les trois couples se dirigèrent alors vers la sortie.

— Allons, ma chère, venez, ordonna Nigel. Je dois absolument veiller sur la fille d'Avery. Je refuse catégoriquement de vous laisser seule en ce lieu.

— Je n'y suis pas seule, lord Talbot !

— Tant que je vous tiens compagnie, ma chère. (Il glissa sa main sous son coude, qu'il tint fermement tout en la guidant au sein de la foule.) Vous savez, j'ai été profondément vexé d'apprendre que votre père avait décidé de vous mettre aux enchères sans m'avoir préalablement consulté. Je suis certain que nous serions arrivés à un arrangement équitable.

Erienne parvenait à ralentir leur marche, mais elle craignait de provoquer un scandale.

— A ma connaissance, mon père ignorait que vous cherchiez à vous remarier.

— Le ciel m'en protège! fit lord Talbot en riant. La pensée du mariage ne m'a jamais effleuré l'esprit.

— C'était une condition des enchères, haleta Erienne, entraînée avec brutalité.

— Allons, allons! Quelques centaines de livres seraient venues à bout des scrupules de votre père.

Ils avaient presque atteint la porte et Erienne passa son bras autour d'un des piliers du vestibule. Cette prise lui permit de se libérer.

Talbot lui fit face, surpris. Rencontrant le regard furieux d'Erienne, il se hâta de préciser sur un ton conciliant :

— Ma chère enfant, je voulais simplement dire que je vous aurais réservé une place... heu... une place de choix dans ma maison. Je suis persuadé que vous auriez préféré cela à votre situation actuelle. Avery n'aurait jamais dû vous contraindre à épouser ce monstre.

Une bouffée de rage fit violemment rougir Erienne.

— Mon mari porte peut-être balafres et brûlures, sir, mais ce n'est pas un monstre.

— Ma chère enfant, je souhaitais seulement vous faire comprendre que si un jour vous ne pouviez plus supporter la situation épouvantable qui est la vôtre, une place dans ma demeure vous serait toujours réservée.

Il claqua des doigts pour attirer l'attention du majordome.

— Mon manteau et mon chapeau, ordonna-t-il avec hauteur. Et également le vêtement de lady Saxton.

— Vraiment, lord Talbot! protesta Erienne avec véhémence. Je refuse de partir avec vous ! Les Leicester m'accompagnent et ils s'inquiéteront de ne plus me voir.

— Vous pouvez oublier vos craintes, mon enfant. Je vais laisser un message pour les informer que vous vous trouvez en ma compagnie et... soyez certaine que vous serez parfaitement protégée. Maintenant, venez. Mes amis vous attendent dans la voiture.

Elle voulut s'éloigner, mais il lui saisit le bras.

— Vous me faites mal !

Un homme se détacha d'un groupe de nouveaux arrivants et s'approcha du majordome qui tendait manteau et canne à lord Talbot. La redingote de l'inconnu glissa de son bras et tomba aux pieds de Sa Seigneurie. L'homme se baissa pour ramasser son vêtement et, en se relevant, sa tête heurta l'avant-bras de Talbot avec suffisamment de force pour lui faire lâcher le poignet d'Erienne. La jeune femme recula et, voyant la possibilité d'échapper à lord Talbot, elle releva sa robe et prit la fuite sans jeter un seul regard derrière elle. L'homme acheva de se redresser : il le fit avec tant de maladresse — ou d'adresse ? — que son épaule alla donner dans les côtes de Talbot, tandis que son avant-bras atteignait le gentilhomme au menton. Talbot fit un pas en arrière et heurta rudement le mur. Il couvrit de sa main sa bouche meurtrie et tenta de recouvrer son équilibre.

— Mes excuses, sir, fit son agresseur sur un ton apaisant.

Lord Talbot fixa avec horreur le sang qui maculait sa paume.

— Je me suis mordu la langue, espèce d'imbécile !

— Je suis sincèrement désolé, lord Talbot. J'espère ne pas vous avoir gravement blessé.

La tête de Talbot se releva et ses yeux s'écarquillèrent :

— Seton ! Je croyais qu'il s'agissait d'un de ces maladroits.

L'image du bras de Farrell Fleming lui traversa l'esprit, et il tira définitivement un trait sur toute idée de revanche.

Christopher se tourna vers le majordome et posa son

manteau sur celui d'Erienne que le serviteur tenait toujours. Puis il fit signe à l'homme de les ranger tous deux et revint à son interlocuteur, avec aux lèvres un sourire désolé.

— Acceptez une nouvelle fois mes excuses, lord Talbot. Je dois avouer que je n'avais d'yeux que pour la dame en compagnie de laquelle vous vous trouviez.

— Il s'agissait de la fille du maire, fit Talbot. (Il ajouta avec un grognement moqueur :) Mais peut-être devrais-je dire : lady Saxton ?

— Elle est très belle. Et je pense que lord Saxton doit en avoir conscience plus que quiconque.

— Si vous voulez m'excuser, Seton. Je dois aller remettre un peu d'ordre dans ma toilette.

— Naturellement, milord, dit Christopher en désignant le valet qui attendait toujours avec le manteau de satin. Si vous partez, vous en aurez sans nul doute besoin.

Talbot renvoya le serviteur d'un geste de la main.

— J'ai changé d'avis. Je vais rester encore un peu. Cette fille a du tempérament et la séduire me paraît un projet fascinant.

Christopher esquissa un sourire.

— J'ai entendu dire que lord Saxton était un expert en matière d'armes à feu. Prenez garde de ne pas vous faire surprendre.

Lord Talbot tapota ses lèvres avec son mouchoir.

— Peuh ! Cet infirme est si gauche et si lent que je n'ai rien à craindre.

Erienne, qui cherchait les Leicester avec anxiété, trouva finalement Anne assise en compagnie d'un couple à l'une des petites tables à jouer. Le visage de la marquise s'éclaira lorsqu'elle la vit, et elle désigna un siège près d'elle.

— Asseyez-vous, ma chérie. Vous êtes restée absente si longtemps que nous commencions à nous inquiéter. J'ai envoyé Philip à votre recherche. Mais puisque vous voilà, venez vous joindre à nous.

Erienne n'aimait guère les cartes, qu'elle tenait pour responsables de la perte de son père, mais elle s'empressa d'accepter la sécurité qu'offrait la compagnie de lady Leicester.

— Je crains de tout ignorer des jeux de cartes.

— La triomphe est un jeu très simple, ma chérie. Il suffit d'un instant pour apprendre, et ensuite on ne peut plus s'arrêter.

Cette affirmation ne modifia en rien l'opinion d'Erienne sur les jeux de hasard, mais elle jugea sage de consentir. Elle se concentra pour apprendre les règles. De temps en temps, quand quelqu'un s'arrêtait pour regarder, elle jetait un rapide coup d'œil de côté, craignant de voir surgir lord Talbot. Après quelques donnes, elle fut surprise de découvrir qu'elle prenait plaisir au jeu. Cependant, elle eut un moment d'inquiétude lorsque Leicester revint à la table et demanda à sa femme de le suivre un instant. Erienne s'efforça de se détendre tandis qu'on servait de nouveau et qu'une inconnue prenait la place d'Anne.

La nouvelle venue eut un petit rire gêné.

— Je ne suis pas très bonne à ce jeu.

Erienne lui adressa un sourire :

— Si vous l'étiez, je me trouverais en bien mauvaise posture.

Les deux hommes qui leur faisaient face échangèrent des hochements de tête confiants. Cette partie s'annonçait facile.

— Je suis la comtesse d'Ashford, ma chère, murmura la lady. Et vous ?

— Erienne, milady. Erienne Saxton.

— Vous êtes très jeune, dit la comtesse, et très belle.

— Puis-je me permettre de vous retourner le compliment ? répondit Erienne avec élan.

Bien qu'elle eût dépassé la cinquantaine, la comtesse possédait une beauté sereine sur laquelle les années paraissaient sans prise.

— Commençons-nous ? suggéra un de leurs partenaires.

— Naturellement !

Erienne devait faire la première annonce et elle étudia attentivement ses cartes, jusqu'au moment où elle perçut une présence derrière elle. Elle décida de prendre son temps, mais elle discerna du coin de l'œil une jambe fuselée ainsi qu'une chaussure noire. Ses craintes s'apaisèrent. Dès l'instant qu'il ne s'agissait pas de lord Talbot, elle pouvait concentrer toute son attention sur la partie. Elle manquait cependant d'assurance et craignait de commettre une erreur. Pensivement, elle toucha du doigt le valet de carreau et réfléchit à ce qui se produirait si elle le jouait.

— Le roi serait un choix plus judicieux, milady, conseilla celui qui se trouvait derrière elle.

Erienne se figea : cette voix ne lui était que trop familière. Son cœur se mit à battre follement. Elle n'avait nul besoin de se retourner pour savoir qui était derrière elle. Chaque fibre de son être percevait cette présence et, en dépit du choc qu'elle venait d'éprouver, elle sentait une chaleur réconfortante l'envahir.

Elle releva la tête, anxieuse de voir si l'un de ses compagnons de jeu avait remarqué son émotion. Les yeux souriants de la comtesse étaient posés sur elle, et elle lui rappela d'une voix douce :

— C'est à vous de jouer, ma chère.

Erienne regarda ses cartes. La famille Fleming pouvait témoigner du savoir-faire de Christopher en la matière et sans doute ses conseils méritaient-ils d'être suivis. Elle renonça au valet pour jouer le roi. Une reine tomba, et toutes les cartes suivirent. Elle avait remporté la donne, ainsi que les jetons.

— Sans doute ferais-je mieux de vous laisser prendre ma place, sir, dit la comtesse d'Ashford. J'ai toujours préféré regarder des joueurs rivaliser d'intelligence entre eux, plutôt que contre moi.

Christopher lui sourit et s'assit à côté d'Erienne.

— Merci, madame. J'espère que je me révélerai digne de votre confiance.

— Je n'en doute pas, sir.

Erienne adressa un regard glacial à l'homme qui prenait place près d'elle. Il la salua d'un bref hochement de tête.

— Bonsoir, milady.

Erienne répondit avec raideur :

— Sir.

Il se présenta aux autres joueurs, puis il prit le paquet de cartes. Ses longs doigts fuselés et hâlés, qui battaient les cartes avec dextérité, firent penser à Erienne que son père était soit aveugle soit stupide pour avoir considéré cet homme comme un novice. Mais sans doute Avery était-il bien trop occupé à tricher pour avoir remarqué quoi que ce fût.

— Que faites-vous à Londres ? demanda-t-elle, tout en maîtrisant sa voix, afin de lui conserver un timbre léger. Je vous croyais à Mawbry, Wirkinton... ou tout autre lieu de ce genre.

Christopher se mit à distribuer les cartes, tout en regardant Erienne.

— Quelle raison aurais-je de demeurer là où vous n'êtes pas ?

Erienne parcourut discrètement la table du regard et découvrit que leurs adversaires se concentraient sur leur jeu. La comtesse but une petite gorgée du xérès qui lui avait été apporté, et elle ne semblait pas prêter attention à Erienne pour l'instant, ce qui permit à la jeune femme d'adresser un froncement de sourcils menaçant à Christopher. Il y répondit par un grand sourire et désigna les cartes de la jeune femme.

— Je crois que c'est à vous de parler, milady.

Erienne tenta — en vain — de ressaisir le fil du jeu. Elle estima qu'il était préférable de ne pas jouer plutôt que de se rendre ridicule.

— Je passe.

— En êtes-vous sûre ? s'enquit Christopher avec sollicitude.
— Absolument.
Elle ignora l'éclat moqueur de ses yeux.
— Ce n'est pas en jouant ainsi que vous gagnerez, madame. En outre, je m'attendais à plus de combativité de votre part.
— Pourquoi n'annoncez-vous pas ?
— J'envisage de le faire, répondit-il en annonçant aux deux autres joueurs : trois.
— Quatre, fit l'un des hommes avec un sourire sournois.
L'autre secoua la tête, et ce fut de nouveau à Christopher de parler.
— Vous ne me facilitez pas les choses, sir, déclara-t-il avec un petit rire. Cinq !
— Je vous trouve plutôt hardi, déclara Erienne.
— Lorsque mon jeu me le permet, je ne me laisse pas facilement intimider. Je prends généralement l'initiative quand je pense avoir des chances de l'emporter.
— C'est visiblement le cas, aux cartes tout au moins.
— En toutes choses, milady.
Erienne suivit attentivement la partie. Christopher abattit un as de pique et attendit que tombent les autres cartes. Son adversaire abattit un roi et gémit, feignant le dépit :
— Vous avez eu beaucoup de chance que je n'aie pas disposé d'autres piques.
Au cours de la donne suivante, Christopher ramassa le valet d'Erienne avec sa reine. Son dix de pique prit sa dernière carte dans cette couleur, mais il joua encore un neuf pour faire bonne mesure. Erienne avait gardé l'as de carreau pour la fin. Comme il posait sa dernière carte, il lui sourit :
— Un as de cœur, milady. N'avez-vous rien de mieux ?
Sans commentaire, elle jeta le carreau solitaire et la brusquerie de son geste trahit sa légère irritation. Christopher ramassa les cartes avec bonne humeur. Il accepta les

jetons de ses adversaires et, comme ils se détournaient pour parler à la comtesse, il adressa à Erienne un sourire malicieux.

— Je crois que vous me devez un jeton, milady. Mais peut-être souhaitez-vous que je vous fasse crédit ?

— Pour que vous veniez ensuite me réclamer un règlement en nature ? Certainement pas !

Elle lança le jeton de bois avec un petit rire méprisant.

— Vous mettez ma retenue à rude épreuve, milady.

Elle le regarda, insolente :

— Votre retenue ? En auriez-vous donc ?

— Si vous saviez tout, madame, vous me prendriez pour un gredin.

— Il n'y aurait donc rien de changé.

— Je suppose que votre mari ne vous a pas laissée venir ici sans escorte ?

Il attendit sa réponse, visiblement impatient d'être renseigné.

— Ne vous inquiétez pas davantage, sir. Je suis accompagnée par les Leicester.

— J'espérais être favorisé par le destin, mais je suppose que je dois me résigner. (Il se leva et lui tendit la main.) J'aimerais permettre à tous les gens de découvrir votre beauté dans sa plénitude. Les Leicester ne pourront vous reprocher de vous distraire, et la musique nous invite. Me ferez-vous le plaisir de m'accorder cette danse, milady ?

Un refus était sur les lèvres d'Erienne, mais le rythme entraînant de la musique lui parvenait de la salle de bal et elle n'eut soudain pas envie d'y résister.

Elle se leva et laissa son bras reposer avec légèreté sur celui de l'homme. Christopher lui sourit puis adressa un bref signe de tête à la comtesse. Il guida Erienne jusqu'à la salle de bal. Pour entrer dans la contredanse, il lui fit un salut parfait auquel elle répondit par une profonde révérence. Elle se jugeait sévèrement cependant. Elle était une femme mariée, une jeune mariée, plus exactement, et elle dansait avec le séducteur le plus effronté de Londres.

— Vous dansez divinement bien, fit-il remarquer en passant près d'elle lors d'une figure de la contredanse. Puis-je vous demander qui fut votre professeur ? Quelque prétendant doué, peut-être ?

Qu'il aimait donc se moquer du piètre assortiment d'hommes qui avaient demandé sa main !

— Ma mère, sir.

— Il s'agissait certainement d'une grande dame. Est-ce d'elle que vous avez hérité votre beauté ?

— Je suis une sorte de curiosité, dans ma famille.

Elle attendit qu'il fût revenu près d'elle, pour ajouter :

— Ma mère était très blonde :

— Et vous ne ressemblez certainement pas à votre père.

Erienne ne put retenir un rire cristallin, léger, frais comme une eau de source. Un rire qui acheva de charmer Christopher car il lui faisait découvrir qu'Erienne pouvait être aussi gaie et impertinente.

A la fin de la contredanse, lord Talbot apparut et vint à Erienne pour lui présenter ses excuses, ignorant délibérément la présence de Christopher.

— Si je vous ai offensée, milady, j'en suis sincèrement désolé. Enivré par votre beauté, je crains de m'être conduit en importun. Suis-je pardonné ?

Elle eût aimé rejeter ses excuses pompeuses mais il lui fallait songer aux conséquences d'un tel geste, tant pour les familles Fleming que Saxton. Là-bas, dans le Nord, la puissance de cet homme était grande. Elle acquiesça d'un hochement de tête un peu contraint.

— En ce cas, vous m'accorderez le plaisir de la prochaine danse.

Il tendit la main, impatient.

Christopher restait stoïque, mais Erienne remarqua son irritation. Elle savait que lord Talbot n'hésiterait pas à insister lourdement, si elle refusait, et elle savait encore que Christopher ne se laisserait pas intimider. Pour éviter un affrontement violent, elle accepta la main tendue.

Lord Talbot leva son autre main et fit signe aux musiciens de jouer une valse. Si cette danse était apparue près d'un siècle plus tôt à la cour d'Autriche, elle provoquait toujours une certaine indignation en Angleterre. Erienne se crispa quand son partenaire plaqua une main sur sa taille et referma ses doigts sur les siens. Elle resta raide et dansa mécaniquement pendant les premières mesures, puis le rythme prenant fut le plus fort.

— Vous êtes une créature aussi gracieuse que belle, commenta Talbot.

Ses yeux se portèrent brièvement sur Christopher qui les observait, les bras croisés sur la poitrine.

— Connaissez-vous bien Mr Seton ?

— Pourquoi me posez-vous cette question ?

— Je me demandais ce qu'il faisait ici. Posséderait-il un titre ?

— Pas que je sache, répondit-elle avec nervosité pendant que la main de Talbot remontait le long de son dos.

— Habituellement, ces soirées sont réservées à la noblesse et à l'aristocratie terrienne. Sans doute accompagne-t-il un noble en mal de compagnie.

— Les Leicester m'ont dit que les soirées mondaines devenaient moins guindées, et que tout homme aisé et de bonnes manières pouvait s'y faire inviter.

— Oui, c'est vrai, et je suis choqué quand je pense que nous devons accepter la présence de tous ces roturiers. Ils ne possèdent pas le savoir-vivre des gens du monde. Il suffit de voir, par exemple, la façon dont cet homme est entré à grands pas et m'a bousculé.

— Christopher Seton ?

— Oui, cette brute ! (Après un petit temps, lord Talbot ajouta :) Il peut s'estimer heureux que je n'aie pas exigé réparation.

Elle s'abstint de lui répondre qu'elle jugeait pour sa part que c'était là une sage décision, dictée par la plus élémentaire prudence.

— Regardez-le, se moqua Talbot. Il me fait penser à un étalon qui ronge son frein.

Erienne constata qu'il y avait dans le propos de lord Talbot une grande part de vérité. Christopher ne les quittait pas du regard. La valse n'était pas tout à fait achevée qu'il apparaissait à leurs côtés.

— Je réclame la prochaine danse.

Cela avait été dit d'un ton sans appel.

Christopher entraîna Erienne et ce fut au tour de lord Talbot de se renfrogner. Sur un signe du Yankee, les musiciens enchaînèrent sur une autre valse. Il plaça sa main sur la taille de sa cavalière et la fit aussitôt tourbillonner en larges cercles. Les mouvements de Christopher étaient souples et audacieux, très différents des pas prudents de lord Talbot. Erienne sentait la vigueur du bras qui enserrait sa taille. Ils glissaient sur le parquet avec aisance et grâce, et les autres danseurs s'arrêtèrent pour les admirer. Ils formaient un couple d'une harmonie peu commune. Cependant, entre les deux danseurs, seul régnait le silence. Erienne évitait le regard de son partenaire et refusait de répondre à l'étreinte qui tendait à la rapprocher de lui.

— Seriez-vous irritée par quelque chose ? demanda-t-il en souriant.

Elle ne répondit pas tout de suite. Après un instant de réflexion, elle préféra attaquer :

— Vous avez traité lord Talbot de façon discourtoise.

— Discourtoise ? Cet homme allait vous enlever, madame, et je puis vous assurer que ses intentions n'étaient pas honorables.

— Il m'a présenté ses excuses. De plus, il s'est conduit en gentleman, au cours de la danse.

— Il me semble clair que vous avez oublié la signification de ce terme, madame. Lord Talbot est un coureur de jupons invétéré et je vous conseille vivement de vous méfier de lui.

Vexée, elle détourna le visage :

— Il n'est certainement pas plus à redouter qu'une certaine personne de ma connaissance.

— Est-ce ce que vous répondriez à lord Saxton, si c'était lui qui vous mettait en garde contre cet homme ?

Erienne faillit interrompre la danse. Elle regarda Christopher, blessée par ses propos.

— J'ai toujours été aussi franche et honnête que possible avec mon mari.

— Vous lui avez donc tout révélé à notre sujet ?

Cette fois, Erienne se figea, folle de rage.

— A notre sujet ? Dites-moi, je vous prie, ce que l'on pourrait raconter à notre sujet ?

Il se pencha vers elle et murmura :

— Auriez-vous oublié, madame, que mes baisers ne vous ont pas tout à fait laissée de marbre ?

— Oh !

Brusquement, elle recula, dans l'intention de quitter la piste, mais il la saisit par la taille et l'entraîna jusqu'à un balcon faiblement éclairé, environné de feuillages. Une fois à l'abri des regards, Erienne se libéra d'un geste sec et massa son poignet endolori.

— Les hommes ! gémit-elle entre ses dents serrées.

Il s'approcha d'elle. Elle lui tournait le dos. Mais il pouvait admirer la beauté de ses longues boucles luisantes, la pâleur laiteuse de ses épaules. Son parfum l'enivra. Il passa un bras autour de sa taille et l'attira contre lui :

— Erienne, mon amour...

— Taisez-vous ! dit-elle, haletante.

Le murmure de Christopher l'avait troublée au plus profond de son être. Elle se retourna et tendit les poignets, en un geste accusateur.

— Vous voyez ? Ils sont l'un et l'autre meurtris. Vous ne valez pas mieux que Talbot. Durant toute cette soirée, il m'a fallu me battre contre deux hommes qui prétendaient tous deux ne vouloir que me protéger.

— J'implore votre pardon, milady. Je voulais simplement vous mettre en garde contre un homme dont les intentions sont des plus suspectes.

— Et qu'en est-il des vôtres, sir ? Si nous nous retrouvions à présent dans une écurie perdue, feriez-vous encore preuve d'autant de retenue ou feriez-vous fi de ma vertu ?

— Vous avez deviné, madame. Vous prendre dans mes bras et en finir avec votre maudite virginité serait, en effet, le plus cher de mes désirs. De grâce, si votre mari n'y veille pas, faites que cet honneur me revienne, mais ne vous en remettez pas à ce vieux paon. Talbot prendrait son plaisir avec vous puis vous livrerait au caprice de ses amis...

— Et vous, Christopher ? Si je vous cédais, me respecteriez-vous ?

— Vous respecter ? Chère Erienne, comment pourrait-il en être autrement ? Vous êtes présente en chacune de mes pensées. Je tremble chaque fois que vous êtes proche et mon désir de sentir votre main sur moi me fait gémir. Ce désir est obsédant et, si je pensais que vous pourriez me le pardonner un jour, je l'assouvirais ce soir même, avec ou sans votre consentement. Mais je voudrais entendre mon nom jaillir de vous avec amour et non dans un grondement de haine. Voilà ce qui vous protège de ma passion, Erienne.

Elle le regardait, lèvres entrouvertes, en proie à un chaos d'émotions. Oui, elle ne se souvenait que trop bien de cette nuit dans l'écurie abandonnée... Elle sentit que, si elle s'attardait un instant de plus, elle ne pourrait plus répondre d'elle-même. Elle oublierait tout, son mari, son nom, son honneur. Elle s'enfuit, sans que Christopher cherchât à la retenir.

13

Lorsqu'elle descendit rejoindre les Leicester pour le petit déjeuner, Erienne fut surprise de les découvrir au salon en compagnie d'un visiteur. A la vue de cette haute silhouette tournée vers la fenêtre, elle crut défaillir. Puis elle prit conscience de l'impudence dont il faisait preuve, et la colère l'emporta sur l'émotion.

Anne vint à sa rencontre :

— Venez, ma chérie, je voudrais vous présenter un visiteur, dit-elle en lui prenant le bras.

Erienne, figée sur le seuil, refusa d'avancer et, tout en prenant soin d'éviter le regard amusé de Christopher, elle répondit à mi-voix :

— Excusez-moi, milady, mais Mr Seton et moi-même avons déjà eu l'occasion de nous rencontrer.

— C'est possible, répondit Anne. Mais je parie que nul n'a jamais procédé aux présentations. (Elle réussit à entraîner Erienne.) Lady Saxton, puis-je vous présenter Mr Christopher Seton, qui est l'un de vos parents, je crois ?

Erienne regarda son hôtesse avec stupéfaction.

— Un parent ?

— Voyons voir. Les Seton et les Saxton sont apparentés à plus d'un titre, fit Anne qui réfléchit un instant. Oui, je crois qu'il existe un ancêtre commun. Cela fait de vous des cousins.

— Des cousins ?

— Pour le moins ! renchérit Anne.

— Mais... Mr Seton est américain ! protesta Erienne.

— Allons, ma chérie, dit Anne sur un ton de léger reproche. Si nous n'avons pas tous la chance de vivre sur le sol de cette bonne vieille Angleterre, nous ne pouvons pour autant ignorer les liens du sang. Moi, par exemple, j'ai entièrement pardonné à ma sœur…

Le marquis toussota, interrompant le bavardage de son épouse.

— Il est inutile de dresser notre arbre généalogique, ma chère. Je suis certain que Christopher saura expliquer tout cela à Erienne en termes beaucoup plus simples.

— En fait, dit Christopher sans se départir de sa nonchalance, la mère de Stuart était une Seton, avant son mariage. Mais ma famille m'a toujours considéré comme le « vilain petit canard » et s'efforce d'oublier jusqu'à mon existence.

— Je crois pouvoir comprendre les raisons de son attitude, murmura Erienne avec ironie.

Christopher eut un sourire amusé.

— Merci, cousine.

— Je ne suis pas votre cousine ! D'ailleurs, si j'avais su que vous étiez un parent de Stuart, je n'aurais pas consenti à ce mariage.

— Voudriez-vous dire que vous n'êtes pas encore follement amoureuse de votre époux ? répliqua-t-il, avant de lever une main pour empêcher Erienne de répondre. Inutile de vous justifier, cousine. Je ne l'aime pas tellement, moi non plus. Si nous nous tolérons, c'est uniquement parce que la situation l'exige. En fait, tout semble devoir nous opposer. Je lui envie la femme qu'il vient d'acquérir et il m'envie… disons, ma prestance. L'impasse est totale !

Le marquis se tourna vers sa femme, cherchant à atténuer la tension qui montait.

— Ma chérie, il serait temps de prendre notre petit déjeuner, si nous voulons pouvoir aller ensuite à nos affaires.

— Christopher, voulez-vous servir de cavalier à Erienne ? demanda Anne, en prenant le bras de son mari.

— Naturellement, madame.

Christopher présenta galamment son bras et Erienne préféra céder plutôt que de faire un scandale. Cependant, tandis que les Leicester les précédaient, elle gronda à l'adresse de Christopher.

— Vous dépassez la mesure !

— Vous a-t-on déjà dit à quel point vous êtes belle le matin ? murmura-t-il sans faire cas de sa remarque.

Elle redressa la tête et s'abstint de répondre.

— Anne m'a dit que mon cousin est éperdument amoureux de vous, mais qu'il hésitait, pour des raisons faciles à deviner, à paraître en public à vos côtés, fit-il. J'envisage en conséquence de proposer mes services en tant que chevalier servant.

Elle lui adressa un sourire glacial.

— Vous semblez avoir tout prévu... à un détail près, cependant. Je n'ai pas la moindre intention d'accepter votre compagnie.

— Mais vous aurez besoin d'un chaperon !

— Je vous remercie, mais je préfère courir ma chance seule. Je crois que je serai plus en sécurité.

— Les Leicester sont pris, ce matin, et ils m'ont proposé, puisque Stuart est absent, de vous faire visiter Londres.

— J'estime préférable de refuser, sir.

Christopher ne se tint pas pour battu.

— Je pensais que vous apprécieriez une promenade. Mais si vous préférez rester ici, je suis certain que nous trouverons à nous occuper pendant l'absence des Leicester.

— J'avoue que votre obstination me stupéfie, sir.

— Je sais ce que je veux, c'est tout, répondit-il avec chaleur.

— Je suis une femme mariée.

— Je le sais aussi !

Christopher recula la chaise d'Erienne pour lui permettre de s'asseoir, puis il fit le tour de la table et s'installa en face d'elle. Au grand soulagement d'Erienne, une conversation s'engagea entre ses hôtes et leur visiteur, et elle put savourer en paix le délicat petit déjeuner. Le thé, en particulier, lui parut d'une finesse exquise.

Peu après la collation, les Leicester se retirèrent, et force fut à la jeune femme d'autoriser Christopher à l'escorter jusqu'à la voiture. Il avait dû dépenser une fortune pour louer un carrosse aussi somptueux et il s'inclina très respectueusement avant de l'aider à monter.

— Puisqu'il m'est accordé de jouir de votre compagnie, madame, j'essayerai de me conduire correctement, fit-il en s'installant à côté d'elle.

— Si tel n'était pas le cas, mon mari le saurait.

Il eut un petit rire.

— Je tenterai de me souvenir de tout ce que ma mère m'a enseigné au chapitre des convenances.

Erienne ouvrit de grands yeux, feignant l'incrédulité.

— Voici une journée qui s'annonce intéressante.

Christopher s'adossa confortablement au siège et lui sourit.

— Pour la bien commencer, madame, puis-je vous dire que je suis sensible au privilège qui m'est offert ? Vous êtes une femme d'une beauté exceptionnelle, et j'ajouterai que votre robe me paraît digne de vous. Au moins Stuart ne se montre-t-il pas mesquin à votre égard.

Erienne lissa sa jupe de soie moirée couleur ivoire. Le corsage de velours vert émeraude formait comme une courte veste, avec un haut col et des manches serrées aux poignets. Des nœuds de soie ornaient le chapeau de velours que Tessie l'avait incitée à mettre, et de longs rubans de soie ivoire retombaient sur son épaule.

— Serait-il indiscret de vous demander où vous me conduisez ?

— Partout où vous pouvez souhaiter aller, milady. Vauxhall Gardens pourraient constituer un agréable début.

— Ce n'est pas la meilleure saison qui soit pour les visiter, fit-elle remarquer.

Christopher la regarda, surpris.
— Y seriez-vous déjà allée ?
— Ma mère m'y a conduite plusieurs fois.
— Nous pourrions prendre le thé à la Rotonde.
— Je me demande si elle a beaucoup changé.
— Vous connaissez également ! s'exclama-t-il, dépité.
— Voyons, Christopher, j'ai vécu à Londres, dit-elle en riant. Il y a peu de lieux que je ne reconnaisse.
Il réfléchit longuement, puis un sourire apparut sur son visage.
— Il existe au moins une chose que vous n'avez jamais visitée.
Il ouvrit la petite trappe située derrière le cocher et dit quelques mots à voix basse. Puis, avec un sourire confiant, il se rassit sur son siège.
— Il nous faudra un certain temps pour arriver à destination, milady. Je vous en prie, détendez-vous et tâchez de prendre quelque plaisir à cette promenade.
Son conseil était difficile à suivre. La présence de cet homme à ses côtés ne lui apportait ni paix ni réconfort.
— Connaissez-vous bien Stuart ? demanda-t-elle enfin, jugeant préférable de rompre le silence qui s'installait entre eux.
— Autant que tout un chacun, je crois, répondit-il. Mais nul ne le connaît vraiment.
— Savez-vous que Timmy Sears est mort ?
Il hocha brièvement la tête.
— J'ai appris la nouvelle.
— Stuart m'a semblé... affligé par la disparition de cet homme.
Christopher prit un temps avant de répondre.
— Sans doute a-t-il craint qu'on l'accuse de ce meurtre. Certains métayers de votre mari ne se privaient pas de dire que c'était peut-être Timmy Sears qui avait incendié Saxton Hall. Il aurait voulu se venger d'avoir à plusieurs reprises été chassé du domaine. On n'a rien pu prouver cependant.

— Pensez-vous vraiment que Timmy ait pu mettre le feu au manoir ?

— J'ai entendu bien des récits contradictoires... Selon l'un d'eux, lord Saxton aurait, par hasard, découvert un camp de bandits et reconnu certains des hommes. Le marquis en fut informé, mais, avant que les autorités puissent intervenir, la nouvelle aile du manoir où Saxton s'était installé fut la proie des flammes.

— Mais si Stuart connaît l'identité des coupables de l'incendie, pourquoi ne porte-t-il pas plainte contre eux ?

Il y eut de nouveau une longue pause.

— Lord Saxton n'est plus le même homme qu'autrefois. Sa façon de penser a changé. Il a vu assassiner son père tandis qu'il se cachait dans les bras de sa mère, retenant ses sanglots de crainte que les tueurs ne les découvrent et ne les massacrent eux aussi. L'incendie lui a sans doute permis d'établir un lien entre de nombreux événements à première vue sans rapport. Du meurtre de son père à la mise à sac du comté de Cumberland, Stuart voit peut-être une seule et unique main derrière toutes ces exactions, et peut-être cherche-t-il à remonter jusqu'au chef qui dirige tout dans l'ombre.

Erienne réfléchit longuement sur l'attitude de son époux et la nature des projets qui pouvaient être les siens.

— Savez-vous pourquoi son père a été tué ? demanda-t-elle doucement.

— C'est difficile à dire, Erienne. Plusieurs accusations furent portées contre lui lorsqu'il tenta de faire la paix avec les Écossais, et certains lords de la cour osèrent mettre en cause sa loyauté, invoquant son mariage avec la fille d'un chef des Highlands. Ce fut à cette même époque qu'une troupe de bandits apparut dans la région et commença à piller et tuer. Nombreux furent ceux qui accusèrent les Écossais, mais le père de Stuart affirma que cette bande était en fait composée de voyous nés dans la région. Il affirma qu'il en apporterait les preuves, mais il fut tué avant de pouvoir le faire. Naturellement, on imputa ce meurtre aux Écossais.

— Si tout cela est vrai, je ne peux comprendre les raisons du retour de Stuart à Saxton Hall.

— Pourquoi un homme revendique-t-il son héritage ? Pour affirmer la dignité de sa famille. Pour reprendre possession de ses terres. Pour venger le meurtre de son père, le malheur des siens.

— Vous semblez connaître bien des choses sur le compte de mon mari.

— Plus que je ne voudrais l'admettre, milady. Je suis parent de cet homme et j'ai appris bien des secrets de famille.

— Et sa mère ? Où est-elle ?

— Après la mort de son époux, Mary Saxton a quitté le nord de l'Angleterre avec ses fils. Elle a vécu longtemps avec eux, puis elle s'est remariée avec un ami de longue date. Elle viendra sans doute à Saxton Hall dès que son fils aura rendu la demeure habitable. Elle ne souhaite pas la revoir telle qu'elle est actuellement.

— Elle a dû être bouleversée par ce qui est arrivé à son fils.

— C'est une femme exceptionnelle. Je pense que vous l'aimerez.

— Mais m'aimera-t-elle ? Une fille achetée aux enchères ?

— Je puis vous assurer que vous n'avez rien à redouter, milady. Elle désespérait que Stuart ne se marie un jour et lorsqu'elle découvrira l'heureux choix de son fils, elle ne pourra que vous aimer… Et s'il n'en est pas ainsi, j'espère qu'elle saura convaincre Stuart de vous répudier, de vous laisser libre. Après avoir été l'épouse d'un monstre, peut-être pourrez-vous tolérer ma présence.

— Stuart n'est pas un monstre ! protesta Erienne. Je ne puis admettre qu'on le désigne ainsi.

— Vous prenez bien vivement sa défense, dit-il,

moqueur. J'espère que vous n'êtes pas tombée amoureuse de lui.

— Si j'en crois ce que je viens d'entendre, il a grand besoin d'être aimé, et qui serait mieux placé que son épouse pour lui donner cet amour ?

— Vous me désespérez, Erienne. Vous ne mc laissez aucun espoir.

— Le devrais-je ? répliqua-t-elle. Je suis une femme mariée.

Il eut un petit rire.

— Vous semblez prendre un malin plaisir à me le rappeler.

— Si vous n'aviez pas été si avide de recouvrer votre créance, vous auriez pu...

Elle s'interrompit brusquement, effrayée de ce qu'elle allait dire.

Christopher la regarda attentivement, conscient de sa gêne subite.

— Et qu'aurais-je pu faire, milady ?

Erienne garda le silence.

— Vous acheter, milady ?

— Ne soyez pas ridicule !

— Auriez-vous déjà oublié que votre père m'avait interdit de prendre part aux enchères ? Vous attendiez-vous à une autre attitude de ma part ?

— Qu'auriez-vous pu faire de plus, je vous le demande ? demanda-t-elle avec ironie. N'avez-vous pas incité mon père à faire monter les enchères de plus en plus haut et n'êtes-vous pas venu réclamer votre dû avec une hâte qui manquait pour le moins de délicatesse ?

— Madame, vous ne pouvez être irritée contre moi parce que je ne vous ai pas enlevée à votre père et emmenée dans quelque vallée reculée ?

Erienne rougit d'indignation.

— Évidemment ! Si je suis irritée contre vous, ce n'est point pour de telles raisons !

— Dois-je vous rappeler que je vous ai proposé le mariage et que c'est vous qui avez rejeté mon offre ? En des termes qui ne pouvaient laisser place au doute, vous m'avez même fait savoir que vous me haïssiez. Auriez-vous alors menti ?

— Non !

— Vous semblez vous contenter de Stuart, dit-il lentement. Me préférez-vous vraiment un infirme ?

— Stuart est pour moi un mari très attentif.

— Mais pas un homme...

— C'est faux ! s'exclama-t-elle.

— C'est pourtant la vérité, à moins que ce ne soit vous qui le teniez à distance.

Erienne garda le silence.

— Je ne puis comprendre comment vous avez su lui imposer cette contrainte. Cet homme doit être à la torture en sachant que vous êtes sienne mais qu'il lui est interdit de vous toucher. Je suis fort bien placé pour comprendre son tourment.

Elle le foudroya du regard.

— Je vous en prie ! Ce genre de discussion est inconvenant, même entre cousins !

Christopher se tut, laissant à la colère d'Erienne le temps de s'apaiser. Lorsqu'elle fut de nouveau capable de s'intéresser au monde extérieur, elle s'aperçut que la voiture se dirigeait vers le front de mer et elle éprouva un vif soulagement lorsque le carrosse s'arrêta. Ils se trouvaient à quelques pas d'un trois-mâts amarré à quai. La figure de proue représentait une femme à la longue chevelure rousse et le prénom de *Cristina* était sculpté à la poupe.

Christopher ouvrit la portière et sauta sur le quai. Il aida Erienne à descendre et la guida vers la passerelle. D'autres navires étaient à quai, mais aucun ne pouvait soutenir la comparaison avec le *Cristina.* Un homme vêtu d'un grand manteau bleu arpentait le pont. Lorsqu'il vit le couple, il sourit et adressa un salut cordial à Christopher.

— Capitaine Daniels, sommes-nous autorisés à monter à bord ?

L'homme eut un petit rire :

— Quand vous le voudrez, monsieur Seton.

Christopher ôta son chapeau et adressa à Erienne un sourire malicieux, tandis que le vent ébouriffait ses cheveux auburn.

— Madame, parviendrai-je à vous convaincre de monter à bord ?

La jeune femme parcourut du regard les visages des marins qui avaient gagné le bastingage. Si elle ne pouvait entendre les propos qu'ils échangeaient à voix basse, elle devinait sans peine cependant qu'il devait y être question de Christopher et d'elle.

— Je pense que je ne cours guère de risques avec tant de personnes qui viendraient à mon aide, si vous conduire en gentleman finissait par être au-dessus de vos forces !

— Madame, si nous nous retrouvions rejetés sur une île déserte en compagnie de ces mêmes hommes, je suis certain qu'ils ne résisteraient pas longtemps à votre beauté et que vous devriez alors faire appel à moi pour assurer votre protection. Le nombre n'est pas toujours synonyme de sécurité, ma douce amie, et les circonstances pèsent parfois lourdement sur la conduite des hommes.

Faute de trouver une repartie, elle accepta le bras qu'il lui offrait. Le capitaine accueillit Christopher avec un large sourire et une poignée de main chaleureuse.

— Soyez le bienvenu à bord, sir.

— Erienne, puis-je vous présenter le capitaine John Daniels ? C'est un homme en compagnie duquel j'ai traversé bien des mers. John, voici lady Saxton. Sans doute m'avez-vous déjà entendu parler d'elle...

Le capitaine Daniels prit la longue main fuselée d'Erienne dans les siennes.

— Je craignais que Christopher n'eût perdu tout sens de la mesure lorsqu'il parlait de votre beauté. Je suis heureux de constater qu'il n'en est rien.

Flattée du compliment, Erienne ne put s'empêcher de lui sourire avant de se tourner vers Christopher.

— Est-ce votre navire ? s'enquit-elle.

— Oui, milady. C'est le plus important de mes cinq bâtiments.

— Souhaitez-vous le visiter ? proposa le capitaine.

La jeune femme perçut l'orgueil qu'éprouvait l'homme pour son navire.

— J'espérais que vous me le proposeriez.

Le capitaine Daniels accompagna le couple vers le gaillard d'arrière. Un simple regard permit à Erienne de constater que le navire était parfaitement entretenu et que l'ordre le plus strict y régnait. Christopher garda le silence tandis qu'ils descendaient vers les ponts inférieurs, laissant au capitaine le privilège de diriger la visite à son gré. Seul un tiers des membres de l'équipage était à bord. Certains marins dévoraient des yeux la belle visiteuse, d'autres, plus timides, lançaient des regards furtifs dans sa direction.

Lorsqu'ils eurent achevé la visite, le capitaine conduisit Erienne et Christopher dans sa cabine, où il leur servit un léger cordial. Il désigna chacune des deux cabines qui s'ouvraient de part et d'autre :

— Ces quartiers peuvent paraître exigus, madame. Mr Seton et moi-même y avons cependant passé de nombreuses heures, en haute mer.

— Devez-vous bientôt lever l'ancre de nouveau ? demanda-t-elle.

Elle avait essayé de poser cette question d'une voix neutre.

— Je suis à l'entière disposition de Mr Seton. C'est à lui qu'il revient de décider quand nous appareillerons.

Erienne fut quelque peu surprise. Qu'un tel navire et son équipage fussent soumis aux caprices d'un seul homme lui paraissait extravagant. Quelle était donc sa fortune pour qu'il lui soit permis de s'offrir un tel luxe ?

Ils déjeunèrent ensemble à bord. Le capitaine Daniels se lança dans des récits de tempêtes et d'abordages et Christopher ne fut pas en reste. L'un et l'autre avaient d'indéniables dons de conteur et Erienne ne bouda pas son plaisir.

Le reste de l'après-midi s'écoula paisiblement. Si Vauxhall Gardens eussent été effectivement plus beaux et fleuris en leur saison estivale, ils n'en avaient pas moins du charme en ce jour d'hiver. Erienne laissa son cavalier la guider entre les pavillons baroques et dans les allées bordées d'arbres. Ainsi qu'il en avait fait la promesse, Christopher se montra d'une correction parfaite et la traita avec beaucoup d'égards. Dans le « Palais enchanté » de la Rotonde, le thé leur fut servi pendant qu'un orchestre jouait une douce musique d'ambiance.

Ce fut une journée exquise et Erienne éprouva quelque regret lorsqu'elle s'acheva. Elle savait qu'elle regagnerait le lendemain Saxton Hall avec son mari, et elle ressentit une pointe de mélancolie lorsque le carrosse loué quitta la demeure des Leicester. Avant de prendre congé, Christopher avait tenu un bref instant sa main et effleuré sa joue d'un baiser léger. Si léger qu'il fût, elle s'en souvint longtemps.

***

La brume s'attardait encore, quand le carrosse des Saxton quitta le domaine des Leicester.

Au nord de la Tamise, la voiture passait avec fracas devant des fermes et traversait les ponts de pierre dont les piliers s'enfonçaient dans la brume épaisse. Tessie avait cédé aux instances de sa maîtresse et était venue s'installer à l'intérieur de la voiture. Elle évita de poser les yeux sur son maître et s'empressa d'imiter sa maîtresse dès que celle-ci se mit à sommeiller.

A midi, ils firent halte dans une auberge et, bien que de

nombreux clients fussent présents dans la salle, un silence de mort plana soudain lorsque lord Saxton guida sa jeune épouse vers une table. Comme à l'accoutumée, il refusa de prendre part au repas et, après avoir raccompagné Erienne jusqu'à la voiture, il s'éclipsa pendant un bref instant.

Ils étaient de nouveau sur la route, lorsqu'un cri s'éleva dans le lointain et que la petite trappe située derrière le siège du cocher s'ouvrit brusquement.

— J'aperçois derrière nous une voiture qui ne va pas tarder à nous rattraper, milord, annonça Bundy. Un grand carrosse escorté par un petit groupe de cavaliers.

— Soyez prudent et laissez-les passer dès que la route s'élargira, ordonna aussitôt lord Saxton.

— Bien, milord.

Bundy referma la trappe.

Si Erienne ne pouvait rien voir, étant assise à l'arrière, elle perçut cependant, et de plus en plus distinctement, le martèlement des sabots. Leur propre voiture ralentit, cahotant sur le bas-côté de la route. Un fouet claqua et le cliquetis des harnais s'amplifia. Erienne vit tout d'abord des chevaux magnifiques, puis un énorme carrosse noir aux fenêtres tendues de rideaux de velours. Le cocher et un garde occupaient le siège avant et deux valets se tenaient à l'arrière. Huit cavaliers suivaient. Si tout cela évoquait l'opulence, une marque de peinture récente se voyait sur la portière, à l'emplacement des armoiries.

Erienne ne comprit pas pourquoi un noble sans doute de haute lignée se déplaçait ainsi, dissimulant son blason. Ce n'était certainement pas pour détourner l'intérêt des voleurs, car il était évident que seul quelqu'un de très riche pouvait voyager en pareil équipage.

Lord Saxton regarda passer la voiture sans commentaire. Son unique réaction fut de consulter sa petite montre de gousset après que le carrosse eut dépassé le leur. Puis il s'allongea dans un angle et croisa les bras, feignant de dormir.

Ils suivaient apparemment la même route que le carrosse noir, car ils en entendirent parler à chaque étape. Quand les premiers flocons blancs tombèrent, ils purent encore relever les traces de son passage, mais au fur et à mesure qu'ils se dirigeaient vers le nord, la neige tombait plus dru et bientôt la route ne leur révéla plus rien. Au crépuscule, découvrir la silhouette grise de Saxton Hall fut agréable à Erienne. Elle était cependant trop épuisée pour songer à dîner. Elle retrouva son lit avec délices.

A peine quelques jours s'étaient-ils écoulés que l'on commença de parler d'un mystérieux cavalier aperçu çà et là sur les collines. Les portes des maisons, jusqu'alors simplement tirées pour la nuit, étaient à présent fermées au verrou.

Haggard arriva un matin, haletant, chez le shérif et lui expliqua qu'une créature l'avait poursuivi durant la nuit. Et la déclaration qu'il fit, selon laquelle il était prêt à se battre contre la chose si on lui confiait une arme, lui valut de devenir un des hommes du shérif. Dès lors, Allan Parker ne put plus faire un pas sans trébucher sur son fidèle adjoint. Depuis la mort de Timmy, Haggard se sentait seul et il s'attacha aux pas d'Allan. Sa présence constante mettait à rude épreuve la patience du shérif.

Christopher Seton revint à Mawbry, et la nouvelle atteignit Saxton Hall. Si lord Saxton refusait de faire allusion à son cousin, les jeunes servantes, elles, ne manquaient jamais de rapporter toutes les rumeurs, parfois en présence de leur maîtresse. Molly, disait-on, avait commencé à parler de la fille qu'elle avait surprise quelques semaines plus tôt dans le lit de Seton, mais elle refusait de révéler son identité. On pensa à Claudia, qu'on avait vue à une ou deux reprises en sa compagnie. Lorsque Erienne eut vent de ces ragots, elle ressentit une douleur sourde en son cœur, une douleur qu'elle ne put chasser, même en se disant qu'elle haïssait cet homme.

*
**

Le vendredi suivant, lord Saxton demanda une faveur à sa femme : qu'elle descende dîner vêtue de la robe qu'elle portait le soir de ses noces. Elle savait pourquoi son mari aimait ce vêtement : le décolleté en était extrêmement hardi. Il l'attendait au bas de l'escalier, une main cachée derrière le dos.

— Madame, dit-il de sa voix rauque, vous êtes un joyau précieux, une rose parmi les ronces, et chaque jour vous devenez plus belle.

Erienne s'arrêta devant lui. Il la regardait avidement : son visage d'abord, puis sa gorge. Elle resta docile sous son regard, sachant que toute tentative pour se couvrir n'eût fait que susciter son ironie.

— Il m'est arrivé de dire que votre beauté n'avait besoin d'aucune parure, madame, et, sans avoir pour autant changé d'avis, je pense cependant qu'un petit ornement ne déparera pas votre grâce. (Il dégagea son bras et fit danser un lourd collier devant les yeux d'Erienne.) Je serais heureux que vous le portiez, mon amour.

Erienne comprit qu'il attendait sa permission pour le passer à son cou. Elle hocha la tête, en hésitant, sans savoir si elle pourrait supporter le contact de ses doigts sur sa peau nue. Les mains de l'homme s'avancèrent, tenant délicatement le collier d'émeraudes et de diamants. Elle inclina la tête et attendit, le cœur battant, pendant qu'il tentait d'actionner le fermoir.

— Pourrez-vous y parvenir, avec vos gants? demanda-t-elle.

— Ne bougez pas un instant, ordonna-t-il de sa voix sourde.

Et, dans son dos, il ôta tout d'abord un gant, puis l'autre. Erienne retint sa respiration jusqu'au moment où des doigts nus touchèrent sa peau. Elle faillit alors s'effondrer contre lui d'émotion. Ils étaient chauds, fermes, humains.

L'odeur d'eau de toilette qui semblait monter des vêtements de lord Saxton éveilla en elle un souvenir confus et lui apporta une étrange sensation de plaisir. Son esprit chercha à comprendre mais l'unique image qui s'imposa à elle fut celle de son réveil, après sa chute de cheval.

Le fermoir du collier cliqueta légèrement. Erienne attendait qu'il s'écartât, et fut surprise de sentir de nouveau le contact de ses doigts. Sa main caressa un instant sa peau et elle tourna lentement la tête vers le visage masqué.

— Mes mains tremblaient de vous toucher, murmura-t-il. Mais peut-être ai-je eu tort ?

Erienne le regarda d'un air interrogateur.

— Je crains que la tentation soit désormais trop forte pour que je puisse y résister. A présent que je vous ai touchée, je vous désire encore plus. (Il fit une pause. Il semblait en proie à un dur combat intérieur.) Ai-je été stupide de faire de vous ma femme, Erienne ? Ne ferez-vous que continuer à me haïr ou trouverez-vous un autre homme à aimer ?

— J'ai donné mon consentement en pleine connaissance de cause et avec la ferme volonté que notre mariage soit consommé, milord. Vous êtes mon époux et je réclame seulement un peu de temps. Vous comprenez parfaitement qu'il existe une barrière entre nous. Mes peurs me tourmentent autant que vos balafres vous obsèdent, mais avec le temps ces obstacles seront peut-être surmontés. Je vous demande seulement d'attendre. Tôt ou tard, je serai pour vous une bonne épouse... une véritable épouse.

Après une brève pause, le poignet se posa sur l'épaule d'Erienne et elle devina qu'il remettait ses gants. Mue par un élan spontané, elle plaqua sa paume sur la poitrine musclée de son mari.

— Vous voyez, milord ? Je puis à présent vous toucher, sans que cela me fasse peur.

Avec prudence, comme s'il craignait de l'effrayer, il leva sa main gantée et frôla doucement sa joue.

— Ma chère Erienne, dans ce corps difforme bat un cœur d'homme que réchauffe votre beauté. Il m'est douloureux d'attendre, mais je pourrais endurer n'importe quoi, dès l'instant où vous me laissez espoir.

Il se redressa et lui tendit le bras en un geste courtois.

— Mais, madame, vous devez avoir faim et j'ai grand besoin qu'un souffle d'air frais apaise le désir qui me torture.

— Peut-être, dit Erienne avec un rire léger, serait-ce à moi de porter un masque, milord, ou tout au moins des vêtements plus pudiques.

— S'il n'en était que de moi, vous en porteriez de plus diaphanes...

***

Ce furent des accords de clavecin qui d'abord se mêlèrent aux rêves d'Erienne et puis la réveillèrent. L'instrument était désaccordé et les touches semblaient frappées avec une intensité proche de la colère.

Elle reconnut la mélodie. C'était une vieille chanson dont les paroles lui revinrent : « Hélas, mon amour, vous me traitez avec cruauté en me chassant ainsi... »

Elle se leva et passa sa robe de chambre. Elle ne se souvenait pas d'avoir vu un clavecin dans la demeure, mais il y avait de nombreuses pièces condamnées où elle n'avait pas pénétré.

Guidée par les accords violents, elle atteignit une aile de la demeure encore à l'abandon. Au bout d'un long corridor, une faible clarté attira son regard. Elle poussa doucement la porte entrouverte. Un grand candélabre était posé sur une table, au centre de la pièce. Elle frissonna. Des housses recouvraient tous les meubles, à l'exception de l'instrument de musique qui se trouvait au fond de la pièce. Un homme était assis devant son clavier et faisait face à Erienne, la tête et les épaules dans l'ombre. Le masque de cuir et les gants étaient posés sur le clavecin. L'homme semblait presque attaquer physiquement l'instrument. Il lui arrachait des sonorités qui exprimaient toute sa frustration, tout son déchirement.

Comme fascinée, la jeune femme avança lentement. Puis la musique s'interrompit brusquement sur un accord dissonant, et la tête de l'homme se releva.

— Lord Saxton ? s'enquit-elle en un murmure.

— N'avancez pas ! ordonna-t-il d'une voix dure. N'approchez pas, de crainte de perdre la raison !

Erienne s'immobilisa, car l'ordre était péremptoire. Lord Saxton saisit ses gants et dissimula ses mains pour les mettre, puis il s'empara de la cagoule de cuir et la posa sur son visage. Il remonta le col de sa robe de chambre, négligeant les lacets qui fixaient le masque. Il posa ensuite ses mains à plat sur l'instrument et demanda :

— Jouez-vous du clavecin ?

— Il y a longtemps, milord, et seulement des airs légers, bien dépourvus des émotions que vous extériorisez.

Il poussa un soupir.

— Je ne suis plus capable de jouer correctement.

— Vous avez en vous trop de colère.

— En plus de votre beauté, auriez-vous un don de divination ? dit-il avec ironie.

Pour la première fois, Erienne eut l'impression de pouvoir comprendre au moins en partie son mari.

— Non, milord, mais j'ai connu le chagrin, la colère et la haine, et j'ai vu ces sentiments détruire bien des gens qui m'étaient proches. Vraiment... Stuart... (Son nom était difficile à prononcer, en sa présence.) Oui, vraiment, j'ai vécu environnée de haine au cours de ces dernières années. Ma mère fut la seule à m'aimer et elle est morte voilà bien des mois. Malgré votre masque, je sens en vous ces pulsions violentes... et elles m'effraient.

— Il ne faut pas. Je n'ai pas l'intention de vous faire le moindre mal.

— Si votre corps a été durement marqué, j'ai conscience que votre âme a encore plus souffert. Et je ne puis me défendre d'une certaine pitié...

— Je vous exhorte à garder votre pitié pour ceux qui la méritent, madame. C'est bien là le dernier sentiment que je voudrais vous inspirer.

— Stuart...

— Et je vous demande, madame, de prendre garde lorsque vous vous adressez à moi. L'emploi de mon prénom en public pourrait vous jeter dans un veuvage prématuré.

— Je serai prudente, milord. (Elle regarda autour d'elle avec curiosité.) Était-ce la salle de musique ?

— C'était le cabinet de travail de mon père.

— J'ignorais qu'il y eût un clavecin dans votre demeure.

— Pendant que vous dormez paisiblement, madame, je suis hanté par votre image. J'erre dans ce manoir en proie à la torture et toutes les distractions que je puis trouver sont les bienvenues.

— Je ne vous refuse rien, Stuart, dit-elle doucement.

Il se leva et vint vers elle de sa démarche claudicante.

— Madame, vous vous enfuiriez dans votre chambre en tremblant de peur si vous aviez conscience des émotions que je réfrène en cet instant.

Il leva lentement la main et Erienne réprima un mouvement de recul lorsqu'il la posa sur son sein. Son corps tremblait et il lui fallut faire appel à toute sa volonté pour rester immobile, pendant que la main de l'homme la caressait avec douceur. Puis son bras glissa autour de sa taille fine, comme pour l'attirer vers lui. Alors elle s'enfuit, tandis qu'un rire sardonique résonnait dans le long corridor...

14

La nuit était froide et limpide, et les étoiles scintillaient avec plus d'intensité que de coutume. La fine couche de neige glacée craquait sous les pieds et il fallait beaucoup de précautions pour progresser silencieusement.

Un camp avait été établi au creux de la petite vallée. Des lanternes étaient allumées et une dizaine de tentes, flanquées de paille, se dressaient. A l'extrémité du vallon, des barils de poudre, des caisses et d'autres réserves s'entassaient dans une grotte peu profonde. Dans des stalles improvisées se trouvaient quelques chevaux. Au centre du camp, deux hommes étaient assis près d'un feu.

— Pauv' vieux Timmy, soupira l'un d'eux. Le cavalier de la nuit l'a eu. Il l'a embroché avant de lui trancher la gorge.

— Ouais, approuva l'autre qui hocha la tête avant de boire un peu de bière dans une tasse en terre cuite. Ce démon rôde trop près d'ici pour que je sois tranquille. Cette vieille, elle disait avoir vu le cavalier de la nuit à seulement deux ou trois miles au sud.

— Le chef aurait intérêt à nous trouver une autre planque. Dans une affaire pareille, Luddie, c'est pas sain de rester trop longtemps au même endroit.

— Ouais, on a de quoi se payer du bon temps. Même si on enlève ce que Timmy a pris pour le donner à sa catin, on devrait pouvoir se distraire pas mal à Carlisle. Orton, tu te rappelles cette taverne et la grosse rouquine qui s'occupait des chambres ?

Orton se leva et frappa le sol de ses pieds. De la tête, il désigna l'entrée du vallon.

— Qui monte la garde ?

Luddie se pelotonna dans son manteau sombre.

— C'est John Turner. Il ira réveiller le vieux Clyde aux alentours de minuit.

— Alors, je vais me coucher, déclara Orton.

Il lança une grosse bûche dans le feu, puis s'éloigna d'un pas lourd vers une des tentes.

Luddie monta la garde un moment, puis il frissonna et gagna sa propre tente. Le camp devint silencieux et les lanternes furent éteintes. Seule demeurait la lampe suspendue à l'entrée de la grotte. De nombreux ronflements s'élevèrent bientôt, et nul n'entendit le grognement que poussa John Turner lorsqu'il fut assommé par-derrière.

Une ombre sembla se déplacer en direction de la caverne et une silhouette apparut dans les lueurs mourantes du feu de camp. Le cavalier fantôme demeura un instant immobile. Puis son bras s'avança brusquement pour lancer un objet attaché au bout d'une longue corde. L'objet tomba dans les braises. Il y eut des crépitements et des craquements, et un instant plus tard un arbre proche, un if, fut touché par les flammes. Le cavalier fit tourner bride à sa monture et tira sur la corde. L'arbre fut entraîné. L'étalon noir, éperonné, partit au galop et effectua un large cercle, traînant l'arbre incandescent. L'if bondissait, se tordait, tombait, bondissait de nouveau, comme s'il s'était agi d'un animal sauvage attaché à l'extrémité d'une longe. Des tisons volaient de toutes parts et les tentes s'enflammaient rapidement. Le cavalier effectua le tour du camp, incendiant tout sur son passage.

Le campement tout entier ne fut plus que hurlements. Des hommes jaillissaient hors des tentes en feu et s'enfuyaient.

Le cavalier noir piqua des deux, guida sa monture vers l'entrée de la grotte, et projeta sa torche sur les barils entassés contre la paroi. Les chevaux hennirent de terreur et rompirent leurs longes. Ils s'enfuirent, bousculant et piétinant les hommes sur leur passage.

Le vieux Clyde fut saisi de panique. Il ne savait dans quelle direction fuir. L'étalon noir s'arrêta devant lui et il vit son cavalier brandir une lame d'acier.

— Les bandits de votre espèce ne trouveront aucun refuge dans ces collines ! Je vous pourchasserai sans trêve et il vous faudra fuir au loin si vous tenez à la vie !

Clyde attendit, les yeux fermés. Sa fin était proche, il le croyait, mais il préférait ne rien voir. Un rire retentit, puis ce fut le silence.

Clyde ouvrit les yeux : le cavalier avait disparu.

Clyde découvrit que deux de ses camarades se tenaient figés derrière lui, bouche bée.

— Vous avez vu ? fit-il d'une voix encore tremblante. Vous avez vu ? Je suis parvenu à le faire filer !

Sa main chercha fébrilement une arme, afin de rendre plus plausible l'exploit qu'il revendiquait. Un piquet de tente brisé lui parut convenir et il le brandit, heureux d'être encore en vie.

Soudain, un homme cria :

— Les barils de poudre ! Ils prennent feu !

Un éclair aveuglant emplit la grotte et une vingtaine de barils enflammés furent projetés dans le vallon. Ce fut la panique tant parmi les hommes que parmi les chevaux.

A près d'un mile de là, le cavalier vêtu de noir s'arrêta sur un petit pont et se tourna pour regarder le campement en flammes. En dépit de la distance, il pouvait entendre les cris de rage et les hurlements de douleur.

Il eut un petit rire, puis fonça droit devant lui.

***

Les appartements de lord Saxton se trouvaient à l'arrière de la demeure et, de la fenêtre, on pouvait voir la route qui serpentait dans la vallée et venait s'achever à l'entrée de la tour. Erienne s'y était rendue en compagnie d'Aggie, afin de voir s'il était nécessaire de compléter le mobilier et, pour la première fois, elle découvrait ces pièces — un peu moins spacieuses que celles de ses appartements. Le pied du lit était orienté vers la cheminée, où deux fauteuils élisabéthains flanquaient une petite table. Contre les murs adjacents, deux armoires aux portes closes se faisaient face. Un large bureau était placé près de la fenêtre. Un livre relié de cuir était posé sur son plateau de bois poli, à côté d'une lampe à huile.

Aggie désigna le volume :

— Le maître tient ici la liste de tous ceux qui vivent sur ses terres. Vous y trouverez mentionnées chaque naissance et chaque mort. Un jour, madame, les dates de naissance de vos enfants y seront inscrites de la main même de Sa Seigneurie.

Erienne n'appréciait guère les constantes allusions d'Aggie, mais comment en vouloir à cette femme de sa dévotion absolue à la famille Saxton ?

— Une voiture arrive, madame, annonça Aggie qui s'était approchée de la fenêtre.

Erienne rejoignit l'intendante et frémit en reconnaissant le véhicule. Elle éprouva également une certaine curiosité ; elle se demandait quelle pouvait être la raison de la visite de lord Talbot et qui il venait voir.

Elle attendit sans bouger, ne se sentant pas d'humeur à accueillir le visiteur. Elle ne se souvenait que trop de sa conduite.

— Mais, madame, c'est miss Talbot ! s'exclama Aggie en voyant une robe apparaître à la portière du carrosse. Seigneur, je me demande ce qui peut nous valoir sa visite !

Erienne se sentit irritée et gênée. Inconsciemment, elle lissa sa robe. Dans la mesure où elle avait choisi une confortable tenue de travail, elle ne se sentait pas particulièrement à son avantage. Elle se refusa cependant à aller mettre une des robes que lui avait offertes lord Saxton simplement pour impressionner cette femme. Cela lui parut vaniteux et futile. Elle descendit à la rencontre de Claudia.

Elle avait été introduite dans la grande salle et occupait le fauteuil de lord Saxton, près de la cheminée. A l'entrée d'Erienne, elle tourna la tête et arbora un sourire moqueur en notant la simplicité de la robe de laine que portait son hôtesse.

— Mais vous êtes magnifique, Erienne ! s'exclama-t-elle. Je craignais de vous trouver vieillie de ving ans, depuis votre mariage.

Feignant également la bonne humeur, Erienne répliqua :

— Qu'est-ce qui pouvait vous faire croire une chose pareille ?

— Mais... j'ai entendu dire que lord Saxton est un véritable monstre ; qu'il est tout simplement horrible à voir !

Erienne parvint à lui adresser un sourire bienveillant.

— Est-ce donc la curiosité qui vous a poussée jusqu'ici ?

— Pauvre Erienne, vous êtes si courageuse ! (Elle se pencha et demanda à voix basse :) Dites-moi, vous bat-il ?

Le rire d'Erienne démontra l'absurdité de cette hypothèse.

— Oh, Claudia, ai-je l'air d'être une femme martyre ?

— Est-il aussi laid que le prétend la rumeur ?

— Je ne pourrais vous répondre, rétorqua Erienne, tandis qu'Aggie entrait, apportant le plateau du thé.

Claudia parut surprise :

— Et pourquoi, grand Dieu ?

— Parce que je n'ai jamais vu son visage. Il porte un masque.

— Même au lit ?

Les tasses s'entrechoquèrent et Aggie manqua de peu de lâcher le plateau. Elle se reprit, le posa sur la table, puis demanda :

— Souhaitez-vous autre chose, madame ?
— Non, Aggie, merci.
Erienne avait eu le temps de se ressaisir et c'est très calmement qu'elle fit de nouveau face à Claudia :
— Je n'ai jamais vu le visage de mon mari, en aucune circonstance, déclara-t-elle tout en servant le thé. Il préfère qu'il en soit ainsi.
Claudia prit sa tasse et se cala dans son fauteuil.
— Ne pas savoir à quoi ressemble son mari doit être horriblement angoissant ! Ainsi donc, il vous serait impossible de le reconnaître sans son masque.
— Détrompez-vous, je le reconnaîtrai toujours.
— Oh, ma chérie, tout cela est horrible ! Un véritable monstre ! Peut-il absorber seul sa nourriture ou devez-vous l'y aider ?
Erienne réussit à répondre calmement :
— Mon mari est un gentleman, Claudia, pas un monstre.
— Un gentleman ? Ma chère Erienne, connaissez-vous la signification de ce mot ?
— Je la connais sans doute mieux que vous, Claudia. J'ai eu affaire à bien des hommes, ce qui m'a permis d'apprendre qu'il faut les juger en fonction de leurs actes, et non de leur apparence. Mon mari n'est sans doute pas aussi séduisant que certains hommes, mais il mérite le titre de gentleman plus que la plupart de ceux que j'ai rencontrés.
— Si vous êtes si fière de lui, Erienne, peut-être souhaiterez-vous nous le présenter lors du bal que nous allons donner. Je sais qu'il serait sans doute plus à son aise s'il s'agissait d'un bal masqué, mais mon père m'a demandé de vous transmettre une invitation, à vous et à votre mari. J'espère que vous revêtirez une robe digne de notre soirée.
Une porte se referma derrière elles et le bruit caractéristique des pas de lord Saxton leur parvint. Claudia se retourna et demeura figée, interdite. Lord Saxton s'immobilisa près du siège d'Erienne, qui leva la tête vers lui.

— Milord, je ne m'attendais pas à vous voir rentrer si tôt.

— Je constate que nous avons une visiteuse, dit-il d'une voix sèche.

Erienne fit les présentations. Claudia restait bouche bée et semblait, pour une fois, à court de mots.

— Nous sommes invités à un bal, milord.

— Vraiment ? fit l'homme masqué en baissant les yeux vers Claudia. Est-ce pour bientôt ?

Claudia rassembla son courage :

— Mais... oui, dans deux semaines.

— Avez-vous une robe qui vous plaise pour ce bal, Erienne ?

— Ce ne sont pas les robes qui me manquent, milord.

— Alors, je ne vois aucune raison pour que vous ne répondiez pas à l'invitation de lord Talbot.

Claudia se leva et porta la main à sa gorge :

— Je... Il faut que je parte, à présent. Je ne manquerai pas d'informer mon père de votre aimable réponse.

Elle se dirigea rapidement vers la porte.

— Revenez me voir, Claudia, lança Erienne. Peut-être vous sera-t-il alors possible de rester un peu plus longtemps ?

Quand elle entendit la voiture s'ébranler, Erienne se rejeta en arrière dans le fauteuil et eut un petit rire.

— Mon cher Stuart, avez-vous remarqué son regard, lorsque vous êtes entré ? Vous l'avez terrorisée.

Lord Saxton rit à son tour.

— Mon cher Stuart, répéta-t-il. Voilà des mots que mon cœur attendait depuis longtemps. Puis-je nourrir l'espoir que vous commencez à ressentir quelque affection pour moi ?

— J'ai moins peur de vous qu'auparavant, répondit timidement Erienne.

— Alors, je dois sans doute remercier votre amie pour avoir favorisé une si heureuse évolution de nos rapports.

Erienne fronça les sourcils.

— Permettez-moi de vous reprendre, milord, mais Claudia n'est pas mon amie. Si elle est venue ici, c'est par curiosité et parce qu'elle voudrait faire de son bal un événement mémorable. Certains disent que nous nous ressemblons, toutes deux, et je crois qu'elle éprouve de l'antipathie envers moi pour cette raison.

— Madame, avant d'être défiguré, j'étais, disait-on, un coureur de jupons. C'est donc en tant qu'expert que je puis affirmer que cette jeune femme ressent à votre égard de l'envie.

— Mais Claudia a déjà tout ce qu'une femme peut souhaiter posséder !

— Pas tout, mon amour, et il lui faudrait plus de beauté pour qu'elle soit heureuse. (Il fit une pause.) Et vous, mon amour ? Que vous faudrait-il, pour que vous soyez heureuse ?

Confuse, elle baissa les yeux et ses joues s'empourprèrent. Qu'aurait-elle pu lui répondre ?

Erienne songeait encore à la visite de Claudia, lorsqu'une voiture arriva en vue du manoir. Il était près de midi, le lendemain, quand Aggie pénétra en courant dans le cabinet de travail du défunt. Erienne polissait avec soin les touches du clavecin et deux servantes époussetaient d'autres meubles et objets.

— Si mes yeux ne me trompent pas, madame, la voiture de louage de Mawbry remonte l'allée. J'ai eu l'occasion de la voir à une ou deux reprises et je la reconnais sans peine.

— De Mawbry ? répéta Erienne. Qui peut bien venir de Mawbry pour nous voir ?

— Votre père, qui sait ? Peut-être lui manquez-vous ?

« Il est plus probable que c'est l'argent qui lui manque », pensa Erienne tout en essuyant ses mains sur son tablier.

— Je vais descendre l'accueillir.

— Je vous demande pardon, madame, mais ne pensez-vous pas que vous devriez faire un brin de toilette ? Vous ne voudriez pas qu'on puisse croire que vous servez de domestique, n'est-ce pas ?

Erienne prit conscience de sa tenue. Elle dénoua aussitôt le tablier et marcha rapidement vers la porte.

— Savez-vous où se trouve lord Saxton ?

— Le maître et Bundy étaient déjà partis lorsque je me suis levée, madame, et je ne les ai pas vus rentrer.

— Dès que lord Saxton reviendra, informez-le que nous avons une visite.

— Oui, madame, je n'y manquerai pas.

Erienne avait gagné le premier étage et se dirigeait rapidement vers sa chambre, lorsque la grande silhouette de son mari surgit du corridor de l'aile est.

— Où vous rendez-vous donc avec tant de hâte, madame ? s'enquit-il d'une voix amusée. Si j'en juge par votre aspect, je pourrais croire que vous venez de vous rouler dans la poussière.

— Je pourrais vous rétorquer la même chose, milord, fit-elle en frottant la manche du manteau noir où apparaissaient des traînées grises.

Elle porta le regard vers l'autre extrémité du couloir obscur, se demandant comment il avait pu regagner le manoir sans être vu.

— Vous serait-il poussé des ailes vous permettant de vous déplacer sans que nul ne le sache ? Aggie m'a dit que vous étiez parti.

— En raison de ses nombreuses occupations, il n'est guère étonnant qu'elle n'ait pas remarqué mon retour. Est-ce moi que vous cherchiez ?

— Nous allons avoir une visite et je... je pense qu'il s'agit de mon père.

— Votre père ? Croyez-vous qu'il ait retrouvé son bon sens et qu'il veuille vous reprendre auprès de lui ?

— J'en doute, milord. Il est plus probable qu'il vient ici pour tenter de remédier à la légèreté de sa bourse.

— Estimez-vous que je devrais intervenir en ce domaine ?

— Si vous lui donniez de l'argent, il le perdrait au jeu ou alors Farrell le dépenserait à boire. Je crois qu'il est pour eux préférable de rester démunis.

Elle retira la main qu'elle avait posée sur le bras de lord Saxton et rougit de la familiarité de son geste.

— Mais je ferais mieux d'aller me rendre présentable.

Lord Saxton la suivit jusqu'à sa chambre et s'accouda à l'appui de la fenêtre, pendant qu'elle sortait des toilettes de l'armoire. La robe qu'elle portait se fermait dans le dos et, sans l'aide de Tessie, elle ne pouvait l'ôter. Elle jeta un regard furtif vers son mari. Allait-elle oser ? Lord Saxton s'était retourné vers elle et Erienne comprit qu'il était parfaitement conscient de ce qui se passait dans son esprit. Elle marcha jusqu'à lui, puis souleva sa longue chevelure, lui tournant le dos. Elle attendit qu'il eût ôté ses gants. Lorsque la robe fut ouverte, elle s'écarta d'un pas et voûta les épaules pour se dégager du corsage, puis du vêtement tout entier.

— Avez-vous remarqué qu'il neige, madame ? dit-il, tandis qu'elle disparaissait derrière le rideau du cabinet de toilette. Il est probable que notre visiteur devra passer la nuit ici, si elle continue de tomber.

Erienne prit sa remarque pour un reproche.

— Je me hâte, répondit-elle.

Elle passa rapidement un linge humide sur son visage et se brossa les cheveux, avant de réapparaître en chemise. Sa hâte lui fit oublier la présence de son mari lorsqu'elle se glissa dans la robe et se baissa pour remonter et ajuster ses jupons. Prenant sur lui, lord Saxton réussit à demeurer impassible.

Erienne descendit l'escalier au bras de son mari ; elle perçut la voix forte de son père. Il s'adressait sans nul doute à Farrell, nommant avec complaisance les grands seigneurs de Londres, qui venaient lui demander conseil et qu'il recevait avec faste.

— Oui, j'avais tout cela, et je rentrerai un jour en possession de ma fortune, mon garçon. Tu verras, nous vivrons dans un manoir aussi somptueux que celui-ci. Nous aurons d'innombrables serviteurs et ce sera la belle vie, Farrell. La grande vie !

Le bruit produit par la lourde chaussure de lord Saxton alerta Avery. Il se retourna au moment où le couple entrait dans la grande salle. Il regarda avidement la robe de sa fille.

— Eh bien, bonjour, ma fille ! fit-il d'une voix un peu trop forte. Tu ne fais qu'embellir avec le temps, semble-t-il.

Erienne passa devant lui avec dignité et adressa un petit signe de tête à Farrell avant de s'installer dans le fauteuil que son mari lui présentait. Avery se racla la gorge et alla s'asseoir sur la banquette placée devant la cheminée.

— Vous devez vous demander quelle est la raison de ma visite. Eh bien, je suis venu vous apporter quelques nouvelles. De mauvaises nouvelles, je le crains. Comme vous faites désormais partie de la famille, milord, j'ai estimé qu'il était préférable de vous avertir.

— M'avertir de quoi ?

— L'autre jour, je me suis rendu chez lord Talbot en compagnie d'Allan Parker, le shérif de Mawbry, comme vous savez, et, à un moment où ils pensaient que je ne pouvais les entendre, ils ont échangé quelques mots qui m'ont intrigué.

— Venez-en au fait, dit lord Saxton avec impatience.

— Ils parlaient de vous, milord. Ils disaient que c'était peut-être vous le mystérieux cavalier de la nuit.

Lord Saxton partit d'un petit rire.

— J'ai moi aussi trouvé cela risible, milord, gloussa Avery. A ma connaissance, vous ne pouvez monter à cheval et vous n'êtes pas très vif... Je ne veux pas parler de vivacité d'esprit, bien sûr, mais de la gêne physique que vous... J'ai du mal à vous imaginer galopant à travers la lande. J'en ai fait la remarque à Sa Seigneurie, mais elle m'a alors demandé qui pouvait être, selon moi, ce mystérieux cavalier, et je n'ai su quoi lui répondre.

Lord Saxton semblait beaucoup s'amuser :

— Et êtes-vous parvenu à convaincre Talbot de mon innocence ?

— Je ne saurais le dire. Mais si vous pouviez prouver où vous vous trouviez la nuit dernière, il serait préférable de me mettre au courant.

— La nuit dernière ? Pourquoi ?

— Le mystérieux cavalier a fait sa réapparition. Cette fois, c'est le cadavre du vieux Ben qu'il a laissé derrière lui, contre la porte de service de l'auberge.

De surprise, Erienne porta la main à sa gorge, mais lord Saxton resta de marbre. Et ce fut presque posément qu'il demanda :

— Et comment peut-on affirmer que c'est le cavalier de la nuit qui l'a assassiné ? Le meurtre a-t-il eu des témoins ?

— Ce misérable a tué le vieux Ben exactement de la même manière que Timmy Sears, répliqua Avery d'un ton péremptoire. Il lui a tranché la gorge après lui avoir planté son épée dans la poitrine et...

Erienne frissonna et détourna le visage.

— Épargnez-nous les détails, ordonna sèchement lord Saxton.

Il versa un peu de xérès dans un verre et le tendit à sa femme.

— Buvez, ma chère, cela vous réconfortera.

Erienne lutta un instant pour chasser de son esprit l'horrible vision, puis elle se tourna vers son père et choisit soigneusement ses mots.

— Lord Saxton se trouvait auprès de moi... la nuit dernière. Il... ne peut donc être... ce cavalier.

Avery haussa les épaules avec indifférence.

— Ce n'est pas moi qui ai eu cette idée, mais je

confirmerai au shérif que Sa Seigneurie a passé toute la nuit avec toi.

Erienne et son mari échangèrent un long regard.

Comme fasciné, Farrell observait depuis un moment la carafe de cristal remplie de xérès. Le voyage avait été pénible, et sa soif n'avait fait que croître tout au long du chemin. Ces derniers temps, il n'avait pu s'offrir que de la bière médiocre et il aspirait à un alcool raffiné.

— Lord Saxton... si j'osais vous demander de remplir un autre verre...

Stuart, comme à regret, accéda à cette demande. Il versa un peu de xérès dans un verre et remarqua les tremblements de la main de Farrell.

— J'ai cru comprendre que vous étiez un bon tireur, lorsque vous pouviez vous servir de votre bras droit, monsieur Fleming.

Le jeune homme se figea.

— Avez-vous songé à développer la dextérité de votre main gauche ? C'est assez difficile, mais au prix d'une certaine ténacité, il est possible d'arriver à l'utiliser aussi bien que l'autre, pour manier une arme.

— Son bras gauche n'est guère en meilleur état que le droit, ricana Avery. Il ne lui sert plus qu'à porter un verre à ses lèvres. Mon fils est un infirme, ne le voyez-vous pas ?

Farrell but le vin d'un trait puis tendit lentement le verre, semblant espérer que lord Saxton l'emplirait de nouveau.

— Il restera infirme dans la mesure où il le voudra bien, répliqua catégoriquement Stuart. Mais il peut encore redevenir un homme maître de ses mouvements.

— Comme vous, milord ? lança Avery avec insolence.

— Père ! s'exclama Erienne.

— Sans importance, mon amour, murmura Stuart pardessus son épaule.

— Eh bien, voyez-vous ça ? Mon amour ! Je n'aurais jamais cru entendre un homme lui dire une chose pareille ! Cette fille m'a causé bien du tracas, et ce n'est pas fini.

J'étais un pauvre homme, injustement dépossédé de mes biens. J'avais perdu ma femme. Mon fils était infirme. Et ma fille avait la prétention de vouloir épouser un homme qu'elle pourrait admirer. Et voilà qu'elle prend votre défense, sir, comme si vous correspondiez à son idéal ! Seigneur, pourquoi n'a-t-elle pas plutôt épousé un homme qui aurait pris en pitié mon grand âge ? (Il secoua la tête.) Je ne comprendrai jamais. Jamais !

Seul un lourd silence régna dans la pièce tandis que tous les regards se tournaient vers Avery. Finalement, Stuart se décida à reprendre la parole.

— Je crois que nous parlions de l'habileté de Farrell au tir. Je m'intéresse aux armes à feu, et je crois que ma collection le passionnera. Après le repas, vous verrez certains de mes spécimens. Il y a de cela dix ou douze ans, Waters a fabriqué pour moi un pistolet-tromblon à baïonnette. Il s'agit d'une arme exceptionnelle.

Farrell sembla soudain sortir de sa torpeur :

— Croyez-vous que je pourrais tirer avec une telle arme ?

— Aujourd'hui, le recul vous renverserait, mais si vous réussissez à muscler de nouveau votre bras, vous devriez y parvenir. Naturellement, il vous faudra également avoir la tête claire et ne pas trembler.

***

Le vent d'hiver balayait la lande et la neige formait d'énormes congères qui barraient les routes. On alluma des feux dans les chambres, et bientôt les deux invités purent gagner leurs lits. Lorsque le manoir redevint silencieux, Erienne passa une robe de chambre sur sa chemise de nuit et alla frapper doucement à la porte de la chambre de lord Saxton.

— Milord, c'est Erienne, dit-elle à mi-voix. Puis-je entrer ?

— Un instant, mon amour.

Peu après, un pas lourd s'approcha et son mari lui ouvrit. Il était vêtu d'une longue robe de chambre de velours rouge au col relevé. Il portait son masque et ses gants.

— Ai-je troublé votre repos, milord? s'enquit timidement Erienne.

— Oui, madame, mais pas ainsi que vous l'entendez.

Elle se hâta d'expliquer la raison de sa venue.

— Je voulais vous remercier de ce que vous avez fait pour Farrell, aujourd'hui.

Lord Saxton recula et l'invita à entrer d'un geste du bras. Erienne pénétra dans la pièce et se dirigea vers l'âtre. Elle tendit les mains vers la douce chaleur des flammes et son mari s'assit assez loin d'elle, dans un recoin d'ombre.

Erienne continua de regarder le feu tout en s'adressant à lui :

— Contre toute attente, j'ai découvert en Farrell une étincelle de vie. Il a même ri, au cours du dîner.

— Votre père est aveugle aux besoins de votre frère.

— Vous êtes encore trop indulgent, Stuart. En fait, mon père sape le peu de confiance que Farrell peut avoir en lui-même, et bientôt il ne sera plus qu'une épave... comme Ben. (Elle secoua tristement la tête.) Ce pauvre vieux Ben était tellement pitoyable. (Elle retint ses larmes.) Certains habitants de Mawbry le regretteront.

Il y eut un petit silence.

— Pourquoi avez-vous fait croire à votre père que j'étais resté auprès de vous toute la nuit?

Erienne haussa imperceptiblement les épaules.

— Je n'ai pas jugé utile de lui faire part de... l'accord que nous avons passé. Je sais que vous n'avez pas tué Ben, exactement comme je sais que vous n'avez pas tué Timmy Sears. Ces meurtres sont les actes d'un lâche, et s'il est une chose que j'ai découverte depuis notre mariage, milord, c'est que vous n'êtes pas un lâche. (Elle eut un petit rire.) Si quelqu'un, dans cette famille, manque de courage, c'est plutôt moi.

— Votre confiance m'honore, madame, fit-il en un murmure doux et rauque à la fois. Et je suis heureux de constater que vous avez employé le terme « famille ». Il est possible qu'un jour, oui, nous formions une véritable famille.

Erienne fit face à son mari, hésitante. Elle marcha vers lui.

— Je voulais vous dire merci, Stuart.

Elle se pencha et posa brièvement sa joue sur le masque de cuir. Puis elle s'enfuit de la chambre. Un long moment s'écoula avant que lord Saxton retrouvât une respiration paisible et le calme de l'esprit.

***

La neige cessa brusquement et Avery Feming rentra chez lui le lendemain, sans avoir regarni sa bourse. L'occasion d'aborder les questions d'argent avec sa fille ou son gendre ne s'était pas présentée, et il avait pris congé, la mine penaude. Farrell, fasciné par la science de lord Saxton, resterait au manoir jusqu'à la fin de la semaine. Il ne ressentait aucun besoin de boire de l'alcool pendant qu'il s'exerçait au tir. Et, guidé avec bienveillance par son hôte, il fit même quelques prouesses.

Lorsqu'il quitta Saxton Hall, Farrell semblait un autre homme. A la demande d'Erienne, il s'était plongé dans un tub empli d'eau chaude, tandis qu'on lavait ses vêtements. Puis il était venu s'asseoir devant la cheminée, serrant un linge autour de son corps, et Erienne avait réussi à lui couper les cheveux et à le raser malgré ses protestations. Sa chemise lui était revenue blanche et amidonnée, et, pour la première fois depuis des semaines, ses bottes luisaient.

Nombreux furent les habitants du village qui ne le

reconnurent pas quand il descendit du carrosse des Saxton. Ses compagnons de beuverie sifflèrent d'abord d'admiration puis grondèrent en constatant qu'il n'avait pas d'argent à dépenser avec eux dans les tavernes. On se moqua de lui lorsqu'il déclara qu'il avait l'intention de chercher du travail, puis l'on resta bouche bée en apprenant que dans trois semaines il retournerait à Saxton Hall, et cette fois à l'invitation de lord Saxton lui-même.

***

Le bal donné par les Talbot aurait lieu dans trois jours et Erienne ne savait toujours pas quelle toilette choisir pour s'y rendre. Elle souhaitait porter ses émeraudes, mais la robe qui mettait le mieux en valeur le collier était celle-là même qui révélait le plus généreusement sa poitrine. Elle se refusait à paraître ainsi face à Nigel Talbot et à ses invités. Ses autres robes étaient belles, mais tantôt c'était la couleur qui ne convenait pas, tantôt c'était la forme du décolleté. Finalement, elle se résigna à ne pas porter sa parure.

Lord Saxton lui fit demander de venir le rejoindre et c'est avec une certaine nervosité qu'elle frappa à la porte de sa chambre. Une voix lui répondit immédiatement, lui ordonnant d'entrer.

La première chose qu'elle vit fut un énorme carton posé sur le lit. Il semblait venir de chez quelque tailleur et était fermé par des rubans. Lord Saxton quitta son bureau sur lequel un gros registre était ouvert, et il passa son second gant.

— Venez, ma chérie. J'ai quelque chose pour vous.

La tension d'Erienne se dissipa. Elle sourit et referma la porte derrière elle.

— Bundy s'est rendu à Mawbry, pour attendre le coche de Londres et ramener ceci. C'est Anne qui l'a expédié… à ma demande.

— Mais...
— Ouvrez !
Erienne ne put se défendre d'une joie un peu enfantine. Elle la prolongea le plus longtemps possible en défaisant lentement les rubans. Enfin elle souleva le couvercle. Elle eut sous les yeux un ondoiement de satin ivoire et de dentelle.
— Cette robe est splendide, milord. (Erienne secoua la tête.) Vous m'avez déjà tant donné que je ne peux accepter ce présent alors que je n'ai pas su...
— J'ai pour principe de faire ce qui me plaît, madame, dit-il en l'interrompant. Et voir ma femme porter une robe digne de sa beauté me plaît. Vous convient-elle ?
Erienne sourit et souleva précautionneusement le vêtement.
— Milord, vous connaissez parfaitement les femmes et encore plus ce qui leur plaît. C'est la plus belle robe que j'aie jamais vue.
Elle la tint devant elle et s'approcha du miroir. Le corsage de satin était généreusement orné de dentelles d'une extraordinaire finesse. Les manches de dentelle s'achevaient juste au-dessous des coudes et étaient montées à même le corsage, afin de laisser les épaules nues. Une large ceinture verte, retenue à la taille, retombait en flots de ruban jusqu'à la courte traîne.
— J'ai laissé à Anne le soin de s'occuper des détails, précisa-t-il. Et, une fois de plus, elle ne m'a pas déçu. (Il fit un geste en direction du lit.) Il y a là d'autres choses dont vous pourrez avoir besoin.
Erienne posa la robe et revint vers le carton aux trésors. Sur une grande cape de velours vert reposaient une paire de bas de soie blanche et des souliers de satin ornés de boucles d'argent.
— Vous pensez à tout, milord.
Il inclina brièvement la tête :
— Je m'y efforce, madame.

15

L'heure de se rendre au bal approchait, et Erienne était assise à sa coiffeuse pendant que Tessie disposait savamment ses boucles.

La robe avait été soigneusement étalée sur le lit et le collier se trouvait sur la coiffeuse, à portée de la main. Tout était prêt. La tension et l'excitation d'Erienne n'avaient cessé de croître au fil des heures. Elle avait vingt fois imaginé quel pourrait être l'accueil de Claudia Talbot. Serait-il insolent ou d'une hypocrite courtoisie ? Elle ne doutait pas de la capacité de lord Saxton à rester maître de la situation ; c'est de sa propre maîtrise, en fait, qu'elle doutait.

D'une question, Tessie attira son attention sur la rébellion d'une boucle de cheveux qui se refusait à lui obéir. Les deux femmes étaient si bien absorbées par le problème qu'elles ne prirent pas conscience de l'entrée de lord Saxton.

— Serez-vous bientôt prête ? s'enquit-il.

Surprises, les deux femmes sursautèrent. Tessie remit nerveusement en place la boucle rebelle, puis fit la révérence.

— Oui, milord.

D'un geste, lord Saxton renvoya la servante qui s'éloigna rapidement. S'appuyant sur sa canne, il s'avança et vint se placer derrière sa femme. De son doigt ganté, il lui caressa doucement la nuque et la courbe de l'épaule.

— Madame, si un vieil homme au cœur fatigué pouvait vous voir en cet instant, je suis persuadé que votre contemplation lui serait fatale.

— Vous plaisantez, Stuart. Je ne suis qu'une femme quelconque.

Un petit rire s'éleva.

— Oui, si quelconque que cette pauvre Claudia sera malade de jalousie, dès que son regard se posera sur vous.

— Milord, ou bien vous êtes trop galant, ou bien vos registres fatiguent vos yeux. Si l'on doit ce soir m'admirer, ce sera ma robe que l'on admirera.

Il la suivit alors qu'elle se levait et allait s'asseoir près de la cheminée. Allait-elle mettre ses bas devant lui ?

— Madame, j'ai décidé que vous seriez ce soir comme une fleur très rare dont la beauté les humiliera tous. Et c'est ce qui motive ma visite.

Erienne interrompit le geste qu'elle esquissait.

— J'ai réfléchi longuement et j'en suis venu à penser que ce bal devait être pour vous une fête. Une fête qui serait pour vous gâchée par ma présence et par les réactions qu'elle provoque. J'ai voulu prévenir cela et, pour déjouer les vilains projets de miss Talbot et des siens, je vous ai trouvé un autre cavalier pour vous accompagner, un homme dont la réputation est telle que nul n'osera vous importuner. (Il leva la main pour l'empêcher de protester.) Je ne reviendrai pas sur ma décision et, en tant que mari, je vous ordonne de répondre à mes désirs. Je n'admettrai aucune discussion. Ce gentilhomme ne devrait guère tarder et sachez qu'il m'a donné sa parole de veiller sur vous comme je le ferais moi-même.

Interdite, Erienne ne put que murmurer :

— Loin de moi l'idée de vous mécontenter, milord.

Lord Saxton alla prendre le collier d'émeraudes et de diamants. Puis il fit signe à Erienne d'approcher et de se retourner. Un instant plus tard, ses mains tièdes et nues plaçaient le bijou autour de son cou. Ses doigts s'attardèrent encore sur sa nuque puis glissèrent jusqu'à sa taille, où ils s'immobilisèrent. Soudain, il rompit le contact et déclara avec brusquerie :

— J'exige que vous vous amusiez, madame. Je ne vous reverrai pas avant votre départ. (Il marcha jusqu'à la porte et, sur le seuil, l'admira une dernière fois.) Je vous envoie

Tessie pour vous permettre d'achever vos préparatifs. Aggie vous informera de l'arrivée de votre cavalier. Je vous souhaite de passer une bonne soirée, mon amour.

*
**

Erienne était prête lorsque Aggie vint la chercher, et Tessie suivit sa maîtresse, tenant le lourd manteau de velours en travers de ses bras. Erienne, qui s'interrogeait sur l'identité de son cavalier, descendit l'escalier le plus discrètement possible tout en faisant signe à la servante de faire de même.

Elle s'immobilisa sur le seuil de la grande salle, le cœur battant à tout rompre.

Christopher Seton se tenait devant l'âtre et fixait les flammes. Sa haute silhouette parut à Erienne plus élancée, plus élégante que jamais. Vêtu d'un costume de soie gris-argent, chemise et cravate immaculées, il semblait appartenir à la plus haute aristocratie terrienne.

Erienne s'appliqua à respirer profondément, puis pénétra dans la pièce. Le claquement de ses talons sur les dalles fit se retourner Christopher. Il sourit et vint à sa rencontre. Une fois devant elle, il s'inclina profondément.

— Je suis très honoré, lady Saxton.

— Christopher Seton, répliqua-t-elle, vous n'êtes même pas digne de mon mépris.

— Madame ?

Il se redressa. Il paraissait sincèrement surpris.

— Vous êtes donc parvenu à convaincre mon époux que le loup était le meilleur gardien de la bergerie ?

— Lady Saxton, il est de notoriété publique que votre mari est un tireur d'élite, et je suis pour ma part fermement convaincu qu'il n'hésiterait pas à provoquer en duel quiconque vous offenserait. Vous avez ma parole : votre réputation n'aura pas à souffrir un seul instant de ma présence à vos côtés.

Elle le défia du regard.

— Et lord Talbot ? Voudra-t-il de vous, à ce bal ?

— N'ayez aucune crainte, madame. Je ne serais pas ici si je ne m'en étais pas préalablement assuré.

— J'ai promis à mon mari de lui obéir, répondit-elle, et c'est pourquoi je vous propose une trêve. Au cours de cette soirée, votre conduite envers moi sera celle d'un gentilhomme et je vous traiterai comme tel ainsi qu'il en a été la dernière fois.

Christopher acquiesça d'un léger hochement de tête.

— Jusqu'à la fin du bal, milady.

— C'est entendu.

Un instant mal à l'aise, Erienne voulut se rassurer. Après tout, elle n'avait rien eu à lui reprocher lors de leur promenade londonienne. De plus, il était prévu que Bundy s'installerait à côté du cocher, en cas de mauvaise rencontre. Elle n'avait donc rien à craindre. Elle se tourna vers Tessie :

— Inutile de m'attendre. Il risque d'être très tard, lorsque nous rentrerons.

La servante fit une petite révérence.

— Bien, madame.

Erienne tendit la main pour prendre son manteau, mais Christopher fut plus rapide qu'elle.

— Permettez-moi, milady.

Il la guida vers la voiture qui attendait. Une fois installée à l'intérieur, Erienne se blottit sous une fourrure jetée sur la banquette arrière. Les rideaux de velours, tendus sur les petites fenêtres, leur apportaient plus d'intimité qu'elle ne l'eût souhaité. Elle fut heureuse de voir qu'il prenait place sur la banquette en face d'elle.

— Je crains que votre présence à mon côté ne réduise à néant toutes mes bonnes résolutions, milady, dit-il en souriant. C'est pourquoi il est préférable que je m'asseye ici.

Erienne craignit d'abord qu'un lourd silence ne s'installe entre eux, mais bientôt il chercha à la distraire, d'anecdotes en récits de voyage, et elle se surprit à l'écouter avec beaucoup d'intérêt, riant par instants de son humour. Et c'est ainsi, moins d'une heure plus tard, qu'ils faillirent ne pas remarquer que la voiture tournait et s'engageait dans l'allée conduisant à la demeure des Talbot. Le carrosse s'arrêta enfin et Erienne se redressa sur son siège, soudain tendue et nerveuse. Christopher, surprenant son expression, se pencha pour prendre sa main et serra doucement ses doigts.

— Il y a fort à parier que vous allez faire bien des envieuses, murmura-t-il. Ne redoutez rien.

Il descendit et lui offrit sa main. Lorsqu'ils furent dans le hall, il lui enleva son manteau et, bien que bref, ce contact fut pour elle comme une caresse. Lorsqu'une servante les eut débarrassés, ils furent guidés vers un vaste salon et un majordome s'avança pour annoncer :

— Lady Saxton...

Les conversations baissèrent d'un ton et nombreux furent les regards qui convergèrent vers eux. Ainsi donc ils allaient enfin voir le monstre de Saxton Hall ! Ils furent loin du compte. Une ravissante jeune femme vêtue de blanc passait le seuil, accompagnée d'un fort élégant gentilhomme.

— Et monsieur Seton, acheva le majordome.

Les conversations reprirent, on s'étonnait, ou s'interrogeait. Les invités qui entouraient Claudia crurent entendre comme un grondement de colère et virent la fille de lord Talbot se précipiter vers le couple. Cependant, elle ne parut voir que Christopher Seton.

— Que faites-vous ici ?

— Vous m'avez convié à ce bal, l'auriez-vous oublié ? répliqua-t-il en souriant. J'ai pensé à apporter l'invitation, précisa-t-il tout en glissant la main à l'intérieur de sa veste. Écrite de votre blanche main, je crois.

— Je sais que je vous ai invité ! rétorqua-t-elle avec irritation. Mais seul, me semble-t-il !

— Veuillez m'excuser, Claudia. Lord Saxton a été retenu et il m'a demandé d'escorter son épouse.

Les lèvres de Claudia se serrèrent et l'on devinait qu'elle luttait désespérément pour recouvrer son sang-froid. Elle n'y parvint qu'à demi.

— Vous êtes absolument divine, Erienne, réussit-elle à dire. Et cette robe vous métamorphose, ajouta-t-elle perfidement. Quant à ces bijoux... Dites-moi, ma chère, seraient-ils authentiques ?

Christopher eut un petit rire.

— Je crois savoir que ces bijoux se trouvent dans la famille Saxton depuis de nombreuses générations, et je ne doute pas de leur authenticité. J'ai une certaine habitude des pierres précieuses et...

Claudia préféra changer de sujet.

— Dites-moi, Christopher, fit-elle avec ironie, pourriez-vous m'expliquer pourquoi lord Saxton vous a chargé de veiller sur son épouse ? Je croyais qu'il éprouvait plutôt quelque méfiance envers vous.

Christopher paraissait infiniment s'amuser.

— Ne sommes-nous pas bien chaperonnés, Claudia ? Il y a Bundy, et Tanner, le cocher. Ils se hâteraient de défendre leur maîtresse à la moindre incartade. Sans doute avez-vous entendu parler de la cuisante leçon que lord Saxton a donnée à ces bandits ? Je suis certain qu'il se montrerait impitoyable envers quiconque essayerait de détourner de lui son épouse.

Claudia eut un sourire narquois.

— En ce cas, j'espère que vous vous montrerez extrêmement prudent, Christopher. Je serais navrée d'apprendre qu'un homme tel que vous a perdu la vie pour une femme placée sous sa garde.

— Merci, Claudia, votre sollicitude me touche. Je ferai preuve de beaucoup de prudence.

Cette réponse faite d'une voix douce prit Claudia de court. Elle foudroya une dernière fois Erienne du regard puis s'éloigna. Allan Parker discutait avec deux hommes dans un angle de la salle, et elle se dirigea aussitôt vers lui.

Le shérif avait revêtu son plus beau costume. Ses chamarrures avaient quelque chose de militaire et tentaient de faire oublier la cruelle absence de tout galon, de toute médaille.

Sentant Claudia glisser son bras sous le sien, il parut un instant surpris de l'intérêt qu'on lui portait soudain. Lorsqu'il découvrit Christopher aux côtés d'Erienne, il comprit et un sourire amusé passa sur ses lèvres.

— Milady, murmura Christopher, votre beauté semble avoir ébloui tout le monde.

— Les invités sont déçus de constater que Stuart n'est pas venu, dit-elle à voix basse. Mais s'ils pensaient pouvoir se moquer de lui, ils se trompaient lourdement. Il n'est pas homme à le permettre.

— A vous entendre, on croirait que vous l'admirez.

— C'est très exact.

— Vous me surprenez, Erienne. Tout pouvait me laisser raisonnablement espérer que vous fuiriez Saxton Hall après avoir passé deux semaines auprès de Stuart, et j'attendais cet instant avec impatience. Mais à présent je ne sais plus que penser. Dois-je véritablement croire qu'il a votre préférence ?

— Ai-je un autre choix ? Ce qui est fait est fait. J'ai pris un engagement et je ne reviendrai pas sur ma parole.

Christopher regarda autour de lui. On les observait toujours, plus ou moins discrètement.

Il lui présenta le bras :

— Venez, ma douce amie. On nous regarde, et je voudrais vous inviter pour cette danse avant de vous découvrir entre les bras d'un admirateur plus rapide que moi.

Il s'avança, Erienne à son bras, et les invités s'écartèrent pour leur laisser le passage jusqu'à la salle de bal où les musiciens jouaient déjà. Cependant, avant que Christopher pût l'entraîner dans une danse, un serviteur à la livrée digne d'une maison royale se dressa devant eux.

— Lord Talbot souhaite que lady Saxton le rejoigne dans son cabinet de travail, annonça-t-il d'une voix neutre, avant de s'incliner devant la jeune femme. Si vous voulez me suivre, milady.

Erienne adressa un regard inquiet à Christopher, qui réagit aussitôt :

— Guidez-nous, ordonna-t-il.

Le domestique parut un instant abasourdi par tant d'audace.

— Je crois que lord Talbot n'a mentionné que lady Saxton, sir.

Un sourire tranquille vint aux lèvres de Christopher.

— Il a le choix entre nous recevoir tous deux ou ne recevoir personne. J'ai promis à lord Saxton de ne pas quitter son épouse un seul instant.

L'homme, un moment perplexe et indécis, décida en fin de compte de laisser son maître seul juge.

— Par ici, sir.

Ils le suivirent au long d'un large corridor, pour atteindre finalement des portes dorées. Le domestique leur demanda d'attendre, frappa et entra. Il réapparut et leur tint le battant ouvert.

Nigel Talbot était assis à son bureau, revêtu de satin blanc et or. Il se leva et vint à la rencontre d'Erienne, visiblement fasciné par sa beauté.

Elle esquissa une révérence.

— Lord Talbot.

— Ma chère enfant, qu'il m'est agréable de vous revoir ! s'exclama-t-il avant de prendre les mains d'Erienne dans les siennes. Vous êtes absolument ravissante.

Il regarda autour de lui, ignorant Christopher.

— Mais où se trouve votre mari ? Je pensais qu'il serait à vos côtés.

— Lord Saxton n'a pu venir. Et il a demandé à Mr Seton de m'accompagner.

— Lord Saxton ne m'a pas uniquement chargé d'escorter son épouse, sir, expliqua Christopher en tendant à son interlocuteur un pli qu'il venait de sortir de sa poche. Il m'a également demandé de vous remettre ceci.

Nigel dévisagea le jeune homme avec hauteur, puis il brisa le sceau et lut rapidement le message. Un instant plus tard, il relevait un regard qu'il voulait indifférent. D'une secousse du poignet, il lança la lettre sur une table basse.

— Nous aurons le temps de nous occuper des affaires plus tard. (Il avait perdu de son arrogance et s'efforçait de sourire.) Ce soir, nous devons être heureux. De nombreux invités sont venus d'York et de Londres pour participer à notre fête. J'espère que c'est également votre intention, milady.

— Naturellement, milord.

— Attendez-vous à me voir revendiquer une ou deux danses, déclara-t-il, tandis que sa tension s'estompait quelque peu. J'y tiens absolument. Dans la mesure où vous êtes en quelque sorte une « débutante » et où la famille de votre mari n'est pas de très vieille noblesse, je me ferai un plaisir de guider vos premiers pas en cette soirée.

— Vous semblez mal connaître la famille Saxton, répliqua doucement Christopher. Au cas où vous l'ignoreriez, elle est très ancienne, sans doute plus ancienne que la vôtre.

— Vous paraissez savoir bien des choses sur les Saxton, jeune homme. J'avoue que pour ma part je ne les ai guère connus. J'ai rencontré l'ancien maître de Saxton Hall peu avant qu'il soit assassiné mais son fils vit si reclus que...

— Le lui reprocheriez-vous ?

Lord Talbot poussa un petit grognement :

— Si j'étais aussi atteint qu'il doit l'être, je répugnerais certainement à paraître en public. Mais j'estime qu'il devrait se ressaisir et savoir accorder sa confiance à quelqu'un qui le mérite. Il est certain que je ne lui veux aucun mal.

— J'ai toujours considéré lord Saxton comme un homme très lucide qui ne refuserait pas sa confiance à ceux qui la méritent, répliqua Christopher tout en glissant sa main sous le coude d'Erienne. Mais si vous voulez bien nous excuser, lady Saxton m'a promis la prochaine danse.

Lord Talbot se redressa, indigné. Soit ce Yankee avait perdu tout bon sens, soit il ignorait les convenances. Nul ne prenait congé d'un lord sans y avoir été invité.

Christopher ouvrit la porte et, après avoir salué d'un bref signe de tête le gentilhomme qui restait bouche bée, il entraîna Erienne.

— Lord Talbot ne vous le pardonnera jamais, murmura-t-elle d'une voix inquiète lorsqu'ils se retrouvèrent dans le vestibule.

— Je ne crois pas que son affection me manquera beaucoup !

— Vous devriez être plus prudent, lord Talbot est un homme très puissant.

— Et surtout très arrogant. C'est pourquoi je n'ai pu m'empêcher de le remettre à sa place. (Christopher la regarda, une lueur de malice dans les yeux.) Votre mise en garde serait-elle motivée par une certaine sollicitude à mon égard, chère amie ?

— Lorsque vous êtes à ce point imprudent, il faut bien que quelqu'un essaye de vous faire entendre raison.

— Vos paroles me réchauffent le cœur.

— Il n'y a vraiment pas de quoi !

— Milady, là, vous me blessez et me piquez au vif.

— Votre cuir est aussi coriace que celui d'un âne. Et il en est de même de votre entêtement.

— Ne soyez pas méchante, et faites un joli sourire pour apaiser mon cœur qui ne bat que pour vous.

— Si j'en crois certaines rumeurs, votre cœur manquerait de constance.

— Madame ? fit-il, feignant la surprise. Accorderiez-vous foi aux ragots ?

— Peut-être devrais-je demander à Claudia s'il est exact que vous avez profité de l'absence de son père pour lui rendre visite.

Christopher rit franchement.

— Comment pouvez-vous croire que je porte intérêt à une autre femme, alors que je consacre toute mon énergie à vous faire la cour, madame ?

Erienne regarda autour d'elle. Quand elle fut sûre que personne ne se trouvait dans le vestibule, elle dit sur un ton accusateur :

— En raison du nombre d'admiratrices que vous avez à Mawbry, pourquoi devrais-je mettre en doute les propos qui circulent sur votre compte ?

— Et pourquoi vous intéressent-ils ? Vous êtes une femme mariée.

— Je le sais !

— J'ai simplement jugé utile de vous le rappeler, mon amour.

— Je ne suis pas votre amour !

— Vous ne l'êtes que trop.

Tandis qu'ils continuaient d'avancer, elle sentait sur elle le regard brûlant de Christopher. Un regard d'autant plus indiscret et hardi qu'il la dominait de toute sa taille...

— Si vous n'en avez pas encore pris conscience, madame, je ne me laisse pas facilement détourner de mes desseins. Vous êtes la femme que je désire, et je ne m'estimerai satisfait que lorsque vous serez mienne.

— Christopher, Christopher, dit-elle d'une voix un peu tremblante. Au nom du ciel, quand admettrez-vous que je suis une femme mariée ?

— Seulement lorsque vous serez devenue mon épouse, fit-il avant de relever la tête et d'écouter l'orchestre dont ils étaient maintenant proches. Lord Talbot a un faible pour les valses et, si je ne me trompe pas sur son compte, il ne va guère tarder à vous inviter.

Sur ces mots, il l'entraîna plus vivement et la guida dans la salle de bal.

— Peut-être vous ai-je mal jugé, Christopher, dit Erienne tandis qu'elle se laissait porter par les premières mesures de la valse.

— Comment l'entendez-vous, mon amour ?

— Vous veillez sur moi avec autant d'attention que Stuart, murmura-t-elle pensivement. Peut-être même davantage.

— Je n'ai pas renoncé à l'espoir que vous soyez un jour mienne, madame, et je suis fermement décidé à vous protéger contre ceux qui pourraient vous enlever à moi.

— Vous oubliez Stuart.

— Je considère Stuart moins comme une menace que comme une gêne.

— Une gêne ?

— Il me faudra tôt ou tard en finir avec lui, et ce sera très difficile. Je ne pourrai le faire disparaître sans raviver votre haine à mon égard. C'est un problème extrêmement embarrassant.

— Vous me stupéfiez, Christopher, fit Erienne, choquée par un tel manque de considération envers son époux. Vous me stupéfiez vraiment.

— C'est réciproque, mon amour.

Lord Talbot, qui les observait, sentit sa colère croître encore quand il entendit les murmures admiratifs des invités émerveillés par la grâce du couple. Excédé par le spectacle, Talbot, d'un signe de tête fit comprendre au shérif qu'il désirait s'entretenir avec lui dans son cabinet.

Claudia avait elle aussi observé les évolutions du couple et sa haine envers Erienne ne fit que s'accentuer. Détournant son regard, elle aperçut Allan Parker et se hâta vers lui, désireuse sans doute de montrer à la fille du maire que la valse n'avait pas de secrets pour elle.

— Je suis désolé, Claudia, dit Allan. Votre père souhaite me voir.

Furieuse, elle quitta la salle à grands pas, suivie par le shérif. Elle marmonnait, ne cachant pas sa colère. C'était son bal ! Et elle voulait bien être damnée si elle permettait à Erienne Saxton de le gâcher !

Elle ouvrit brusquement la porte du cabinet de travail de son père :

— Père, tu n'as pas le droit de convoquer Allan au moment précis où il va danser avec moi !

— Je dois m'entretenir avec lui d'affaires très importantes, expliqua-t-il.

Claudia se laissa tomber dans le siège le plus proche.

— En ce cas, dépêche-toi ! Je n'ai pas l'intention de l'attendre toute la soirée.

Talbot maîtrisa son irritation :

— Claudia, mon enfant chérie, voudrais-tu te rendre dans mes appartements et y prendre ma canne à pommeau d'or ? Mon ancienne blessure me rappelle de nouveau son existence.

— Envoie un serviteur, père. Je suis lasse.

— Sois gentille, ma fille, fais ce que je te demande.

Elle poussa un soupir d'exaspération et quitta la pièce en faisant claquer la porte derrière elle.

Elle s'était à peine éloignée que Nigel Talbot prenait la lettre sur la table basse et la frappait coléreusement du dos de la main.

— Ce maudit Saxton ! Il ose me convoquer à Saxton Hall pour régler la question des fermages perçus en l'absence de sa famille. Comme si j'étais un simple roturier !

Allan s'assit sur l'angle du bureau massif, tout en prenant un bonbon dans une coupelle proche. Il dit d'une voix neutre :

— La somme en question devrait être à présent rondelette.

— Vous pouvez le dire ! s'exclama Talbot qui se mit à faire coléreusement les cent pas. Voilà près de vingt ans que j'encaisse les fermages.

Le shérif savoura un instant le bonbon.

— Dois-je en déduire que vous considérez lord Saxton comme un danger ?

— J'aurais préféré qu'il fût venu lui-même, plutôt que de m'envoyer cet insolent Yankee. Cela nous aurait permis de savoir s'il représente ou non un danger pour nous.

— Vous pensez au cavalier noir ? On dit qu'il ne peut même pas monter à cheval.

— J'ai moi aussi entendu tenir de tels propos, mais disposons-nous de tant de suspects ? Le seul autre nouveau venu est ce Christopher Seton.

Allan haussa brièvement les épaules.

— Pour l'instant, tout paraît confirmer qu'il est ce qu'il prétend être. Il possède plusieurs vaisseaux, et l'un d'eux, le *Cristina,* a jeté l'ancre à Wirkinton à maintes reprises, au cours de ces derniers mois.

— Nous devrons cependant nous méfier de ce Seton, fit Talbot. Qui sait ? Peut-être existe-t-il un rapport entre lui et le cavalier mystérieux ?

— Ainsi donc, des deux, lord Saxton vous paraît le moins redoutable ?

Lord Talbot eut un petit rire sarcastique.

— Cet homme doit être un naïf, pour faire confiance à Seton. Et cela m'incite même à me demander s'il a tous ses esprits.

Le shérif hocha la tête et jeta son dévolu sur un autre bonbon.

— Il a facilement mis Sears et ses hommes en déroute.

— Ce rustre n'avait pas la cervelle plus grosse qu'un petit pois ! Qui sait d'ailleurs quels ennuis il aurait pu provoquer ?

Allan se leva.

— Avez-vous du nouveau de Londres, de la part de notre homme ?

Lord Talbot reprit ses allées et venues.

— Rien. Absolument rien. Seulement les choses habituelles.

Le shérif fit la moue mais l'apparition de Claudia l'empêcha de répondre. La jeune femme traversa rapidement la pièce et tendit à son père une canne au lourd pommeau d'argent.

— C'est la seule que j'aie pu trouver. Es-tu certain de... (Elle s'interrompit en voyant l'autre canne posée à côté de la cheminée.) Mais... voici celle au pommeau d'or. Elle était là ! (Elle eut un petit rire et serra le bras de lord Talbot.) Tu n'as plus toute ta tête, père. Ou alors tu es amoureux !

Elle eut un rire léger puis se détourna, ce qui l'empêcha de voir le regard furieux de lord Talbot.

— Venez, Allan, ajouta-t-elle en se dirigeant vers la porte. Je vous ordonne d'oublier les affaires et de venir danser avec moi. Après tout, ce bal est donné en mon honneur !

Lord Talbot les suivit hors du cabinet de travail, abandonnant à leur sort ses deux cannes.

***

La fête se poursuivait et si le temps pouvait commencer de paraître long à certains, il n'en était rien pour Erienne. La musique, la danse, le plaisir de tourbillonner entre les bras d'un homme aussi séduisant, tout cela lui apportait une euphorie qu'elle n'avait encore jamais connue. Elle se sentait vivre pleinement et même les regards furieux de Claudia ne parvenaient pas à gâcher son plaisir.

Lord Talbot vint réclamer les danses qu'il avait retenues. Voyant cela, Claudia n'éprouva aucun remords à abandonner le shérif. Elle courut presque vers Christopher et lui demanda une danse. Les musiciens accélérèrent le rythme et Claudia feignit d'avoir à se cramponner aux épaules de Christopher pour ne pas perdre l'équilibre. Elle se serra contre lui, au plus près, de tout son corps. Et son regard gourmand disait clairement qu'elle serait consentante à tout ce qu'il exigerait d'elle.

Si lord Talbot se conduisit d'abord en parfait gentilhomme, la grâce de sa cavalière ne tarda guère à le troubler et Erienne dut user de toute sa vigueur pour le tenir à distance respectueuse.

Dès que la danse s'acheva, Christopher s'écarta de sa partenaire, conscient de n'avoir jamais eu à soutenir en public un tel assaut. Il s'éloigna à grands pas, en direction d'Erienne. Feignant avec une rare insolence de ne pas voir Talbot à ses côtés, il entraîna la jeune femme.

— Vous traitez bien mal ce gentilhomme, Christopher.

— Vous savez parfaitement pourquoi.

— Moi ?

— L'idée de partager avec lui le peu de temps qu'il m'est donné de passer en votre compagnie m'est intolérable.

Les yeux améthyste de la jeune femme pétillèrent d'amusement et un sourire moqueur passa sur ses lèvres.

— Il me semble que vous vous emportez contre lui plus que de raison.

— Oui, je m'emporte contre lui. Je m'emporte contre son arrogance et l'étalage insolent qu'il fait de sa puissance. Je m'insurge contre l'opulence dans laquelle il se vautre alors que ses métayers meurent de faim. Oui, je hais cet homme et je ne permettrai pas qu'il convoite la femme qui m'a été confiée.

Erienne fut étonnée. Elle n'imaginait pas que ce Christopher, si frivole et fantasque, pût soudain devenir si grave. Tout en parlant ainsi, ils étaient arrivés au seuil de l'autre grand salon.

— Un rafraîchissement, milady ? Ce serait le moment

opportun. Lord Talbot ne va pas tarder à se mettre à votre recherche.

Ils s'approchèrent des buffets richement garnis et Christopher prit une assiette.

— Un canapé ? Celui-ci ? Celui-là, peut-être ?

Sans attendre une réponse, il garnit l'assiette et la tendit à la jeune femme.

— Sincèrement, Christopher, je n'ai pas faim.

— Alors, chérie, contentez-vous de prendre l'assiette, murmura-t-il. Je vais aller vous chercher un verre. Si Talbot fait son apparition et vous invite, vous pourrez lui opposer un refus facile.

Ainsi que Christopher l'avait prédit, Talbot ne tarda pas à surgir, apparemment mal remis d'avoir été abandonné. Mais, presque à l'instant même, Christopher plaça entre les doigts d'Erienne une flûte de champagne. Elle but une gorgée avec délices.

— Vous voici donc, ma chère enfant ! roucoula Talbot. Je vous ai cherchée partout. J'espère que vous aurez pitié de moi et que vous m'accorderez une autre danse.

Erienne lui désigna son assiette.

— Votre buffet est si bien garni, milord qu'il me faudra un peu de temps pour savourer les merveilles qu'il propose. Et puis, j'ai beaucoup dansé, je me sens lasse.

— En ce cas, ma chère... (Il lui enleva l'assiette des mains et la posa sur une table, avant de prendre le bras d'Erienne et d'ajouter :) J'estime indispensable que vous veniez vous reposer dans le petit salon.

— Dans le petit salon ? répéta Christopher en souriant.

Talbot lui adressa un regard hautain. Voulant se redresser de toute sa taille, il tendit le bras vers la table pour prendre appui. Sa main se posa malencontreusement sur l'assiette qu'il venait d'enlever à Erienne. Il s'ensuivit une cascade d'incidents dus sans doute tout à la fois au hasard, à la nervosité de lord Talbot et à la malice de Christopher Seton. Il y eut d'abord l'assiette qui bascula, répandant généreusement les canapés au caviar sur la manche de lord Talbot ; il y eut ensuite une carafe de vin glacé qui, heurtée par la veste du maladroit, se renversa, teintant d'un rouge violacé la culotte de blanc satin ; une crème enfin sembla jaillir de sa coupelle... C'en était trop !

Serrant les poings, lord Talbot fonça droit devant lui tandis que les invités s'écartaient promptement sur son passage et gagna ses appartemements. Ses valets qui le suivaient pour lui porter secours l'entendirent qui maudissait, avec une rage égale, le caviar, le vin, le bal, sa fille, ce misérable Yankee et bien d'autres choses encore !

⁂

La grande horloge avait sonné minuit et il ne restait plus que quelques invités. Lord Talbot, qui s'était changé, était revenu aux côtés de sa fille pour les ultimes salutations. Tandis qu'un couple s'éloignait, Claudia murmura :

— Margaret devient vraiment grassouillette, ne trouves-tu pas, père ? Il va falloir faire élargir les portes, si elle continue ainsi.

Talbot soupira. Il se souvenait d'un temps où Margaret était douce sous ses caresses, et dodue juste là où il le fallait.

— Elle a été très belle, elle aimait plaire...

— Il doit y avoir de cela une vingtaine d'années au moins, père. Ni elle ni toi n'êtes plus de la première jeunesse.

Le rêve de Talbot s'évanouit. Il toussota, cherchant à lui rendre la monnaie de sa pièce.

— Je suis désolé que cette soirée t'ait déçue à ce point, ma chérie. Cette jolie petite Erienne a été la reine du bal et Christopher Seton n'a eu d'yeux que pour elle.

Claudia secoua la tête, apparemment peu convaincue.

— Il s'est montré prévenant dans la mesure où il se sentait responsable d'elle. Une fois qu'elle se sera retirée dans sa chambre, j'aurai tout loisir de prouver à Christopher que je ne suis pas irritée contre lui.

— Si tu veux qu'ils passent la nuit ici, ma chérie, tu ferais mieux de te hâter, dit-il avec un geste vers le vestibule. Ils m'ont fait leurs adieux voilà déjà quelques instants.

Claudia vit, en effet, Christopher qui attendait leurs manteaux des mains du majordome. Elle se précipita :

— Vous n'allez pas partir, j'espère ? Je ne l'admettrai pas. Nous vous avons fait préparer des chambres. (Elle se pencha vers Christopher et lui sourit.) Séparées, naturellement.

Erienne intervint :

— Je laisse naturellement Mr Seton libre de son choix, mais je dois quant à moi regagner Saxton Hall.

— A votre gré, ma chère, dit Claudia toute souriante.

Christopher intervint à son tour :

— Je n'ai pas entièrement rempli ma mission, répliqua-t-il. J'ai donné ma parole à lord Saxton de raccompagner son épouse, et il compte sur moi.

— Mais vous ne pouvez pas regagner Saxton Hall ! fit Claudia. Regardez ! Il neige. C'est une véritable tempête.

Christopher interrogea Erienne du regard.

— Je le dois ! se contenta-t-elle de dire.

— Alors, je le dois également, répondit Christopher.

Claudia le foudroya du regard, muette de rage.

— Bonne nuit, Claudia, fit-il tout en aidant Erienne à mettre son manteau. Et merci de cette soirée.

— Oui, fit Erienne en écho. Cette soirée a été magnifique. Merci encore. Bonne nuit, Claudia.

Le couple se dirigea vers le carrosse. Tanner s'était déjà hissé jusqu'à son siège et Bundy attendait en battant la semelle. Lorsque Erienne et Christopher furent installés à l'intérieur, il grimpa à côté du cocher, et la voiture s'ébranla.

La nuit était paisible, la neige feutrait tous les bruits. De chaque côté du véhicule, les lanternes ne diffusaient qu'une lumière sourde, comme étouffée par la neige qui ne cessait de tomber.

Deux autres lanternes baignaient l'intérieur de la voiture de leur faible clarté. Face à Erienne, Christopher s'enveloppa dans son manteau dont il remonta le col en frissonnant de froid. Elle se pencha pour écarter un instant le rideau de velours, puis elle s'installa, remontant la douillette fourrure jusqu'à ses épaules.

Il s'écoula peu de temps avant que Christopher ne prenne la décision de venir s'asseoir près d'Erienne. Il souleva la fourrure et la tira légèrement de côté pour se protéger les jambes. Avec un soupir heureux, il se rejeta en arrière.

Cette audace tranquille mit Erienne mal à l'aise et sa gêne s'accrut quand Christopher dégagea son bras et le laissa reposer sur le dossier.

La voiture cahota et la main de Christopher glissa sur son épaule. Elle lui jeta un regard de côté et ne découvrit qu'un profil paisible. La chaleur la rendait somnolente et elle laissa sa tête reposer sur le bras de son compagnon. Elle demeura ainsi, doucement blottie. Les yeux mi-clos, elle le vit tendre la main pour réduire la mèche de la lanterne la plus proche et, dans une sorte de rêve éveillé, elle observa la flamme mourante jusqu'à ce qu'elle s'éteigne.

Les longs doigts de Christopher se posèrent avec douceur sur la joue d'Erienne et firent lentement tourner son visage. Ses lèvres se retrouvèrent sous les siennes, soumises à une caresse douce mais insistante. Erienne leva la main, cherchant le cou de Christopher, mais elle se contrôla et plaqua sa paume sur sa poitrine afin de le repousser. Apparemment docile, il se détourna. Elle s'efforça de calmer les battements de son cœur. Ce n'était qu'un simple baiser, mais l'intensité de ce qu'elle avait ressenti était telle qu'elle eut peur de sa fragilité. S'il l'embrassait encore, serait-elle capable de lui résister longtemps ?

Erienne tenta de se redresser, mais ses épaules étaient toujours prisonnières. Et sa bouche fut brutalement sur la sienne, plus hardie et semblant exiger une réponse. Les lèvres d'Erienne consentirent, se dérobèrent, consentirent de nouveau, et Christopher devina son déchirement. Il passa son bras autour de la taille d'Erienne qu'il attira contre lui, faisant glisser son manteau derrière elle.

Elle frissonna. La bouche de Christopher quitta la sienne et, brûlante, erra sur ses joues, s'attarda sur ses paupières. Des lèvres, il repoussa sa chevelure, dégageant son oreille.

A présent, l'homme qui avait si bien su se maîtriser tout au long de cette soirée perdait peu à peu le contrôle de lui-même. Sa main, impatiente, se referma sur le sein d'Erienne.

Elle se redressa, haletante :

— Vous dépassez les limites, sir ! Vous m'aviez donné votre parole !

— Oui, c'est vrai, madame, murmura-t-il. Mais n'avais-je pas dit : jusqu'à la fin du bal ?

Ses lèvres, de nouveau sur les siennes, réduisirent les protestations d'Erienne à un gémissement. De désespoir ou de plaisir ?

La main de Christopher s'aventura sous les dentelles du corsage. Il sembla à Erienne que tous ses nerfs se tendaient à se rompre et, brusquement, elle cessa de lutter. Elle sentit des doigts fébriles courir dans son dos et son corsage s'ouvrit. La main de l'homme écrasait maintenant ses seins nus et elle ne put retenir un cri de plaisir.

— Mon amour, chuchota-t-il entre deux baisers. Je vous désire tellement ! Cédez-moi, Erienne !

— Non, Christopher. Je ne peux pas !

Il rejeta la tête en arrière et la regarda intensément.

— Alors, mentez, madame, et dites que vous ne voulez pas de moi.

Fascinée, prisonnière de son désir, elle ne put que se taire. Alors il reprit ses lèvres, sans plus rencontrer de résistance. Ce fut un instant de communion avide, brûlante, dévorante. Incomplète, cependant...

Le bras de Christopher se glissa sous ses genoux et souleva ses jambes en travers des siennes. Elle gémit en sentant la main de l'homme se frayer un chemin sous ses jupons et atteindre sa cuisse nue.

— Non, Christopher, vous ne pouvez faire cela ! J'appartiens à un autre homme.

— C'est à moi que vous appartenez, Erienne. Vous m'êtes destinée depuis notre première rencontre.

La main de Christopher la caressait à présent là où aucune main jamais ne s'était aventurée. Et jamais Erienne n'avait connu un tel embrasement de tout son être.

Secouée de frissons, elle se serra contre lui. Elle sentait ses lèvres sur ses cheveux, entendait son nom murmuré d'une voix rauque.

Un coup donné sur le toit du véhicule les fit sursauter. Christopher se redressa légèrement et écarta le rideau de velours. Malgré la neige qui tombait en flocons serrés, les lumières de Saxton Hall brillaient dans le lointain. Il se laissa retomber en arrière et respira profondément.

— Je crains, madame, qu'il ne nous faille faire appel à toute notre patience, à toute notre sagesse. Nous sommes presque arrivés.

Erienne se détourna pour se rajuster d'une main tremblante. Christopher l'aida à boutonner sa robe.

— Je passerai la nuit au manoir, dit-il tout en déposant un baiser sur sa nuque.

Elle se retourna pour l'implorer :

— Partez, Christopher, je vous en conjure ! Par pitié, allez-vous-en !

— Il existe un sujet dont je dois vous entretenir, madame, et qui ne peut plus attendre. Je viendrai vous rejoindre dans votre chambre...

— Non !

Elle avait crié de tout son désespoir, de toute son épouvante.

— Très bien, madame, dit-il, semblant peser soigneusement ses mots. Je tenterai de me maîtriser jusqu'à demain, puis nous réglerons l'affaire en question et vous serez mienne avant la fin du jour.

Elle le regarda, terrorisée par le calme de sa conviction. Il ne ferait montre d'aucune pitié et écraserait quiconque se mettrait en travers de son chemin. Elle ne pouvait l'admettre !

16

Bundy ouvrit la portière de la voiture et, sans attendre qu'il eût installé le marchepied, Erienne descendit, refusant toute aide. Elle courut vers la porte de Saxton Hall, sans se soucier de sa jupe qui entraînait avec elle des paquets de neige.

Erienne passa en courant devant un Paine abasourdi qui avait entendu le carrosse et était venu les accueillir. Elle gravit en hâte l'escalier. Dès qu'elle fut chez elle, elle referma la porte avec force et la verrouilla. Ce ne fut qu'ensuite qu'elle put respirer normalement.

Pour la première fois depuis son mariage, elle venait de s'enfermer dans sa chambre. Elle craignit un instant que lord Saxton ne vînt se heurter à sa porte close. Une peur bien plus forte pourtant la bouleversait. Elle redoutait que Christopher ne parvînt jusqu'à elle. Elle savait qu'elle ne pourrait plus lui résister...

Elle retint sa respiration en entendant des pas s'approcher, s'arrêter un moment derrière sa porte, puis décroître en direction de la chambre d'amis. Ainsi donc Christopher avait été invité à Saxton Hall et, demain, elle devrait lui faire face. Dans le carrosse, elle avait failli lui céder et la détermination qu'il avait exprimée de la conquérir l'épouvantait. Il lui avait fait connaître un instant d'intense extase et elle éprouverait à jamais le besoin de revivre ce bonheur coupable. Comment lutter contre elle-même ?

Elle avait donné son consentement devant l'autel et, bien que son mariage n'eût pas été consommé, elle était désormais liée par son engagement. Elle ne pouvait trahir son mari. Lord Saxton brûlait lui aussi du désir de la posséder, mais il avait su se maîtriser. Et s'il venait à présent à elle et découvrait son émoi, que pourrait-elle lui répondre ? Qu'elle avait failli se donner à un autre homme ?

Fallait-il qu'elle devienne l'épouse de lord Saxton autrement que de nom ? Allait-elle consentir à sa passion ?

Cherchant à échapper à ces pensées torturantes, Erienne décida de se rafraîchir et de se préparer pour la nuit. Puis elle s'assit à sa coiffeuse et se brossa lentement les cheveux. Malgré elle, ses pensées vagabondaient et elle revivait sa première rencontre avec Christopher. Puis l'image de son père s'imposa à elle. Son père possédé par la passion du jeu, déloyal, infidèle à ses engagements...

— Suis-je vraiment la fille de mon père ? murmura-t-elle. (Elle se pencha vers le miroir.) Ai-je ses yeux ? Son nez ? Non, la ressemblance est là ! (Son poing frappa sa poitrine.) Je me suis refusée à mon mari en dépit de mon serment, et je suis torturée par le désir d'un autre homme. Mon père a fini par succomber à sa passion et c'est pour cela qu'il m'a vendue. Le sang de mon père court dans mes veines !

Elle se leva et s'appuya à la coiffeuse.

— Non, je refuse cette fatalité. Je tiendrai ma promesse envers mon mari.

Elle sortit de sa chambre et se dirigea vers les appartements de lord Saxton. Elle ouvrit la porte et entra.

Un petit feu crépitait dans l'âtre. Sur trois des quatre

côtés du lit, les tentures de velours avaient été tirées. Dans l'ombre du baldaquin se produisit un mouvement, puis un murmure rauque s'éleva dans la chambre silencieuse.

— Qui est là ?

Erienne s'avança lentement jusqu'au pied du lit. Grâce aux lueurs du feu, elle discerna la silhouette de son mari sous la couverture et remarqua qu'il avait hâtivement entouré sa tête d'un fin voile de soie.

— Erienne, milord.

Elle défit sa ceinture et laissa glisser son déshabillé. Elle se hissa au bord du lit et s'assit sur les talons.

— Milord, dit-elle d'une voix tremblante, je redoute moins ce que vous êtes que ce que je pourrais devenir si vous ne faisiez pas de moi votre femme. Voilà pourquoi je suis venue à vous ce soir.

Elle se pencha vers lui et tendit la main pour ôter le masque de soie, mais les doigts de l'homme se refermèrent sur son poignet et l'écartèrent.

Lord Saxton secoua la tête et lui murmura doucement :

— En vérité, mon amour, la vision de mon visage vous ferait prendre la fuite.

Il attira sa main et y posa ses lèvres. Elle fut émue par l'infinie tendresse de ce baiser.

— Erienne, mon amour... tirez ces tentures.

Elle obéit et il lui sembla qu'une porte venait de se refermer à jamais derrière elle.

Le lit se creusa légèrement quand lord Saxton se déplaça pour venir s'agenouiller devant elle. Légères comme des plumes, ses mains descendirent le long du corps d'Erienne et le dépouillèrent de la fine chemise. Puis il l'enlaça lentement. Erienne étouffa un halètement : il n'était pas de répulsion mais de surprise. Ce corps contre le sien était musclé, tendu, viril.

Il la souleva sans effort et l'entraîna sous lui. Le fin tissu de soie qui le masquait ne couvrait pas ses lèvres. Sa bouche s'aventura sur la gorge d'Erienne. Elle ressentit un trouble qu'elle ne s'attendait pas à pouvoir éprouver dans les bras de lord Saxton. Un nom monta à ses lèvres, mais elle se reprit brusquement, car c'était celui d'un autre homme. Cet éclair de conscience la rendit plus déterminée encore. Elle se serra contre lui pour qu'il comprenne qu'elle était prête, et sa main se déplaça sur le cou de son mari où ses doigts découvrirent une longue balafre qui se prolongeait dans son dos. Oui, elle était bien auprès de son mari et non de Christopher Seton.

Elle s'accrocha à cette certitude alors que les caresses de l'homme se faisaient plus hardies et exploraient les secrets de son corps avec assurance. Erienne en fut surprise, car elle s'était attendue à une impatience brutale et un peu maladroite. Mais il était doux... infiniment doux. Sa main se portait avec une lenteur délibérée sur chaque détail de son corps, comme pour savourer ce qu'il découvrait, et chacune de ses caresses faisait vibrer Erienne.

Il vint entre ses cuisses et pénétra sa chair délicate. Un bref éclair de douleur la traversa. Avec une extrême douceur, il commença à se mouvoir lentement et la douleur s'estompa. Bientôt, elle répondit à ses mouvements. Une frénésie s'empara d'eux, sans frein ni limites. Le plaisir faisait se tordre le corps d'Erienne.

L'onde vibrante du plaisir les submergea, les souleva, puis les laissa dériver, épuisés et heureux.

***

Le soleil atteignit les paupières d'Erienne qui perçut une présence à côté du lit. Ses yeux s'ouvrirent et elle reconnut la grande silhouette noire de son époux.

— Bonne journée à vous, milord, murmura-t-elle en souriant.

— Une très bonne journée, mon amour, et c'est à vous que je la devrai.

L'allusion aux instants d'intimité qu'ils avaient partagés

fit rougir Erienne. La nuit leur avait apporté des plaisirs intenses et inattendus, et pourtant elle se sentait comme intimidée...

Serrant le drap contre son corps, Erienne accepta la main gantée qu'il lui offrait. Elle s'assit au bord du lit. Il tendit la main afin de réordonner des mèches de cheveux sur l'épaule de sa femme, puis son doigt descendit le long du cou d'albâtre. Erienne pressa sa joue contre la main gantée de noir.

— Vous ne me redoutez donc plus, madame ? s'enquit-il.

— Je suis heureuse d'être votre femme, milord, et j'agirai désormais comme telle.

Lord Saxton garda le silence.

— Il nous reste beaucoup de choses à découvrir, milord, et nous avons toute notre vie pour le faire. Je regrette cependant de ne pas voir votre visage, et je souhaiterais que...

— Non, c'est impossible.

Il s'écarta d'elle et marcha, traînant la jambe, jusqu'à la cheminée. Il fixa les flammes. Il semblait en proie à une extrême tension.

— De même que vous m'avez laissée prendre mon temps, j'attendrai que vous soyez prêt, milord, dit-elle doucement, en s'immisçant dans ses pensées.

Il se tourna à demi pour la regarder et rencontra son sourire. Il ressentit le désir de la prendre dans ses bras, de se débarrasser du masque et des gants, et d'embrasser ces lèvres tendres. Cependant, son bon sens prévalut.

— Je devrai m'absenter ce matin, déclara-t-il en pesant soigneusement ses mots. Mr Seton viendra vous rejoindre pour le petit déjeuner et je doute d'être rentré avant son départ. Puis-je compter sur vous pour le prier de m'excuser ?

Erienne détourna les yeux. Si Christopher était bien la dernière personne qu'elle eût souhaité rencontrer ce matin-là, elle n'avait cependant aucune excuse pour refuser d'accéder à la requête de son époux. D'un mouvement de la tête, elle acquiesça.

⁂

Cédant à l'insistance de l'intendante, Erienne pressa le pas pour gagner la grande salle. Elle avait essayé de prendre tout son temps pour faire sa toilette matinale, dans l'espoir que Christopher perdrait patience et quitterait le manoir. Aggie et Tessie lui avaient choisi une robe de soie rose pâle, ainsi qu'un fichu de batiste assorti. La hâte de l'intendante avait gagné la camériste dont les mains semblaient voler tandis qu'elle s'affairait à coiffer sa maîtresse.

Lorsqu'elle fut prête, il lui fallut descendre pour aller rejoindre cet homme dont la seule pensée la troublait et l'angoissait.

Elle s'arrêta un instant dans la tour. Dans l'entrée, elle fixa sans les voir quelques gouttes de neige fondue laissées là par le soulier de quelque insouciant.

En pénétrant dans la salle commune, elle vit qu'il était assis dans le fauteuil de lord Saxton, devant le feu. Elle vint vers lui et il se leva. Il ne souriait pas comme à son habitude et son regard était grave.

— Je... j'espérais que vous seriez parti, dit-elle d'une voix hésitante.

— Je tenais absolument à vous voir, milady, murmura-t-il.

— C'était inutile, Christopher. La nuit dernière appartient désormais au passé, à un passé qui sera bientôt effacé. Je suis... je regrette sincèrement que mon attitude ait pu vous inciter à tant d'audace. Cela ne se reproduira plus.

— Est-ce vraiment lui que vous préférez, Erienne ?

— Je tiens à lord Saxton, fit-elle, alors que des larmes lui montaient aux yeux. Je l'ai épousé et je refuse de déshonorer mon mari ou le nom des Saxton.

Étouffant un sanglot, elle couvrit sa bouche frémissante du dos de sa main et se détourna. Christopher s'approcha d'elle.

— Ne pleurez pas, ma douce amie. Vous voir malheureuse m'afflige profondément.

— En ce cas, partez, l'implora-t-elle. Partez et laissez-moi seule.

— Par ma vie, mon amour, voilà qui me serait absolument impossible.

— Et pourquoi ?

Christopher regarda longuement la jeune femme dans les yeux avant de dire :

— Parce que je vous aime.

Troublée, Erienne le fixa, muette de surprise. Était-ce possible ? C'était un homme du monde, un homme habitué aux conquêtes faciles. Ce n'était plus un adolescent prêt à donner son cœur pour un sourire. Qu'avait-elle fait ou dit ? Elle s'était montrée obstinée, méfiante, hostile envers lui. Comment pouvait-il l'aimer ?

— Voilà un sujet dont nous ne discuterons pas, murmura-t-elle.

— Le fait de passer certaines choses sous silence permet-il de cicatriser les blessures ? s'enquit-il, avant de se mettre à arpenter la pièce. Bon sang, Erienne, je vous ai suivie d'un bout à l'autre de ce pays, et j'ai abattu toutes les cartes dont je disposais pour vous inciter à voir en moi un homme estimable ! En vain. Vous me considérez toujours comme un être malfaisant, acharné à nuire à votre famille. Vous préférez vous offrir à un monstre alors que vous pourriez être ma femme. Tout cela me rend fou, et fou de jalousie, oui ! Si vous croyez que je ne suis pas jaloux de votre mari, permettez-moi de vous affirmer que vous vous trompez, madame ! Je hais ce masque ! Je hais ces gants ! Je hais cette jambe tordue ! Lord Saxton possède ce que je désire, et ce n'est pas en me taisant que je souffrirai moins !

Un bruit de pas se fit entendre. C'était Paine qui, sans

doute, venait annoncer que le petit déjeuner était servi. Christopher, hors de lui, se retourna :

— Sortez ! gronda-t-il.

— Christopher ! s'exclama Erienne en s'avançant vers le serviteur déconcerté.

— Restez où vous êtes, madame ! Je n'en ai pas terminé avec vous !

— Vous n'avez pas le droit de donner des ordres dans cette demeure. Vous oubliez que vous êtes chez mon mari, chez moi !

— Je donne des ordres partout où ça me chante et, pour une fois, vous écouterez ce que j'ai à vous dire !

— Vous pouvez donner à votre guise des ordres aux membres de votre équipage, monsieur Seton, mais ici vous ne détenez pas la moindre autorité ! Adieu !

Erienne releva le bas de sa robe et courut presque vers la porte de la tour. Elle l'entendit marcher derrière elle. Elle atteignit l'entrée, contourna la petite flaque d'eau, et s'engouffra dans l'escalier. Elle avait à peine gravi quelques marches qu'elle entendit un bruit de chute ; suivirent un gémissement, puis un juron furieux. Lorsqu'elle se retourna, elle découvrit Christopher qui se redressait en grimaçant et s'adossait au mur. Rien de grave — apparemment — et elle ne put s'empêcher de rire en voyant sa mine vexée.

— Êtes-vous blessé, Christopher ? dit-elle d'une voix moqueuse.

— Oui ! Ma fierté vient de se voir infliger une profonde blessure !

— Oh, elle s'en remettra, sir ! (Ses yeux pétillaient de malice.) Mais vous devriez être plus prudent. Si une petite flaque d'eau innocente peut vous jeter à terre, qu'en sera-t-il en haute mer ?

— Ce qui m'a jeté à terre, c'est la cruauté d'une femme qui ne laisse passer aucune occasion de me faire souffrir.

— Vous osez m'accuser, alors que vous vous conduisez

ici comme un taureau furieux ? fit-elle avant d'émettre un petit rire de gorge. Sincèrement, Christopher, vous devriez avoir honte de vous. Vous avez effrayé Paine, et il s'en est fallu de peu pour que mon cœur cesse de battre.

— Il faudrait d'abord que vous ayez un cœur, madame !

Erienne entendit un pas derrière elle et se retourna. Aggie descendait nonchalamment les marches et ne semblait pas avoir conscience de la situation. Après une révérence, elle passa devant sa maîtresse et continua de descendre. Finalement, lorsqu'elle fut au bas de l'escalier, elle examina le jeune homme d'un air impertinent :

— Ne vous a-t-on pas appris, sir, quand vous étiez enfant, à ne pas courir sans regarder où vous mettiez les pieds ?

Christopher regarda Erienne qui réprima un petit rire, puis il se redressa avec dignité, époussetant les manches de sa veste.

— Je constate que je ne suscite guère la sympathie, ici. Je vais vous laisser, madame.

— Ne partez pas ainsi, sir, dit Aggie calmement. Vous n'avez pas déjeuné. Venez partager le repas de notre charmante maîtresse.

Christopher émit un grognement moqueur.

— Je trouverai sans nul doute une plus aimable compagnie à *L'Auberge du Sanglier*.

Erienne releva brusquement la tête. L'idée qu'il pût aller chercher quelque consolation entre les bras de Molly fit monter en elle une bouffée de rage.

— Eh bien, allez-y ! cria-t-elle avec colère. Et sans perdre de temps ! J'ai bon espoir d'oublier bientôt jusqu'à votre existence !

Christopher la regarda, interdit, pendant qu'Aggie s'éclipsait discrètement.

— Est-ce véritablement ce que vous voulez ? Ne jamais me revoir ?

— Oui, monsieur Seton ! Véritablement !

— Si tels sont vos souhaits, madame, ils seront exaucés.

Tandis qu'Erienne gravissait les marches, elle entendit la porte se refermer avec violence.

***

Cette scène, avec ses éclats et ses cris, semblait avoir jeté la maison dans un profond malaise. Les serviteurs allaient et venaient, furtifs et silencieux, baissant les yeux au passage d'Erienne.

La jeune femme ressentit le besoin de sortir, de respirer. Le soleil avait fait quelques apparitions et la neige avait fondu en maints endroits. Erienne s'engagea dans l'allée du petit jardin qui s'étendait entre la demeure et les ruines de l'aile incendiée. Elle aurait aimé que l'air frais, le vent vif clarifient ses idées et ses émotions contradictoires. Ses souvenirs tourbillonnaient : il y avait ces instants de bonheur qu'elle avait partagés avec lord Saxton, mais il y avait aussi l'image obsédante de Seton, ses mains sur elle, tandis que le carrosse roulait sans bruit dans la nuit de neige...

Avec humeur, Erienne donna un coup de pied dans un petit caillou. Il rebondit et attira son regard vers le muret où une tache de couleur vive tranchait sur la blancheur de la neige. Erienne s'approcha. Tremblante et solitaire sous la morsure de la bise, se dressait une petite rose incarnat. L'arbrisseau chétif ne portait qu'une unique fleur qui offrait miraculeusement sa beauté en plein cœur de l'hiver.

Presque intimidée, Erienne prit la fleur fragile entre ses mains et se pencha pour respirer son délicat parfum. Elle rêva au prince de légende qui offrait une rose à sa bien-aimée, en gage de fidélité, elle se souvint du dicton qui dit qu'une rose découverte au cœur de l'hiver apporte la promesse d'un véritable amour.

Elle caressa longtemps les pétales délicats puis, d'un pas mélancolique, reprit le chemin du manoir.

*
**

Lord Saxton avait demandé aux serviteurs de se retirer sans l'attendre. Tout était silencieux. Seules quelques chandelles semblaient veiller. D'un pas lent, le maître du manoir se dirigea vers la chambre d'Erienne. Il entrebâilla doucement la porte et se glissa dans la pièce. Il demeura un instant immobile à écouter la respiration paisible de sa femme, à contempler son corps dont la couverture révélait, plus qu'elle ne les cachait, les courbes douces.

Il ferma les tentures de velours du baldaquin. Il ôta ses gants et son masque. Telle une ombre, il se glissa sous les couvertures. Il pressa son corps contre le dos d'Erienne dont les lèvres laissèrent échapper un léger soupir. Il respira le parfum de ses cheveux qu'il écarta afin de déposer un baiser sur sa nuque. Puis sa main se fraya un chemin sous la chemise de nuit, en quête de la douceur féminine.

Erienne oscillait entre rêve et réalité et s'abandonnait à la main aventureuse. Elle se pelotonna contre l'homme.

— Je ne puis demeurer loin de vous, dit-il tout en laissant ses lèvres glisser sur son épaule. Une faim dévorante me torture. Vous m'avez enchaîné, Erienne. La Bête est devenue l'esclave de la Belle.

La chemise fut remontée et lancée au loin. La pression contre elle d'une chair brûlante et dure réveilla Erienne. Elle se rejeta sur le dos. Les lèvres entrouvertes de Stuart allaient d'un sein à l'autre, faisant frissonner tout son corps. Ses baisers descendirent vers son ventre, laissant derrière eux comme un sillage embrasé. Il se dressa au-dessus d'elle dans l'obscurité. Consentante, impatiente, elle l'accueillit en écartant les cuisses. Les mains d'Erienne glissèrent sur les épaules de l'homme et y rencontrèrent la cicatrice qui l'aida à chasser l'image de Christopher. Comme le rythme s'accélérait, elle se cambra, gémissante, et peu lui importait désormais quelles images surgissaient et se mêlaient dans les ténèbres.

***

Heureuse et anéantie, Erienne demeura blottie dans la chaleur du grand corps étendu à ses côtés.

— Pourquoi n'êtes-vous pas rentré plus tôt ? Je vous attendais.

Il eut un petit rire.

— Revenir vers vous durant le jour eût été désastreux. Ne savez-vous pas à quel point vous êtes désirable, madame ?

— J'avoue ne pas comprendre...

— Je me retrouve prisonnier des ténèbres, Erienne. Je ne puis venir à vous que lorsque la nuit dissimule mon visage. Et pourtant rester pour vous une créature de la nuit m'est un enfer.

Ce fut bien plus tard qu'Erienne se réveilla. La respiration profonde et régulière de son mari lui apprit qu'il dormait et, légère, sa main descendit le long de son flanc. Elle atteignit la hanche, puis découvrit sur la cuisse de son mari le renflement lisse, la cicatrice d'une brûlure. Elle retira sa main et frissonna. Elle se demanda si elle arriverait jamais à surmonter entièrement sa répugnance.

***

Une semaine s'était écoulée depuis le grand bal, quand le carrosse de lord Talbot s'arrêta devant le manoir des Saxton. Les deux valets de pied sautèrent au bas du véhicule et, pendant que l'un d'eux courait vers les chevaux, l'autre plaçait un petit tabouret devant la portière. Lord Talbot descendit et regarda autour de lui avec arrogance. Il tenait un paquet enveloppé de soie dans la main gauche.

Paine vint ouvrir et le valet annonça son maître. Après avoir pris les gants, le tricorne et le lourd manteau du visiteur, Paine le conduisit dans la grande salle et lui demanda d'attendre. Lord Saxton allait être informé de sa venue.

Peu après, Paine revint chercher le visiteur et le conduisit vers une pièce où l'attendaient lord Saxton et son épouse. Les hauts talons du gentilhomme martelaient les dalles. Le majordome passa devant lui pour ouvrir une porte, puis s'effaça. L'homme masqué se leva dès que Talbot apparut mais, bien que le visiteur se fût arrêté pour lui laisser le temps de le saluer, le maître de céans n'esquissa pas le moindre mouvement de déférence. Obéissant aux ordres de son époux, Erienne resta assise, immobile.

Lord Talbot domina son irritation et prit la parole :

— Je dois vous présenter mes excuses pour avoir tant tardé à venir vous voir. Je ne puis invoquer que d'autres affaires pressantes et, hélas, la fuite du temps.

— Soyez le bienvenu à Saxton Hall, dit le maître de maison en désignant un fauteuil de sa main gantée. Voulez-vous venir nous rejoindre auprès du feu ?

Nigel Talbot accepta le siège et ses yeux se posèrent sur Erienne.

— Il est agréable de vous revoir, lady Saxton. J'espère que vous allez bien ?

— Très bien, merci.

Le regard de Talbot eût aimé s'attarder sur les douces courbes du cou et de la gorge de son hôtesse. Quelque chose d'impalpable dans l'air, qui ressemblait à une menace, détourna le gentilhomme de cette aimable tentation.

— J'ai apporté le registre où ont été inscrits tous les fermages encaissés pendant votre absence, reprit-il en montrant un livre de comptes. Vous comprendrez naturellement qu'il a fallu déduire certains frais. Nous avons dû engager des hommes pour protéger les terres et les biens.

Le bâtiment courait grand danger d'être détruit. Et rares sont ceux qui portent les traîtres dans leur cœur.

La tête masquée se releva brusquement :

— Les traîtres ? Que voulez-vous dire ?

— Eh bien, chacun sait que votre père était favorable aux Écossais. Il avait épousé la fille d'un vieux chef... Quel était son nom, déjà ? Je crains de l'avoir oublié.

— Seton, répondit brutalement lord Saxton. Mary Seton.

— Seton ? répéta Talbot, surpris. Voulez-vous dire les mêmes Seton que ce Christopher Seton ?

— Oui. Ma mère et Christopher appartiennent à la même famille.

— Appartiennent ? répéta Nigel, qui n'avait pas manqué de remarquer le temps employé. Voulez-vous dire que votre mère est toujours en vie ? (Son interlocuteur hocha affirmativement la tête.) Pardonnez-moi, je pensais qu'elle était décédée.

— Bien que les bandits fussent bien décidés à nous massacrer, nous sommes parvenus à leur échapper. Ma mère vit toujours.

— Et ses fils ? Que sont-ils devenus ?

L'intérêt d'Erienne fut brusquement éveillé. Son époux lui en avait si peu dit sur le compte de sa famille !

Lord Saxton se détourna pour répondre à la question.

— Ils l'ont suivie.

— Je présume que vous êtes l'aîné, étant donné que vous avez hérité du titre. Mais qu'est devenu votre frère cadet ? Vit-il toujours ?

— Je crois qu'il se porte à merveille. Vous aurez l'occasion de le rencontrer.

Nigel Talbot parvint à hocher la tête.

— J'en serai naturellement ravi.

Lord Saxton désigna le livre de comptes de sa main gantée.

— Mais nous parlions des fermages que vous aviez

encaissés. Si c'est sur ce registre qu'ont été portées ces opérations, je pourrai les étudier plus tard à loisir.

Talbot semblait hésiter à lui laisser le livre de comptes.

— Il existe certaines dépenses qui nécessitent peut-être quelques explications.

— J'aurai sans doute des questions à poser après avoir étudié ces chiffres, répondit son hôte. Mon intendant a également noté les sommes que mes métayers ont déclaré avoir réglées. Il sera intéressant de comparer les chiffres. Il est assez rare qu'une ordonnance royale autorise un lord à encaisser les fermages revenant à l'un de ses pairs. Si vous avez toujours par-devers vous les dépêches, j'aimerais en vérifier les divers sceaux et signatures. (Il avança la main.) Le livre de comptes, je vous prie.

Erienne remarqua que lord Talbot maîtrisait difficilement sa colère. Cependant, il ne pouvait refuser et tendit le registre.

— Je tiendrai naturellement compte de l'argent qui a été consacré à la protection de mes terres, ajouta lord Saxton en mettant le livre sur la table. Et si j'ai des questions à poser, je ne manquerai pas de le faire. Entre-temps, j'enverrai mon homme de confiance chercher les dépêches en question...

— J'ai... j'ignore où elles se trouvent, fit Nigel Talbot. Je ne suis pas sûr de remettre immédiatement la main sur ces documents déjà anciens.

— Je serai patient, croyez-le. Une quinzaine de jours vous suffira-t-elle pour les retrouver ?

— Je... je ne sais pas, balbutia Talbot.

— Un mois, alors ? Je vous enverrai donc mon intendant dans un mois. Ce délai devrait être suffisant. (Lord Saxton guida le visiteur vers la porte et sa main gantée serrait le bras de Talbot presque avec familiarité.) Un certain temps me sera nécessaire pour vérifier les comptes, mais je tiens à préciser que vous, ou votre charmante fille, serez les bienvenus à Saxton Hall chaque fois que vous souhaiterez nous rendre visite. Vous avez été très aimable de répondre à ma convocation. Je serai à votre disposition chaque fois que vous désirerez me voir… hormis ce vendredi, naturellement. Je dois me rendre à Carlisle pour certaines affaires.

Lord Talbot était si irrité par l'insolence de son interlocuteur qu'il s'abstint de tout commentaire. Arrivé dans le vestibule, il prit le tricorne et le manteau qu'on lui tendait et s'en alla, esquissant à peine un salut.

Par la fenêtre, lord Saxton regarda s'éloigner la voiture. Il éprouvait presque de la pitié pour tous ceux qui vivaient sous le même toit que Talbot : les jours à venir ne seraient certainement pas agréables pour eux.

— Stuart ?

Il se retourna :

— Oui, mon amour ?

— Pourquoi ne pas m'avoir dit que vous aviez un frère cadet ?

Il prit sa main dans les siennes.

— Vous seriez épouvantée, si vous connaissiez tous les secrets de la famille Saxton. Pour l'instant, mon amour, il est préférable que vous restiez dans l'ignorance.

— C'est donc que vous avez quelque chose à me cacher.

— Le moment venu, vous apprendrez tout. En attendant, je vous conjure de me faire confiance.

— C'est un jeu dangereux que celui auquel vous jouez avec lord Talbot. Vous m'effrayez, lorsque vous vous moquez si ouvertement de lui.

— C'est, je crois, le meilleur moyen pour découvrir si c'est un agneau ou un loup qui se cache sous cette peau de brebis.

Erienne sourit.

— Une peau de brebis ! Dites plutôt brocart et rubans ridicules !

— Vous avez raison, madame, et quoique cela s'annonce bien moins agréable que de vous dévêtir, j'ai la ferme intention de mettre cet homme à nu.

17

Le vendredi suivant, le landau de lord Saxton s'arrêta devant un hôtel particulier de Carlisle. Le passager vêtu de noir descendit et s'adressa à Bundy, encore assis sur le siège du cocher.

— Je compte rester ici quelques heures. Revenez me chercher à la tombée du jour. (Il glissa un doigt dans son gilet et sortit deux pièces d'or.) Tenez, allez boire une ou deux bières en prenant votre temps et faites en sorte de ne pas tout dépenser au même endroit.

Bundy lui adressa un sourire entendu.

— Souhaitez-vous que j'établisse un relevé des dépenses, milord ?

— Veillez seulement à bien dépenser cet argent, Bundy.

— Vous pouvez me faire confiance, milord.

Lord Saxton se dirigea vers la porte de l'hôtel particulier. Il frappa énergiquement au battant tandis que Bundy faisait claquer les rênes et guidait dans les ruelles l'attelage à quatre chevaux dont l'élégance attirait les regards des passants. Il prit soin de faire voir tout à loisir ses chevaux fringants jusqu'à ce qu'il eût atteint la première taverne du front de mer. Lorsqu'il descendit, un attroupement se forma autour de lui. Les armoiries peintes sur les portières éveillaient presque autant l'attention que l'attelage, et lorsqu'une chope de bonne bière fraîche passa de la main du tavernier à la sienne grâce à l'intervention d'une âme généreuse, Bundy expliqua obligeamment que les chevaux et le carrosse appartenaient au maître de Saxton Hall qui était pour l'instant retenu pour affaires à quelques rues de là. Il n'avait guère de précisions à apporter, hormis que lord Saxton regagnerait son domaine à la tombée de la nuit.

Il permit à ceux qui le désiraient d'admirer les chevaux, puis repartit en ayant toujours les deux pièces d'or dans sa bourse.

Fidèle à la requête de son maître, Bundy gagna l'auberge suivante, puis un autre pub, puis encore une autre taverne. De seuil en seuil, avec une régularité presque lassante, l'équipage attirait l'attention et Bundy était prié d'éclairer les curieux. Il se voyait offrir une bière et, avec un empressement qui trahissait sa soif, il manifestait sa gratitude en se répandant en renseignements et anecdotes sur les magnifiques chevaux de son maître.

L'heure convenue approchant, il revint vers la demeure. Il soupesait avec le sourire ses pièces d'or lorsque la porte s'ouvrit.

— La journée ne vous a pas coûté un denier, milord !

Il montra les pièces et alla pour les rendre, mais une main gantée arrêta son geste.

Avant de monter dans la voiture, lord Saxton lança un dernier regard à la demeure. A l'étage, une tenture fut écartée et un mouchoir de dentelle s'agita. Il leva la main, puis monta dans sa voiture.

Ils laissèrent Carlisle et, quelques miles plus loin, ils traversèrent Wrae. Dès qu'ils furent hors du village, Bundy fit prendre une allure plus rapide à l'attelage.

De collines en vallées, la route qui les ramenait vers Saxton Hall était sinueuse. Les grands chênes se dressaient, telles des colonnes, de chaque côté de la route.

Comme ils dépassaient d'épais bosquets, proches de la route, un bruit insolite vint s'ajouter au grondement du carrosse : celui d'une galopade. Bundy jeta un regard par-dessus son épaule et vit sortir des bosquets un groupe de cavaliers. Il frappa d'un coup sec le toit du véhicule du manche de son fouet. Après quoi, il fit claquer la longue lanière sur le dos des chevaux pour les inciter à adopter une allure plus rapide. Le landau était léger et conçu pour la vitesse, et les bêtes ne manquaient pas de puissance. Les cavaliers qui les poursuivaient avaient fort à faire, simplement pour ne pas perdre de terrain. Quelques coups de feu furent tirés, mais aucun n'atteignit sa cible, et les assaillants décidèrent de prendre la voiture en chasse.

Une courbe de la route leur dissimula l'attelage. Ils accélérèrent, ne voulant pas perdre trop longtemps le carrosse de vue. Ils prirent le virage dans un grondement de tonnerre puis ralentirent, comme déconcertés. Tandis que la voiture disparaissait dans le lointain, sur la route un cavalier avait surgi, dressé sur ses étriers, enveloppé d'un ample manteau à capuche. Ainsi donc, il était là, lui, l'ennemi ! L'homme brandit un pistolet. Un éclair, un grondement, et l'un des assaillants fut arraché de sa selle et alla s'écraser sur le sol. L'autre bras du monstre se leva et, lui aussi, il tenait une arme. Un nouvel éclair, un autre grondement, et un second homme s'affaissa, glissant bientôt de sa monture.

Le cavalier replaça les pistolets dans les fontes de sa selle et lança un cri aigu, avant de brandir un sabre. Il éperonna son cheval et chargea le groupe en son centre. La lame qu'il abattait en moulinets provoqua la panique parmi les bandits. Deux ou trois tombèrent, blessés, les autres prirent la fuite. Poursuivis autant par leurs souvenirs que par le danger présent...

Un blessé, un instant tapi à l'ombre d'un muret de pierre, tenta de s'éloigner en rampant. Le cavalier maudit galopa vers lui. Le bandit leva les bras, implorant la clémence de celui qu'il tenait pour le diable lui-même.

— Soit, fit la voix dure, tu ne mourras pas, mais ta vie dépend de ce que tu vas me dire. Parle. Avez-vous installé un camp ? Et où ?

— Oui, un petit campement, près d'ici. Il n'y a plus un seul camp important, à présent. Nous sommes disséminés et seul le chef connaît l'emplacement du butin. Nous ne pourrons pas y toucher tant que vous n'aurez pas été pris.

N'ayant plus rien à révéler, il s'affaissa contre le muret.

— Si tu lui es fidèle, tu peux retourner auprès de ton chef, gronda la voix. Mais j'ai entendu dire que pour les gens de ton espèce l'échec signifie la mort. Pour moi, je te laisse la vie sauve. Je te conseille de trouver un cheval et d'aller te faire oublier dans quelque coin perdu.

L'homme se recroquevilla, la tête dans les bras. Lorsqu'il se redressa et rouvrit les yeux, il était seul. Un cheval sellé passait non loin de là, et il décida de suivre les conseils du cavalier diabolique.

⁂

Erienne se dirigeait vers l'armoire-bibliothèque qui occupait le mur opposé, quand un courant d'air coucha la petite flamme de sa chandelle. La jeune femme était venue là en quête d'un ouvrage qu'elle avait remarqué quelques jours plus tôt.

Erienne remonta le col de sa robe de chambre et parcourut la pièce du regard, cherchant d'où venait le courant d'air. Elle alla vers les fenêtres et découvrit qu'elles étaient toutes hermétiquement closes. Puis elle remarqua que la petite flamme de la chandelle avait cessé de vaciller.

Elle revint vers la bibliothèque. Le meuble était adossé à une cloison derrière laquelle se trouvait une autre pièce. Il lui semblait impossible qu'un courant d'air pût passer derrière les meubles mais, chose étrange, la flamme recommença d'osciller. Elle continua d'avancer lentement et la bougie manqua s'éteindre. Elle ouvrit les portes grillagées du meuble et examina les étagères. L'une d'elles était légèrement en retrait et, sans trop savoir pourquoi, Erienne la poussa du doigt. Aussitôt tout un panneau du mur recula tandis qu'un souffle glacial s'engouffrait dans la pièce.

Elle réprima une intense envie de fuir et appuya de nouveau sur le rebord de l'étagère. Le panneau pivota encore, révélant une petite pièce carrée et vide. Elle franchit le passage et, tenant la bougie à bout de bras, elle regarda autour d'elle. Au fond de la pièce, un escalier s'amorçait qui descendait Dieu savait où... Elle s'engagea sur les marches, frissonnante de froid et de peur.

Elle atteignit une espèce de grotte, une salle longue et étroite, vaguement éclairée dans le lointain.

Soufflant sa chandelle, elle s'avança vers cette zone de lumière dont elle découvrit la source au-delà d'un tournant du passage : une lanterne était fichée à même la paroi et dans son halo une haute et mince silhouette se dessinait.

— Christopher !

— Erienne ? murmura-t-il.

— Oui, Erienne. (Elle fut submergée d'émotions contradictoires : la joie, la peur, la colère.) Que faites-vous ici ?

— Je visite.

— Vous visitez ? Comment osez-vous ? Que dirait mon mari s'il vous découvrait ici ?

— Il sait où je me trouve, répliqua Christopher avec sa désinvolture habituelle. Posez-lui la question, lorsqu'il rentrera.

— Telle est bien mon intention.

— Et vous, comment avez-vous trouvé votre chemin jusqu'ici ?

— Je ne pouvais m'endormir et je suis venue chercher un livre. J'ai senti un étrange courant d'air à la hauteur de la bibliothèque et j'ai découvert ce couloir.

— J'aurais dû refermer le panneau plus soigneusement, la dernière fois que j'ai emprunté ce passage...

Erienne n'en crut pas ses oreilles.

— Voulez-vous dire que vous êtes entré par un autre chemin, ce soir ?

Il lui sourit.

— J'ai craint la tentation, à l'idée de passer à proximité de votre chambre. Je viens de l'extérieur.

— Puisque vous semblez savoir tant de choses, pouvez-vous me dire qu'elle est l'utilité de ce souterrain ?

— Il a servi à maintes reprises. C'est grâce à lui que la mère de votre mari a pu prendre la fuite avec ses fils.

— Mais à quoi sert-il de nos jours ? Et quelle est la raison de votre présence en ce lieu ?

— Il est préférable de vous laisser pour le moment dans l'ignorance, fit-il tout en la regardant gravement. Puis-je compter sur vous pour ne parler de cela à personne, Stuart excepté ?

Il espérait un acquiescement qui ne vint pas. Tant de secrets irritaient Erienne.

— Je voudrais bien que quelqu'un m'apprenne ce qui se passe dans cette demeure. Stuart, lui aussi, élude mes questions. J'estime que j'ai le droit de savoir. Je ne suis plus une enfant.

Christopher sourit :

— Vous avez raison, madame. (Puis son sourire disparut et sa voix se fit grave.) Mais il est impératif de faire preuve d'une extrême prudence. Ma vie en dépend.

— Croyez-vous que je pourrais, par une parole imprudente, mettre en danger votre vie ?

— Je croyais que vous me haïssiez...

— Je ne voudrais pas qu'il vous arrive le moindre mal, Christopher.

Après un long silence, Christopher se résolut à parler :

— Il faut remonter loin dans le passé... Broderick Saxton était un partisan convaincu de la paix, un homme déchiré par la lutte des Anglais et des Écossais. (Il gagna l'autre extrémité de la grotte pour refermer la lourde porte et revint vers Erienne.) Voilà une cinquantaine d'années, les partisans des Stuart se soulevèrent. Beaucoup d'Écossais prirent le parti de la couronne d'Angleterre, tandis que les Highlanders, galvanisés par Bonnie Charlie, s'armaient et faisaient le serment de libérer leurs terres. Par sa situation géographique, Saxton Hall se retrouva au centre de cette lutte. Le maître du domaine était de père anglais et de mère écossaise. Lorsque les combats prirent fin et que le Cumberland fut définitivement rattaché à l'Angleterre, il fut autorisé à conserver ses terres. Cela suscita bien des jalousies et certains ne se gênèrent pas pour répandre des calomnies sur son compte. Il épousa Mary Seton, qui était née dans les Highlands et qui lui donna deux fils. Puis vint le guet-apens où il trouva la mort. On l'assassina sur le seuil de sa demeure, sans lui laisser le temps de dégainer. Certains prétendent qu'il s'agissait de Highlanders avides de vengeance. D'autres affirment qu'il est tombé sous les coups d'hommes de main au service de nobliaux anglais, jaloux de sa puissance et de sa fortune. Quoi qu'il en soit, ces misérables le tuèrent puis cernèrent le manoir. Les serviteurs prirent la fuite, et Mary Saxton se réfugia ici, dans ce passage, avec ses fils.

— Qu'advint-il d'eux ?

— Le marquis de Leicester possédait une petite demeure dans le sud du pays de Galles, et il pensa que Mary pourrait y vivre en sécurité avec les siens pendant un certain temps. Quelques mois plus tard eut lieu une tentative manquée d'enlèvement. Mary Saxton quitta le pays avec ses fils. Plus tard, l'aîné des deux garçons demanda à la Haute Cour de lui rendre ses titres et revint à Saxton Hall pour faire valoir ses droits.

— C'est alors qu'on tenta de l'assassiner, n'est-ce pas ? Mais cette tentative et le meurtre du vieux lord ne peuvent être le fait des mêmes hommes. Près de vingt ans séparent les deux événements.

— Qui sait si le temps émousse ou aiguise la haine ? Quoi qu'il en soit, lord Saxton, aujourd'hui, est bien décidé à démasquer les coupables, qu'ils se trouvent ou non en enfer.

Son regard fit frissonner Erienne.

— Il faut que justice soit rendue tôt ou tard, murmura-t-elle.

— Je crois que Mary Saxton est, elle aussi, parvenue à cette conclusion.

— J'aimerais tant la rencontrer un jour !

— Vous la verrez, si Dieu le veut.

Il se pencha pour prendre sa main et déposa un baiser sur ses doigts glacés. Puis il releva la tête afin de la fixer droit dans les yeux.

Troublée, Erienne dégagea sa main.

— Il faut que je remonte. Je suis déjà restée absente trop longtemps.

— Votre mari devrait effectivement rentrer sous peu.

Elle le regarda, perplexe.

— Comment pouvez-vous le savoir ?

— J'ai dépassé sa voiture à quelques miles seulement d'ici et il ne pouvait qu'avoir hâte de vous retrouver au plus vite. (Un sourire réapparut sur ses lèvres.) Tel serait du moins mon plus ardent désir, si j'étais votre époux.

La chaleur de sa voix fit trembler les doigts d'Erienne qui lui tendait la chandelle.

— Pouvez-vous la rallumer, je vous prie ? J'en aurai besoin pour retrouver mon chemin.

Il ignora sa demande et saisit la lanterne fichée dans la paroi.

— Je vais vous raccompagner.

— Ce n'est pas nécessaire !

— Si quelque chose de fâcheux devait vous arriver en ce lieu, je ne me le pardonnerais jamais.

Tandis qu'ils atteignaient le coude du passage, des couinements stridents trouèrent le silence. Des rats ! D'horreur, Erienne fit un pas en arrière, brisant le fin talon de sa chaussure et se tordant la cheville. Elle gémit, et déjà les bras de Christopher l'entouraient.

Elle le repoussa et tenta de continuer d'avancer. Elle dut bientôt renoncer. Sans un mot, il lui plaça la lanterne dans la main, et la souleva dans ses bras.

— Vous n'allez pas me porter ainsi jusqu'à ma chambre ! protesta-t-elle. On pourrait nous voir !

— Je commence à croire, madame, que vous vous préoccupez plus du qu'en-dira-t-on que de vous-même. D'ailleurs, les serviteurs doivent être couchés et endormis.

— Mais… et si Stuart rentrait ? Ne m'avez-vous pas dit qu'il n'allait pas tarder ?

Christopher eut un petit rire.

— Une rencontre entre nous serait extrêmement intéressante. Il pourrait même me provoquer en duel en invoquant votre honneur offensé. (Il lui adressa un regard interrogateur.) Seriez-vous peinée s'il me blessait ?

— N'êtes-vous donc pas conscient que cela pourrait effectivement se produire ?

Qu'il envisageât la chose avec tant de désinvolture la mettait hors d'elle.

— Ne vous inquiétez pas, mon amour ! Je prendrai la fuite dès que je l'entendrai arriver et il n'a aucune chance de me rattraper.

Il fit porter le poids d'Erienne contre lui et sourit.

— J'aime sentir votre corps entre mes bras.

— Maîtrisez-vous, sir, dit-elle sèchement.

— Je m'y efforce, madame. Je m'y efforce vraiment.

Quelques instants plus tard, il franchissait les dernières marches et, sans la moindre hésitation, il tourna dans le couloir qui conduisait à la chambre d'Erienne.

— Vous semblez vraiment bien connaître cette demeure. Y compris le chemin de mes appartements.

— Je sais où se trouve la chambre seigneuriale et je sais aussi qu'elle vous a été attribuée.

— Voilà qui me fait craindre de ne plus jamais me sentir en sécurité dans cette demeure…

Il éclata de rire.

— Je ne me laisserai jamais aller à vous faire la cour contre votre gré, milady.

— J'ai dû trop souvent repousser vos avances pour accorder foi à ce propos.

Il s'arrêta devant la porte des appartements d'Erienne et poussa le battant de l'épaule. Il fit halte près d'une table, afin de lui permettre d'y poser la lanterne, puis il se dirigea vers le lit.

— Je ne suis qu'un homme, madame. Peut-on me reprocher d'admirer une femme aussi belle que vous ?

Les couvertures étaient rabattues et il la déposa avec douceur. Ses yeux plongèrent dans ceux de la jeune femme et ce qu'il y lut d'angoisse et de désir mêlés le troubla profondément. Trop profondément pour qu'il cède à son impulsion.

Il porta les doigts d'Erienne à ses lèvres et y posa un baiser léger, puis il quitta silencieusement la chambre. Un long, très long moment s'écoula avant que cessent les tremblements qui secouaient Erienne.

***

Erienne commençait de s'assoupir quand elle entendit le pas de son mari dans le couloir. La porte s'ouvrit et la grande silhouette noire apparut sur le seuil. Elle se redressa et lui fit signe d'approcher. Il s'assit au pied du lit et, se dégageant des draps, elle se glissa jusqu'à lui. Étrangement émue, elle posa la joue sur son épaule.

— Seriez-vous irrité contre moi, si je vous apprenais que j'ai découvert l'accès du souterrain ? murmura-t-elle.

Il demeura immobile.

— S'il en est ainsi, je vous demande la plus grande discrétion, madame. Il serait dangereux que toute autre personne soit au courant de son existence.

— Avec moi, le secret sera bien gardé, milord.

— Vous êtes une épouse loyale, Erienne, je le sais.

— Ne souhaitez-vous pas vous coucher, milord ?

— Si, mon amour, dès que j'aurai soufflé les chandelles.

— Ne pourrai-je donc jamais mieux vous voir et vous connaître ?
— En temps voulu, ma douce, en temps voulu.

Ils avaient fait l'amour et elle se sentait comblée, et pourtant tourmentée. Cette fois, l'image de Christopher Seton s'était imposée à elle avec encore plus de force, la harcelant sans cesse tandis que Stuart l'étreignait.
— Stuart ?
— Oui, mon amour ?
— Farrell sera là demain, et vous lui avez promis de lui apprendre à se servir à nouveau d'un pistolet. Pourrais-je profiter, moi aussi, de vos leçons ?
— Et dans quel dessein, mon amour ?
— J'aimerais savoir tirer... Si jamais, un jour, on vous attaquait, je voudrais être capable de vous défendre.
— Si tel est votre désir, madame, je ne puis soulever aucune objection. Au moins serez-vous à même d'assurer votre propre protection, en cas de besoin.
— M'apprendrez-vous à tirer aussi bien que vous ? demanda-t-elle avec une fougue presque enfantine.
Un grand rire résonna dans l'alcôve de velours.
— Pour que vous puissiez vous débarrasser de moi lorsque vous serez lasse de ma présence ? Non, ne vous fâchez pas, je plaisantais... En vérité, Erienne, l'adresse ne s'acquiert qu'avec les années et dans la nécessité impérieuse de défendre sa vie. Je ne puis vous apprendre que les rudiments. Seul le temps vous enseignera le reste. (Il colla ses lèvres sur sa gorge.) C'est assez semblable à l'amour. La subtilité naît de l'expérience...

***

Au cours des jours suivants, les oreilles d'Erienne vibrèrent presque continuellement de détonations assourdissantes, tandis que ses bras et ses épaules souffraient de contractures. Les armes étaient lourdes et leur recul était violent. Du matin au crépuscule, elle s'entraînait à charger, viser et tirer. Les progrès de Farrell étaient aussi rapides que les siens, bien que seul son bras gauche pût tenir l'arme.

Au début, Erienne éprouva des difficultés à atteindre la cible. Cependant, à la fin de la troisième semaine, elle commença de faire des progrès. Farrell avait regagné Mawbry et elle avait bénéficié, à elle seule, des leçons de lord Saxton.

Cependant, la curiosité que le souterrain éveillait en elle ne disparaissait pas. Elle ne pouvait le chasser de son esprit et les explications de Christopher ne lui suffisaient pas.

Lord Saxton était parti pour la journée et les serviteurs s'affairaient dans une autre partie du manoir, lorsque les pas d'Erienne la conduisirent de nouveau vers l'ancienne bibliothèque. Cette fois, elle prit ses précautions : elle emporta une lanterne et jeta un châle sur ses épaules. Elle exécuta la manœuvre, fit pivoter le panneau et le referma derrière elle.

Bien qu'il fût un peu plus de deux heures de l'après-midi, le couloir n'était que ténèbres.

Elle suivit le passage, dépassa le tournant, parvenant à l'endroit où elle avait découvert Christopher. Il n'y avait autour d'elle que des harnais, une chaise, un coffre fermé à clé, et une paire de bottes noires abandonnées là. Elle se dirigea vers la porte que Christopher avait fermée durant leur conversation. Elle leva la barre, tira, et la porte s'ouvrit.

Devant elle se dressait un buisson touffu. Elle put cependant se glisser au-dehors et se retrouva au flanc d'une colline qui descendait du manoir en pente douce. Au départ, Erienne n'avait pas l'intention de s'aventurer loin, mais des empreintes toutes fraîches dans la neige prouvaient que quelqu'un était passé par là peu de temps auparavant. Ces empreintes ne pouvaient correspondre ni à celles de Christopher ni à celles de son mari. Erienne ne put qu'en déduire qu'une autre personne connaissait l'existence du passage secret.

Elle regarda autour d'elle. Rien que de très banal : une colline boisée, un ruisseau qui serpentait, un roc déchiqueté en saillie de la pente. Elle allait rebrousser chemin lorsqu'un mouvement rapide et furtif se produisit à la limite de son champ de vision. Elle douta un instant d'elle-même, puis vit un homme bondir d'un buisson à l'autre, surgissant et disparaissant.

Pour une raison qu'elle n'aurait pu donner, ce personnage trapu lui semblait familier. Voulant découvrir de qui il s'agissait, elle releva sa robe et courut le long de la pente. La bise traversait son châle de laine et colorait ses joues. Des brindilles s'accrochaient à ses vêtements et à ses cheveux, tandis que l'homme continuait d'avancer prudemment, sans avoir conscience de sa présence. L'inconnu s'arrêta enfin pour regarder autour de lui et Erienne reconnut le visage de Bundy à travers le rideau de branchages. Elle se demanda ce que faisait là cet homme, et pourquoi il ne se trouvait pas auprès de son mari. Elle aurait juré qu'ils étaient tous deux partis avec la voiture.

Poursuivant son chemin, Bundy traversa le torrent et Erienne découvrit où il se rendait. Au pied de la colline se dressait une maison, presque invisible grâce aux arbres derrière lesquels elle se dissimulait. Les roues d'une voiture dépassaient d'une haute haie et un petit chemin s'amorçait près du véhicule pour se perdre au sein des bois.

Bundy disparut. Un hennissement aigu et des piaffements firent sursauter Erienne. Elle entendit le rire de Bundy puis un crissement de gonds, et pensa qu'il ouvrait une grille ou une porte. Surprise, Erienne continua d'avancer. Quelques pierres lui permirent de traverser le torrent. Elle prenait soin de faire le moins de bruit possible, mais un hennissement strident lui indiqua que l'animal avait perçu sa présence.

— Qu'est-ce qui te prend, Sarrasin ? demanda Bundy. Tu vas te calmer, maintenant.

Le cheval s'ébroua encore. Bundy reprit :

— Ah, je sais ce qui t'a vexé. Le maître t'a préféré ton compagnon et est parti sans toi, pas vrai ? Eh bien, tu n'as pas à te sentir abandonné, mon bel étalon. Il te garde pour le meilleur, crois-moi.

Erienne regarda à travers les branchages et vit un animal qu'elle ne serait pas près d'oublier. Il avait une robe d'un noir d'ébène et secouait la tête en caracolant à l'intérieur d'un petit enclos. Il s'immobilisa un instant, oreilles dressées et naseaux frémissants, pendant que ses grands yeux se portaient sur elle. Puis il s'ébroua et repartit en agitant sa longue queue.

Erienne cessa de regarder l'animal. Six stalles flanquaient la maison. Quatre chevaux se trouvaient là, deux boxxes étaient vides.

Le front d'Erienne se plissa pensivement. Elle savait qu'elle était toujours sur les terres de son mari, mais personne devant elle n'avait fait mention de cette maison. Quel secret cachait là Bundy ?

Ce ne fut pas sans mal qu'elle retrouva l'accès au passage secret. Elle regagna finalement sa chambre et enleva sa robe maculée de boue. Elle était de nouveau fraîche et impeccable quand, un peu plus tard, elle fut informée de l'arrivée de son mari. Elle descendit l'accueillir à la porte de la tour. Tandis que l'attelage approchait, sa surprise grandissait : les quatre chevaux ressemblaient à s'y méprendre à ceux qu'elle avait vus dans les stalles...

Et Bundy conduisait le landau ! L'esprit d'Erienne se troubla. Lord Saxton était resté absent tout l'après-midi. Comment tout cela pouvait-il se faire ?

Elle adressa un pâle sourire à son mari, puis se détourna tandis qu'il glissait un bras autour de sa taille. Quel mystère liait donc son époux, Bundy et Christopher Seton ?

18

Comme chaque année, pour saluer la venue du printemps, une fête fut donnée à Saxton Hall. Lorsque lord Saxton et son épouse se joignirent aux serviteurs et aux paysans pour les réjouissances, ce fut un moment de gaieté, de bonne chère et de danse. C'était aussi une sorte de foire artisanale. Tentes et étals avaient été installés. Lainages, dentelles et objets taillés dans le bois étaient proposés à des prix modiques.

Le soleil était de la fête et tandis que les aînés battaient des mains en cadence, les jeunes dansaient avec fougue.

Lord Saxton et son épouse faisaient le tour de la foire et s'arrêtaient ici et là pour admirer les étals ou applaudir les ménestrels. La foule s'écartait pour leur laisser le passage. Chaque fois qu'ils faisaient halte, les conversations cessaient, laissant place à un silence fait de respect et de crainte. On se demandait quel visage cachait ce masque de cuir, on admirait le courage de lady Saxton qui osait l'affronter. On pensait aussi à la déroute que le maître avait infligée à une bande de voleurs. On n'oubliait pas non plus que depuis le retour de lord Saxton, les loyers et les tributs avaient été allégés.

Et puis, décidément, on ne se lassait pas d'admirer la beauté de lady Saxton, la grâce avec laquelle elle évoluait au bras de son mari. Elle lui souriait, lui murmurant des mots à l'oreille, donnant l'image du bonheur conjugal. Oui, vraiment, c'est une bénédiction pour tous d'avoir pour maîtres un tel lord et une telle lady.

Certains ne tardèrent pas à en avoir la confirmation, car le maire de Mawbry avait décidé d'accompagner son fils à Saxton Hall. Pendant que Farrell se passionnait pour une compétition de tir, son père cédait à sa passion pour les jeux de hasard.

Le maire de Mawbry s'était si bien laissé absorber par sa partie qu'il ne remarqua pas la venue de sa fille, et il sursauta lorsqu'elle l'appela. Il se hâta de ramasser ses gains et de les glisser dans sa veste, puis il présenta ses excuses au petit groupe de paysans et alla rejoindre sa fille d'une démarche pleine d'assurance.

Erienne le regarda droit dans les yeux :

— Père, j'espère que tu te souviens que tu es notre invité et que tu n'as pas utilisé à ton profit nos liens de parenté !

Avery se dressa sur ses ergots :

— Que veux-tu dire, ma fille ? Crois-tu que je ne sache pas comment me tenir dans de telles circonstances ? A mon âge, tu voudrais me donner des conseil ? Oublierais-tu que j'ai fréquenté des ducs, des comtes et des seigneurs au rang bien plus élevé que celui des Saxton ? Et maintenant tu crains qu'en face de ces paysans ma conduite laisse à désirer ? Va au diable !

— Vas-y toi-même, si tu as volé les métayers de mon époux, répliqua Erienne. Il suffira qu'une seule personne déclare que tu as triché aujourd'hui, pour que tu ne remettes plus un pied sur ces terres.

— La gratitude ne t'étouffe pas, espèce de petite insolente ! Tu préférerais croire ces paysans stupides plutôt que ton propre père, et tu serais prête à me condamner sans m'entendre. Ce n'est pas parce que tu es désormais une lady et que tu portes de jolies robes que tu peux jouer aux grandes dames avec moi. Je suis bien placé pour savoir d'où tu viens !

Aveuglé par la colère, il ne vit pas l'homme au masque noir se dégager d'un groupe de paysans qui laissaient échapper de petits cris d'indignation, mais il sentit brusquement un étau bloquer son poignet. Il leva la tête pour voir qui osait ce geste et demeura figé, abasourdi.

— Que se passe-t-il, ici ? s'enquit lord Saxton d'un ton impérieux.

Avery ouvrit la bouche mais il lui fut impossible d'articuler un mot. Malgré elle, Erienne eut pitié de son désarroi.

— Il s'agit d'une vieille querelle de famille, milord.

Le regard de lord Saxton ne se détourna pas du visage du maire.

— Monsieur Fleming, je vous conseille de prendre garde à vous et de ne pas défier le destin. Votre fille se trouve placée sous ma protection, et vous n'avez aucun droit sur elle. Tenez-vous-le pour dit et faites preuve à l'avenir de plus de circonspection lorsque vous êtes sur mes terres. Autrement, vous aurez à en subir les conséquences.

Avery resta muet, massant son poignet endolori, tandis que le maître des lieux s'éloignait avec son épouse.

***

Le lendemain, peu avant le crépuscule, Erienne, de l'entrée de la tour, regardait le landau s'éloigner du manoir. Elle eût aimé savoir où il se rendait. Sa découverte de la maison des bois et de l'étalon noir avait réveillé sa curiosité. De nombreuses questions se pressaient dans son esprit. Elle ne pouvait oublier les accusations de lord Talbot et du shérif à propos du mystérieux cavalier de la nuit.

Le landau disparut et son besoin de savoir s'aviva. Il lui fallait absolument découvrir si lord Saxton allait faire halte à la petite maison.

Elle courut reprendre la lanterne dont elle avait déjà fait usage et gagna le passage. Là où le couloir faisait un coude, une lumière brillait. Elle éteignit sa propre lanterne, contournant l'angle à petits pas prudents. A cet instant, la porte du fond s'ouvrit. Erienne recula et retint sa respiration. Elle vit alors entrer Christopher vêtu des mêmes habits noirs que la fois précédente. Il marcha vers le coffre, l'ouvrit et en sortit une paire de pistolets et un long sabre. Il glissa ces armes dans son ceinturon, referma le coffre et sortit.

Le cœur d'Erienne se serra, pris dans une étreinte glacée. Le cavalier de la nuit était vêtu de noir ; il ne se manifestait qu'après le crépuscule ; il commettait ses meurtres avec un sabre...

Erienne sortit de l'ombre et ralluma la mèche de sa lanterne, puis elle se hâta de revenir sur ses pas le long du passage. Il lui fallait agir vite ! Il lui fallait savoir !

A l'écurie, Erienne fit sortir Morgana de sa stalle. Il lui vint alors à l'esprit qu'une femme s'aventurant seule au sein de la nuit courait grand danger. Son regard se posa sur des vêtements mis à sécher sur une corde tendue entre les stalles. Il y avait là une chemise, une veste courte et une culotte d'homme qui paraissaient presque à sa taille. Ils appartenaient à Keats, sans doute. Dans l'angle d'une stalle déserte, elle se changea. Sans prendre le temps de lacer le devant de la chemise, elle passa la veste et se servit de la ceinture de sa robe pour maintenir la culotte. Elle roula et releva ses longs cheveux, et les dissimula dans un vieux tricorne qui traînait là. Enfin, elle choisit une selle d'homme.

Des talons, Erienne guida la jument hors de l'écurie. Elle effectua un détour pour éviter le manoir avant de prendre la direction de la maison des bois. Dans le crépuscule presque ténébreux, elle aperçut loin devant elle le cavalier noir et sa monture d'ébène. Certaine qu'il s'agissait de Christopher Seton, elle décida de le suivre. Elle ne souhaitait pas le rattraper et ne pensait d'ailleurs pas pouvoir y parvenir. Elle voulait simplement l'observer, découvrir si elle avait raison de voir en lui le redoutable vengeur de la nuit.

La filature fut longue sans qu'Erienne parvint à réduire la distance qui la séparait du cavalier. Tandis que la route suivait le lit d'un torrent tout en sinuant, elle le perdit soudain de vue. Elle crut gagner du temps en traversant le flot peu profond mais le bruit des sabots sur les galets alerta Christopher. Il quitta la route et se cacha derrière un gros arbre. Quand son poursuivant arriva à sa hauteur, Christopher précipita sa monture sur lui. Jetée à bas de sa jument, Erienne poussa un cri qui révéla son identité. Elle gisait dans la poussière de la route, tandis que Morgana, encore effrayée, piétinait le sol autour d'elle. Christopher s'élança vers Erienne pour la protéger de son propre corps.

Humiliée, à demi dévêtue, elle se débattit avec fureur :

— Christopher ! Misérable ! Lâchez-moi !

Elle tenta de se dégager, mais il la maintenait fermement, pesant sur elle de tout son poids.

— Non, madame, pas avant que vous me promettiez de faire à l'avenir preuve de plus de pondération. Je crains de finir par trouver irritant l'intérêt que vous me portez.

— Je pourrais vous rétorquer la même chose, sir !

Comme elle tentait de le mordre à la main, il soupira :

— Dommage, je trouvais cet instant extrêmement agréable !

— Coureur de jupons !

Christopher éclata d'un grand rire :

— Croyez-vous ? (Sa main descendit le long du corps de sa captive.) Vraiment ? Sont-ce là des jupons ? Je ne sais plus que croire !

Qu'il pût plaisanter et la toucher avec une telle désinvolture, comme s'il avait eu des droits sur elle, redoubla la colère d'Erienne.

— Écartez-vous, espèce... espèce... de mufle ! laissez-moi !

— Certainement, ma douce amie.

Il obéit et l'aida à se relever.

Elle se redressa mais ses vêtements en lambeaux, si déchirés qu'ils en étaient impudiques, se prêtaient mal à cet effort de dignité. Il la considéra longuement, de la tête aux pieds.

— Puis-je vous demander ce qui a pu vous inciter à aller revêtir pour vous promener une tenue aussi étrange ?

— Certains hommes, répliqua-t-elle, n'hésiteraient pas à assaillir une femme sous le couvert de la nuit. C'est pourquoi j'ai pensé que ces vêtements me protégeraient mieux. J'ignorais que vous aviez l'habitude de bondir sur de paisibles promeneurs comme un fou furieux.

— Je ne vous définirais pas comme un paisible promeneur, milady. Vous me suiviez. Pour quelle raison ?

— Oui, je vous suivais. Et je pense encore qu'il fallait vous surveiller pour découvrir quels nouveaux méfaits vous projetiez de perpétrer.

— Pourquoi diable croyez-vous que j'allais commettre des méfaits ?

— Un étalon et des vêtements noirs ! Une course nocturne ! Vous avez, il me semble, beaucoup de points communs avec le mystérieux cavalier de la nuit.

Le sourire de Christopher se chargea d'ironie.

— Et vous avez naturellement supposé que j'étais parti assassiner de pauvres gens pendant leur sommeil.

Erienne soutint son regard.

— Il était précisément dans mes intentions de vous interroger. Si vous êtes le cavalier de la nuit, pourquoi avez-vous assassiné Ben ?

— Si j'étais le cavalier de la nuit, aurais-je été assez stupide pour tuer un homme qui en savait si long sur le compte de mes ennemis ? Quel sens aurait eu un tel acte !

— Et Timmy Sears ?

— Pourquoi vous préoccupez-vous du sort de cet homme ? Un voleur ! Un assassin ! (Il haussa les épaules.) Peut-être même était-il de ceux qui incendièrent Saxton Hall.

— L'avez-vous tué ?

— Si j'étais le cavalier de la nuit, aurais-je fait disparaître, là encore, un homme capable de me livrer bien des noms ? Je crois plutôt que Timmy s'est montré trop confiant avec ses amis, des amis peu recommandables...

— Et les autres victimes du cavalier de la nuit ?

— Si j'étais cet homme, madame, je ferais, en effet, en sorte d'éliminer ceux qui veulent ma mort. A mes yeux, une telle conduite n'aurait rien de répréhensible.

— Vous êtes le cavalier de la nuit, n'est-ce pas ?

Il sourit et écarta les mains en un geste d'innocence.

— Mes affaires m'appelaient au loin et, en raison de tout ce que l'on raconte sur ces bandits qui rôdent, j'ai préféré prendre certaines précautions et partir le plus discrètement possible. Naturellement, il me fallait choisir un cheval rapide. Parmi tous ces faits, lequel pourriez-vous retenir contre moi ?

— Inutile de gaspiller plus longtemps votre salive, monsieur Seton. J'ai tout lieu de penser que vous êtes l'homme que recherche le shérif. J'ignore vos motifs, j'espère seulement qu'ils sont honorables.

Tandis qu'il gardait le silence, elle chercha sa monture du regard.

— Vous avez effrayé et fait fuir ma jument. Comment vais-je regagner Saxton Hall ?

Christopher releva la tête et fit entendre un sifflement bas et modulé. Un bruit de galopade lui répondit et Erienne vit venir vers eux le destrier couleur d'ébène.

Sans effort apparent, il la hissa sur le dos de sa monture et l'y rejoignit. Elle se sentit rassurée et heureuse de cette présence, de cette protection. Ce sentiment paisible, cependant, fut de courte durée. Les écarts du cheval ombrageux, les sinuosités de la route, il semblait que tout fût bon à Christopher pour la frôler ou la serrer de plus près. A demi troublée, à demi fâchée, elle ne pouvait que consentir. Allait-elle risquer de se retrouver seule sur la route, dans la campagne nocturne ?

Ils franchirent enfin le seuil du domaine de Saxton Hall.

— J'ai laissé ma robe dans l'écurie, murmura-t-elle. Il va falloir que j'y retourne pour me changer.

— J'irai la chercher. Dites-moi simplement où elle est.

Peu après, elle se retrouvait avec délices dans le bain d'eau chaude et parfumée qu'Aggie lui avait préparé en hâte. L'intendante la quitta un instant pour aller chercher de nouvelles serviettes.

Erienne entendit la porte se refermer puis, presque au même instant, l'horloge lui apprit qu'il était 11 heures. Elle se redressa, surprise qu'il fût si tard. Lord Saxton ne tarderait guère à rentrer et Erienne se demanda quelle raison elle pourrait donner à ce bain nocturne.

Rejetant la tête en arrière, elle mouilla ses cheveux et se mit à les laver. Dans sa hâte maladroite, elle laissa couler un filet d'eau savonneuse sur son front. Il atteignit ses yeux, et elle ressentit une douleur cuisante. Elle serrait les paupières avec force, lorsqu'elle entendit la porte s'ouvrir et se refermer.

— Aggie, venez m'aider, je vous prie! J'ai du savon dans les yeux.

L'épais tapis de la chambre étouffait le bruit des pas. Elle entendit qu'on soulevait un seau et pencha la tête en avant. Une cascade d'eau chaude se déversa sur elle, bienfaisante. Elle n'eut pas le temps de demander une serviette qu'un second seau fut vidé. Elle tordit ses cheveux et se redressa, prête à saisir la serviette qu'Aggie devait lui tendre. Elle ouvrit enfin les yeux et découvrit Christopher, tout souriant.

— Vous! (Elle tenta de couvrir sa nudité de ses bras.) Sortez! Sortez d'ici!

Il se pencha pour prendre sa robe de chambre.

— Vous sembliez avoir besoin d'aide, milady, et j'ai cru qu'il était de mon devoir de vous l'apporter, fit-il en lui tendant le vêtement. Ne souhaitez-vous pas revêtir ceci?

Erienne lui arracha le vêtement des mains et le plaqua contre elle.

— Dehors! Sortez! Immédiatement!

— Aggie se trouve dans le couloir. Je vous montais vos

vêtements, lorsqu'elle s'est engagée derrière moi dans l'escalier. C'est pour ne pas être aperçu d'elle que je me suis précipité ici.

— Et si Aggie vous découvrait maintenant, dans mes appartements ?

Il haussa nonchalamment les épaules.

— J'ai fermé la porte à clé. Aggie pensera sans doute que votre mari est arrivé et n'insistera pas.

— Et si Stuart lui-même rentrait ? fit-elle avec colère.

— J'aurai le temps de m'en inquiéter le moment venu... A présent, je vous tiens, milady, ajouta-t-il en lui saisissant le poignet, et je ne vous lâcherai pas avant de vous avoir dit ce que j'ai à vous dire.

— Vous imaginez-vous pouvoir faire irruption dans mes appartements comme un fou, sans le moindre respect des convenances, et me contraindre à écouter vos sottises ? Estimez-vous avoir des droits sur moi ? Absolument pas, sir ! Je ne veux pas entendre votre confession. Je vous ordonne de sortir avant que Stuart ne vous découvre ici !

— Erienne, écoutez-moi, fit-il avec une gravité soudaine.

— Si vous ne me lâchez pas immédiatement, je vais hurler ! Je vous en fais le serment !

Il l'avait attirée contre lui et ils s'affrontèrent du regard. Il y avait dans celui d'Erienne tant de détermination farouche que Christopher renonça.

— Soit, je vais vous laisser retrouver votre lit, madame. Cependant, il est une chose que je veux de vous, et je compte bien l'obtenir sur l'heure !

Sa bouche écrasa celle de la jeune femme. Erienne tenta de détourner le visage, ne connaissant que trop le pouvoir de ses baisers. Les lèvres de Christopher se firent de plus en plus hardies et avides. Lasse de lutter, elle lui livra sa bouche. Tandis qu'il l'explorait, elle sentit tout son corps frémir et se tendre.

Une éternité parut s'écouler, puis Christopher releva la

tête. La prenant par les épaules, il la guida vers le lit sans prononcer une parole. Consciente de sa vulnérabilité, la jeune femme doutait de pouvoir le repousser s'il tentait de la prendre. Elle vit seulement qu'il se dirigeait vers la porte ; à son soulagement se mêlait un intense regret, une frustration profonde. La porte se referma sur lui.

Erienne se rejeta en arrière et se blottit sous le couvre-lit. Les frissons qui secouaient tout son corps furent longs à s'apaiser. Elle chercha désespérément à évoquer des images heureuses et paisibles pour l'accompagner jusqu'au seuil du sommeil.

Elle s'endormit enfin mais d'un sommeil peuplé de rêves sauvages, de luttes au sein des ténèbres, de fuites sans issue. Des épées luisaient, des chevaux noirs fonçaient sur elle... et une ombre surgit, familière, presque rassurante soudain. Des bras puissants l'étreignirent. Elle sentit la chaleur d'un corps qui se coulait contre le sien.

— Non, ne craignez rien, mon amour. Restez dans mes bras.

Erienne se détendit. Peu après, elle roula sur le dos. Elle devina qu'il se redressait au-dessus d'elle, faisant courir sa main sur ses seins, son ventre, ses cuisses. Elle voulut davantage et l'attira sur elle. Des doigts, elle suivit les longs muscles tendus de son dos, caressa sans répugnance aucune ses cicatrices. Puis ses mains saisirent la tête de son mari :

— Embrassez-moi, murmura-t-elle, implorante.

Elle eût aimé que ce baiser, à jamais, en efface un autre.

Les lèvres de lord Saxton se posèrent au creux de son épaule, puis redescendirent vers ses seins. Elle fut un instant déçue qu'il n'eût pas envie de l'embrasser sur la bouche, mais les caresses qui enveloppaient tout son corps lui firent bientôt oublier ce regret. Elle l'accueillit en elle avec une impatience et une fougue brûlantes. Elle haleta un nom, et pendant un instant l'univers cessa d'exister. Il se redressa, mais elle se souleva pour ne pas le quitter, la tête rejetée en arrière. Il déposa un baiser sur la douceur de sa gorge puis l'emporta dans un mouvement irrésistible, jusqu'au moment où l'extase l'anéantit.

Quand elle reprit conscience de ce qui l'entourait, elle vit l'homme debout au pied du lit. L'ombre se déplaça et elle entendit la porte de refermer.

— Stuart ?

Sa voix n'avait été qu'un murmure. Pourquoi la quittait-il ainsi, alors qu'il avait pour habitude de rester un instant près d'elle ? Et pourquoi cette nuit précisément, alors que leur étreinte avait été plus intime et complice ? Nul autre visage ne l'avait obsédée. Nul autre corps...

Son cœur s'arrêta de battre au soudain souvenir du nom qu'elle avait murmuré, et qui n'était pas celui de son époux.

En proie au désespoir, elle enfouit son visage dans l'oreiller.

— O Stuart ! gémit-elle. Qu'ai-je donc fait ?

19

Ce fut bientôt le matin, et Erienne, cherchant à chasser ses craintes, s'appliqua à se préparer avec un soin particulier. Elle choisit une robe bleu pâle au col strict et noua des rubans assortis dans ses cheveux. Elle entra d'un pas timide dans la grande salle. Lord Saxton était assis dans son fauteuil près de la cheminée et ne tourna pas la tête au son de ses pas. Elle s'assit sur un siège, en face de lui. Il sortit enfin de sa rêverie.

— Bonjour, ma chérie, dit-il, d'une voix où perçait un sourire. Je vous demande de bien vouloir m'excuser de vous avoir quittée si tôt cette nuit.

Cette bonne humeur surprit Erienne. N'avait-il donc pas entendu ? Ou n'en prenait-il aucun ombrage ?

— J'ai pensé que vous apprécieriez une petite sortie jusqu'à Carlisle, dit-il. Ai-je raison ?

— Naturellement, milord.

— Parfait. Nous partirons dès que vous vous serez restaurée.

— Devrai-je mettre une autre robe ?

— Non, madame. Je vous trouve ravissante ainsi et, comme à l'accoutumée, vous comblez mon regard. Bien que ce voyage à Carlisle soit avant tout destiné à vous faire rencontrer une certaine personne, nous aurons en chemin le loisir de mettre plusieurs choses au point. Il est, en effet, grand temps, je crois, que je mette un peu d'ordre dans ma propre maison.

Erienne frissonna. Ainsi donc une explication était proche. Lord Saxton se tourna vers la table qui avait été dressée à l'intention de son épouse.

— Venez. Vous devez avoir faim.

Il n'en était rien mais Erienne décida de se forcer. N'était-il pas souhaitable, après tout, qu'elle reprenne quelque force ? L'épreuve qui l'attendait menaçait d'être rude.

Elle commençait à peine de manger, quand Paine vint annoncer à son maître que Bundy souhaitait lui parler et qu'il l'attendait dans le salon. Lorsque lord Saxton se fut éloigné, elle poussa un petit soupir de soulagement. Elle alla s'asseoir près de la cheminée et but lentement son thé.

Après un long quart d'heure, lord Saxton revint dans la grande salle.

— Je suis désolé, madame, mais je dois reporter à plus tard notre promenade à Carlisle. Une affaire des plus urgentes m'appelle et je me vois contraint de partir. Croyez que je le regrette profondément. Je ne saurais vous dire avec précision quand je rentrerai.

Erienne ne s'interrogea pas sur les raisons qui lui permettaient d'échapper, au moins provisoirement, à l'explication tant redoutée. Elle continua de boire son thé, tout en écoutant s'éloigner le grondement du carrosse. Elle sentit une somnolence l'envahir et songea qu'elle n'avait que très peu dormi au cours de la nuit précédente. Elle décida de monter dans sa chambre et de s'accorder un peu de repos.

***

Quand Erienne se réveilla, quelques traînées roses et orangées striaient le ciel, à l'ouest. Elle se sentait fraîche et reposée, avec un vif besoin de se dépenser physiquement. Elle pensa à Morgana, sa jument, et tout en se promettant d'être prudente, elle se sentit tentée par une promenade menée à grand trot.

Elle revêtit sa tenue d'amazone, n'ayant pas oublié ses mésaventures lorsqu'elle avait cru bon de se déguiser... Elle se souvint aussi de sa lointaine rencontre avec Timmy Sears et elle prit une paire de pistolets à silex.

Près des écuries, elle trouva Keats et lui demanda de seller Morgana.

— Madame, le maître m'a donné l'ordre formel de ne pas vous laisser sortir seule. Il faudrait donc que vous m'autorisiez à vous accompagner...

Erienne allait accepter quand elle vit un cavalier remonter l'allée en direction du manoir. Bientôt, elle reconnut Farrell et sourit de plaisir. Il avait acheté un cheval avec l'argent qu'il avait lui-même gagné par son travail et il chevauchait avec une aisance tranquille. Comme il avait changé !

— Mon frère arrive, Keats. Je vais lui demander de m'accompagner.

— Bien, madame. Je selle immédiatement votre jument.

Farrell aperçut sa sœur et guida sa monture vers les écuries.

— Bonsoir, Farrell. Heureuse de te voir. Lord Saxton a

dû s'absenter et je cherchais quelqu'un pour m'escorter. Consens-tu à venir te promener avec moi ?

— Lord Saxton n'est pas là ! s'exclama Farrell d'un ton déçu.

Dans l'espoir de s'entraîner, il avait apporté ses armes, et Erienne sourit en voyant le long mousquet et les trois pistolets attachés à sa selle.

— Je sais que je ne suis que ta sœur. Je ne puis malheureusement remplacer celui que tu étais de toute évidence venu voir.

Farrell eut un petit rire amusé.

— Viens, Erienne. C'est bien le moins que je puisse faire pour toi.

Elle accepta son aide pour se mettre en selle, flatta le col de sa jument et le suivit. Ils cheminaient depuis un moment déjà dans la campagne quand Farrell se tourna vers elle, une lueur de défi dans les yeux.

— Que dirais-tu d'une petite course, Erienne ?

Erienne parcourut les alentours du regard. Le soir tombait et le manoir lui sembla loin à l'horizon. N'étaient-ils pas imprudents de s'aventurer ainsi ?

— Nous ferions mieux de rentrer, Farrell. Je n'avais pas conscience qu'il était si tard.

— Faisons quand même un petit galop jusqu'au sommet de la colline. Nous rentrerons aussitôt après.

Erienne piqua des deux en riant. Farrell lui fit écho en s'élançant derrière elle, et leurs exclamations de joie se mêlèrent au grondement des sabots. Erienne se donnait à corps perdu à la course et pressait Morgana par de petits coups de cravache. Farrell remonta à sa hauteur et il avait une demi-longueur d'avance lorsqu'ils atteignirent le sommet.

Un coup de feu gronda soudain, bientôt suivi par d'autres. Farrell tira avec force sur ses rênes, arrêtant sa monture, et Erienne l'imita. Ils demeurèrent en selle, totalement immobiles, tendant l'oreille et scrutant le crépuscule. Un cri d'horreur déchira le silence et s'acheva en un sanglot implorant :

— Non !

Un autre coup de feu retentit, suivi d'un cri plus faible que le précédent.

Après un bref regard à Farrell, Erienne engagea rapidement sa monture sous le couvert des chênes qui bordaient la route. Un cavalier surveillait la route du haut d'une colline voisine. Il ne semblait pas les avoir vus. Quelques instants s'écoulèrent, puis un appel retentit et le guetteur quitta son poste.

Toujours protégés par les arbres, ils s'avancèrent jusqu'à la crête et leurs regards plongèrent dans le vallon. Sur la route, en contrebas, plusieurs hommes vêtus de noir cernaient une voiture. Les lanternes éclairaient une scène d'horreur : un cheval gisait sur la route, le corps d'un homme avait basculé par la porte ouverte du carrosse. Plus loin, on découvrait le cadavre de deux serviteurs. L'unique survivante était une jeune fille que l'on avait attachée au palonnier. Les bandits s'affairaient autour d'elle, occupés à lui arracher ses bijoux. Des rires et des jurons retentissaient. Que lui réserveraient-ils après l'avoir dépouillée ?

Farrell murmura :

— Ils vont la tuer... ou lui faire subir pire que la mort. Et je n'ai pas le temps d'aller chercher de l'aide !

— Ils sont plus d'une douzaine, Farrell. Que pouvons-nous faire ?

— Peux-tu galoper jusqu'à Mawbry pour avertir le shérif, pendant que j'essaye de les occuper ?

— Les attaquer seul serait de la folie ! Attends, j'ai une idée. Peut-être pourrons-nous les faire fuir en agissant ensemble. Vois-tu les arbres, là-bas, sur l'autre colline, plus proche de la voiture ? Nous devrions pouvoir les atteindre et prendre les bandits à revers. Si nous parvenons, de là, à en toucher deux ou trois, les autres prendront sans doute la fuite. Tu ne peux pas tenir un pistolet et les rênes en même temps.

— Tu as raison, marmonna-t-il. Je ne suis plus bon à grand-chose, avec un seul bras.

— Je t'en prie, Farrell, le temps presse.

— Ces bandits sont si bruyants que tout un régiment pourrait les charger sans qu'ils l'entendent. (Il eut un petit rire.) Es-tu prête, Erienne ?

— Oui ! murmura-t-elle.

Sur l'autre colline, ils mirent pied à terre et allèrent se dissimuler derrière les arbres. La jeune fille continuait de sangloter, mais les bandits s'étaient éloignés d'elle, le temps d'éventrer les bagages et de fouiller le cadavre du gentilhomme.

Erienne vérifia soigneusement les armes et serra les dents. Cette paire de pistolets lui permettrait de participer au sauvetage de la jeune fille. Farrell avait le projet de se déplacer sans cesse tout en tirant, pour donner aux bandits l'impression que leurs assaillants étaient plus de deux. Erienne, elle, ne quitterait pas sa position protégée.

Farrell s'éloigna en rampant. Il tirerait le premier et ensuite ce serait au tour d'Erienne.

Le coup de feu retentit et elle visa d'une main crispée. Deux silhouettes s'effondrèrent dans la lueur des lanternes. Un des voleurs poussa un cri et tous se dispersèrent dans la confusion, se bousculant les uns les autres. Erienne tira de nouveau et un homme s'écroula. Sa surprise fut si grande qu'elle se demanda un instant si Farrell n'avait pas tiré au même instant qu'elle. Non, un bruissement de feuilles lui révéla que son frère se déplaçait, à la recherche d'un nouveau poste de tir. Elle fit feu de nouveau. Le grondement assourdissant du mousquet de Farrell lui répondit. Plus personne, désormais, n'était visible autour du carrosse. Elle scruta la nuit et le clair de lune lui révéla un mouvement au-dessous d'elle, au flanc de l'escarpement : un homme grimpait vers elle. Elle serra des deux mains la crosse du pistolet et visa. Elle entendit un corps rouler, écrasant les buissons.

Son frère apparut et sauta sur le dos de son cheval. Tandis qu'il s'éloignait, Erienne rechargea rapidement son arme, puis attendit. Un instant plus tard, son frère jaillit hors des ténèbres et sauta à bas de sa monture dès qu'il fut près de la jeune fille. Il s'agenouilla et entreprit de la libérer de ses liens.

Erienne montait une garde vigilante, quand elle fut soudain assaillie par-derrière. Une main surgit par-dessus son épaule et se referma sur le pistolet, puis un bras la fit reculer avec brutalité. Un murmure rauque lui parvint :

— Espèce de petite folle, qu'espérez-vous donc ? Sautez sur votre cheval et filez avant de vous faire tuer !

Le bras la fit pivoter sur elle-même, puis la libéra. Face à elle, se dressait la silhouette noire, enveloppée dans son ample manteau ; la capuche dissimulait entièrement le visage.

— Christopher ?

— Partez ! Filez loin d'ici !

Sur la route, deux ombres, sorties du bois, marchaient vers Farrell qui leur tournait le dos, inconscient de leur approche. Le jeune homme s'affairait encore à trancher les liens de la jeune fille.

— Malédiction ! s'exclama le cavalier de la nuit, s'éloignant au galop.

Erienne le vit réapparaître sur son grand destrier noir, quelques secondes plus tard. Il descendit à flanc de colline et tira en poussant un long cri funèbre. Un des bandits tomba en hurlant, la main crispée sur sa poitrine, et le cavalier abaissa son bras. Lorsqu'il le releva, il brandissait une longue lame d'acier luisante. Le cri surnaturel retentit de nouveau. Le bandit lâcha son couteau pour tenter de dégainer. L'ombre passa près de lui et le sabre plongea.

Le cavalier au manteau noir revint vers Farrell qui abandonna la jeune fille pour brandir une épée ridiculement courte. Sans paraître rien craindre, le cavalier de la nuit s'immobilisa près du couple :

— Délivrez-la et partez ! (De la pointe de son sabre, il montra le haut de la colline :) Et emmenez votre stupide sœur !

Il repartit, exécutant une espèce de ronde autour du carrosse.

Un instant plus tard, Farrell tranchait le dernier lien et peinait pour hisser la jeune fille sur son cheval. Après avoir en vain essayé il monta lui-même en selle, libéra un étrier, et tendit le bras.

— Mon bras m'obéit mal. Saisissez-le, et je vous hisserai. Utilisez l'étrier.

La jeune fille bondit avec légèreté et se retrouva assise derrière Farrell. Elle referma les bras autour de la taille du jeune homme.

Farrell éperonna sa monture et le cheval bondit. Un coup de feu partit du bois, mais la balle siffla loin d'eux. Ayant gravi la colline, Farrell tira sur les rênes et appela sa sœur. Mais le cavalier de la nuit l'avait suivi :

— Partez ! Partez d'ici !

Erienne avait déjà regagné l'ombre des arbres et s'était mise en selle. Elle lança sa monture au galop et tandis qu'elle s'éloignait, le cavalier de la nuit resta immobile, prêt à couvrir sa fuite.

Des craquements troublèrent le silence. On rampait dans le sous-bois. Ainsi donc il restait quelques bandits indemnes. Le cavalier les vit se regrouper et se concerter non loin du carrosse. Lançant son cri de guerre, il fonça, sabre en avant. Le voyant fondre sur eux, ils prirent la fuite dans toutes les directions.

Un seul demeura, un pistolet dans la main gauche, le bras droit brandissant une épée.

— Imbéciles ! gronda-t-il. Il est seul ! Puisque vous refusez de vous battre, je me charge de lui !

— On vous le laisse, capitaine ! cria une voix.

Le grand destrier noir s'arrêta à quelques mètres du bandit. Le cavalier de la nuit, lui aussi, était doublement armé.

— Eh bien, monsieur le fantôme, lança l'homme hardiment. Allons-nous nous mesurer au pistolet ? (Le canon se releva légèrement.) Ou à l'arme blanche ?

Il salua son adversaire d'un rapide moulinet de son épée.

Bien que le visage de l'homme fût dissimulé par une écharpe, le cavalier de la nuit le reconnut au timbre de sa voix et à son léger accent.

— Nous voilà enfin face à face, monsieur le shérif.

— Tiens ! Vous me reconnaissez donc ! Cela va vous coûter la vie. Mais en quel combat ? Allez-vous utiliser votre sabre ?

— Non, je dispose d'une arme mieux adaptée à la vôtre.

Sabre et pistolet retrouvèrent leurs étuis, après quoi le cavalier de la nuit mit pied à terre. Il attendit qu'Allan Parker eût rangé son pistolet pour écarter sa monture d'une tape sur la croupe. Il dégaina une fine rapière aux reflets bleutés et répondit au salut de son adversaire avec désinvolture. Parker se pencha alors pour tirer une dague de sa botte.

Le cavalier de la nuit drapa son ample manteau en une sorte de bouclier dans lequel la lame de la dague pourrait s'enfoncer et se prendre. Parker comprit : il n'affrontait pas un adversaire ordinaire mais un homme versé dans la science des armes. Il remarqua aussi qu'une paire de petits pistolets se trouvaient accrochés à son ceinturon. Ce combat ne s'achèverait que par la mort d'un des adversaires.

Ils croisèrent le fer pour se jauger, et dès l'abord, le shérif se rendit compte qu'il devait faire montre de prudence. Ses attaques avaient été parées sans peine, et les ripostes étaient si rapides et sûres qu'il faillit être touché.

Un petit rire s'éleva de la capuche :

— Commenceriez-vous à vous inquiéter, monsieur le shérif ?

— J'ignore toujours qui vous êtes, l'ami, mais je pourrai sous peu étudier à loisir votre visage.

Il se fendit pour attaquer, mais le coup fut paré une fois encore.

— La tâche est moins facile qu'avec Timmy Sears, n'est-ce pas ?

Parker faillit trébucher :

— Comment...

— Qui d'autre que vous Timmy serait-il allé voir, après avoir reçu ma visite, cette nuit-là ? Vous êtes le chef de cette bande et c'est naturellement à vous qu'il a voulu faire son rapport. Il a seulement eu l'imprudence de vous révéler ce qu'il m'avait avoué, et cela lui a coûté la vie.

La lame bleutée se mit à tracer des parcours de plus en plus serrés et, en dépit de ses efforts, le shérif voyait la pointe d'acier se rapprocher toujours davantage. Une douleur aiguë déchira soudain son avant-bras gauche, puis la dague lui fut arrachée des doigts et alla se perdre dans les hautes herbes.

— Ensuite, il y a eu Ben, poursuivit le cavalier de la nuit. Il était trop faible pour quelqu'un de votre trempe. A-t-il pu essayer de se défendre ou l'avez-vous assassiné pendant son sommeil ?

Le shérif haletait et la sueur couvrait son visage.

— Cependant, en raison de votre jeunesse, vous ne pouvez être celui que je cherche. Le chef. Quelqu'un qui prend bien garde de ne pas souiller de sang ses beaux habits de soie et qui vous laisse effectuer les basses besognes. Lord Talbot, peut-être ?

— Espèce de... de bâtard ! haleta Parker. Battez-vous donc comme un homme ! Montrez votre visage !

— Le voir signifie la mort. Ne le savez-vous pas, monsieur le shérif ?

En relevant la tête, Parker découvrit, au-delà de son adversaire, quelque chose qui le réconforta. Il faillit sourire et saisit sa lourde épée. Deux bandits sortirent de l'ombre pour charger le cavalier de la nuit. Celui-ci se baissa au tout dernier instant et les deux hommes tombèrent sur le sol. L'un d'eux, involontairement, avait repoussé la capuche de l'être mystérieux. Il fit donc face au shérif à visage découvert.

— Vous ! s'écria Allan.

Christopher Seton éclata de rire.

— La mort, monsieur le shérif, mais je vais devoir vous accorder un sursis.

Il repoussa violemment son adversaire, qui recula en titubant et heurta quatre hommes qui chargeaient à leur tour. Les bandits allèrent rouler sur le sol, pendant que Christopher faisait tournoyer son épée. Un sifflement perçant troua l'air et le destrier noir surgit. Le cavalier de la nuit glissa la lame dans son fourreau et d'un bond fut en selle. Le cheval n'eut pas même à ralentir son galop.

Le shérif parvint à se relever et saisit un des pistolets passés dans sa ceinture. Trop tard — pour la portée de l'arme. Un homme agenouillé dans la poussière braquait son long mousquet vers le cavalier qui s'éloignait. Allan lui arracha l'arme et pressa la détente.

Christopher sentit une douleur déchirer son flanc droit. Sa main laissa échapper les rênes et il s'inclina sur la selle. Le sol défilait sous lui, mais Christopher lutta pour ne pas perdre conscience. De la main gauche, il agrippa la crinière et tenta de se redresser.

Le shérif poussa un cri de triomphe.

— Poursuivez-le, imbéciles ! ordonna-t-il. Ne le laissez pas échapper !

— Va, Sarrasin, va ! gronda Christopher, torturé à chaque secousse. Montre-leur tes sabots, mon vieux ! Va !

L'étalon galopait sans plus être guidé mais demeurait sur la route. Un cri s'éleva, quelque part derrière Christopher ; et une balle passa très près de lui en gémissant. Sarrasin accéléra. Il paraissait ne plus toucher le sol.

Après avoir dépassé le sommet, la route plongea puis

serpenta dans la vallée. Dès que ses poursuivants furent hors de vue, Christopher s'adressa à l'animal et tenta de le persuader de ralentir. Il se pencha et parvint à saisir une rêne, puis l'autre. Sarrasin modéra son allure. Arrivé sous le couvert des arbres, Christopher s'arrêta et déchira un morceau de son manteau pour envelopper sa hanche droite. Il craignait que le sang qui ruisselait de son flanc ne laisse derrière lui une trace révélatrice.

⁂

Tous trois atteignaient enfin les terres familières de Saxton Hall. Erienne lui fit alors signe de continuer sans elle.

— Conduis cette jeune fille au manoir. Aggie saura prendre soin d'elle. Je te rejoindrai dans quelques instants.

— N'est-ce pas dangereux ? Il est possible que le cavalier de la nuit rôde encore dans les parages.

— Occupe-toi de cette jeune fille, Farrell, et ne discute pas.

Elle attendit que son frère eût disparu pour faire tourner bride à la jument. Elle prit la direction de la maison des bois. Elle la découvrit sous la clarté blafarde de la lune. Les volets des fenêtres étaient clos et aucune lumière ne filtrait. Les lieux paraissaient déserts.

Sans quitter l'herbe qui étouffait le bruit des sabots, Erienne laissa la maison derrière elle. Sa curiosité avait été éveillée par un ébrouement venu des enclos derrière la haie. Si elle y trouvait Sarrasin, cela signifierait que Christopher ne pouvait être loin. Ses craintes seraient dissipées. Elle mit pied à terre et se fraya un chemin. Le portillon s'ouvrit avec un léger crissement qui alerta le cheval dont l'enclos faisait face à celui de Sarrasin. L'animal hennit doucement, tendant ses naseaux vers elle. Erienne flatta son cou. L'obscurité l'empêchait de voir la couleur de sa robe, et elle décida d'aller chercher une lanterne. Elle en découvrit une accrochée à la paroi de l'écurie et réussit à trouver une pierre à feu. L'animal n'était autre que l'étalon familier de Christopher. Sarrasin manquait à l'appel.

Le cheval bai se mit à caracoler dans l'enclos et Morgana s'agita de son côté. Puis, les deux bêtes s'immobilisèrent, oreilles dressées. Soudain, elles coururent et se jetèrent contre la clôture, du côté du petit bois.

Erienne s'avança sous les arbres et, à quelques mètres, crut voir un mouvement dans l'ombre.

— Christopher ? murmura-t-elle. Êtes-vous là ?

Elle n'obtint aucune réponse et frissonna. Peut-être ne s'agissait-il pas de Christopher ? Peut-être gisait-il loin d'elle, blessé ou mort ? N'était-ce pas un bandit qui avait réussi à retrouver sa trace ?

Elle continuait d'avancer lorsqu'elle sursauta et s'immobilisa en portant la main à sa gorge. Sarrasin s'avançait vers elle avec confiance. Une grande silhouette drapée dans un ample manteau oscillait sur la selle, en équilibre précaire.

— Oh non ! gémit-elle.

Elle n'avait nul besoin de voir le sang pour deviner qu'il était blessé et la lueur de la lune lui révélait un visage livide.

Christopher parvint à sourire :

— Bonsoir, milady...

Cet effort épuisa ce qui lui restait de force. Avec un cri de terreur, Erienne bondit vers l'homme qui s'effondrait et tombait de sa selle. Elle parvint à saisir Christopher dans ses bras, mais fut entraînée par son poids. Pendant un instant d'intense émotion, elle berça la tête de l'homme contre sa poitrine :

— Mon amour, que vous ont-ils fait ?

Puis elle prit conscience de la situation et ses mains tremblantes s'affairèrent sur le corps de Christopher. Elle découvrit avec effroi sa blessure. Elle déchira son jupon et avec un morceau de tissu tenta d'arrêter le flot de sang. Elle noua un pansement autour de la taille du blessé.

Le léger craquement d'une porte lui parvint de la maison et, en se retournant, elle vit un homme sortir, porteur d'une lanterne. Il devina qu'il se passait quelque chose dans le petit bois.

— Est-ce vous, maître ?

Erienne reconnut la voix et cria :

— Bundy ! Bundy, venez m'aider ! Mr Seton a été blessé. Hâtez-vous !

Le serviteur courut vers elle et s'agenouilla aussitôt près du corps. Il examina rapidement le pansement de fortune et se releva d'un bond.

— Mieux vaut le transporter au manoir. Aggie pourra prendre soin de lui.

Après avoir saisi les rênes de Sarrasin, il souleva Christopher entre ses bras et le plaça délicatement sur la selle.

— Je vais le ramener par le passage secret, afin qu'aucun serviteur ne puisse le voir, madame. Désirez-vous m'accompagner, ou préférez-vous ramener votre cheval à l'écurie ? Je pourrai revenir m'occuper de lui, si vous le souhaitez.

— Je vous accompagne.

Lorsqu'ils atteignirent la porte qui masquait l'entrée du souterrain, le serviteur prit l'homme inconscient sur son épaule. Erienne le précéda, levant sa lanterne pour éclairer le chemin. Quand ils parvinrent à la porte qui menait à la bibliothèque, Erienne se tourna vers Bundy :

— Je vais aller m'assurer que la voie est libre.

Elle posa la lanterne, enleva son manteau, et réordonna sa chevelure avant d'entrer dans le vestibule. A l'exception de sanglots étouffés qui provenaient d'une des chambres d'hôte, au-delà des appartements de lord Saxton, le couloir du premier étage était silencieux et désert. Erienne se hâta de regagner la bibliothèque et de faire signe à Bundy.

— Vite, avant que quelqu'un n'arrive.

— Allez alerter Aggie, madame, dit-il. Elle saura ce qu'il faut faire et on peut avoir confiance en elle.

Comme elle repartait en courant et allait dépasser le seuil de la tour, elle vit Farrell debout près de la cheminée, dans la grande salle.

Il s'avança vers elle :

— Comment es-tu entrée ? J'allais partir à ta recherche. Et à présent te voici. Par où es-tu passée ?

Erienne ne pouvait lui confier son secret, et elle chercha une explication plausible.

— Peut-être étais-tu au chevet de cette jeune fille quand je suis rentrée. Au fait, comment se porte-t-elle ?

— La pauvre enfant, les bandits ont tué son père sous ses yeux, et il semble qu'elle ne cessera jamais de pleurer. Aggie l'a obligée à se coucher et lui a apporté un grog. Elle m'a affirmé que cela l'aiderait à trouver le sommeil.

Erienne s'affolait. Si Farrell découvrait le blessé, il risquait d'en informer le shérif.

— N'as-tu pas envie, toi aussi, d'un bon grog d'Aggie ? Ils aident à trouver le sommeil et revigorent merveilleusement. Demain matin, tu feras meilleure figure devant cette jeune fille.

L'émotion empourpra le visage de son frère.

— Elle s'appelle Juliana Becker, murmura-t-il. Et elle n'a que dix-sept ans.

Erienne chercha à s'échapper.

— Si dîner seul ne t'ennuie pas, Farrell, je te ferai monter un repas dans ta chambre. Je ne ressens nulle faim et j'irai sans doute me coucher au plus tôt.

Elle se dirigea rapidement vers la cuisine.

— Lord Saxton est-il rentré ?

— Je ne le pense pas, fit-elle sans s'arrêter. Je ne l'ai pas vu, en tout cas.

— S'il rentre, pense à lui dire que j'aimerais lui

emprunter la voiture et conduire cette jeune fille à York, auprès de sa mère, demain dans la matinée.

— Je suis certaine que cela ne posera aucun problème, Farrell.

La porte de la cuisine se referma derrière elle, pour se rouvrir presque aussitôt. Erienne n'avait pas trouvé Aggie et repartait à sa recherche au premier étage. L'intendante sortait précisément de la chambre d'hôte où la jeune fille avait été logée pour la nuit.

— Miss Becker est à présent bien plus paisible, dit Aggie. Heureusement que...

— Aggie, j'ai besoin de vous. Mr Seton a été blessé et Bundy m'a conseillé de faire appel à vous.

— Est-ce grave ? demanda Aggie qui se hâtait de suivre sa maîtresse.

— Il a au flanc une horrible blessure. La balle l'a traversé de part en part. Il semble avoir perdu beaucoup de sang.

Aggie ne posa pas d'autres questions et se mit à courir vers la chambre de lord Saxton. Erienne qui la suivait la vit pousser la porte. Arrivée sur le seuil, elle découvrit que Bundy se trouvait déjà près de Christopher, qu'il avait allongé sur le lit de son maître. Les couvertures avaient été rabattues. A l'exception d'un drap recouvrant le bas du corps, le blessé était nu. Le manteau noir et les autres vêtements avaient été jetés sur le sol.

Bundy s'écarta pour permettre à l'intendante d'examiner la blessure. Un gémissement s'échappa des lèvres livides de Christopher qui se tordit de souffrance. Erienne étouffa un sanglot. A présent qu'il gisait là, inconscient et vulnérable, elle se rendait mieux compte encore à quel point elle tenait à lui.

— La balle a effectivement traversé le corps, déclara Aggie, mais la blessure ne semble pas infectée. (Elle lava ses mains ensanglantées, puis désigna la cheminée.)

Il va falloir mettre une bouilloire et aller chercher des serviettes propres.

— Ne serait-il pas préférable de porter Mr Seton dans une autre chambre ? demanda Erienne.

Bundy adressa un rapide coup d'œil à l'intendante, avant de répondre en choisissant soigneusement ses mots :

— Lord Saxton ne reviendra pas avant plusieurs jours, madame, et c'est pourquoi j'estime que Mr Seton peut rester ici en attendant. Il sera plus en sécurité. On pensera que Sa Seigneurie est souffrante et personne ne pénétrera dans la chambre. Il est préférable de prendre certaines précautions.

— Mais pourquoi ne vous trouvez-vous pas vous-même auprès de lord Saxton ? s'enquit Erienne, surprise. Et où est le landau ?

— Dans les écuries, madame. Je l'ai ramené voilà deux heures. Le maître est chez des amis et une voiture ne lui serait d'aucune utilité.

Les affirmations du serviteur ne dissipèrent pas les inquiétudes d'Erienne, mais elle bénit l'absence de lord Saxton. Christopher avait besoin de soins et d'attention. Seul Farrell risquait de poser des problèmes.

— Mon frère ne porte pas Mr Seton dans son cœur. S'il le découvrait ici, ce pourrait être dangereux. Vu les circonstances, je pense qu'il serait souhaitable, Aggie, que vous lui prépariez un bon grog bien fort.

Aggie hocha brièvement la tête.

— Je m'en charge immédiatement, madame. Pouvez-vous veiller sur Mr Seton pendant mon absence ? Je voudrais que Bundy me suive. J'ai besoin de son aide.

Erienne resta seule avec le blessé. Elle s'employa à déchirer de vieux draps pour en faire des bandages, puis essuya doucement le sang autour de la blessure. Elle plongea ensuite les mains de Christopher dans une cuvette et essuya doucement ses doigts fuselés. Elle baisa sa main et des larmes lui montèrent aux yeux.

Aggie et Bundy revinrent, et Erienne resta dans la pièce pendant que l'intendante s'occupait de la blessure. Elle nettoya la plaie et appliqua un baume blanchâtre. Elle posa le pansement et le maintint en faisant passer plusieurs fois un long bandage autour de la poitrine et de l'épaule de Christopher.

Lorsque l'épreuve s'acheva finalement, Erienne se laissa tomber dans un fauteuil qui se trouvait près du lit. Les deux serviteurs lui demandèrent — en vain — de regagner ses appartements.

— Je dormirai ici.

Aggie, sentant qu'elle s'obstinerait, répliqua :

— Madame, je vais veiller sur lui pendant que vous irez vous changer et vous préparer pour la nuit. Revenez dès que vous serez prête. (D'un geste de la main, elle désigna la tenue d'Erienne.) Vous serez plus à l'aise vêtue d'une chemise de nuit et d'une robe de chambre.

— Pensez-vous qu'il... ? demanda Erienne.

Elle n'osa aller jusqu'au bout de sa question.

— Tout ira bien, madame, lui affirma Aggie en tapotant affectueusement son bras. Il est sain et fort. Il sera de nouveau sur pied dans peu de temps.

— Merci, Aggie. Je serai de retour dans quelques instants.

Elle tint parole et revint s'asseoir dans le fauteuil. Elle replia ses jambes sous elle et laissa reposer sa tête dans le creux du vaste dossier.

L'aube commençait à poindre quand Erienne se réveilla. Elle releva la tête et découvrit qu'il l'observait.

— J'ai soif, murmura-t-il.

Elle se leva, revint avec un verre d'eau et glissa un bras dans le dos de Christopher pour le soutenir pendant qu'il apaisait sa soif. Comme elle reprenait le verre, il leva sa main pour lui caresser la joue et laisser ses doigts glisser dans sa longue chevelure défaite.

— Je vous aime, fit-il dans un soupir.

Leurs regards se soutinrent pendant un long moment, puis il se laissa aller en arrière et ferma les yeux. Ses doigts se tendirent, appelant ceux d'Erienne.

Christopher dériva entre sommeil et conscience jusqu'au lendemain matin. Aggie apporta au convalescent un bouillon revigorant et redressa ses oreillers. Comme il refusait toute aide, elle lui abandonna le bol et s'affaira dans la chambre. Tout en buvant à petites gorgées, il ne quittait pas Erienne du regard. Elle en fut gênée car elle savait Aggie dévouée corps et âme à lord Saxton.

Christopher dormit la plus grande partie de la journée et de la nuit suivante. Il s'éveilla le troisième jour avec une très forte fièvre qui inquiéta Erienne. Aggie s'empressa de lui affirmer qu'il s'agissait là d'un phénomène fréquent. Puis elle conseilla à sa maîtresse d'humecter fréquemment le corps du blessé avec de l'eau tiède, afin de réduire la fièvre, et s'en alla sans paraître avoir conscience du caractère insolite de sa requête. Accomplir cette tâche pendant que Christopher dormait troublait Erienne, mais l'épreuve lui parut plus rude encore quand elle dut continuer de le faire sous son regard brûlant. Elle se rendit compte, en effet, que ce corps blessé, affaibli, se réveillait dès qu'elle le frôlait de ses mains.

Erienne sortit précipitamment de la pièce et, une fois dans sa chambre, elle ouvrit grande une fenêtre dans l'espoir que la fraîcheur de l'air apaiserait son agitation et son trouble.

Elle demeura loin des appartements de lord Saxton pendant le reste du jour et laissa à Bundy et Aggie le soin de s'occuper du blessé. L'intendante vint lui annoncer, le sourire aux lèvres, que la blessure se cicatrisait avec une rapidité peu commune et que la fièvre était tombée.

Le soir venu, Erienne se pelotonna dans un grand fauteuil installé près de la cheminée et se laissa aller à rêver tout en regardant les flammes.

Son esprit vagabondait de souvenir en souvenir, nets

ou confus. Il y eut d'abord la vision d'une silhouette noire, dissimulée par un vaste manteau, et d'un destrier caracolant, puis le personnage devint son mari, penché sur elle pour l'arracher aux eaux glacées du torrent. Derrière lui se dressait le même étalon noir. Soudain, le masque de cuir se transforma en capuche.

Erienne sursauta, ouvrit les yeux et voulut se contraindre à raisonner. Avait-elle jamais vu Stuart à cheval ? Était-ce donc Christopher qui s'était dressé au bord du torrent ? Qui alors avait-elle vu dans la lueur du feu, plus tard, le même soir ? Si Christopher était le cavalier de la nuit et aussi celui qui l'avait sauvée de la meute, qui pourrait-il être encore ? Certainement bien plus que ce libertin insolent qu'elle avait voulu voir en lui.

Les pièces du puzzle semblaient se fuir les unes les autres et Erienne sentit sa raison vaciller.

20

Erienne se réveilla bien reposée, pleine de vitalité, et tandis qu'elle achevait sa toilette, elle sentit croître en elle la détermination de tirer certaines choses au clair. Elle se dirigea d'un pas décidé vers la chambre de lord Saxton. Erienne avait la ferme intention de demander à Christopher des explications sur l'épisode du torrent.

Elle atteignait la porte quand elle se figea de surprise en entendant la voix d'Aggie à travers l'épais battant. Le ton de la femme était feutré mais pressant, agressif même. Immédiatement honteuse d'avoir tendu l'oreille, Erienne se hâta d'abaisser la poignée de la porte et d'entrer.

Adossé aux coussins, Christopher arborait un sourire amusé et était de toute évidence en bien meilleure forme que la veille. Aggie se tenait devant le lit, tournant le dos à la porte, les poings sur les hanches. En voyant la jeune femme, Christopher toussota, et l'intendante s'empressa d'ôter le plateau du petit déjeuner, les lèvres serrées et les joues étrangement rubicondes.

— Il me faut de l'eau chaude pour soigner la blessure et je vais en chercher dans la cuisine, lady Saxton, dit Aggie, en adressant un regard courroucé à Christopher. Pourriez-vous m'aider et ôter déjà les pansements ?

Erienne hocha la tête, déconcertée.

L'intendante lui tendit une paire de ciseaux et sortit rapidement. La porte ne s'était pas refermée derrière elle qu'Erienne sentit le regard de Christopher l'envelopper avec une insistance presque insoutenable.

— Si vous souhaitez que je m'occupe de vous, monsieur Seton, il faudra vous dominer un peu plus. Cette pauvre Aggie est d'une loyauté totale envers Stuart et elle ne tolérera pas longtemps votre conduite inqualifiable.

Il montra ses pansements, sans paraître avoir entendu ses remontrances.

— Aurez-vous suffisamment de cran ?

Erienne s'assit au bord du lit.

— Je me suis longtemps occupée du bras de Farrell et je puis vous garantir que je saurai opérer de façon satisfaisante. Je vous conseillerais cependant de vous tenir tranquille, car je pourrais être tentée de vous arracher la peau en même temps !

— Je suis à vos ordres, milady.

Tandis qu'elle se penchait pour couper le bandage qui passait autour de son épaule, elle sentit la main de Christopher sur sa hanche. Elle saisit son poignet et plaqua sa main sur le lit.

— Assez, monsieur Seton !

— Il me semble que vous accordez bien trop d'importance à l'étiquette. Éprouveriez-vous brusquement de l'aversion pour mon prénom ?

— Vous semblez sans cesse oublier que je suis une

femme mariée, rétorqua-t-elle. Vous avez été très hardi en présence d'Aggie, et il est évident qu'elle vous en tient rigueur.

— Croyez-vous que le fait de m'appeler Mr Seton m'empêche de vous désirer? s'enquit-il sans cesser de la caresser du regard. Vous savez fort peu de choses sur moi, et sur les hommes, si vous pensez que des mots peuvent étouffer les sentiments. Je ne suis pas obsédé par un simple désir charnel, Erienne, mais par le besoin toujours plus impérieux de vous avoir auprès de moi à chaque instant et de pouvoir clamer que vous m'appartenez. Non, ce n'est pas l'emploi de termes compassés qui pourrait éteindre la flamme qui me consume.

Elle le fixa, muette de surprise, profondément émue aussi par cette gravité nouvelle et passionnée. Où était donc son insolence habituelle? Mais non, elle devait se ressaisir, il changeait simplement de tactique... Elle attendit que ses mains cessent de trembler et glissa la pointe des ciseaux sous le haut du pansement. Elle coupa puis détacha précautionneusement le tissu. La blessure n'était pas encore complètement fermée et elle avait conscience du caractère douloureux de l'opération. Cependant, Christopher ne broncha pas un seul instant et, chaque fois qu'elle relevait les yeux, c'était pour découvrir un regard étrange et impénétrable posé sur elle.

— Tournez-vous vers moi, lui ordonna-t-elle.

Comme elle se penchait davantage, il la fit basculer sur lui d'une pression de la main et s'empara de ses lèvres. Déséquilibrée, elle resta captive de ce baiser brûlant et bientôt ne put s'empêcher d'y répondre. Il la libéra enfin et elle se redressa, les joues en feu.

Christopher la défia d'un sourire moqueur.

— Vous semblez lire dans mes pensées, madame. C'était exactement ce que je désirais le plus au monde.

— Vous êtes bien impudent de prendre de telles

libertés dans la maison de mon époux ! dit-elle, haletante. Il finira par vous tuer !

Elle reprenait ses ciseaux quand on frappa légèrement à la porte. Bundy apparut, dès qu'elle lui eut dit d'entrer.

Erienne s'enfuit presque, confiant le blessé au fidèle serviteur. Elle retrouva avec soulagement la solitude de sa chambre. Une solitude hélas bientôt hantée de questions et d'angoisse. Une pensée lui traversa l'esprit, une pensée si brutale qu'elle lui coupa le souffle.

Seton ! Saxton ! Des cousins ? Ou des frères ? Le défunt lord avait eu deux fils. Si Stuart était l'aîné, où se trouvait le cadet ? Pouvait-il s'agir de l'homme qui disait s'appeler Christopher Seton ? Existait-il meilleur moyen de tendre un piège aux incendiaires que ce partage des rôles. Christopher utilisait l'épée et le pistolet et jouait au justicier nocturne, tandis que son frère terrifiait les bandits par sa simple existence.

Elle vint s'asseoir au pied du lit, indécise, déchirée. Un élément manquait encore, quelque chose lui échappait. Elle serra ses mains l'une contre l'autre et là, brusquement, elle se souvint. Ou plutôt ce fut comme si sa paume se souvenait de ce qu'elle avait frôlé, lors des soins, sur le dos de Christopher : la ligne d'une cicatrice. Une nuit proche, elle avait caressé cette même marque alors que Stuart la conduisit à l'extase.

Un petit cri de dénégation s'échappa de ses lèvres et l'effroyable vérité lui apparut. Son mari avait chargé un autre homme de l'étreindre. Elle se jeta sur son lit et y enfouit son visage. Elle était secouée de sanglots. La douleur et la honte la déchiraient. Elle avait été abusée ! Dupée ! Ses mains se crispèrent sur la couverture puis, sans cesser de pleurer, elle se pelotonna sur elle-même et se laissa lentement glisser jusqu'au sol. Elle avait été trompée ! Ils s'étaient joués d'elle ! Idiote ! Idiote ! Idiote !

Elle se releva, en proie à la colère. Elle irait sans attendre dire son fait à ce gredin, et si son mari était de retour, elle lui ferait également savoir ce qu'elle pensait de lui. La comédie était terminée ! Elle avait une tâche à accomplir et était convaincue de pouvoir la mener à bien.

Tandis qu'elle se rafraîchissait, une pensée modéra son courroux : si Stuart s'était trouvé dans l'impossibilité d'accomplir ses devoirs conjugaux, n'avait-il pas voulu s'assurer, en offrant son épouse à son frère, que les enfants qu'elle porterait auraient le même sang que le sien ? Non, cela n'atténuait pas l'offense ! Aucun de ces hommes n'avait eu le moindre égard pour sa fierté et ses sentiments.

Elle entendit des bruits dans le couloir et se colla à la porte pour écouter. Bundy et Aggie sortaient de la chambre du maître en parlant à voix basse. Ainsi donc, le gredin se retrouvait seul, dans l'impossibilité de fuir et, cette fois, elle ne lui permettrait pas d'esquiver ses questions.

Erienne pénétra dans la chambre et referma la porte à clé afin que nul ne pût les déranger. Elle retira la clé et la glissa dans son corsage.

Adossé aux oreillers, Christopher buvait à petites gorgées un breuvage brûlant composé d'eau-de-vie et de miel, un remède qu'Aggie jugeait souverain. Il n'avait rien perdu des mouvements d'Erienne.

— Croyez-vous être en sécurité dans cette chambre, madame ? demanda-t-il, goguenard.

Cette question ne pouvait qu'aviver la colère d'Erienne. Elle prit cependant sur elle et marcha lentement jusqu'au pied du lit.

— J'ai certaines choses à mettre au point, sir.

Elle avait parlé d'une voix neutre, et sa gravité parut étonner Christopher.

— J'espérais précisément avoir une conversation avec vous, madame.

Il sourit et but une nouvelle gorgée.

— Je sais qui vous êtes, déclara-t-elle sans détour. Je sais que Stuart est votre frère et vous êtes, plus encore que je ne le croyais, un être... de la nuit. Pour des raisons que j'ignore, mon mari vous a permis de prendre sa place dans mon lit. Je ne sais pas pourquoi vous étiez dans sa chambre, le premier soir, mais depuis lors c'est toujours vous qui êtes venu me retrouver dans les ténèbres et c'est vous qui faites de moi la future mère d'un bâtard.

Christopher faillit s'étrangler.

— Madame, voilà une nouvelle qui me comble de bonheur, mais j'aurais préféré l'apprendre avec plus de ménagement...

— Plus de ménagement ! répliqua Erienne au comble de la fureur. Serait-ce avec ménagement que vous vous êtes ignoblement moqué de moi ?

— Erienne, vous que j'aime plus que tout...

— Non ! Vous ne m'aimez pas ! Vous avez porté atteinte à mon honneur ! Vous avez osé abuser de moi !

— Si vous me le permettez, je vais m'expliquer.

— J'y compte bien, sir ! J'exige d'entendre vos explications. Apprenez-moi pourquoi vous vous êtes joué de moi !

Des bruits de pas précipités leur parvinrent du vestibule, bientôt suivis par des coups frappés avec force contre la porte.

— Je dois vous parler, et vite ! cria Bundy.

— Non ! Il n'entrera pas ! gronda Erienne.

Le poing de Bundy s'abattit de nouveau sur la porte.

— Le shérif arrive avec ses hommes !

Christopher se déplaça lentement vers le bord du lit.

— Erienne, ma douce amie, allez ouvrir. Nous reprendrons cette discussion un peu plus tard... en privé. Je vous en donne ma parole.

Consciente qu'il lui fallait céder, elle alla ouvrir la porte.

Bundy se précipita dans la chambre en marmonnant des excuses.

— Où sont-ils ? demanda sèchement Christopher.

Bundy s'arrêta près du lit. Il haletait.

— A environ un mile d'ici. Keats était allé faire prendre un peu d'exercice à un cheval, quand il les a vus arriver.

— Malédiction !

— Vous devez le cacher, Bundy, fit Erienne sur un ton pressant. Portez-le dans le passage secret.

— Elle a raison. Il ne faut pas qu'ils me capturent, déclara Christopher. Si je tombe entre ses mains, Parker fera en sorte que je meure avant la fin de la semaine. Mes vêtements, Bundy. Vite !

Il repoussa les couvertures et se leva en grimaçant, sans se soucier de sa nudité. Erienne se détourna, puis quitta la pièce en courant.

Une fois dans sa chambre, il lui vint à l'esprit qu'en l'absence de lord Saxton c'était à elle qu'il revenait de recevoir le shérif. La vie de Christopher dépendait de la façon dont elle saurait garder son sang-froid et mentir.

Elle ouvrit la porte et revint jusqu'aux appartements de son époux, pour les trouver déserts. Seule Aggie y vaquait à quelques soins domestiques. Erienne s'immobilisa sur le seuil, et il lui vint à l'esprit que l'intendante savait sans doute bien plus de choses sur le manoir et ses habitants que toute autre personne. Elle décida d'élucider sans plus attendre certains mystères.

— Aggie ?

L'intendante se retourna :

— Oui, madame ?

De la main, Erienne désigna le registre posé sur le bureau de son mari.

— Voilà déjà quelque temps, vous m'avez dit que toutes les naissances et tous les décès survenus dans cette demeure ou sur le domaine étaient portés dans ce livre. Si je consultais cet ouvrage, découvrirais-je que le fils cadet de Mary Saxton portait le prénom de Christopher ?

Brusquement déconcertée, Aggie se tordit les mains, les yeux baissés.

Erienne fut sensible à son désarroi.

— Rassurez-vous, Aggie. Je comprends parfaitement votre loyauté envers la famille Saxton et je ne vous demande que de me confirmer ce qu'en fait j'ai deviné.

— Je vous en prie, madame ! Attendez d'avoir entendu le maître, avant de le juger.

— Oh, croyez que je prêterai une oreille très attentive à ses explications !

Erienne abandonna l'intendante — décidément, elle ne parlerait pas — et descendit. Elle se figea sur le seuil de la grande salle : lord Saxton était assis dans son fauteuil habituel, au coin de l'âtre. Il était masqué et avait croisé ses mains gantées sur le pommeau de sa canne.

— Milord, je... j'ignorais que vous étiez de retour..., balbutia Erienne sur un ton d'excuse.

— Nos visiteurs sont proches, fit-il d'une voix dépourvue de toute émotion. Venez vous asseoir près de moi.

Erienne gagna le fauteuil et s'assit au bord du siège avec raideur. Ses nerfs étaient tendus à se rompre et ses genoux tremblaient. Elle se releva et vint se tenir à côté de son époux, légèrement en retrait, la main posée sur le dossier sculpté du fauteuil. Ils attendirent ainsi, sans échanger un mot.

Un grondement de sabots se fit entendre. Paine tourna la poignée de la porte, mais il n'eut pas le temps d'ouvrir le battant : le shérif Parker le poussa lui-même. Il était suivi de Haggard Bentworth, l'ami toujours-prêt-à-se-battre. Tout un petit groupe entra avec eux et s'arrêta dans le hall. Voyant que la porte de la grande salle était ouverte, le shérif écarta Paine avec arrogance, puis fit un petit bond de côté : la pointe de l'épée de Haggard venait de lui piquer les fesses.

— Rentrez ça, imbécile ! Ce n'est pas le moment !

Le maladroit se hâta de faire glisser l'épée dans son fourreau, puis il tressaillit et suça son pouce gauche où venait de perler une goutte de sang.

Paine toussota et parvint à annoncer sans sourire :

— Lord Saxton vous attend dans la grande salle, sir.

Allan Parker entra dans la pièce et la parcourut du regard, avant d'adresser un bref hochement de tête au maître et à la maîtresse de maison. Finalement, il se retourna et fit signe à l'un de ses hommes :

— Sergent, dites à vos gens de fouiller la demeure et placez un garde devant cette porte. Ensuite, que ceux qui sont dehors...

Ses ordres furent interrompus par un double cliquetis sonore et, imité par le sergent, il fit face à lord Saxton. Deux pistolets démesurés étaient braqués sur eux. Chargés, assurément. Ils se souvinrent que lord Saxton était un tireur d'élite.

— Personne ne fouillera cette demeure, si ce n'est sur mon ordre ou sur celui du Roi, déclara lord Saxton dont la voix rauque résonna dans la salle. Si c'est Sa Majesté qui vous envoie, j'exige de voir son mandat.

Parker décida de changer de tactique.

— Veuillez me pardonner, milord. (Il ôta son chapeau et fit signe au sergent de l'imiter.) Je n'ai aucun mandat du Roi et j'avais la ferme intention de solliciter votre autorisation. Nous recherchons le cavalier de la nuit. Un crime épouvantable a été perpétré voilà quelques jours, et nous sommes sûrs, à présent, que ce gredin n'est autre que Christopher Seton. C'est lui qui a assassiné lord Becker, massacré son cocher et son valet de pied, et enlevé sa jeune enfant.

Erienne s'avança d'un pas. Elle allait protester quand elle fut brusquement arrêtée par le bras de son mari.

— Mais ce n'est pas...

— Chut, murmura-t-il, si bas qu'elle fut la seule à l'entendre. Dominez-vous, mon amour, et faites-moi confiance.

— Cet homme, poursuivit Parker, est également recherché pour les meurtres de Timmy Sears et de Ben

Mose, pour ne mentionner qu'eux. (Il massa sa main gauche qui portait un pansement.) On dit en ville qu'il serait un de vos parents.

— Êtes-vous certain des faits que vous avancez, shérif ? fit lord Saxton avec un petit rire. Que Christopher sache se servir d'un pistolet, je veux bien le croire, mais il me paraît bien trop balourd pour manier une épée avec adresse.

Parker dissimula sa main gauche dans sa veste et haussa les épaules.

— Il fut, en tout cas, capable de tuer un vieil ivrogne et un fier-à-bras qui ignorait tout de l'art de l'escrime.

— Ou encore un gentilhomme qui voulait défendre sa fille ? (Sa voix rauque se fit inquiète :) Votre main, sir ? Vous seriez-vous blessé ?

Le shérif rougit légèrement :

— Je... je me suis coupé. Une simple entaille, mais assez profonde.

Lord Saxton abaissa les chiens de ses pistolets et posa les armes sur la table.

— J'autorise vos hommes à visiter le manoir. Dites-leur simplement de ne pas perdre de temps. Mon intendante supportera mal de les voir traîner longtemps leurs bottes crottées dans toute la maison.

— Certainement, milord... Allez-y, sergent.

Le sergent rejoignit ses hommes, auxquels il donna ses ordres. Lorsqu'ils se furent dispersés, il gravit l'escalier, laissant apparemment au shérif le soin d'inspecter les recoins de la grande salle.

Lord Saxton se carra dans son fauteuil et se retourna vers son épouse.

— Ma chérie, voudriez-vous avoir l'obligeance de servir un verre d'eau-de-vie au shérif ?

Sans un mot, Erienne se dirigea vers le buffet. En tremblant, elle saisit la carafe et réussit à verser quelques gouttes. Elle revenait, le verre à la main, quand son mari lui fit un signe.

— Plus que cela, mon amour. Il fait un temps épouvantable et le shérif a sans nul doute besoin de reprendre des forces, avant d'entreprendre le voyage de retour.

Tout en buvant, Parker se demanda comment cette exquise jeune femme pouvait s'accommoder d'un tel mari. A moins qu'elle ne jouât la comédie du dévouement et le trompât en secret...

***

Au premier étage, dans les appartements d'Erienne, Aggie surveillait les hommes qui, après avoir fouillé les armoires, passaient dans le cabinet de toilette. Elle serra les dents quand Haggard tourna sur lui-même et que le fourreau de son épée heurta une table, manquant de faire tomber un vase de prix. Le visage du jeune homme s'illumina lorsqu'il passa devant la coiffeuse d'Erienne et il prit le temps de humer l'odeur de la poudre de riz. Poussé par la curiosité, il saisit une fiole de cristal et en souleva précautionneusement le bouchon. Il renifla. Une expression extasiée apparut sur son visage et il oublia un instant l'existence de tout ce qui l'entourait.

— Qu'est-ce que... ?

Haggard sursauta et la fiole de parfum faillit lui échapper des doigts. Il réussit à la rattraper, non sans avoir fait gicler quelques gouttes du parfum sur sa veste. Finalement, il soutint le regard de l'intendante avec un sourire timide.

— N'êtes-vous pas censé chercher un homme ? demanda-t-elle.

Haggard se ressaisit et se hâta de poser le flacon de cristal. Après un dernier regard dans la pièce, il se frotta les mains, paraissant tout heureux de n'avoir trouvé personne. Il fit signe à ses compagnons de le suivre et reprit le couloir.

Erienne avait servi un second verre d'alcool au shérif,

quand les hommes regagnèrent la salle commune. Haggard, qui arborait un sourire béat, ne remarqua pas les regards surpris de ses compagnons et traversa la salle. Il vint se placer près du shérif, qui faillit s'étrangler lorsque le parfum parvint à ses narines. En arrière-plan, Aggie souriait en observant la scène.

— Rien ne permet de déceler la présence d'un blessé dans cette demeure, sir, annonça le sergent.

— Êtes-vous satisfait, shérif ? s'enquit lord Saxton.

L'homme hocha la tête, à contrecœur.

— Je suis désolé de vous avoir importuné, milord. Nous allons poursuivre nos recherches, mais si ce bandit surgissait ici, je vous serais obligé de bien vouloir le retenir et de nous envoyer immédiatement quelqu'un pour nous en informer.

Après avoir vainement attendu une réponse, le shérif poussa Haggard vers la porte. Erienne se dirigea vers la fenêtre pour les regarder partir. Lord Saxton fit signe à Aggie d'approcher et s'adressa à elle à voix basse. L'intendante se redressa, lançant un bref regard à sa maîtresse, puis quitta la pièce.

Lorsqu'ils furent seuls, lord Saxton se leva lentement et s'approcha de son épouse.

— J'aimerais m'entretenir avec vous en privé, madame. Voudriez-vous avoir l'obligeance de m'accompagner jusqu'à mes appartements ?

Elle traversa docilement la salle puis s'immobilisa à l'entrée de la tour pour attendre Stuart qui marchait encore plus lentement que de coutume. Il gravit l'escalier avec peine et Erienne, qui s'était précipitée pour ouvrir la porte, fut heureuse de constater que la chambre était parfaitement en ordre. Lord Saxton passa devant elle d'une démarche presque titubante et elle ne put s'empêcher de réagir :

— Seriez-vous souffrant, milord ?

— Fermez la porte à clé, Erienne, ordonna-t-il.

Puis il gagna le fauteuil placé près de l'âtre.

Erienne tourna la clé, angoissée, et se dirigea vers le bureau où elle se mit, distraitement, à feuilleter le registre.

— Voudriez-vous me servir un verre d'eau-de-vie, mon amour ?

Cette demande la stupéfia. Il n'avait jamais rien bu ou mangé en sa présence.

Silencieuse, elle lui apporta le verre, puis revint vers le bureau. Elle saisit le bouchon de cristal dans l'intention de le remettre en place.

— Donc, ma chérie...

Elle lui fit face, le cœur battant à se rompre.

— Vous croyez que je me suis fait remplacer par un autre homme pour partager votre lit ?

Erienne se sentit incapable de répondre. Les yeux baissés, elle examinait le bouchon de carafe qu'elle faisait lentement tourner entre ses doigts. Lord Saxton observait son épouse, conscient que des instants qui allaient suivre dépendait leur vie commune.

— Mon amour, j'estime que le moment est venu de vous faire découvrir le monstre de Saxton Hall, sans plus penser aux conséquences.

Erienne leva les yeux. Elle vit lord Saxton enlever sa veste, son gilet et sa cravate. Après s'être débarrassé de ces vêtements, il bloqua le talon de sa botte droite avec l'extrémité de la gauche et se dégagea de la chaussure informe. Il fléchit la jambe et se libéra de l'autre botte.

Il ôta ensuite ses gants avec des mouvements qui semblaient le faire souffrir, et Erienne vit de longues mains intactes se lever vers le masque. Elle détourna légèrement la tête et lâcha le bouchon de carafe lorsqu'il commença de dénouer les lacets. Elle osa enfin regarder et resta bouche bée de surprise en rencontrant des yeux limpides et rieurs.

— Christopher ? Que signifie... ?

Il se leva au prix d'un violent effort.

— Christopher Stuart Saxton, lord de Saxton Hall,

annonça-t-il d'une voix à présent claire. Pour vous servir, milady.

— Mais… mais où est… Stuart ?

— Il s'agit d'une seule et même personne, madame, dit-il en se rapprochant d'elle. Regardez-moi, Erienne. Regardez-moi bien et dites-moi si vous pensez que je pourrais permettre à un autre homme de me remplacer dans votre lit ?

La vérité était si différente de tout ce qu'elle avait pu imaginer ! Saxton et Christopher n'étaient donc qu'une seule et même personne !

— Mon frère aîné s'appelait Edmund, et il est mort. Mort dans le brasier du manoir incendié. Ses serviteurs le retrouvèrent… ou plutôt ce qui restait de son corps… Ils l'enterrèrent dans une tombe anonyme, au sommet de la colline dominant l'estuaire. (Un éclair de colère passa dans ses yeux.) Je me trouvais alors en mer, et la lettre qui m'annonçait sa mort ne me parvint jamais. C'est seulement à mon retour en Angleterre que j'appris son assassinat.

— Mort ? Il y a trois ans ? répéta Erienne. Ainsi donc, c'est vraiment avec vous que je me suis mariée ?

— Oui, madame. C'était pour moi l'unique moyen de vous aimer, et il n'y avait pas, d'autre part, meilleur stratagème pour effrayer les incendiaires que de ressusciter cet homme que tous croyaient mort. C'est vous qui m'en avez donné l'idée, en me déclarant que vous me préféreriez un infirme balafré.

Il tendit la main afin de l'attirer vers lui, mais elle l'esquiva.

— Je vous en supplie… ne me touchez pas !

Elle courut à la fenêtre et lui tourna le dos. Il voyait ses épaules secouées par des sanglots étouffés et l'entendait haleter.

— Allons, mon amour…

— *Mon amour !* s'exclama Erienne qui se retourna, les yeux pleins de larmes. Suis-je vraiment une femme aimée et respectée, la future mère de nobles rejetons ? Ou ne suis-je qu'une jouvencelle que vous avez prise pour vous distraire ? Une fille un peu naïve qui vous a permis de prendre du plaisir pendant quelques nuits, peut-être ? Que vous avez dû vous amuser, en me jouant cette ignoble comédie !

— Erienne... écoutez-moi...

— Non ! Je refuse d'entendre un mensonge de plus !

Il se tut, le cœur serré. Le ressentiment d'Erienne ne manquait pas de fondement, il devait laisser s'apaiser la tempête.

Il ouvrit la porte d'un secrétaire et en sortit une liasse de papiers.

— Voici les reçus de bien d'autres factures, laissées impayées par votre père à son départ de Londres et réglées par mes soins. (Il fit tomber la liasse sur le sol.) Il y avait là pour plus de dix mille livres.

— Dix mille livres ? dit-elle en le regardant.

— Oui, et j'aurais payé cent fois cette somme si cela avait été nécessaire. Je ne pouvais supporter de vous voir épouser un autre homme. C'est la raison pour laquelle j'ai repris mon titre lorsque votre père m'a interdit de participer à la vente aux enchères et ai envoyé mon homme de confiance enchérir à ma place.

Elle s'éloigna, refusant de se laisser convaincre.

— Vous m'avez dupée. Vous avez trompé mon père... Farrell... tous les villageois. Vous nous avez tous trompés ! Quand je pense à toutes ces nuits où vous m'avez prise... tenue entre vos bras... alors, que, sous cape, vous deviez rire de moi.

— Sachez, madame, que je n'ai jamais ri de vous. Je vous désirais, je vous voulais à moi.

— Vous auriez dû me dire la vérité...

— Vous me haïssiez, ne l'oubliez pas. Vous m'aviez rejeté avec mépris.

Il arracha sa chemise, comme si son contact lui était

insupportable, et la jeta au loin. Il se mit à faire les cent pas tout en cherchant des arguments capables d'apaiser la fureur d'Erienne.

— Venu ici pour tenter d'identifier les assassins de mon frère, je rencontrai une jeune fille qui séduisit mon cœur. Elle me prit au piège de sa beauté et je la désirai plus que je n'avais jamais désiré aucune autre femme.

» Le destin avait décrété que tout nous opposerait, ce qui ne fit qu'attiser ma flamme. Je l'abordais chaque fois que la chance m'en était donnée et, bien que ses paroles cruelles eussent dû réduire à néant tous mes espoirs, j'espérais encore...

Il leva son bras droit et essaya d'écarter le bandage de son épaule. Il semblait souffrir.

— L'instant où elle épouserait un autre homme approchait. Je devais choisir... ou la laisser partir et le regretter à jamais, ou me présenter à elle sous l'apparence d'un monstre et tirer avantage de cette machination pour venger mon frère. J'adoptai ce parti.

Ce fut d'une voix brisée par l'émotion qu'Erienne lui répondit :

— Vous m'avez donc dupée, me laissant croire que j'épousais un monstre. Si vous aviez réellement tenu à moi, Christopher, ne m'auriez-vous pas révélé la vérité ? Vous m'avez laissée vivre dans l'angoisse au cours des premières semaines de ce mariage. J'étais terrorisée au point de souhaiter mourir !

— Auriez-vous été heureuse de découvrir qui vous veniez d'épouser, ou seriez-vous retournée auprès de votre père, révélant mon imposture ? Je voulais apprendre la vérité sur la mort de mon frère, et il m'était impossible de savoir si je pouvais ou non vous faire confiance.

Des larmes brouillaient les yeux d'Erienne.

— J'essayais désespérément de me conduire en femme honnête, et je n'étais qu'un pion sur l'échiquier de la vengeance.

— De la justice, madame. Et je la ferai triompher en dépit de l'acharnement du shérif à me détruire.

— Allan Parker? fit-elle, oubliant sa colère pour le considérer avec stupéfaction. Ne fait-il pas, lui aussi, respecter la justice?

— Pas exactement, madame. Parker est celui-là même que les bandits appellent leur capitaine. C'est lui qui commandait l'attaque contre la voiture des Becker et c'est ainsi qu'il a découvert l'identité du cavalier de la nuit.

— Vous avez trop joué la comédie. Et celle du cavalier de la nuit n'est pas la seule! Vous avez tout fait pour me séduire, me troubler, et si je vous avais cédé, vous m'auriez laissé croire que je trompais mon mari.

Le front de Christopher se plissa.

— Mon désir de vous était trop grand, Erienne. Votre présence était pour moi une véritable torture. J'étais pris à mon propre piège. Je ne pensais pas que vous céderiez à lord Saxton, mais lorsque je vous vis entrer dans cette chambre, je n'eus pas la force de vous chasser.

— N'étiez-vous donc pas conscient que je souffrais?

— Je vous supplie de me pardonner, madame. (Son regard s'était chargé d'une grande douceur.) Je n'ai cru en votre amour que lorsque je vous ai entendue murmurer mon nom au sein de l'obscurité.

— Comment vous croire, après tant de mensonges?

Christopher s'avança d'un pas.

— Je vous aime, Erienne. Quoi que vous puissiez penser, je n'ai jamais menti sur ce point.

— Mais sur tous les autres, oui! Ne me disiez-vous pas que vous étiez balafré?

— Je le suis. Je porte la marque de la balle tirée par votre frère... ainsi que celles d'une demi-douzaine d'autres blessures...

— Des brûlures?

— Un incendie s'est déclaré à bord d'un de mes navires, et il m'en reste une cicatrice, d'ailleurs peu importante... (il la fixa, en souriant presque)... mais suffisante pour éveiller la curiosité d'une jeune épouse.

Erienne le regarda, interdite, avant de se souvenir de la nuit où elle avait fait courir sa main sur sa cuisse. Elle comprit qu'il avait feint de dormir et se détourna.

Il vint vers Erienne, qui esquissa un mouvement de recul. Le mur était tout proche derrière elle. Christopher l'attira contre sa poitrine. Elle voulut rester passive, mais dès que sa bouche écrasa la sienne, elle comprit qu'elle ne le pourrait pas. Elle répondit avec fougue à son baiser et ses mains saisirent Christopher à la nuque.

Il releva la tête, puis, la tenant toujours par la taille, il l'entraîna vers le lit.

— Il fait jour, murmura-t-elle.

— Je sais.

Le regard de Christopher signifiait qu'ils n'étaient plus désormais enchaînés aux ténèbres et qu'il voulait la posséder maintenant, en pleine lumière. Lorsqu'ils heurtèrent le lit, il voulut reprendre la bouche d'Erienne.

— Puis-je vous demander de me déshabiller ? chuchota-t-elle sans écarter sa bouche de la sienne.

Elle se retourna en relevant ses cheveux et, très vite, la robe glissa par-dessus ses épaules. Un frisson de plaisir la parcourut quand il caressa sa peau nue. Puis les lèvres de Christopher se posèrent sur sa nuque et elle pencha la tête en avant, fermant les yeux de bonheur. Elle se pencha davantage pour se libérer du corsage et des manches.

Quand elle lui fit face, elle découvrit qu'il s'était dévêtu. Elle surprit aussi sa grimace de douleur au moment où il s'allongeait.

— Vous feriez mieux de soigner vos blessures, milord, plutôt que de...

— N'ayez crainte, madame, dit-il, l'interrompant. J'ai encore certaines choses à vous apprendre sur la façon d'apporter du plaisir à un homme.

— Vraiment, milord ?

Elle se déplaça avec une grâce sensuelle devant lui. Elle fit lentement glisser les bretelles de sa chemise et dénoua ses jupons. Enfin, elle se libéra de son corset. Elle était nue. Les yeux de Christopher parcouraient son corps avec avidité et elle ne craignit pas de lui rendre la pareille.

Il tendit les bras, l'attirant sur lui. Une même onde de chaleur et de désir les souleva. De ses deux mains enserrant ses hanches, il la guida et, bientôt, un même mouvement les emporta. Ils atteignirent cet instant d'union totale auquel ils aspiraient depuis un si long temps. Il était sien, elle était sienne, et à jamais.

21

Deux semaines s'écoulèrent dans un bonheur si grand, si parfait, qu'Erienne eût voulu retenir les jours. Le printemps était encore timide. Le soir, souvent, de gros flocons de neige tourbillonnaient et, à l'aube, une fine bruine tombait sur la lande. Les oiseaux de mer se laissaient porter par les vents, tandis que les faucons traçaient des cercles, surveillant avec vigilance leur territoire.

Erienne avait l'impression qu'une journée venait à peine de commencer que déjà c'était le soir. Et le soir, parfois, la passion laissait place à la tendresse, à la contemplation heureuse. Elle ne se lassait pas de regarder le visage de son époux dont bientôt elle sut interpréter le moindre frémissement, le moindre battement des paupières.

Au fil des jours, elle découvrit en lui cette sensibilité qu'elle n'avait pas soupçonnée. Il aimait observer les oiseaux, les nuages, il savait rêver tandis que tombait le crépuscule.

Son humeur était changeante. Tour à tour grave et rieur, il s'emportait parfois à la pensée d'une injustice ou d'une offense. Avec elle, il se montrait d'une délicatesse extrême.

Il se ménagea d'abord, anxieux de voir sa blessure se cicatriser. Dès la fin de la première semaine, il commença de se lever avec l'aube. S'écartant doucement d'Erienne, il passait un vêtement et allait attiser le feu pour chasser le froid de la pièce. Dans la clarté naissante, près de la fenêtre, il levait son épée et exerçait son bras. Il se fendait, massant sa hanche quand l'écart avait été trop fougueux.

Quand vint la deuxième semaine, il maniait son épée avec assez de fermeté pour trancher une chandelle de la grosseur du doigt. La lame miroitait pendant qu'il exécutait des séries d'assauts et de ripostes si rapides qu'Erienne pouvait à peine les suivre. Du lit, elle l'observait avec un étrange mélange de fierté et d'inquiétude. Si elle s'émerveillait de sa souplesse et de sa force recouvrées, elle n'en redoutait pas moins l'instant où, redevenu le cavalier de la nuit, il reprendrait ses expéditions punitives.

— Vous me faites peur, lui murmura-t-elle un matin, lorsqu'il revint s'asseoir à côté d'elle, sur le lit. Mon Dieu, s'il vous arrivait malheur et que je doive, comme votre mère, prendre la fuite pour sauver notre enfant !

— Grâce à Dieu, madame, je suis plus sage que mes adversaires.

Il s'allongea en travers du lit et laissa reposer sa tête sur les cuisses d'Erienne. Puis il leva la main et caressa son ventre avec douceur à travers le voile de la chemise de nuit.

— J'ai bien l'intention de voir grandir notre enfant et de lui donner des frères et des sœurs. Ne craignez pas que je me montre téméraire, mon amour.

Erienne fit courir ses doigts dans les boucles de Christopher.

— J'espère que l'heure où il vous sera possible de renoncer à ce déguisement est proche. Je meurs d'impatience de révéler au monde et à toutes les femmes que vous m'appartenez ! Et il ne me déplaira pas non plus d'apprendre à mon père la vérité sur notre mariage.

Christopher eut un petit rire.

— Il hurlera !

— Sûrement ! Il trépignera, grognera, criera à l'imposture, mais étant donné l'enfant qui grandit en moi, je doute qu'il tente de faire annuler notre mariage. (Ses yeux scintillèrent d'amusement.) Quel prétendant voudrait encore de moi ?

Christopher se releva sur un coude.

— Madame, si votre père ou un quelconque prétendant voulait nous séparer, sachez que ma colère serait sans commune mesure avec celle que je ressens envers les bandits. En doutez-vous ?

Erienne, haussant les épaules, voulut se lever, mais Christopher la retint et plaqua son corps contre le sien. Il l'embrassa passionnément.

— Je vous crois, murmura-t-elle.

La bouche de Christopher revint sur la sienne, insatiable. Il se dégagea enfin.

— Je comprends à présent pourquoi lord Saxton ne m'a jamais embrassée sur les lèvres... Je vous aurais immédiatement reconnu.

— C'était ce que je redoutais, madame, mais ce fut pour moi une constante torture... (Il se redressa en soupirant.) Je préférerais de beaucoup passer la journée avec vous, madame, mais je dois revêtir mon déguisement et vous quitter.

— Il nous restera la nuit, chuchota-t-elle.

Il sourit :

— Je ne suis plus désormais prisonnier des ténèbres.

— Nous allumerons des chandelles par dizaines...

*
**

Bundy et Aggie exceptés, nul serviteur ne savait. L'intendante prenait soin de fermer à clé la chambre du maître lorsqu'elle était inoccupée, et nul ne pénétrait dans les appartements d'Erienne sans autorisation. Les membres du personnel s'interrogeaient sur la vie de reclus du couple mais, en dépit d'innombrables suppositions, nul ne devina la vérité. Lorsque lord Saxton réapparut avec son épouse à son côté, leurs inquiétudes se dissipèrent. Certains notèrent même chez leur maîtresse un changement d'attitude, et ils attribuèrent la joie dont elle rayonnait à la guérison de son mari.

Le printemps, soudain lumineux et tiède, sembla venir saluer le couple uni. Les serviteurs, gagnés par l'entrain d'Erienne, entreprirent leurs grands travaux de saison. La demeure de pierre reprit vie.

Dans la campagne environnante, il en fut de même. Les fermiers sortaient les charrues, étrillaient les chevaux et ferraient les sabots. Le couple se promenait lentement sur le domaine et Erienne prenait le temps d'admirer chaque merveille rencontrée. Il y avait dans la bergerie des agneaux nouveau-nés, et près de l'étable un poulain suivait sa mère sur des jambes fragiles. Une oie et un jars arrogants, qui guidaient leurs oisons duveteux vers l'étang, tendirent le cou au passage du couple. Le rire d'Erienne les fit s'arrêter, et ils inclinèrent la tête de surprise avant de ramener à eux leur couvée qui se dispersait.

L'allée s'incurvait, puis atteignait le couvert des arbres. Une fois caché aux regards, lord Saxton se redressa et entraîna vivement Erienne. Ils atteignirent la maison des bois, et l'homme vêtu de noir souleva la jeune femme entre ses bras pour franchir le seuil. Si un observateur les avait surveillés, il aurait dû attendre près d'une heure avant de les voir réapparaître. Et ledit observateur se serait perdu en conjectures, car lady Saxton ressortit de la demeure accompagnée par Christopher Seton.

Et le couple heureux dansa dans la clairière. Christopher emporta Erienne dans le tourbillon d'une valse dont ils fredonnaient la mélodie. Bientôt, étourdie, elle se laissa tomber sur un tertre de mousse. En riant de bonheur, elle tendit les bras vers son compagnon.

Christopher s'agenouilla près d'elle, se pencha pour l'embrasser, puis se laissa rouler sur la mousse à ses côtés. Peu après, Erienne se redressa, caressant doucement les boucles ébouriffées de l'homme.

— Vous auriez besoin d'une bonne coupe, milord !

— Celle que j'aime verrait-elle en moi un agneau innocent prêt à se laisser tondre ? Ou craint-elle ce fauve à la longue crinière ? Ou souhaite-t-elle un nouveau soupirant à la coiffure nouvelle ?

Erienne éclata de rire :

— Un soupirant fou d'amour? Un preux chevalier à l'armure d'argent, monté sur un blanc destrier, qui se lance à la charge pour sauver sa belle ?

» Oui, tout cela et plus encore ! (Elle se pencha pour l'embrasser et ajouta en se rasseyant :) Je vois en vous mon époux, le père de mon enfant, mon refuge dans la tempête, le protecteur de ma demeure et le seigneur du manoir qui se dresse là-bas. Mais, plus que tout, vous êtes l'amour de ma vie.

Ils s'étreignirent longuement.

— Oui, murmura-t-il. Un jour proche, je mettrai bas le masque et nous pourrons parcourir le monde sans cacher qui nous sommes. (Il suivit du doigt le contour délicat de son oreille.) Le mal est encore trop puissant pour que je puisse prendre du repos, et je dois poursuivre mon œuvre, mais justice sera bientôt faite, mon amour, je vous le promets. Le dénouement approche.

Ils reprirent le chemin de la maison des bois — où ils firent halte. Plus tard, dans le crépuscule doré, lord Saxton et son épouse revinrent d'un pas lent au manoir.

*
**

A quelques jours de là, une intrusion rompit l'isolement heureux du manoir. La bringuebalante voiture de location de Mawbry remonta l'allée et vint s'arrêter devant la tour. Avery fut le premier à descendre, laissant à Farrell le soin de s'occuper des bagages. Le maire attendit patiemment que le chargement fût à terre, puis il se dirigea vers le cocher. Plongeant la main dans son gilet, il en sortit plusieurs pièces, puis choisit la plus petite qu'il plaça dans la main de l'homme.

— Tenez ! Gardez tout, mon brave ! La route fut longue et voici une récompense bien méritée.

Avery se détourna et ne vit pas le cocher qui mordait dans la pièce, pour s'assurer de son authenticité, avant de la glisser dans sa poche avec un grognement.

De la tête, le maire de Mawbry désigna la voiture qui s'éloignait.

— Tu vois ? Il est nécessaire de penser à tout. Nous aurons droit à un retour gratuit à bord du magnifique carrosse de Sa Seigneurie.

— Tu aurais dû me laisser avertir Erienne que tu m'accompagnerais, marmonna Farrell.

— C'est absurde, mon garçon. Je ne vois vraiment pas pourquoi ils seraient irrités de ma venue.

— Tu as menacé Erienne, lors de ta dernière visite, et lord Saxton n'a guère apprécié.

— Cette petite sotte aurait grand besoin d'apprendre à perdre son arrogance et sa prétention. (Il fit un geste à la ronde.) Elle dispose désormais de toutes ces richesses, et n'a jamais proposé à son pauvre père de rien partager avec lui. Un manoir si beau et si vaste ! Il est tout de même malheureux qu'ils possèdent tant de choses alors que nous sommes dans la misère. Sans moi, ils ne seraient pas mariés.

Avery lâcha négligemment les sacs à côté de la grande porte, puis il martela la porte à l'aide du heurtoir.

Paine ouvrit et fit entrer les visiteurs dans le vestibule. Il aida avec sollicitude Farrell à porter ses bagages encombrants.

— Le maître a été souffrant, au cours de ces dernières semaines, murmura le serviteur. Il se trouve pour l'heure dans sa chambre et déjeune en compagnie de lady Erienne. Voulez-vous les attendre dans la grande salle ?

— Lord Saxton serait donc malade ? Rien de grave, j'espère ?

— Son état dut être assez préoccupant pendant un certain temps, car la maîtresse ne quittait pour ainsi dire pas son chevet. Mais à présent, il se remet très rapidement, ajouta Paine qui se pencha pour prendre les armes de Farrell. Je vais les monter avec vos bagages. (Il se tourna vers Avery.) Comptez-vous également rester, sir ?

— Oui, j'ai pensé profiter de la visite de mon fils pour revoir ma fille.

— C'est parfait, sir. Je reviendrai chercher vos bagages dès que votre chambre sera prête.

Dès qu'il eut disparu, Avery eut un reniflement de mépris.

— Quelle idiote ! Sa Seigneurie n'a aucun parent proche et elle deviendrait une riche veuve s'il voulait bien passer de vie à trépas.

Erienne descendit rapidement les marches. Elle réordonnait ses cheveux et réajustait son col : Aggie avait frappé à la porte de la chambre du maître à un moment fort inopportun !

Erienne traversa la salle et parvint à sourire en saluant les siens. Elle embrassa son frère sur la joue et eut un regard aimable à l'intention d'Avery.

— Père, il y a bien longtemps que nous ne t'avons vu. Pourras-tu rester quelque temps auprès de nous ?

— Je le pense, encore que j'aurais préféré qu'on m'eût invité !

— Venez vous asseoir près de la cheminée et prenez un verre de vin, dit-elle, sans paraître affectée par le reproche.

Vous devez mourir de soif et de faim, après ce long voyage. Je vais donner des ordres pour qu'on vous prépare quelque chose, pendant que nous bavardons.

Aggie vint disposer des couverts sur la table, pendant qu'Erienne versait le vin. Avery but une gorgée, fronça les sourcils et toussa.

— Ma fille, n'aurais-tu rien de plus vigoureux pour chasser de nos gorges la poussière de la route ?

Erienne eut un sourire désarmant.

— Bois ton vin, père. C'est meilleur pour ta santé. Dans un instant, on servira une collation, et ensuite tu auras une excellente eau-de-vie.

Erienne tendit un verre à Farrell.

— Et ton bras, mon frère ? Va-t-il mieux ?

Le jeune homme se détendit quelque peu.

— Je me suis rendu à York voilà quelques semaines. Si tu t'en souviens, j'avais emprunté la voiture de lord Saxton pour ce voyage. J'ai rencontré là-bas un chirurgien qui connaît bien ce genre de blessures. Il estime que la balle doit toujours être dans mon bras, bloquant ainsi tout mouvement. Il pense pouvoir l'extraire, mais il y a des risques. (Il leva le bras et haussa les épaules.) J'ignore ce qui est pire : un moignon ou bien un bras inutile.

— Nous en parlerons à lord Saxton. Il doit connaître des chirurgiens, fit-elle avant de prendre un siège, tout en l'invitant à s'asseoir sur une chaise proche. Mais explique-moi ce qu'il est advenu de miss... (Elle remarqua le froncement de sourcils de Farrell et changea de sujet.) Et ce monsieur... celui qui devait t'engager à Wirkinton. Comment s'appelle-t-il, déjà ?

— Mr Simpson, répondit Farrell qui hocha lentement la tête et but une gorgée. En fait, j'ai décidé de chercher du travail à York et j'ai renoncé à ce projet. (De son verre, il désigna Avery.) Naturellement, père estime qu'il s'agit là d'une désertion.

— Il tient trop à toi, Farrell, dit Erienne en riant. N'oublie pas qu'il convient de ménager les vieillards.

— Bah ! grommela Avery, tes flèches et pointes ne m'atteignent pas, ma fille.

— Et le sel suffit à tanner les peaux, père, ne le sais-tu pas ? répliqua-t-elle avec impertinence.

L'amusement faisait pétiller les yeux d'Erienne. Exaspéré de cette attitude, Avery décida de doucher quelque peu sa gaieté.

— En ville, certains soutiennent que le cavalier de la nuit ne serait autre que Mr Seton, figure-toi. En fait, Allan estime qu'il doit être gravement blessé, et peut-être même mort. Plus aucun forfait n'a été commis dans les parages.

Erienne haussa les épaules, indifférente.

— Avec toute la contrée à ses trousses, on aurait déjà dû le trouver, il me semble. Le shérif est venu fouiller le manoir...

— Quoi ? s'exclama Avery. Et pourquoi Allan pensait-il trouver ici cette canaille ?

— Ne le savais-tu pas ? s'enquit Erienne avec une feinte innocence. Les Saxton et les Seton sont cousins. Christopher est souvent venu nous rendre visite, depuis notre mariage. Il m'a même accompagnée au bal de lord Talbot.

— Quoi ? répéta Avery. Voudrais-tu dire que ton mari fait confiance à ce bâtard et qu'il lui a demandé de te servir de cavalier ?

Il y eut un bruit de porcelaines heurtées et Erienne vit qu'Aggie disposait nerveusement les couverts.

— Surveille ton langage, on pourrait s'en offenser.

Il renifla avec bruit.

— Bah ! Je me fiche pas mal de ce que peuvent penser des serviteurs.

— Je ne pensais pas aux serviteurs !

Elle posa sur son père un regard glacial.

— Erienne, intervint Farrell, tu n'as tout de même pas changé d'avis sur le compte de cet homme, n'est-ce pas ?

Son expression s'adoucit en se tournant vers lui :

— Farrell, si j'ai entendu porter maintes accusations contre lui, il m'a été permis d'apprendre que la plupart n'étaient pas fondées.

Son frère sc renfrogna :

— Il a accusé père d'avoir triché !

Erienne fixa Avery droit dans les yeux. Il baissa la tête, gêné.

— Je le sais, Farrell, mais je te suggère de faire mieux la connaissance de cet homme avant de porter sur lui un jugement définitif. Je suis persuadée que vous pourriez devenir d'excellents amis.

— Serais-tu devenue folle, ma fille ? Vois ce que ce misérable a fait de ton frère : un infirme et un bon à rien.

— Père ! l'interrompit Erienne avec colère. Farrell n'est ni un infirme ni un bon à rien et je ne te permettrai pas de l'appeler ainsi !

Aggie s'était rapprochée, attendant que sa maîtresse se tourne vers elle :

— Ces messieurs souhaitent-ils déjeuner maintenant, madame ?

La hâte avec laquelle Avery se leva de son siège disait sa faim, et Erienne hocha la tête. L'intendante s'empressa de retourner à la table pour servir du vin, et les invités la suivirent. Dès que Farrell et Avery furent assis, Erienne s'adressa à eux :

— Je dois aller voir ce qui retient lord Saxton. Aggie vous servira. Bon appétit.

Tandis qu'elle s'éloignait, Avery éclata d'un gros rire :

— Tu sais, elle est sans doute allée bichonner son lord bien-aimé. (Il foudroya du regard Aggie qui avait sursauté, puis ajouta sur un ton de défi :) Elle doit lui faire prendre son bain, comme s'il était un marmot.

Aggie quitta la pièce, folle de colère. Dans la cuisine, tandis qu'elle s'appliquait à recouvrer son sang-froid, son regard se posa sur l'étagère à laquelle étaient suspendus les bouquets d'herbes culinaires et médicinales. Elle sourit avec malice. Elle connaissait parfaitement les effets du séné et du plantain, et elle savait qu'en doses généreuses ces herbes produiraient l'effet souhaité.

— Ce sera parfait, se murmura-t-elle.

Elle se mit à l'ouvrage. Elle espérait que la saveur de la fondue au fromage couvrirait le goût des herbes et que le solide appétit du maire l'empêcherait de remarquer quoi que ce soit.

Lorsqu'elle regagna la grande salle, elle portait des bols fumants sur un plateau d'argent.

— Un peu de fondue au fromage, sir ?

Il en prit une cuillerée et y goûta. Trouvant le mets délicieux, il vida le bol en un temps record et le déposa sur la table, avec un grognement de satisfaction.

Le reste de l'après-midi s'écoula de façon plus détendue. Les visiteurs furent invités à faire le tour des écuries, où on leur montra de belles juments à la robe luisante. Une seule chose leur parut bizarre : nul étalon n'était visible. Avery traîna un peu, jetant ici et là des regards fureteurs...

La conversation se porta sur les armes à feu et lord Saxton vanta la précision d'une nouvelle arme américaine, toute menue mais d'une redoutable efficacité. Avery intervint pour vanter les vertus du Brown Bess, un mousquet anglais. Le maître de maison lui proposa une petite démonstration et l'arme américaine l'emporta. Furieux, Avery remarqua que ses deux enfants semblaient ravis de cette victoire de lord Saxton. Passe encore pour sa fille qui s'était entichée de cet homme, mais son fils... Oui, Farrell lui échappait.

Avery, qui s'était de nouveau attardé, tout à ses amères pensées, se hâta vers les autres qui continuaient de deviser à voix basse. Il les suivit jusqu'à l'ancien cabinet de travail. Là, lord Saxton dans l'ombre qui entourait le clavecin, ôta ses gants, et se mit à jouer une longue suite de mélodies. Avery espéra retenir sa fille pour lui parler de ses ennuis d'argent. Il comptait évoquer aussi les sommes qui seraient nécessaires à Farrell pour une éventuelle opération.

Il fut profondément dépité de voir Erienne rejoindre son mari, et d'entendre s'élever sa voix légère. Il s'agissait d'une stupide chanson d'amour !

Avery soupira d'aise quand Paine vint annoncer que le dîner était servi. Ils prirent place autour de la table éclairée de chandelles : lord Saxton occupait un fauteuil massif à l'une des extrémités, Erienne assise à sa droite, les deux visiteurs installés à l'autre bout de la table. Farrell et Avery ne tardèrent pas à noter que seuls leurs deux couverts étaient mis et qu'Erienne se contentait d'accepter un verre de vin.

Ce fut Farrell qui posa la question après avoir levé son verre à la santé de leur hôte.

— Ne dînes-tu pas avec nous, ce soir, Erienne ?

— N'en prends pas ombrage, Farrell. Comme tu le sais, mon mari prend ses repas dans l'intimité de ses appartements, et j'ai choisi de lui tenir compagnie.

Avery n'en revenait pas : sa fille préférait dîner en face d'un masque horrible, plutôt qu'en la compagnie de personnes normales.

Un bol contenant un bouillon copieusement agrémenté de légumes et de viande fut placé devant Avery, ce qui suffit à rompre le fil de ses pensées. Paine versa à boire et posa des tranches de pain chaud près de chacun des convives. Dédaignant le couteau, Avery rompit des morceaux qu'il fit tomber dans la soupe. Il absorba les premières cuillerées avec entrain.

Brusquement, il s'immobilisa. Son estomac se crispait et un gargouillement se fit entendre. Après avoir parcouru la table d'un regard penaud, il se remit à l'ouvrage. Il y eut bientôt une nouvelle alerte. Avery repoussa le bol à moitié plein, but une gorgée de vin, et mâchonna avec morosité un bout de pain sec. Ce mélange sembla avoir un effet apaisant sur ses entrailles.

Lorsque le second plat arriva, Avery était fermement décidé à lui faire honneur. Il avait à peine piqué de sa fourchette un morceau de viande que tout lui échappa. Il se leva à demi et s'agrippa au bord de la table. Il réussit à articuler :

— La nuit est belle. Je... je vais aller faire un petit tour.

Il s'enfuit de la pièce. La porte de la tour claqua bientôt derrière lui.

Farrell adressa un regard à Erienne, puis haussa les épaules. La jeune femme dévisagea Paine qui demeura de marbre. Aggie, en revanche, rougissait étrangement. Comme Erienne continuait de la regarder, la femme eut une petite toux étranglée et se hâta de quitter la pièce. De derrière la porte, il lui sembla entendre un petit rire étouffé.

***

Le lendemain soir, Avery était suffisamment rétabli pour se lever et se diriger vers la chambre d'Erienne. Il était tard et tout le monde s'était retiré pour la nuit. C'était sa dernière chance de voir sa fille en tête à tête, car Farrell et lui avaient projeté de rentrer à Mawbry le lendemain matin.

Seules quelques chandelles éclairaient le vestibule. Farrell, innocemment, lui avait appris où se trouvaient les appartements de lord Saxton et de son épouse. Avery s'avança et se rapprocha furtivement de la porte de lord Saxton, tendant l'oreille. Aucune lumière ne filtrait sous le battant et nul son ne lui parvenait : son gendre était donc plongé dans un profond sommeil.

Rassuré, Avery suivit le couloir jusqu'à la chambre d'Erienne. Cette fois, il découvrit un fin rai de lumière au bas de la porte. Se rapprochant encore, il colla l'oreille et fut dépité d'entendre Erienne parler à mi-voix. Il décida d'attendre, pensant qu'elle se trouvait avec une servante.

Un éclat de rire masculin lui parvint alors et il faillit tomber à la renverse. Les propos d'Erienne achevèrent de l'éclairer.

— Soyez sérieux, Christopher. Il m'est impossible de me concentrer et de trouver un nom pour notre enfant si vous me taquinez ainsi.

Les yeux d'Avery s'écarquillèrent. Il aurait voulu défoncer la porte, sortir ce misérable du lit de sa fille et en faire de la bouillie, mais l'homme n'aurait-il pas tenté de lui rendre la pareille ? Il s'abstint donc prudemment de toute intervention, ce qui ne l'empêcha pas de ressentir la plus vive colère. Il bouillait de rage à la pensée que ce maudit Christopher avait couché avec son idiote de fille et l'avait engrossée. Lord Saxton était vraiment un imbécile de lui avoir confié son épouse ! Pas étonnant qu'elle parût si heureuse avec son lord, dès l'instant où ce vaurien de Seton venait la rejoindre à la nuit tombée !

Avery retourna dans sa chambre. Que sa fille trompât son mari était, tout compte fait, intéressant : elle s'empresserait de le combler de présents en échange de son silence.

***

Erienne descendit à une heure matinale, et fut surprise de trouver son père qui l'attendait. Elle alla chercher le plateau de thé. Il paraissait décidément grincheux.

— Quelque chose ne va pas, père ?

— C'est possible.

Elle prit un siège en face de lui et se mit à boire son thé à petites gorgées.

— Souhaites-tu me parler ?

— Ça se pourrait.

Avery laissa reposer sa nuque sur le haut dossier du siège et son regard parcourut les murs ornés de tapisseries et de portraits.

— Tu sais, j'ai été un homme très généreux envers mon

épouse et mes enfants. Tant que j'en ai eu la possibilité, je ne vous ai jamais rien refusé.

Erienne aurait pu trouver à redire à cette affirmation, mais elle garda le silence.

— Ma vie a été dure, depuis la mort de ta mère, continua-t-il. J'ai tenté de noyer mon chagrin dans le jeu. Maudit soit le jour où j'ai rencontré ce Yankee qui m'a accusé d'avoir triché !

— Tu trichais effectivement ! Tu l'as toi-même reconnu devant moi, l'aurais-tu oublié ?

Avery détourna le regard, haussant les épaules.

— C'était un acte de désespoir ! De plus, il avait largement les moyens de parer à cette petite perte. C'était lui ou moi, ma fille, et il n'aurait pas été mis sur la paille, alors que je... enfin, tu sais ce qu'il m'a laissé.

— Père, tricher n'est pas plus honorable que voler, et tu as triché.

— Trouves-tu honorable de parcourir la campagne en tuant et massacrant, ainsi que le fait ton cher Christopher Seton ?

— Il ne met hors d'état de nuire que des bandits, des assassins qui ne méritent pas un autre sort ! Et d'ailleurs, j'ai, moi aussi, tué. De même que Farrell. Après avoir surpris une bande de voleurs qui attaquaient une voiture, nous avons dû ouvrir le feu sur eux et tuer plusieurs bandits afin de sauver la jeune fille.

— La jeune fille ?

— Miss Becker, précisa Erienne en arborant un sourire glacial. Si besoin est, elle pourra confirmer mes dires et attester que le cavalier de la nuit n'a attaqué que les bandits, lui permettant de fuir avec mon frère.

La curiosité d'Avery semblait brusquement éveillée.

— Farrell ne m'a pas parlé d'elle.

— Il voudra sans doute t'en parler plus tard lui-même. Je n'ajouterai rien.

Il s'ensuivit un bref silence, que le maire rompit.

— Tu sembles être heureuse de ton sort, ma fille. Vivre ici paraît te satisfaire.

— Je suis effectivement comblée, père. Plus, sans doute, que tu ne pourrais le comprendre.

— Oh, je le comprends parfaitement !

Erienne étudia son père et se demanda quelles étaient ses raisons de ricaner.

— Y a-t-il autre chose dont tu aimerais discuter ?

— Il me vient à l'esprit que tu n'as guère été généreuse, depuis que tu es installée ici.

— Je n'ai pas entendu Farrell se plaindre de moi.

— Ce pauvre garçon s'est laissé éblouir par tes petites démonstrations d'intérêt, mais qu'as-tu fait pour lui ? D'être reçu ici l'a-t-il rendu plus riche ? Non, il a dû travailler dur.

— A mon avis, Farrell a très heureusement changé depuis qu'il a cessé de s'apitoyer sur son sort et a réagi. Une charité excessive peut signifier la fin d'un homme. Il faut que chacun sème et récolte. Oui, nous devons être bon envers les moins fortunés, mais les aider à se défendre seuls est mieux encore. Le travail que Farrell effectue le rend plus autonome, plus fort. Et il ne lui laisse plus guère le temps de traîner autour des tables de jeu.

Avery la foudroya du regard.

— Tu ne m'as toujours pas pardonné de t'avoir vendue aux enchères, pas vrai ?

— Il est exact que je n'ai guère apprécié la méthode employée, admit-elle. Les suites de cet odieux marché ont cependant été heureuses. J'aime l'homme que j'ai épousé, et je porte son enfant...

— Le sien ? N'est-ce pas plutôt celui du misérable qui se trouvait dans ta chambre, cette nuit ?

Erienne fut prise de court et son cœur battit la chamade.

— Que veux-tu dire ?

— Je me suis rendu jusqu'à ta chambre hier soir, pour discuter avec toi, et ce maudit Seton te tenait compagnie, juste sous le nez de ton mari. Je vous ai entendus parler en riant de votre enfant. C'est le bâtard de ce Seton que tu portes dans ton ventre !

Les joues d'Erienne s'embrasèrent. Elle eût voulu crier la vérité, mais c'eût été stupide. Il était préférable que son père la crût infidèle plutôt que de mettre en péril la vie de l'homme qu'elle aimait.

— Tu ne peux le nier, pas vrai ? fit Avery avec un rictus de triomphe. Tu as voulu faire l'amour avec ce Seton et te voilà enceinte. Tu n'as naturellement pas l'intention de révéler la vérité à lord Saxton, n'est-ce pas ?

Erienne garda le silence.

— Il sera sans doute nécessaire que je tienne moi aussi ma langue. (Il la dévisagea attentivement.) Voilà qui serait plus facile si tu me témoignais un peu plus d'affection que tu ne le fais, si tu me faisais porter, par exemple, un gigot d'agneau ou une oie bien grasse de temps en temps. Vois-tu, je dois veiller à tout dans la maison. Compte tenu du nombre de serviteurs que vous avez, il me semble que vous pourriez, sans vous priver, m'envoyer une servante qui s'occuperait de moi. Et puis, j'aurai grand besoin d'une nouvelle veste, d'un paire de chaussures et de quelques shillings pour regarnir ma bourse. Je ne demande pas grand-chose, tu vois, seulement de quoi vivre un peu moins misérablement.

Erienne se leva lentement de son siège, outrée de son audace.

— Comment oses-tu te livrer à pareil chantage ? Toute ma vie durant, je t'ai entendu te plaindre de ton sort, mais c'est fini. J'ai pu voir comment tu utilises les gens. Tu t'es servi de ma mère, de mon frère et de moi-même. Tu as tenté de duper Christopher. A présent, tu tentes à nouveau de te servir de moi, mais je refuse de te céder !

— Tu as un cœur de pierre, ma fille ! répliqua-t-il avec colère, avant de se lever à son tour et d'arpenter la pièce. Tu es bien hautaine et fière pour une femme qui trompe son mari avec un scélérat. Il me sera désormais difficile de traverser le village et de croiser mes amis en gardant la tête haute. (Il s'arrêta et abattit son poing sur la table :) Malédiction, ma fille ! Qu'en résulterait-il, si j'allais apprendre à lord Saxton que tu couches avec ce bandit de Seton ?

A cet instant, le raclement d'une lourde semelle le fit sursauter et il se retourna. Lord Saxton se dirigeait vers eux. Il s'arrêta à côté de sa femme, face à Avery.

— N'ai-je pas entendu prononcer mon nom ? fit-il d'une voix basse et vibrante. Souhaitiez-vous m'entretenir d'un sujet particulier, monsieur le maire ?

Avery adressa un regard à Erienne et demeura abasourdi de son calme apparent. Il avait l'impression qu'elle le mettait au défi de parler. Lord Saxton était, il est vrai, la personne qu'il redoutait le plus d'irriter. Il ne savait que trop que cet homme était amoureux de sa fille et qu'il ne serait guère heureux d'apprendre son infidélité. De plus, sa colère ne s'abattrait-elle pas aussi sur l'auteur de cette funeste révélation ?

— Ma fille et moi avions une discussion, milord. Sans le moindre rapport avec vous.

— Tout ce qui concerne mon épouse me concerne, monsieur le maire, murmura lord Saxton sur un ton presque affable. Je crains que les sentiments qu'elle m'inspire n'aient tendance à me rendre un peu trop protecteur. Vous le comprendrez aisément, n'est-ce pas ?

Avery se contenta de hocher la tête.

22

Le regret peut être un tourment lancinant. Erienne n'avait aucune confiance en son père, et s'il communiquait les informations qu'il détenait au shérif, cela pouvait signifier la perte de celui qu'elle aimait. Elle commençait à craindre d'avoir agi trop impulsivement en rejetant sa demande.

Erienne prit finalement une décision. Elle demanda qu'on fît avancer la voiture puis se rendit dans la chambre de son époux, pour l'informer qu'elle avait l'intention d'aller rendre une visite à sa famille.

Il la vit partir avec quelque tristesse et se replongea dans ses registres de comptes.

L'anxiété qui la tourmentait depuis qu'Avery avait quitté Saxton Hall s'atténua quelque peu lorsqu'elle arriva en vue de Mawbry. Le carrosse franchit le pont dans un grondement de roues. Tanner arrêta les chevaux devant la maison. Le valet de pied s'empressa de sauter, d'ouvrir la portière et de placer un petit tabouret qui permettrait à sa maîtresse de descendre.

Erienne gardait à l'esprit l'image de la maison telle qu'elle l'avait vue, le jour de son départ. Quelques mois seulement s'étaient écoulés, et pourtant il lui sembla que tout avait changé. Apparemment, le petit jardin n'avait pas été bêché en ce printemps et, de l'année précédente, demeuraient quelques fleurs fanées et décolorées qui ajoutaient à l'impression d'abandon.

Elle frappa doucement et entendit quelques instants plus tard des pas se rapprocher de la porte. Le battant s'ouvrit et la silhouette dépenaillée d'Avery apparut, chemise de nuit froissée, ample culotte que retenaient des bretelles effilochées.

Lorsqu'il la vit, un sourire presque hilare éclaira son visage bougon.

Il recula d'un pas et fit un geste de pompeuse bienvenue.

— Lady Saxton daignera-t-elle pénétrer dans mon humble demeure ?

Erienne parcourut du regard le fouillis de la pièce.

— Est-ce moi que tu es venue voir, ou espérais-tu

rencontrer Farrell ? Ton frère s'est rendu à York, et Dieu seul sait quand il rentrera.

— C'est avec toi que je voulais m'entretenir, père.

— Vraiment ?

Avery ferma la porte.

— J'ai longuement réfléchi à notre dernière discussion. (Elle sortit une petite bourse de son manteau.) Et bien que tes menaces me soient odieuses, j'ai décidé d'adoucir ton sort en t'allouant une petite pension.

Il ricana en se dirigeant vers le petit salon.

— Que c'est généreux de ta part ! Il est étrange que tu aies choisi ce jour pour venir me voir.

Il avait prononcé cette phrase tout en se versant à boire, et Erienne vint le rejoindre dans la pièce. Elle ôta une chemise froissée d'un fauteuil et s'assit.

— Et pourquoi est-ce étrange ?

— Le shérif vient lui aussi de me rendre visite.

— Vraiment ?

— Oui, figure-toi. (Avery alla jusqu'à la fenêtre et regarda au-dehors avant d'ajouter pensivement :) J'ai eu une longue discussion avec Parker. Selon lui, lord Talbot serait mécontent de moi pour des vétilles, et il voudrait me renvoyer. (Comme sa fille se taisait toujours, il ajouta :) J'ai cherché un moyen de regagner sa confiance, et j'ai pensé que si le shérif et moi pouvions lui ramener ton amant afin qu'il soit pendu devant tout le village, Sa Seigneurie serait mieux disposée envers moi.

— Et alors, père, qu'as-tu fait ? demanda Erienne en tentant de se maîtriser.

Avery marcha de long en large dans la pièce, puis revint vers sa fille. Il haussa les épaules avec résignation.

— J'ai dit à Allan Parker ce que je savais... sur toi et ton amant, bien sûr.

— Comment as-tu pu faire une chose pareille ? dit-elle en se levant. Comment as-tu pu trahir ta propre fille ?

Avery renifla.

— Tu n'es pas ma fille.

Erienne porta les mains à sa gorge.

— Que dis-tu ?

— Tu n'es pas ma fille, mais celle d'un salaud d'Irlandais.

La jeune femme secoua la tête, incrédule.

— Mère ne t'aurait jamais trompé.

— Tu étais déjà en route avant que je ne la rencontre. Elle avait épousé ce type malgré l'opposition de sa famille, et quinze jours après il était pendu ! Ta mère ne m'aurait pas épousé sans m'avouer la vérité, mais au cours des années qui ont suivi, j'ai amèrement regretté de ne pas être resté dans l'ignorance. C'était très dur. Je ne pouvais penser qu'à une seule chose : ta mère entre les bras de cet homme. Elle n'a jamais cessé de l'aimer. Je le savais à la façon dont elle te regardait, tu étais tout son portrait.

— Si tu l'as rencontrée après la mort de mon père, comment pouvais-tu savoir...

— A quoi il ressemblait ? acheva Avery. (Il ricana.) Ta mère l'a toujours ignoré, mais c'est moi qui ai donné l'ordre de faire pendre ce rebelle. (Il haussa les épaules, face au regard stupéfait d'Erienne.) Je ne connaissais pas ta mère alors, mais ça n'aurait rien changé. Cet arrogant personnage se croyait de noble lignée, alors qu'il n'était qu'un bâtard. Je le vois encore s'avancer fièrement entre les gardes, paraissant se moquer de la mort. Oh, il était beau, avec ses cheveux noirs et ses yeux d'un bleu profond ! Grand et mince, comme ton amant. Un homme tel que moi n'aurait jamais réussi à lui prendre sa femme. Et ta mère n'a cessé de le pleurer. A ta naissance, elle rayonnait de joie. Tu étais la fille de cet homme, et pas la mienne. Riordan O'Keefe, qu'il s'appelait ! Durant des années, il m'a obsédé !

Un étrange sourire passa sur le visage d'Erienne.

— Et toi, père... Non, je ne t'appellerai plus jamais ainsi. Dorénavant, j'emploierai n'importe quel mot à l'exception de celui-là... Et vous, sir, vous m'avez obsédée pendant toutes ces années.

— Moi ? Que veux-tu dire ?

— Vous ne le comprendrez pas sans doute mais vous venez de m'ôter un grand poids. J'ai toujours cru que votre sang coulait dans mes veines et je suis soulagée d'apprendre qu'il n'en est rien. (Elle remit la petite bourse dans son manteau et se rapprocha d'Avery, pour le fixer droit dans les yeux.) Je vous adresse un avertissement, sir. Je ne serai pas aussi indulgente que ma mère. Si vous ne renoncez pas immédiatement à faire capturer Christopher Seton, sachez que je n'aurai de repos qu'après vous avoir vu pendu à votre tour en compagnie de quelques autres gibiers de potence.

Avery fut surpris par le courage de cette fille que l'inquiétude, pourtant, devait ronger.

— Je vous donnerai un ultime conseil en échange des tendres soins que vous m'avez prodigués, ajouta-t-elle, cinglante. Si vous voulez éviter d'aller vous balancer au bout d'une corde, tenez-vous à distance du shérif et de ses amis.

— Et pourquoi, veux-tu bien me le dire ? Ton noble lord Saxton a peut-être une situation confortable à offrir à un vieil homme ? Lorsqu'il saura la vérité, acceptera-t-il seulement d'écouter sa femme ? Pourquoi devrais-je renoncer à voir mes amis sur l'ordre d'une femme adultère ?

— Je vous aurai averti. Agissez comme bon vous semble. Allan Parker n'a guère d'amis, et il risque fort d'être pendu sous peu.

— Vraiment, lady Saxton ? demanda une voix derrière elle. Qui compte m'envoyer au gibet ?

Elle se retourna et eut le souffle coupé. Allan Parker entrait dans la pièce, suivi par deux de ses acolytes. Elle fit un pas pour s'enfuir, mais Avery l'arrêta du bras et la retint. Son cri fut étouffé par la main du shérif qui écrasa violemment sa bouche.

Pendant que Parker bâillonnait Erienne, un de ses hommes arracha un cordon de rideau et lui lia les poignets. Le shérif fit asseoir la jeune femme sur une chaise, puis se tourna vers Fleming :

— Débarrassez-nous de la voiture et des valets. Renvoyez-les chez eux. Dites que votre fille compte passer la journée auprès de vous.

Le maire ressentit quelque regret : il pensait à la bourse qu'Erienne avait reprise, et à toutes celles qui auraient sans doute suivi.

— Vous n'allez pas faire de mal à ma petite fille, n'est-ce pas ?

— Bien sûr que non, Avery. Elle va simplement nous servir d'appât et nous permettre de prendre un certain Mr Seton. Voilà qui devrait nous attirer les bonnes grâces de lord Talbot, ne pensez-vous pas ?

Avery hocha la tête. Il alla ouvrir la porte pendant que le shérif se dissimulait.

— Holà, monsieur Tanner.

— Oui, sir ?

— Ma fille souhaite passer la journée avec moi. Elle vous fait dire de rentrer à Saxton Hall.

Tanner et le valet échangèrent un regard surpris.

— Lord Saxton m'a ordonné de veille sur lady Erienne, dit le cocher. Je dois l'attendre ici.

Avery éclata de rire :

— N'ayez pas peur, l'ami. Elle ne craint rien, tant que son père est là pour la protéger. Votre maîtresse rentrera par la voiture de louage avant la tombée de la nuit. Allez, maintenant !

Tanner hésita mais comprit qu'il était inutile de poursuivre la discussion. Il grimpa sur le siège et le carrosse s'éloigna.

Avery revint dans le petit salon et Parker se tourna vers lui :

— Le fait que lady Saxton soit une épouse adultère et la

maîtresse d'un criminel suffit largement pour que nous l'arrêtions et nous répandrons la nouvelle afin qu'elle vienne aux oreilles de Seton. Cela devrait l'attirer jusqu'à nous.

Il fit signe à l'un de ses acolytes.

— Toi, va à l'écurie et loue la voiture. Précise que nous n'aurons pas besoin du cocher et que tu ramèneras le véhicule dans la soirée. (Il compta quelques pièces, qu'il déposa dans la paume de l'homme.) Voilà qui devrait suffire. Et essaye d'avoir un cheval convenable.

Parker baissa les yeux sur Erienne.

— Ne vous inquiétez pas, milady. Avec moi, vous êtes aussi en sécurité que dans votre manoir. (Il eut un petit rire en notant le regard sceptique de sa prisonnière.) Jusqu'au retour de lord Talbot, en tout cas. Je crains d'être ensuite contraint de vous abandonner à votre sort.

Erienne le foudroya du regard avant de détourner le visage.

Un grondement de roues annonça l'arrivée de la voiture de louage. Parker saisit Erienne par le bras et l'obligea à se lever.

— Venez, milady, je vais vous escorter jusqu'à votre carrosse. (Il se tourna vers Avery :) Vous devinez sans peine de qui vous recevrez bientôt la visite, quand il apparaîtra que lady Saxton ne rentre pas au manoir. Si j'étais vous, Avery, j'irais faire un tour à Wirkinton, Carlisle, ou plus loin encore... Tenez, il y a un peu d'argent dans cette bourse. Il vous sera sans doute utile...

Le shérif le salua en touchant le bord de son chapeau, puis il rabattit la capuche du manteau d'Erienne et guida la jeune femme hors de la maison. Elle tenta de leur échapper, mais ils la soulevèrent et la poussèrent dans la voiture. Elle saisit aussitôt l'autre portière, qu'elle essaya d'ouvrir. On la tira en arrière. Elle se mit à battre des pieds, frappant l'homme de ses talons pointus jusqu'au moment où un énorme poing l'atteignit à la mâchoire et lui fit perdre connaissance.

Avery fit claquer la porte et gagna la cuisine, en soupesant toujours la bourse. Il trouva une tranche de porc salé dans un pot de terre. Il avait amplement le temps de calmer sa faim avant de prendre la fuite.

Il s'immobilisa brusquement, inquiet. Il venait de se souvenir que le shérif avait pris la seule voiture de louage de la ville.

— Mais comment vais-je pouvoir quitter Mawbry, sans monture ?

— Il te reste tes pieds !

Avery sursauta. Sur le seuil, Farrell lui apparut.

— Tudieu, mon garçon ! Tu as failli me faire mourir de peur. (Il fit sauter la bourse dans sa paume.) Vois-tu, mon fils ? J'ai trouvé le moyen de faire tourner la chance, et ce n'est pas l'argent qui manque à mes bienfaiteurs.

— Je sais, père, dit Farrell d'une voix chargée de mépris. J'ai vu le shérif et ses hommes sortir et j'en ai entendu assez pour comprendre.

— Farrell, mon garçon. Nos problèmes sont réglés, mais j'ai besoin de ton cheval...

— Tu l'as vendue de nouveau, dit le jeune homme d'une voix blanche, sans faire cas de la demande de son père. Et cette fois, pour quelques deniers.

— Tu n'as pas pu en souffrir plus que moi, mon garçon, mais c'était la seule solution !.

— Tu l'as vendue ! Et tu la vends une fois encore ! Ta propre fille !

— Ce n'est pas ma fille ! cria Avery, exaspéré.

— Quoi ?

— Elle n'a jamais été ma fille ! Son père était un salaud de rebelle irlandais !

— Erienne est ma sœur ! cria Farrell.

— A moitié seulement... ta demi-sœur ! Tu ne comprends donc pas, mon garçon ? Ta mère a couché avec ce maudit Irlandais, qui lui a fait un enfant ! Erienne est sa fille ! Pas la mienne !

La colère de Farrell grandit encore.

— Ma mère n'était pas une femme infidèle !

— D'accord, elle l'avait épousé. En revanche, toi et moi... nous sommes du même sang. Tu es mon fils !

Le jeune homme ne put retenir une moue de dégoût.

— Tu nous as tous vendus... ma mère, ma sœur... moi. Tous sacrifiés à ta passion pour le jeu et l'alcool.

— Et toi ? Combien de fois t'ai-je ramené à la maison aux premières heures du jour, alors que tu étais trop ivre pour marcher ?

— Au cours des derniers mois, Erienne a fait pour moi bien plus que tu n'as jamais fait ! Elle m'a apporté la compréhension... la tendresse... la volonté de réagir.

— Tu prends son parti contre ton propre père ?

— Je ne te considère plus comme mon père ! Je vais d'ailleurs quitter cette maison et m'installer à York, où je compte me marier bientôt. Et sachez que je ne souhaite votre présence ni à mon mariage ni dans ma demeure. Maintenant, je vais vous laisser à votre destin.

— Mais, mon garçon, j'ai besoin de ton cheval. Lord Saxton ne va pas tarder à arriver...

Farrell hocha la tête.

— Oui, lord Saxton va venir. Et si j'étais vous, sir, je me mettrais sans tarder en quête d'un lieu où me terrer. Bonne journée, sir !

***

Après avoir mangé, Avery mit ses bottes et son manteau. Il en remonta le col afin de dissimuler son visage et quitta la maison d'un pas lourd, la petite bourse glissée au fond de sa poche. Sous son bras, il emportait un morceau de porc, enveloppé dans un linge. Bien qu'il ne fût qu'un peu plus de midi, le ciel s'était assombri et un fort vent se leva.

Avery erra pendant un moment, puis se décida à passer le pont. Sur l'autre rive, il quitta la route. Il s'éloigna au sein de l'épais taillis qui bordait le cours d'eau, ne s'arrêtant qu'un bref instant à l'endroit où l'on avait découvert le cadavre de Timmy Sears. Puis il pensa à Ben Mose.

On racontait que le vieil homme s'était construit une cabane, quelque part dans le sous-bois, au nord de la ville. S'il parvenait à retrouver ce refuge, il lui serait possible d'attendre là que les colères s'apaisent, tout en restant disponible si lord Talbot ou le shérif souhaitaient le voir.

*
**

Farrell s'engageait dans la dernière courbe avant Saxton Hall et pressait sa monture. Le carrosse se trouvait encore devant le manoir et les chevaux étaient couverts d'écume en raison du train d'enfer que Tanner leur avait imposé. Des valets s'affairèrent pour diriger la lourde voiture vers les écuries. Le landau fut amené au pied du perron.

Farrell s'élança et poussa la porte, manquant de renverser Paine qui venait l'ouvrir pour son maître.

— Lord Saxton..., haleta Farrell, je...

— Je n'ai pas le temps, Farrell, fit sèchement lord Saxton sans presque ralentir le pas. Erienne est allée voir votre père mais la voiture est revenue sans elle et je m'inquiète. Je pars pour Mawbry.

— Elle ne s'y trouve plus, milord.

— Quoi ? Qu'avez-vous dit ?

— J'aurais voulu pouvoir empêcher cela, milord, mais je crains que le maire n'ait livré Erienne au shérif.

— J'aurais dû tuer ce..., gronda lord Saxton qui fendit l'air de sa lourde canne, comme s'il s'était agi d'un sabre. Et Talbot ? Où est-il ?

— Le shérif a dit qu'il s'était absenté pour affaires.

— Où ont-ils emmené Erienne ?

— Je l'ignore, dit le jeune homme avec regret.

— Quelle direction ont-ils prise ?

— Je me trouvais dans la cuisine, je n'ai pas assisté à leur départ.

Un long moment, lord Saxton balança sa tête encapuchonnée de droite et de gauche, tel un taureau avant de foncer. Finalement, il se redressa :

— Bundy !

L'homme sauta du siège de la voiture et arriva en courant.

— Oui, milord ?

— Envoyez des hommes à Carlisle, Wirkinton, et sur la route d'York, dans toutes les directions. Dites-leur de se renseigner sur le passage de…

Lord Saxton se tourna vers Farrell. Il n'eut pas besoin de formuler sa question.

— La voiture de louage de Mawbry. Ils l'ont prise, sans cocher.

— Tanner !

— Oui, milord ?

— Je ne partirai pas immédiatement, mais que la voiture soit prête.

— Bien, milord.

Lord Saxton pivota de nouveau vers l'autre homme.

— Bundy, préparez un cheval. Il partira dès que j'aurai écrit quelques messages.

Il regagna la grande salle, suivi de Farrell.

— Que pourrais-je faire pour me rendre utile, milord ? Erienne est ma sœur et je ne veux pas rester inactif.

— Vous allez recevoir une mission, Farrell. J'ai besoin que quelqu'un se rende à Wirkinton au triple galop et remette une lettre au capitaine Daniels, qui se trouve à bord du *Cristina.*

— Mais c'est le navire de Seton ! Comment… (Farrell semblait déconcerté.) Pourquoi demandez-vous l'aide de cet homme, alors qu'Erienne… je veux dire… (Il se ressaisit :) Vous pouvez compter sur moi, milord. Je ferai tout ce qui est en mon pouvoir pour vous aider.

Lord Saxton pénétra dans son cabinet de travail, s'assit à son bureau, et s'immobilisa un instant, la plume levée. Brusquement, il se rejeta en arrière et gronda :

— Cet imbécile d'Avery ! Il pourra remercier le ciel si je ne le fais pas écorcher vif ! (Prenant conscience de la présence de Farrell, il se tourna vers lui.), Excusez-moi. Je n'avais pas l'intention de vous offenser.

— Rassurez-vous, milord. Je partage votre opinion et j'ai cessé de le considérer comme mon père.

Durant les heures qui suivirent, régna sur le domaine une animation fiévreuse dont lord Saxton n'eut pas conscience. Il allait en bénir plus tard les heureux effets... Bundy fit le tour des fermes, chargeant les hommes les plus alertes de veiller sur les terres et de se tenir prêts à intervenir en cas de besoin. Tous acceptèrent avec empressement de servir lord Saxton. Bundy leur demanda de garder le silence, afin d'éviter que la nouvelle de l'enlèvement de lady Erienne ne se répande. Au crépuscule, cependant, rares étaient ceux qui ignoraient le triste sort de la jeune femme. On nettoya les mousquets, on aiguisa les faux. Chacun se jura d'empêcher que lord Saxton fût chassé de ses terres.

***

Erienne reprit progressivement conscience. Elle était toujours bâillonnée et ligotée. Elle releva la tête pour découvrir qu'elle gisait sur un vieux matelas, sur lequel avait été jetée une couverture crasseuse. Il n'y avait pour elle rien de familier dans ce qui l'entourait. De larges plaques de plâtre s'étaient détachées des murs de pierre, et par les vitres à demi brisées passait un vent piquant. Une table et des fauteuils branlants étaient empilés dans la pièce, comme mis au rebut. Une lourde porte de planches, avec une petite lucarne munie de barreaux, occupait presque un mur entier de la pièce. Non loin d'elle, une autre porte, affaissée sur un gond brisé, marquait l'entrée d'une alcôve qui servait sans doute de lieux de toilette.

Ses pensées se clarifièrent et elle comprit la situation: Elle était prisonnière des bandits et ils exigeraient la reddition de Christopher Seton en échange de sa libération.

Elle réussit à s'asseoir au bord du lit, puis elle leva ses mains liées vers son visage et entreprit de défaire le bâillon qui la meurtrissait. Il glissa et, de ses dents, elle dénoua les cordes qui enserraient ses poignets. De ses doigts, elle explora sa joue douloureuse : elle y découvrit la boursouflure d'une ecchymose.

Un bruit de pas lui parvint et elle se redressa pour affronter ses geôliers. L'épaisse porte s'ouvrit et Allan Parker entra dans la cellule. Il était suivi par un homme qui portait un plateau où se trouvaient un bol et un morceau de pain noir.

— Bonjour, milady, dit Parker avec bonne humeur. J'espère que vous avez bien dormi. (Ignorant le regard courroucé de la jeune femme, il vint vers elle et se pencha pour examiner l'ecchymose sur sa joue.) Je vais faire remarquer à Fenton qu'il a la main trop lourde !

Ne trouvant rien de pertinent à répondre, Erienne se contenta de détourner la tête. L'homme avait redressé les fauteuils et la table, sur laquelle il posa le plateau. Sur un signe de son chef, il se retira.

— Allons, Erienne ! fit Allan. Ne m'ignorez pas. Vous savez que vous m'avez toujours inspiré de l'attirance, et je suis désolé de cette situation. Malheureusement, vous allez devoir rester avec nous jusqu'à ce que nous ayons réglé le problème de ce gredin de Seton.

Erienne lui fit face.

— Croyez-vous que Christopher cédera à une bande de voleurs et d'assassins ?

— Mais que dites-vous, madame? s'enquit Allan en feignant la surprise. Nous sommes les représentants de l'ordre, alors que Christopher Seton est un criminel et que vous êtes sa maîtresse.

— Vous faites partie de la bande qui met la contrée à feu et à sang depuis des années, je le sais !

L'homme haussa les épaules.

— Il faut bien vivre, madame.

— Vivre ! Appelez-vous cela vivre ? (Elle regarda autour d'elle, railleuse.) Vous voilà terrés tels des lapins !

— Très provisoirement, milady ! Nous avons trop souvent reçu des coups pour être imprudents, mais nous disposons désormais d'un appât auquel Seton ne résistera pas.

— Il ne se laissera jamais prendre au piège. Un piège mortel, car vous ne pouvez plus nous laisser vivre ni l'un ni l'autre !

— Seton, certainement pas ! Mais en ce qui vous concerne, belle Erienne, les choses sont totalement différentes.

Il fit courir ses doigts dans la chevelure ébouriffée de la jeune femme, puis laissa lentement redescendre sa main jusqu'à son cou.

— Je vous demande de réfléchir à ce qui vous attend. Lord Talbot sera de retour dans quelques jours, et je crois que son obstination mettra votre réserve à rude épreuve. Je ne puis rien contre cet homme. Sa puissance est trop grande. Et il y a les autres.

— Les autres ?

— Mes hommes, précisa-t-il. Des grands amateurs de femmes, et des amants brutaux, j'en ai peur.

— Un lord pervers ou bien une bande de goujats ! J'avoue ne pas savoir quel est le moindre mal...

— Il existe une autre possibilité, milady. Si vous m'y encouragiez, je pourrais mettre dans les bras de Talbot une partenaire au tempérament... comment dire ? Au tempérament épuisant pour ce noble gentilhomme qui n'a plus vingt ans, ne l'oublions pas. Quant à mes hommes, ils n'oseraient outrepasser mes ordres. Il suffit pour cela que vous m'offriez ce que vous accordez à Seton.

— Et vous pensez être capable de me faire oublier Christopher ?

— Je n'ai aucun doute sur mes capacités, répondit-il avec désinvolture, et je peux me montrer très prévenant envers une personne possédant votre charme et votre grâce.

Elle eut un rire dédaigneux et porta la main à sa joue.

— Très prévenant, en effet ! Si c'est là un échantillon de votre prévenance, j'espère ne jamais devoir subir votre colère.

— Je vous redis mes excuses pour ce fâcheux incident, chère Erienne. Fenton savait que vous ne deviez vous échapper sous aucun prétexte. Il n'a pas mesuré sa force... Si vous me faisiez part de vos souhaits, c'est avec joie que je ferais en sorte qu'ils soient exaucés.

— Oh ! vous êtes trop bon ! se moqua-t-elle. Votre sollicitude me touche. Mes souhaits sont naturellement innombrables. Des chiffons pour boucher les fenêtres, quelques serviettes pour ma toilette, ainsi qu'une cuvette. Un balai, des brosses et un seau d'eau pour nettoyer cette pièce. Une couverture propre et des draps ne seraient pas superflus, eux non plus.

— Je ferai tout ce qui est en mon pouvoir, chère lady, dit-il en riant. En attendant, ai-je une chance de voir ma proposition étudiée ?

— Qui sait ? Il faut me laisser le temps...

— Je serai patient. Je suis persuadé qu'après avoir vu lord Talbot votre état d'esprit sera très différent.

La porte se referma sur le shérif et Erienne entendit qu'on abaissait une barre de fer en travers du battant. Elle marcha pendant un moment dans la cellule, sans parvenir à calmer son anxiété. Elle priait pour que Christopher ne relève pas ce défi et ne se dévoile pas. Elle ne pouvait envisager de vivre sans lui et, tant qu'elle le savait libre, il lui était possible d'espérer fuir et le rejoindre.

Songeant à l'enfant qu'elle portait, elle se contraignit à manger. Le ragoût était médiocre et le pain affreusement aigre.

Elle se dirigea vers le lit et s'y laissa tomber, épuisée. Une heure cependant s'écoula sans qu'elle pût trouver le sommeil. La clé tourna dans la serrure. Elle se redressa et fut quelque peu surprise de découvrir Haggard.

— Pardonnez-moi, milady, fit-il en secouant sa tête ébouriffée. Le shérif m'a chargé de vous apporter certaines choses.

Avec de vieux chiffons, il tenta de colmater les vitres à demi brisées et écarta des gravats. Armé d'un balai usé, il voulut nettoyer le plancher mais dans son zèle souleva un tel nuage de poussière qu'Erienne demanda grâce. Navré, Haggard s'essuya nerveusement les mains sur sa culotte et sortit.

Un bol du même ragoût et un autre morceau de pain lui furent servis pour le dîner. Haggard vint lui apporter des chandelles ainsi qu'un briquet. L'obscurité tombait sur la campagne lorsqu'elle termina son repas, et elle alluma deux des chandelles. Cela donnait à la vieille chambre une note d'intimité qui réconforta un instant Erienne.

Elle s'étendit et bientôt le sommeil eut raison de ses angoisses et de son chagrin.

*
**

Assis à son bureau, lord Saxton accomplissait presque machinalement ses tâches quotidiennes. Il souffrait de son impuissance, il aspirait à avoir des nouvelles de son épouse. Il n'en reçut aucune et resta silencieux tout au long d'un dîner solitaire, malgré les efforts d'Aggie qui tentait de le réconforter.

Bundy le rejoignit pour l'informer que tous ses ordres

avaient été exécutés. Il n'avait malheureusement rien d'autre à lui apprendre...

Le fidèle serviteur repartit, désirant reprendre un dernier contact avec les guetteurs. Il regagna le manoir aux alentours de minuit et la faible lueur à la fenêtre de lady Erienne lui apprit que lord Saxton veillait encore, en proie sans doute au désespoir.

Christopher Seton arpentait la chambre, le cœur étreint d'angoisse. Son regard s'attardait, nostalgique, sur la coiffeuse, sur une robe jetée sur un fauteuil, sur des mules abandonnées...

Il appuya son épaule contre une des colonnes du baldaquin et se souvint de leurs moments de bonheur. Dans un brusque accès de colère, il tira violemment les tentures comme pour échapper aux images qui l'assaillaient : les courbes parfaites de ses seins, la douceur de son ventre, la tendresse de son sourire...

— Elle m'obsède ! lança-t-il aux ombres qui l'environnaient. Je ne puis un instant détacher d'elle mes pensées ! Comment imaginer ma vie sans Erienne ? Cette idée me glace le cœur, me fige l'esprit dans un désespoir total !

Ne pouvant plus demeurer en ce lieu, il sortit et erra dans le manoir jusqu'au moment où l'horloge sonna deux coups. Il chercha un refuge dérisoire dans sa chambre.

***

En s'éveillant, Christopher s'aperçut qu'il s'était jeté sur son lit tout habillé. Après une rapide toilette, il passa une robe de chambre et accueillit Aggie qui lui apportait le petit déjeuner. Elle paraissait plus anxieuse encore que la veille, mais ne souffla mot et sortit hâtivement.

Christopher mit les vêtements qu'il en était venu à

haïr, et ce fut lord Saxton qui descendit lentement l'escalier afin de vaquer à ses occupations habituelles.

Il signa quelques documents... et attendit des nouvelles de sa femme.

Il fit le tour de la propriété avec Bundy et le jardinier, approuva plusieurs mesures pratiques... et attendit des nouvelles de sa femme.

Il se fit exposer une douzaine de litiges, tenta de trouver des solutions justes pour tous... et attendit des nouvelles de sa femme.

Il prit un repas solitaire et un messager lui apporta une lettre de Farrell. Le jeune homme annonçait qu'il remonterait vers le nord à bord du *Cristina*. Le navire devrait suivre une route difficile et arriverait à proximité du littoral en fin d'après-midi, le lendemain.

Christopher chercha à s'occuper durant les longues heures de l'après-midi, mais ne trouva rien qui sût le distraire de son angoisse. Il devint irritable et brusque à l'approche du soir, mais les serviteurs ne s'en offusquèrent pas. L'absence de toute nouvelle, ils le savaient, mettait leur maître à la torture.

***

Cette même journée parut interminable à Erienne. Avec quelques chiffons et le balai usé, elle tenta de donner meilleur visage à la petite pièce. Puis, trempant les mains dans l'eau du seau, elle s'appliqua à rafraîchir sa chevelure. Le repas du soir ne lui apporta aucune surprise : c'était toujours le même ragoût, de plus en plus médiocre d'avoir cuit et recuit.

Erienne regarda le soleil se coucher et se souvint du plaisir que prenait Christopher à contempler longuement le crépuscule. Des larmes lui vinrent aux yeux.

— Oh, mon amour ! murmura-t-elle en soupirant. Je serai courageuse, mais notre enfant est là, dans mon ventre. On dit que, dès les tout premiers jours, un enfant ressent, assimile... Je ne veux pas que le nôtre connaisse la haine. Et pourtant comment puis-je m'en défendre ?

Elle s'agenouilla au pied du lit :

— Christopher, mon adoré, dit-elle encore avant de joindre les mains pour prier. Ne mettez pas votre vie en péril, mais venez m'arracher des mains de nos ennemis et délivrons-nous de la menace qu'ils font peser sur nous. J'ai découvert ma rose en hiver. Vous êtes mon seul amour. Venez. Ensemble, nous mettrons nos adversaires en déroute.

***

Christopher voyait arriver la fin du jour avec angoisse. Par une fenêtre du vestibule, il regarda mourir les dernières flammes du soleil.

Tout, soudain, lui devint évident. S'il restait au manoir, son attente désespérée épuiserait ses forces. Il lui fallait partir à la recherche des bandits, découvrir les repaires où ils se terraient, et mettre ces misérables à la question jusqu'à ce qu'ils avouent. Puis il s'occuperait du shérif et réglerait son sort.

La nuit était tombée sur les collines lorsque la porte du souterrain s'ouvrit : un homme vêtu de noir se précipita au-dehors. Il portait au ceinturon une claymore, l'arme que serrait son père en rendant le dernier soupir. L'étalon perçut l'humeur de son maître, et il caracola et piaffa. L'homme sauta en selle et devint l'image même de la vengeance, par les landes et les collines.

L'étalon galopait, heureux de la liberté que lui accordait son maître. Ils s'arrêtèrent enfin devant une grange abandonnée, où ne subsistaient que les traces récentes d'un campement. La grotte voisine ne révéla rien de plus.

— Ils ont filé ! gronda le cavalier. Ils se sont regroupés

pour me tendre un piège, en utilisant un appât auquel ils savent que je ne pourrai résister. Mais où ? Où ?

Il était tard et la lune était à peine visible, voilée de nuages. Fou de colère, il pressa sa monture au triple galop. L'homme et le cheval ne formèrent plus qu'une ombre massive mais qui se déplaçait à un train d'enfer.

23

On crut presque que le vieux Ben était sorti de sa tombe. L'homme en haillons venait boire lentement sa bière dans l'ombre, au fond de la salle de *L'Auberge du Sanglier*. Il n'apparaissait qu'à la tombée de la nuit et, de loin, faisait signe à Molly. La fille lui trouvait quelque ressemblance avec le maire, mais sa chevelure hirsute et ses favoris trop longs dissimulaient ses traits. Il dépensait parcimonieusement son argent et ne lui laissait jamais de pourboire.

Avery Fleming demeurait assis dans son coin, mais ses yeux étaient aux aguets. Il était toujours prêt à fuir chaque fois qu'une silhouette lui rappelait celle de Christopher Seton. La bourse peu garnie que Parker lui avait laissée était presque vide, et il ne nourrissait plus l'espoir que le shérif le rappellerait au bon souvenir de lord Talbot. De plus, il craignait la vengeance de Seton, celle de Saxton aussi. La nuit précédente, les aboiements d'un chien errant avaient manqué lui faire perdre la raison. Réveillé, brusquement pris de panique, il avait fui la cabane. Il s'était jeté dans l'eau saumâtre du marais. Le froid l'avait incité à regagner sa maison de Mawbry pour y récupérer quelques vêtements secs. Il n'y avait pas passé la nuit, cette demeure était hantée de souvenirs et de fantômes. Au moins pouvait-il dormir, dans la cabane !

Un homme entra dans l'auberge et se fit servir une chope

de bière, puis parcourut la salle du regard. Il repéra Fleming et vint à lui, sa bière à la main.

— Fleming ? murmura-t-il.

— Oui ?

— C'est Parker qui m'envoie. Vous trouverez un cheval derrière l'auberge. Le chef vous attend au premier carrefour, au nord de la ville.

L'homme s'éloigna calmement et commença de bavarder avec Molly qui se trouvait derrière le comptoir.

Avery quitta l'établissement par la porte de service et trouva le cheval. Quelques instants plus tard, il galopait en direction du nord. Parker l'attendait effectivement, accompagné d'une bonne demi-douzaine d'hommes. La présence de ces individus ne fut pas sans inquiéter le maire de Mawbry. Il posa la main sur le pistolet glissé dans sa ceinture. Il ne pouvait chasser de son esprit la terreur inscrite sur le visage de Timmy Sears. Sa peur s'atténua cependant lorsqu'il vit que, d'une main, Parker tenait une lettre et, de l'autre, une bourse apparemment pesante.

— Je crains d'avoir de mauvaises nouvelles pour vous, Avery. Lord Talbot a envoyé d'York un messager chargé d'annoncer que vous étiez relevé de vos fonctions. Mais rassurez-vous, il m'a demandé de vous remettre une somme de deux cents livres, le double de ce qu'il vous devait pour ces deux derniers mois. Si vous n'êtes pas trop dépensier, cela devrait vous permettre de filer loin d'ici. Quant à la capture de votre fille, lord Talbot est indigné que vous ayez vendu votre propre enfant... pour la deuxième fois.

— Mais, sans cela, Seton aurait été impossible à capturer, protesta Avery.

Parker lui tendit la bourse et la lettre en souriant.

— Prenez, Avery, mais n'espérez pas obtenir plus.

En grommelant, l'ex-maire de Mawbry accepta. Il avait espéré toucher une somme plus importante mais il était intimidé par le shérif.

— Maintenant, Avery, et en raison de notre vieille amitié... (Parker prit l'homme par les épaules)... je vais vous offrir le cheval sur lequel vous êtes venu et vous donner un conseil. J'ai appris qu'un homme de grande taille et vêtu d'une cape avait été aperçu devant votre maison, juste à la tombée de la nuit. Cet inconnu montait un cheval noir et venait des marais. Il semblait vous chercher, Avery, et, à votre place, je m'éloignerais au plus vite et au plus loin.

Avery acquiesça.

— Je ne retournerai pas à Mawbry. A présent que je dispose d'un cheval et d'un peu d'argent, je compte filer vers le sud.

— C'est bien, approuva Allan Parker qui donna des tapes dans le dos d'Avery. Je vous souhaite bonne chance. (Il recula et regarda l'ex-maire courir vers son cheval puis se hisser en selle.) Adieu !

⁂

Avery s'estimait satisfait. S'il n'était pas en possession d'une fortune, il disposait cependant d'une somme suffisante pour quitter Mawbry sans regrets. Il se trouvait déjà à une bonne distance et commençait à respirer plus calmement, quand il entendit derrière lui un grondement de sabots. Il regarda par-dessus son épaule, brusquement inquiet. La panique l'envahit lorsque l'apparition se matérialisa à la lisière du sous-bois. Son esprit se figea : la Mort l'avait trouvé !

Il gémit et pressa sa monture à coups de talon, regrettant de n'avoir ni éperons ni cravache. Il tourna la tête et vit le cavalier diabolique approcher. Un rire surnaturel emplit la nuit et lui donna des sueurs froides. Il cingla sa monture avec ses poings et les rênes, mais le cheval, qui avait déjà perçu la peur de son cavalier et la partageait, commença de trébucher. Le chemin tourna et, pendant un instant, Avery perdit de vue le cavalier de la nuit, mais cela ne diminua pas son angoisse. En fait, son inquiétude crût encore, car le chemin se révélait creusé d'ornières. Le cheval broncha et son cavalier perdit ses étriers. Cela devait causer sa perte. Le chemin était jonché de roches éboulées. L'animal glissa, fit un écart, puis s'élança le long du ravin. Avery se retrouva projeté dans les airs.

Il survola quelques buissons de ronces, puis toucha le sol, roula, glissa, rebondit sur les rochers. Il vit une multitude d'étoiles puis la nuit se referma sur lui.

Près d'un mile plus loin, sur la route, le cavalier de la nuit rattrapa le cheval solitaire, incapable de deviner en quel point du parcours l'homme et sa monture s'étaient séparés.

Christopher reprit la direction de Saxton Hall. Était-ce Avery qui chevauchait ce cheval ? Quel qu'il fût, l'homme devrait poursuivre sa route à pied.

Christopher erra un long moment dans les pièces obscures et silencieuses du manoir. Dans la grande salle, l'âtre n'était plus que cendres. Il gagna l'ancien cabinet de travail et, distraitement, effleura du doigt le clavier du clavecin. Les notes résonnèrent lugubrement dans la pièce. Où était la voix d'Erienne ?

La grande horloge sonna deux coups. Il gagna sa chambre et, n'ôtant que ses bottes, se jeta sur son lit.

*
**

A l'aube, Avery se réveilla. Tout son corps lui faisait mal et il se sentit transi jusqu'à la moelle. Il gisait là où il était tombé et des pierres aux arêtes tranchantes lui pénétraient le dos. Mais ne souffrirait-il pas davantage encore s'il remuait ?

Un long moment s'écoula, puis Avery osa se redresser, s'assurant qu'aucun de ses os n'était brisé. Il se tourna lentement et se releva. Ses vêtements étaient en lambeaux.

Dans sa poche heureusement indemne, il retrouva sa

bourse et ne put résister au désir de compter l'argent. Il la vida sur une pierre plate, puis se figea, bouche bée. La majeure partie de son contenu se composait de gros disques de couleur sombre. Il en prit un et le mordit, y laissant l'empreinte de ses dents. C'était du plomb ! On avait aplati des balles pour leur donner la forme de pièces et alourdir la bourse. Après avoir compté, il découvrit que sa fortune ne dépassait pas vingt livres et quelques pence.

Avery poussa un juron. Il avait fait un marché de dupes ! Tous ses plans, toutes ses machinations n'avaient servi à rien, hormis à lui rapporter une misérable vingtaine de livres !

Il essuya coléreusement une larme et décida d'aller voir lord Talbot et de lui demander des comptes. Il enfonça son chapeau sur ses oreilles, puis commença de ramper vers la route. Il allait se relever quand il entendit dans le lointain un grondement de sabots qui l'incita à se dissimuler. Un moment plus tard, une grande voiture noire tirée par quatre chevaux apparaissait. Quand elle arriva à sa hauteur, il s'aplatit contre le sol. Il avait eu le temps de voir les armoiries de la famille Saxton sur la portière.

***

Claudia fit claquer la lettre dans la paume de sa main. Elle avait affirmé au messager qu'elle remettrait la missive à son père dès qu'il serait de retour mais elle n'était pas certaine qu'il consentirait à satisfaire sa curiosité. Lord Talbot refusait souvent de la tenir au courant de ses affaires. Ces derniers temps, elle avait surpris quelques mots des conversations qu'il avait avec Allan Parker et remarqué qu'ils mentionnaient de plus en plus fréquemment le nom de Christopher. Elle savait qu'ils le suspectaient d'être le cavalier de la nuit, et elle trouvait cette hypothèse fascinante. Elle se complaisait à voir en Christopher un personnage romanesque qui profitait de la nuit non pour tuer, ainsi qu'on le prétendait, mais pour aller rejoindre de belles jeunes filles. Qu'il eût ou non assassiné Timmy Sears et Ben Mose la laissait d'ailleurs indifférente.

Elle examina le cachet de cire, se rapprocha de la cheminée, et tint le parchemin à la chaleur du foyer. Le sceau s'amollit et, gagnant rapidement le bureau de son père, Claudia défit le pli. Elle était persuadée que son père ne remarquerait rien : elle remettrait soigneusement le sceau en l'état, après avoir chauffé une seconde fois la cire. Il lui fallait pourtant se hâter. A en croire ce que lord Talbot avait fait savoir à Parker, il rentrerait le jour même, avant midi.

Avec impatience, elle déplia le parchemin et commença de lire à voix basse :

— « ... m'a informé que sa fille attend un enfant de Seton. J'ai donc enlevé lady Saxton qui nous servira d'appât pour attirer ce monstre de Yankee. En attendant votre arrivée, je la garde prisonnière dans les ruines du vieux château, à l'ouest de l'estuaire. Allan Parker. »

Claudia poussa un grondement de rage. Elle jeta le parchemin et quitta en hâte le cabinet de travail de son père, sans plus se soucier de la réaction qu'il aurait en découvrant son indiscrétion. Il fallait qu'elle voie la maîtresse de ce Seton !

— Charles !

Elle entendit courir dans les communs, et le majordome se précipita. La voyant dans l'escalier, il trébucha presque et s'arrêta à côté de la rampe.

— Oui, mademoiselle ?

— Dites à Rufus de sortir la voiture. Je vais faire une promenade.

— Bien, mademoiselle.

Il inclina brièvement la tête et s'éloigna.

Claudia appela d'une voix stridente sa camériste.

— Je vais m'absenter. Prépare mes affaires.

— Que...

— La robe rouge de voyage et le chapeau assorti. Et ne lambine pas, pour une fois ! Je suis pressée ! Suis-moi.

Une demi-heure plus tard, Claudia sortit de la chambre et redescendit dans le vestibule. Le majordome courait vers la porte, mais non point pour obéir aux ordres de Claudia. On frappait et Charles ouvrit le battant sur un homme dont elle avait grand peur : lord Saxton.

— Je suis venu voir lord Tal...

Le visiteur s'interrompit brusquement. Il venait de découvrir la jeune fille tout habillée de rouge. Subitement prise de panique, Claudia regarda de toutes parts, en quête d'un refuge, mais déjà l'effrayant personnage marchait sur elle.

— Miss Talbot, fit-il de sa voix rauque, j'espérais que votre père serait rentré, mais vous pourrez sans doute me fournir l'information que je suis venu chercher.

— J'ignore où ils l'ont conduite ! laissa-t-elle échapper.

Lord Saxton s'appuya à sa canne et inclina pensivement sa tête masquée, tout en examinant son interlocutrice.

— Je constate que vous avez deviné la raison de ma venue.

Claudia se mordit les lèvres. Sans répondre, elle ôta ses gants avec nervosité.

— Je suis désolé de vous déranger, s'excusa le visiteur sur le même ton ironique. Je vois que vous étiez sur le point de sortir.

— Je... (Elle chercha une excuse.) J'avais grand besoin de prendre l'air.

— Ne craignez rien, miss Talbot, je vous laisserai partir bientôt.

Furieuse de cette audace tranquille, elle décida de le faire souffrir :

— Savez-vous que votre femme attend un enfant... de ce renégat de Christopher Seton ?

Lord Saxton ne broncha pas.

— M'avez-vous entendue ?

— Oui, fit-il en hochant la tête. J'ai précisément un certain nombre de choses à mettre au point avec elle, à ce sujet.

Une pensée traversa l'esprit de Claudia. Ne serait-il pas piquant de conduire Saxton jusqu'à son épouse infidèle ? La scène promettait d'être belle...

Ce fut presque joyeusement qu'elle lui fit signe de la suivre.

— Eh bien, venez. La route est assez longue et il faut partir sans attendre, si nous voulons avoir atteint le château avant midi.

***

Avery était parvenu à convaincre un paysan de le prendre à l'arrière de son tombereau jusqu'aux limites de la propriété des Talbot. Après avoir lissé ses vêtements froissés du mieux qu'il le pouvait, il gravit les marches menant à la porte de la demeure. Ses coups répétés attirèrent le majordome, qui ne put réprimer un sursaut de dégoût en le voyant. Dédaigneusement, il jaugea du regard l'homme en haillons :

— Oui ?

Avery se racla la gorge.

— Je sais que lord Talbot est rentré... J'aimerais m'entretenir avec lui quelques instants.

Charles répliqua avec hauteur :

— Sa Seigneurie n'a pas le temps de recevoir des quémandeurs. Une affaire importante l'appelle.

— Il est urgent que je lui parle !

— Soit ! Je vais demander à Sa Seigneurie si elle souhaite vous recevoir, sir. Quel est votre nom ?

— Avery Fleming ! lança l'ex-maire avec colère. Vous ne me reconnaissez pas ? Je suis pourtant déjà venu ici !

La surprise de Charles était grande.

— Vous ressemblez effectivement au maire de Mawbry.

(Il regarda Avery plus attentivement, puis secoua la tête, apparemment sceptique.) Excusez-moi, sir, mais vous paraissez avoir eu bien des malheurs.

— En effet ! Et c'est pourquoi il est absolument nécessaire que je parle à Sa Seigneurie !

— Je reviens à l'instant, sir.

Avery attendit, à peine capable de contrôler son impatience. Un moment plus tard, il entendit le majordome revenir.

— Qu'a-t-il dit ? Puis-je entrer ?

— Lord Talbot est pressé par le temps, sir. Il se trouve dans l'impossibilité de vous recevoir.

— Mais c'est important !

— Je regrette, sir, dit le majordome en refermant la porte.

Les épaules d'Avery s'affaissèrent, et il redescendit les marches. Ses jambes étaient brusquement très faibles et il s'appuya à une roue de la voiture arrêtée devant le perron. Il ne possédait plus assez d'énergie pour regagner Mawbry, ou tout autre lieu. Sans monture ni nourriture, il semblait condamné. Que faire ?

Ses yeux se posèrent sur la toile qui recouvrait le coffre de la voiture. Étant donné qu'il était suffisamment vaste pour accueillir un homme, Avery envisagea de s'y dissimuler. Il disposerait ainsi d'un moyen de transport et pourrait peut-être même trouver l'opportunité de présenter, plus tard, sa requête à lord Talbot.

Il regarda furtivement autour de lui. Le cocher sommeillait sur son siège, et les deux valets qui discutaient près des chevaux avaient oublié sa présence après lui avoir adressé un ricanement de mépris. Personne ne le voyait. C'était sa chance, peut-être la seule, et il eût été stupide de la laisser échapper.

24

Le paysage devenait de plus en plus dénudé et rocailleux au fur et à mesure que la voiture qui transportait Claudia et lord Saxton approchait des hauteurs dominant l'estuaire de Solway Firth. Le vent d'ouest était humide et froid. En retrait de la falaise et partiellement abritées, se dressaient les ruines d'un vieux château.

La voiture de Saxton, qui n'avait cessé de suivre le carrosse des Talbot, s'arrêta à une bonne centaine de mètres de là, hors de portée d'un éventuel mousquet. Tanner la fit tourner afin de pouvoir partir immédiatement, en cas de besoin. L'autre véhicule quant à lui, poursuivit sa route et franchit le pont de pierre. Un cri s'éleva pour annoncer son arrivée, et la voiture entra dans la grande cour. Sur la droite, un portique de bois abritait l'entrée d'un baraquement. Sur la gauche, seuls le rez-de-chaussée et le premier étage de la tour étaient intacts. On avait dégagé un emplacement pour les chevaux et, à proximité, un espace qui permît aux voitures de faire demi-tour.

Allan Parker quitta le seuil du baraquement et reconnut le véhicule. Lord Talbot avait fait vite, pensa Allan tout en s'approchant.

Le valet se hâta de déplier le marchepied et ouvrit la portière. Une robe d'un rouge soutenu apparut. Allan retint un gémissement et serra les dents. Recouvrant son aplomb, il agit ainsi que l'imposaient les convenances et adressa un grand sourire de bienvenue à Claudia, tandis qu'il l'aidait à descendre. Comme si cela ne suffisait pas, un autre personnage apparut. Parker faillit suffoquer.

— Vous me stupéfiez, lord Saxton, dit-il sans prendre la peine de dissimuler son sentiment. Vous êtes bien la dernière personne que je me serais attendu à voir ici.

Un petit rire crissant se fit entendre.

— Miss Talbot m'a fait part de son désir de rendre visite à mon épouse et, comme mes intentions étaient identiques, j'ai estimé sage de l'accompagner dans cette contrée plutôt hostile. Ainsi que vous pourrez le constater de vos propres yeux, je me suis fait suivre par ma voiture et par des hommes chargés d'assurer ma protection. (Il leva la main pour préciser :) Ils sont très bien armés, shérif et, je le crains, un peu nerveux. Vous connaissez les histoires qui circulent. Si l'un de vos hommes devait... s'approcher d'un peu trop près, je ne pourrais répondre des conséquences.

Ce fut au tour de Parker d'avoir un petit rire. Dans un certain sens, la témérité de cet infirme lui inspirait de l'admiration.

— De la part de tout autre, sir, je considérerais cela comme une mise en garde, voire même une menace.

— Dieu m'en garde, shérif. Oubliez tout cela. Je n'ai rien voulu dire de la sorte. Je sais simplement que mes serviteurs sont un peu nerveux, depuis quelque temps. Vous savez, il y a ces bandits, le cavalier de la nuit, tous ces meurtres et le reste. Nous vivons une époque de violence et de terreur.

Lord Saxton remarqua qu'une demi-douzaine d'hommes à la mine patibulaire étaient sortis derrière le shérif et attendaient près de la porte du baraquement. Ils le regardaient sans dissimuler leur curiosité, mais quelques-uns bientôt préférèrent dévisager Claudia avec des mines qui en disaient long.

— Je suis venue voir la fille du maire, dit la jeune fille avec irritation. Où se trouve-t-elle ?

Le shérif sembla ignorer sa question.

— Et vous, lord Saxton ? Êtes-vous également bien armé ? Il me semble que lors de notre dernière rencontre...

Il laissa sa phrase en suspens.

— Vous pouvez me fouiller, si vous le désirez, shérif. (Il tendit sa lourde canne, puis ouvrit son manteau et sa veste.) Je n'ai pas d'autres armes, à moins que vous découvriez quelque chose ayant échappé à mon attention.

Allan soupesa la canne dans sa paume.

— Une arme redoutable, en tout cas, fit-il tout en tentant vainement de dévisser le pommeau. Mais je vais vous la rendre. Si la tentation est trop forte, peut-être ne saurez-vous pas y résister et l'utiliserez-vous imprudemment...

Le shérif avait ajouté cette dernière remarque par-dessus son épaule.

Il lança la canne à lord Saxton et se mit à rire.

— Eh bien, fit lord Saxton, ainsi que l'a fait remarquer miss Talbot, il serait temps d'aller rendre visite à lady Saxton.

— Comme vous voudrez, milord, dit Parker qui prit le bras de Claudia. Si vous voulez bien me suivre, sir.

Un chemin avait été dégagé sur les marches menant à l'ancienne tour. Le shérif passa devant Claudia et lord Saxton pour ouvrir la porte de la salle intérieure où cinq hommes jouaient aux dés sur une table où l'on avait jeté une couverture. Quand le shérif entra, un des gardes se leva d'un bond : Haggard Bentworth lui-même ! Il s'avança pour les saluer, sans prendre garde que le pommeau de son épée se prenait dans la couverture qu'il entraîna avec lui, renversant les pièces, les dés et les gobelets de bière. Tout confus, il trébucha dans une chaise et tomba tête la première sur le shérif.

Parker jura et le repoussa. Pourquoi donc avait-il autorisé Haggard à venir ici ? Il se souvint que ce balourd était trop innocent ou trop stupide pour abuser de la prisonnière, et qu'il était, en fait, le seul à qui il pouvait la confier.

— Est-ce que je peux quelque chose, sir ? murmura le maladroit.

— Oui ! Me donner la clé de la cellule de lady Saxton.

Haggard s'exécuta.

— Allez faire préparer du thé et une collation pour nos visiteurs.

Tandis que Haggard s'éloignait, le shérif commença de gravir l'escalier en spirale.

— Par ici, je vous prie. Mais soyez prudents. Comme vous pouvez le constater, il n'y a pas de rampe.

Arrivé au haut des marches, le shérif lança d'une voix forte :

— Me revoici, milady.

Il poussait le battant, quand retentit une voix chargée de colère :

— Vous connaissez déjà ma réponse ! Et si vous ne me croyez pas, voici qui vous convaincra peut-être.

Parker se baissa pour esquiver le projectile, une tasse qui se brisa contre la porte. La tasse fut suivie d'une assiette, que le shérif réussit à écarter en vol. Il se précipita dans la pièce et ceintura la furie. Il la souleva et fit face avec elle à la porte que franchissait Claudia.

— Je vous amène de la compagnie, milady !

Erienne se débattit.

— Je n'ai pas plus besoin de la compagnie de miss Talbot que de...

Elle se tut brusquement en voyant apparaître lord Saxton.

— Non, non ! gémit-elle. Pourquoi êtes-vous venu ?

— Allons, est-ce là une façon d'accueillir son mari ? dit Parker d'un ton de feint reproche. Elle ne semble guère heureuse de vous voir, milord. Peut-être aurait-elle préféré recevoir la visite de Mr Seton ?

— Lâchez-la ! ordonna lord Saxton d'une voix impérieuse.

— Certainement, milord.

Erienne voulut se jeter dans les bras de son mari, mais ce dernier leva brusquement sa canne pour l'en empêcher.

— Restez où vous êtes, madame. Je ne me laisserai pas émouvoir par les pleurs d'une femme infidèle. (Sa voix était dure et Claudia sourit avec suffisance, comme il ajoutait :) Je suis venu entendre votre confession. Avez-vous couché avec ce Seton et êtes-vous enceinte de lui ?

Erienne comprit ce qu'il attendait d'elle. Elle devait jouer la comédie à l'intention des autres... Se tordant les mains, baissant la tête, elle murmura d'une voix tremblante :

— Il s'est montré si convaincant, milord ! Je n'ai pu lui résister. Il n'a eu de cesse que je ne lui aie cédé.

— Et l'aimez-vous ?

— Souhaitez-vous que je mente, milord, et que je vous réponde négativement ? Non, c'est avec joie que je passerais le reste de mes jours dans cette cellule si je savais qu'il est en sécurité. Et s'il se trouvait là, je l'implorerais de prendre la fuite avant d'être capturé.

— Je vous trouve bien généreuse, dit Claudia, moqueuse.

Après avoir jeté ses gants sur la table, elle s'avança vers Erienne d'une démarche arrogante et lança avec un petit rire narquois :

— Seriez-vous toujours aussi généreuse si vous saviez que votre cher amant a eu bien d'autres aventures avec les femmes des environs ?

Lord Saxton vint se placer face à Claudia, mais elle domina sa peur et poursuivit :

— Molly déclare avoir surpris une fille dans le lit de Seton, à l'auberge et, selon elle, il en semblait très épris.

— A en croire les rumeurs, miss Talbot, vous n'auriez pas été insensible à ses charmes, vous non plus, fit sèchement lord Saxton. Est-il vrai que vous avez reçu cet homme en l'absence de votre père ?

— Certainement pas ! Allan peut se porter garant pour les nuits où mon père était parti ! Il... (Elle s'interrompit, en prenant conscience de ce qu'elle venait de révéler.) Je veux dire... qu'il est passé au manoir, pour s'assurer que tout allait bien.

Allan, soulagé, sourit à la ronde.

— Pardonnez-moi, mes devoirs m'appellent et je dois vous laisser quelques instants. (Sur le seuil de la cellule, il se retourna :) Comme vous avez pu le constater, il y a des gardes, en bas. Si vous avez besoin de quoi que ce soit, ils s'empresseront de vous satisfaire.

Il ouvrit la porte et dut faire un bond de côté pour éviter Haggard qui apportait un plateau chargé de tasses et d'une théière. L'homme venait de trébucher et entra en trombe, réussissant cependant à poser sans dommages le plateau sur la table.

— J'ai apporté le thé ! annonça-t-il, triomphant. Le repas suivra dans un moment.

Allan Parker parvint à se dominer et fit signe à Haggard de sortir.

— Vous ne voulez pas que je monte la garde derrière la porte, sir ? proposa l'homme avec empressement. Au cas où la lady voudrait quelque chose ?

— Soit, Haggard, soit !

La porte fut refermée et la lourde barre remise en place. Claudia se déplaça dans la cellule qu'elle parcourut d'un regard méprisant.

— Vous êtes vraiment tombée bien bas depuis notre dernière rencontre, ma chère. C'était le soir du bal donné en mon honneur, où vous avez fait scandale en vous jetant littéralement dans les bras de Christopher. (Elle se tourna pour défier sa rivale :) Mais où se trouve votre amant, à présent ? Il ne semble guère pressé de venir à votre secours.

Lord Saxton paraissait ignorer sa présence. Avec douceur, il releva du doigt le visage meurtri de son épouse pour examiner l'ecchymose. Erienne se pencha vers lui. Elle aurait voulu le caresser, mais elle dut se contenter de le regarder avec tendresse.

— Ils semblent avoir traité un peu durement votre femme, fit remarquer Claudia, irritée par le manque d'attention du couple. Elle le méritait, cependant, pour vous avoir ainsi bafoué. Se faire engrosser par ce bandit de Seton ! D'ailleurs, comment savoir combien d'hommes elle a accueillis dans son lit ? S'agit-il bien de l'enfant du Yankee ? Enfin, c'est probablement sans importance. Elle reconnaît qu'elle a couché avec Christopher… (le maître de Saxton Hall vint la rejoindre près de la fenêtre et ce fut d'une voix plus faible qu'elle acheva sa phrase :)… et qu'elle vous a trompé.

— Trompé ? Miss Talbot, voudriez-vous m'expliquer comment une femme pourrait tromper son mari avec lui-même ?

Claudia se retourna et le vit lever une main gantée vers son cou et dénouer les lacets. Elle eût voulu prendre la fuite, mais il lui barrait le passage et, pétrifiée, elle regarda le masque glisser, révélant le beau visage de Christopher Seton.

— Miss Talbot ! dit-il sur un ton moqueur.

— Mais, où est… lord Saxton ?

Christopher fit un large geste de la main et s'inclina.

— Pour vous servir.

— Lord Saxton ? répéta-t-elle, encore plus déconcertée. Vous… ? Mais il… C'est un infirme.

— Une simple ruse, Claudia. Je ne suis pas le moins du monde infirme.

Elle comprit la situation.

— Si vous croyez pouvoir vous enfuir d'ici avec votre maîtresse, vous vous trompez lourdement.

— Pas ma maîtresse ! Erienne est mon épouse légitime. Elle porte mon enfant, et n'a couché avec aucun autre homme. De cela, je suis certain.

— L'épouse d'un renégat dont la mort ne saurait tarder ! rétorqua sèchement Claudia.

Elle voulut crier, mais n'en eut pas le temps. Christopher saisit sa canne et ôta d'une chiquenaude le cran de sûreté pour en sortir une rapière à la lame acérée. Claudia vit l'épée pointée sur elle.

— Je n'ai encore jamais tué de femme, miss Talbot. Mais j'avoue n'avoir jamais été soumis à une tentation aussi forte. Je vous conseille en conséquence de ne pas faire de bruit.

Ce fut d'une voix tremblante qu'elle demanda :

— Qu'allez-vous faire ?

— Je suis venu libérer ma femme, miss Talbot, et vous allez m'y aider.

— Moi ? Que pourrais-je faire ?

— On dit que la sagesse vient à ceux qui l'appellent, dit Christopher, de plus en plus souriant. Miss Talbot, voudriez-vous avoir l'obligeance d'ôter votre chapeau ?

Claudia obéit, sans comprendre.

— Et maintenant, miss Talbot, je vous demanderai d'en faire autant avec votre robe, si cela ne vous ennuie pas. (Il ignora son petit cri d'indignation et se tourna vers son épouse.) Erienne, nous devons tirer parti de votre vague ressemblance à toutes deux. Je vois bien que ses vêtements sont d'une couleur fort vulgaire, mais accepteriez-vous de les porter malgré tout ?

Un sourire et un rapide hochement de tête lui apportèrent l'acquiescement d'Erienne.

— Ma chère Claudia, ne craignez surtout pas que je puisse être troublé par ce que vous pourriez me montrer. Mais j'insiste. Votre robe, s'il vous plaît.

Elle le foudroya du regard, mais s'exécuta, la rage au cœur. Elle défit agrafes et lacets.

Christopher tendit la main et Erienne y déposa le cordon qui avait servi à lier ses poignets. Dès que la robe de Claudia eut glissé sur le sol, Christopher lui croisa les bras et les attacha.

— Dès que vous aurez quitté cette pièce, ils vous reconnaîtront et vous abattront tous les deux, siffla-t-elle avec fureur.

— Je préfère courir les risques d'une évasion plutôt que d'attendre ici qu'on vienne nous assassiner !

Il tendit de nouveau la main et, cette fois, Erienne y déposa le morceau de tissu qui l'avait réduite au silence, lors de son enlèvement. Quelques instants plus tard, Claudia était bâillonnée.

Christopher lança un regard en direction de la porte et fut heureux de découvrir, par la lucarne, le dos de Haggard. Il couvrit les épaules de Claudia de son manteau, puis plaça son masque de cuir sur la tête de la jeune femme. Il guida ensuite sa prisonnière vers la table et la fit asseoir dans un fauteuil, dos à la porte. Erienne déchira ses jupons pour en faire des bandes dont Christopher se servit pour ligoter Claudia au siège. Il acheva de draper le manteau autour d'elle. Il agita son épée devant le masque, là où la captive ne pouvait manquer de la voir.

— Maintenant, silence ! murmura-t-il. Au moindre bruit, votre père ne vous survivra que de quelques heures.

Derrière le masque de cuir, les yeux de Claudia suivirent l'homme qui revint vers le lit et tendit les bras à son épouse. Elle s'y réfugia, et leurs lèvres s'unirent en un long baiser.

— Oh, mon amour ! chuchota Erienne. Je redoutais de vous voir, tout en espérant votre venue.

— Je ne m'étais pas attendu à cela de la part de votre père, mais il en répondra, je vous le promets.

— Il n'est pas mon véritable père.

Quand elle lui eut, en quelques mots, révélé la vérité, Christopher écarta avec douceur une boucle de cheveux de la joue d'Erienne.

— Je savais que vous étiez trop belle et trop noble pour être la fille de cet homme. Il n'empêche, je lui ferai payer tout cela.

— C'est sans importance, Christopher. Dès l'instant où je vous ai auprès de moi, rien d'autre ne m'importe.

— Une chose doit pourtant nous importer : notre évasion. Il faut nous préparer.

Il s'écarta pour ôter sa veste et son gilet, puis retira de sa botte droite le coin de bois qui déviait sa chaussure.

Erienne n'était parvenue à défaire que quelques boutons de son corsage, quand Haggard annonça :

— Le shérif !

Erienne saisit les vêtements de son mari ainsi que la robe de Claudia, et jeta le tout dans l'alcôve. Puis elle essaya en hâte de refermer son corsage pendant que Christopher allait se coller au mur, à côté de la porte. Erienne renonça à reboutonner sa robe et vint s'asseoir à la table, en face de Claudia, pour servir le thé.

Le shérif gravit les dernières marches et s'adressa à Haggard :

— Tout va bien ?

— Oui, sir ! s'entendit-il répondre d'une voix ferme.

Allan Parker vint regarder par la lucarne, sans ouvrir la porte, et tressaillit.

— Où est Claudia ?

Erienne marcha vers la porte. Elle désigna l'alcôve avec embarras.

— Claudia est indisposée. La fatigue du voyage, sans doute, fit-elle avant de désigner de la tête le personnage masqué qui tournait le dos à la porte. Lord Saxton est légèrement souffrant, lui aussi.

— Facile d'en comprendre la raison, répondit le shérif. Et vous, lady Erienne, avez-vous réfléchi à ma proposition ? Lord Talbot sera là dans une heure environ et il faut maintenant vous décider.

— Chut ! fit Erienne en adressant un regard à la silhouette masquée. Il va vous entendre.

— C'est sans importance.

Elle lui adressa un regard inquisiteur :

— Que voulez-vous dire ?

Parker haussa les épaules.

— Je suis curieux de découvrir ce que dissimule le masque de votre mari. Croyez-moi, j'aurai vu ce qui se cache derrière avant qu'il ne quitte les lieux.

Erienne se tordit les mains avec nervosité.

— Je suis certaine que ce que vous découvrirez ne vous plaira guère.

— Qu'importe, dès l'instant où ma curiosité aura été assouvie ! (Il fit demi-tour et s'adressa à Haggard :) Appelez-moi, quand miss Talbot voudra partir.

Il se hâta de redescendre et Haggard reprit son poste. Erienne soupira et se tourna vers son mari pour prendre la robe cramoisie.

— Vite, à présent ! murmura-t-il sur un ton pressant.

Claudia tira sur ses liens, et Christopher alla s'asseoir dans le fauteuil qui faisait face à celui de Claudia, attendant que sa femme eût fini de se vêtir. Erienne, après avoir passé la robe, remonta hâtivement ses cheveux et les fixa avec des épingles. Elle posa enfin sur sa tête le chapeau de Claudia.

— Comment suis-je ?

— Cette couleur finalement vous sied à ravir, ma chérie.

La voix de Haggard retentit :

— Voici le repas !

Erienne alla se placer à côté de la fenêtre, détournant le visage, pendant que Christopher prenait sa canne et gagnait l'alcôve. La clé tourna dans la serrure et la porte s'ouvrit sur deux hommes. L'un entra avec un plateau et l'autre demeura sur le seuil, près de Haggard.

— Va poser la nourriture sur la table, ordonna Haggard. Et toi, ajouta-t-il à l'intention de l'autre homme, je te conseille de tenir à l'œil lord Saxton. Un homme qui porte un masque a toujours quelque chose à cacher.

Ce conseil échappa totalement à l'homme qui pénétra dans la pièce, fasciné par la silhouette féminine vêtue de rouge. Il s'approcha d'elle.

— Je m'appelle Irving..., miss Talbot. Et j' voudrais vous dire que j' vous trouve bien belle.

L'autre homme plaçait le plateau sur la table et était sur le point de disposer les bols, quand il nota que la personne assise remuait nerveusement. Le manteau glissa pour révéler d'insolites jupons et la tête masquée s'agita avec vigueur.

Poussé par la curiosité, le bandit se pencha dans l'intention de retirer le masque. Il n'entendit pas qu'on marchait derrière lui. Le coup de canne qu'il reçut sur la nuque le fit brusquement basculer dans l'univers des ténèbres et, avant même d'atteindre le sol, il fut empoigné et jeté dans l'alcôve.

Erienne tenta de sourire au dénommé Irving, mais celui-ci, alerté par le bruit, se retourna au moment où les bottes de son compagnon disparaissaient dans l'alcôve.

— Eh ! Qu'est-ce que tu fiches ?

Il tira son pistolet de sa ceinture. Haggard suivit son exemple pendant qu'Erienne se saisissait de l'accoudoir d'un fauteuil brisé. Elle ne savait quel homme elle devait assommer en premier, mais comme Haggard était le plus proche, ce fut sur lui qu'elle jeta son dévolu. Elle levait son arme improvisée, quand elle fut stupéfaite de voir Haggard assener un coup de crosse sur le crâne d'Irving. L'homme glissa sur le sol. Adressant un sourire à Erienne, Haggard lui prit rapidement le pistolet des mains et lança l'arme à Christopher.

— Combien en reste-t-il ? demanda Christopher tout en s'assurant que l'arme était chargée.

— Trois au rez-de-chaussée. Parker est probablement dans le baraquement, avec les autres.

Christopher n'avait rien perdu de l'ébahissement de sa femme.

— Au cas où cela n'aurait pas été fait, ma chérie, je vous présente Haggard Bentworth. Bien que nul ne le connaisse en tant que tel, il était un des serviteurs de mon frère. Et le plus loyal, c'est certain.

Luttant pour retenir des larmes d'émotion, Erienne tendit la main à l'homme, qui la prit et inclina la tête.

— Croyez, madame, que j'aurais aimé vous rassurer plus tôt. (Il se tourna vers Christopher et haussa légèrement les épaules.) Il m'a été impossible de m'éclipser pour venir vous informer, milord. Ces bandits se méfiaient de moi.

— Votre cœur ne devait pas être assez noir à leur goût ! fit Christopher en souriant. Mais il serait temps de faire monter un autre de ces forbans, afin de réduire le nombre de ceux qu'il nous reste à affronter.

Haggard prit le gilet de l'homme évanoui et Christopher s'en revêtit. Ils jetèrent Irving dans l'alcôve, à côté de son compagnon.

Du haut de l'escalier, Haggard lança :

— Hé, les gars, miss Talbot voudrait du vin ! Allez chercher une des bouteilles qu'on a mises de côté pour Sa Seigneurie.

Des pas lourds bientôt gravirent les marches. Un homme à la forte carrure s'arrêta sur le seuil et tendit la bouteille. Il ne semblait pas vouloir entrer mais Haggard désigna la silhouette féminine, près de la fenêtre.

— Miss Talbot voudrait te parler.

L'homme repoussa son chapeau et parcourut la pièce du regard :

— Où sont Irving et Bates ?

Haggard désigna de la tête l'endroit où Christopher se collait au mur, à côté de la porte.

— Ils sont là.

L'homme entra. Sa tête fut projetée en arrière par le poing qui vint à sa rencontre et, pour faire bonne mesure, Christopher abattit avec force la crosse de son pistolet sur son crâne. Il rattrapa le corps et le tira dans l'alcôve. Puis il saisit le chapeau de sa victime, et l'enfonça sur sa tête.

— Il en reste deux, n'est-ce pas ? demanda-t-il à Haggard tout en glissant le pistolet dans sa ceinture. Alors, mettons-nous à l'ouvrage sans plus attendre.

Ils quittèrent la pièce et Christopher laissa Haggard passer en premier. Erienne attendit dans la cellule, tendue. Elle entendit leurs rires se mêler, comme ils atteignaient le rez-de-chaussée.

Un seul garde releva les yeux en entendant arriver Haggard.

— Allons, viens, Haggie. On a besoin de ton argent pour rendre la partie intéressante.

L'autre homme se tourna et ne put pousser qu'un petit cri d'avertissement avant que le poing de Christopher l'atteigne. Il s'étala sur le sol tandis que Haggard réglait son compte à son partenaire de jeu.

Christopher collectionnait les armes, qu'il glissait dans sa ceinture. Il regagna la cellule de la tour avec Haggard, et le visage d'Erienne se détendit. Prenant sa main et l'entraînant, Christopher alla s'adosser à la table, en face de Claudia.

— Le moment est venu de vous quitter, miss Talbot. Vous pouvez garder mon masque et mon manteau... en souvenir de notre gratitude impérissable. Lorsque votre père arrivera, montrez-les-lui et ne manquez pas de lui dire que lord Christopher Stuart Saxton est venu dans cette contrée pour venger la mort de son frère et de son père. C'est sa soif de puissance et de richesse qui aura conduit lord Talbot à sa perte.

Claudia le foudroya du regard à travers les fentes du masque et, si ses yeux avaient pu tuer, Christopher se serait effondré, mort, sur le sol.

Il effleura son front de ses doigts, en guise de salut désinvolte.

— Passez une excellente journée, miss Talbot.

*
**

Dans le baraquement, un des bandits, adossé au montant de la porte ouverte, vit deux hommes et une femme quitter la tour.

— Hé, regardez-moi ça ! fit-il en riant. Haggard ne peut

pas faire trois pas sans trébucher. Bon sang, il a failli entrer dans le cul de la Talbot.

— Elle ne mérite rien d'autre, marmonna Parker.

Il avait sommeillé devant la cheminée, attendant le retour de Haggard.

Un moment s'écoula, puis l'homme rit de nouveau.

— Et il remet ça. J' suis sûr qu'il va finir par s' tuer avant d'atteindre les portes du château !

— Les portes du château ? répéta Allan qui se leva d'un bond. La voiture des Talbot est dans l'écurie, voyons ! (Il courut à la porte.) Imbécile ! Ce n'est pas Claudia mais lady Saxton, avec... ce maudit Seton ! Comment diable a-t-il... ? Aux armes, bande d'idiots ! Aux armes, j'ai dit ! Ils s'échappent.

Ce fut l'affolement général parmi les hommes, avec cris et jurons. Ce remue-ménage avertit les fuyards, qui avaient presque atteint les portes et se mirent à courir. Erienne releva sa robe et le chapeau rouge s'envola sans qu'elle le remarquât.

Dès qu'ils furent hors de l'enceinte, Christopher émit un sifflement strident qui traversa le silence de la campagne environnante.

— Courez ! cria-t-il à ses compagnons. La voiture va venir nous chercher et je vais essayer de retarder ces bandits !

— Oh, je vous en supplie, Christopher, venez avec nous !

— Haggard, occupez-vous d'elle ! ordonna-t-il.

L'homme prit le bras d'Erienne et obligea la jeune femme à courir. Christopher s'arrêta presque aussitôt et leva un des pistolets. La balle pénétra dans le baraquement et rata de peu Parker qui rassemblait ses hommes. Une autre balle siffla, incitant les bandits à se mettre à couvert.

— Debout, lâches ! cria Allan en constatant que les coups de feu avaient cessé. A cheval ! Rattrapez-les !

Bouillant de rage, il leva son arme et tira dans le plafond de bois, afin de se faire obéir.

— Poursuivez-les, bon Dieu ! Sinon, la prochaine balle sera pour l'un de vous !

Ils se précipitèrent vers la porte et coururent vers les chevaux.

Les chaussures d'Erienne n'étaient pas faites pour la course, mais elle surprit Haggard par sa rapidité dès que Christopher se mit à les suivre. Il les rattrapait lorsque la voiture sortit du couvert des arbres. Tanner avait lancé l'attelage et approchait. Le cœur d'Erienne cessa de battre lorsqu'elle constata que Christopher s'était de nouveau arrêté, à une quarantaine de mètres au-delà des douves. Trois cavaliers franchissaient au galop le pont et la balle d'un mousquet laboura le sol près de lui, puis une autre siffla au-dessus de sa tête. Christopher visa enfin. L'arme rugit et le cavalier de tête fut arraché de sa monture. Ses compagnons, affolés par la précision du tir, sautèrent de leur selle et plongèrent tête la première dans une ravine.

La voiture arriva et Tanner tira sur les rênes, tout en serrant le frein. L'attelage s'immobilisa.

— Où est lord Saxton ? cria Tanner.

— C'est lord Saxton ! répondit Bundy en désignant Christopher qui les rejoignait à grandes enjambées. C'est lui, sans son masque.

— Mais, c'est...

— Saxton !

Il saisit deux longs fusils posés à son côté et les lança à Christopher qui s'arrêta près d'eux.

Si certains hommes couraient toujours pour rattraper leurs chevaux dans la cour du château, d'autres déjà étaient en selle et se ruaient à la charge, franchissant le pont. Christopher s'agenouilla dans la poussière, à côté de la voiture, pendant que Haggard faisait monter Erienne. Il porta rapidement le fusil à son épaule et déjà l'un des hommes criait et vidait les étriers. Christopher épaula l'autre arme, et un second bandit roula dans la poussière.

Haggard monta dans le véhicule, suivi de son maître. Ses pieds venaient à peine de quitter le sol que Tanner faisait claquer les rênes et que la voiture s'ébranlait.

Le shérif tendit le bras pour désigner le carrosse qui s'éloignait.

— Poursuivez-les ! Je sais où ils vont, mais je ne veux pas que vous leur laissiez le moindre répit ! (Comme d'autres hommes sautaient en selle, il hurla à l'un d'eux :) Va chercher des renforts ! Et venez nous rejoindre à Saxton Hall ! Je vous suivrai dès que je me serai occupé de la fille de Talbot !

Les dents serrées, Parker traversa la cour à grands pas pour gagner la tour. Il était au service de lord Talbot depuis cinq ans, même s'il n'était shérif que depuis trois années. Il s'était agi d'une couverture dont ils avaient tous deux bien ri. C'était lui qui avait eu l'idée d'incendier l'aile du manoir, après qu'Edmund Saxton l'eut reconnu à la tête des bandits. Talbot avait approuvé son initiative, car il haïssait depuis toujours les Saxton et convoitait leurs terres. Une vingtaine d'années plus tôt, Sa Seigneurie avait personnellement organisé l'attaque de Saxton Hall, et tué Broderick Saxton. Si Talbot avait à la cour des amis puissants, il semblait que les Saxton, aujourd'hui, ne manquaient pas, eux non plus, de sérieux appuis.

En dépit des efforts de Talbot, la situation se détériorait et Christopher Seton en était le principal responsable. A peine avait-il abordé sur cette côte nordique qu'il avait commencé à les harceler et à faire échouer leurs projets. Il avait si bien terrorisé Timmy Sears que ce matamore était venu voir Parker pour lui répéter ce qu'il avait avoué au cavalier de la nuit. Il avait tu les noms de ses chefs, mais il était nécessaire de l'éliminer avant qu'il ne parle davantage. Ben Mose savait plus de choses qu'il ne l'aurait dû, lui aussi, et c'est pour cela qu'on l'avait tué. A présent que Saxton allait vouloir venger l'enlèvement de son épouse, leurs ennuis s'aggraveraient encore. Mais Claudia représentait le premier problème qu'il devait régler.

Parker gravit les marches quatre à quatre et pénétra dans la cellule. Épée dégainée, il s'approcha de la silhouette immobile près de la table. Il arracha la cagoule de cuir d'un geste rapide et défit le bâillon.

— Espèce d'idiot ! cria Claudia. Ne pouviez-vous pas deviner que Christopher se jouait de vous ? Lord Saxton et lui ne font qu'un !

Mais naturellement ! Pourquoi n'y avait-il pas pensé lui-même ? Timmy Sears n'avait-il pas dit que le cavalier de la nuit n'était autre que le lord de Saxton Hall revenu d'entre les morts ? Comme un imbécile, il s'était laissé duper par les tours de cet homme aux multiples visages !

Claudia repoussa le long manteau noir, saisit la robe bleue moirée qu'Erienne avait abandonnée, et la fit glisser sur elle.

— Je veux voir ce misérable écartelé avant la fin de ce jour ! déclara-t-elle d'une voix qu'étouffait le tissu.

La robe recouvrit les jupons de Claudia qui leva les mains pour boutonner le corsage. Son visage s'empourpra lorsqu'elle constata que les deux bords refusaient de se rejoindre autour de sa taille.

— Aidez-moi ! fit-elle sèchement.

— Je crains de ne pas en avoir le temps, répliqua-t-il en s'abstenant de préciser que c'était de toute façon une tâche impossible à mener à bien.

Un instant plus tard, ils couraient vers la voiture des Talbot et Allan insista opiniâtrement pour que la jeune femme rentre chez elle.

— Non ! Je veux voir la tête que fera Erienne quand vous abattrez son mari.

Allan haussa les épaules.

— Vous avez votre voiture et il m'est donc impossible

de vous en empêcher, mais c'est moi que votre père tiendra pour responsable s'il vous arrive quelque chose.

Claudia releva légèrement la tête, avant d'arborer un sourire plein d'arrogance.

— Voilà au moins une chose qu'on ne pourra pas vous reprocher. Mon père arrive, et il m'emmènera.

Allan soupira de soulagement et se porta à la rencontre de la voiture qui franchissait les portes du château. Lord Talbot se pencha à la fenêtre.

— Est-ce bien la voiture des Saxton que j'ai croisée sur la route ?

— Oui ! Et nous devons la poursuivre. Lord Saxton et Christopher Seton ne font qu'un.

Le hoquet qui s'éleva en même temps que le juron de Talbot les incita tous trois à pivoter sur eux-mêmes.

— Qu'était-ce ? aboya Talbot, en regardant autour de lui. Le bruit semblait provenir de l'arrière de la voiture.

— Sans importance ! Nous devons partir sans attendre, si nous voulons arriver à Saxton Hall en même temps que nos hommes.

— Je t'accompagne, père ! déclara Claudia, prête à ouvrir la portière.

— Tu es enragée !

— Oui, enragée !

Elle ouvrit violemment la portière qui heurta la caisse du véhicule, et le fracas résonna dans les oreilles d'Avery Fleming, toujours dissimulé dans la malle.

— Damnation, ma fille ! Serais-tu devenue folle ? rugit Talbot.

— A présent, je hais les Saxton autant que toi, père. Et tu ne me priveras pas du plaisir d'assister à la mort de Christopher Seton ! Pousse-toi ! Tu sais que j'ai horreur de ne pas être dans le sens de la marche.

Talbot avait imposé sa volonté à bien des hommes mais, une fois de plus, il ne parvint pas à se faire obéir de cette enfant gâtée. Il recula et fit une place à sa fille.

La voiture traversa le pont et retrouva la route avec une secousse violente qui fit claquer les dents d'Avery et renaître la douleur de son corps meurtri. Il fallit gémir, mais craignit d'être entendu. Aussi souffrit-il en silence... pour une fois.

*
**

L'attelage des Saxton galopait, toujours suivi par la horde des cavaliers. Christopher avait ordonné à Tanner de ralentir l'allure des chevaux : Saxton Hall était loin encore. Les poursuivants avaient gagné du terrain, mais les fusils américains à longue portée leur avaient inspiré une certaine prudence. Ces armes semblaient pouvoir les arracher de leurs selles au gré de lord Saxton.

A cette allure moins rapide, il ne fallut guère de temps au shérif, qui avait devancé la voiture des Talbot, pour rattraper les premiers poursuivants des Saxton. Claudia laissa échapper un gloussement de joie :

— Nous les tenons ! s'exclama-t-elle en secouant énergiquement le bras de son père. Ils ne pourront pas nous échapper.

Nigel Talbot exultait, bien sûr, mais il se demandait pourquoi ses hommes n'avaient pas encore contraint la voiture à s'arrêter. Se penchant à la fenêtre, il vit que le shérif serrait la bride à sa monture afin de demeurer au côté de ses hommes, au lieu de mener l'attaque. Que Parker n'eût pas mis à profit l'avantage du nombre fit bouillir de rage lord Talbot.

Il lança un ordre au cocher, qui obéit en pressant les chevaux.

— Pourquoi vos hommes ne les ont-ils pas déjà arrêtés ? cria lord Talbot à Parker, à la hauteur de la voiture. Vous avez des armes ! Utilisez-les donc pour abattre le cocher.

— Pistolets et mousquets sont inutiles, répondit Parker. Chaque fois qu'un homme tente de s'approcher, Saxton l'abat avec un de ces maudits fusils dont Avery nous a parlé.

— Malédiction ! marmonna lord Talbot. Il n'y a donc personne parmi vous qui accepterait de courir ce risque ?

Parker avait été trop souvent la cible des quolibets de ses hommes, lorsqu'il leur avait ordonné de risquer leur vie, pour ne pas rétorquer :

— Je vous invite à essayer vous-même, milord.

Le visage empourpré de colère, Talbot décida de relever le défi, sans pour autant mettre sa vie en péril.

— Faites installer un tireur d'élite sur le toit de ma voiture, et chargez un Brown Bess avec une double dose de poudre. La puissance du tir devrait normalement permettre d'atteindre le cocher.

Parker obéit, tout en doutant d'obtenir les résultats escomptés. Un homme muni d'un mousquet de gros calibre sauta de sa monture et grimpa sur la voiture de lord Talbot. Il tira, mais l'arme explosa et projeta le bandit en arrière.

— Que s'est-il passé ? demanda Claudia avec impatience. A-t-il tué le cocher ? Les a-t-il arrêtés ?

— Disposeriez-vous d'un canon, milord ? s'enquit Parker ironiquement. Je crains que seule une pièce d'artillerie soit à la hauteur de la tâche.

Talbot renonça et se contenta de suivre.

C'est ainsi qu'ils pénétrèrent sur les terres de Saxton Hall. Les métayers se figeaient pour assister bouche bée à la poursuite. Ce fut la détonation qui jaillit de la voiture des Saxton et la chute d'un brigand qui leur firent comprendre la gravité de la situation. La colère grandit dans leurs cœurs. Ils saisirent fourches, haches, faux, gourdins, vieux mousquets, et un étrange assortiment de tout ce qui pouvait éventuellement faire office d'arme. Ils se précipitèrent en direction du manoir.

La voiture des Saxton atteignit la porte de la tour et s'immobilisa. Pendant que Haggard et Bundy tenaient à distance la horde qui chargeait, Christopher sauta à terre.

Il aida Erienne à descendre et conduisit sa femme vers la porte, suivi de Bundy et de Haggard.

Dans la grande salle, ils furent accueillis par Paine qui semblait surpris de voir Christopher Seton en lieu et place du maître de maison. Derrière lui, Aggie pleurait dans son tablier. Tessie restait en retrait, visiblement heureuse de voir sa maîtresse. Elle eut pitié cependant de l'intendante.

— Allons, allons, Aggie, fit-elle sur un ton apaisant, tout en lui tapotant l'épaule, le maître rentrera bientôt, soyez-en certaine. Ne vous tourmentez pas.

Aggie releva vers elle des yeux emplis de larmes :

— Mais de quoi parlez-vous donc ? Le maître est bien là : lord Christopher Saxton.

— Oh !

Les yeux de Tessie se portèrent sur celui qui ordonnait à Bundy et à Haggard de prendre position derrière les fenêtres.

Christopher fit courir son regard sur les visages qui l'entouraient et prit sa femme entre ses bras. Même le cuisinier était présent.

— Ceux d'entre vous qui le désirent sont libres de partir. Erienne vous conduira en sécurité par un passage très sûr.

— Non ! s'exclamèrent en même temps les serviteurs.

— Vous devez aussi savoir que je suis le cavalier de la nuit, dit Christopher à ceux qui étaient toujours en proie à la confusion. Je suis l'homme que recherche le shérif, mais ma cause est juste. Je me suis juré d'avoir raison des voleurs dont Allan Parker et lord Talbot sont les chefs. Ils ont assassiné mon père et incendié l'aile du manoir, provoquant la mort de mon frère. Je veux qu'ils cessent de faire régner la terreur.

— Êtes-vous vraiment lord Saxton ? s'enquit timidement Tessie.

Erienne rit et, passant les bras autour de la taille de son mari, se serra contre lui.

— Je sais qu'il est difficile de le croire, mais cet homme

ne fait qu'un avec le personnage qui a failli nous faire perdre la raison tant il nous terrorisait.

Un coup de feu s'éleva au-dehors et attira leur attention sur des problèmes plus pressants. Chacun saisit rapidement son arme. Et, pendant qu'Erienne chargeait un pistolet et faisait feu, elle remarqua que le regard de Christopher restait rivé sur elle.

— Ma femme adorée, murmura-t-il doucement, je serai probablement fort occupé dans les instants qui vont suivre. Pour solide qu'elle soit, la porte principale ne pourra résister et ils ne tarderont guère à l'enfoncer. Je serais très heureux que vous...

Il n'avait pas achevé sa phrase qu'Erienne secouait la tête. Elle ne ressentait aucune peur.

— Je resterai auprès de vous. (Elle tapota le pistolet du bout du doigt :) L'homme qui vous veut tant de mal mourra aujourd'hui. J'y veillerai.

La dureté de son regard rendit Christopher heureux qu'elle fût sa femme, et non son ennemie.

***

Une bataille farouche s'engagea entre les défenseurs et les assaillants. Talbot se tenait sous le couvert de quelques arbres, non loin de la demeure. Il était en sécurité, à l'écart de la bataille, tout en se trouvant assez près pour s'attribuer la victoire qu'il jugeait proche. Il observait la scène avec un sourire satisfait, pendant que Claudia, de la voiture, suivait les événements. Ni l'un ni l'autre n'avaient remarqué l'homme qui, de la malle, lorgnait la scène. Avery prenait bien soin de demeurer caché, de peur qu'on lui demandât de prendre part à l'assaut.

La porte se rompit sous l'attaque. Les hommes qui se serraient derrière le bouclier de bois éclatèrent de rire : les prochains coups leur permettraient de pénétrer dans la demeure. Parker se tenait derrière eux, les pressant. Puis il nota du coin des yeux des taches colorées qui traversaient un champ proche. Des paysans en colère les chargeaient en brandissant leurs armes improvisées.

— Hâtez-vous d'ouvrir cette maudite porte ! cria-t-il.

Le bélier heurta les planches une dernière fois et le panneau de bois céda.

A l'intérieur du bâtiment, la première vague d'assaillants fut arrêtée par un tir nourri. Plusieurs bandits tombèrent, mais leurs compagnons poursuivirent la charge, pendant que Christopher, Haggard et Bundy se repliaient dans la grande salle. Arrivés là, les brigands furent immédiatement confrontés à une autre forme de résistance : des poêles et des casseroles volèrent vers eux. Aggie et Paine se trouvaient au centre de la mêlée, pendant que le cuisinier cherchait une bonne cible pour son long couteau. Les hommes en tête de l'assaut devaient affronter les coups d'épée de lord Saxton et les moulinets de Bundy et de Haggard. Parker se fraya un passage au sein des combattants. Sa proie était lady Erienne, dont la capture assurerait une reddition sans condition de l'adversaire, mais un pas dans sa direction lui fit faire face au maître des lieux et à sa longue claymore.

— L'heure de régler nos comptes est venue, lord Saxton, annonça le shérif en tirant sa dague.

— Oui ! rétorqua Christopher avec un grand sourire. Vous avez trop longtemps ravagé cette contrée et échappé à votre châtiment. Vous avez enlevé ma femme et l'avez gardée captive, dans le but de m'attirer jusqu'à vous. Oui ! Votre heure est venue !

Erienne ne put s'empêcher de frémir en voyant son mari défier l'ennemi.

— La mort, milord shérif, lança Christopher. La mort !

Parker attaqua en faisant appel à toute son adresse. Il utilisait son épée pour frapper de taille et d'estoc. La longue lame de la claymore, aussi lourde que celle de l'épée mais possédant un double tranchant, parait ses assauts, esquivait et attaquait à son tour.

La salle résonnait du ferraillement. Y faisait écho la bataille qui se déroulait près de l'cntrée. Talbot, qui se tournait en tous sens, aperçut le couteau menaçant du cuisinier et, n'aimant guère que du sang fût versé dès l'instant où il s'agissait du sien, il leva sa canne et l'abattit sur le crâne de l'homme qui tomba à genoux. Talbot comprit que ses chances de survie se trouvaient au-dehors, où les paysans se voyaient contraints de reculer. Mais lorsqu'il se retourna, il changea de visage : une horde gravissait la colline pour venir prêter main-forte aux métayers. Le groupe était conduit par Farrell et par un inconnu vêtu d'un manteau bleu. Ces hommes ressemblaient à des marins, et il fut bientôt évident que c'étaient des combattants expérimentés. Talbot regagna la grande salle et saisit le couteau du cuisinier. Haggard, Bundy et les autres serviteurs étaient bien trop occupés à se battre pour remarquer ce qu'il faisait. Les yeux de lord Talbot se posèrent presque avec joie sur le dos de Christopher Seton qui se mesurait à Parker. Talbot se lança à l'attaque.

Un grondement emplit brusquement la salle — Erienne venait de mettre sa menace à exécution. Talbot fut projeté en arrière par l'impact de la balle du pistolet et Christopher, surpris, regarda derrière lui pour voir l'homme s'effondrer sur le sol. Le shérif pensa qu'il pouvait tirer avantage de cette diversion et se fendit pour porter un coup à son adversaire, mais son épée fut rabattue par la claymore de Christopher qui s'était retourné à temps.

Il attaqua. Une douleur aiguë transperça le bras gauche du shérif, et sa dague tomba sur le sol. Parker recula d'un pas pour parer une seconde attaque, puis esquiver latéralement une troisième. Mais son adversaire ne lui laissait aucun répit, et Parker grimaça en constatant l'inefficacité de ses parades. Il sentit à peine le coup d'estoc qui glissa entre ses côtes et transperça son cœur. Ses forces l'abandonnèrent alors qu'il regardait Christopher avec surprise, puis les ténèbres s'abattirent sur lui.

Christopher parcourut du regard la salle, à présent plongée dans le silence. Les quelques brigands encore en vie étaient refoulés vers l'extérieur à la pointe de l'épée de Haggard Bentworth, et il était clair à son regard qu'il ne plaisantait pas. Christopher jeta la claymore et prit dans ses bras Erienne, qui se mit à sangloter doucement contre sa poitrine.

— Je dois vous remercier pour avoir défendu mes arrières, madame, murmura-t-il sans écarter sa bouche des cheveux de son épouse. Grâce à vous, notre enfant aura un père.

Les pleurs d'Erienne redoublèrent. Elle se libérait de la peur qui s'était accumulée en elle.

Elle se calma finalement et Christopher l'entraîna sur le seuil du manoir. Le soleil printanier les caressa. Ils virent la multitude accourue pour leur prêter main-forte, et Christopher se sentit ému face à ces fermiers qui avaient risqué leur vie pour leur venir en aide. Il les informa que la famille Saxton était indemne, et qu'ils avaient un maître qu'ils pouvaient désormais regarder sans malaise. Quelques instants plus tard, les paysans emportèrent les cadavres. Il semblait que, dans leurs rangs, seuls quelques hommes avaient été blessés.

Bundy et Tanner traînèrent au-dehors le corps de lord Talbot, et deux exclamations s'élevèrent de la voiture garée non loin quand Claudia et Avery reconnurent le cadavre. En passant auprès du carrosse, les marins du *Cristina* s'étaient contentés de regarder à l'intérieur pour s'assurer qu'il ne dissimulait aucune menace. En conséquence, ils n'intervinrent pas quand Claudia cria au cocher de repartir.

Cette défaite avait donné le coup de grâce, et à cet homme et à cette femme. Avery venait de perdre tout espoir : il devrait errer à jamais, en proie à la peur, dans la crainte perpétuelle de l'instant où Christopher Seton le retrouverait. La situation de Claudia n'était guère plus enviable. Au cours de ces derniers jours, elle avait appris suffisamment de choses sur son père pour le soupçonner du pire. Ses biens seraient sans nul doute confisqués par la Couronne. Sans personne pour s'occuper d'elle, elle ignorait comment il lui serait possible de survivre.

Christopher suivit du regard la voiture qui disparaissait dans le lointain, puis se tourna vers les deux hommes qui venaient vers eux. Il s'agissait de Farrell et du capitaine Daniels, et si le marin arborait un grand sourire, le frère d'Erienne au contraire paraissait soucieux. Christopher leva la main pour saluer son capitaine, puis se tourna vers son beau-frère.

— Farrell, je ne crois pas que nous ayons été convenablement présentés, fit-il en souriant. Je suis lord Saxton.

— Lord Saxton ? Le lord Saxton que je connaissais ?

— Oui, celui qui portait un masque et boitait. Ce déguisement avait une double utilité : faire croire aux bandits que l'homme qu'ils avaient assassiné était toujours en vie et me permettre d'épouser votre sœur, alors que je n'avais d'autre moyen d'obtenir sa main. J'espère que vous accorderez encore une certaine valeur à l'amitié qui est née entre nous, lorsque vous voyiez en moi un infirme.

— Vous êtes vraiment le mari de ma sœur et le père de son…

— Oui, Farrell. Inutile désormais de vous exercer au tir pour venger l'honneur de votre sœur. Tout fut fait dans les règles, vous pouvez me croire.

Ils se turent en voyant apparaître une voiture suivie d'une vingtaine de cavaliers. Erienne reconnut immédiatement dans cet équipage celui qu'elle avait vu passer à son retour de Londres, quelques semaines auparavant, et elle fut intriguée par sa présence. Le carrosse suivit l'allée puis s'arrêta. Un valet s'empressa d'ouvrir la portière et le marquis de Leicester descendit les marches du véhicule.

— Arrivons-nous trop tard? s'enquit-il avec un sourire.

Autour de lui des hommes emportaient les cadavres.

— Je savais bien que vous n'aviez nul besoin de mon aide. Il semble que vous ayez définitivement débarrassé la contrée de ces bandits, fit-il avant de se tourner vers les occupants du véhicule. Mesdames, ce que l'on voit ici est cruel. Pensez-vous pouvoir supporter ce spectacle?

— Je veux voir mon fils, déclara une douce voix féminine.

Christopher prit le bras d'Erienne et la fit avancer. Anne descendit et tendit les bras à Erienne.

— Ma chérie, quelle terrible épreuve vous avez dû vivre! Nous étions absents à l'arrivée de la lettre de Christopher, et lorsque nous l'avons trouvée à notre retour, nous avons aussitôt quitté York. Heureusement que ma sœur, arrivée de Carlisle, était auprès de nous.

— Votre sœur?

La comtesse d'Ashford apparut à la portière. Elle descendit et tendit sa joue à Christopher qui, après un tendre baiser, la guida vers son épouse.

— Erienne, ma douce amie, j'aimerais vous présenter ma mère.

Erienne était déconcertée.

— Mais... vous êtes la comtesse d'Ashford. Je me souviens de vous. Lors de cette soirée, à Londres, vous avez joué aux cartes avec moi.

La comtesse lui adressa un doux sourire.

— Je tenais absolument à vous rencontrer. Cependant, mon fils était fermement décidé à garder le secret sur son identité et je ne pouvais vous révéler que j'étais sa mère, si vif qu'en fût mon désir. Me pardonnerez-vous de vous avoir ainsi trompée?

Des larmes apparurent dans les yeux d'Erienne, des larmes de joie. Brusquement, les deux femmes s'étreignirent. La comtesse recula et, sans se soucier de ses propres larmes, effaça celles de la jeune femme avec un mouchoir de dentelle.

— Je m'étais installée à Carlisle afin d'être proche de mon fils. Ma vie à Londres était bien solitaire. A part ma sœur Anne, Christopher est mon unique famille, et j'avais si peur qu'un malheur lui arrive que je demandai à Haggard de veiller sur lui du mieux qu'il le pouvait.

— Vous êtes donc revenue vivre en Angleterre après votre second mariage ? s'enquit Erienne.

— Mes fils étaient alors devenus des hommes, et le comte était un de nos vieux amis. Il m'a semblé naturel de l'épouser, bien que Broderick soit resté le seul amour de ma vie.

Christopher prit sa femme par les épaules.

— Mère, je n'ai pas eu l'occasion de vous l'apprendre, mais vous serez grand-mère cette année.

Le visage de Mary s'illumina de bonheur.

— Je serais si heureuse que ce soit un garçon ! Mais, après tout, qu'importe : je n'ai jamais eu de fille et j'ai tant attendu que Christopher se marie et devienne sage ! Aggie et moi désespérions que cela ne se produise jamais. O Erienne ! (Des larmes réapparurent dans ses yeux.) Vous ferez le bonheur de mon fils. Je le sais.

***

Ce soir-là, de légers murmures, à peine audibles, s'élevaient du lit à baldaquin. Côte à côte, Erienne et son mari observaient ensemble les braises incandescentes du feu mourant. Par instants, les lèvres de Christopher descendaient pour caresser le cou d'Erienne.

— Il me plairait de voir un jour l'Amérique, murmura-t-elle. Votre mère en a tant parlé, au cours du dîner. Ce doit être un beau pays. Croyez-vous ce voyage possible ?

— Les désirs de mon épouse sont des ordres, fit-il en

humant le doux parfum de sa chevelure. Je serai heureux là où vous serez, et je vous suivrai partout où vous irez.

Erienne eut un petit rire.

— Non, sir. Vous ne me suivrez pas, car ma main ne quittera jamais la vôtre. Nous ne faisons qu'un et, si vous m'y autorisez, c'est avec joie que je demeurerai à votre côté.

— Si je vous y autorise ? répéta-t-il. Me serais-je tant battu pour vous laisser demeurer loin de moi, là où je ne pourrais admirer votre beauté ? Non, milady, c'est à mon côté que vous serez, près de mon cœur.

ACHEVE D'IMPRIMER EN JUIN 1988 SUR LES PRESSES
DE NUOVO ISTITUTO ITALIANO D'ARTI GRAFICHE - BERGAMO
POUR LE COMPTE DE FRANCE LOISIRS
123, BOULEVARD DE GRENELLE, PARIS.

N° d'Édition : 14034 — N° d'Impression : 913
Dépôt légal : Juin 1988
Imprimé en Italie